Les Larmes Rouges

1 – Réminiscences

Georgia Caldera

Les Larmes Rouges

1 – Réminiscences

J'AI LU

Précédemment paru aux Éditions du Chat Noir,
novembre 2011.

À toi qui jamais ne quittes mes pensées…

« Écoutez-les ! Les enfants de la nuit…
En font-ils une musique ! »
Bram STOKER, *Dracula*

Chapitre 1
En finir

Elle était là, seule, sur ce pont qui paraissait plus énorme que jamais, où nombre de voitures passaient, plus ou moins rapidement, sans que personne semble la remarquer. Le ciel était aussi sombre que ses pensées. Il pleuvait à torrents et elle était complètement trempée. Ses vêtements et ses cheveux, humides et glacés, collaient à sa peau, lui donnant un aspect de rat mouillé un peu grotesque, mais cela n'avait plus aucune importance à présent… Elle scrutait les flots de ce regard effrayé mais résigné que possèdent ceux qui n'ont plus rien à perdre, quand une petite voix lui souffla doucement à l'oreille :

— *Eh bien… Vas-y ! Maintenant que tu es là ! De toute façon, qui te regrettera, hein ? Personne ! Il n'y a pas une seule âme en ce bas monde qui viendra pleurer la pauvre, la triste et si ennuyeuse Cornélia…*

— Si, mon père… se répondit-elle à elle-même, cherchant à se convaincre sans vraiment trop y croire. Il va être malheureux… Enfin, je pense… J'espère…

— *Voyons, ton père ne t'aime pas, tu le sais bien ! Il te l'a d'ailleurs assez montré comme ça ! La réalité est parfois cruelle mais il faut savoir l'accepter. Résigne-toi, il est temps !*

De nouvelles larmes se mirent à rouler le long de ses joues, se confondant avec l'eau de la pluie qui fouettait toujours son visage. C'était vrai, elle ne pouvait l'ignorer, il ne l'aimait pas... Son propre père ne l'aimait pas. Les preuves étaient là, toutes accablantes et criantes de vérité. Dernièrement, elle avait eu une terrible dispute avec lui, sur ce même sujet qui, si souvent, les avait opposés : « Son avenir. » Les mots douloureux avaient fusé, blessants et humiliants, comme toujours, et, depuis, il ne lui avait tout bonnement plus adressé la parole. Cela faisait presque deux semaines maintenant qu'il l'ignorait, la traitant avec autant de dédain et de désintérêt que si elle avait fait partie du mobilier. Dans cette affreuse période de solitude, il l'avait délaissée, une fois encore, et pourtant, il savait combien elle était fragile, surtout en ce moment.

Cornélia n'avait jamais vraiment eu une vie facile. À cinq ans, ses parents avaient divorcé. Deux ans plus tard, sa mère, avec qui elle avait vécu jusqu'alors, était morte, tuée sur le coup dans un accident de voiture atroce mais idiot, provoqué par un chauffard ivre... C'était suite à ce drame que la jeune fille avait dû emménager avec son père, avocat de renom à l'emploi du temps surchargé, au mode de vie solitaire et effréné, peu adapté à un enfant. Il n'y avait jamais eu de place pour elle dans la vie de cet homme. Pire, elle l'avait gêné. Elle s'en était toujours plus ou moins doutée mais, désormais, elle en avait la certitude puisqu'il lui avait fait la remarque au cours de cette fameuse dispute. Il était terrible d'apprendre qu'elle n'avait jamais été qu'un fardeau, un boulet qu'il avait traîné derrière lui, l'entravant plus qu'autre chose dans son quotidien mais aussi, et surtout, dans sa carrière.

Et si, pour Cornélia, cette période de l'année était si difficile à traverser, c'était parce que cela allait bientôt faire deux ans, jour pour jour, que Lise, sa meilleure et unique amie, était décédée, succombant, sous ses yeux, à une violente chute de cheval tandis qu'elles se promenaient toutes deux en forêt, un jour brumeux et pluvieux comme celui-ci. Depuis toutes petites, elles avaient fréquenté les mêmes écoles, s'étaient retrouvées le week-end et durant les vacances, et avaient partagé cette même passion pour l'équitation, enfin... Jusqu'à ce matin-là, du moins. Cornélia, à l'image de son père, avait toujours été très solitaire et réservée, une enfant bizarre et asociale, mise à l'écart systématiquement par tous ses autres camarades. Tous, à l'exception de Lise. Cette dernière avait été la seule à qui la jeune fille s'était jamais confiée, la seule à vraiment la connaître, et, également, la seule à avoir été là pour elle quand elle en avait eu besoin. Aujourd'hui, à dix-neuf ans passés, et, depuis la mort tragique de cette amie, Cornélia n'avait plus personne auprès de qui trouver le moindre réconfort...

Personne... Seule... Ces mots résonnaient dans sa tête comme une litanie imposée malgré elle à son esprit. Où qu'elle se tournât, où qu'elle regardât, le tableau était noir, saturé, sans salut, sans futur...

Elle avait entamé, et ce pour faire plaisir à son père qui estimait pouvoir au moins exiger ça d'elle, des études de droit. Si, à l'école, où elle avait démarré avec un an d'avance ; au collège et au lycée, elle avait toujours été brillante, sa troisième année de faculté s'annonçait très différente. L'an précédent, elle avait pu passer de justesse dans la classe supérieure, mais cette fois, les résultats qu'elle avait obtenus aux premiers partiels de ce semestre, et qui venaient tout juste de tomber, laissaient présager une issue beaucoup moins favorable… C'était à cause de ça qu'elle s'était disputée avec son père, elle lui avait annoncé que, ne s'en sortant pas, lasse et dégoûtée par ces matières ennuyeuses, elle voulait interrompre ses études, afin de trouver une voie qui lui conviendrait mieux et dans laquelle elle pourrait peut-être s'épanouir. Seulement, ce dernier ne l'entendait pas de cette façon. Pour lui, l'abandon de sa fille n'était qu'un échec de plus à ajouter à son médiocre palmarès, quelque chose d'inacceptable, qu'il ne pouvait décemment tolérer. En somme, c'était tout simplement inenvisageable. Aucune sortie de secours. Avec lui, il fallait marcher au pas, ou bien, ne pas marcher du tout.

Cornélia venait de faire son choix… Rien ici bas n'avait plus le moindre intérêt, la moindre saveur…

Cet établissement dans lequel elle se rendait chaque jour sans vraiment savoir pourquoi, n'était qu'une prison où des geôliers pervers assommaient leurs détenus à coups de discours soporifiques, ennuyeux à mourir. Dans ce pénitencier, comme partout ailleurs, elle était seule. Personne ne lui adressait la parole. Elle était transparente, la femme invisible, en quelque sorte.

Peut-être était-ce parce qu'elle ne souriait que très rarement ? De toute façon elle n'en avait jamais vraiment l'occasion... Peut-être était-ce à cause de ses tenues, négligées, choisies au hasard et uniquement parce qu'elles étaient pratiques, la mode étant un concept qui lui échappait totalement ? Ou bien encore était-ce parce qu'il lui était quasiment impossible de prendre la parole devant un groupe, dès lors qu'il se trouvait constitué de plus de trois personnes.

Probablement était-ce pour toutes ces raisons réunies... Sans compter que l'on pouvait encore en trouver beaucoup d'autres, comme, par exemple, ce prénom ridicule qui lui avait valu de nombreuses railleries, surtout à l'école. Qui de sa mère ou de son père avait eu la brillante idée de l'appeler ainsi ? Elle allait partir sans savoir... Tant pis.

— *Tu vois, rien ici n'est bien pour toi, ce monde n'est pas le tien, personne ne te comprend*, susurra la voix.

— Non, personne... répondit-elle face au vide.

Et si, en cet instant précis, elle s'apprêtait à sauter de ce pont, cherchant, par ce geste désespéré, à mettre un terme à cette existence terne et triste, c'est parce qu'elle venait d'atteindre le point de non-retour. Quentin, pour qui Cornélia ne pouvait s'empêcher d'avoir un faible, s'était ouvertement moqué d'elle, un peu plus tôt dans l'après-midi. Assenant alors le coup fatal, le préjudice de trop... Ce jeune homme, incontestablement beau, possédait de surcroît une intelligence hors norme. Elle le connaissait depuis longtemps puisqu'il avait fréquenté les mêmes établissements pour échouer, comme elle, en fac de droit. Personne, bien sûr, ne savait qu'elle avait un penchant pour ce garçon, pas même lui, car jamais elle n'aurait osé en parler à qui que ce fut. En dehors de Lise, évidemment...

Un violent sanglot vint brusquement secouer le corps de la jeune fille à la pensée que son amie avait emporté ce secret, si piètre fut-il, dans sa tombe.

— *Elle aussi est en bas, elle t'attend...*

Et cette voix dans sa tête qui ne cessait de la harceler depuis quelque temps ! C'était insupportable ! Elle ne parvenait pas à déterminer si cela émanait de sa propre conscience ou si elle était en train de basculer, doucement mais sûrement, vers la folie. Et, à en juger par l'endroit où elle se trouvait et ce qu'elle s'apprêtait à faire, la deuxième proposition paraissait être la bonne...

— *Bien sûr que tu es cinglée, une vraie malade même,* insista doucement la voix. *C'est bien ce qu'il a dit, n'est-ce pas ? C'est bien ce que Quentin pense, non ? Et, il faut se rendre à l'évidence, il a raison...*

Elle avala sa salive, c'était précisément ce qu'il avait dit. Elle avait eu l'occasion de lui parler dernièrement quand, en se rendant au cimetière pour fleurir la tombe de Lise, elle l'avait croisé. D'emblée, il était venu vers elle et avait engagé la conversation, comme si de rien n'était. Elle n'avait pas bien compris pourquoi lui se trouvait là mais elle avait eu la faiblesse de lui confier qu'elle venait régulièrement discuter en pensée avec son amie décédée, lui expliquant qu'elle trouvait malgré tout, dans ce jeu plutôt morbide, un certain réconfort. Pourquoi diable était-elle allée raconter à ce garçon que, finalement, elle ne connaissait qu'assez peu, une chose aussi intime et embarrassante à son sujet ? Elle l'ignorait. Sur le moment, Quentin avait eu l'air touché, presque compatissant.

Mais, cet après-midi, se trouvant juste derrière lui dans la file des élèves qui quittaient l'amphithéâtre, elle l'avait surpris rapportant à sa bande d'amis, dans les moindres détails et sur un ton railleur, ses paroles, allant même jusqu'à la singer. Et il avait conclu son récit par : « Mais quelle cinglée ! Quelle pauvre malade cette fille ! » Ses voisins avaient ri en se retournant, indiquant au jeune homme que la « fille » en question se trouvait justement là. Ce qui, incontestablement, rendait la chose encore plus drôle... Sur le coup, Quentin avait paru légèrement gêné, il avait haussé les épaules, puis il avait fini par s'esclaffer à son tour, accompagnant les autres dans leur hilarité. Elle avait dû lutter pour soutenir les regards moqueurs et mesquins qui s'étaient fixés sur elle alors, et s'était efforcée de rester immobile, impassible, résistant tant bien que mal à cette irrépressible envie de fuir pour se cacher au fond d'un trou.

Ce n'était rien, pas grand-chose du moins... Elle en avait vu d'autres... Oui, mais c'était un incident de plus, une déception de plus. La déception de trop.

— *Alors, qu'attends-tu ?!* reprit la voix, plus véhémente soudain. *Personne ne viendra te secourir ! D'ailleurs, personne ne s'apercevra de ton absence avant un très, très, très long moment...*

— Même mon père ne s'en rendra pas compte, déclara-t-elle pour elle-même. Il ne verra pas la différence…

— *Saute ! Il regrettera toute sa vie de ne pas avoir fait plus attention à toi !*

— C'est cruel…

— *Non, c'est juste ! Il le mérite !*

La voix était plus forte et plus intense que jamais, lui donnant des maux de tête effroyables, presque insoutenables à présent. Elle passa les mains sur ses tempes brûlantes et inspira profondément, cherchant à atténuer la douleur. Mais, après tout, quelle importance ? Toutes ses pensées s'embrouillèrent subitement pour n'en former plus qu'une seule : « Ils le méritent tous… » Alors, les yeux agrandis par la peur, tremblant de tous ses membres, elle enjamba lentement le parapet, prenant soin de ne pas glisser, réalisant aussitôt que c'était parfaitement stupide puisque la chute arriverait, de toute façon… Elle scruta une dernière fois l'horizon, comme à la recherche d'un signe, de quelque chose qui pourrait encore la dissuader, mais rien ne vint. Rien… Les voitures continuaient leur inlassable défilé, à seulement quelques mètres d'elle, comme si elle n'avait pas existé.

Effectivement, la voix disait vrai, personne ne viendrait à son secours, puisque, de toute façon, elle était transparente, insignifiante. Qui se serait soucié d'une pauvre petite gamine, au physique ingrat, geignant en haut d'un pont, un jour de pluie ? Pas une âme, évidemment. Les chevaliers servants ne se déplaçaient que pour de belles demoiselles, de jolies princesses arborant d'élégantes robes et de délicieux sourires. Ça, ce n'était pas pour elle, c'était pour les autres...

En fait, d'aussi loin qu'elle s'en souvînt, Cornélia avait toujours été complexée par son apparence. Elle était petite, d'une maigreur alarmante, pouvant largement rivaliser avec ces mannequins anorexiques des magazines ne subsistant que grâce à la prise répétée de drogues dures, et qu'aujourd'hui, plus personne ne pouvait supporter. À dix-neuf ans, elle était totalement dépourvue de quelques formes que ce fut, sa poitrine ressemblait presque à celle d'une enfant, tout comme ses hanches et ses jambes. Son visage ne lui plaisait guère plus. Sa peau était si pâle qu'elle en était presque translucide, lui conférant continuellement un air maladif. Ses yeux, vert amande, étaient légèrement trop grands et prenaient un peu trop de place dans sa figure aux joues atrocement creuses et au front large, lui donnant parfois l'allure d'une folle ahurie, ce qu'elle détestait pardessus tout. Son seul et unique attrait, du moins à son sens, était sa longue chevelure rousse, aux boucles épaisses et chatoyantes. Plus jeune, elle avait bien subi quelques moqueries à cause de cette couleur vive et atypique mais jamais cela ne l'avait réellement offensée. En fin de compte, c'était bien là le seul élément de ce physique plutôt médiocre, qui parvenait à la sortir de sa banalité morose, attirant alors l'attention sur autre chose que ce corps que l'absence de formes rendait de plus en plus embarrassant.

Terrifiée mais résignée, elle ferma les yeux, prit dans sa main le pendentif qu'elle avait autour du cou et qu'elle ne retirait jamais, le serra fort, puis, le pressa contre ses lèvres frémissantes. Il était en forme de cœur et avait, il y a longtemps, appartenu à sa mère. À l'intérieur se cachait une minuscule photo d'elle et de ses parents. La scène était en noir et blanc, comme issue d'une autre époque, bien plus lointaine, et l'image avait été minutieusement découpée afin de pouvoir tenir dans le petit bijou.

Une violente bourrasque de vent lui fouetta soudain le visage, la ramenant brusquement à la réalité. L'espace d'un instant, elle avait presque oublié pourquoi elle était là…

Personne… Toute seule… Lise… Maman… Tout se mélangeait dans sa tête douloureuse pour ne plus former qu'une espèce de mélasse sombre et opaque, au jus noir et au goût amer et métallique.

— *SAUTE !*

— La ferme ! hurla-t-elle.

— *Tu les reverras si tu sautes !*

Elle prit une longue et profonde bouffée d'air, la dernière, ouvrit grand les bras, tournant les paumes vers l'horizon, dans ce geste gracieux d'offrande que font généralement ceux qui se sacrifient pour une bonne cause, et se laissa doucement choir vers l'avant. On aurait dit un ange voler… Quiconque se serait donné la peine d'assister à ce spectacle incongru aurait été ému par la beauté de la scène, juste avant, bien entendu, de s'horrifier de sa finalité. L'ample manteau noir qu'elle avait emprunté ce matin à son père sans trop savoir pourquoi, semblait flotter dans les airs, décrivant d'élégantes courbes, ondulant au gré du vent dans une danse alternant précipitation et fluidité. Ses magnifiques cheveux roux, seule couleur présente dans le tableau grisâtre de cette journée, agrippés par les bourrasques du vent, se tenaient droits au-dessus de sa tête, accompagnant d'un même mouvement cette valse macabre. Le temps parut alors brusquement s'arrêter.

Les yeux, toujours rivés sur l'horizon, Cornélia resta un instant qui sembla durer une éternité, à admirer l'étonnante vue qui, de là où elle se trouvait, s'offrait à elle, se sentant comme figée dans le vide, portée par rien d'autre que les airs. Elle se demanda ensuite si cette simple chute suffirait à la tuer. Elle était venue là sans vraiment y réfléchir, sans établir de plan concret... De toute façon, n'ayant jamais appris à nager, les eaux, elles, pour sûr, auraient raison d'elle... La mort serait au rendez-vous, comme elle l'avait souhaité. Le vertige de la chute était grisant, presque enivrant, cela donnait la sensation de pouvoir voler, d'être libre, enfin... Mais tout ça ne dura qu'un très bref instant.

Inexorablement, son regard vint se porter sur les flots. La peur l'envahit alors soudainement... L'impact serait-il douloureux ? Pourvu qu'il n'y ait pas de pierres à cet endroit... Ou plutôt si, pourvu qu'il y en ait, cela faciliterait les choses, la noyade, supplice lent, étant probablement pire... L'impression que tout s'était figé et qu'elle tombait au ralenti se dissipa en un éclair, le temps parut alors brusquement s'accélérer, précipitant déraisonnablement sa chute. L'eau se rapprocha de plus en plus rapidement de sa figure et elle n'eut soudain plus d'autres pensées que : ça y est, c'est la fin...

Et, tandis qu'elle ne se trouvait plus qu'à quelques centimètres de l'impact fatal, elle aperçut, l'espace d'une fraction de seconde, aussi furtivement que passent les images subliminales, le reflet du visage d'un homme terrifiant, au sourire assassin et au regard irréel. Puis, tout devint noir, humide et glacial.

Chapitre 2
Alors, je compte pour quelqu'un

Quentin était là, face à elle, seul parmi les ténèbres. Il la regardait d'un air suffisant, la scrutant comme une bête curieuse. Puis, il se mit à rire à gorge déployée et, soudain, ses amis apparurent à ses côtés, hilares eux aussi, tous pointant du doigt Cornélia, hébétée, restée figée sur place.

Progressivement, l'image s'effaça et un autre décor apparut. Le cimetière, la tombe de Lise, et elle, là, toute seule, assise par terre, conversant avec le vide. Et, peu à peu, les alentours se remplirent de gens, certains qu'elle connaissait, d'autres non. Tout le monde avait revêtu des habits de deuil, formant un cercle lugubre autour de la jolie stèle claire, toute neuve. Ils pleuraient tous à chaudes larmes, se lamentant de la perte tragique de cette si jeune fille, ce sort funeste et dramatique qu'aucune enfant de cet âge ne devrait jamais subir. Eux aussi regardaient fixement Cornélia. Au fond de leurs yeux, elle pouvait apercevoir cette lueur d'interrogation, cette question qui restait en suspens dans tous les esprits : était-elle, ou non, responsable de ce qui était arrivé à son amie ?

Puis, curieusement, un sentiment d'allégresse, de plénitude, la submergea tout à coup. Là encore, les lieux avaient changé, le cimetière avait laissé place à la chambre de Lise. Une pièce un peu grotesque où tout, ou presque, était rose bonbon, du couvre-lit jusqu'au papier peint, et où les murs, jonchés de posters de groupes de musique et de stars de cinéma, de photos marrantes et de mots étranges, sentaient l'adolescence et l'insouciance. Elle était allongée par terre, à plat ventre sur un tapis au confort moelleux, juste à côté de sa meilleure amie, et toutes deux riaient aux éclats devant une vieille photo de classe.

Et puis, une autre scène, de la joie, mais pas la même... Elle était au restaurant avec son père. Pour une fois, celui-ci lui avait accordé une soirée, c'était son anniversaire. Il souriait, ça aussi c'était rare... Il parut même ému lorsqu'il lui tendit un petit paquet, le cadeau qu'il tenait tant à lui offrir. Cornélia pleura de joie en découvrant le pendentif que sa mère avait porté pendant presque toute sa vie.

Et, soudain, tout s'effaça. Une forêt, une balade à cheval avec Lise, la vitesse, grisante, et le bruit entêtant des sabots qui martelaient fébrilement le sol. La cour de l'école, un genou écorché... De nouveau son père, il la sermonnait furieusement parce qu'elle s'était mise à dessiner sur les murs... Le soir, son lit d'enfant, une veilleuse, et sa mère se penchant doucement sur elle, l'embrassant tendrement, lui souhaitant une bonne nuit... Le visage sinistre de cet homme... Son regard effroyable... Du sang... Du sang partout...

Un sentiment d'épouvante et d'horreur l'envahit subitement. Elle se trouvait désormais dans une chapelle, il faisait sombre et elle ne pouvait rien distinguer d'autre que le liquide brillant et écarlate répandu un peu partout, au sol, sur sa robe et sur ses mains. Chancelante, elle amena lentement ses poignets douloureux devant ses yeux et découvrit avec stupeur qu'ils étaient atrocement tailladés. Ce sang, c'était le sien...

Et, peu à peu, le brouillard revint par nappes épaisses et sombres, embrumant sa vue et ses idées, et, bientôt, il n'y eut plus que le vide. Le néant, noir et opaque. Plus de rêves, plus d'images, plus de pensées, plus rien ne vint alors perturber cet engourdissant sommeil dans lequel Cornélia s'enfonçait toujours plus profondément...

Petit à petit, sa conscience réapparut, réintégrant progressivement son corps. Elle n'aurait su dire ni où elle se trouvait ni même combien de temps avait duré cet impénétrable repos, mais elle luttait pour demeurer dans ces limbes, refusant d'ouvrir les yeux, refusant de devoir à nouveau faire face à une réalité qu'elle détestait. Elle se complaisait tant dans sa léthargie qu'elle s'y abandonnait totalement, ivre, engourdie par la douceur de cette torpeur qui ralentissait ses pensées et enfermait ses souvenirs, les retenant au loin, les empêchant de refaire surface.

Mais, inéluctablement, des bribes d'informations finirent par lui parvenir de l'extérieur, des bruits d'allées et venues, des voix monocordes, des odeurs chimiques, typiques... L'hôpital... Forcément... Alors, lentement, des images revinrent et l'épais voile qui masquait ses souvenirs se dissipa peu à peu. Le pont, son désespoir, son geste... Raté... La prochaine fois, peut-être... Puis, la douleur, qui s'intensifiait à mesure que le temps passait, l'obligea à se réveiller pour de bon, chaque partie de son corps s'étant donné le mot pour la faire souffrir atrocement.

Plus poussée par l'instinct que par sa volonté propre, ses paupières finirent par s'entrouvrir, et elle découvrit malgré elle le lieu où tout ça l'avait conduite. Son bras gauche, transpercé d'une aiguille à demi cachée par un petit bout de sparadrap blanc, était relié à une perfusion et quelques gouttes d'un liquide incolore descendaient silencieusement, à intervalles réguliers, le long du tube transparent. Alors pas de morgue ? Pas de sac à cadavre, ni de plateaux métalliques chargés d'instruments d'examen post-mortem ? Rien qu'une petite chambre jaune où tout paraissait propre, bien rangé et aseptisé. Maintenant c'était certain, elle était bien en vie... Dommage...

Au prix d'un effort terrible, elle tourna la tête sur le côté, cherchant à apercevoir un bout de paysage à travers la fenêtre, et découvrit avec étonnement qu'elle n'était pas seule. Un homme se trouvait là, juste à côté d'elle, assoupi dans un fauteuil. C'était son père. Il se tenait droit sur son siège, rigide jusque dans son sommeil, et seule sa tête, légèrement inclinée sur son épaule, indiquait qu'il dormait. Il portait son éternel costume noir, strict au possible, et cette chemise blanche, classique du genre, qu'il possédait même en plusieurs exemplaires.

Cependant, l'ensemble ne rendait pas comme d'habitude. Sa veste était grande ouverte et affreusement froissée, son col était largement déboutonné et révélait par endroits quelques traces douteuses, probablement la preuve que cela faisait un moment qu'il avait oublié de se changer... Ses cheveux grisonnants étaient complètement désordonnés, ce qui, là encore, ne lui ressemblait guère ; et ses traits étaient crispés, soucieux, trahissant clairement le surmenage et l'épuisement. S'il avait dû être beau autrefois, aujourd'hui les années de stress, de solitude et d'âpreté l'avaient transformé en une espèce de zombie, sorte de fantôme de lui-même, vieilli avant l'heure.

Elle essaya de l'appeler, souhaitant enfin rompre le silence ridicule qui les avait séparés durant si longtemps, les circonstances faisant que cette fois, c'était bien à elle de faire le premier pas... Mais, malgré tous ses efforts, aucun son ne parvint à sortir de sa bouche. Elle était si faible qu'elle n'arrivait pas à prononcer un mot. Elle essaya à nouveau, se concentrant davantage, mais ne fit qu'émettre quelques gargouillis tout juste audibles. Tout à coup, une douleur vive et brûlante envahit sa gorge, entraînant aussitôt une violente et incontrôlable quinte de toux.

— Cornélia ! s'écria monsieur Williamson en se levant d'un bond, sortant brusquement de son sommeil. Oh, mon Dieu ! Ne t'inquiète pas, ça va aller.

Il se précipita à son chevet, attrapa sa main et lui caressa doucement les cheveux, l'examinant d'un œil inquiet.

— Infirmière ! hurla-t-il en se jetant subitement sur le boîtier qui pendait à côté du lit, s'acharnant sur le bouton d'appel, avant de demander d'une voix plus douce : tu veux un peu d'eau, ma chérie ?

Ma chérie ?! Alors comme ça, son père lui donnait du « ma chérie » maintenant ? Étonnant... Entre deux accès de toux, elle ferma les yeux, signifiant ainsi que oui, c'était ce qu'il lui fallait. Alors, d'un mouvement maladroit, il saisit un verre déjà rempli, posé là, sur la petite table de nuit, puis, d'une main, redressa sa fille et, de l'autre, s'efforça de la faire boire. Elle avala avidement, l'eau fraîche apaisant tout de suite sa gorge brûlante. Comme le breuvage coulait plus vite que Cornélia ne pouvait avaler, plusieurs gouttes indociles roulèrent sur son menton puis le long de son cou, trempant le col de sa chemise de nuit.

Lorsqu'elle eut vidé le verre, monsieur Williamson reposa rapidement l'objet, se dépêcha de la serrer dans ses bras, l'étouffant presque, et se mit à pleurer doucement, sans bruit. C'était bien la première fois que la jeune fille voyait son père dans cet état... Et, c'était bien la première fois également qu'elle recevait autant d'attention et d'affection de sa part, le tout en si peu de temps. Avait-elle basculé dans une nouvelle dimension ?

— Je t'en prie, pardonne-moi, murmura-t-il à travers ses larmes. Je ne pensais pas vraiment ce que je t'ai dit... En fait, je m'en fiche de tout ça ! Si tu savais comme je t'aime ! Je n'aurais jamais supporté de te perdre.

Des mots si doux, si agréables... Jamais il ne lui avait dit de pareilles choses. Elle sentit alors son cœur s'emballer, s'emplissant d'un sentiment nouveau, presque inconnu, le sentiment de ne plus être seule, d'exister, de compter pour au moins une personne sur cette terre. Ses forces lui revenant progressivement, elle réussit à marmonner d'une voix faible et enrouée :

— Je suis désolée… Moi aussi je t'aime, papa.

— Tout va changer ma chérie, tu verras, à partir de maintenant, je te promets que tout va changer…

Elle ignorait le sens réel de ces étranges paroles, plus qu'inhabituelles d'ailleurs dans la bouche de son père, mais voulut tout de même y croire. Peut-être qu'après tout, c'était une chance qu'elle ait survécu, peut-être que la vie aurait mieux à lui apporter dorénavant… Peut-être…

Quand elle fut un peu remise, monsieur Williamson, qui ne quittait plus la chambre d'hôpital de sa fille ; lui expliqua qu'un homme, sorte d'excentrique aux vêtements improbables et au nom curieux, promenait son chien au bord du fleuve quand il l'avait vue sauter. Il n'avait alors pas hésité à plonger, risquant sa propre vie pour la sauver d'une mort certaine, le courant à cet endroit étant particulièrement violent. C'était, d'ailleurs, un véritable miracle que cet inconnu ait réussi à la tirer de là saine et sauve, il devait sans aucun doute être un nageur hors pair pour avoir réussi un tel exploit. Était-elle reconnaissante pour autant ? Elle aurait dû, c'était certain, mais pour le moment rien n'était moins sûr…

Après que ce dernier l'ait amenée aux urgences, elle avait passé deux jours en soins intensifs, plongée dans un coma léger, sans que l'on sache vraiment pourquoi. Le choc, probablement… Mais elle n'avait gardé aucune séquelle de la chute, pas même un petit bleu. Cependant, les médecins, la trouvant anormalement affaiblie, firent le choix de la garder au moins pour un mois en observation. Monsieur Williamson avait obtenu le droit de rester auprès de sa fille autant qu'il le désirait et ce même si, dans ce genre de cas, le règlement l'interdisait. Si bien que, depuis son réveil, il ne la quittait plus d'une semelle.

Ainsi, il passait toutes ses journées à son chevet, surveillant ses moindres faits et gestes, s'empressant d'aller lui chercher tout ce qu'elle désirait aussitôt qu'elle en faisait la demande, anticipant même la plupart de ses besoins. Afin d'être le plus présent possible, il avait, bien entendu, dû prendre des congés, ce qui n'était pas arrivé depuis plusieurs années. Et, chose tout aussi exceptionnelle, il mettait dorénavant un point d'honneur à n'aborder aucun sujet fâcheux, ne parlant ni de son travail, ni des études de sa progéniture. D'aussi loin que Cornélia s'en souvînt, jamais il n'avait été aussi gentil avec elle, pas même lorsque sa mère était encore de ce monde et qu'elle n'était alors qu'une enfant. On aurait dit un autre homme. Quelqu'un qui, le temps de son rétablissement du moins, avait pris la place de son père, interprétant le rôle à la manière d'un parent exemplaire, aimant et attentionné, ce que jamais il n'avait su être auparavant. Cela durerait-il ? Là non plus, rien n'était moins sûr… La jeune fille décida de ne pas se poser de questions et de profiter au maximum de ces instants précieux, quitte même à devoir prolonger son séjour en ces lieux bénis où, certes, régnaient l'ennui et la monotonie, mais où, pour une fois, l'on prenait soin d'elle.

Dès que son état de santé le permit, soit à peine une semaine après son réveil, Cornélia fut placée dans le service approprié à son cas et dut accepter de consulter de manière intensive le psychiatre de l'étage. C'était lui qui déciderait de la date exacte de son départ, selon s'il la jugeait apte, ou non, à retourner à la vie normale.

— Alors, Cornélia, nous avons parlé de beaucoup de choses ici, toutefois, nous n'avons pas encore abordé le sujet qui nous préoccupe le plus, les raisons qui vous ont poussée à vouloir en finir avec la vie... Il serait peut-être temps, ne croyez-vous pas ?

Elle baissa la tête, ne sachant par où commencer. Les raisons... C'était évident pourtant. Malgré toute la bonne volonté qu'elle y mettait, elle ne parvenait pas à accorder sa confiance à cet homme, ce psychiatre. Jusqu'ici, elle n'avait pu lui raconter que des choses banales la concernant, se dévoilant le moins possible.

Ce dernier possédait, en dépit d'un sourire aimable, qui aurait presque pu passer pour avenant s'il n'avait pas été aussi figé, des yeux noirs, étroits et enfoncés dans leurs orbites, lui donnant un regard qui inspirait plutôt la méfiance, voire la crainte, qu'il n'incitait à la confidence. Il n'était pas très grand, légèrement bedonnant, et ses cheveux gris foncé avaient dû être épais il y a longtemps, mais aujourd'hui ils se faisaient plutôt rares au sommet de son crâne. Il était confortablement installé, s'appuyant de tout son poids contre le dossier de son large fauteuil de cuir noir, et lui faisait face, dans cette attitude décontractée et sereine qu'ont ceux qui dominent, à l'image des rois perchés sur leurs trônes qui, de là-haut, s'adressent à leurs sujets.

Le silence dura encore un moment. Pendant un instant, elle hésita à lui répondre qu'elle avait subitement eu l'envie de piquer une tête, puis se ravisa.

L'humour ici était risqué, cela ne ferait probablement qu'inciter son thérapeute à la prendre pour une folle ayant définitivement perdu les pédales. Mieux valait tout de même éviter de passer le reste de sa vie entre ces murs blancs, vêtue d'une camisole…

— C'est important, vous savez. Votre geste, enfin, vos gestes, n'étaient pas anodins, vous vous en rendez compte ?

— Bien sûr, acquiesça-t-elle d'une voix faible. Je sais que c'était grave, que je n'aurais pas dû… Mon père est bouleversé. Et ça aurait pu être pire. Mais j'étais à bout. Je crois que… Je crois que je vais mieux, maintenant.

Le pensait-elle vraiment ? En vérité, elle n'en savait rien.

— C'est une bonne chose, Cornélia, que vous vous sentiez mieux, répéta-t-il. Mais, ce que j'aimerais savoir afin de pouvoir vous aider, c'est pourquoi des gestes aussi violents ? Qu'est-ce qui vous a mise autant en colère ce jour-là ?

— Je n'étais pas en colère. Non, pas vraiment… répondit-elle perplexe. J'étais triste. Mais, pourquoi parlez-vous de plusieurs gestes ? J'avoue que je ne comprends pas.

— Eh bien, parce que, ce qui n'est pas commun, il faut bien le reconnaître ; vous vous êtes ouvert les veines avant de sauter du haut d'un pont. Deux manières différentes mais simultanées d'attenter à votre vie. Pourquoi ? Vous vouliez être sûre de réussir ou bien y avait-il une autre signification ?

— Pardon ? À l'évidence, vous vous êtes trompé de dossier, docteur, plaisanta la jeune fille, cherchant à détendre une atmosphère qu'elle trouvait de plus en plus pesante. J'ai bien sauté d'un pont mais cela s'arrête là. C'est déjà bien assez pour une seule personne, vous ne trouvez pas ?

Le psychiatre, lui, ne rit pas et ne jeta pas un seul regard vers les documents posés sur son bureau. Il semblait sûr de lui, voire satisfait de la situation. Il plissa les yeux, l'examinant avec intensité et garda le silence, observant la moindre de ses réactions.

— Allez-y, vérifiez ! le somma-t-elle en indiquant les papiers qui portaient son nom, perdant soudainement son calme.

— Je n'en ai pas besoin. Ceci est bien votre dossier et ce sont bien des pansements que j'aperçois autour de vos poignets. Vous ne les voyez donc pas, Cornélia ?

Elle le fixa un instant avec incrédulité et irritation, puis baissa les yeux, découvrant avec stupeur les épais bandages qui recouvraient la moitié de ses avant-bras. Pourquoi avait-elle ça déjà ? Elle ne se rappelait plus... Les infirmières lui avaient bien changé une fois ou deux ses pansements mais elle avait toujours tourné la tête, préférant ne pas regarder, pensant naïvement qu'il s'agissait de nouvelles piqûres, prises de sang, ou tout autre éventuel soin du genre.

— Les médecins qui se sont occupés de vous disent que vos plaies sont inhabituelles, qu'elles sont le fruit d'une violence terrible, continua-t-il. Qu'avez-vous utilisé ? Il ne s'agit pas d'une simple lame, n'est-ce pas ?

— Quoi ? Mais qu'est-ce qui vous prend ? s'insurgea-t-elle. Non ! Je ne sais pas ce que c'est que ça ! C'est une erreur, forcément !

La panique commençant à l'envahir, elle se leva d'un bond puis arracha frénétiquement ses bandages, certaine de ne rien trouver d'autre là-dessous que quelques marques d'aiguilles.

Ce qu'elle découvrit l'obligea aussitôt à se rasseoir. C'était vrai ! Ses poignets étaient tous deux déchirés par d'horribles lacérations, à certains endroits, sa peau paraissait même avoir été déchiquetée... Les blessures étaient encore fraîches, béantes et sanguinolentes. Comment avait-elle pu ne pas s'en rendre compte ? Elle aurait pourtant dû au moins le sentir. Ce type de plaie aurait dû la faire souffrir, horriblement même... Pourquoi n'avait-elle pas mal ?

— Les voyez-vous ? insista le psychiatre, plus enfoncé que jamais dans le cuir de son fauteuil.

— Évidemment ! Mais je n'ai pas fait ça, déclara-t-elle troublée, le sang battant violemment contre ses tempes. Ce n'est pas moi, j'en suis sûre !

— Très bien. Alors, dites-moi Cornélia, qui vous a fait ça ?

En face, le psychiatre l'étudiait toujours avec cette inquiétante impassibilité. Il avait maintenant croisé les mains sur sa poitrine et la fixait avec un intérêt tout particulier. Une sorte de lueur étrange s'était soudain allumée au fond de son regard noir.

— Je n'en sais rien... avoua-t-elle d'une voix rauque, à peine audible. Peut-être l'homme qui m'a repêchée...

— Un inconnu vous aurait sauvée de la noyade pour vous trancher les veines ensuite, et ce, juste avant de vous conduire à l'hôpital ? C'est plutôt singulier comme scénario.

Était-il en train de se moquer d'elle ? À présent, il s'était redressé et griffonnait rapidement sur un petit carnet. Quand l'avait-il sorti ? Ça non plus, elle ne l'avait pas vu.

— Je ne m'en rappelle pas, annonça-t-elle, tentant de cacher sa nervosité et sa confusion.

— *Tu t'es massacrée toi-même, maudite femelle !*

— Quoi ? Qu'avez-vous dit ?! s'écria-t-elle, atterrée.

— Pardon ? s'enquit le psychiatre en relevant la tête, l'air surpris.

C'était la voix... Elle était revenue ! L'homme en face d'elle n'était pour rien dans ces insultes, ce n'était que dans sa tête... Ne l'ayant plus entendue depuis ce jour-là, elle avait cru que c'était fini, que ses nerfs lui avaient joué des tours et que, désormais, tout allait mieux. Apparemment, elle s'était trompée. Désemparée, elle répéta :

— Je n'ai pas fait ça...

— D'accord, convint-il d'un ton tout à fait dénué de sincérité, avant de se remettre à écrire.

— J'ai peut-être heurté des cailloux en tombant... C'est possible...

Elle se rendit immédiatement compte que ce qu'elle disait était idiot, personne ne s'entaillait pile les deux poignets et rien d'autre lors d'une telle chute. Quelle pouvait bien être la probabilité pour qu'une chose pareille arrive ? Proche du zéro, sans doute. Puis, sentant que tout ce qu'elle dirait désormais allait l'enfoncer plus qu'autre chose, elle se leva, fit un signe de tête bref mais poli au psychiatre et sortit le plus calmement possible, décidant d'elle-même que la séance du jour arrivait à son terme. C'est à peine si elle entendit l'homme lancer au loin :

— J'appelle quelqu'un pour qu'on refasse vos pansements !

Les bandages… Elle les avait laissés dans le bureau, par terre, là où ils étaient tombés après qu'elle les ait arrachés. Tant pis. Désorientée, elle erra un moment qui lui parut être une éternité dans les couloirs de l'hôpital, se répétant sempiternellement cette même question : « Comment cela a-t-il pu arriver ? » Elle fixait ses poignets, horriblement meurtris. Non, un couteau n'aurait pas suffi à causer de pareilles plaies. Cela ressemblait plutôt à la morsure d'un fauve enragé. Et pourquoi diable n'avait-elle toujours pas mal ? Elle aurait dû le sentir maintenant qu'elle en avait pris conscience !

Elle repensa soudain à l'espèce de rêve bizarre qu'elle avait fait au moment de sa chute, lorsqu'elle avait perdu connaissance. Parmi les scènes marquantes de sa vie s'étaient glissées ces images, elle avait alors vu ces mêmes blessures sur ses avant-bras… Mais ce n'était là que quelques visions confuses, vides de sens et de réalité… En regardant autour d'elle, elle s'aperçut que d'autres gens à l'air perdu et hagard, déambulaient comme elle entre ces murs blancs. Leurs yeux étaient vides, exténués, sans expression, le résultat de lourds traitements médicamenteux visant à calmer des questionnements trop angoissants, trop envahissants… Était-elle semblable à ces personnes ? Avait-elle sa place parmi eux, dans le service de psychiatrie de ce grand hôpital ? Peut-être bien, oui…

— *Petite idiote, tu sais bien que c'est toi !* lança la voix, railleuse.

Elle soupira. Devait-elle parler de ça au médecin ? Elle resterait probablement à jamais dans ce genre d'établissement si elle le faisait, les hallucinations de ce genre n'étant pas vraiment une preuve de santé mentale... Même si elle n'avait aucune envie de retourner à sa vie d'avant, passer le restant de ses jours avec les fous n'était pas envisageable. Mieux valait donc mentir, accepter de dire que c'était elle-même qui s'était tranché les veines et, surtout, ne jamais faire mention de la voix dans sa tête.

— Mademoiselle !

Quelqu'un l'appelait-il réellement ou était-ce encore une hallucination ? Elle se retourna et vit un jeune interne venir vers elle d'un pas prudent, la regardant d'un œil inquiet :

— Mademoiselle Williamson, où étiez-vous donc passée ? Il ne faut pas rester ainsi ! dit-il en désignant les blessures à ses poignets.

Devant son air ahuri, l'homme s'arrêta :

— Quelque chose ne va pas ?

— Je... articula-t-elle en essayant de se ressaisir. J'avais simplement envie de marcher un peu.

— Vous avez accès au parc, vous savez, répliqua-t-il en avançant de nouveau.

Il la prit doucement par l'épaule et l'enjoignit à le suivre, ajoutant :

— Vous pourrez y aller dès que nous aurons refait vos pansements.

Il la prenait pour une folle, c'était clair, une démente en pleine crise... Avait-il été informé de ce qui s'était passé durant la séance avec le psychiatre ? À l'évidence, oui. Et peut-être qu'au bout du compte, c'était vraiment ce qu'elle était. Les plaies sur ses poignets n'étaient pas apparues comme par magie, il fallait bien que quelqu'un les ait faites. Et, qui d'autre qu'elle avait pu ? Alors, oui, peut-être qu'elle s'était infligé ça, juste avant de sauter, mais que sa mémoire avait préféré refouler ce souvenir trop douloureux... Peut-être... Nécessairement... Il n'y avait pas d'autre explication.

Trois autres semaines passèrent, aussi mornes et ennuyeuses les unes que les autres. Mais ici, les choses étaient différentes. Ici, son père l'aimait et ce n'était pas une moindre consolation. Elle se sentait désormais prête à prendre le risque de se confronter de nouveau à la vie. Il avait dit que les choses changeraient et elle voulait y croire. Toute l'attention et tous les soins qu'elle avait reçus lui avaient fait beaucoup de bien. Elle se sentait enfin considérée. Comme si, tout à coup, sa vie avait pris de l'importance aux yeux des autres, comme si ce geste de désespoir l'avait rendue un peu moins transparente au regard du monde... Elle allait pouvoir repartir sur de nouvelles bases. Enfin, elle allait essayer.

La psychothérapie qu'elle avait suivie durant toute cette période n'avait, par contre, pas été d'un très grand secours. Elle avait demandé à plusieurs reprises à changer de thérapeute mais, curieusement, cela lui avait été refusé. Alors elle avait pris sur elle afin de jouer le rôle que l'on attendait d'elle : la jeune fille repentante qui, ayant perdu le contrôle une seule et unique fois, avait fait une bêtise fort regrettable qu'elle ne réitérerait pour rien au monde. C'était ce qu'elle ne cessait de répéter à longueur de temps, comme un enfant récitant sagement sa leçon. Mais de là à le penser… Enfin, cette petite mascarade avait porté ses fruits puisque la date de son départ avait été arrêtée.

La veille de celui-ci, monsieur Williamson passa voir sa fille un peu plus tard que d'ordinaire. Elle le regarda sans un mot, arriver précipitamment, l'air pensif et ailleurs. Les bonnes résolutions commençaient-elles peut-être déjà à s'égrener… Il l'embrassa rapidement, approcha le fauteuil de son lit et vint s'asseoir tout près d'elle, lui adressant un regard grave. Il ne paraissait pas fâché, du moins pas encore, mais il semblait désireux d'aborder des sujets qui eux l'étaient.

— Tu sors demain, annonça-t-il, plus sérieux que jamais.

— Je sais, oui, répondit-elle fraîchement, se doutant de ce sur quoi porterait cette discussion.

— Je tiens toujours mes promesses, tu le sais ça aussi ?

— Oui, bien sûr. Et alors ?

— Alors je te propose une nouvelle vie, déclara-t-il avant de reprendre, l'émotion voilant sa voix : Ce qui est important pour moi aujourd'hui, c'est que tu ailles bien, que mon enfant soit heureuse… Je ne veux plus jamais te revoir à moitié morte sur un lit d'hôpital. Plus jamais, tu m'entends ?

Elle acquiesça en fronçant les sourcils.

— Donc, on ne va plus parler d'études, de droit ou de quoi que ce soit du genre pour le moment. On avisera de tout ça plus tard, quand cette histoire sera loin derrière nous. Toi et moi allons faire un break, on va essayer de se retrouver tous les deux, d'accord ?

— Oui…

— Je viens de tout régler afin que, dès demain, nous allions vivre en province, à Rougemont, dans le vieux manoir de tes grands-parents. Rappelle-toi, cette grande maison en face d'un château… Je travaillerai à distance, je vais m'organiser, et toi, eh bien, tu tâcheras de te rétablir. L'air de la campagne et de nouvelles têtes ne pourront pas te faire de mal, je crois. Est-ce que ça te va ?

Elle prit un moment pour réaliser ce que son père était en train de lui proposer. Ainsi, il était prêt à mettre entre parenthèses sa carrière, sa vie, ses principes, les ambitions qu'il nourrissait pour elle, tout ça afin qu'elle soit plus heureuse… Il avait vraiment changé. Jamais elle n'aurait cru qu'il était capable de faire autant de sacrifices pour elle. L'émotion la gagna à son tour, subitement, et ce fut avec les larmes aux yeux qu'elle répondit :

— Je ne pouvais pas rêver mieux… Cette maison, je l'adorais ! Ça va être génial ! Merci papa.

Chapitre 3
Rougemont

Enfin de retour dans le monde, le vrai, parmi les vivants... Cornélia sortit lentement de la voiture, le corps un peu endolori, déjà fatiguée après seulement trois heures de route. Les médicaments, probablement... Dès qu'elle le pourrait, elle arrêterait de les prendre. Le soleil était au rendez-vous, ajoutant encore un peu de douceur à cette journée, début d'une nouvelle vie, plus heureuse, forcément. Comment pouvait-il en être autrement de toute façon ? Pour la première fois depuis longtemps, elle se sentait bien, légère, et se surprenait à espérer de nouveau.

Sa joie fut à son comble quand, l'ancienne maison de ses grands-parents ne faisant partie que de lointains et brumeux souvenirs d'enfance, elle redécouvrit cet endroit où désormais ils allaient vivre. Elle n'était pas venue ici depuis une dizaine d'années, peut-être même plus. Monsieur Williamson en avait hérité au décès de son propre père, qui suivit de près sa femme dans la tombe, et il n'y avait jamais remis les pieds. Il n'en parlait d'ailleurs qu'en de très rares occasions, si bien que la jeune fille avait pensé qu'il avait dû s'en séparer. Apparemment, il n'en était rien.

Le cadre était merveilleux. Le jardin était immense, entièrement fermé par de hauts murs de pierres claires, anciens eux aussi, et, même si l'on n'était qu'au début du printemps, tous les arbres et les massifs étaient en fleurs. Comme si, après un hiver assez rude, la nature avait choisi précisément ce lieu pour renaître. Vraisemblablement, pendant tout ce temps, la propriété était restée inoccupée et pourtant, tout semblait avoir été scrupuleusement entretenu, du moins pour ce qui était des extérieurs. Elle et son père se tenaient tous deux devant la voiture, examinant l'endroit sans oser s'approcher, fascinés autant l'un que l'autre par la beauté qui se dégageait de la vieille demeure et de ses alentours.

Bien que tout cela fût assez flou, Cornélia se rappelait avoir passé un été ici, toute petite. Ses deux parents étaient encore en vie à cette époque. Ce n'était que des souvenirs heureux, l'insouciance bénie de l'enfance, trop vite écourtée, en ce qui la concernait… Et ses grands-parents, comment étaient-ils déjà ? Aimables et doux, c'était certain. Elle essaya de se remémorer l'image de leurs visages mais celle-ci lui échappait. Dommage. Avec des photos, si elle en trouvait, peut-être que d'autres choses lui reviendraient… Elle ferma les yeux un instant et huma le doux parfum qui flottait dans l'air, ces délicieux arômes de la flore s'éveillant tout juste après un long sommeil.

— Alors, ma chérie, est-ce que ça te plaît ? demanda monsieur Williamson en posant une main sur l'épaule de sa fille.

— Oui... souffla-t-elle, surprise par le geste de son père, n'ayant pas encore l'habitude de ce genre d'attention. Énormément.

Elle se tourna vers lui et essaya de décrypter l'expression de son visage. Il paraissait triste et heureux à la fois. La nostalgie, sans doute. Comment savoir, avec lui ? Il ne lui disait jamais rien. Elle connaissait si peu de choses à son sujet, jamais il n'avait parlé de lui, de son enfance, de son parcours... Rien. En fait, c'était simple, elle se tenait face à un inconnu. Allaient-ils réussir à recoller les morceaux après tant de temps passé à ne faire que se croiser ? N'était-ce pas peine perdue ? Non, il fallait y croire, ici tout serait différent, il le fallait, c'était tout ce qu'elle avait de toute façon.

Elle balaya la cour du regard savourant chaque détail. Les rosiers taillés en boule façon *Alice au pays des merveilles*, les massifs regorgeant de fleurs de toutes les couleurs, formant un mélange de tons chatoyants mais toujours élégamment assemblés, les différents arbres éparpillés un peu partout, comme si chacun avait poussé là de façon naturelle, choisissant leur place au gré de leur humeur. Tout paraissait à la fois sauvage et maîtrisé, Dame Nature semblant s'être elle-même occupée de composer ce jardin. Tout au fond, trois bouleaux se faisaient face, l'air d'être en grande conversation, tandis que deux petits sapins se tenaient bien droit de chaque côté de la porte d'entrée, comme deux majordomes invitant courtoisement leurs hôtes à entrer.

Au milieu, régnant en maître absolu, trônait un majestueux tilleul, légèrement surélevé, entouré çà et là de petits sujets indisciplinés. Parmi eux, un prunier, un peu tordu, semblant prêt à s'effondrer, mais également de petits arbustes fleuris, dont Cornélia ignorait les noms, et qui formaient là une espèce de ronde quelque peu désordonnée. Dans un coin, à l'écart, se tenait un grand sapin bleu. On aurait dit que, de son poste isolé, il observait les autres. Il était si éloigné qu'il avait l'air de ne pas faire partie de la fête... Une allée de cailloux blancs, assez large et encadrée de petits buissons foncés, divisait le jardin en deux, de l'écrasant portail noir jusqu'à la porte d'entrée du manoir.

La jeune fille tourna la tête et observa avec attention la maison. Elle était tellement grande, tellement imposante au milieu de toute cette verdure. Qu'allaient-ils bien pouvoir faire, elle et son père, d'autant d'espace ? C'était une bâtisse magnifique, datant du XVIIIe siècle, à l'architecture typique de l'époque. Les fenêtres du rez-de-chaussée, composées chacune de plusieurs petits carreaux, étaient immenses tandis que celles du grenier étaient en fait d'étroites lucarnes rondes. Malgré les siècles qu'elle avait vu défiler, la maison des grands-parents Williamson paraissait presque neuve tant l'entretien dont elle avait bénéficié avait dû être soigneux et méticuleux. Alors que, son père à ses côtés, Cornélia contemplait de loin sa future demeure, un homme, d'une soixantaine d'années environ, vêtu d'une espèce de blouse sale et hors d'âge, sortit du manoir, s'empressant aussitôt d'ouvrir les deux battants de la porte d'entrée. Il s'avança ensuite vers eux, l'air un peu gêné :

— Veuillez m'excuser, monsieur Williamson, je ne vous ai pas entendu arriver. Je bêchais le potager...

Il leur tendit une main terreuse.

— Aucun problème Maurice, nous ne sommes là que depuis cinq minutes, nous admirions le jardin. Sacré boulot ! s'exclama-t-il en serrant chaleureusement la main de son interlocuteur. Ah, et je vous présente ma fille, Cornélia.

— Eh bien ! C'est qu'elle a un peu grandi ! Mademoiselle, la dernière fois que je vous ai vue, vous n'étiez pas plus haute que ça, dit-il en baissant la main à moins d'un mètre du sol, souriant d'un air bonhomme.

— Vraiment ? s'enquit-elle, un peu gênée.

Elle n'avait absolument aucun souvenir de cet homme, cependant, celui-ci paraissait avoir bien connu son père. La jeune fille éprouva tout de suite de la sympathie pour lui, une personne simple et chaleureuse dès le premier abord, menant probablement une vie toute aussi simple, tranquille, à son image. Il était en fait jardinier et s'occupait du manoir depuis son plus jeune âge tandis que sa femme se chargeait, quant à elle, des intérieurs. Ils vivaient tous deux avec leurs filles dans une ancienne bien que modeste maison se situant un peu plus bas sur la rue. Les retrouvailles terminées, Maurice alla immédiatement ouvrir le coffre de la voiture et se chargea des bagages pendant que monsieur Williamson conduisait Cornélia à l'intérieur :

— Bien… Il va falloir choisir ta chambre maintenant !

Étonnamment, vu d'ici, tout paraissait encore plus vaste, démesuré même en comparaison des appartements parisiens où la jeune fille avait eu l'habitude de vivre. Impressionnée, elle parcourut l'ensemble des lieux, avide de les découvrir. Le hall d'entrée était immense, sentiment probablement accentué par les dalles noires et blanches qui recouvraient le sol, formant une sorte d'échiquier géant. Un escalier de pierre, de taille considérable, prenait naissance dans le coin de la pièce et montait dans une courbe gracieuse jusqu'au premier. La cuisine, rustique à souhait, se trouvait juste derrière et était pourvue, comme la plupart des pièces de la maison, d'une large cheminée. Le séjour était une pièce encore plus colossale, extrêmement claire, pleine de baies vitrées accueillant sans réserve la lumière du soleil. Il y avait encore également au rez-de-chaussée deux bureaux, desservis quant à eux par un long couloir sombre. L'étage était composé de cinq chambres, toutes de fort belle taille, de trois salles de bains et d'une mezzanine ouverte sur le salon du bas. Tout était si propre que l'on ne pouvait imaginer que la maison fut restée vide plus d'une décennie, si ce n'était, cependant, la décoration, d'un style plus que dépassé et d'un goût plutôt douteux. Néanmoins, Cornélia se sentit tout de suite à son aise ici. Elle était chez elle.

Comme son père le lui avait suggéré, elle décida de s'installer dans la chambre qui lui plaisait le plus. La meilleure selon elle, celle qui avait une salle de bains attenante et un balcon donnant sur l'arrière du jardin. Maurice dut alors faire plusieurs trajets pour lui monter tous ses bagages qu'elle se dépêcha de ranger au fur et à mesure. Il y avait tant d'armoires, de commodes et autres placards, qu'elle n'eut que l'embarras du choix. Ce ne fut que lorsqu'elle eut terminé qu'elle s'autorisa à s'allonger quelques minutes sur le lit, testant par la même occasion le confort de son nouveau matelas. Exténuée, elle soupira. Elle serait bien ici, elle le savait.

L'envie de découvrir la vue qu'elle pouvait avoir de son petit balcon l'emportant assez rapidement sur la fatigue, elle finit par aller ouvrir la porte-fenêtre qui donnait sur l'autre côté du jardin, celui qu'elle n'avait pas encore vu. Il y avait le potager, dont avait parlé Maurice, mais, également une piscine, là, juste en bas, aux formes simples, anciennes, et au bassin tristement vide, plein de feuilles mortes. Ça non plus, elle ne s'en souvenait pas... Monsieur Williamson la ferait sans doute nettoyer, ainsi ils pourraient pleinement profiter de cette autre partie de la propriété aux beaux jours. Soupirant d'aise en s'imaginant déjà flotter et somnoler sur un matelas gonflable, elle admira ensuite le coucher du soleil, rougeoyant à travers les arbres de la forêt avoisinante.

Ce ne fut que lorsqu'elle porta son regard sur la gauche qu'elle remarqua le château que son père avait évoqué. Perché en haut d'une colline, il dominait tous les environs. Une sensation étrange l'envahit soudain. Cet édifice, elle s'en rappelait très bien, elle l'avait même visité, cela l'avait marquée. Il fallait dire que, même vu de loin, il restait très impressionnant et paraissait gigantesque. Il était composé de plusieurs logis de style renaissance, aux fenêtres gothiques, lugubres, et de trois immenses tours, plus moyenâgeuses.

L'espace d'un bref instant, sans qu'elle l'ait voulu, ses paupières se refermèrent et de curieuses images lui apparurent subitement. De vastes pièces au sol rouge passèrent devant ses yeux, ainsi qu'une multitude de tapisseries aux couleurs vives, tendues sur des murs de pierre brute, des plafonds en bois sculpté et peint, et une salle plus particulièrement… Une cheminée, pouvant facilement accueillir le tronc d'un chêne, une légère fissure entaillait la pierre en son centre, l'usure du temps, forcément. Et, au-dessus, un tableau…

— Un portrait… murmura-t-elle pour elle-même, les mots franchissant ses lèvres sans qu'elle ne s'en rende compte.

Oui, le portrait d'une femme en robe blanche, une femme à l'air étrange, mystérieux, un visage quasiment net… Tout à coup, quelqu'un toqua à la porte, la forçant brusquement à sortir de sa rêverie :

— Cornélia, le dîner est prêt. Tu viens ?

— Euh… Oui, j'arrive, papa.

Il était étonnant de voir à quel point certaines choses pouvaient s'ancrer profondément dans la mémoire tandis que d'autres ne faisaient que passer, l'effleurant à peine. Elle replaça rapidement quelques-unes de ses boucles afin d'être un peu plus présentable et descendit à la cuisine. Elle fit alors la connaissance de celle qui dorénavant s'occuperait, entre autres choses, de préparer leurs repas, madame Amélie, l'épouse de Maurice. Exceptionnellement, et parce que monsieur Williamson avait insisté, ils restèrent pour le dîner. Cornélia s'étonna alors de voir son père rire de bon cœur avec le jardinier. Ce dernier raconta avec amusement les nombreuses frasques de celui qui, avant d'être son employeur, avait été, à l'en croire, un véritable garnement. Ainsi donc il n'avait pas été un enfant très sage ? Voilà qui était plutôt intéressant, et pour le moins inattendu...

Madame Amélie, elle par contre, ne décrocha pas un mot de la soirée. Elle était l'antithèse de son mari. Aucun sourire, à aucun moment, ne vint adoucir ses traits durs. Elle se contenta d'adresser de temps à autre des regards chargés de reproches à Maurice. Et le reste du temps, de dévisager la jeune fille d'un air réprobateur. Elle devait avoir à peu près le même âge que son époux, portait une espèce de blouse de grand-mère violette aux motifs floraux hideux, et ses cheveux bruns, entremêlés de mèches grises, étaient rabattus en un gros chignon au sommet de son crâne, lui donnant un air encore plus sévère. Autant Maurice était sympathique que, elle, était détestable. Ce qui était sûr, c'est que Cornélia éviterait de la croiser trop souvent à l'avenir.

Elle non plus ne parla pas beaucoup durant le repas, d'abord parce qu'elle en eut assez peu l'occasion, le jardinier se révélant être un bavard invétéré, et puis parce que, de toute façon, les conversations avec des inconnus étaient loin d'être son fort. Elle mangea peu et quitta la table avant même que le dîner ne fût terminé, trop fatiguée pour rester plus longtemps.

Elle dormit d'un sommeil paisible et profond jusqu'à l'aube, et aux environs de cinq heures du matin, dut se lever pour aller aux toilettes. Elle se recoucha aussitôt, décidant qu'il était bien trop tôt pour déjà commencer une journée, mais, mit quelque temps avant de pouvoir s'assoupir à nouveau. Les images du château ainsi que le portrait de la femme en blanc hantaient ses pensées et la rendaient curieusement nerveuse.

Puis, tout à coup, elle se retrouva là-bas, au milieu de cette pièce dont elle s'était souvenue avec tant de précision. Son regard était irrésistiblement attiré par le tableau, fixé au-dessus de la grande cheminée fissurée. Elle s'avança lentement, s'approchant le plus près possible de l'œuvre mystérieuse, et sentit le contact froid du carrelage sous ses pieds nus. Elle la voyait maintenant avec tant de clarté...

La femme à la robe immaculée était assise devant des voilages, se tenant un peu à la manière de la Joconde, elle souriait à peine et sur ses traits se lisait une inquiétude latente et passait l'ombre de la tristesse. Une étrange impression se dégageait de ce portrait, il était fascinant, cependant, il mettait mal à l'aise. Les couleurs étaient encore vives, comme s'il avait été peint la veille. Ce visage, il lui rappelait bien quelqu'un, mais qui ?

Elle baissa les yeux pour pouvoir lire la petite plaque en métal doré, placée en bas du cadre et qui donnait généralement un nom ou un titre, mais, tout à coup, tout devint flou et une affreuse migraine se mit subitement à lui scier le crâne. Elle recula, chancelante, releva la tête, et aperçut, au sommet du tableau, un liquide épais et brunâtre dégouliner le long de la toile... Du sang ! De plus en plus de sang coulant lentement jusqu'à bientôt recouvrir la moitié du visage de la femme. La douleur se faisant de plus en plus intense, Cornélia se mit à hurler, vidant d'un trait tout l'air de ses poumons.

Et puis, soudain, plus rien… Plus de maux de tête, plus de tableau… Elle ouvrit les yeux, haletante, et se rendit alors compte qu'elle se trouvait dans sa chambre, à Rougemont, au manoir, assise sur son lit. Les rideaux de ses fenêtres filtraient mollement la lumière du jour qui se levait. Il devait être encore tôt. Ce n'était qu'un cauchemar, rien qu'un mauvais rêve… Encore tremblante, elle se leva lentement et alla jusqu'à sa salle de bains se servir un verre d'eau. Elle but avidement tant sa bouche était sèche, mais l'affreux goût métallique qui collait à son palais ne s'en alla pas pour autant. Elle jeta un coup d'œil à son reflet dans le miroir et grimaça en voyant son visage aux traits tirés et fatigués.

— *Rien ne s'arrangera, tu sais…*

La voix… Encore et toujours cette voix dans sa tête ! Jamais elle ne la laisserait donc tranquille ! Cornélia avait décidé de l'ignorer, de faire comme si elle n'existait pas, de ne pas l'écouter. Malgré tout, elle était là et elle l'entendait, quoi qu'elle fasse… Pleinement éveillée à présent, elle prit sa douche, s'habilla, puis se rendit sur son balcon admirer la campagne environnante au lever du jour. Le ciel était clair, vide de tout nuage, et le soleil brillait. Souhaitait-il lui aussi célébrer son arrivée en ces lieux, début de sa nouvelle vie ?

Elle s'accouda sur le rebord de pierre et soupira. Comme elle avait été idiote de se laisser autant impressionner par un simple petit cauchemar ! Tout était beau ici, apaisant. Les plaines verdoyantes luisaient presque sous cette douce lumière, les formes géométriques des sillons creusés dans les champs donnaient un relief particulier à ce paysage enchanteur et la forêt, pleine de contrastes, venait encadrer le tout.

Elle commençait à rêvasser quand, soudain, elle aperçut près des hauts arbres noirs, la silhouette sombre d'un homme en veste longue et d'un gros chien trottinant autour de lui. Il était immobile et semblait attendre quelque chose. De là où elle était, Cornélia ne pouvait voir ce qu'il regardait mais elle aurait juré que c'était elle. Était-il en train de la guetter ? Au bout d'un moment, il se mit à bouger et s'éloigna peu à peu, s'enfonçant dans la forêt jusqu'à ce qu'elle ne puisse plus le distinguer. Paranoïaque, en plus du reste ! Son imagination lui jouait des tours, comme d'habitude. Un promeneur matinal, rien de plus...

Chapitre 4
Retour à la réalité

Encore une magnifique journée à Rougemont, ce charmant petit village où Cornélia et son père avaient emménagé un mois auparavant. Il n'était pas midi et déjà le soleil rayonnait fièrement au milieu d'un ciel turquoise et immaculé. Il faisait particulièrement beau et chaud pour le début du mois de mai, les températures étaient exceptionnelles et la jeune fille ne manquait pas d'en profiter. Pas un nuage à l'horizon, rien que le bleu du ciel à perte de vue, rien ne pouvant venir perturber ces instants précieux de plénitude et de sérénité.

Comme elle en avait pris l'habitude depuis quelques jours, Cornélia était à la piscine. Sur sa demande, son père avait fait le nécessaire afin que le bassin puisse être réhabilité dans ses fonctions premières. À présent, dès que la météo le permettait, elle y passait le plus clair de son temps. C'est toute seule que, finalement, elle avait appris à nager. Depuis, elle ne se lassait plus d'aller et venir, passant d'une extrémité à l'autre avec une aisance qu'elle venait tout juste de se découvrir.

Dans ces moments-là, elle ne pensait plus à rien. Son esprit se vidait pour ne plus se charger que de soleil et de quiétude. C'était peut-être là le meilleur des remèdes pour elle, afin de lutter contre la dépression. Elle avait cessé de prendre les calmants et autres antidépresseurs que lui avaient prescrits les médecins de Paris et pour autant, elle se portait comme un charme, même la voix avait fini par disparaître. En fait, jamais elle n'avait été aussi heureuse...

Ses journées étaient futiles, contre-productives, et elle s'en moquait éperdument. En réalité, elles se limitaient à quelques brasses le matin, quand l'eau était encore fraîche et vivifiante mais que le soleil commençait à réchauffer la terre, de la lecture intensive de romans d'aventures, et des promenades sans fin, en solitaire ou bien avec son père. Ce dernier avait beaucoup changé en peu de temps, il était devenu aimable, aimant et agréable. Tout ce qu'il n'avait jamais été auparavant. Il lui faisait faire des balades improbables, l'emmenant dans des lieux que lui seul connaissait, et lui parlait de sa vie quand il habitait au village, avec ses parents.

C'est ainsi que Cornélia avait appris qu'il s'était fâché avec eux lorsqu'il avait décidé d'aller faire des études de droit sur Paris, délaissant le domaine familial et les vignobles que plusieurs générations, du côté de sa mère, s'étaient évertuées à cultiver. Il les avait d'ailleurs revendus dès qu'il en avait hérité, ne voulant plus jamais en entendre parler, mais avait, cependant, décidé de garder la maison qui l'avait vue grandir. L'air de la campagne lui avait fait du bien à lui aussi, c'était un tout autre homme désormais.

Et, chose importante, il avait enfin cessé de n'être, pour sa fille, qu'un étranger…

Elle s'arrêta un instant, légèrement essoufflée après un quart d'heure d'effort intensif, puis se laissa mollement flotter à la surface, son corps lui donnant soudain la sensation de devenir aussi léger qu'une plume. Elle était allongée sur le dos, la tête en arrière, ses longs cheveux roux épars autour d'elle, chaque mèche dansant doucement au gré des ondulations de l'eau. Elle ferma les yeux, savourant la chaleur du soleil sur son visage. Tout était tellement plus simple tout à coup, il suffisait de se laisser glisser, de se laisser porter par le courant.

Elle resta quelques minutes ainsi puis, entendant des bruits de pas crissant sur la terrasse, se laissa couler jusqu'au fond du bassin et, d'un coup de pied énergique, remonta vivement à la surface, sa lourde chevelure plaquée en arrière, le long de son dos. Monsieur Williamson se tenait là, debout sur la terrasse, son téléphone portable à la main, une expression sévère fixée sur le visage. À Paris cela n'avait rien d'inhabituel mais ici c'était différent…

— Il faut que l'on parle, lâcha-t-il, la mâchoire un peu crispée.

Inquiète, elle attrapa l'échelle, grimpa hors de l'eau et prit la serviette qu'elle avait laissée sur une des chaises longues qui encadraient le bord du bassin. Ses cheveux, chargés d'eau, gouttaient par terre et elle s'étonna de voir les traces disparaître presque aussitôt. Des températures vraiment élevées pour un mois de mai… Elle s'assit et regarda son père, prenant la même expression grave, angoissant déjà à l'idée que cette époque bénie de vacances et de repos allait peut-être maintenant prendre fin.

— Voilà, commença-t-il l'air plutôt embarrassé subitement, il va falloir que je parte quelques jours sur Paris, pour le travail, une affaire très importante. Je dois absolument être sur place.

Elle soupira de soulagement. Ce n'était que ça ? Monsieur Williamson vint s'asseoir à côté d'elle puis reprit :

— Je suis un peu inquiet à l'idée de te laisser à nouveau seule et, en même temps, je ne suis pas sûr que cela soit très judicieux de te ramener là-bas si tôt. Tu sembles aller tellement mieux ici...

— C'est vrai, reconnut-elle. J'aime vivre ici, je ne veux pas partir, pas déjà. Je peux très bien rester seule, tu sais. Et puis, il y a Maurice, il vient presque quotidiennement, il me tiendra compagnie. Si ce n'est que pour quelques jours, papa, tu n'as pas à t'en faire. Tout ira bien, c'est promis.

— D'accord, je te fais confiance. Mais, j'ai mes conditions.

— Je t'écoute, accepta-t-elle, résignée d'avance.

— Si je dois te laisser seule, je veux auparavant que tu ailles chez un médecin, en ville, quelqu'un qui pourra me confirmer que tu vas bien et que je peux partir l'esprit tranquille.

— Si tu y tiens, mais je ne crois pas que les médecins par ici soient qualifiés pour évaluer ce genre de chose. Ça m'étonnerait beaucoup qu'il y ait un psy dans le coin.

— L'avis d'un généraliste me suffira, il saura bien voir si quelque chose ne va pas, même s'il n'est pas psy, insista-t-il. Et puis, une visite de contrôle ne te fera pas de mal, après ton… accident.

Sa voix se brisa. Ils n'en avaient plus jamais parlé depuis qu'ils étaient ici, tous les sujets douloureux, et celui-ci en particulier, étant devenus tabous. Ainsi donc sa tentative de suicide devenait un « accident » ? Pourquoi pas… Elle vit alors son père jeter un regard furtif à ses poignets. Depuis l'hôpital, elle portait une armée de bracelets à chaque bras afin de cacher les horribles cicatrices que les plaies avaient laissées, mais, pour nager, elle était bien obligée de les retirer. Embarrassée, elle retourna ses mains et les posa sur ses genoux :

— Si ça peut te faire plaisir.

— Bien. Une dernière chose encore, et pas des moindres. Je pense qu'il serait temps que tu voies un peu de monde. Même si tu vas mieux, tu passes tout de même tes journées seule et, avouons-le, à ne pas faire grand-chose… Ce n'est pas bon, tu t'en rends bien compte ?

Cornélia voulut répliquer mais il l'en empêcha :

— C'est pourquoi, en attendant que l'on sache ce vers quoi tu veux t'orienter, je t'ai trouvé un petit boulot de serveuse au bistrot d'en bas.

— Quoi ? s'exclama-t-elle, consternée. De serveuse ? Au bistrot ?

— Oui, dans le café que tient l'une des filles de Maurice et Amélie, expliqua-t-il, fier de lui. Un mi-temps. Ils n'ont pas besoin de plus, je ne crois pas qu'ils aient une grosse activité de toute façon. Tu verras peut-être des gens de ton âge là-bas, je suis sûr que ça te fera du bien.

— Bien sûr, comme s'il y en avait ici, des gens de mon âge ! Et c'est l'emploi rêvé pour moi, je suis si peu maladroite et tellement à l'aise avec les inconnus !

— Justement ! argua-t-il en se relevant, la regardant de plus haut. Ça t'aidera peut-être à changer un peu. L'oisiveté a assez duré, ce n'est pas ça la vie Cornélia ! Tous les jeunes bossent durant l'été ! Et toi, eh bien, tu feras pareil, c'est tout !

Brusquement, il se rassit, et ses traits redevinrent peu à peu plus amicaux :

— Écoute, ce n'est pas la mer à boire. Tu verras, ça va te plaire, j'en mettrai ma main à couper. Tu ne commenceras que lorsque je reviendrai de Paris, d'accord ? Et puis, si vraiment ça ne te convient pas, tu arrêteras… Il faut bien que tu fasses quelque chose tout de même, hein ?

— Oui, je sais. Tu as raison, souffla-t-elle, consciente que cette situation ne pouvait être qu'éphémère, avant de reprendre d'un ton plus léger : Alors, ma future patronne, sera-t-elle aussi charmante que sa mère ?

Il pouffa de rire :

— Grand Dieu ! J'espère que non !

La jeune fille se résigna alors à accepter sans broncher le nouveau quotidien que lui avait préparé Monsieur Williamson. Après tout, c'était toujours mieux que la fac de droit. Et puis, elle avait pu profiter de presque deux mois de répit, c'était déjà beaucoup quand on avait un père comme le sien, pour qui l'inactivité traduisait la pire des tares de l'être humain : la paresse. Elle se doutait qu'à un moment ou à un autre, le sujet serait mis sur le tapis. Puis, honnêtement, il fallait bien avouer qu'il n'avait pas vraiment tort, même si cela ne l'aurait pas dérangée, elle ne pouvait pas rester ainsi, sans rien faire ni jamais voir personne. Peut-être même qu'elle se plairait à ce nouveau travail, pourquoi pas ? Enfin, à condition, bien sûr, que la fréquentation dudit bistrot ne soit pas uniquement composée d'ivrognes du coin, ce qui était loin d'être gagné...

Trois heures du matin. Pour quelle raison n'arrivait-elle pas à trouver le sommeil ? Une angoisse, insidieuse, qu'elle tentait vainement d'ignorer, s'infiltrait doucement en elle, nouant peu à peu sa gorge et son estomac. Son souffle était court, comme si elle avait eu peur de quelque chose. Pourtant il n'y avait rien... Tout au plus, une légère inquiétude quant au fait de devoir aller chez un médecin inconnu dans quelques heures ainsi qu'une vague anxiété à l'idée de se retrouver à nouveau seule, même si ce n'était que pour quelques jours. La solitude, cette douce et triste amie, elle la connaissait bien. À Paris, c'était son lot quotidien. Ça ne l'effrayait pas vraiment. Alors quoi ?

Elle serra ses paupières pour être sûre d'avoir bien les yeux fermés et essaya de se concentrer sur des pensées agréables. Mais, comme à chaque fois que son esprit commençait à s'égarer, des images du château d'en face s'imposèrent à elle, entêtantes et déraisonnablement oppressantes. Agacée, elle se leva et alluma le plafonnier de sa chambre puis descendit à la cuisine, se disant que, peut-être, un peu de grignotage l'aiderait à retrouver la sérénité.

Dehors, tout était calme, le village entier dormait paisiblement tandis qu'elle se trouvait au bord de la crise de nerfs, sans raison. Elle ouvrit le réfrigérateur dans l'espoir d'y trouver quelque chose d'intéressant à se mettre sous la dent et frissonna en recevant la bouffée d'air froid que dégageait l'appareil. Elle réalisa alors qu'elle était complètement gelée, ses mains et ses pieds avaient même pris une teinte légèrement bleutée. Elle prit un yaourt, s'installa sur le canapé du salon et s'enroula dans la couverture qu'elle avait laissée là la veille. Impossible de se réchauffer. Plus le temps passait et plus Cornélia grelottait. La journée avait pourtant été chaude. Les températures se seraient-elles rafraîchies subitement ?

Elle remontait l'escalier quand elle entendit un bruit de pas lourd et lent, inhabituel, provenant du couloir de l'étage. Avait-elle fini par réveiller son père avec ses allées et venues ?

— Papa ? C'est toi ? hasarda-t-elle à mi-voix.

Aucune réponse. Rien que le silence pesant, presque anxiogène, de la campagne assoupie. Elle haussa les épaules et continua jusqu'à sa chambre. Elle s'étonna alors de retrouver la pièce plongée dans le noir tandis qu'elle était persuadée d'avoir laissé la lumière allumée en la quittant tout à l'heure. Curieux... Non, à cette heure, l'on devenait facilement paranoïaque, elle avait dû l'éteindre et ne s'en rappelait plus, voilà tout.

Toujours frigorifiée, elle se pelotonna sous ses draps et se mit de nouveau en quête de ce repos qui, ce soir, se faisait tant désirer. Quand, finalement, les lourdes vapeurs de la torpeur commencèrent à engourdir son corps ainsi que son esprit, un nouveau bruit étrange, sorte de bruissement furtif, se fit entendre. Elle ouvrit un œil, presque sûre d'avoir rêvé, et aperçut soudain, à la timide lueur de la lune, une haute silhouette masculine se dessiner sur son balcon pour aussitôt s'évanouir. Effrayée cette fois, elle ralluma sa lampe de chevet, quitta son lit d'un bond et alla ouvrir la porte-fenêtre, mais ne trouva là rien d'anormal. Personne. Ça n'avait été qu'une illusion, forcément. L'ombre des arbres peut-être ? Encore sous le coup de la panique, son cœur battait maintenant à bâtons rompus, résonnant jusque dans ses tempes. Décidément, il était dit qu'elle ne dormirait pas ce soir !

— Allez, presse-toi un peu s'il te plaît, intima monsieur Williamson, contenant mal son agacement.

Cornélia, n'ayant pu trouver le sommeil qu'aux environs de cinq heures du matin, venait quasiment de passer une nuit blanche et s'efforçait d'avaler son bol de céréales le plus rapidement possible. Elle avait eu un mal fou à se lever et n'était même pas certaine d'être vraiment réveillée tant ses membres étaient lourds et ses idées ralenties. Son père, quant à lui, était frais et pimpant, même de si bonne heure. Il avait revêtu son ordinaire costume, sans oublier, bien sûr, sa triste cravate grise, sa tenue de travail par excellence, et s'apprêtait, après avoir emmené sa fille chez le médecin, à partir pour Paris.

— Voilà ce que c'est que de faire la grasse matinée presque tous les jours, tu as pris de mauvaises habitudes et à présent tu ne peux plus t'en défaire ! s'exclama-t-il en battant du pied sous la table.

— Ça, et probablement aussi le fait que je n'ai quasiment pas fermé l'œil de la nuit… répliqua-t-elle, luttant pour ne pas bâiller.

— Ah ? Mais pourquoi donc ?

— Je n'en sais rien.

— Alors il faudra en parler au médecin tout à l'heure, d'accord ?

— Oui… Je ferai ça…

Il posa sur elle un regard sceptique :

— Tu sais, c'est important, je ne partirai pas si le docteur Jacob me dit que tu n'es pas en bonne santé.

— Je suis en bonne santé ! s'exclama-t-elle. C'est idiot, que veux-tu qu'il te dise d'autre ?

— On verra bien, conclut-il en quittant la table. Dépêche-toi de finir, je vais sortir la voiture. Nous sommes déjà en retard, Cornélia.

Monsieur Williamson, entre autres obsessions, était un maniaque de la ponctualité, même pour un simple rendez-vous médical. Il devait faire de gros efforts en ce moment pour ne pas se montrer plus acerbe envers sa fille. Celle-ci soupira en le regardant s'éloigner. Mollement, elle porta sa cuillère à ses lèvres quand, soudain, un horrible goût amer et métallique emplit sa bouche. Elle baissa les yeux, consternée, et vit alors le lait dans son bol devenir brusquement épais et pourpre.

Elle resta un instant à regarder ses céréales flotter dans ce qui semblait désormais être du sang… Elle poussa un petit cri, bref et aigu, tout en envoyant valdinguer, d'un revers de la main, le récipient de porcelaine à travers la pièce. Horrifiée, elle se leva et se précipita dans l'évier pour recracher.

— Mais enfin, qu'est-ce qui te prend ? s'enquit monsieur Williamson en revenant sur ses pas, stupéfait.

— C'est répugnant ! cria-t-elle en toussant, désignant les morceaux du bol brisé, éparpillés un peu partout sur le carrelage de la cuisine. Regarde !

Les yeux de son père firent plusieurs allers et retours entre elle et les débris de l'objet et une expression d'incompréhension, teintée d'inquiétude, s'installa sur son visage :

— Quoi ?

Hébétée, la jeune fille se retourna et se pencha pour examiner de plus près le liquide répandu au sol. C'était blanc, un peu transparent... Du lait. Simplement du lait. Pas la moindre trace d'un quelconque liquide rougeâtre.

— Je... Je ne comprends... bégaya-t-elle.

— Vas-tu me dire ce qui t'arrive ?

— Rien. C'était absurde, admit-elle, presque soulagée. J'ai cru voir quelque chose dans mes céréales mais je me suis trompée. Je suis désolée.

Le père de Cornélia attrapa le paquet encore ouvert sur la table et l'inspecta :

— Il a été acheté hier. Qu'est-ce que tu as vu ?

— Rien papa, assura-t-elle en commençant à ramasser ce qui restait du bol. Le manque de sommeil me joue des tours...

Il resta quelques secondes à la regarder d'un œil intrigué puis alla jeter la boîte de céréales ouverte du matin à la poubelle et dit :

— Allez, laisse ça s'il te plaît, Amélie s'en chargera. On est pressé, tu te rappelles ?

Le docteur Jacob était loin de ressembler aux médecins qui avaient suivi la jeune fille durant son hospitalisation. Il était petit, paraissait très âgé, les cheveux entièrement blanchis par les années et souriait en permanence d'un air paisible et serein. D'emblée, monsieur Williamson s'était excusé pour leur léger retard, évoquant même un faux contre temps, mais le vieil homme s'était contenté de répondre aimablement que cela n'était absolument pas grave. Ce ne fut qu'après avoir pris le temps de s'entretenir quelques minutes avec lui qu'il reçut sa nouvelle patiente. Cornélia, qui n'avait fréquenté que les cabinets de médecins parisiens, s'étonna de trouver en ce lieu un mobilier aussi hétéroclite, entièrement fait de bric et de broc, seul le matériel médical semblait relativement récent, le reste étant à l'image de l'occupant, ancien et usé. Le voyant d'abord s'installer à son bureau, elle l'imita, prenant place juste en face, dans une espèce de fauteuil crapaud au velours râpé, usure relative au passage de nombreuses personnes.

— Alors, mademoiselle, commença-t-il d'un ton doux, votre père a l'air de beaucoup s'inquiéter à votre sujet. A-t-il raison ?

— Non. Évidemment que non. Je vais bien. Je vais mieux. Il a déjà dû tout vous raconter. Je ne vois pas ce que je fais ici.

— Eh bien, je vais m'occuper de prendre votre tension, d'écouter votre cœur, peut-être vérifier votre poids également. Une simple visite de contrôle, en fait. Cependant, s'il y a des choses qui vous tracassent, comme ces petits problèmes d'insomnie, par exemple, il vaudrait mieux m'en parler.

Elle passa sa main sur son front, embarrassée. Apparemment ces quelques minutes d'entrevue avaient suffi à son père pour exposer sa vie entière dans les moindres détails...

— Je n'ai pas de problème de ce genre, j'ai seulement mal dormi la nuit dernière.

— Vous savez, les parents restent des parents, ils se font constamment du souci pour leurs enfants.

— Oui, le mien a mis un peu de temps à se réveiller mais maintenant il en fait des tonnes ! s'exclama-t-elle avant de reprendre : Non, il n'y a rien, docteur. Comme je vous l'ai dit, je vais beaucoup mieux. Mon père n'a plus de raison de s'inquiéter. Dites-le-lui, s'il vous plaît.

— D'accord, obtempéra-t-il en indiquant la table d'examen de l'autre côté de la pièce. On va passer par là, si vous le voulez bien.

Elle s'assit en silence, retira son tee-shirt et poussa la masse épaisse de ses boucles sur le côté en voyant le médecin prendre son stéthoscope. Il passa derrière elle et, curieusement, attendit quelques instants avant d'imposer le contact glacé de l'appareil dans le dos de Cornélia. Cela dura plus longtemps que d'ordinaire, et, au bout d'un moment, le docteur Jacob se racla la gorge avec une certaine gêne puis demanda :

— Il est curieux votre... « tatouage » ?

— Pardon ?

— Oui, ces espèces de marques que vous avez ici, entre les omoplates.

Il effleura du doigt l'endroit qu'il venait d'indiquer.

— De quoi parlez-vous ? J'ai des marques ?

— Comment ? interrogea-t-il, incrédule. Vous l'ignoriez ?

Elle se retourna pour lui faire face et vit qu'il ne plaisantait pas, le sourire sur son visage avait même disparu pour laisser place à une expression grave :

— Cela ressemble presque à d'anciennes brûlures, une sorte de scarifications... Ça ne vous dit vraiment rien ?

Elle écarquilla les yeux, refusant de le croire. Elle n'avait jamais eu ce genre de chose, ça ne lui serait même pas venu à l'idée, elle qui ne supportait déjà pas les piqûres... Les traits du médecin se décomposèrent lentement :

— Est-ce que quelqu'un vous a fait du mal, Cornélia ? Est-ce que c'est pour ça que vous avez tenté de mettre fin à vos jours ? Vous aviez peur ?

— Quoi ? Non ! rétorqua-t-elle en secouant la tête. C'est absurde !

Le docteur Jacob resta un instant à scruter sa patiente, comme s'il avait cherché là quelques vérités cachées, puis, il posa une main sur son épaule et l'entraîna vers un coin de la pièce, là où se trouvait un miroir. Il la plaça juste devant, mais de dos. Ne comprenant pas ce qui se passait, la jeune fille se laissa guider sans opposer la moindre résistance et jeta un coup d'œil bref et sceptique à son propre reflet. Ce qu'elle découvrit alors la pétrifia. Elle se mit subitement à penser que tout cela n'était pas possible, qu'elle n'avait finalement pas réussi à se réveiller ce matin et qu'elle se trouvait encore dans son lit, emmitouflée dans ses draps, son esprit vagabond, très créatif ces derniers temps, lui offrant de nouveaux cauchemars, toujours plus terrifiants... Dans son dos, juste entre ses deux omoplates, était gravé dans sa chair une sorte de message, composé d'espèces de lettres blanchies par la cicatrisation, difficilement déchiffrables mais tout de même suffisamment explicites :

Tu m'appartiens

— Mon Dieu... balbutia-t-elle sans pouvoir détacher son regard du miroir, ignorant la douleur des muscles se tétanisant dans son cou à force de se tenir tordus. C'est insensé... Complètement insensé...

Quelqu'un s'était amusé à lui écrire dessus ?! Un malade l'avait charcuté au point de lui laisser ces marques hideuses et tout ça sans qu'elle ne s'en rende compte ?!

— Docteur, je ne sais pas ce que c'est, avoua-t-elle, se tournant enfin vers lui. Je jure que je ne savais pas que c'était là.

Il fronça les sourcils :

— Je vous crois. Mais alors, vous devriez tout de suite vous rendre dans un commissariat, une enquête doit être faite. Il est fort probable que quelqu'un cherche à vous nuire.

Le regard de la jeune fille revint vers le miroir. Toujours incrédule, elle passa le bout de ses doigts dans son dos, caressant les cicatrices en forme de mots, pour une ultime vérification. Les lettres étaient légèrement en relief sur sa peau. Le plus étrange c'était que les cicatrices avaient l'air anciennes, ce n'était même pas douloureux.

— Réfléchissez, quand a-t-on pu vous faire ça ? insista le médecin.

— Je n'en sais rien... Pendant que j'étais dans le coma, peut-être.

Elle hésita à lui parler également des blessures à ses poignets, arrivées là elles aussi comme par magie, puis se ravisa. Pour le moment, il semblait convaincu qu'elle disait vrai et qu'elle ignorait réellement l'origine de ses marques. Si elle mentionnait encore d'autres faits similaires, il pourrait peut-être changer d'avis. Cela compliquerait les choses et elles l'étaient déjà assez comme ça.

— Non, c'est beaucoup moins récent ! reprit-il. Ces cicatrices ont plusieurs années. Enfin, personne ne les a jamais remarquées auparavant ?

Oui, comment cela se faisait-il, si ces lettres étaient vraiment si anciennes qu'il le prétendait, que personne, pas même son père, ne se soit aperçu de leur présence ? À l'hôpital, les médecins l'avaient-ils examinée si sommairement qu'ils n'avaient rien vu ? Peut-être était-ce à cause de ses cheveux ? Son épaisse chevelure, que jamais elle n'attachait, avait-elle masqué durant tout ce temps l'effroyable message caché juste en dessous ? Peut-être... Ses idées s'embrouillèrent brusquement. Tout ça, c'était trop ! Beaucoup trop pour une seule personne !

— Je suis majeure. Par conséquent, vous êtes tenu au secret professionnel, n'est-ce pas, docteur ? questionna-t-elle d'un ton qu'elle voulut ferme.

— Bien sûr, admit-il en plissant les yeux, semblant ne pas voir où sa patiente voulait en venir.

— Alors, je vous demande de n'en parler à personne, et surtout pas à mon père.

Cornélia s'éloigna du miroir et alla ramasser ses vêtements qu'elle s'empressa ensuite d'enfiler :

— Vous lui direz que je vais bien, puisque c'est le cas ?

— Euh... Oui... accepta-t-il, décontenancé. Mais, tout de même, tout cela est inquiétant. Je n'ai jamais rien vu de pareil. C'est grave mademoiselle. Peut-être êtes-vous en danger...

— Je ne crois pas, conclut-elle en récupérant son sac puis en lui serrant la main. C'est trop ancien, vous l'avez dit. Depuis, j'ai changé de ville, et de vie aussi. C'est bizarre, c'est tout.

L'angoisse, encore et toujours. Elle montait peu à peu en elle. Il fallait qu'elle s'en aille, maintenant. Qu'elle rentre chez elle et qu'elle fasse un tour dans sa piscine, pour nager, se dépenser, puis flotter, afin de faire le vide dans sa tête. Oublier... Ne plus penser à ces faits étranges qui lui donnaient le tournis, apprendre à vivre avec, c'était tout ce qu'il y avait à faire. Elle se dépêcha de sortir et retrouva aussitôt son père dans la salle d'attente, un journal dans les mains. Il parut surpris de la voir revenir si vite. Cornélia prit alors sur elle pour avoir l'air calme et serein alors qu'au fond d'elle-même, ses entrailles se nouaient de plus en plus fortement, l'oppressant tellement qu'elle manquait d'air. Savoir cette chose sur elle, cette espèce de tatouage au fer rouge, la marquant à tout jamais, tel du bétail, était effroyable. Ignorer d'où cela pouvait bien provenir était encore pire... Mais elle n'en laissa rien paraître et afficha même un sourire radieux :

— Voilà, c'est fait. Tu vas pouvoir partir l'esprit libre, papa, tout va très bien. N'est-ce pas, docteur ?

— Oui, heu, tout à fait… répondit-il, un soupçon de scepticisme au fond du regard. Monsieur Williamson, votre fille est en parfaite santé.

— Bien, je voulais seulement m'en assurer.

Puis un silence gênant s'installa. La jeune fille, pour couper court à ce moment pesant, se jeta au cou de son père et l'embrassa sur la joue, feignant l'enthousiasme :

— Tu vas me manquer, mon petit papa !

Elle en avait probablement fait un peu trop mais cela avait été efficace. Embarrassé d'être ainsi étreint en public par sa fille de dix-neuf ans, ce dernier s'empressa de serrer la main du praticien, le remerciant brièvement, et fila avec elle pour rejoindre leur voiture.

Et voilà, de nouveau seule… Il fallait bien que cela arrive, de toute façon. Comme prévu, Monsieur Williamson était parti juste après l'avoir ramenée du cabinet de médecin, ne perdant pas une minute d'une journée qui s'annonçait fort chargée, regorgeant de rendez-vous professionnels, de repas d'affaires et de dossiers volumineux à parcourir. Quant à elle, elle avait déjeuné avec le jardinier et sa femme, la très charmante madame Amélie, qui, durant ce laps de temps, n'ouvrit la bouche que pour engloutir son rôti. Cornélia avait été soulagée de les voir ensuite s'en aller, attendant finalement avec une certaine impatience ce moment où, enfin seule, elle pourrait s'enfermer dans sa chambre et examiner à loisir ses étonnantes cicatrices.

Oubliant même jusqu'à son projet de baignade, elle passa la quasi-totalité de l'après-midi figée devant son grand miroir en pied, un autre, plus petit, dans les mains afin d'éviter de se tordre trop longtemps le cou, inspectant durant des heures les horribles marques qui étaient apparues dans son dos. Elle fouilla son esprit en quête de réponse, mais aucune ne vint. Elle eut beau sonder son passé, proche et lointain, elle ne trouva rien, aucune occasion, aucun moment où ce genre de chose aurait pu se produire. Et pas plus de personnes assez tordues parmi son entourage fort restreint, capables de telles horreurs non plus. Après tout, c'était tout de même la deuxième fois que son corps subissait des mutilations sans qu'elle ne s'en rende compte, les blessures à ses poignets ne trouvant pas plus d'explications. Il y avait un lien entre ces deux faits, forcément...

Une question, qu'elle aurait préféré ne jamais avoir à se poser, lui revenait sans cesse. Était-elle cinglée au point de s'être fait graver ces mots elle-même, d'avoir fait appel à quelqu'un pour ça, puis, plus tard, de s'être tailladé les poignets, et, ensuite, d'avoir oublié le tout ? Cela n'avait ni queue, ni tête ! Pourquoi ? Pourquoi aurait-elle fait ça ? Pourquoi ce message ? Il ne signifiait absolument rien ! Et puis, pourquoi se serait-elle ouvert les veines puisqu'elle pensait mourir lors de sa chute du haut du pont ! Tout ça était absurde ! Parfaitement absurde ! Si elle avait cru en Dieu, elle aurait peut-être vu là-dedans une sorte de stigmates démoniaques... Or, Cornélia était profondément athée, comme son père et comme l'était sa mère aussi. Toute forme de religion, et ce quelle qu'elle fût, lui filait des boutons. Elle ne supportait pas le mysticisme, l'associant toujours à de l'obscurantisme, et était une fervente cartésienne. Ce qui l'amenait donc à penser qu'il devait y avoir une explication à ces phénomènes étranges, une explication rationnelle mais qu'elle ne parvenait à trouver...

Au bout d'un moment, son estomac la rappela à l'ordre et, d'un coup d'œil à son radio-réveil, elle réalisa qu'il était justement l'heure du dîner. Elle n'avait absolument rien fait de son après-midi, trop perdue dans ses pensées pour s'occuper de quoi que ce fut. Il fallait se ressaisir maintenant, ce n'était pas bon de ressasser sans cesse les mêmes choses. Elle se rhabilla, chassant de sa tête l'idée qu'on avait pu l'agresser à son insu, descendit à la cuisine et entreprit de se préparer un plateau télé. Son père aurait désapprouvé. À Paris, elle ne faisait ce genre de chose que lorsqu'il était absent, ce qui arrivait très régulièrement ; car, monsieur Williamson, aussi vieux jeu qu'il fût, ne supportait pas que l'on mange devant un écran. Enfin, il n'était pas là ce soir, alors autant en profiter ! Une pizza et des chips. Un menu un peu aberrant mais tant pis, madame Amélie cuisinait si mal que Cornélia n'aurait su dire si elle avait mieux mangé lors de son séjour à l'hôpital ou depuis qu'elle était ici, au manoir. Pour la jeune fille, coutumière du genre, rien ne valait un bon plat industriel, déjà prêt, une valeur sûre en quelque sorte.

Comme les programmes de la soirée ne l'intéressaient pas, elle se lança dans le visionnage d'un DVD qu'elle avait rapporté de Paris. Un bon vieux thriller, glauque à souhait, en fait un film culte qu'elle n'avait jamais eu l'occasion de regarder auparavant, *Le silence des agneaux*. Ce fut seulement passé la première demi-heure qu'elle réalisa que ce choix n'était pas vraiment la meilleure des idées qu'elle ait eues.

Les scènes violentes l'avaient choquée à tel point qu'elle en perdit rapidement l'appétit, le paquet de chips resta intact et la pizza tout juste à moitié entamée, et l'histoire de ce tueur en série extraordinairement habile, alignant les victimes au nez et à la barbe de la police, l'avait quelque peu effrayée. Elle se savait relativement sensible mais la découverte du message dans son dos aggravait sérieusement les choses. C'est donc avec une boule au ventre qu'elle vérifia chaque serrure, qu'elle ferma tous les volets, puis qu'elle alla se coucher, tentant de se raisonner. Aucun serial killer ne la guettait, Rougemont était un village peuplé de tranquilles personnes âgées, rien de terrible ne pouvait lui arriver...

Malgré tout, la fatigue l'emporta sur ses inquiétudes et elle s'endormit très rapidement. Son sommeil fut paisible jusqu'aux environs de quatre heures du matin, quand, dans le silence de la nuit, un bruit lancinant l'en tira peu à peu.

Une espèce de clapotis humide, sorte de « plic, ploc » interminable ; résonnait d'une manière étonnamment bruyante à travers toute la maison. Quand elle fut tout à fait réveillée, elle alluma sa lampe de chevet et resta un instant figée sur son lit, clignant des yeux, éblouie par la lumière électrique. Ses nuits allaient-elles être toutes perturbées dorénavant ? Agacée, elle se leva et alla vérifier en premier lieu la robinetterie de sa propre salle de bains mais ne trouva rien d'anormal. Rien ne gouttait ici. Pourtant, le bruit était si fort que ce qui le causait aurait dû être proche...

Déterminée à trouver son origine, elle quitta sa chambre et se glissa dans le couloir. La boule au ventre de la veille lui revint subitement. Un rai de lumière filtrait à travers l'embrasure d'une porte close, accentuant l'obscurité du couloir. Le bruit venait de là-bas, vraisemblablement. C'était la plus grande salle de bains de la maison, celle qui avait une jolie baignoire ancienne, aux pieds dorés et sculptés, et où Cornélia n'allait jamais. Elle inspira profondément, cherchant à se convaincre qu'il ne s'agissait là que d'une méprise, madame Amélie ayant probablement oublié d'éteindre le plafonnier après son passage, puis elle se dirigea vers la porte d'où venait la lumière. Le clapotis résonnait de plus en plus fort aux oreilles de la jeune fille, jusqu'à paraître complètement disproportionné.

Elle entra lentement. La pièce était vide. Évidemment... Elle se trouva alors un peu bête de s'être autant angoissée pour si peu, comme ça, sans aucune raison valable. Elle inspecta d'abord le lavabo. « Plic. » Ça venait de derrière. Elle se retourna.

— Qu'est-ce que c'est que ça ?!

La baignoire était remplie jusqu'à ras bord, et, tout au fond d'une eau quasiment noire, croupie et nauséabonde, gisait une sorte de chapelet aux grains pleins de rouille. Cornélia, déconcertée, prit néanmoins son courage à deux mains, retint sa respiration, et, non sans un profond dégoût, plongea le bras dans le bain puis, le plus rapidement possible, retira la bonde qui retenait l'eau crasseuse. Une terrible odeur de pourriture lui monta jusqu'aux narines. Elle examina l'objet apparaissant de plus en plus clairement, la baignoire se vidant progressivement, ses rebords gardant cependant la trace de son répugnant contenu.

Il s'agissait bien d'un chapelet mais dont la chaîne, moins longue que d'ordinaire, rappelait plutôt la forme d'un collier. Les perles étaient noires et encrassées, complètement corrodées, la rouille leur donnant une teinte orangée par endroits. Qu'est-ce que cela signifiait ? Comment cette chose était-elle arrivée là ? Et pourquoi cette eau était-elle aussi sale ? Cela devait faire un moment qu'elle croupissait là. Curieux que personne ne s'en soit aperçu avant...

Exaspérée de ne pouvoir, une fois encore, passer une nuit correcte à cause d'idioties, Cornélia attrapa le vieux collier abîmé, ouvrit la fenêtre de la salle de bains, et le jeta violemment, le plus loin possible de la maison. Si jamais il avait une quelconque valeur, celui qui le trouverait serait ravi. Elle était là, au milieu de la pièce, prête à retourner se coucher quand un affreux doute l'assaillit. Et si ce n'était pas la femme de ménage qui avait négligé ses tâches mais qu'une personne, comme le lui avait suggéré le docteur Jacob, lui voulait du mal, à elle, et cherchait à l'effrayer ? Non, elle devenait parano. Ce n'était rien du tout. Une eau croupie dans une baignoire, un vieil objet traînant au fond... Et après ? Cela n'avait pas de sens. Si l'on avait voulu lui faire peur, il y avait toute une liste de moyens beaucoup moins équivoques et beaucoup plus efficaces ! Pourquoi se donner la peine d'une mise en scène aussi ridicule ? Non, ça ne pouvait pas être ça.

Elle allait sortir de la pièce et retourner se coucher lorsque, dans un claquement bref et sourd, la porte se rabattit brutalement devant elle. Un cri de surprise lui échappa aussitôt, puis, dans un réflexe, elle s'empressa de saisir la poignée. Elle tenta de la tourner dans tous les sens mais découvrit avec effroi qu'elle était bloquée. Cette dernière restait obstinément fixe, refusant tout mouvement. Cornélia était enfermée, prise au piège ! Que se passait-il ? L'angoisse la submergea d'un coup. À présent il était certain qu'elle n'était pas seule dans la maison. Il existait bel et bien quelqu'un qui lui voulait du mal et cette personne avait profité du fait qu'elle fut seule chez elle pour terminer ce qu'elle avait commencé !

— Il y a quelqu'un ? osa-t-elle timidement.

Mais personne ne répondit. Le calme plat, écrasant. Elle essaya à nouveau d'ouvrir la porte, s'acharnant maintenant de toutes ses forces sur la poignée, mais il n'y avait rien à faire, cette dernière était définitivement bloquée.

— Ce n'est pas drôle ! Ouvrez-moi !

Silence radio. Elle hésita un instant puis se mit à filer de grands coups de pied dans la porte, toujours sans succès. Quelqu'un était là, dans la maison et l'avait enfermée dans la salle de bains ! Mais pour quelle raison ?

— Qu'est-ce que vous me voulez ?! cria-t-elle, la voix tremblante.

La personne était-elle encore derrière la porte ? Des larmes coulèrent le long des joues de Cornélia. Si elle avait souhaité mourir il y a quelque temps, ce n'était plus le cas aujourd'hui, et ce n'était certainement pas de cette manière. Finir assassinée à dix-neuf ans par un malade après une tentative de suicide ratée et une vie dont elle n'avait pas profité, quel piètre destin… Était-ce cela que l'on appelait l'ironie du sort ? Et qu'allait-il lui arriver maintenant ? Qui pouvait bien être cette personne et que lui voulait-elle au juste ?

Du mal, forcément... Elle ne put alors retenir ses sanglots et fondit en larmes, se laissant glisser le long du mur jusqu'à s'asseoir sur le carrelage glacé.

— *TU M'APPARTIENS, CORNÉLIA, À TOUT JAMAIS !*

Non ! La voix était revenue, encore ! Aussi forte et aussi présente qu'avant, lui compressant le crâne, à moins que ce ne soit la peur... Pourquoi maintenant ? Ce n'était vraiment pas le moment ! Il fallait qu'elle ait l'esprit le plus clair possible si elle voulait essayer de se tirer de là. Elle essaya tant bien que mal de se détendre, la voix n'apparaissait que lorsqu'elle était stressée, enfin, c'était ce qu'elle croyait. D'un bond elle se releva. Il fallait qu'elle tente quelque chose, elle n'allait pas attendre sagement que son hypothétique agresseur vienne la chercher. La fenêtre ! La salle de bains se trouvait au premier, certes avec la hauteur sous plafond relativement conséquente du rez-de-chaussée, ce devait faire une sacrée marche, mais il fallait essayer. Si seulement il pouvait y avoir une gouttière ou une branche à laquelle s'accrocher à portée de main ! Elle tenta d'ouvrir la lucarne, comme elle l'avait fait précédemment pour jeter le chapelet, mais cette fois ce fut impossible, elle aussi était bloquée...

— Noooonn ! cria-t-elle de rage et de dépit. Mais qui êtes-vous ? Pourquoi ?

Tout cela donnait l'impression d'avoir été soigneusement préparé...

— *Tu sais très bien qui je suis et aussi ce que je veux, ma douce Cornélia...*

La voix était faussement mielleuse et son timbre discordant résonnait d'une manière à la fois effrayante et malsaine. Le plus dérangeant c'était que, cette fois-ci, Cornélia ne savait plus si elle ne se trouvait que dans sa tête ou si elle était réelle... Bien qu'elle fût seule en cet instant dans la pièce, la voix donnait l'impression de venir de la salle de bains même.

— Non je ne sais pas, je n'en sais rien du tout !

Dans le doute il valait mieux répondre, essayer de parler, de savoir ce qui se passait. Mais, de nouveau, ce fut le calme plat. Pas un bruit provenant du couloir ou d'un autre endroit de la maison. Rien. Elle essaya de rendre sa voix la plus assurée possible, sachant d'avance qu'elle n'y parviendrait pas :

— Je voudrais comprendre ! Dites-moi !

Toujours rien. Cornélia se rassit contre le mur, tremblante, ses nerfs commençaient à lâcher doucement. Elle mit sa tête entre ses genoux et essaya de réfléchir. Que pouvait-elle bien faire d'autre maintenant sinon attendre ? Attendre que le malade qui était entré chez elle par effraction s'en prenne à elle pour de bon ? Attendre qu'il s'en aille ? Attendre qu'on vienne à son secours ? N'y avait-il rien dans cette salle de bains qui aurait pu servir d'arme, rien qui aurait pu l'aider à se défendre ? Sans se lever, elle ouvrit le placard juste à côté d'elle, sous le lavabo, tout en prenant soin de faire le moins de bruit possible. Quelques bouteilles de gel douche et de shampooing d'avance y étaient entreposées, rien d'extraordinaire... Il y avait également un paquet de coton, une brosse à cheveux et un coupe-ongles. Elle s'imagina un instant accueillir son agresseur avec ce dernier objet... et au ridicule de cette hypothétique situation.

Il ne se passait toujours rien, pas de bruit, plus de voix, peut-être que la personne avait fini par partir et qu'elle s'en tirerait après tout...

— Il y a quelqu'un ? tenta-t-elle de nouveau.

Soudain, les robinets de la baignoire et du lavabo s'ouvrirent en même temps, d'un coup sec, et l'eau se mit à couler bruyamment. Sans comprendre, elle se leva d'un bond et essaya aussitôt de les refermer, l'un après l'autre, mais sans succès. Eux aussi étaient comme bloqués, refusant de tourner. L'eau qui s'en écoulait était bouillante et la salle de bains ne tarda pas à être envahie par un épais voile de vapeur. La respiration de Cornélia s'accéléra, de concert avec les battements de son cœur qui se firent de plus en plus sonores.

— Mais qu'est-ce qui se passe ? hurla-t-elle, articulant de moins en moins bien, cédant pour de bon à la panique. Qui fait ça ?

Comment cela était-il possible alors qu'elle était seule dans la pièce ? La maison était-elle hantée ? Celui qui lui voulait du mal n'était-il qu'un fichu fantôme ? Tout cela n'était pas normal... Ne reposait sur aucune logique... Pas plus que les lettres dans son dos et les plaies à ses poignets...

— *Dis-moi où tu es...*

C'était presque un murmure maintenant, venant de derrière. Cornélia se retourna et s'arrêta stupéfaite. À travers le brouillard ambiant on pouvait apercevoir un visage dans le miroir. Visage qui n'était pas le sien mais celui d'un homme. D'emblée, elle le reconnut. C'était la même figure que celle qu'elle avait vue juste avant de perdre connaissance, lors de sa chute du haut du pont. Le reflet donnait l'impression que l'inconnu était dans la pièce, se tenant juste derrière elle. Elle se tourna à nouveau et ne vit rien. Elle était bien seule, ou presque... Elle prit alors le temps de l'examiner. Malgré l'ambiance brumeuse, elle pouvait voir que son teint était gris pâle, cireux, presque cadavérique, ses cheveux étaient blonds, presque blancs, raides et longs, retombant au-delà de ses épaules. Ses yeux étaient d'un bordeaux sombre mais éclatant, lui donnant un regard quasi inhumain, dérangeant, une lueur malsaine et troublante brûlant au fond de ses pupilles. Il était vêtu d'une grande veste de velours, de la même couleur que ses yeux, et portait une large chemise d'un blanc aussi pâle que sa peau. Il fixait la pièce intensément, comme cherchant du regard quelque chose d'important, mais il n'avait pas l'air d'avoir remarqué Cornélia. Il semblait ne pas pouvoir la voir... Nageait-elle en plein délire ? Elle se pinça pour être sûre qu'elle ne rêvait pas mais la douleur vint aussitôt confirmer la réalité de la situation.

— Oh, mon Dieu... articula-t-elle faiblement.

Soudain, l'homme du miroir pivota la tête vers elle et se mit à la regarder, droit dans les yeux, un horrible sourire victorieux étirant peu à peu ses lèvres blafardes. Elle sentit son sang se glacer d'un seul coup et ne put retenir un long cri d'effroi. Il fallait qu'elle sorte d'ici ! Qu'elle se sauve de cet homme immatériel et inquiétant ! Hors d'haleine, elle se précipita vers la porte et se jeta de toutes ses forces contre le battant, tentant vainement de l'enfoncer. Ce dernier parut ne pas bouger d'un seul millimètre.

— Dis-moi où tu es !

La voix était si intense et pénétrante qu'elle semblait venir de l'extérieur et s'infiltrait dans le crâne de Cornélia jusqu'à lui vriller les tempes. Impuissante, elle se laissa de nouveau tomber sur le carrelage, se cachant le visage de ses mains pour ne plus croiser le regard assassin de l'homme du miroir. Les robinets continuaient à couler et l'eau avait maintenant recouvert le sol. Elle imagina l'espace d'une fraction de seconde ce que son père dirait lorsqu'il constaterait les dégâts. Allait-il lui en vouloir ?

— *DIS-MOI OÙ TU ES, CORNÉLIA !*

— Laissez-moi... sanglota-t-elle, enfouissant son visage dans ses mains. Je ne comprends pas ce que vous voulez. Je suis dans ma salle de bains ! Fichez-moi la paix maintenant...

Tout à coup, d'effroyables cris humains retentirent par milliers, résonnant dans toute la pièce. Cornélia serra les dents de douleur en sentant ses tympans prêts à se rompre. Elle ne put s'empêcher de relever la tête et découvrit avec stupeur que du sang, des litres d'un sang épais et écarlate, était en train de dégouliner le long des murs. Elle baissa les yeux et réalisa que l'eau dans laquelle elle croyait patauger depuis un moment, était elle aussi devenue rouge et visqueuse. Une violente nausée la saisit brusquement. Les hurlements ne s'arrêtaient pas et elle crut que son crâne allait exploser. Elle était en plein délire, il ne pouvait en être autrement ! La pièce se mit alors à vaciller devant ses yeux et Cornélia se sentit lentement partir. Elle jeta un dernier regard au miroir, l'homme était toujours là. Il riait à présent, se moquant d'elle, probablement... Elle s'affala de tout son long sur le sol et tout devint subitement noir. Il n'y eut alors plus de cri, plus de sang, plus que l'arrière-goût amer que peuvent parfois laisser certains cauchemars...

Chapitre 5
Rencontre insolite

La douce plénitude du sommeil commençait à s'estomper peu à peu pour laisser place à l'inconfort et au froid glacial qui envahissait progressivement Cornélia. Elle avait l'impression d'être allongée sur un immense glaçon et que l'étau immatériel qui lui compressait le crâne se rétrécissait graduellement, entraînant une migraine de plus en plus virulente. Elle ouvrit un œil, lentement, ne sachant pas si elle était encore plongée dans cet affreux cauchemar ou si, enfin, elle était revenue à la bonne vieille réalité. Elle se trouvait toujours dans la salle de bains, roulée en boule par terre, devant la porte, exactement à l'endroit où, dans son rêve, elle avait échoué. Celle-ci était grande ouverte. Elle poussa un soupir de soulagement. Elle était libre… Le soleil devait être levé depuis un bon moment déjà au vu de sa hauteur dans le ciel.

La jeune fille s'assit d'abord, un peu sonnée et désorientée, puis, se releva péniblement, chaque partie de son corps était douloureuse après cette nuit passée étendue sur le sol, à même le carrelage. Elle examina un instant la pièce et constata qu'il n'y avait aucune trace de ce qui s'y était passé avant qu'elle ne perde connaissance. Du moins, si cela s'était vraiment produit… Et elle commençait plus que sérieusement à en douter. Il n'y avait pas une seule tache de sang, ni sur les murs, ni au sol, pas de robinets ouverts, pas de dégâts des eaux non plus. Tout était normal ou, en tout cas, en avait l'air. Puis, c'est avec une grande appréhension qu'elle se tourna vers le miroir. Elle n'y aperçut que son propre reflet, ainsi que celui de la pièce. Plus d'homme-fantôme angoissant… Tout cela n'avait dû être qu'un horrible cauchemar. Forcément.

Pour en avoir le cœur net, elle entreprit aussitôt de faire le tour de toutes les portes et fenêtres de la maison afin de vérifier qu'aucune d'entre elles n'avait été forcée. Cependant, elle ne put que constater que tout était intact. Rien n'avait été déplacé et elle était bel et bien seule chez elle. Elle fut alors obligée de se rendre à l'évidence, personne n'était venu durant la nuit pour tenter de lui faire du mal… Ainsi, ce fichu agresseur aux pouvoirs surnaturels n'avait été qu'un mauvais rêve !

Après quelques réflexions, elle en vint à la conclusion qu'elle devait probablement souffrir de somnambulisme. C'était la seule explication plausible quant au fait qu'elle se soit réveillée dans la salle de bains et non dans son lit, dans sa chambre. Elle jeta un œil à l'horloge du salon et fut surprise de voir qu'il était déjà seize heures trente. S'étant couchée en fin de soirée, elle aurait dormi durant presque quinze heures ? Curieux… D'autant plus qu'elle ne se sentait absolument pas reposée. Ses yeux, qu'elle parvenait à peine à garder ouverts, étaient entourés de grands cernes bleutés, creusant encore un peu plus ses traits. Elle se sentait même en fait très éprouvée, tant physiquement que nerveusement. Sans compter cette horrible migraine avec laquelle elle s'était réveillée et qui ne semblait pas vraiment décidée à la laisser en paix. Elle pensa alors qu'elle était peut-être malade et qu'elle ferait mieux de retourner se coucher, mais dans un lit cette fois-ci. Lorsqu'elle fut remontée dans sa chambre, elle changea de chemise de nuit et ne put se retenir d'aller encore examiner les marques dans son dos. Après tout, il était possible qu'elles aussi aient fait partie du cauchemar...

L'horreur la submergea d'un seul coup quand elle découvrit que, non seulement les cicatrices étaient toujours là, plus réelles que jamais, mais que le message avait également été complété ! Entre ses omoplates était maintenant inscrit profondément dans sa chair :

Tu m'appartiens
à tout jamais

Le « *à tout jamais* » ne se trouvait pas là la veille ! C'était certain ! Elle avait suffisamment examiné ce pseudo-tatouage pour en être sûre ! Ces nouvelles marques avaient-elles été rajoutées durant la nuit ? Brusquement, la migraine se fit plus intense encore, lui donnant des bourdonnements dans les oreilles et brouillant légèrement sa vue. Mais que se passait-il, bon sang ?! Rien de tout ça n'était normal... Son pouls s'accélérant à mesure que son effroi grandissait, elle inspira lentement, difficilement, emplissant ses poumons d'un maximum d'air dans l'espoir que, peut-être, cet exercice l'aiderait à se calmer un peu. Elle se rappela alors avoir entendu cette phrase, dans sa totalité, lors de cet étrange cauchemar, si toutefois c'en était bien un… Elle n'avait pu déterminer, à cet instant, d'où provenait la voix tant elle était tonitruante et puissante. Impossible alors de faire la part des choses…

Le plus étonnant, dans toute cette histoire, était que ces marques étaient comme les premières. Les lettres étaient blanchies par la cicatrisation, aussi peu lisibles, comme si elles avaient été réalisées par la même main, et donnaient également l'impression de dater de plusieurs années. Tout cela était tellement incroyable, échappant à toute logique, c'était à n'y rien comprendre ! Allait-elle encore longtemps servir de support d'écriture à un malade ? Ou bien était-ce un fantôme, un esprit de l'au-delà torturé voulant faire passer un message ? N'importe quoi ! Mais pourtant… C'était bien là, c'était réel ! Elle se demanda un instant laquelle de ces deux options était la plus terrifiante, puis se dit que, de toute façon, dans un cas comme dans l'autre, elle était en danger. Il fallait faire quelque chose. Agir. Elle ne pouvait pas rester là à attendre sans rien faire. Peut-être que les prochains événements seraient plus graves encore…

Oui, mais à qui s'adresser ? Auprès de qui chercher de l'aide ? Qui écouterait de pareilles sornettes ? On la prendrait pour une cinglée, immanquablement. Personne de sain n'accepterait de croire à son histoire ! Pas même son propre père ! En parler pouvait même se révéler dangereux. Les gens penseraient qu'elle se mutilait elle-même et alors, ce serait l'asile, la maison de repos ou quelque chose dans le genre, mais l'enfermement, à n'en pas douter... Elle réalisa subitement qu'elle était seule face à ce qui lui arrivait. La vérité, c'était qu'elle ne pouvait rien faire. Rien du tout... En fait, elle ne pouvait qu'attendre, attendre sans rien y comprendre et subir en silence. Et seule, bien sûr, comme toujours. L'angoisse, étouffante, accablante, l'envahit complètement et la migraine s'intensifia encore, lui sciant les tempes toujours plus violemment, jusqu'à devenir presque insupportable. Il devait nécessairement y avoir un sens à tout cela. Ses poignets, le message dans son dos, le cauchemar, peut-être même la voix dans sa tête... Tout était probablement lié.

Elle regarda son lit et hésita. Elle se sentait si mal, si épuisée, sa tête était si douloureuse, le repos serait le meilleur des remèdes. Peut-être, mais réussirait-elle seulement à se détendre un peu ? Dans l'état de tension dans lequel elle se trouvait, rien n'était moins sûr. Elle décida alors de faire fi de ses maux, s'habilla à la hâte et sortit prendre l'air. Peut-être qu'après tout, une petite balade lui permettrait de s'éclaircir les idées...

Une fois dehors, elle marcha au hasard, sans choisir de destination précise, son esprit étant bien trop occupé par ses réflexions, embrumées de surcroît par la migraine. Il faisait beau, le ciel était dégagé, presque sans nuages, et la température extérieure était douce, un peu fraîche même. Ça aurait été une balade très agréable si Cornélia avait pu oublier un tant soit peu ce qui la préoccupait. Rien de ce qui lui arrivait depuis sa tentative de suicide n'était normal. Il y avait un lien entre tous ces faits étranges, obligatoirement. Il fallait qu'elle le trouve, cela l'aiderait à comprendre ce qui se passait.

Elle s'arrêta net lorsqu'elle tomba sur un immense portail de fer forgé noir aux courbes pompeuses et très travaillées, puis elle releva le nez, cessant de fixer ses pieds, histoire de voir jusqu'où son périple l'avait mené. Sans s'en rendre compte, elle avait marché jusqu'au château du village, le château de Rougemont. Ainsi, et sans même s'en apercevoir, trop absorbée par ses pensées, elle avait dû, pour arriver jusque-là, traverser une partie de la forêt et remonter la colline. Depuis combien de temps était-elle partie ? Aucune idée, dans sa précipitation, elle n'avait pas pris sa montre. Dommage, la grille était close. Elle aurait pourtant beaucoup aimé y faire un tour, histoire de vérifier certains détails revenus récemment à sa mémoire.

De là où elle se tenait, le château avait l'air immense, presque menaçant. Une large allée de gravier blanc traversait sur plus de cinq cents mètres une cour gigantesque, à l'entretien douteux, menant du portail jusqu'à la porte principale de l'édifice. L'atmosphère qui régnait en ce lieu était étonnamment lourde et lugubre, différente… Peut-être était-ce à cause du soleil qui commençait déjà à décliner, ou encore à cause de l'épaisse et sombre forêt qui encadrait le domaine. Cornélia n'aurait su dire exactement pour quelle raison mais l'endroit l'impressionnait, à tel point qu'il lui donnait la chair de poule, et, à la fois, l'attirait, inexorablement.

Une femme, qui passait en bicyclette sur le chemin, un panier plein de légumes fixé au guidon, s'arrêta subitement à sa hauteur. D'où sortait-elle ? Elle ne l'avait même pas entendue arriver...

— Tu sembles égarée. Est-ce que je peux t'aider ? proposa-t-elle gentiment.

— Euh... Non, je ne suis pas perdue, mais merci quand même.

Avait-elle parlé toute seule durant son errance ? Si c'était le cas, il était normal qu'on lui pose ce genre de question. Elle devait forcément avoir l'air désorientée à marcher comme ça, sans regarder où elle allait, et à penser tout haut.

— Tu vas bien ? insista l'inconnue en descendant de son vélo, s'approchant un peu plus pour mieux voir son interlocutrice.

— Oui, ne vous en faites pas, répondit Cornélia, esquissant un sourire poli mais crispé, un peu gêné. Je me croyais seule. Je réfléchis quelques fois à voix haute, c'est tout... Tout va bien. Merci.

Elle qui n'avait encore rencontré personne du village en dehors de Maurice et de son épouse, était bien partie pour se faire une petite réputation de cinglée désormais. La femme à la bicyclette devait avoir la cinquantaine bien tassée, elle était brune, un peu décoiffée à cause du vent, et portait exactement le même genre de vêtement que madame Amélie. Décidément, les gens d'ici étaient tous vieux et mal attifés. Elle se mit alors à dévisager la jeune fille d'un air pensif puis afficha une mine compatissante :

— Tu n'es pas du coin, n'est-ce pas ?

— Non pas vraiment, admit Cornélia. J'ai emménagé ici avec mon père il y a à peine quelques mois.

Dites, est-ce que vous savez à quel moment on peut visiter le château ?

L'inconnue n'eut pas l'air surprise par la question :

— Malheureusement, c'est une propriété privée. Il ne se visite pas, ce qui est d'ailleurs bien dommage pour nous !

— Vraiment ? Mais depuis quand ? J'y suis déjà venue pourtant, lorsque j'étais petite.

— C'est impossible, répondit la femme, en fronçant les sourcils, formelle. Il n'a jamais été ouvert aux visites. Le propriétaire, Monsieur De Maltombes, y a toujours été fermement opposé.

— Je dois me tromper alors… concéda la jeune fille, perplexe.

S'était-elle imaginé tous ces souvenirs étranges des intérieurs vastes et sombres, ainsi que du tableau ? Des fantasmes, probablement. Peut-être avait-elle inventé tout ça, par jeu, lorsque, étant enfant, elle était venue passer des vacances ici, avec ses grands-parents.

— C'est un homme très… Comment dire ? Très spécial. Il n'est guère apprécié par ici. Il y a des histoires qui circulent à son sujet… Mieux vaut que tu ne traînes pas trop dans le coin, Dieu sait ce qui pourrait t'arriver.

Voyant que son interlocutrice ne réagissait pas à cette amorce de commérage, la cycliste changea de sujet :

— Enfin, si cela t'intéresse, je suis sûre que tu trouveras des livres sur l'histoire du château et du village à la bibliothèque de la ville. Bon, je vais y aller, ce n'est pas vraiment le meilleur endroit pour papoter. Et tu devrais faire de même, il va bientôt faire nuit !

Une fois qu'elle fut de nouveau seule, Cornélia reprit sa déambulation, replongeant dans ses graves réflexions, lorsqu'elle s'interrompit brusquement. *De Maltombes*. Pourquoi ce nom sonnait-il aussi familièrement à son oreille ? Il ne lui était pas inconnu, c'était sûr, mais où avait-elle pu l'entendre ? C'était récemment... Mais quand ? Et puis cela lui revint soudain, Henri De Maltombes, c'était le nom que lui avait donné son père quand il lui avait parlé de l'homme qui avait plongé pour la repêcher après qu'elle ait sauté du pont. C'était l'homme à qui elle devait la vie !

Elle fit demi-tour et revint sur ses pas. Était-ce la même personne ? Ce serait une drôle de coïncidence, tout de même ! Mais un nom pareil ne pouvait pas être très répandu... Il fallait qu'elle en ait le cœur net. Lorsqu'elle fut revenue devant le grand portail noir, elle se mit à chercher une sonnette, une cloche ou toute autre chose pouvant servir à avertir le maître des lieux d'une visite, mais elle ne trouva rien. Il n'y avait là qu'une petite boîte aux lettres branlante, à moitié recouverte de mousse et de lierre, un peu mesquine en comparaison de la taille de la demeure. Un nom avait dû y figurer il y a longtemps mais il avait été effacé par l'usure du temps. Aucun moyen de savoir... Cornélia resta plantée là un moment, confuse, quand elle aperçut au loin quelqu'un passer dans la cour. Est-ce que c'était lui ? Tout ça était vraiment trop bizarre, il fallait qu'elle sache ! Et tant pis pour le savoir-vivre !

— Hé oh ! s'égosilla-t-elle en secouant vivement la grille, soucieuse de réussir à se faire entendre. S'il vous plaît !

Elle se demanda aussitôt si tous ces événements troublants ne l'avaient pas rendue complètement hystérique. D'ordinaire, jamais elle n'aurait osé héler un inconnu de cette manière, l'importunant jusque chez lui... L'homme se retourna, resta figé quelques secondes en apercevant l'intruse, probablement surpris par l'impolitesse et l'impatience dont celle-ci faisait preuve, puis s'engagea promptement dans l'allée. Un énorme chien noir, type doberman, le rejoignit en courant. Ce fut à ce moment précis que la jeune fille réalisa que cette personne n'était autre que celle qu'elle avait déjà vue se promener aux alentours de chez elle. Ce matin-là, d'ailleurs, elle avait eu la dérangeante sensation d'être surveillée. Était-ce encore une de ces innombrables coïncidences ?

À mesure que l'homme approchait, Cornélia parvenait à le distinguer de plus en plus clairement. Sa silhouette sombre était haute, très longue, sans doute plus que la moyenne, et fine, seules ses épaules, carrées et masculines, élargissaient l'ensemble. Il marchait d'un pas déterminé mais lent, et pour autant paraissait se déplacer extrêmement rapidement, donnant presque l'impression de glisser sur le sol. Il portait une redingote noire, vraisemblablement la même que la fois où elle l'avait aperçu rôdant près de chez elle, et une large chemise blanche dont les poignets évasés s'échappaient des manches de sa veste. Son col était remonté, lui donnant un air guindé, et retombait sur le haut de son torse en jabot de dentelle. Quelle étonnante manière de se vêtir ! On l'aurait cru tout droit sorti d'une autre époque. Un excentrique, assurément... Ses cheveux, châtain foncé, étaient longs et raides, descendant jusqu'à la moitié de ses épaules, et brillaient intensément sous la lumière déclinante du jour, d'une manière étrange et inhabituelle. Lorsqu'elle put enfin voir distinctement son visage, Cornélia fut stupéfaite de constater qu'il possédait quelques traits similaires à ceux de l'homme du miroir, celui de ses cauchemars... Il avait ce même teint blafard et livide. Sa peau était si pâle qu'elle paraissait presque translucide et laissait apparaître une de ses veines sur le haut de son front, légèrement proéminent, et une autre sur sa mâchoire au dessin affirmé. Ses lèvres minces et foncées, ses joues creuses et ses yeux cerclés de noir, lui donnaient un air las, voir un peu maladif. Mais le plus surprenant chez cet inconnu restait son regard, Cornélia n'en avait jamais vu de semblable... Ses pupilles étaient d'un bleu si clair, si doux et si pur, qu'elles en étaient fascinantes, presque envoûtantes. L'homme était incontestablement très beau, sa haute stature et sa tenue fière et hautaine en imposaient, néanmoins il dégageait quelque chose d'inquiétant, d'anormal.

Il ne donnait pas l'impression d'être fâché, ni même surpris qu'on l'ait interpellé d'une manière aussi peu courtoise, mais il ne souriait pas pour autant et ne semblait pas non plus enchanté par la visite. Son calme apparent et son air froid, distant et impassible, étaient troublants, voire même déstabilisants. Tout comme l'était son regard. Celui-ci était à la fois magnifique et captivant, mais également tourmenté, et possédait comme une espèce de lueur mélancolique, profonde et indescriptible. Son âge n'était pas évident à déterminer. De loin Cornélia aurait pu lui donner la trentaine, mais maintenant qu'elle pouvait le voir de plus près, elle ne savait plus vraiment. Elle ressentit alors quelque chose d'étrange face à ce mystérieux inconnu, comme une sorte d'attirance prééminente et inexplicable. Pourtant, il fallait bien avouer que toutes ces coïncidences bizarres, si c'était bien lui l'homme qui l'avait sauvée, ainsi que les avertissements de la femme à la bicyclette, suscitaient également l'inquiétude de la jeune fille. Elle resta plantée là, sans pouvoir ouvrir la bouche, comme subjuguée par l'être étonnant qui se tenait en face d'elle, oubliant subitement tout le reste, jusqu'à même les raisons qui l'avaient poussée à l'interpeller.

— Bonjour Cornélia, dit-il fraîchement, plongeant son regard pénétrant, plus clair que l'azur, dans celui de la jeune fille.

Sa voix était suave, veloutée, grave et mélodieuse. Il venait de l'appeler par son nom. Ainsi donc il la connaissait déjà. Ce qui d'emblée la ramena à son but premier :

— Êtes-vous celui qui m'a sauvé la vie à Paris ? Êtes-vous cet homme qui a plongé pour me sortir de l'eau ? interrogea-t-elle d'une voix mal assurée, se demandant ce que le fait de le retrouver ici, si près de sa nouvelle demeure, pouvait bien signifier.

— Absolument, reconnut-il, imperturbable.

Pourquoi lui n'était-il pas surpris de la voir là, devant chez lui, dans ce village si éloigné ? C'était pourtant une énorme coïncidence ! Elle ne put alors s'empêcher de lancer, suspicieuse :

— Mais qu'est-ce que vous faites là ?

— J'habite ici, répliqua-t-il non sans une certaine ironie.

Le charme de cet inconnu compensait-il son attitude suffisante ? Cela restait à déterminer. Il n'avait pas l'air très accueillant pour quelqu'un qui soi-disant l'avait sauvée au péril de sa propre vie.

— Ça, je vois bien, merci. Permettez-moi juste de trouver curieux, voire même vraiment bizarre, le fait de se rencontrer ici. Vous étiez à la capitale quand j'y étais et maintenant que j'ai emménagé là, vous y êtes également !

— Ou peut-être que ce qui est curieux c'est qu'après ce triste épisode, toi, tu viennes t'installer dans ce village où moi je vivais déjà bien avant ta naissance.

Déstabilisée, Cornélia réfléchit un instant avant de reprendre :

— Je vous ai vu un matin, traîner près de chez moi avec votre chien. Vous m'observiez. Ça aussi, c'est curieux, non ?

— Intéressant, observa-t-il placidement. Ainsi tu n'es pas venue pour me remercier mais pour m'accuser de t'épier ? À l'évidence, il ne t'est pas venu à l'idée que je pouvais simplement promener mon chien. Rougemont n'est pas très vaste. Puisque nous ne vivons pas loin l'un de l'autre, je pense que nous serons amenés à nous croiser d'autres fois, j'espère que d'ici là tu auras cessé d'imaginer que je t'espionne.

Il s'apprêtait à tourner les talons, l'air à peine contrarié, quand, confuse et embarrassée, Cornélia conclut :

— Je vous prie de m'excuser, je suis un peu nerveuse ces derniers temps... Désolée de vous avoir importuné.

Elle allait partir à son tour lorsqu'elle entendit le portail crisser sur ses gonds rouillés. Elle ne put alors s'empêcher de tressaillir. La nervosité, sans doute. Elle se retourna et vit que l'inconnu avait ouvert la grille, l'invitant d'un geste de la main à entrer.

— Veux-tu venir cinq minutes, nous pourrions peut-être discuter un peu ?

Elle haussa les sourcils, étonnée par la proposition. Son visage n'avait pas changé d'expression, il restait fermé, sans sourire, parfaitement inamical. Elle se demanda pour quelle raison cet homme, un châtelain d'une dizaine d'années, ou même plus, son aîné, souhaitait avoir une conversation avec elle. Que pouvait-il bien avoir à lui raconter ? Il était clair qu'ils n'avaient absolument rien en commun… Enfin, rien si ce n'était, comme il l'avait lui-même évoqué, ce triste épisode à Paris. Il l'avait vue sauter d'un pont, il se trouvait là ce jour-là, il était donc bien placé pour savoir qu'elle pouvait être moralement très fragile. Probablement voulait-il tout bonnement s'assurer qu'elle irait mieux désormais.

Elle entendit néanmoins une petite voix dans sa tête, sa conscience cette fois, lui souffler doucement qu'elle ferait bien mieux de refuser l'invitation. Personne ne savait qu'elle se trouvait ici, la villageoise de tout à l'heure l'avait mise en garde contre cet homme, évoquant des histoires suspectes, et, il fallait bien avouer que même si elle lui devait la vie, l'individu paraissait louche… Après tout, il aurait très bien pu être l'auteur des mutilations qu'elle avait subies, autant pour ses poignets que pour la première phrase dans son dos. Les paroles du psychiatre lui revinrent subitement en mémoire. Non, cela n'aurait eu aucun sens... Alors, après être restée un instant à hésiter, timidement, elle répondit :

— Très bien.

Ce fut d'abord quand il referma l'immense grille grinçante derrière elle, puis lorsqu'ils remontèrent l'allée sans échanger un seul mot, que Cornélia regretta d'avoir accepté. Était-elle désespérée au point de saisir la moindre opportunité pour ne pas avoir à rentrer chez elle ? Elle réalisa alors qu'elle était plus effrayée à l'idée de se retrouver de nouveau seule dans sa grande maison que de pénétrer chez cet étrange inconnu. Sur le trajet qui menait du portail au château, le molosse, de fort beau gabarit, eut l'amabilité de rester au loin, se tenant à bonne distance de la jeune fille et de son hôte. Toutefois, cette dernière, un peu impressionnée, ne pouvait s'empêcher de le guetter du coin de l'œil, veillant à ce que cette espèce de monstre, peut-être encore plus inquiétant que son maître, ne l'approche. Arrivé devant la porte principale de l'édifice, colossal, à l'image du reste, le châtelain ouvrit l'un des lourds battants et se posta devant, attendant que son invitée veuille bien se donner la peine d'entrer. Elle hésita un instant, un peu inquiète, le fixant intensément, comme pour s'assurer qu'elle ne risquait rien. Il soupira avec lassitude :

— Personne ne t'oblige à aller où tu n'as pas envie, rentre chez toi si tu ne tiens pas à venir. Ce n'est pas grave.

Elle baissa les yeux, se sentant soudain un peu ridicule. Après tout, c'était elle qui avait accepté... Puis elle se décida à franchir la porte. Une fois à l'intérieur, elle fut surprise de constater que tout était exactement comme elle se l'était imaginé. L'entrée était gigantesque. Les murs étaient bruts, en pierres de tailles, usées par les siècles, et d'une teinte grisâtre qui laissait vaguement deviner qu'elles avaient dû être blanches et immaculées à une autre époque. La hauteur sous-plafond était impressionnante et devait sans doute atteindre les quatre ou cinq mètres. Au fond, il y avait deux escaliers, en pierre également, partant de chaque extrémité de la salle pour se rejoindre plus loin, sur le palier du premier étage, puis se diviser à nouveau, s'engageant vers le deuxième et enfin le troisième niveau. Les balustrades étaient en fer forgé noir et formaient une multitude d'enchevêtrements de boucles insolites, évoquant vaguement les nœuds des ronces. Le sol était recouvert de ces dalles rouge sombre, les mêmes que celles de son rêve, délavées et râpées par le passage de trop nombreuses personnes.

Le mobilier était raffiné et datait de plusieurs époques différentes. Les plus anciens étaient en bois massif, très sombre, presque noir, et les plus récents en fer forgé, assortis aux rampes d'escalier en quelque sorte. Le tout conférait à l'endroit une ambiance encore plus lugubre et oppressante que celle des extérieurs du château. Rien ici n'était accueillant. La nuit commençait à tomber, achevant de rendre l'atmosphère lourde et sinistre, et l'hôte de Cornélia ne se donna même pas la peine d'allumer la lumière. Tout ici suscitait en elle un étrange sentiment de déjà-vu. C'était une impression bizarre, à la fois amère et lancinante.

Elle tourna la tête et aperçut, sur la gauche, la pièce aux gigantesques tapisseries de ses cauchemars.

C'était les mêmes, elle en était certaine ! Sans attendre qu'on lui en fasse la demande, et sans même réfléchir, elle se dirigea d'un pas décidé dans cette direction, comme irrésistiblement attirée par ces choses qu'elle connaissait déjà... C'était si bizarre. Sa migraine était toujours là, plus violente que jamais et ses idées ne cessaient de s'embrouiller. Mais la contemplation de ce lieu, si mystérieusement familier, l'absorbait tout entière, si bien qu'elle ne put bientôt plus penser à rien d'autre.

Henri referma la porte d'entrée et la suivit, restant toutefois en retrait. Il l'observait à présent avec un intérêt particulier, guettant la moindre de ses réactions, un peu trop attentif au comportement de son invitée pour que tout cela fût vraiment normal...

Une fois qu'elle fut dans la pièce, Cornélia s'arrêta net, restant bouche bée devant la cheminée à la pierre fendillée. Tout était exactement comme dans son rêve ! Tout, à l'exception d'une chose. Le tableau. On pouvait voir aux marques jaunies sur le mur qu'il y en avait eu un, du même gabarit que celui de ses cauchemars, seulement il n'était plus là... Sans même se tourner vers son interlocuteur, elle demanda d'un ton grave :

— Il y avait un portrait ici, n'est-ce pas ? Une femme...

— Je l'ai retiré, il m'ennuyait.

— Est-ce que je peux le voir ?

Il fallait qu'elle sache si ce qu'elle avait vu en songe était réel ou non.

— Non.

La réponse était ferme, définitive et frisait presque l'impolitesse. Cornélia, bien que contrariée, n'en fut pas vraiment surprise. Après tout, si l'on mettait de côté le sauvetage de jeune fille naufragée, Henri n'avait pas vraiment l'air d'être quelqu'un de serviable, ni même d'aimable. Pourquoi alors se serait-il donné la peine de ressortir ce vieux tableau qui, pour lui, paraissait sans importance ? Malgré tout, elle posa la question qui lui brûlait les lèvres depuis le moment où elle avait franchi la porte d'entrée :

— Ça peut paraître idiot mais, est-ce que vous savez si je suis déjà venue ici avant aujourd'hui ? Peut-être il y a longtemps, quand j'étais enfant ?

Il y eut d'abord un silence. Le châtelain était-il gêné ? Il sembla hésiter quelques secondes puis répondit :

— Oui… et non.

À la fois étonnée et agacée, elle se tourna vers lui. L'irritation gagnant la partie face à sa timidité et sa réserve habituelles, elle s'exclama :

— Vous vous moquez de moi ? Donnez-moi une réponse claire !

— Je viens de le faire, navré qu'elle ne te convienne pas.

— Mais ce n'est pas possible ! s'emporta-t-elle brusquement, cédant à l'impulsion de la colère qu'elle éprouvait à l'encontre de son interlocuteur, sans trop savoir pour quelle raison. C'est n'importe quoi ! C'est oui, ou c'est non, ça ne peut pas être les deux ! Et qu'avez-vous à me regarder comme ça tout à coup, comme si j'étais une espèce de bête curieuse ?

Des larmes d'exaspération se mirent soudain à couler le long de ses joues sans qu'elle ne puisse rien faire pour les retenir. En d'autres circonstances, elle se serait sentie honteuse de se donner ainsi en spectacle devant un inconnu, mais elle était épuisée, tellement à bout qu'elle n'en avait plus rien à faire. Elle craquait... Pour de bon, même. Parvenait-elle encore à faire la distinction entre le réel et l'imaginaire ? Et pourquoi ce sentiment si prenant de déjà-vu la submergeait-il à ce point, pourquoi faisait-il remonter tant d'émotions ? Et pourquoi ces maux de tête atroces ? Et cet homme, son comportement n'était pas normal... Il l'observa longuement, paraissant ne pas savoir comment réagir. Elle reprit, à travers ses larmes, sur le même ton d'exaspération :

— Je veux que vous me disiez ce que vous faisiez là-bas, à Paris, quand j'ai tenté de me suicider ! Je veux que vous me disiez pourquoi vous n'êtes pas surpris de me retrouver ici, maintenant ! Et je veux que vous répondiez honnêtement à mes questions, c'est important ! Vous comprenez ? J'ai des problèmes, de graves problèmes... Quelqu'un essaie de me faire du mal, quelqu'un joue avec mes nerfs. Il m'arrive tant de choses étranges. Peut-être... Je ne sais pas... Peut-être que vous, vous savez quelque chose...

Elle sanglota de plus belle, cachant son visage entre ses mains. Elle savait qu'elle avait atteint le point de non-retour. C'était certain à présent, le châtelain allait appeler les urgences ou la police, et leur annoncer qu'une pauvre gamine à tendance suicidaire était en train de faire une crise de nerfs chez lui. Il fallait qu'elle trouve la force de se calmer, qu'elle cesse de pleurer et de crier ainsi sur cet homme. Sans cela ce serait inévitable, elle allait se retrouver encore une fois à l'hôpital, sous tranquillisants, peut-être même sanglée à son lit... Mais elle n'y parvenait pas. C'était plus fort qu'elle. La fatigue, la migraine, l'angoisse… Au lieu de dégainer un téléphone pour appeler les secours, Henri s'approcha lentement de Cornélia, si près qu'elle put bientôt sentir son haleine à la fragrance pure et étonnamment fraîche sur ses cheveux, puis il l'enlaça. Elle fut alors tellement surprise qu'elle ne sut comment réagir et se contenta de rester figée sur place, n'opposant aucune résistance. L'étreinte était douce et rassurante, agréable. Tentait-il simplement de la calmer ou allait-il lui donner les réponses qu'elle attendait ?

— Te souviens-tu de moi, Cornélia ?

Le ton de sa voix était grave, presque solennel. Elle se dégagea peu à peu pour plonger son regard humide dans le sien, cherchant à comprendre le sens de la question. L'expression triste de ses yeux clairs n'avait pas changé, cependant elle semblait s'être intensifiée, passant d'une simple lueur furtive à une évidence.

— Je… Non, j'étais inconsciente ce jour-là, je ne me rappelle pas de vous…

Il s'écarta d'elle, prenant un air déçu.

— J'ai les réponses aux questions que tu te poses, ainsi qu'à celles que tu ne te poses pas encore, mais je ne peux te les donner maintenant, c'est beaucoup trop tôt. Il faudra que tu te souviennes d'abord.

Il s'éloigna encore jusqu'à sortir de la pièce. Interloquée, elle le suivit. Il l'attendait devant la porte, l'invitant cette fois à sortir. D'un revers de la main elle essuya ses larmes :

— Je ne comprends pas… Quel est le rapport ? Pourquoi devrais-je me souvenir de vous ? De toute façon, je ne pourrai pas puisque j'étais inconsciente, je suis même restée plusieurs jours dans le coma ! Si vous savez des choses sur moi que j'ignore, il faut me les dire ! Vous n'avez pas saisi, je suis en danger… C'est important !

Il ferma les yeux et répondit d'un ton las :

— Pas maintenant. Il vaudrait mieux que tu rentres chez toi à présent, on doit t'attendre.

L'angoisse revint, Cornélia allait devoir à nouveau se retrouver seule…

— Non, personne ne m'attend ce soir. Et je vous l'ai dit, je pense être en danger. Je vous en prie. J'ignore ce dont vous ne souhaitez pas me parler *maintenant*, mais si vous savez quelque chose qui peut m'aider, dites-le-moi. Ça a peut-être un lien avec ce qui m'arrive. Je vous en prie, aidez-moi…

Encore une fois, il ne parut pas le moins du monde étonné par les propos, pourtant curieux et pas très cohérents, que tenait la jeune fille. D'ailleurs, à bien y réfléchir, à aucun moment de cette étrange rencontre il ne l'avait été. Il soupira et, d'une voix redevenue froide et distante, déclara :

— Crois-moi, c'est déjà ce que je fais. Souviens-toi d'abord, après on verra. Allez, rentre chez toi, Cornélia.

Il était en train de la mettre à la porte ! Il n'y avait pas à discuter, ce n'était pas une suggestion mais un ordre. Pourquoi était-elle si effrayée à l'idée de quitter ce château pourtant tellement déplaisant ? Elle sortit sans un mot, le regard rivé au sol, les larmes envahissant de nouveau ses yeux, tout contrôle de ses émotions lui ayant définitivement échappé. Cet homme savait donc quelque chose… Il l'avait dit. Mais pour quelle raison ne voulait-il pas l'aider ? Pour quelqu'un qui, soi-disant, lui avait sauvé la vie, il semblait en fait bien se moquer de ce qui pouvait lui arriver. Désemparée, elle s'engagea d'un pas lourd et exténué dans l'allée et sursauta lorsqu'elle sentit une main se poser sur son épaule et l'arrêter. Elle ne put alors retenir un petit cri de surprise. C'était Henri. Elle était pourtant absolument certaine qu'il était resté sur le pas de sa porte... Elle ne l'avait pas entendu marcher derrière elle. La migraine et la fatigue l'avaient-elles rendue sourde ?

— Reste ici, je vais appeler le jardinier pour qu'il vienne te chercher. Il fait nuit désormais.

— Quoi ?

Quand elle se retourna, il était déjà en train de remonter l'allée.

— Attends là ! exigea-t-il, sans même lui adresser un regard.

Encore un ordre ! Décidément, cet homme avait de singulières manières ! Elle hésita à s'enfuir en courant. De quel droit cet inconnu se permettait-il de lui dire ce qu'elle devait faire ou non ? Le jardinier ? Quoi ? Parce qu'il allait appeler Maurice ? Comment savait-il qu'il était l'employé de son père ? Et puis, le vieil homme allait s'inquiéter. Elle n'avait aucune envie qu'il la ramène d'ici jusque chez elle. Comment allait-elle pouvoir expliquer qu'elle soit venue en ces lieux à la nuit tombante ? Il allait inévitablement se poser des questions. Pourtant, sans vraiment savoir pourquoi, elle demeura immobile, à attendre sagement sur place que le châtelain revienne. Peut-être le fait de devoir retraverser la forêt seule et dans l'obscurité. Quelques minutes plus tard, il finit par ressortir. Il faisait très sombre et comme il n'y avait aucun éclairage extérieur, elle ne put distinguer l'expression de son visage.

— Il arrive tout de suite.

— Ah oui, vraiment ? s'enquit-elle, sarcastique. Formidable ! Je suis sûre qu'il va trouver ça tout à fait normal. Vous savez, chez nous, les jardiniers ne sont pas des majordomes ! Maurice n'est pas mon chauffeur !

Il l'ignora, croisa les bras, avisa la forêt environnante et demeura immobile durant ce qui parut une éternité.

— Si tu le souhaites, tu peux prendre Hadès avec toi, de cette manière tu ne seras pas seule chez toi et personne n'osera venir t'importuner.

— Quoi ? C'est qui ça, Hadès ?

— Mon chien.

— Et pourquoi voulez-vous que j'emmène votre chien ?

— Je viens d'expliquer pourquoi... Et tu me le ramèneras quand ton père sera revenu.

Elle s'écarta, stupéfaite :

— Décidément, vous avez l'air de savoir beaucoup de choses sur moi ! C'est vraiment...

Elle s'interrompit lorsqu'elle aperçut la lueur des phares d'une voiture devant le portail. Un klaxon retentit.

— On n'en restera pas là ! menaça Cornélia, soupçonneuse.

Elle descendit l'allée le plus vite possible, sans se retourner, espérant qu'il ne la suivrait pas, mais, quand elle arriva à la grille, elle le vit la devancer pour l'ouvrir. Encore une fois, il n'avait fait aucun bruit en marchant derrière elle. Et, sans qu'elle n'ait eu le temps de faire ou de dire quoi que ce soit, Henri se trouva à côté de la vieille auto du jardinier, tenant la portière passager grande ouverte, lui faisant signe de monter. Embarrassée, elle s'exécuta sans un mot, évitant soigneusement le regard du jardinier. Lorsqu'elle fut installée à l'intérieur, le châtelain se pencha au-dessus d'elle pour s'adresser au conducteur :

— Navré de vous avoir dérangé à cette heure, Maurice, mais j'ai supposé qu'il serait préférable que la fille de votre employeur ne traverse pas la forêt seule et de nuit.

Il ne souriait toujours pas et sa voix n'était pas devenue plus aimable.

— Il n'y a pas de problème, Monsieur De Maltombes, vous avez eu raison. Moi aussi j'aime mieux ça, répondit le vieil homme d'un air jovial, contrastant de manière troublante avec le ton impérieux et glacial de son interlocuteur. Je vous remercie de m'avoir appelé.

— Cornélia emmène le chien pour ne pas rester seule chez elle, je pense qu'ainsi elle sera plus en sécurité. Cela ne vous ennuie pas, bien sûr ?

— Non, pas du tout…

Aussitôt, il fit monter le molosse à l'arrière de la voiture. Celui-ci obéit sagement aux ordres muets de son maître et s'allongea calmement sur la banquette, poussant un léger soupir. La pauvre bête comprenait-elle quelque chose à toute cette mascarade ? Hallucinée de se voir imposer la garde d'un animal dont elle ne voulait absolument pas, Cornélia resta bouche bée quand Henri revint à son niveau pour murmurer à son oreille, comme s'il s'agissait d'un secret :

— Si tu souhaites encore te promener par ici, tu devrais aller voir les ruines de l'ancienne chapelle, ça vaut le détour. Elles se trouvent à droite, un peu après le château. Je pense que cela te plaira.

Il l'avait regardé droit dans les yeux après avoir prononcé ces mots. Était-ce important qu'elle se rende là-bas ? Mais pourquoi faire autant de mystère ? Tout cela avait-il vraiment un sens ? Cornélia aurait voulu hurler... Hurler qu'elle n'entendait rien à toutes ces espèces d'énigmes idiotes, hurler qu'elle ne voulait pas du clébard, et qu'elle n'était pas une enfant, qu'elle pouvait très bien traverser la forêt seule sans qu'aucun loup ne vienne la dévorer uniquement parce que le soleil s'était couché ! Cependant, encore une fois, elle resta sans voix, perdue dans l'éblouissant regard d'Henri. Celui-ci les salua poliment, elle et son conducteur, avant de refermer la portière et de leur tourner le dos pour rentrer chez lui. La voiture fit demi-tour et s'engagea sur la route dans le plus grand silence, jusqu'à ce que, quelques instants plus tard, Maurice s'exclame, tout à coup hors de lui, passant subitement d'un état tranquille et aimable à un état de colère et d'indignation :

— Mais enfin, qu'est-ce que tu fichais ici ? Ça va pas ?! Tu sais qui c'est ce type ? Désolé mais je vais devoir en parler à ton père, il ne va certainement pas apprécier !

C'était la première fois que Cornélia le voyait s'énerver. Outrée de se faire passer un tel savon par son jardinier, elle chercha pendant un long moment ce qu'elle pouvait bien répondre à cela mais ne trouva rien. Trop de choses se bousculaient dans sa tête en cet instant. Elle décida alors de l'ignorer et de garder le silence. Qu'il en parle à son père. Après tout, qu'est-ce que cela pourrait bien faire ? Elle ne pouvait quand même pas lui expliquer qu'Henri l'avait sauvée lorsqu'elle avait tenté de mettre fin à ses jours... Le jardinier continua sur sa lancée, sur le ton de la réprimande, comme s'il sermonnait sa propre fille :

— On ne t'a donc pas appris à Paris qu'on ne rentrait pas chez les inconnus, comme ça, juste parce qu'ils vous y ont invité ? Dis, j'espère qu'il ne t'a rien fait au moins ?

— Bien sûr que non ! s'offusqua-t-elle. Il a été... gentil.

Plus ou moins. Elle ne savait plus très bien en fait. En tout cas, il n'avait pas été méchant, et puis il fallait bien rassurer Maurice.

— Gentil ?! De Maltombes ?! N'importe quoi ! Il avait une idée derrière la tête, crois-moi ! Tu ne le connais pas !

Elle aurait bien aimé savoir pour quelle raison le châtelain jouissait d'une si mauvaise réputation, et pourquoi Maurice était aussi furieux qu'elle ait osé mettre les pieds au château, mais elle était tellement exténuée qu'elle ferma les yeux et ne fut plus capable d'ouvrir la bouche. Voyant que la jeune fille s'était endormie, le vieil homme finit par se taire et ce ne fut qu'une fois arrivé devant le manoir, qu'il la réveilla, la secouant doucement :

— Ça n'a pas l'air d'aller fort, toi ?

Cornélia peina à rouvrir ses paupières lourdes et engourdies. Elle se sentait si fatiguée qu'elle ne répondit même pas. Maurice venait-il de se rendre compte de sa mine défraîchie ?

— Je vois… Je vais appeler ton père tout de suite. Tu veux venir passer la nuit à la maison en attendant qu'il rentre ?

Le ton de sa voix était redevenu aimable et doux, comme à l'accoutumée. Elle essaya tant bien que mal de se ressaisir, elle n'avait aucune envie de voir monsieur Williamson, fou d'inquiétude, débouler en catastrophe à Rougemont, et encore moins d'aller dormir sous le toit de Madame Amélie…

— Non, n'appelez pas mon père. Je vais bien, je suis seulement très fatiguée parce que je n'ai quasiment pas dormi la nuit dernière.

Elle mentait mais il fallait bien trouver quelque chose. Tandis qu'il la raccompagnait jusqu'à la porte d'entrée, le chien sur les talons, elle ajouta pour avoir la paix :

— Je serai sage, je vous le promets. Tout ira bien, je ne sortirai même pas de la maison demain ! Et puis, je ne suis pas seule.

Elle se risqua alors à caresser l'énorme monstre noir, se fendant d'un large sourire, feignant l'enthousiasme.

— Mouais, comme tu voudras… Par contre, c'est moi qui irai rendre le chien à ce sale type quand ton père sera revenu. Je préfère que tu ne retournes pas le voir, d'accord ? Ce n'est pas quelqu'un de fréquentable, tu comprends ?

Mais que croyait-il au juste ? C'était humiliant à la fin, elle n'avait rien fait de mal !

— C'est entendu… souffla Cornélia qui ne souhaitait plus qu'une chose à présent, clore cette conversation afin de pouvoir enfin aller se coucher et essayer, peut-être cette fois, de passer une nuit paisible.

— Alors à demain, je passerai te voir dans l'après-midi.

— À demain.

Elle referma la porte sur le jardinier et se retrouva de nouveau seule. Mais, après la scène que venait de lui faire ce dernier, il fallait avouer que c'était presque un soulagement. Elle se surprit d'ailleurs à se sentir plus détendue qu'elle ne l'aurait cru. Depuis qu'elle s'était réveillée dans sa salle de bains, elle n'avait cessé de s'angoisser de toute la journée à l'idée de devoir passer une nuit de plus seule, dans cette grande maison vide, où des événements inexplicables se produisaient. Peut-être était-ce dû en partie à la présence du molosse ? Finalement, elle n'était pas complètement seule. Tout bien considéré, ce n'était peut-être pas une si mauvaise idée. Ce doberman était vraiment très impressionnant, il pouvait, à coup sûr, dissuader tout criminel de vouloir s'introduire chez elle, aussi vicieux et machiavélique fût-il.

Toutefois, elle ne savait pas trop ce qu'elle devait faire, elle n'avait jamais eu de chien auparavant. Que mangeait-il ? Il n'y avait aucun aliment pour canidés dans les placards. Elle pensa alors que cela lui fournirait une bonne excuse pour sortir de la maison le lendemain, malgré la promesse qu'elle avait faite à Maurice. Après tout, elle ne pourrait pas laisser cette pauvre bête mourir de faim.

Veillant tout de même au minimum nécessaire, elle remplit un bol d'eau qu'elle posa sur le sol de la cuisine. Hadès vint aussitôt et se mit à boire avidement, avalant à grande lampée, éclaboussant le carrelage à près d'un mètre à la ronde. Elle se risqua de nouveau à caresser le molosse tandis qu'il se désaltérait. Il ne broncha pas et releva même la tête de contentement, fermant les yeux, l'air béat.

— Ça y est, j'ai apprivoisé la bête… marmonna-t-elle en bâillant.

Ayant perdu toute notion du temps durant son errance dans la campagne, elle se rendit compte qu'elle ignorait complètement l'heure qu'il pouvait être. Elle chercha des yeux une pendule, puis, n'en voyant pas dans la cuisine, finit par se dire qu'en fait, elle s'en fichait pas mal. Elle était épuisée et les maux de tête ne l'avaient toujours pas lâchée, il fallait qu'elle se couche au plus vite, de toute façon. Elle fit monter le chien avec elle, se changea et se mit au lit sans tarder, priant pour ne pas faire de nouveau cauchemar et ne pas être réveillée dans la nuit par d'autres manifestations surnaturelles. La dernière image qui s'imposa à son esprit avant qu'elle ne sombre dans un profond sommeil, fut celle du regard aussi déroutant qu'envoûtant de l'homme qui vivait au château de Rougemont…

Lorsqu'elle s'éveilla le lendemain matin, après une longue et agréable nuit de repos, elle fut rassurée de trouver Hadès encore dans sa chambre, montant la garde sur le tapis devant la porte. Il n'avait pas dû bouger de la nuit. Elle le caressa pour le remercier de ses bons et loyaux services et se dit que, finalement, ce chien était adorable, et que sa présence avait vraiment été bénéfique. Elle avait trouvé le sommeil sitôt après s'être couchée et avait pu dormir tranquillement, sans faire le moindre rêve. Elle se sentait reposée, calme et détendue, et la douleur dans son crâne l'avait enfin quittée.

Elle décida de profiter un peu de ces instants de quiétude et s'interdit donc de penser à quoi que ce fut d'obscur, du moins pour le moment. Elle avait une faim de loup et réalisa subitement qu'elle avait tout simplement oublié de manger la veille tant les événements de la nuit l'avaient troublée. Elle se fit alors un petit déjeuner royal, avec des œufs, du bacon, du pain, de la confiture et du chocolat chaud. Cornélia partagea avec son invité, tout en se demandant s'il était vraiment recommandé de nourrir un chien de cette façon. En tout cas, lui semblait apprécier...

Elle remonta ensuite rapidement pour se laver, se rendant compte que ce geste aussi, elle l'avait oublié la veille. Avant de prendre sa douche, elle vérifia, non sans une certaine anxiété, les marques dans son dos et constata que rien n'avait bougé. On pouvait toujours lire la même phrase, sorte de sentence effroyable, entre ses omoplates.

Elle n'eut plus alors qu'une seule pensée en tête, le château au décor si curieusement familier, et son étonnant propriétaire. Henri De Maltombes... Quelle coïncidence tout de même ! Et, que pouvait-il bien savoir à propos d'elle et des ennuis qu'elle avait ? N'était-ce pas qu'un coup de bluff pour éveiller son intérêt ? Qui était-il au juste ? Pourquoi Maurice, d'ordinaire si courtois et aimable, avait-il parlé de lui en ces termes ? Il fallait qu'elle retourne le voir au plus vite, si elle avait une chance d'avoir une explication à propos de ce qui lui arrivait, elle ne devait pas la laisser passer !

Elle se rappela soudain les paroles qu'il avait eues avant de la laisser avec le jardinier, il lui avait suggéré de se rendre dans un endroit en ruines, derrière le château, une chapelle si ses souvenirs étaient exacts. Y avait-il une raison à cela ? Était-ce un genre de rendez-vous secret ? Non, probablement pas... En tout cas, il n'avait pas dit ça uniquement pour lui indiquer une bonne balade, il y avait autre chose, c'était certain. Cornélia décida de s'y rendre dès ce matin. Finalement, peut-être valait-il mieux être là cet après-midi pour accueillir Maurice quand celui-ci viendrait. Elle ne tenait pas particulièrement à ce qu'il alerte son père, et ce même si les raisons de ses inquiétudes étaient parfaitement absurdes...

Elle cherchait une corde dans l'abri de jardin pour emmener le chien en promenade avec elle lorsqu'elle entendit le téléphone de la maison retentir. Elle se précipita pour répondre et arriva essoufflée :

— Allô ?

— Cornélia ?

— Bonjour papa ! Tu vas bien ?

— Oui... Dis, tu ne réponds jamais sur ton portable ? demanda-t-il d'un ton de reproche.

— Tu sais bien que non. Pourquoi l'allumerais-je alors que je n'ai aucun ami, ni même de connaissance, susceptible de m'appeler ?

— Eh bien je ne te l'ai pas offert pour qu'il prenne la poussière ! Donc, au moins pour les fois où moi je souhaite te joindre, j'aimerais que tu l'aies avec toi !

— Oui, d'accord, consentit-elle, j'y penserai.

— Enfin bref, j'ai eu un appel de Maurice tout à l'heure, il était inquiet pour toi.

Elle aurait pu le parier ! Quel délateur, ce jardinier ! Il n'avait pas perdu de temps. Cette histoire commençait sérieusement à l'agacer.

— Il n'y a aucune raison, je vais très bien, répondit-elle, blasée.

— Tu es allée voir le propriétaire du château hier soir ? Pour quoi faire ?

— En fait, c'est assez amusant, j'ai découvert par hasard que c'est lui qui m'a sauvée à Paris, lorsque j'ai sauté du pont. Est-ce que ce n'est pas cocasse de le retrouver ici, juste à côté de chez nous ? Sachant cela, j'ai voulu aller moi-même le remercier. Ce qui est, je crois, plutôt normal, non ? Étais-tu au courant qu'il vivait aussi à Rougemont ?

— Non, pas du tout.

Au bout du fil, monsieur Williamson resta quelques instants silencieux, probablement surpris par l'étonnante coïncidence.

— Hum, eh bien, si tu veux mon avis, reprit-il d'une voix trahissant sa méfiance, je trouve ce hasard vraiment curieux. Cet homme m'a paru assez bizarre lorsque je l'ai rencontré à l'hôpital. Ses explications sur ce qui s'est réellement passé ce jour-là étaient plus que succinctes, et à aucun moment il n'a demandé comment tu allais. Il semblait même assez peu concerné par tout ça et s'est presque enfui après t'avoir amenée aux urgences, j'ai à peine pu lui exprimer ma gratitude. Et puis, Maurice n'a pas l'air de beaucoup l'apprécier, tout comme la majeure partie du village si j'ai bien compris. Tu l'as remercié, moi aussi, pas besoin d'insister. Maintenant, sois gentille et tiens-toi à distance de cet homme, d'accord ?

Voilà que son propre père s'y mettait aussi ! Henri De Maltombes n'était pas quelqu'un de très sympathique, et après ? Ce n'était pas non plus le croquemitaine !

— Papa, il m'a sauvé la vie ! Tu ne penses quand même pas qu'il peut être dangereux ? Ce serait complètement idiot !

En prononçant ces mots, elle essayait plus ou moins de s'en convaincre elle-même.

— Peut-être mais, ma fille, tu vis sous mon toit, tu t'en tiens à mes règles. C'est hors de question, tu m'entends ? Tu ne retourneras pas chez ce gars ! Qu'est-ce qui te prend à la fin ? Tu ne vas tout de même pas me dire que tu t'es fait un ami hier soir ?

Et voilà, encore des ordres. Décidément tout le monde s'était donné le mot ! Ainsi, à pourtant dix-neuf ans, elle se voyait toujours contrainte d'obéir aux injonctions de papa. Elle savait pertinemment qu'elle ne se plierait pas à cette dernière directive mais répondit néanmoins, mentant effrontément dans le seul et unique but d'avoir la paix :

— Non, papa. Ne t'en fais pas, je ne retournerai pas au château et je ne reverrai pas cet homme.

Une fois la conversation avec monsieur Williamson terminée, elle repartit à la recherche d'une corde ou de tout autre objet pouvant faire office de laisse pour chien. Cornélia se dit alors qu'il était bien étrange que son père n'ait pas fait mention de l'animal au cours de la discussion. Il détestait les bêtes à poils et n'avait jamais laissé la jeune fille, malgré ses supplications, posséder ne serait-ce qu'un hamster. Cette dernière en vint à la conclusion qu'il ne devait pas être au courant. Maurice avait dû omettre d'évoquer ce détail, sans cela, la conversation qu'elle venait d'avoir aurait été beaucoup plus houleuse. Elle finit par trouver, dans le garage, une espèce de longe, un peu longue pour l'utilisation qu'elle voulait en avoir mais qui, faute de mieux, ferait bien l'affaire.

— Hadès ! Viens ici !

Le chien, qui était en train de renifler tranquillement la pelouse du jardin, réagit immédiatement et accourut aussitôt vers sa maîtresse provisoire. Il était décidément très bien dressé ! Elle fit un nœud de fortune autour du collier, ferma la maison à double tour, pensant qu'il valait mieux être prudente par les temps qui couraient, puis partit, le molosse à ses côtés, en direction du château. Elle contourna ce dernier et suivit le trajet qu'Henri lui avait rapidement indiqué la veille, jetant un coup d'œil au passage à travers la grille dans l'espoir d'entrevoir peut-être le propriétaire des lieux, mais n'y vit personne, la cour était complètement déserte. Ils traversèrent à nouveau un morceau de forêt puis arrivèrent au pied d'une petite colline bordée de champs cultivés.

Elle aperçut alors au sommet les ruines de ladite chapelle. Le toit de l'édifice avait disparu, emmené par des siècles d'intempéries en tout genre, et seuls deux pans de murs, survivants de la bataille contre les années, étaient encore debout. Les trois fenêtres restantes, aux formes érodées mais néanmoins gothiques, n'avaient plus aucun vitrail. La végétation avait complètement envahi le lieu, reprenant ses droits sur la pierre. Seules, au centre, quelques fleurs blanches avaient réussi à survivre parmi les ronces qui encombraient l'intérieur. L'un des deux murs était recouvert d'un lierre épais, coiffant ce dernier comme une couronne sur la tête d'un vieux roi.

L'impression troublante de déjà-vu qu'elle avait ressentie la veille lorsqu'elle était entrée dans le château d'Henri lui revint soudainement. Des frissons glacés parcoururent tout à coup l'ensemble de son corps, la saisissant de la tête aux pieds. Elle connaissait cet endroit…

Sans chercher à comprendre, Cornélia se mit à courir frénétiquement en direction des ruines, comme happée par le lieu. Le chien galopait devant elle, agitant la queue d'un côté sur l'autre, prenant l'exercice pour un jeu. Arrivée en haut, elle s'arrêta quelques secondes, à bout de souffle, devant ce qui avait dû être autrefois la porte du petit édifice. Elle tomba subitement à genoux, submergée par d'intenses sanglots déboulant de nulle part. Que lui arrivait-il au juste ? Elle ne fut soudain plus en mesure de réfléchir, et dut subir, telle une victime passive, cette crise de larmes insensée.

Le chien, manifestement inquiet, vint lui lécher le visage, comme pour la consoler. Elle trouva cela tout à fait répugnant et aurait voulu pouvoir réagir et le repousser, mais plus aucun de ses membres ne lui répondait. C'était comme si, tout à coup, son corps avait cessé de lui appartenir. Elle ne pouvait plus s'arrêter de pleurer et dut rester là, à genoux par terre, sans forces, le dos courbé, affalée comme si elle avait brusquement été vidée de toute énergie.

Des images colorées et chargées d'émotions étranges se mirent soudain à défiler devant ses yeux. Elle se vit alors vêtue d'une magnifique et imposante robe blanche, une comme celle que l'on ne pouvait voir que dans les films d'époque. Elle se tenait debout devant l'autel, dans la chapelle. Cette dernière n'était plus en ruine mais étincelante, comme elle avait dû l'être au lendemain de sa construction. Les murs n'étaient plus recouverts de mousse, ni de lierre, mais clairs, lisses et impeccables. Plusieurs tableaux religieux y étaient accrochés, leurs teintes étaient vives, récentes. Il y avait, dans cette petite salle, seulement quelques prie-Dieu en bois massif, sombres et très travaillés, disposés ici et là, tous tournés vers une grande croix trônant au-dessus de l'autel. Ce dernier était recouvert d'un tissu somptueux et des fleurs avaient été accrochées un peu partout, égayant l'endroit et embaumant l'air ambiant. Une lumière, tamisée mais vivement colorée, filtrait à travers les vitraux et rendait l'atmosphère de ce lieu si particulier, douce et chaleureuse.

Un homme se tenait en face d'elle. Il la fixait intensément, un sourire heureux et aimant sur les lèvres. Elle sentit son cœur s'emballer brusquement lorsqu'il se pencha vers elle et lui prit la main. Il était tellement beau... Ses yeux étaient d'une teinte étonnante, espèce de bordeaux sombre, presque noir, mais curieusement, cela n'avait rien d'inquiétant. Ils brillaient de mille éclats et ne reflétaient que tendresse et passion. Ses cheveux étaient châtain clair, avec un soupçon de cuivré, mi-longs, lui arrivant au niveau des joues. Ils étaient raides mais épais, formaient une masse plutôt hirsute, pleine d'épis indomptés, et certaines mèches retombaient négligemment devant le visage du jeune homme, masquant quelque peu ses traits angéliques. Son teint était si pâle qu'il en était presque livide, et sa figure était si émaciée qu'elle lui donnait un air fragile et maladif. Malgré tout, et c'était ce qui était le plus surprenant, cela n'enlevait rien au charme insolent qu'il dégageait. Il semblait relativement jeune, la vingtaine tout au plus, et était vêtu très simplement, portant un long manteau de cuir brun sur une ample chemise blanche.

Puis, la scène s'effaça peu à peu et céda la place à une nouvelle. Le décor n'avait pas changé. Cornélia se trouvait toujours en ce même lieu, la chapelle, mais le jour déclinait et la lumière qui filtrait à travers les vitraux rougeoyants avait perdu tout son éclat, rendant l'endroit différent, beaucoup plus sombre. Elle portait exactement la même grande robe mais cette dernière avait perdu de sa splendeur et était même tachée ici et là. Elle se vit en train de rabattre violemment les portes sur elle, s'enfermant à l'intérieur de l'édifice, furieuse. Son corps fut alors à nouveau secoué par de terribles sanglots. Elle était si malheureuse à présent, elle se sentait si seule, si désespérée… Une peine immense et une fureur terrible s'emparèrent subitement d'elle, provoquant une douleur atroce, une souffrance comme il n'en existait pas de physique. Comme si une lame, longue et acérée, déchirait à la fois son cœur et son âme.

Spectatrice de ses actes, elle se vit soudain crier d'une voix tremblante, submergée par l'émotion : « Va-t'en ! Tu n'es pas le bienvenu ici. Tu ne l'as jamais été ! » Cette injonction devait s'adresser à quelqu'un se trouvant à l'extérieur de l'édifice, une personne qui ne semblait pas vouloir la laisser tranquille. D'un pas fébrile, elle se dirigea vers l'autel, passa derrière puis, s'écroula, à bout de forces. Elle se mit alors à caresser doucement la pierre froide, pleurant de plus belle. Là, sous sa main se trouvait une inscription, quelques mots, rien de plus, mais c'était la seule chose qui avait donné du sens à sa vie. Et, soudain, elle ne vit plus rien d'autre que du sang… Du sang partout, sur sa robe, ses bras, ses poignets, son visage, ses lèvres…

Cornélia, revenant tout à coup à elle, hurla d'effroi. Elle vit d'abord le chien, couché devant elle, qui la regardait en gémissant, la tête penchée sur le côté comme si lui aussi cherchait à comprendre ce qui se passait. Les joues de la jeune fille étaient humides, pleines de larmes, et ses mains, qui avaient dû empoigner la terre pendant ce moment d'égarement, étaient crasseuses. Elle n'avait pas bougé et se trouvait exactement au même endroit, devant les ruines de l'ancienne chapelle, dans la même position qu'avant d'être prise par ces espèces d'hallucinations.

Retrouvant progressivement ses esprits ainsi que le contrôle de son corps, elle se releva péniblement, se demandant si le châtelain, qui l'avait subtilement incitée à venir ici, avait pu prévoir qu'il lui arriverait ce genre de chose… Non, c'était impossible. Tout cela n'avait pu sortir que de son imagination complètement exacerbée par les faits étranges arrivés ces derniers jours. Son imagination, encore et toujours. Sauf si… Sauf si elle parvenait à faire un lien entre sa vision et la réalité.

Une idée lui vint alors. C'était de la plus haute importance. Cela prouverait, soit qu'elle était vraiment malade et qu'il était plus que temps qu'elle se fasse soigner, et elle penchait plutôt pour cette option, soit qu'il se passait en elle quelque chose d'extraordinaire. Elle enjamba un tas de pierres écroulées là où avait dû un jour se trouver la porte d'entrée de la petite église, poussa quelques ronces, s'égratignant au passage, et arriva à l'intérieur des ruines. Elle chercha un instant du regard puis vit, un peu plus loin, tout au bout de la nef délabrée, l'autel, ou du moins ce qu'il en restait car seule la partie gauche était encore debout. Il était entièrement recouvert de lierre et de mousse et paraissait bien plus petit que dans sa vision.

Elle avança lentement, difficilement, luttant à grands coups de pieds contre la végétation qui, désormais maîtresse des lieux, s'évertuait à lui barrer la route, déchirant chacun de ses vêtements. Elle contourna l'autel, ou plutôt l'amas de pierres qu'il était devenu, pour se retrouver à nouveau derrière. Elle se baissa ensuite jusqu'à se mettre accroupie puis, essaya tant bien que mal d'arracher les plantes qui y étaient agrippées. Au bout de quelques minutes de cet exercice fastidieux, Cornélia finit par tomber brutalement sur les fesses en essayant de déloger un énorme pied de lierre.

— Aïe... gémit-elle en regardant ses pauvres mains écorchées avec lesquelles elle avait tenté de se rattraper.

Elle soupira, découragée. Elle ferait sans doute mieux de rentrer chez elle plutôt que de courir après des chimères. Certaines choses lui échappaient, c'était ainsi, il fallait qu'elle se fasse une raison. Comme la veille déjà, elle avait perdu toute notion d'heure. Et si Maurice déboulait au manoir pendant qu'elle était ici, appellerait-il encore son père en trouvant la maison vide ?

Elle s'apprêtait à se relever lorsqu'en redressant la tête, elle aperçut des traces sombres sur l'une des pierres qu'elle venait de mettre à jour, qui n'avaient rien à voir avec l'érosion. Elle se mit alors à frotter vivement les marques à l'aide de sa manche, puis de ses ongles, qui de toute façon étaient déjà dans un état désastreux, et découvrit des lettres tout juste visibles, gravées dans la pierre… L'inscription de sa vision était donc bel et bien là, exactement à l'endroit où elle l'avait vue ! Comment cela se pouvait-il ? Malgré toutes les hypothèses insensées, toutes plus déraisonnables les unes que les autres, qui venaient maintenant à l'esprit de Cornélia, cette dernière se sentit comme soulagée :

— Mon Dieu… Je ne suis pas complètement folle.

Elle frissonna ensuite en songeant aux mots qu'on lui avait laissés dans le dos. L'œuvre d'un malade, forcément. Là, c'était différent. Elle s'approcha le plus près possible du mystérieux message, jusqu'à presque coller son nez contre, et tenta péniblement de le déchiffrer. Il était si discret, les lettres qui le composaient étaient si minuscules, qu'il ne devait être destiné qu'aux personnes concernées. Cornélia fronça les sourcils quand elle crut pouvoir parvenir à lire l'inscription puis frotta la pierre encore une fois. Elle faillit à nouveau tomber sur son séant, mais se retint de justesse à une branche de lierre, lorsqu'elle fut certaine du contenu de la gravure. Il était écrit :

Maxime et Cornélia

Cornélia ? Son prénom ?! Elle sentit son sang battre violemment contre ses tempes, la terrible migraine de la veille venait de refaire son apparition. Que pouvait-elle bien penser maintenant ? Ce message la concernait-il ? Peut-être s'agissait-il d'une autre Cornélia, une personne d'une autre époque avec ce même prénom idiot. Mais cela n'expliquait pour autant pas les visions, les larmes, la foule d'émotions qu'elle avait ressenties et le fait qu'elle avait su exactement où retrouver l'inscription. Tout cela la concernait, nécessairement ! Il fallait qu'elle retourne voir Henri. Après tout, c'était lui qui lui avait suggéré de venir là, il devait probablement s'attendre à ce qu'elle voie ce message. C'était tout de même son prénom qui était là, inscrit sur l'autel aux côtés de celui d'un inconnu ! Et l'inconnu en question, avait-il les yeux rouge sombre et les cheveux en bataille ? Tant de questions… Le châtelain possédait-il réellement les réponses, comme il l'affirmait ?

De bruyants jappements résonnèrent soudain dans les ruines de la vieille chapelle, tirant brutalement Cornélia de ses réflexions. Elle jeta un œil alentour mais ne vit rien d'anormal. Maurice. Si elle n'était pas chez elle comme elle le lui avait promis la veille, ce dernier risquait encore de s'inquiéter inutilement. Mieux valait qu'elle soit présente pour l'accueillir si elle ne voulait pas qu'il appelle de nouveau son père. Il fallait donc qu'elle se dépêche de rentrer. Tant pis, elle irait au château une autre fois, peut-être plus tard dans l'après-midi. Elle voulut regarder sa montre mais se rendit compte que son poignet était nu. Pourtant ce matin elle avait bien pensé à la prendre avant de partir en expédition. À l'évidence, elle avait dû la perdre dans les ronces avec lesquelles elle s'était battue pour obtenir un droit de passage. Elle se débrouilla tant bien que mal pour ressortir de la chapelle et retrouva Hadès à peu près là où elle l'avait laissé. Le chien, qui devait commencer à sérieusement s'impatienter, trépignait sur place en gémissant.

— Excuse-moi Toutou, j'ai été un peu longue, dit-elle en s'adressant au molosse, accompagnant ces mots de quelques caresses amicales.

Elle s'engageait sur le chemin du retour quand, subitement, ses jambes flageolèrent. Comme la veille, elle se sentit vidée de son énergie, au bord de l'épuisement, sans aucune raison. Ne pouvant faire autrement, elle dut se traîner d'un pas lent et lourd sur tout le trajet qui menait jusqu'à chez elle. Si celui-ci lui avait paru relativement court à l'aller, il n'en fut pas vraiment de même pour le retour. Elle se vit obligée de s'asseoir durant un moment, en plein milieu de la forêt, tant les forces lui manquaient. Lorsqu'enfin elle arriva au manoir, elle fut soulagée de voir que personne ne l'attendait. Aucun signe du passage du jardinier. D'emblée, elle fonça consulter l'horloge du salon et se rendit compte, atterrée, que son escapade avait duré bien plus que de raison puisqu'il était déjà presque dix-sept heures ! C'était comme si, depuis ces deux derniers jours, le temps était devenu quelque chose d'absurde, comme si subitement, elle en avait perdu tous les repères... Le chien, assoiffé par cette longue promenade, se jeta aussitôt sur sa gamelle d'eau qu'il se mit à laper âprement.

— Mince, les croquettes ! s'exclama-t-elle en réalisant qu'elle avait complètement oublié de passer à l'épicerie du village, son deuxième objectif de la journée.

Tant pis, elle lui donnerait ce qu'il y avait dans le réfrigérateur. Après tout, son maître aurait pu se préoccuper un peu plus de ce genre de détail avant de lui imposer la garde de son animal. Elle monta à l'étage et se changea rapidement, mettant ses vêtements déchirés dans un coin de son armoire, roulés en boule, afin que personne ne lui pose de questions. Elle allait ressortir lorsqu'on toqua à la porte. De puissants jappements résonnèrent dans toute la maison ainsi que dans le crâne déjà douloureux de Cornélia. Elle se massa les tempes pour apaiser sa souffrance grandissante puis alla ouvrir.

— Bonjour.

— Bonjour Maurice.

— Oh, ça n'a toujours pas l'air d'aller... Tu n'as vraiment pas bonne mine. Es-tu malade ? demanda le vieux jardinier avec inquiétude.

— Non, je ne crois pas. Je manque encore de sommeil, ce doit être à cause de ça que je ne suis pas très en forme.

Il était vrai que, même si elle avait passé une bonne nuit, tous les effets bénéfiques de cette dernière avaient été balayés par la crise de larmes harassante qui l'avait saisie devant les ruines. Elle invita tout de même Maurice à entrer et le conduisit jusqu'au salon :

— Voulez-vous boire quelque chose ?

— Non, je te remercie, répondit-il en s'asseyant. Je passais rapidement voir si tout allait bien, c'est tout. Je reviendrai travailler demain. Tu sais, je n'étais pas tranquille hier soir, après ton escapade. D'ailleurs, j'aimerais bien savoir ce que tu es allée faire chez le châtelain ?

Il avait eu une moue dédaigneuse en prononçant le dernier mot. Allait-elle encore longtemps devoir rendre des comptes à ce sujet ? Parce que tout ça commençait sérieusement à lui taper sur les nerfs.

— Eh bien, je suis étonnée que mon père, puisque vous l'avez déjà contacté, ne vous ait rien dit à ce sujet, rétorqua-t-elle d'un ton qui laissait poindre son agacement. Figurez-vous que Monsieur De Maltombes m'a sauvée de la noyade à Paris, il y a peu de temps. Depuis, je ne l'avais pas revu et quand j'ai appris qu'il vivait ici, j'ai eu envie d'aller le remercier. C'est naturel, il me semble.

Maurice haussa les sourcils, une expression de surprise mêlée d'incompréhension sur son visage bonhomme :

— Ah... Je ne savais pas. Ton père ne m'en avait jamais parlé auparavant. Mais pourquoi tu ne m'as pas expliqué tout ça hier soir ?

— J'ignorais que je devais justifier tous mes faits et gestes.

La migraine, toujours plus virulente, la faisait atrocement souffrir et elle était si fatiguée qu'elle ne pouvait à présent plus du tout retenir son irritation. Maurice parut soudain attristé, voire même légèrement vexé :

— Excuse-moi Cornélia, j'étais seulement inquiet. Tu sais, ton père m'a demandé de faire attention à ce qu'il ne t'arrive rien pendant son absence. Je ne voulais pas être indiscret.

Elle s'était doutée que monsieur Williamson ferait quelque chose dans ce genre avant de partir. Décidément, avec lui c'était tout l'un ou tout l'autre ! Avant la tentative de suicide de sa fille, il se contrefichait de ce qu'elle pouvait faire et de ce qui pouvait bien lui arriver lorsqu'elle se retrouvait seule, mais depuis, il s'était transformé en papa surprotecteur, un brin parano. Cornélia soupira et s'enfonça un peu plus dans le canapé.

— Et puis, De Maltombes, ce n'est pas vraiment un type bien, ajouta Maurice. Mieux vaut ne pas trop avoir affaire à lui. Et je dois dire que je suis très surpris de ce que tu viens de me raconter, je ne pensais pas qu'il pouvait parfois lui arriver d'être charitable !

C'était le moment ou jamais d'en savoir un peu plus sur ce mystérieux individu... La jeune fille choisit alors d'ignorer l'effroyable étau immatériel qui se resserrait toujours plus autour de son crâne et, s'efforçant de faire bonne figure, relança la conversation :

— Je voudrais quand même bien savoir ce qui vous fait penser ça, qu'Henri n'est pas quelqu'un de bien. Moi, je le trouve plutôt...

Elle hésita un instant, ne sachant trop comment définir ses impressions.

— Plutôt sympathique... essaya-t-elle sans grande conviction.

Le jardinier eut un sourire ironique :

— Bah, il ne l'est pas tellement en vérité ! Et il y a pas mal de choses qui me font dire ça, ma petite Cornélia.

Elle se redressa, attentive tout à coup, avide d'en savoir un peu plus sur l'homme qui avait tant piqué sa curiosité la veille.

— C'est une longue histoire mais, pour reprendre du début, le château, qui est censé appartenir à sa famille depuis plusieurs siècles, ne figure dans presque aucun document. Il n'a aucune histoire, aucun passé et surtout, il n'y a aucun nom qui figure sur les registres. Ce qui, déjà, est plutôt troublant. Un édifice tel que celui-là, tu comprends, c'est quand même bizarre qu'il n'ait jamais été mentionné nulle part. Comme il tombait en ruines, laissé, pour ainsi dire, à l'abandon, il y a quinze ans, la municipalité de Rougemont a entamé une procédure pour le récupérer. Tu vois, le village amène déjà quelques touristes de temps en temps, alors, si on avait eu le château à faire visiter, ça aurait attiré davantage de monde. Enfin bref, c'est à ce moment-là qu'est apparu De Maltombes, sortant de nulle part, se proclamant, et ce, sans aucune preuve, propriétaire du lieu. Va savoir pourquoi, le tribunal a statué en sa faveur ! À l'époque, je faisais partie de la mairie. Nous avons fait appel plusieurs fois mais le résultat a toujours été le même. Puis il s'y est installé et alors des choses étranges sont arrivées. Notre région bien tranquille a vu disparaître plusieurs personnes dans d'étranges conditions. On ne pouvait l'accuser de rien, évidemment, mais moi, je savais que c'était lui. Il ne sort jamais, on ne le voit jamais au village. Il a du personnel, un minimum, mais aucun ne peut rester très longtemps à son service parce qu'il traite mal les gens et qu'il fait peur à tout le monde. D'ailleurs, pour avoir eu affaire à lui à plusieurs reprises, je peux te dire que ce n'est qu'une espèce de connard prétentieux, sapé comme un épouvantail !

Le jardinier marqua une pause, se rendant probablement compte qu'il s'était un peu emporté. Il paraissait très sérieux, comme si ses élucubrations sur le soi-disant auteur des disparitions avaient été fondées. Cornélia, déçue par ce récit, se demanda si c'était là tout ce qu'on pouvait reprocher à Henri : d'avoir récupéré un bien qui, apparemment aux yeux de la loi, lui appartenait, de vivre en ermite et d'avoir emménagé au moment où quelques personnes du coin avaient disparu...

Maurice baissa la voix et, sur le ton des commérages, continua sur sa lancée :

— Personne ne sait ce qu'il fait dans la vie, ni d'où lui vient son argent. Il laisse le château décrépir et se contente juste de faire faire quelques rénovations de temps en temps, histoire qu'il ne tombe pas complètement en miettes. Comme s'il se moquait de nous. Lors des audiences, il n'est presque jamais venu mais il a quand même gagné tous les procès !

— Enfin, Maurice, vous vous rendez bien compte que vos accusations ne reposent sur rien, opposa-t-elle timidement, essayant de ne pas froisser pour autant son interlocuteur. Alors ce n'est que ça ? Ces histoires ressemblent plus à des légendes urbaines qu'autre chose.

Le jardinier haussa les sourcils et rétorqua :

— Tu dis ça parce que tu n'as pas encore entendu la suite. Vois-tu, ma fille aînée a travaillé pour lui pendant un temps, comme femme de ménage. Elle est toujours restée sur ses gardes mais elle a démissionné le jour où on a suspecté ce taré de meurtre.

Cornélia écarquilla les yeux et blêmit. Henri De Maltombes ne ressemblait pourtant pas à un assassin.

Maurice afficha un air satisfait devant l'effet que son récit produisait sur la jeune fille. Il poursuivit :

— Oui, Claire a bossé là-bas pendant plusieurs années. Il arrivait souvent que, lorsqu'elle rentrait le soir, elle paraisse confuse, effrayée même. Surtout à la fin. Dieu seul sait ce qu'elle a pu voir là-bas, elle n'a jamais voulu nous en parler. Enfin, jusqu'au jour où elle a décidé d'arrêter après avoir assisté à une scène terrible. De Maltombes a surpris l'un de ces employés en train de voler un objet ancien, de grande valeur, je crois, et s'est mis dans une colère noire, hurlant comme un fou. Il a littéralement laminé le pauvre gars, les autres employés n'ont rien pu faire. Fallait voir l'état dans lequel il avait mis le malheureux ! Il paraît qu'il aurait juré de le tuer pour son *affront* !

Le jardinier illustra ce dernier mot avec des gestes représentant des guillemets. Il s'arrêta un instant, prit une profonde inspiration et ajouta, les yeux plissés par la suspicion :

— Et comme par hasard, deux jours plus tard, l'homme a disparu de l'hôpital où il était soigné pour les blessures causées par l'agression. Il s'est volatilisé, lui aussi ! Claire, ainsi que les deux autres ouvriers qui se trouvaient là ce jour-là, a été convoquée au commissariat. Elle a raconté tout ce qu'elle avait vu, mais, étrangement, ce sale type n'a jamais été inquiété de quoi que ce soit... Depuis, plus personne ne veut travailler au château, il est obligé d'aller chercher son personnel en dehors du village.

Cornélia avait écouté les racontars du vieil homme avec attention. Cependant, elle n'était pas beaucoup plus avancée... En fait, rien là-dedans ne prouvait qu'Henri fût un meurtrier. Il devait tout de même bien y avoir une raison pour qu'il n'ait pas eu de problème avec la justice, on ne se sortait pas comme ça d'une affaire de ce genre ! Tout ce qu'elle savait à présent c'était qu'il s'emportait facilement et pouvait même être parfois violent. Était-il dangereux pour autant de retourner au château ? Peut-être... Enfin, elle n'allait pas s'arrêter à ces ragots de campagne ! Il fallait qu'elle le revoie, il lui devait toujours des réponses. Et puis, que n'aurait-elle pas donné pour recroiser ce regard à l'éclat si particulier et si merveilleux. Cornélia essaya de se ressaisir, elle commençait à s'assoupir et à l'évidence son esprit divaguait. C'était idiot ! Non, tout ce qu'elle voulait c'était des explications, rien de plus. Maurice avait dû remarquer qu'elle était sur le point de s'endormir car il se leva et s'avança vers elle en fronçant les sourcils :

— Tu devrais aller voir un médecin, tu as vraiment l'air malade.

Il se tenait à présent debout devant elle et la dévisageait, une expression soucieuse sur sa figure prématurément ridée.

— Je ne vais pas aller chez le docteur simplement parce que je manque de sommeil. J'ai seulement besoin de repos. Je vais bien, je vous assure. Et, s'il vous plaît, n'allez pas encore inquiéter mon père pour ces broutilles.

Elle rassembla toute son énergie pour se lever, essayant de paraître la plus alerte possible, et raccompagna le vieil homme jusqu'à la porte. Elle était consciente qu'il n'était pas très poli de lui faire comprendre de cette façon qu'elle souhaitait qu'il s'en aille, mais tant pis, elle était beaucoup trop lasse pour faire attention à ses manières. Il sortit la tête baissée, toujours préoccupé, et s'arrêta sur le perron :

— Nous viendrons demain, ma femme doit s'occuper de la maison et moi de la pelouse. Nous comptions aussi t'emmener au bistrot pour que tu rencontres Nathalie, notre cadette, et qu'elle t'explique un peu en quoi consistera ton nouveau travail. Enfin, si tu ne te sens pas bien on pourra reporter ça à plus tard…

Cornélia avait complètement oublié cette histoire d'emploi saisonnier. Elle ne put retenir un soupir qui finit par se transformer en bâillement. Pourquoi son père avait-il eu l'idée saugrenue de la faire travailler dans un bar ?! Elle qui était si réservée, si facilement mal à l'aise, et qui détestait tant parler à des inconnus, ne se voyait pas du tout faire la serveuse dans ce genre d'endroit. Enfin, ce n'était pas vraiment comme si elle avait le choix. Elle tenta alors de prendre un air enjoué :

— Non, nous irons demain, il n'y a pas de problème. J'irai beaucoup mieux quand j'aurai fait une bonne nuit.

— J'espère. Ah, au fait, ajouta-t-il en se dirigeant vers sa voiture garée devant les marches, je t'ai amené de la nourriture pour le clébard. Cet imbécile te l'a confié sans même se soucier de savoir si tu avais ce qu'il fallait ou non !

— Merci Maurice, c'est très gentil, répliqua Cornélia, soulagée de ne pas avoir à descendre jusqu'à la supérette du village dans les jours à venir.

Le jardinier ouvrit son coffre et en sortit un gros paquet.

— Ce sont les croquettes de notre chienne, ça devrait faire l'affaire.

Il remonta les marches et déposa l'énorme sachet dans les bras de la jeune fille.

— Par contre, je le ramènerai à son propriétaire avant que ton père ne revienne, parce qu'il n'est pas au courant, et c'est certainement mieux comme ça ! On est d'accord ?

— Bien sûr.

Quand le jardinier fut parti et qu'elle se trouva de nouveau seule, Cornélia hésita, malgré l'étrange et inexplicable fatigue qui la terrassait, elle ne pouvait s'empêcher d'envisager repartir sur-le-champ pour retourner au château. Maurice, son père et la femme à bicyclette avaient-ils vraiment raison d'essayer de la dissuader de revoir Henri ? Ils avaient tout de même quelques arguments. L'histoire, bien que peu convaincante, était néanmoins troublante. Si l'on ajoutait à cela toutes les choses bizarres qui lui étaient arrivées depuis qu'elle avait fait la rencontre de cet homme, ce fameux jour où il l'avait repêchée dans le fleuve, il y avait effectivement de quoi se tenir sur ses gardes. Et pourtant, tout ça n'y changeait rien. Elle irait lui parler, obtiendrait les réponses à ses questions, s'il s'avérait qu'il les avait comme il le prétendait, sa curiosité l'emportant sur tout le reste. Cela paraissait tellement improbable qu'il ait eu ne serait-ce qu'un lien avec ces soi-disant disparitions. Elle avait beau ne pas le connaître, elle savait qu'il n'était pas un criminel. C'était comme une conviction profonde, inexplicable mais inaltérable. Elle savait que, même s'il se comportait avec elle de manière étrange, il ne lui voulait aucun mal.

Elle ouvrit la porte, prête à partir de nouveau, quand elle s'aperçut que le soleil avait entamé sa descente. Elle soupira, exténuée et déçue à la fois. La nuit allait tomber avant qu'elle ne soit revenue, comme la veille. Le châtelain lui imposerait-il une nouvelle fois de rentrer avec le jardinier ? Elle hésita encore quelques secondes, puis, son corps affaibli parlant pour elle, elle sentit la lassitude remporter le combat. Subitement, ses jambes manquèrent de céder sous son poids. Elle se rattrapa de justesse au chambranle de la porte et décida d'opter pour le choix le plus raisonnable : retourner se coucher. Ne se sentant pas la force de monter les escaliers, elle alla s'asseoir un moment sur le canapé, en attendant que ça passe un peu, puis, sans même s'en rendre compte, sombra presque aussitôt dans un profond sommeil. Tout sembla alors se mélanger dans sa tête et de curieuses images, où figuraient le beau jeune homme de la chapelle, celui si terrifiant du miroir, Henri et son regard mélancolique et elle-même dans cette improbable robe blanche, lui apparurent en rêve. Tout cela sur fond de chapelle, tantôt neuve et rutilante, tantôt en ruine et recouverte d'une épaisse végétation.

Lorsqu'elle parvint à ouvrir un œil, elle réalisa, à la lumière forte et éclatante que les rideaux du salon filtraient à peine, qu'elle venait de passer la nuit entière tout habillée, sur le canapé. Elle se dit encore une fois qu'il était heureux que son père ne soit pas là pour voir ça, c'était exactement le genre de chose qu'il ne supportait pas. Elle se sentait reposée, bien que fourbue de courbatures, probablement dues à l'inconfort de sa couche improvisée, et la migraine qui l'avait saisie la veille avait fini par la quitter, du moins pour le moment. L'esprit encore embrumé par les bribes des étranges rêves qu'elle avait faits durant la nuit, elle fila prendre une douche, espérant que l'eau chaude l'aiderait à chasser les images curieuses et désagréablement prégnantes qui lui restaient en tête. En passant, elle jeta un coup d'œil à la pendule du salon. Il était huit heures trente, une bonne heure pour démarrer la déplaisante journée qui s'annonçait. Elle était d'humeur maussade ce matin. Penser qu'elle devrait supporter les allées et venues de Maurice et de sa femme chez elle, qu'elle devrait pour aujourd'hui, faire une croix sur son intimité et ses projets de sortie, l'agaçait un peu. Sans compter qu'elle se voyait également contrainte de les accompagner jusqu'à ce fameux bistrot, son futur lieu de travail. Avant de monter à l'étage, elle ouvrit rapidement la porte au chien qui, n'étant pas sorti depuis près de douze heures, commençait un peu à s'agiter, se rappelant ainsi à son bon souvenir. Pensive, elle brossait ses longs cheveux encore humides devant le miroir de sa salle de bains lorsque son estomac gargouilla bruyamment. Elle était affamée… Elle réalisa tout à coup que depuis le petit déjeuner qu'elle avait pris la veille, elle n'avait rien avalé d'autre… Encore une fois, la fatigue avait eu raison de son appétit !

Elle se regarda un peu plus attentivement dans la glace et s'aperçut avec stupeur que les traits de son visage, déjà émaciés, s'étaient un peu plus creusés encore, faisant davantage ressortir ses grands yeux. Elle grimaça devant son reflet, se trouvant encore moins jolie ainsi, et pensa que, finalement, ce n'était pas si surprenant que l'ensemble de la population la traite comme une gamine puisque c'était bien ce à quoi elle ressemblait. Il était clair qu'elle avait perdu du poids durant ces quelques jours passés à ne presque pas se nourrir. L'étrange fatigue devait sans doute venir de là et non d'une éventuelle maladie. Avant de s'habiller, elle vérifia les marques dans son dos, toujours incrédule. Rien n'avait changé, le message était là, entre ses omoplates, désormais immuable, et rien de nouveau n'était venu s'ajouter. Cornélia, bien décidée à stopper cet amaigrissement non désiré, se prépara un petit déjeuner plus copieux encore que celui de la veille, s'évertuant à vider le pot de pâte à tartiner goût chocolat. Hadès observa la jeune fille engloutir ce fastueux repas en salivant, inclinant de temps à autre la tête sur le côté et prenant un air suppliant à chaque fois qu'il croisait son regard.

— Non, ce n'est pas pour toi, déclara-t-elle en montrant du doigt la gamelle pleine. Tu as des croquettes ce matin.

Le chien soupira et finit par s'allonger à plat ventre sur le carrelage, laissant lourdement retomber son museau de dépit.

Maurice et madame Amélie arrivèrent peu de temps après et se mirent aussitôt au travail, laissant Cornélia vaquer tranquillement à ses occupations. Son passe-temps favori en ce moment était la lecture. Depuis sa tentative de suicide elle avait eu beaucoup de temps de libre et l'avait consacré à lire des romans de tous genres. Elle ne s'en lassait pas. Ce matin cependant, elle peinait à se concentrer sur les pages d'une œuvre pourtant palpitante et qui l'avait tenue en haleine jusque-là.

Elle revoyait sans arrêt les images qui lui étaient apparues devant les ruines de la chapelle, défiler sous ses yeux. Tout cela lui montait à la tête et l'obsédait. Même si elle était parfaitement consciente qu'il n'en existait pas, elle ne pouvait s'empêcher de chercher une explication logique et rationnelle à ce nouveau phénomène. Henri, lui, il possédait les réponses, il l'avait dit... Mais enfin, comment pouvait-il les avoir, il n'était pas dans son esprit ? Que pouvait-il bien savoir au juste ? Et puis, pourquoi ? Pourquoi n'arrivait-elle pas à s'ôter cette idée de la tête, pourquoi ressentait-elle ce besoin si pressant, si urgent, de retourner le voir ? Agacée, elle jeta le livre par terre et retira les bracelets qui recouvraient ses deux poignets. Les cicatrices étaient affreuses, témoins d'une scène dont elle ne parvenait pas à se rappeler. Elle les aurait probablement toute sa vie, comme le message dans son dos...

— Cornélia, le déjeuner est prêt ! Nous t'attendons ! appela Maurice du bas de l'escalier.

Durant le repas, il fut décidé qu'ils iraient tous ensemble, madame Amélie, le jardinier et elle, au bar de Nathalie, dans le courant de l'après-midi. La jeune fille se demanda s'il était utile de faire déplacer un tel convoi pour de simples présentations. Après tout, elle aurait très bien pu s'y rendre seule, à vélo. Mais cela avait l'air de faire tellement plaisir au couple que Cornélia préféra s'abstenir de toute remarque.

Ils se garèrent dans le bourg de Rougemont, juste devant une singulière et solitaire vitrine colorée. La jeune fille s'étonna de n'avoir jamais remarqué cette façade neuve et chatoyante tant elle détonnait avec le reste des quelques autres rares commerces du village. Elle leva les yeux et aperçut un panneau à l'énoncé clair mais peu original : *Le Bistrot de Nathalie*. Il y avait, à l'extérieur, une carte affichée. Ce n'était donc pas seulement un café, mais aussi une brasserie. Cornélia se sentit soulagée à l'idée, probablement issue de mauvais clichés, qu'elle ne servirait pas que les vieux ivrognes du coin... La devanture était élégante, tout en bois peint dans les tons de jaune et d'orangé, et ouverte sur la rue par une large et impeccable vitrine. Les tables n'étaient cependant pas visibles de dehors car des petits rideaux de couleur prune, astucieusement placés à mi-hauteur, les masquaient.

Ils entrèrent ensemble à l'intérieur de l'établissement et madame Amélie se dirigea d'emblée vers ce qui semblait être les cuisines, tout au fond de la salle. Cornélia balaya la pièce du regard et fut à nouveau surprise, d'une part que l'endroit ne soit pas désert, plusieurs personnes, relativement jeunes qui plus est, étaient en train de déjeuner ; et d'autre part que la décoration de ce restaurant de village soit si soignée et moderne. Les murs étaient du même orangé que la façade, velouté et chaleureux, excepté celui du fond qui était prune, comme les rideaux de la vitrine. Des appliques murales en fer forgé étaient parsemées en divers endroits et donnaient une ambiance légèrement feutrée, plutôt agréable. Les tables et les chaises étaient espacées, placées intelligemment, de manière à ce que les gens ne soient pas les uns sur les autres et puissent avoir une certaine intimité durant leur repas. Le mobilier était assorti aux appliques et chacun des sièges possédait un petit coussin de velours, soit jaune, soit orange. Sur la droite, juste à l'entrée, il y avait un grand bar impeccable, en bois noir vernis, auquel étaient accoudés deux hommes, discutant ensemble devant un verre de whisky. Ceux-là étaient un peu plus âgés que le reste de la clientèle et correspondaient davantage à l'image que Cornélia s'était faite des gens qu'elle serait amenée à servir.

Madame Amélie ressortit des cuisines, suivie de celle qui devait probablement être Nathalie. La jeune femme était étonnamment jolie, l'exact opposé de sa mère, en somme. Elle était grande, possédait une silhouette aux formes voluptueuses et harmonieuses et, à vue d'œil, devait avoir dans les vingt-cinq ans. Ses cheveux, d'un blond éclatant, lui arrivaient aux épaules et étaient légèrement ondulés. Son visage était doux et agréable, et ses yeux noisette étaient aussi chaleureux que ceux de son père. Elle était perchée sur de longs et fins talons, très féminins, ce qui la faisait paraître encore plus haute qu'elle n'était déjà. Elle portait un large pantalon de lin noir et un corsage blanc, près du corps, dont le décolleté plus que généreux fit pâlir Cornélia de jalousie. Aussitôt, cette dernière, vêtue comme d'ordinaire, à la hâte et à peine coiffée, se sentit mal à l'aise. Si seulement elle avait fait ne serait-ce qu'un petit effort pour soigner ses cheveux, peut-être aurait-elle été moins gênée de voir tous ces regards braqués sur elle.

— Bonjour ! salua la ravissante jeune femme en tendant la main, un sourire aimable et bienveillant sur les lèvres. Je suis Nathalie, ta future employeuse. On m'a beaucoup parlé de toi, tu sais.

— Bonjour.

— Ne t'en fais pas, plaisanta-t-elle, mon père ne m'a dit que du bien de toi. Il t'apprécie beaucoup, je crois. Il t'a connue toute petite, paraît-il ?

— C'est vrai, approuva le jardinier.

— Alors comme ça, tu souhaites trouver un emploi pour la saison ? reprit Nathalie.

En réalité, pas vraiment. C'était même tout à fait dispensable. Mais bon, puisqu'il fallait ça pour que monsieur Williamson la laisse tranquille encore quelques mois.

— Euh, oui... mentit Cornélia. Oui, c'est ça.

— Est-ce que tu as un peu d'expérience ? Tu as déjà travaillé comme serveuse ?

— Euh... Non... Pas du tout, à vrai dire...

— Ne t'en fais pas, ton père m'a prévenue que tu étais un peu timide, annonça-t-elle à voix basse, accompagnant ses mots d'un petit clin d'œil entendu. Mais tu verras, tout le monde est sympa ici. Je suis sûre que ça te plaira.

La jeune fille vira brusquement au rouge, se demandant ce que son père avait bien pu encore raconter d'autre sur elle d'aussi humiliant et embarrassant. Avait-il été jusqu'à expliquer que s'il voulait qu'elle vienne travailler ici c'était uniquement pour la faire sortir de chez elle et pour l'obliger à voir du monde ? Avait-il également mentionné qu'à dix-neuf ans passés, elle n'avait toujours pas l'ombre d'un ami, qu'elle ne faisait jamais rien de ce que faisaient les gens de son âge, et qu'elle avait un sérieux penchant pour la mélancolie ?

— Bon, je vais te présenter aux autres et t'expliquer un peu ce que tu devras faire.

La jeune femme prit Cornélia par la main et l'entraîna vers les cuisines.

— Voici Pierre, notre cuisinier, présenta-t-elle en désignant un jeune homme d'à peu près son âge.

Il était plutôt quelconque, pas très grand, brun, les yeux de la même couleur que ses cheveux et portait une espèce de blouse blanche, typique de la fonction qu'il occupait. D'emblée, il fit un grand sourire à Cornélia et lui tendit une main légèrement humide qu'elle serra sans trop s'attarder.

— Et voici Laura, la personne que tu vas remplacer, ajouta la patronne de l'établissement, se tournant vers une petite jeune femme dont le ventre plus que proéminent, indiquait sans équivoque l'état.

Cette dernière s'affairait devant un évier rempli de vaisselle sale. Elle leva le nez et fit un signe de tête poli à la nouvelle arrivante.

— Voilà, je vous présente Cornélia. Elle vient d'emménager à Rougemont et vit avec son père au manoir qui se trouve juste à côté de chez mes parents.

— Enchanté, lança Pierre en fixant la jeune fille avec insistance, achevant de la mettre mal à l'aise.

Ensuite Nathalie expliqua à sa future employée en quoi consisterait son travail, laissant les deux autres à leurs occupations. Rien d'extraordinaire en somme. Cornélia, comme elle pouvait s'y attendre, ferait le service et la plonge, entre onze et quinze heures et n'aurait pas à faire les soirées. Il fut décidé qu'elle pourrait commencer dès que son père rentrerait de son séjour à Paris. La jeune femme en profita pour lui montrer également où se trouvait chaque objet dont elle aurait à se servir et l'entretint ensuite sur la manière dont on s'adressait aux clients, le tout sous le regard attentif de Maurice et de son épouse qui patientaient sagement, debout, plantés devant l'entrée. Puis, après une interminable discussion entre ces derniers et leur fille à propos de tout et de rien, ils finirent par rentrer au manoir.

Au grand dam de Cornélia, qui aurait bien aimé se retrouver seule pour enfin filer de chez elle et monter au château, le jardinier et sa femme restèrent encore tout l'après-midi pour terminer leurs tâches de la journée, et ne partirent qu'en début de soirée, alors que le soleil commençait à décliner. Lorsqu'elle referma la porte derrière eux, la jeune fille fulminait intérieurement. Elle irait le lendemain, c'était décidé ! Elle trouverait bien quelque chose, un prétexte, pour pouvoir sortir sans éveiller les soupçons de Maurice. Tout de même, à son âge, se voir obligée de rendre des comptes à son jardinier...

Ce soir-là Cornélia eut peu d'appétit mais se força néanmoins à dîner convenablement, voulant éviter de maigrir davantage. Elle ne s'attarda pas devant la télé comme à son habitude, n'ayant pas la tête à cela, et, après avoir vérifié portes et fenêtres, préféra aller se coucher de bonne heure, accompagnée bien sûr d'Hadès, désormais gardien de ses nuits.

Chapitre 6
Rêve étrange

Cornélia se retrouva tout à coup assise au fond d'un imposant fauteuil de bois massif, orné d'un capitonnage de velours pourpre. La pièce, qui lui était jusqu'ici inconnue, paraissait très vaste, et était éclairée par une multitude de chandeliers disposés en divers endroits. Cependant, il faisait très sombre et certains recoins restaient cachés dans l'obscurité. Le plafond, aux poutres apparentes magistrales, devait être à au moins, quatre mètres du sol, peut-être plus. Les murs, un peu décrépits, étaient peints d'une couleur approchant le vert sapin et recouverts de petits motifs dorés, faits à la main, probablement, étant donné leur irrégularité. Il y avait assez peu de mobilier, quelques autres fauteuils, une énorme desserte richement sculptée et une table d'appoint. Le sol était jonché d'épais tapis et on pouvait apercevoir, dans les rares endroits laissés à découvert, les tomettes rouges typiques de ce genre de demeure.

Cornélia était vêtue d'une grande robe de soie grenat, aux reflets moirés, parsemée ici et là d'une fine et délicate dentelle blanche, encadrant de longues manches et un décolleté plongeant. Tout le haut de son corps était emprisonné dans ce qui semblait être un corset, étouffant à souhait, et qui faisait paraître sa taille si fine qu'elle en avait l'air disproportionnée. Ses cheveux s'étaient curieusement allongés, si bien qu'ils descendaient maintenant encore plus bas que ses hanches, et leur couleur était devenue légèrement plus intense. Elle eut alors soudain la conviction profonde de ne plus vraiment être elle-même mais quelqu'un d'autre, quelqu'un qui appartenait à une autre époque, vivant en des temps plus anciens...

Pourtant, elle ne parvenait plus à penser à autre chose qu'à la tristesse et au désespoir des deux personnes assises en face d'elle, dans le même genre de siège que le sien. La femme lui ressemblait vaguement, elle incarnait à merveille ce que Cornélia aurait pu être si elle avait été belle. Son visage aux traits merveilleux, ressemblait à s'y méprendre à celui d'une poupée, si ce n'était qu'il dégageait quelque chose d'imperceptible, un détail qu'on ne pouvait distinguer mais qui était étrange et qui la rendait quelque peu effrayante. Ses yeux, gris perle, brillaient d'une lueur étonnante, son teint, d'une pâleur livide, coquetterie de ce temps, pouvait facilement rivaliser avec celui d'un cadavre, et ses lèvres épaisses, au dessin sensuel, étaient d'un rouge sombre et profond, tranchant de manière impressionnante parmi l'ensemble blanchâtre que formait sa figure. Ses cheveux étaient d'un écarlate quasi surréaliste et retombaient jusqu'à sa taille dans une splendide cascade de boucles chatoyantes. Elle paraissait avoir tout juste la trentaine et portait une robe noire dont la forme était semblable à celle de la jeune fille. La femme se tenait droite sur son siège, complètement immobile, d'une manière si hiératique que son image paraissait figée, comme si pour elle, et pour elle uniquement, le temps s'était subitement arrêté. Elle fixait Cornélia d'un regard débordant de tendresse et d'affection, contrastant de manière surprenante avec sa beauté glaciale. Toutefois, on pouvait également lire au fond de ses prunelles comme une immense terreur, une espèce de crainte résignée, comme si quelque chose d'effroyable et d'inévitable était sur le point de se produire.

L'homme, quant à lui, était presque avachi contre le dossier de son fauteuil, et se tenait la tête, l'air éreinté et désespéré. Physiquement, il n'avait rien de commun avec la femme assise à ses côtés et semblait beaucoup plus affecté par la mystérieuse et obscure situation. Il était relativement petit, plutôt banal, bien moins beau que celle qui, apparemment, était son épouse. Il paraissait d'ailleurs bien plus âgé. Ses cheveux, aux tempes nettement dégagées, étaient poivre et sel, et, aux coins de ses yeux et sur son front, on pouvait apercevoir les marques qu'avaient laissées trop d'années d'inquiétude. Il avait certainement dû être très séduisant étant jeune. Néanmoins, il avait conservé de cette époque révolue, quelques vestiges de ce charme d'antan, ses traits, bien qu'accentués par l'âge, restaient agréables et harmonieux. Ses yeux bruns étaient chaleureux mais brûlaient de la même angoisse que ceux de la femme à qui il tenait fermement la main.

Cornélia, pour qui la réalité s'affirmait peu à peu, sut d'emblée que les deux personnes qui lui faisaient face n'étaient autres que ses parents. Ils étaient fous d'inquiétude parce qu'elle venait de faire quelque chose de terrible. Elle ferma les yeux et tenta de se remémorer la scène. Tout était si flou dans son esprit... Elle avait tué un homme, un homme qui lui voulait du mal, à elle, mais aussi aux gens qu'elle aimait. Son père et sa mère avaient assisté au drame sans rien pouvoir faire, complètement impuissants.

Elle revit le corps disloqué de celui qu'elle avait sauvagement assassiné, étalé sur le sol. Elle s'était retrouvée couverte du sang de sa victime, en avait eu plein les mains, le visage, les vêtements, mais aussi la bouche... Elle se rappela alors le goût amer et métallique de l'épais liquide carmin. Mon Dieu ! Qu'avait-elle fait ? Un sentiment d'horreur et de dégoût l'envahit. Était-elle devenue une ignoble meurtrière ? Pourtant, elle avait seulement voulu protéger sa famille. Mais pourquoi un tel carnage ? Elle avait beau réfléchir, retourner dans tous les sens les bribes de souvenirs qui lui restaient, elle ne parvenait pas à se rappeler ce qui s'était exactement passé. Seuls quelques fragments d'images imprécises mais répugnantes, lui revenaient. Tout ce qu'elle savait était qu'elle, et elle seule, avait tué cet homme. Et, malgré l'intense culpabilité qui aurait dû la submerger, Cornélia savait, tout au fond d'elle, qu'elle n'avait fait que ce qu'il fallait.

— Je suis sincèrement désolée... souffla-t-elle, la voix chevrotante, chargée des sanglots qu'elle retenait.

C'était comme si quelqu'un d'autre parlait à travers elle, comme si ce n'était plus vraiment elle qui pensait ou ressentait les choses. Quelle sensation étrange et dérangeante que de se voir spectateur de soi-même. Mais un spectateur tout de même intimement impliqué, capable de partager les émotions du personnage que, malgré lui, il interprétait.

— Tu n'es pas responsable de ce qui s'est passé. De toute façon, il n'y avait pas d'autre solution, soupira son père, la regardant maintenant droit dans les yeux, prenant un air de compassion mêlée de contrition.

— Cela devait arriver un jour ou l'autre. Nous aurions dû être plus prudents, voilà tout, jugea la jeune femme en s'adressant à son époux d'un ton ferme.

— C'est vrai, admit ce dernier, tout est de notre faute.

— Je ne comprends pas... balbutia Cornélia, confuse.

— Nous n'avons malheureusement pas assez de temps devant nous pour t'expliquer, poursuivit sa mère en baissant la tête. C'est une histoire beaucoup trop longue et je ne voudrais pas que tu t'en ailles fâchée contre nous.

— Quoi ? Mais je ne vais pas vous quitter ! Pourquoi dites-vous cela ?

— Il le faudra bien pourtant... annonça la madone au teint de nacre. Quelqu'un va venir te chercher ce soir et t'emmènera loin d'ici. C'est un homme bon, qui prendra soin de toi. C'est pour te protéger que nous faisons cela, nous devons te mettre à l'abri car tu cours un grave danger.

— Mais qui va venir ? Et pour me protéger de quoi ? Enfin, père, dites quelque chose !

Pendant un instant, il posa sur elle un regard empreint de culpabilité et de remords, puis finit par baisser les yeux, sans répondre. Cornélia sentit ses larmes rouler lentement le long de ses joues. Elle ne comprenait rien à ce qui était en train de se passer. Elle avait toujours vécu ici, avec ses parents, et tout allait très bien. Elle menait une existence paisible et heureuse, jusqu'à aujourd'hui, jusqu'au moment où l'inconnu qui avait débarqué chez eux s'en était pris à sa famille. Elle s'était seulement défendue. D'une manière atroce et choquante, mais, si elle n'avait rien fait, cet homme les aurait tous massacrés. Alors pourquoi devait-elle partir ? Pourquoi avait-elle besoin d'être protégée ?

— Il arrive...

La jeune femme s'était levée de son siège et fixait maintenant le vide d'un œil angoissé. Elle était resplendissante dans la pénombre ambiante, ses cheveux brillaient d'un éclat sans pareil, curieux au vu du manque de lumière. Elle s'était à nouveau figée et paraissait maintenant scruter l'horizon à travers les murs, un peu comme si sa vue avait pu transpercer la pierre.

— Charles, emmène Cornélia ailleurs ! Il faut absolument que je lui parle avant qu'il ne prenne sa décision.

Celui-ci se leva précipitamment et attrapa nerveusement la main de sa fille. Elle fut surprise de la chaleur intense de ce contact et ne protesta même pas quand il la tira hors de la pièce, ne comprenant toujours rien à la situation. Ils eurent à peine franchi la porte qu'elle entendit la voix de sa mère et celle d'un inconnu, semblant être apparu d'un seul coup, s'élever dans le silence de la nuit.

— Bonsoir, Henri.

— Bonsoir, Eléonore, Baronne De Valarny.

— Ne m'appelez pas ainsi je vous prie. Ce n'est plus mon nom, ni mon titre, et ce, depuis bien longtemps, vous le savez.

Charles avait, durant ce court moment, refermé derrière eux toutes les portes qu'ils avaient pu franchir, si bien que Cornélia ne put bientôt plus rien entendre de la conversation entre sa mère et l'étranger. Ils avaient cheminé à travers les couloirs de la maison jusque dans une chambre, sa chambre. Il y avait là une majestueuse cheminée de pierre sculptée, dans laquelle un petit feu, unique source de lumière de la pièce, était en train de se consumer. Les murs bruts étaient recouverts de tapisseries colorées, représentant des scènes mythiques, et au milieu de la salle se trouvait un imposant lit à baldaquin recouvert de plusieurs tissus épais, richement travaillés. Il régnait ici la même atmosphère feutrée que dans le salon, l'endroit étant tout juste éclairé par les quelques flammes mourantes de l'âtre.

— Allez-vous enfin m'expliquer ce qui se passe ? questionna Cornélia, décontenancée par la course insensée que l'on venait de lui infliger, le visage couvert de larmes. Qui est cet homme et pourquoi a-t-il appelé mère de cette façon ?

— Mon enfant, tu viens peut-être d'avoir dix-neuf ans mais il y a certaines choses que tu n'es pas encore en mesure de comprendre, et d'autres qu'il vaut mieux que tu ne saches pas avant longtemps, crois-moi… Aussi, je te demande de nous écouter, ta mère et moi. Nous agissons tous deux pour ton bien. Il va seulement falloir que tu partes un petit moment.

Nous allons devoir te confier à cet homme, car lui seul sera en mesure de te protéger.

Sa voix était rauque et il avait prononcé chaque mot d'un ton si grave qu'elle sut qu'il n'y avait pas à discuter, il s'agissait là d'une question de vie ou de mort.

— Tout ce que je peux te dire, Cornélia, c'est que si nous avions su où tout cela nous mènerait, nous aurions renoncé, termina-t-il, étouffant un sanglot dans le creux de sa gorge.

Ses yeux s'étaient teintés d'une intense tristesse, et leur chaleur habituelle avait complètement disparu. La jeune fille se jeta alors dans les bras de son père et le serra de toutes ses forces. Tout à coup, elle eut l'affreux sentiment que ce serait la dernière fois qu'elle pourrait étreindre cet homme si cher à son cœur. Il était tant pour elle… Comment pourrait-elle jamais vivre loin de lui ?

Si sa mère s'absentait souvent et restait, la plupart du temps, relativement distante, son père, quant à lui, avait consacré toute sa vie à l'éducation de son unique enfant. Il ne se passait pas une journée qu'elle ne partageait avec lui. C'était lui qui lui avait appris tout ce qu'elle savait du monde sans l'avoir jamais vu. En tant qu'érudit, il lui avait enseigné la lecture, l'écriture, l'histoire et la géographie. Savoirs que, généralement, l'on réservait bien plus volontiers aux hommes. Il lui avait également appris à monter à cheval et ensemble ils passaient des après-midi entiers à sillonner les plaines environnantes. Avec lui, elle faisait tout. Rien ne pouvait se faire sans sa présence.

Il la serra un instant dans ses bras, lui déposa un baiser plein de tendresse sur le front, puis s'écarta d'elle :

— Je vais rejoindre ta mère, je dois également parler à cet homme. Je veux que tu patientes sagement ici en attendant que nous venions te chercher, et n'essayes pas d'écouter la conversation, s'il te plaît.

Son ton s'était fait plus autoritaire. Cornélia baissa le menton en signe d'acquiescement, ne pouvant plus que rester muette tant elle était pétrifiée par l'angoisse et l'incompréhension. Il quitta la pièce, la laissant seule face à son désarroi. Elle se jeta sur son lit et se mit à sangloter doucement. Les images de ce qui s'était passé dans l'après-midi lui revenaient en tête, toutes plus horribles les unes que les autres. Elle savait que désormais elle ne pourrait plus s'en débarrasser, cela resterait à jamais gravé dans sa mémoire, faisant d'elle ce qu'elle ne pouvait accepter, une meurtrière. Elle sursauta lorsque, quelques minutes plus tard, on toqua à sa porte. Elle n'eut même pas le temps de se relever pour ouvrir que déjà sa mère se tenait debout au milieu de sa chambre :

— Il est temps.

Elle avait presque l'air soulagée maintenant. La terreur, si lisible tout à l'heure dans ses yeux gris, s'était quelque peu estompée.

— Mais… Mes affaires… bredouilla la jeune fille. Je ne vais pas partir sans rien ?

— Tu en auras de nouvelles. Comme je te l'ai dit, le temps presse.

Son ton était directif, sans appel, mais néanmoins teinté d'une profonde tristesse. Était-ce la dernière fois que Cornélia voyait ses parents ? Si elle allait être en sécurité, qu'en serait-il d'eux ? Le même danger les guettait-il ?

— Suis-moi, l'enjoignit Eléonore, je vais te présenter à Henri.

Elles revinrent dans la grande salle, là où les attendaient Charles et le mystérieux inconnu. Ce dernier se tenait debout, au milieu de la pièce. Il était très grand, richement vêtu, et avait l'allure majestueuse des gens de sang noble. Son teint de marbre était semblable à celui de sa mère et lui conférait, à lui aussi, une beauté toute particulière. Il la fixa un instant, la dévisageant d'un air intrigué. La jeune fille, dont les joues commençaient à s'empourprer, se sentit subitement mal à l'aise de devoir être ainsi examinée.

— C'était donc vrai… souffla Henri, comme s'il s'adressait à lui-même.

— Voici Cornélia, enchaîna Eléonore qui se tenait juste derrière sa fille, une main posée sur son épaule. Cornélia je te présente Henri De Maltombes, un ami.

— Bonsoir, monsieur… marmotta-t-elle, intimidée.

Le visage de l'inconnu s'irradia d'un magnifique sourire, révélant une dentition étincelante, à la blancheur impeccable, sans défaut.

— Bonsoir, jeune fille, répondit-il en s'inclinant respectueusement.

— Alors vous allez prendre soin d'elle ? intervint Charles, une pointe d'angoisse dans la voix. Rien ne doit lui arriver.

— Je vous en fais le serment, déclara-t-il, sans quitter Cornélia du regard, je veillerai sur elle comme sur la prunelle de mes yeux.

Cette dernière écouta en silence, toujours sans comprendre. Pourquoi une telle dévotion ? Pourquoi cela paraissait-il si important pour cet homme qui, une minute à peine auparavant, ne la connaissait même pas ? Il ne quittait toujours pas la jeune fille des yeux et continuait de l'examiner attentivement, prenant un air étrangement admiratif, presque impressionné.

— Nous vous remercions Henri, pour tout ce que vous faites pour nous. On sait ce que cela représente, conclut Eléonore d'une voix éteinte.

Les traits de son visage étaient à présent si tendus qu'elle paraissait prête à éclater en sanglots, cependant, pas une larme ne vint s'écouler de ses yeux d'opale. Charles, quant à lui, fixait le sol, la tête basse, complètement abattu. Cornélia, qui avait tout de même saisi la gravité de la situation, ne put se retenir plus longtemps et fondit à nouveau en pleurs :

— Je ne veux pas m'en aller, je ne veux pas vous laisser ! Pourquoi ? Dites-moi au moins pourquoi ?

Sa mère s'éloigna jusqu'au coin le plus sombre de la pièce, le regard obstinément tourné vers le mur. Henri s'avança alors vers la jeune fille et lui prit doucement la main. Son sourire éclatant et son air inquisiteur avaient disparu, laissant place à une expression de compassion :

— Tes parents t'aiment et ne veulent que ton bien, sois-en sûre. Ils te l'expliqueront plus tard.

Ses mots… Ils étaient si réconfortants. Sa voix était si mélodieuse, si suave et agréable, qu'elle se sentit comme rassurée, son chagrin se faisant subitement un peu moins lourd.

— J'espère qu'un jour tu pourras nous pardonner, murmura Eléonore.

Soudain, tout redevint noir et embrumé. Le calme et la sérénité vinrent remplacer la tension et l'angoisse. Seules les dernières paroles d'Eléonore continuaient de résonner à l'oreille de Cornélia, comme un écho s'affaiblissant peu à peu dans le silence morbide de la nuit.

Chapitre 7
Atroce réveil

Cornélia s'éveilla brusquement et se jeta d'un bond fébrile hors de son lit. Elle était essoufflée et tremblante, le visage couvert de larmes. Confuse et désorientée, elle alluma aussitôt la lumière pour s'assurer qu'elle se trouvait bien chez elle, dans sa chambre, au manoir de Rougemont. Elle soupira de soulagement en voyant aux murs ce bon vieux papier peint à petites fleurs bleues, ringard à souhait. Les portes de la plus spacieuse de ses armoires étaient toujours grandes ouvertes. Ses vêtements de la veille, négligemment jetés là, pendaient hors des étagères, ses pantoufles ridicules en forme d'animaux imaginaires étaient par terre, juste à côté de ses pieds, à son chevet, ainsi que la pile des livres qu'elle entassait au fur et à mesure de ses lectures. Sentant sa taille enfin libérée, elle baissa les yeux et vit qu'elle portait, en guise de chemise de nuit, un grand tee-shirt blanc qui lui arrivait à mi-cuisse et sur lequel était imprimée la photo des membres de son groupe de rock préféré, celui qu'elle avait enfilé à la hâte avant d'aller se coucher. Hadès était là, étendu de tout son long sur le tapis, et ronflait doucement, imperturbable.

Elle était chez elle. Tout ça n'avait été qu'un rêve, un de plus… Cependant, elle ne se sentait pas complètement rassurée. Cela avait semblé si réel… Elle se rappelait avec une incroyable précision chaque détail de cette étrange soirée, chaque parole prononcée, chaque sensation… Et elle avait vu Henri. C'était bien lui ! Exactement le même homme que celui qu'elle avait rencontré deux jours auparavant, à ceci près que l'expression de son regard était différente. Il y manquait cette bouleversante lueur de mélancolie, celle qui était à peine cachée au fond de ses étonnantes pupilles opalescentes. Et puis, il avait souri… Tout à coup, Cornélia se sentit à court de souffle. Elle s'assit un instant sur son lit, cherchant à reprendre une respiration qui devenait de plus en plus difficile. Le décor autour d'elle se mit soudain à tournoyer et, comme à la chapelle, un flot de larmes incontrôlées s'écoula subitement le long de ses joues embrasées par le manque d'air.

Une violente douleur dans le haut de son dos, juste entre ses omoplates, la saisit brusquement. Elle ne put alors retenir un cri de souffrance et de surprise, et se laissa retomber sur le matelas. La brûlure était si intense qu'elle en était pétrifiée, ne pouvant plus faire le moindre mouvement de peur que cela n'empire. Elle resta alors ainsi, allongée sur le flanc, serrant ses genoux contre sa poitrine, et ne fit plus rien d'autre que sangloter, attendant la fin de cet inexplicable supplice. C'était à nouveau ces fichues marques ! C'était certain ! Mais que se passait-il encore dans son dos déjà pourtant bien meurtri ?

Après quelques minutes, lorsque la douleur fut légèrement moins vive, Cornélia se risqua à passer sa main entre ses omoplates, juste là où ces lettres immondes avaient été gravées dans sa chair. Elle gémit quand elle sentit qu'à cet endroit, son tee-shirt était humide et poisseux. Puis, lentement, ralentie par l'effroi, elle ramena ses doigts devant ses yeux, et pleura de plus belle en voyant que ces derniers étaient barbouillés de rouge. Ses mystérieuses blessures s'étaient rouvertes et saignaient abondamment à présent.

Que devait-elle faire ? Appeler un médecin ? Les urgences ? Mais que penseraient ceux qui examineraient ses marques ? Ils exigeraient des explications et elle n'en aurait aucune. Avec l'étiquette de jeune fille suicidaire qu'elle se traînait, l'ensemble du corps médical déduirait qu'elle s'automutilait, à nouveau. Elle risquerait alors de passer encore un bon bout de temps enfermée en psychiatrie et c'était vraiment la dernière chose qu'elle souhaitait. Mais, à qui pouvait-elle demander de l'aide sinon ? Certainement pas à Maurice, hors de question ! Lui la conduirait immédiatement à l'hôpital et préviendrait son père... Son père, lui non plus elle ne pouvait l'appeler, il serait fou d'inquiétude et ne croirait jamais à son histoire. Mais qui alors ? Que faire ? La douleur persistait. Elle ne pouvait tout de même pas rester ainsi à attendre passivement que son corps se vide de son sang ! Henri... Peut-être que lui pourrait l'aider ? Cette idée était totalement absurde, elle le savait, mais elle ne voyait aucune autre solution.

Elle se redressa péniblement, s'assit d'abord sur le bord de son lit puis, lentement, se mit debout. Un frisson d'angoisse la parcourut lorsqu'elle vit l'énorme tache écarlate qu'elle avait laissée sur ses draps blancs. Que s'était-il donc passé pour que ses cicatrices saignent de cette manière ? Devait-elle encore s'attendre à d'autres phénomènes du genre ? Hadès était éveillé maintenant et se tenait assis juste devant elle, avec l'air de se demander ce qui se passait. La pièce vacilla à nouveau sous les yeux de Cornélia qui manqua de s'écrouler. Elle se retint de justesse à sa table de nuit, laissant une empreinte pourpre sur le petit meuble de bois clair. Elle descendit tant bien que mal l'escalier de pierre froide, agrippant la rampe pour rester debout, et se rendit, pieds nus, jusqu'au hangar où était rangé son vélo. Sans plus réfléchir, elle enjamba l'engin et se dirigea en zigzaguant vers la forêt. Le soleil n'était pas encore levé mais l'obscurité de la nuit commençait déjà à s'estomper. Le chien la suivit, galopant derrière, sans qu'elle y prêtât vraiment attention. En fait, elle n'avait plus conscience de grand-chose, une seule idée tournait en rond dans sa tête, réussir à aller jusqu'au château… Après, advienne que pourra. La douleur dans le haut de son dos s'était légèrement atténuée mais elle se sentait de plus en plus faible, ses forces la quittant davantage à chaque coup de pédale. Elle perdit l'équilibre et manqua de tomber à plusieurs reprises mais, sans trop savoir comment, elle finit par arriver jusqu'à destination.

Curieusement, Henri était là. Il se tenait debout devant la grille ouverte et semblait attendre quelque chose, ou quelqu'un… Il n'eut même pas l'air surpris de la voir arriver sur son vélo, simplement vêtue d'un tee-shirt. Elle aurait voulu cesser de pleurer, essayer de se donner une maigre contenance malgré sa tenue et l'étrangeté de la situation, mais n'y parvint pas. Elle s'arrêta un peu avant d'arriver à son niveau, trop épuisée pour parcourir les derniers mètres la séparant du châtelain, et lâcha la bicyclette qui retomba bruyamment sur le sol.

En un rien de temps, il fut à côté d'elle et avait passé un bras autour de sa taille tandis que de l'autre il agrippait la main de la jeune fille pour la soutenir. Son contact glacial surprit Cornélia qui se demanda depuis combien de temps il était dehors à attendre, seul dans la nuit. Comme il ne posait toujours aucune question, elle voulut parler, tenter d'expliquer ce qu'elle faisait là, cependant le souffle lui manqua. Le paysage vacilla à nouveau devant ses yeux et elle sentit ses genoux céder sous son poids. Mais, avant même qu'elle n'ait eu conscience qu'elle allait s'écrouler, Henri la souleva et la fit passer dans ses bras avec une telle rapidité et une telle dextérité que l'on aurait pu croire qu'elle ne pesait rien. Tandis qu'il la portait, sans paraître fournir le moindre effort, il baissa la tête et examina d'un œil inquiet sa chemise qui, blanche et immaculée l'instant d'avant, était maintenant barbouillée du sang de Cornélia. Il lui adressa alors un regard étrange, comme si d'emblée il avait compris ce qui était en train de se passer.

— Je crois que je suis blessée... articula-t-elle à travers ses larmes. Aidez-moi, s'il vous plaît, je ne sais pas ce qui m'arrive... Je ne veux pas retourner à l'hôpital...

— Ne t'en fais pas, ça va aller, chuchota-t-il doucement. Tu as bien fait de venir ici, je vais m'occuper de toi.

La jeune fille dans les bras, il franchit la grille et s'engagea dans l'allée principale. Elle avait l'impression de flotter, de glisser au-dessus du sol à une allure bien trop vive pour qu'elle ne fût réelle. Pourquoi ne posait-il toujours pas de question ? Toute personne sensée l'aurait interrogée sur ce qui avait pu provoquer une telle hémorragie... Elle se demanda soudain ce qui lui avait pris de venir jusqu'ici, en pleine nuit, s'adresser à ce type bizarre, qu'un village entier soupçonnait de meurtre, plutôt que de se rendre dans un hôpital où, au moins, on l'aurait soignée correctement. Comme s'il avait deviné ses pensées, il répéta tout bas :

— Ça va aller, n'aie pas peur...

Sa voix était si douce, si rassurante, que Cornélia se sentit subitement apaisée, toutes ses craintes s'envolèrent d'un coup. Avec lui elle ne risquait rien, il allait prendre soin d'elle, il l'avait dit... Ses paupières furent alors si lourdes qu'elle ne put résister et ferma les yeux, emportée par une étourdissante léthargie.

Il faisait jour lorsque la jeune fille reprit connaissance. Cependant, elle ne put s'empêcher de se demander si elle était réellement éveillée car rien, dans la pièce où elle se trouvait, ne lui était familier. Elle était étendue dans un gigantesque lit à baldaquin, tout en fer forgé noir, relativement moderne. Les murs de la chambre, recouverts d'élégantes moulures blanc cassé, étaient d'un gris clair très doux, et le peu de mobilier présent dans la salle, d'apparence relativement récente, était assorti à ces teintes. Il y avait à côté d'elle une table de chevet en bois cérusé, sur laquelle était posé un radio-réveil qui indiquait onze heures quarante. Soudain ramenée à la réalité, Cornélia tressaillit et se redressa brusquement, réalisant qu'à cette heure-ci Maurice se trouvait peut-être déjà au manoir, probablement en train de la chercher. Il pourrait même avoir appelé son père, inquiet en voyant que la maison était vide et la porte d'entrée laissée grande ouverte. Elle plaqua sa main contre sa bouche en pensant à ce que pourrait imaginer le jardinier s'il découvrait les draps maculés de son sang…

— Comment te sens-tu ?

Surprise, elle tourna la tête et se rendit compte qu'Henri était là, juste à sa droite, non loin du lit. Elle comprit alors qu'elle devait encore se trouver au château, sans doute dans une partie plus rénovée et plus moderne que celles qu'elle avait déjà vues. Il se tenait debout, face à une fenêtre ouverte sur son immense jardin, et semblait scruter l'horizon. Il avait dû se changer car il portait à présent une chemise noire, à la coupe impeccable, qui lui allait remarquablement bien mais qui lui donnait une allure encore plus sombre et inquiétante que d'ordinaire. Il lui tournait le dos et ne s'était même pas donné la peine de la regarder pour s'adresser à elle, si bien qu'elle se demanda si ces paroles lui étaient réellement destinées. Constatant qu'il n'y avait personne d'autre dans la pièce, elle allait répondre quand il répéta sur le même ton étrangement doux et aimable :

— Comment te sens-tu, Cornélia ?

— Euh… Bien, marmonna-t-elle, hésitante. Ça va mieux, je crois.

C'était vrai, elle se sentait beaucoup mieux. Même si la tête lui tournait encore un peu et que l'étrange fatigue de ces derniers temps était toujours présente, l'horrible douleur dans son dos avait, quant à elle, complètement disparu. Son visage s'empourpra d'un seul coup lorsqu'elle aperçut, plié et posé à côté d'un peignoir sur le bord du lit, le tee-shirt qu'elle portait lorsqu'elle était arrivée en vélo durant la nuit. Quelqu'un avait dû le laver depuis parce qu'il n'y avait plus aucune trace de son sang. Cornélia baissa les yeux et se rendit compte avec stupeur que ce qu'elle avait à présent sur elle ne lui appartenait pas... C'était une grande chemise de coton bleu marine, bien trop large pour elle, probablement l'un des vêtements du châtelain. Comme ce dernier ne la regardait toujours pas, elle passa sa main dans son dos, entre ses omoplates, juste à l'endroit des marques, et fut étonnée, d'abord de ne trouver aucun pansement, et ensuite de ne plus sentir les reliefs des lettres gravées sur sa peau. Celle-ci, à cet endroit, était curieusement redevenue lisse.

— Que s'est-il passé ? demanda-t-elle, essayant de se remémorer chaque détail de cette nuit atroce.

— Je t'ai soignée, répondit-il sans sourire, se retournant enfin.

Cornélia aurait juré que la lueur nichée au fond de son regard reflétait encore plus de tristesse qu'auparavant.

— Avec quoi ? Je ne sens même plus mes cicatrices...

— De la Bétadine, expliqua Henri, indiquant d'un geste de la main un flacon posé sur la table de chevet, juste à côté du radio-réveil.

La jeune fille fronça les sourcils, ne se rappelant pas avoir vu la petite bouteille la première fois, lorsqu'elle avait regardé l'heure.

— De la Bétadine ?

— Oui, c'est ce que je viens de dire...

Elle attendit un moment qu'il lui donne davantage de précisions mais il s'obstina à garder le silence. Étonnamment, le châtelain semblait se moquer de ce qui avait pu la pousser à venir le trouver lui, plutôt que n'importe qui d'autre, cette nuit, et encore plus de ce qui s'était passé pour qu'elle se retrouve avec des blessures aussi peu communes dans le dos. Pourquoi ne l'interrogeait-il donc pas ? Il avait vu les lettres dans sa chair, c'était évident, et pour autant cela ne semblait pas l'intriguer le moins du monde ! Irritée par ce manque de loquacité qui, selon toute vraisemblance, n'était que la traduction du profond désintérêt qu'il lui portait, elle lança :

— Pourquoi ne me posez-vous aucune question ? Qu'est-ce qui s'est passé ?

Il soupira, croisa nonchalamment les bras, puis baissa la tête d'un air las :

— Et pourquoi toi, tu en poses tout le temps ?

Il aurait fallu qu'elle s'en aille, qu'elle rentre chez elle au plus vite pour que personne ne s'inquiète, du moins si ce n'était pas déjà le cas... Cependant, elle ne pouvait repartir sans un minimum d'explication.

— Et puis, cesse donc de me vouvoyer, ordonna-t-il soudain sèchement. C'est ridicule !

— Quoi ? Mais pourquoi ?

— En voici encore une !

Elle resta un instant sans voix, se demandant s'il était en train de se moquer d'elle, puis rétorqua d'un ton empreint d'un certain agacement :

— Comment voulez-vous... Ou comment veux-tu, si ça peut te faire plaisir ; que je ne te pose pas de question ? Ton comportement n'a aucun sens ! Je débarque chez toi couverte de sang et tu ne demandes même pas pourquoi ? Ah, et puis, c'est vrai ça, qu'est-ce que tu faisais dehors en pleine nuit, tout seul devant ton portail ? Tu veux que je te dise, rien de tout ça n'est normal ! Rien ! Tu es tellement... bizarre... En fait, je crois bien que c'est toi qui n'es pas normal !

— Comme si on ne t'avait pas mise en garde à ce sujet, Cornélia.

Il devait certainement faire allusion à Maurice et aux ragots qui circulaient au village. Elle baissa la tête, consciente d'avoir peut-être été un peu loin. Cependant, Henri ne semblait pas vexé, seulement irrité de devoir subir ce qui paraissait être pour lui un véritable interrogatoire.

— Il y a une salle de bains juste là, déclara-t-il d'un ton neutre, désignant une porte au fond de la chambre, si tu souhaites prendre une douche, n'hésite pas. Je t'attendrai dans la pièce à côté.

— Quoi ? Mais je ne veux pas prendre de douche !

Il haussa les sourcils et avança :

— Je pense néanmoins que cela te ferait du bien. Tu ne désires certainement pas rentrer chez toi dans cet état ? Et un peu d'eau chaude devrait aider à te calmer. Les émotions de la nuit dernière sont tenaces, semble-t-il...

Sur ces mots il quitta la pièce, sans même laisser le temps à la jeune fille de répondre quoi que ce soit. Exaspérée, elle se leva, attrapa son tee-shirt et allait l'enfiler quand elle aperçut son reflet dans un grand miroir accroché au mur, devant elle. Elle réalisa alors qu'il avait raison. Elle avait une mine affreuse. Ses cheveux étaient complètement emmêlés, certaines mèches étaient même collées entre elles par du sang séché, et, lorsqu'elle baissa les yeux, elle constata qu'elle avait encore des traces de terre sur les pieds et les genoux, certainement dues à son escapade de cette nuit.

Elle prit donc le peignoir posé sur le lit et se dirigea vers la salle de bains. Celle-ci était plutôt spacieuse, assortie aux teintes de la chambre. Le sol était recouvert d'un élégant parquet blanc, sentant encore le neuf ; et les murs de carreaux d'une faïence grise et resplendissante. Il y avait deux lavabos à la robinetterie aux formes à la fois modernes et distinguées, reposant sur une imposante plaque de marbre clair, une grande cabine de douche au design sophistiqué, dernier cri, et une magistrale baignoire d'angle. Ainsi donc, les appartements privés du châtelain respiraient le luxe ! Apparemment, ce dernier préférait privilégier son confort au détriment de l'entretien du reste de son château...

Elle se sentit effectivement bien mieux lorsqu'elle ressortit de la douche. Le contact de l'eau et le massage procuré par les différents jets, comble du raffinement de l'appareil, l'avaient aidée à se détendre et lui avaient permis de remettre de l'ordre dans ses idées. Puisqu'elle se trouvait ici, il fallait qu'elle en profite pour faire parler Henri, c'était le moment où jamais. Elle devait absolument savoir pourquoi il l'avait envoyée à la vieille chapelle, et également pour quelle raison il lui avait dit toutes ces choses étranges, la première fois qu'elle était venue. Mais Maurice la cherchait peut-être... Tant pis ! Elle trouverait bien quelque chose pour justifier son absence et les taches de sang, même si, concernant ces dernières, l'exercice serait plus difficile. Après tout, il n'avait pas précisé la veille, peut-être n'était-il pas encore au manoir, peut-être même qu'il ne viendrait travailler que plus tard, dans l'après-midi ?

Elle s'abstint de chercher une brosse à cheveux, n'osant fouiller dans les tiroirs de peur de paraître malpolie et de froisser son hôte au caractère si imprévisible, et, faute de mieux, peigna ses cheveux avec ses doigts. Puis, elle se mit de trois quarts devant le miroir et souleva ses longues boucles humides afin de vérifier l'état de ses cicatrices qui, tout à l'heure, au toucher, lui avaient paru étrangement lisses. Elle étouffa du dos de sa main libre, un cri de stupéfaction en découvrant qu'il n'y avait plus aucune marque entre ses omoplates. Son dos avait retrouvé son apparence normale et était redevenu vierge de toutes scarifications au message pervers.

Elle attrapa nerveusement le peignoir qu'elle enfila à la hâte, sortit précipitamment de la salle de bains, alla jusqu'à la table de nuit et se saisit du flacon de Bétadine posé à côté du radio-réveil. Elle l'inspecta un moment et se rendit compte que la petite bouteille, pleine à ras bord, n'avait encore jamais été ouverte, le bouchon étant resté parfaitement intact. Déconcertée, elle traversa la chambre à toute vitesse, se dirigeant vers la pièce où Henri avait dit qu'il se trouverait. Elle ouvrit d'un coup la porte qui alla claquer bruyamment contre le mur et découvrit le châtelain exactement dans la même attitude figée que lorsqu'elle avait repris connaissance. Il se tenait debout, face à une fenêtre, le regard perdu dans le vague et n'avait même pas daigné tourner la tête à l'arrivée, pourtant brutale, de la jeune fille.

— Où sont passées mes cicatrices ? s'écria-t-elle, furieuse.

Le châtelain baissa lentement les yeux sur elle et répondit d'un ton si placide qu'il contrastait avec les éclats de voix de son interlocutrice :

— Pardon ?

— Les blessures que j'avais dans le dos quand je suis arrivée cette nuit ! Où sont-elles passées ? Que m'as-tu fait pour qu'il n'y ait plus rien ?

— Je te l'ai dit, je t'ai soignée.

— Avec de la Bétadine ?! répéta-t-elle ironiquement.

— Oui.

— Tu me prends pour une idiote ? Le flacon est neuf et n'a jamais servi ! Je sais ce que j'avais dans le dos et je sais aussi que ce genre de blessures ne disparaît pas comme ça ! Alors maintenant, tu vas me dire ce que tu m'as fait !

Il soupira, manifestant un certain agacement, puis, lentement, fit volte-face et reprit la contemplation de son jardin. Comme si, soudain, il avait décidé d'ignorer la présence de la jeune fille. Celle-ci sentit peu à peu la colère monter en elle devant le comportement irrévérencieux de son hôte. Déterminée à obtenir des explications, elle s'avança brusquement vers lui, lui empoigna le bras et tira de toutes ses forces pour l'obliger à lui faire face. Elle était hors d'elle, elle le savait. Jamais elle ne se serait permis ce genre de chose en temps ordinaire. Cela ne lui ressemblait pas du tout ! Mais là, tout était différent. Face à cet homme, elle n'était plus maîtresse d'elle-même. Il bougea d'à peine quelques millimètres mais se décida cependant à regarder Cornélia, droit dans les yeux, haussant les sourcils, semblant quelque peu surpris par les manières de cette dernière.

— Parle ! Que m'as-tu fait ? Je veux savoir !

Il la dévisagea un moment, silencieux, puis finit par répondre d'un ton résigné, tellement bas que si elle n'avait pas été aussi près elle n'aurait rien pu entendre :

— De toute façon, elles finiront par revenir…

Elle lâcha sa prise, et s'écarta, déconcertée :

— Quoi ?

— Les lettres qui étaient gravées dans ton dos, elles réapparaîtront.

Son regard avait changé, il était devenu moins glacial et était presque doux à présent, empreint même d'une certaine compassion. Était-il enfin décidé à dire ce qu'il savait ? En avait-il terminé avec ce jeu d'énigmes stupides ? Il la fixait maintenant d'un œil inquiet, comme s'il guettait d'autres réactions impromptues.

— Comment… Comment le sais-tu ? Est-ce que tu es… médecin ?

Il eut à nouveau l'air étonné et un léger sourire narquois étira quasi imperceptiblement ses lèvres :

— Pas vraiment, non…

— Alors comment peux-tu savoir que les marques reviendront ?

Il tourna la tête, comme pour éviter encore d'avoir à répondre, mais Cornélia, qui s'impatientait de ne toujours rien comprendre, se remit à crier :

— Allez ! Parle, bon sang !

Il plongea une nouvelle fois son intense regard diaphane dans celui de la jeune fille et fronça les sourcils d'un air sombre :

— Parce qu'elles reviennent toujours.

La jeune fille recula lentement. La panique commençait à l'envahir. Elle se demanda soudain dans quoi elle avait bien pu mettre les pieds... Était-il en train de la menacer ? Elle se sentit tout à coup complètement désemparée et n'eut plus qu'une idée en tête, retourner chez elle, fuir loin de cet homme si inquiétant. À quoi jouait-il à la fin ? S'il cherchait à l'effrayer, c'était réussi.

— Comment peux-tu savoir tout ça ? interrogea-t-elle d'une voix mal assurée. Qui es-tu donc ?

Ses yeux se détournèrent encore de Cornélia et se perdirent dans la contemplation du vide, puis son visage s'assombrit peu à peu, prenant une expression lugubre, effrayante.

— Je ne peux pas répondre à cette question, pas maintenant. Tu n'es pas prête à entendre cela...

La crainte et la colère livraient en elle une âpre bataille à présent. Les paroles d'Henri, toujours davantage confuses, prenaient une tournure plus qu'inquiétante.

— Qu'est-ce que tu racontes ? Je ne suis pas prête pour quoi ? Ça n'a aucun sens.

Elle se tenait maintenant à l'autre bout de la pièce, restant à bonne distance, sur ses gardes.

— Ça en a un, mais il t'échappe pour le moment. Crois-moi, c'est pour ton bien. Plus longtemps tu demeureras dans l'ignorance et plus longtemps tu vivras heureuse et insouciante.

Cette fois-ci Cornélia se sentit bouillir de l'intérieur. L'exaspération l'emportait sur la peur et elle ne put se retenir d'avancer vers lui en s'écriant :

— Heureuse ? Mais quelles foutaises ! Tu parles comme si tu me connaissais, mais tu ne sais absolument rien de moi ! La première fois que l'on s'est rencontré, si tu te rappelles bien, je sautais d'un pont ! Penses-tu vraiment que j'en serais arrivée là si j'avais jamais été heureuse ? Depuis ce jour, je suis harcelée ! Je subis les violences à répétition d'un malade aux méthodes... particulièrement sournoises ! Je n'ai droit à aucun répit et je ne comprends rien à ce qui m'arrive ! Rien du tout ! Et le pire c'est que si ça continue, je crois que je vais vraiment finir par devenir folle !

Elle reprit son souffle, se demandant après coup s'il était vraiment judicieux de s'énerver ainsi face au châtelain, avec ce qu'elle savait de lui et de son caractère ombrageux... Puis, décidant malgré tout de ne pas se démonter, elle reprit d'une voix qu'elle essaya de rendre le plus calme possible, désireuse avant tout de connaître le fin mot de l'histoire :

— La dernière fois, tu ne m'as pas répondu mais il faut que je sache à présent. As-tu quelque chose à voir avec tout ça ? Est-ce que c'est toi qui m'as écrit dans le dos et ouvert les poignets le jour où tu m'as repêchée, inconsciente ? Je... je ne porterai pas plainte si tu me laisses tranquille et... et si... si tu me dis pourquoi.

— Non ! s'offusqua-t-il en fronçant les sourcils, une expression d'indignation sur le visage. Bien sûr que non !

L'avait-elle vexé ? L'air fâché, il conclut de son ton le plus glacial :

— Bon, il suffit. Cette discussion n'a que trop duré. Va t'habiller, je vais te ramener chez toi.

Ainsi donc il la mettait à la porte, encore une fois ? Et ce sans même lui avoir donné d'explication ?

— Certainement pas ! Je peux très bien rentrer toute seule, je n'ai besoin d'aucune escorte pour ça !

— Tu ne vas pas traverser la forêt seule à vélo après avoir perdu autant de sang ! Hors de question !

Son ton était ferme et directif, il n'y avait pas à discuter ce qu'il avait décidé. Cornélia sentit la colère la submerger totalement. Qui était-il pour la traiter ainsi ?

— Mais qu'est-ce que ça peut bien te faire, à la fin ? De toute façon, j'en ai assez ! Je ne rentrerai pas avec toi, un point c'est tout !

— Je peux aussi te mettre de force dans ma voiture si cela s'avère nécessaire alors ne me provoque pas, jeune fille !

Elle s'apprêtait à riposter face à cette menace ridicule quand soudain les paroles d'Henri se mirent à résonner dans sa tête, faisant écho à des mots qu'elle l'avait déjà entendu prononcer auparavant... Lors d'un rêve... Elle ferma les yeux l'espace d'une seconde, essayant de se remémorer la scène. La tête se mit à lui tourner au souvenir de cet irréel mais douloureux moment. Il venait de l'appeler *jeune fille*, exactement comme dans le songe qu'elle avait fait la nuit dernière, lorsqu'elle avait dû se séparer de ses oniriques parents... Ce terme était bienveillant, presque affectueux finalement, du moins il l'était dans son rêve. Comment pouvait-elle imaginer les mots qu'Henri était susceptible d'employer avant même qu'il ne les ait prononcés ?

— Cornélia ?

Lorsqu'elle rouvrit les yeux, il se tenait juste à côté d'elle et était penché sur son visage. Il ne paraissait plus du tout en colère mais la scrutait d'un air inquiet. Elle s'étonna qu'il ait pu s'approcher aussi près d'elle sans qu'elle ne s'en rende compte, elle aurait dû au moins l'entendre. Mais peut-être était-elle trop perdue dans ses pensées pour s'en apercevoir.

— Comment m'as-tu appelée ? demanda Cornélia d'une voix enrouée, une étrange émotion l'envahissant soudain.

— Pardon ?

Henri se redressa et resta figé devant elle, interdit.

— Tu m'as appelée « jeune fille »...

— Eh bien ? C'est ce que tu es, non ? Qu'y a-t-il d'offensant ?

— Rien. Mais j'ai fait un rêve... Un rêve étrange... Peut-être... Peut-être qu'en fait je me souviens de toi...

C'était comme si ces derniers mots insensés lui avaient échappé et étaient sortis de sa bouche indépendamment de sa volonté. C'était l'intuition qui avait parlé pour elle, une intuition absurde... Elle regretta aussitôt de s'être laissée aller à dire de pareilles sottises. Il s'était montré odieux et elle était fâchée, elle aurait dû répliquer en conséquence. Pourquoi bloquer sur ce mot ? Après tout, oui, c'était bien ce qu'elle était, une jeune fille. Il n'était donc pas anormal qu'on la désigne en ces termes.

Henri, qui se tenait toujours près d'elle, la scrutait intensément. Son regard était indescriptible. Était-il lui aussi en train de se demander si elle n'avait pas complètement perdu les pédales ? Cornélia se trouva alors si ridicule qu'elle baissa la tête, sentant ses joues s'empourprer, et préféra mettre son orgueil de côté :

— Excuse-moi, c'est stupide. Je suis si fatiguée que je raconte n'importe quoi.

Elle se dirigea vers la chambre et s'éclaircit la gorge avant d'ajouter, toujours sans regarder son interlocuteur :

— Tu as raison. Je vais remettre mon tee-shirt, tu n'auras qu'à me ramener au manoir.

Henri garda le silence quelques instants et ne se décida à ouvrir la bouche qu'au moment où elle allait refermer la porte :

— Attends. Tu trouveras des vêtements sur le fauteuil, près du lit. Tu ne vas tout de même pas rentrer chez toi dans cette tenue.

Le ton de sa voix était de nouveau doux et prévenant. Cornélia se sentit perdue. Cet homme pouvait parfois se montrer si gentil et, l'instant d'après, redevenir aussitôt froid et hautain, méprisant même... C'était ahurissant, à en perdre son latin. Enfin, pas plus que ne l'étaient ses paroles.

Quand elle se retrouva seule dans la chambre, Cornélia ressentit une grande lassitude. Elle allait rentrer chez elle, retourner à sa solitude habituelle, sans même savoir ce qui lui était arrivé. Cela allait-il se reproduire ? Un frisson la parcourut à cette seule pensée, la douleur avait été si intense que son simple souvenir l'horrifiait. Elle s'assit quelques minutes sur le lit, essayant de rassembler ses esprits. En rentrant, elle allait sans doute devoir justifier son absence auprès de Maurice. Qu'allait-elle trouver au juste pour expliquer la porte restée ouverte, et surtout, les draps couverts de sang ? Elle était tellement épuisée qu'elle ne parvenait plus à réfléchir. Son crâne était de nouveau douloureux. Trop de questions laissées sans réponses… Trop d'angoisse à l'idée que les événements de la nuit dernière ne se répètent.

Elle tourna la tête vers le fauteuil, tout de même curieuse de voir quel genre de vêtement Henri pouvait bien lui prêter. À son étonnement, elle découvrit une jolie robe noire en coton léger et fluide, posée avec son cintre sur le dossier du siège. Elle était légèrement décolletée, avec de petites manches ballons, resserrée sous la poitrine par un nœud de satin, et descendait, évasée, jusqu'au-dessous des genoux. Cornélia, qui avait beau ne pas trop s'y connaître, remarqua tout de suite que la robe était de dernière mode. Elle avait donc probablement été achetée récemment. Elle baissa les yeux et aperçut, au pied du fauteuil, une paire de ballerines vernies noires, parfaitement assorties au vêtement. Elle l'inspecta, ne sachant pas si cela lui était également destiné, et constata que, curieusement, elles étaient exactement de sa pointure.

Elle se demanda à qui tout cela pouvait appartenir, finalement le châtelain ne vivait peut-être pas seul… Sans trop savoir pourquoi, elle fut vaguement déçue par cette idée, puis se trouva aussitôt stupide. Après tout, en quoi cela pouvait-il bien la concerner ?

Elle enfila le vêtement de prêt puis jeta un œil au miroir. Comme d'habitude, c'était trop grand pour elle. Tout était toujours trop grand pour elle. C'était une des raisons pour lesquelles elle n'aimait pas faire les boutiques comme la plupart des filles de son âge. Rien ne lui allait jamais. Dépitée, elle détailla un moment son reflet, mal à l'aise, n'ayant pas pour habitude de porter ce genre de chose, un peu trop féminin à son goût. Enfin, elle n'allait tout de même pas faire la difficile, cela valait toujours mieux que de se balader en tee-shirt, les jambes à l'air.

Elle retourna ensuite dans la pièce où Henri l'attendait. Cette fois, elle le trouva assis dans l'un des canapés, se tenant la tête d'une main, le bras sur l'accoudoir, comme s'il avait été en pleine réflexion. Le chien était là, couché aux pieds de son maître. Cornélia se demanda s'il était déjà présent lorsqu'elle était entrée tout à l'heure, en trombe, dans la salle, car elle ne s'en était pas aperçue. Cette dernière ne ressemblait d'ailleurs ni à la chambre et sa salle de bains ultramoderne, ni au rez-de-chaussée, fatigué de ses tapisseries et de ses boiseries antédiluviennes et trop usées.

Ici, dans cette espèce de royaume dédié à l'éclectisme, mobilier contemporain et ancien se côtoyaient, donnant un résultat pour le moins surprenant. Les murs étaient pourpres, décorés de moulures noires, et celui du fond était recouvert d'une immense bibliothèque sombre, remplie de livres à l'image de la pièce, vieux et abîmés, et récents, à la reliure neuve et intacte. Plusieurs fauteuils étaient parsemés ici et là, sans qu'il y ait vraiment de logique quant à leur emplacement, et deux banquettes, disposées au centre, se faisaient face. Celle où était installé Henri était en cuir noir, tandis que l'autre, de style Louis XVI, était en bois doré, avec un dossier en forme de médaillon, et recouverte d'un tissu satiné, rayé framboise et crème. Entre les deux se trouvait une table basse vernie, d'allure baroque, ensevelie sous une multitude de magazines empilés à la va-vite. Et, sur le côté, échoué ici on ne sait comment, siégeait, sur un meuble au design contemporain, un écran plat géant dernier cri, ultime curiosité dans ce décor intemporel.

Ce fut le chien qui réagit le premier à l'arrivée de la jeune fille, se levant brusquement et se précipitant vers elle avant même qu'elle n'ait eu le temps de refermer la porte de la chambre. Cornélia se baissa pour le caresser :

— Bonjour Hadès !

— On dirait qu'il t'apprécie, remarqua Henri en se relevant. Tu peux le garder encore un peu si tu le souhaites, tu me le ramèneras lorsque ton père reviendra.

— Merci.

Il s'avançait vers elle lorsqu'il s'interrompit subitement et se mit à l'examiner du regard, la détaillant de la tête aux pieds, circonspect.

— Qu'y a-t-il ? bredouilla la jeune fille, soudain embarrassée. Est-ce que je me suis trompée ? Je n'aurais pas dû mettre cette robe ?

— Si, ces vêtements t'étaient destinés. Tu pourras les garder d'ailleurs, inutile de me les rapporter. C'est seulement…

Il hésita un instant puis continua :

— C'est seulement que je te trouve très... très amoindrie...

Cornélia resta bouche bée, déconcertée.

— Ah... D'accord, dit-elle, profondément vexée. Je ne sais pas comment je dois le prendre. Amoindrie ? Mais par rapport à quoi ? C'est tout sauf un compliment, je me trompe ?

Pourquoi se sentait-elle aussi offensée ? Ce n'était pas la première fois qu'elle essuyait ce genre de critique désobligeante. Pourquoi était-ce plus grave et plus humiliant venant de la part de cet homme ? Elle aurait dû faire profil bas, avaler l'insulte sans rien dire, comme elle le faisait généralement. Au lieu de ça, elle continua sur sa lancée, tentant maladroitement de le froisser à son tour :

— J'ignorais qu'il fallait des mensurations spéciales. S'il n'y a que ça, je vais te la rendre tout de suite ta fichue robe, je m'en moque après tout ! Tu sais quoi, moi je crois plutôt que c'est ton amie qui est trop grosse !

Une expression à la fois moqueuse et amusée passa subrepticement sur le visage d'Henri :

— Mon amie ? En voilà une drôle d'idée. Enfin, si jamais une telle personne se présentait un jour à ma porte, je lui ferai part de tes observations.

Puis il reprit son habituelle mine grave :

— Et je te demande de bien vouloir me pardonner, je ne souhaitais absolument pas être blessant. Je m'inquiète simplement de ton état de santé.

— Tu t'inquiètes ? répéta Cornélia, plus que sceptique. Pour moi ?

Il poussa un nouveau soupir et ne répondit pas, laissant une question de plus en souffrance. Comme toujours, ses paroles n'avaient aucun sens. Pour quelle raison son état de santé le préoccuperait-il, était-elle malade sans le savoir ?

— Écoute, étant donné qu'il est l'heure, que dirais-tu de rester pour le déjeuner ? suggéra-t-il d'un ton si affable qu'il en sonnait faux.

Étonnante proposition pour quelqu'un qui, il y avait à peine quelques minutes, voulait la mettre à la porte. Y avait-il un piège ?

— Je n'ai pas faim, merci. Et de toute façon il faut que je rentre. Si Maurice ne me trouve pas au manoir à cette heure, il serait capable d'appeler les secours.

— Je doute que le jardinier vienne travailler chez toi un dimanche, Cornélia.

Dimanche ? Cela faisait déjà plus de quarante-huit heures qu'elle n'avait pas appelé son père ? Comment se faisait-il qu'elle ait pu ainsi perdre le fil des jours de la semaine ? Soulagée, elle réalisa alors qu'elle s'était inquiétée pour rien. Le vieil homme devait être avec sa femme, chez lui, à se reposer, profitant de son jour de congé, et non au manoir entouré d'une bande de policiers, fouillant de fond en comble la maison en quête de preuve attestant d'un énième enlèvement.

Elle prit alors un instant pour réfléchir, devait-elle ou non accepter l'invitation du châtelain ? Quelque part, c'était peut-être le moyen d'obtenir les explications qu'elle attendait... Et puis, elle ne savait plus bien s'il l'effrayait ou non. Sa compagnie, bien qu'insolite et souvent déstabilisante, avait tout de même quelque chose, un je-ne-sais-quoi, d'agréable.

Cependant, à mesure que les minutes s'égrenaient, une vague de lassitude et d'épuisement se déversait progressivement en elle. Les événements de la nuit, probablement… L'importante perte de sang qu'elle avait subie ne devait pas être étrangère à cette intense fatigue. Comme souvent ces derniers temps, elle n'avait désormais plus qu'une hâte, se remettre au lit et dormir. Dormir pour se ressourcer mais aussi pour tenter d'oublier ce qui s'était passé et laisser derrière elle cet affreux cauchemar. Finalement, ces réponses, les aurait-elle jamais ? Mieux valait peut-être se résigner. Elle décida alors de décliner l'offre. Au demeurant, il l'avait bien cherché :

— Je préfère quand même rentrer chez moi. Après tout, c'était ce que tu voulais tout à l'heure, non ?

— Très bien, répondit-il sans surprise, alors je vais te proposer autre chose. Si tu acceptes de déjeuner ici, de manger sans broncher tout ce que je te servirai, alors je répondrai en toute honnêteté à l'une de tes questions.

Cornélia, perplexe, hésita un instant. C'était une offre intéressante, alléchante même, quoiqu'un peu bizarre.

— Ah oui, vraiment ? N'importe laquelle ?

— N'importe laquelle.

— Sans langue de bois, ni détours vaseux ?

— Tu as ma parole.

Il semblait sincère. Elle ne pouvait refuser, elle brûlait de savoir tellement de choses qu'elle en avait la migraine. Mais comment allait-elle réussir à ne choisir qu'une seule question ?

— Très bien, c'est d'accord, accepta-t-elle, puisant dans ce qui lui restait d'énergie pour tenir encore quelque temps éveillée et alerte. Marché conclu.

— Alors reste ici. Je reviendrai te chercher quand ce sera prêt.

Puis il quitta la pièce, laissant Cornélia seule avec le chien. Était-ce une simple idée ou les choses devenaient de plus en plus étranges ? Elle allait partager avec l'homme qu'un village entier craignait, un repas, et qui plus est, préparé par ses soins. Et, le plus important, elle allait enfin obtenir ce qu'elle désirait tant, des explications ! Elle s'assit sur l'un des fauteuils les plus anciens, du même style que le canapé médaillon, et dont le confort était en fait plutôt médiocre.

Puis elle se concentra, malgré ses maux de tête incessants, sur le choix de ladite question. Ça aussi c'était curieux. Pourquoi une seule question et pas deux, ou trois ? Du coup, il ne fallait pas qu'elle se trompe, elle devait en trouver une dont la réponse serait capable de dénouer la situation, une de celles qu'il avait sciemment laissées en suspens. Elle ne mit pas longtemps car une seule s'imposait à elle comme une évidence. Il y avait une chose plus importante que les autres qu'elle désirait savoir.

Henri réapparut peu de temps après dans l'encadrement de la porte :

— Cornélia, suis-moi je te prie.

Il ne souriait toujours pas et avait le même air maussade que d'ordinaire. Regrettait-il déjà son invitation ? Elle garda le silence et s'exécuta, marchant derrière lui à grands pas, essayant tant bien que mal de suivre son hôte dans le dédale de couloirs et d'escaliers du château. Ils arrivèrent alors dans une des grandes salles du rez-de-chaussée, aménagée de telle sorte que l'on pouvait facilement imaginer que rien n'avait changé ici depuis plusieurs siècles. Au centre trônait une gigantesque table de banquet en bois massif, aussi sombre que l'ébène, encadrée d'une vingtaine de sièges dont le revêtement de velours grenat, fortement élimé, commençait gravement à souffrir du temps. Cornélia fut surprise lorsqu'elle remarqua que le couvert n'avait été dressé que pour une seule personne.

— Tu ne manges pas avec moi ?

— Non, répondit-il avec indifférence, j'ai déjà déjeuné.

Il tira le fauteuil devant lequel était disposée une grande assiette de porcelaine et attendit que la jeune fille vienne s'y asseoir. Cette dernière, ne s'étonnant plus des singulières manières de son hôte, se résigna sans rien dire à y prendre place. Elle inspecta la vaisselle devant elle et fut impressionnée qu'Henri ait sorti de l'argenterie et un verre de cristal rien que pour elle. Cherchait-il à lui en mettre plein la vue ? Si tel était le cas c'était plus qu'inutile, elle avait bien compris qu'ils n'évoluaient pas dans les mêmes sphères. Le château, l'air constamment hautain, voire parfois dédaigneux, du personnage, ainsi que ses tenues, l'avaient bien mise sur la voie…

— Sers-toi, ordonna-t-il en désignant les plats disposés près d'elle.

— Quand pourrai-je poser ma question ? insista-t-elle, ne perdant pas de vue l'objectif premier de ce repas forcé.

— Lorsque tu auras rempli ta part du marché et que tu auras englouti tout ce qui se trouve sur cette table, répliqua-t-il avec un vague sourire en coin.

Cornélia examina les différents mets placés devant elle et réalisa l'ampleur du défi. L'un d'eux débordait de crudités colorées, un autre de rôti et de pommes de terre encore fumantes et le dernier contenait une énorme part de gâteau au chocolat.

— Est-ce que c'est toi qui as préparé tout ça ? s'enquit-elle, étonnée, n'imaginant pas un seul instant Henri, un tablier sur le dos, s'affairant en cuisine.

— Est-ce donc là ta question ?

— Non, c'était seulement histoire de faire la conversation, protesta Cornélia, déçue de la résolue mauvaise volonté de son hôte. C'est déjà suffisamment embarrassant de devoir manger seule sous ta surveillance, sans devoir en plus garder le silence.

Elle se servit alors l'intégralité du premier plat, comme il le lui avait été demandé, et l'ingurgita sagement, sans prononcer un mot et sans lever les yeux de son assiette. Il en fut de même pour le second. Toutefois, elle commença à sérieusement s'essouffler devant la part de gâteau. Cette dernière était bien trop énorme pour son estomac déjà bien rempli. Cependant, courageuse et déterminée, elle attrapa la pâtisserie d'une main décidée puis mordit dedans à pleines dents. Henri poussa un long soupir, comme si le manque d'appétit de son invitée l'avait agacé, puis se décida enfin à ouvrir la bouche :

— Laisse si tu n'as plus faim. Je ne voudrais tout de même pas que tu sois malade.

Elle reposa le morceau de gâteau dans l'assiette et croisa les bras sur sa poitrine, se laissant doucement retomber sur le dossier du fauteuil :

— Je n'avais pas faim de toute façon, je t'avais prévenu. Cela dit, je suis sûre qu'Hadès se fera une joie de terminer à ma place. Où est-il d'ailleurs ?

— Le chocolat est un poison pour les chiens, Cornélia, indiqua froidement le châtelain.

— Ah… Je ne savais pas, marmonna-t-elle, confuse. Tant pis, alors.

Heureusement qu'elle ne lui avait rien donné de tel quand elle l'avait eu avec elle au manoir !

— Est-ce que je peux poser ma question maintenant ?

— Je t'écoute.

Elle prit une profonde inspiration, plongea son regard dans celui de son interlocuteur, et, d'un air de défi, lança :

— Je veux savoir qui tu es. Tu as dit tout à l'heure qu'il ne fallait pas que je sache, alors ça m'intrigue. Donc voilà, c'est ma question : qui es-tu au juste, Henri De Maltombes ?

Ce dernier, d'ordinaire imperturbable, parut soudain troublé. Il grimaça et baissa les yeux :

— Qui peut vraiment se définir ? C'est une bien vaste question, ne penses-tu pas ?

— Qui implique une vaste réponse, renchérit-elle, satisfaite d'avoir enfin déstabilisé son interlocuteur. Comme tu me l'as fait remarquer tout à l'heure, nous sommes dimanche, alors j'ai tout mon temps. Ce n'est pas un problème.

— Trop imprécis… opposa-t-il en secouant la tête.

— Tu m'as promis la vérité sans détour ! Ce n'est pourtant pas si difficile. Alors vas-y, dis-moi. Commence par, eh bien, je ne sais pas ; par ce que tu fais dans la vie, par exemple. La manière dont tu es devenu propriétaire de ce château, l'origine de ta fortune, les raisons qui te poussent à vivre seul et à ne jamais sortir de chez toi ? Ou encore, pourquoi tout Rougemont a peur de toi ? Pourquoi certains vont-ils même jusqu'à s'imaginer que tu enlèves des gens ? Sans oublier, bien sûr, ce qui fait que tu en saches si long à mon sujet et que tu aies été capable de... de *soigner* mes blessures ?

— Il y avait tellement de points sur lesquels tu aurais dû m'interroger avant cela, dit-il d'une voix blanche, une étrange tension au fond de la gorge. Si je ne t'ai pas répondu tout à l'heure, c'est que j'avais de bonnes raisons. Réfléchis mieux que ça et change ta question.

— Non ! Nous étions d'accord ! riposta-t-elle, craignant qu'il élude encore. N'importe laquelle, tu m'avais donné ta parole !

Il sembla alors plus accablé que jamais, comme si un étrange mal s'était subitement mis à le ronger de l'intérieur.

— Très bien, comme tu voudras. Finalement, ce ne sera pas long, c'est même si simple que cela peut se résumer en un mot... Un seul et unique mot...

Les yeux perdus dans le vague, il poursuivit d'une voix rauque, une expression indescriptible sur le visage :

— Je suis un vampire.

Cornélia resta bouche bée :

— Tu te moques encore de moi ?

Il plongea son regard pâle dans celui de la jeune fille, la fixa intensément, guettant prudemment ses réactions, puis ses lèvres s'étirèrent dans un sourire sans joie, dévoilant de magnifiques dents blanches, impeccables. Soudain, ses canines s'allongèrent jusqu'à former de longs crocs acérés, transformant sa dentition, si parfaite et séduisante l'instant d'avant, en une abominable arme de prédateur.

— Mais c'est vraiment grotesque ! s'exclama Cornélia, parfaitement indignée. Si tu penses que je vais gober tes foutaises tout ça parce que tu as un gadget vaguement impressionnant, tu te trompes !

Elle se leva brusquement de son siège et, de colère, jeta sa serviette sur la table :

— Tu te crois drôle ? Vraiment ? Alors comme ça, ça t'amuse de me prendre pour une idiote ?

Comme il ne réagissait plus, semblant tout à coup profondément plongé dans ses réflexions, l'ignorant de nouveau, elle se sentit encore plus offensée et continua :

— Garde tes blagues stupides pour d'autres, je rentre chez moi ! J'en ai plus qu'assez maintenant ! En fait, tu es juste gravement dérangé ! Les gens d'ici ont raison, tu n'es rien qu'un pauvre malade !

Elle allait tourner les talons quand le fauteuil derrière elle s'avança subitement sous ses genoux. Elle retomba brutalement contre le dossier, plaquée au fond du siège par une sorte de force invisible. Henri la regardait fixement à présent, l'air lugubre, et semblait fâché qu'elle ne l'ait pas pris au sérieux.

— Tu as voulu savoir alors ne m'insulte pas !

Sa voix était étonnamment puissante et résonnait anormalement aux oreilles de Cornélia.

— Ceci n'est en rien une plaisanterie ! Je ne prétends pas être un vampire, je le suis ! continua-t-il sur le même ton sinistre. Comment crois-tu que je pourrais faire cela sinon ?

Il fixait toujours la jeune fille de son inquiétant regard glacial lorsque le verre près d'elle, dans lequel elle avait bu durant le repas, se mit subitement à glisser sur la table, décrivant de lui-même d'extraordinaires mais effrayantes courbes. Il vint s'arrêter juste à côté d'elle, tout près du bord, et soudain, explosa dans un bruit sec de cristal brisé, éclaboussant au passage Cornélia de l'eau qu'il contenait. Cette dernière poussa un petit cri de stupeur qu'Henri ne parut même pas entendre.

Pourtant, il ne la quittait pas des yeux. Il n'en avait pas fini manifestement. Elle le regardait également, perdue et effrayée, ne sachant plus du tout ce qu'elle devait penser, sinon que l'homme qui se tenait en face d'elle était définitivement quelqu'un de dangereux.

— Et cela ?

Tout d'un coup, le fauteuil de son hôte se retrouva vide. Au même instant, elle sentit des mains glacées, aux doigts longs et fins, se poser délicatement sur ses épaules, la maintenant sur son siège. Instinctivement, elle tourna la tête et vit Henri juste derrière, penché sur elle, si près qu'elle eut un frisson en sentant son haleine gelée effleurer son cou. Il lui souffla doucement à l'oreille :

— Et cela ?

D'énormes volutes de fumée noire sortirent soudain du sol et se mirent à tourner autour d'eux, les encerclant, comme un gigantesque serpent, dans une inquiétante danse macabre. À mesure que le sombre nuage ondulait, il s'épaississait jusqu'à donner à Cornélia l'impression d'étouffer. Cette dernière, prise de panique aurait voulu fuir, se lever et se mettre à courir le plus vite possible loin de cet homme terrifiant et de ce maudit château, mais quelque chose d'étrange la retenait plaquée à son fauteuil et l'empêchait de bouger. Elle ne put alors plus rien faire d'autre que rester là, figée sur place, à admirer ce sinistre spectacle.

De curieuses petites flammes bleues aux reflets argentés, sorties de nulle part, se mirent soudain à lécher les murs, s'intensifiant et se propageant à travers toute la pièce à une vitesse phénoménale, rendant brusquement l'atmosphère lourde et étonnamment sombre. La fumée noire monta lentement jusqu'au plafond, dissipée par l'étonnant incendie saphir, qui ne cessait de progresser, s'approchant maintenant dangereusement du siège de Cornélia. Puis, le feu commença à tourner autour d'eux, comme poussé par d'inexistantes bourrasques de vent, accélérant au fur et à mesure sa course circulaire, au point de former bientôt une sorte de cône, emprisonnant la jeune fille et l'auteur de cette folie.

Elle ne put alors plus rien voir d'autre que de gigantesques flammes bleutées et commença à suffoquer, se sentant prise au piège dans cette effroyable geôle incandescente. Elle ferma les yeux, ne tenant plus à assister à cet odieux prodige. Henri n'avait pas bougé et se tenait toujours debout derrière elle, impassible. Allait-il la laisser brûler vive sur le bûcher qu'il avait lui-même créé ? La panique et l'horreur la submergèrent à cette idée. La mort par le feu… Quelle fin monstrueuse.

— Arrête ! hurla-t-elle, terrifiée.

Au même instant, le crépitement assourdissant du brasier cessa net. Cornélia rouvrit prudemment les yeux et soupira de soulagement en constatant que tout avait finalement disparu. La pièce avait retrouvé son aspect normal et était de nouveau exempte de toute manifestation extraordinaire. Elle se retourna et ne vit plus personne derrière elle. La salle était vide et calme, et son étrange tortionnaire s'était volatilisé. Elle resta un moment pantoise, tremblant de tous ses membres, puis tenta de se lever. Plus aucune force mystérieuse ne la contraignait à rester sur son siège, elle était de nouveau libre… Elle se mit lentement debout, encore sous le choc des phénomènes troublants auxquels elle venait d'assister, et sa première pensée fut la fuite. Elle allait prendre ses jambes à son cou lorsque la voix d'Henri résonna à nouveau à travers toute la pièce.

— Me crois-tu désormais ?

Effarée, elle balaya la salle du regard mais ne le trouva pas. Cette dernière était définitivement vide. Devait-elle répondre à quelqu'un qu'elle ne pouvait voir ? Sans vraiment savoir pourquoi, elle leva les yeux et sursauta lorsqu'elle l'aperçut au plafond. Ce qu'elle vit était tellement insolite qu'elle resta figée sur place. Il se tenait debout, juste au-dessus d'elle, complètement à l'envers, défiant à présent les lois de la gravité. Le plus aberrant était que ses cheveux et ses vêtements retombaient vers le haut, comme si le sol avait été inversé… Il avait les bras croisés sur la poitrine et l'observait avec une certaine impatience, attendant qu'elle daigne répondre à sa question. Cornélia, déconcertée, ne parvint pas à ouvrir la bouche, son désarroi était tel qu'elle ne savait absolument plus quoi dire. Une seule pensée occupait désormais son esprit, trouver un moyen de se sauver, d'échapper coûte que coûte à cet homme dangereux.

— Dois-je m'abreuver de sang devant toi pour qu'enfin tu me croies ?

Elle frémit à cette idée, imaginant subitement les ignobles crocs d'Henri se planter sauvagement dans son cou. Un frisson d'horreur et de dégoût la parcourut.

— Je... je te crois...

— Tout de même ! lâcha-t-il sur un ton plus léger.

À cet instant, le son de sa voix, qui était enfin redevenu normal, se fit entendre juste à côté d'elle. Elle se retourna et cria de stupéfaction en le découvrant si proche, partageant de nouveau le même sol, la gravité ayant cessé son aberrante distorsion. D'instinct, elle eut un mouvement de recul, et sentit qu'elle allait perdre l'équilibre lorsqu'Henri lui attrapa le bras pour lui éviter de tomber. L'effroi la rendit hystérique, elle se mit à hurler frénétiquement et se débattit de toutes ses forces pour se libérer de l'affreuse main glacée du vampire.

— Ne me touche pas ! Je te l'interdis ! Ne me touche pas ! Non !

Il lâcha alors doucement sa prise, sans rien dire, visiblement troublé par la réaction de la jeune fille. Cette dernière, qui s'agitait en tous sens, complètement affolée, fut si surprise de s'être délivrée aussi facilement qu'elle s'en trouvât aussitôt désorientée. Si bien que, cherchant toujours à fuir, elle finit par se prendre les pieds dans le fauteuil resté derrière elle, et chuta pour de bon, se blessant au passage à la main avec les morceaux du verre brisé, en essayant désespérément de se rattraper à la table. Elle s'écroula brutalement sur le sol mais tenta presque immédiatement de se relever. Cependant, la douleur la stoppa net dans son élan. Elle resta un instant à genoux sur le parquet, essayant de reprendre son souffle, la tête baissée pour ne pas croiser le regard de celui qui l'effrayait tant.

— Aïe... gémit-elle en découvrant l'impressionnante entaille ensanglantée à l'intérieur de sa paume.

Henri, qui se tenait debout devant elle, se pencha lentement et saisit fermement la main blessée de Cornélia, puis l'amena jusqu'à sa bouche. Il ne lui laissa pas, cette fois, l'opportunité de se libérer de son emprise.

— Arrête, je t'en prie... supplia-t-elle, toujours sans lever les yeux, en larmes à présent.

— Il est si facile de t'effrayer... chuchota-t-il d'une voix curieusement affectueuse. Voyons, ne fais pas l'enfant.

Il posa alors doucement ses lèvres sur la plaie et aspira le sang de la jeune fille d'un délicat baiser. Cette dernière, qui s'était attendue à une violente morsure, fut surprise de ne ressentir aucune douleur, seulement l'intense fraîcheur de l'haleine d'Henri. Cela ne dura qu'un très bref moment, puis il lui rendit sa main. Dès qu'elle eut retrouvé sa liberté, Cornélia inspecta sa paume et, avec la plus grande stupéfaction, s'aperçut que, non seulement le sang avait disparu, mais l'entaille également. Elle leva alors lentement les yeux vers lui, hésitante :

— Mais... c'est... c'est toi qui as fait ça ?

Il secoua mollement la tête, une immense tristesse, teintée d'une certaine aigreur, au fond du regard, puis répondit d'une voix amère :

— N'est-ce pas singulier ? Tu as devant toi un être maléfique, maudit, renié par Dieu lui-même ; un être conçu pour tuer et contraint de s'abreuver de la sève de l'humanité pour survivre, mais qui, comble de l'ironie, possède le pouvoir de guérir l'espèce qu'il décime... Celui qui dispose de notre destin a un bien curieux sens de l'humour, tu ne crois pas ?

— Tous les vamp...

Encore incrédule malgré la démonstration plus que convaincante de son hôte, elle avait du mal à prononcer le mot avec sérieux...

— Tous les vampires peuvent-ils faire ça ? s'enquit-elle déconcertée.

— Non. Seulement moi.

Dans la tête de la jeune fille, les idées, à l'image d'une boule de neige dévalant une pente vertigineuse, s'emballaient et se mélangeaient de plus en plus :

— Et... est-ce que... est-ce que tu tues des gens ? Est-ce que c'est vrai alors, ce qu'on raconte ? Tu es un meurtrier ?

— Oui, admit-il d'une voix blanche. J'ignore si ce que l'on raconte est vrai toutefois j'imagine que l'on pourrait résumer la chose ainsi. Car, incontestablement, c'est ce que je suis...

Toujours à genoux sur le sol, Cornélia ne put retenir un petit gémissement d'effroi à l'annonce de cette nouvelle. Maurice et les autres villageois avaient donc raison de craindre cet homme, et ils étaient finalement bien loin du compte ! Ses larmes s'intensifièrent quand elle se demanda si, maintenant qu'elle était au courant, Henri la laisserait rentrer indemne chez elle.

— Alors, tu es un monstre… chuchota-t-elle comme pour elle-même, réalisant peu à peu chez qui elle avait osé s'aventurer malgré les mises en garde répétées de son entourage.

Il s'éloigna de quelques pas, l'air sombre et reprit d'un ton empreint de colère :

— J'espère que tu es contente, voilà ta curiosité pleinement satisfaite ! Tu as eu ta réponse ! Dorénavant, tu sais qui je suis, ou plutôt ce que je suis !

— Est-ce que tu vas me tuer ? souffla-t-elle.

— Idiote ! cracha-t-il, furieux. Si j'en avais eu l'intention, cela aurait été fait il y a longtemps !

Tout était si confus… Quel sort allait-il bien pouvoir lui réserver maintenant ? Il fallait absolument qu'elle essaye de savoir :

— Que vas-tu faire alors pour m'empêcher de parler ?

— Mais rien du tout. Que veux-tu que je fasse ? De toute façon, qui t'écoutera ?

Elle ferma les yeux et réfléchit quelques secondes. C'était vrai, elle ne pourrait rien dire ! Qui serait capable de croire ce qu'elle raconterait ? Personne ! Ni la police, ni son père, ni même le jardinier… Non, personne n'avalerait un traître mot d'une histoire aussi démentielle ! Pas plus que pour ses marques apparues toutes seules dans son dos, comme par l'opération du Saint-Esprit. C'était perdu d'avance. Son cœur battait à tout rompre. Était-elle toujours en plein cauchemar ? Ne s'était-elle jamais réveillée après avoir sauté du pont ? Elle nageait en plein désarroi à présent.

— Laisse-moi rentrer chez moi... pria-t-elle, en pleurs. S'il te plaît...

— Mais tu n'es pas prisonnière Cornélia, attesta-t-il, une pointe d'exaspération dans la voix.

Elle se releva prudemment, sans faire de mouvement brusque, de crainte qu'il ne change subitement d'avis et se jette tout à coup sur elle pour la vider impunément de son sang. Elle continua, le plus calmement possible, d'un ton qu'elle voulut néanmoins assuré :

— Alors je vais m'en aller maintenant.

Elle prit une profonde inspiration et ajouta :

— Je ne veux pas que tu me raccompagnes et je ne veux plus rien avoir affaire avec toi.

— Comme tu voudras, conclut-il, plus sinistre que jamais. Tu trouveras ta bicyclette dehors, à côté de la grande porte.

Cornélia avança à pas mesurés vers le couloir, en direction de la sortie, et frémit lorsqu'elle dut passer devant le vampire, fixant le sol pour ne pas avoir à affronter le regard glaçant qui était rivé sur elle. Une fois dehors, elle accéléra la marche et trouva son vélo, posé contre le mur du logis, exactement à l'endroit qu'Henri avait indiqué. Elle l'enfourcha à la hâte et pédala comme une folle hors de ce lieu maudit, refuge d'un effroyable monstre. Comment de telles aberrations pouvaient exister ? Elle se demanda alors si ce qu'elle venait de vivre était bien réel, si elle n'avait pas été tout simplement victime de nouvelles hallucinations.

La panique et la confusion avaient maintenant envahi son esprit, la poussant à aller jusqu'au bout de ses forces pour s'enfuir le plus rapidement possible. Elle traversa la forêt sans même s'en rendre compte et fut étonnée d'arriver déjà chez elle. Le manoir était désert. La porte d'entrée était encore grande ouverte, comme elle l'avait laissée lorsqu'elle était partie dans la nuit.

À bout de souffle, elle laissa tomber la bicyclette devant le perron, rentra en courant dans la maison, s'enferma à double tour et s'écroula, en pleurs, sur le carrelage froid de l'entrée. Pourquoi était-elle allée là-bas ? Pourquoi avait-elle tant désiré revoir cet homme épouvantable ? Maurice et son père l'avaient pourtant prévenue. Mais non ! Elle n'en avait fait qu'à sa tête et était allée chercher de l'aide auprès d'un assassin ! Et maintenant, elle se retrouvait à partager son ignoble secret, seule à connaître sa véritable identité, seule à savoir ce qui était arrivé aux disparus de la région. Mon Dieu ! Et où pouvait-il bien cacher les cadavres ? Au château, probablement. Devait-elle avertir quelqu'un ? Non, elle ne devait parler de ça à personne ! Sous aucun prétexte ! Jamais ! Non, jamais ! Il semblait capable de tant de choses, son compte serait réglé en un rien de temps. Mais, alors, cela faisait-il d'elle une complice ? Peut-être… Mais que pouvait-elle bien faire d'autre que de se taire ?

— Les vampires existent… chuchota-t-elle pour elle-même, cherchant à s'en convaincre. Les vampires existent.

Après toutes les choses étranges qui lui étaient arrivées ces derniers temps, celle-ci remportait la palme ! Et haut la main ! C'était incroyable. Incroyable et horrible à la fois… Pourquoi avoir posé une telle question ? Comme elle regrettait maintenant ! Il avait eu raison de la mettre en garde, elle n'aurait jamais dû demander cela. La curiosité est un si vilain défaut, mais si délectable parfois. Qu'est-ce qu'elle allait faire ? Comment reprendre une vie normale tout en sachant ça ? Comment faire pour porter un tel fardeau, pour garder cet immonde secret enfoui à tout jamais au fin fond de son esprit ? Il n'y avait rien de moins qu'un vampire qui vivait non loin de chez elle, un vampire assoiffé, dangereux… Devait-elle continuer à faire comme si de rien n'était, tout en sachant cela, tout en sachant qu'il y aurait d'autres victimes ? Elle ne put s'empêcher de l'imaginer en train de s'abreuver du sang d'une femme agonisante, son magnifique visage de marbre recouvert d'hémoglobine. Elle tressaillit à cette ignoble vision et fut soudain saisie d'une violente nausée. Comment un homme aussi séduisant et attirant, avec un regard si troublant, tellement émouvant, pouvait-il être un tel monstre ? Elle se rappela alors des quelques histoires qu'elle avait pu entendre sur le sujet. Selon ses souvenirs, l'on disait volontiers que les vampires étaient des êtres au physique irréprochable, toujours très beaux et élégants, de manière à charmer plus facilement leur proie. Était-ce également l'apanage d'Henri ? L'avait-il envoûtée afin qu'elle revienne au château ?

Elle ferma les yeux sentant la migraine revenir doucement. Il fallait qu'elle accepte que plus rien ne soit jamais comme avant. La réalité n'était plus ce qu'elle était, tous ses repères venaient de s'effondrer. Ainsi, il faudrait désormais qu'elle compose avec l'extraordinaire, le paranormal. Elle sentit ses jambes, complètement engourdies, devenir douloureuses et constata, en levant les yeux vers la pendule, que cela faisait presque une heure qu'elle était rentrée, restant là, assise par terre, à même le sol.

Elle se releva, un peu perdue, se demandant à quoi elle pourrait bien occuper sa journée et qui pourrait l'aider à penser à autre chose qu'aux horreurs qu'elle avait en tête. Puis, elle se rappela l'état dans lequel elle avait laissé ses draps. Il fallait absolument qu'elle nettoie tout ça avant que son père ne rentre. Sans ça, il n'en finirait pas de se poser des questions et de s'inquiéter.

Elle monta péniblement les escaliers, toujours hagarde, puis, s'arrêta net sur le seuil de sa chambre en apercevant son lit. Une tâche monstrueuse, impressionnante par son ampleur improbable, le recouvrait presque de moitié. Du sang séché, à mi-chemin entre le rouge et le brun, dans une telle profusion que l'on aurait dit la scène d'un épouvantable crime, tout droit sortie d'un film d'horreur… Comment avait-elle pu survivre à une telle hémorragie ?

Elle examina les traces de plus près, comme pour vérifier que c'était bien son sang qui se trouvait là, répandu un peu partout dans les draps et même sur le parquet. Elle aurait dû y rester… Elle n'avait aucune connaissance en médecine, bien sûr, mais ça, elle le devinait aisément. Et pour autant, si l'on mettait la fatigue et ce nouveau début de migraine de côté, elle ne se sentait pas si mal. Même ces affreuses marques dans son dos, celles-là mêmes qui avaient causé l'hémorragie, avaient disparu.

Elle ferma les yeux et inspira profondément, réalisant avec dépit que c'était bel et bien grâce à Henri qu'elle s'en était sortie indemne, grâce aux étranges pouvoirs d'un vampire... Il y avait là de quoi s'y perdre. Aurait-elle dû être reconnaissante ? Non, certainement pas ! Finalement, elle avait juste eu de la chance, il aurait très bien pu choisir de la tuer et de se servir d'elle comme déjeuner, ainsi qu'il le faisait avec beaucoup d'autres, apparemment.

Soudain, une immense colère et un profond dégoût l'envahirent de concert. Peu à peu, elle se rendait compte qu'elle était redevable, et ce doublement maintenant, à un assassin.

Elle arracha frénétiquement les draps du lit puis courut jusqu'à la grande salle de bains, les enfourna dans la machine à laver et tourna le bouton sur 90°. Une fois que cela fut fait, elle attrapa une bassine, y versa de l'eau et du savon et se précipita de nouveau dans la chambre. Là, munie d'une grosse éponge, elle se mit à frotter avec un acharnement fébrile le matelas sur lequel apparaissaient les mêmes taches aberrantes. Ces dernières n'avaient pas complètement disparu lorsqu'après presque une demi-heure de cet exercice, elle s'interrompit, n'ayant plus aucune force dans le bras.

Elle passa alors au nettoyage des sols sur lesquels elle avait laissé dans la nuit d'autres traces rouges. Celles-ci formaient une sorte de filet disparate, voire multiple parfois, et partaient de la chambre, continuaient dans le couloir et les escaliers, et ne s'arrêtaient qu'au niveau de la porte d'entrée. Là encore, et bien qu'épuisée, elle frotta sans répit jusqu'à ce que les marques de son sanglant passage fussent complètement effacées.

À ce moment-là, elle comprit qu'il fallait qu'elle se trouve une autre occupation. Sur-le-champ ! Elle ne pouvait se permettre de laisser errer son esprit, trop choquée et trop perturbée par ce qu'elle venait découvrir. Si elle cessait de s'activer, ne serait-ce même qu'un instant, inévitablement, elle se remettrait à penser, à imaginer les choses horribles qui se passaient là-bas, au château, quand le vampire avait faim, tout en sachant qu'elle ne pourrait rien faire, ni pour empêcher que ça ne se produise encore, ni pour avertir les autorités au sujet des méfaits du châtelain. La culpabilité était peut-être pire que le reste.

Toutes ces émotions étaient si bizarres... Et pourquoi ne pouvait-elle s'abstenir de ressentir cette espèce de gratitude insensée à son égard, à l'égard de ce monstre ? Elle était furieuse contre elle-même d'oser éprouver cela. Mais elle était exténuée et traumatisée, elle ne savait plus ce qu'elle pensait. Demain, les choses seraient différentes, probablement.

Elle descendit à l'atelier attenant à la maison, là où Maurice rangeait tous les outils dont il se servait pour bricoler ; dans l'espoir d'y trouver de quoi s'occuper les mains ainsi que l'esprit. En fouillant dans les divers placards, elle tomba sur trois gros pots de peinture blanche. Pourquoi pas ? Sa chambre, dont la tapisserie aux motifs vieillots et tristes à mourir était plus que défraîchie, avait bien besoin d'un petit coup de jeune. Ça, c'était une bonne idée !

Bien que n'ayant jamais fait ce genre de chose auparavant, elle décida de se lancer, espérant ne causer aucun dégât. Elle s'arma d'un rouleau, remonta les escaliers quatre à quatre, les bras chargés de matériel, bougea quelques meubles dans la pièce, puis s'attela à recouvrir les murs du liquide immaculé, sans même s'être donnée la peine de retirer le papier peint au préalable. Elle ne s'arrêta qu'à la nuit tombée, une fois qu'elle eut fini, lorsque chaque recoin de sa chambre fut blanc.

Éreintée, à bout de force, elle s'assit par terre et admira un instant son travail. C'était loin d'être du grand art mais c'était tout de même mieux comme ça. Et puis, elle était parvenue à se vider l'esprit. Enfin, presque… Elle baissa la tête et réalisa subitement qu'elle portait encore la robe qu'Henri lui avait prêtée.

Épouvantée, elle la retira aussi rapidement qu'elle le put, faisant même craquer une couture au passage, désireuse de ne plus jamais rien avoir sous les yeux qui lui rappellerait le vampire. Comme elle n'avait pas fait attention, le vêtement était maintenant couvert de taches de peinture, peut-être impossibles à nettoyer. Mais, étant donné qu'elle ne pensait pas la rendre… Elle la roula en boule et la jeta en l'état au fond de son armoire, là où les choses s'oubliaient. Puisqu'il était déjà plus de onze heures, elle passa une tenue de nuit et, l'air de la pièce fraîchement repeinte étant à peine supportable, décida, seulement pour ce soir, d'aller s'installer dans la chambre de son père. Elle fit le tour de toutes les portes et fenêtres de la maison avant de se mettre au lit, exténuée.

Cependant, elle ne réussit pas d'emblée à trouver le sommeil, il avait beau faire une température plus qu'honorable pour la fin d'un mois de mai, Cornélia était gelée et tremblait de tous ses membres au fond du grand lit de monsieur Williamson. Vers une heure du matin, ne parvenant toujours pas à trouver le sommeil, elle se releva et se dirigea vers sa chambre, en quête d'un couvre-lit plus chaud. Une fois dans la pièce, elle n'alluma pas la lumière, celle de la lune, dont les rayons filtraient à travers les persiennes, étant largement suffisante pour se repérer. Elle ouvrit son armoire et se mit sur la pointe des pieds pour attraper sur l'étagère la plus haute, l'édredon qu'elle cherchait. Quand elle l'eut trouvé, elle s'enroula dedans, toujours frigorifiée, et allait quitter sa chambre nouvellement repeinte, lorsqu'une impression bizarre la fit revenir sur ses pas.

Quelque chose n'était pas normal. La luminosité de la pièce, même si peu éclairée, n'était pas ce qu'elle aurait dû être, il faisait trop sombre... Elle poussa l'interrupteur et sentit soudain sa poitrine se serrer lorsqu'elle vit que les murs, qu'elle avait passé l'après-midi et la soirée à recouvrir de blanc, étaient complètement maculés de tags rouges, encore humides, répétant à tort et à travers cette phrase maudite :

Tu m'appartiens à tout jamais

On aurait dit l'œuvre insolite d'un aliéné en proie à une crise. Aucun endroit n'avait été épargné, les graffitis allaient dans tous les sens et se croisaient à certains endroits, même le plafond en était recouvert. Prise de vertiges, Cornélia lâcha le couvre-lit pour se rattraper au chambranle de la porte, manquant de se trouver mal. Elle lutta pour reprendre sa respiration et essayer de ne pas céder à la panique. N'aurait-elle donc droit à aucun répit ? Qui avait bien pu faire une chose pareille ? Quelle question... C'était pourtant évident. Puisque c'était le même message, il s'agissait forcément de la personne qui s'était acharnée à lui mutiler le dos. Elle passa frénétiquement sa main entre ses omoplates, de crainte que les ignobles cicatrices ne soient revenues, mais sa peau était toujours aussi lisse qu'au matin. La peinture était encore luisante, le coupable devait probablement encore être à l'intérieur. Peut-être même n'en avait-il pas fini avec elle ?

La panique la submergea d'un coup. Que devait-elle faire ? Se cacher ? Se munir d'un couteau de cuisine et arpenter les couloirs à la recherche du criminel ? Appeler la police ? De toute façon, il fallait qu'elle en ait le cœur net. Tremblante, elle alla jusqu'à sa table de nuit et prit son téléphone portable, composa le dix-sept et plaça son doigt sur le bouton d'appel, prête à dégainer au cas où elle serait en danger. Puis, elle se mit à courir fébrilement d'une pièce à l'autre du manoir, allumant toutes les lumières et fouillant le moindre recoin. Mais elle ne trouva rien... La porte d'entrée était fermée de l'intérieur, tout comme les fenêtres, et rien n'avait été dérangé. Elle était seule chez elle et personne n'avait pu entrer. Comment alors sa chambre avait-elle pu être taguée ? Encore une fois, elle n'y comprenait rien. Était-ce seulement l'œuvre de quelqu'un de réel ? Peut-être était-ce l'homme fantomatique apparu dans le miroir de la salle de bains ? C'était n'importe quoi ! Mais, après tout, si les vampires existaient, pourquoi pas les spectres ?

Lorsqu'elle eut fait par trois fois le tour de la maison, Cornélia, à bout de nerfs, finit par se laisser mollement tomber sur le canapé du salon. La lassitude et la panique se livraient en elle un étrange combat pour savoir laquelle des deux finirait par l'emporter sur l'autre. Elle ne savait plus du tout ce qu'elle devait penser. Le monde devenait de plus en plus incohérent. La seule chose dont elle était sûre à présent, était qu'on lui voulait du mal, et que cette personne, quelle qu'elle puisse être, était gravement détraquée et très dangereuse. Comme Henri… Cependant, ce ne pouvait pas être lui, cela n'aurait vraiment aucun sens. Pourquoi l'aurait-il sauvée d'abord de la noyade à Paris, puis ici, d'une mystérieuse hémorragie dont il avait même effacé les traces ? D'ailleurs, qu'est-ce qui avait bien pu le pousser à agir ainsi ? N'était-il pas censé tuer et se désaltérer du sang de tous les malheureux qui s'aventuraient chez lui plutôt que de leur offrir un repas ?

Finalement, aux alentours de trois heures du matin, la fatigue l'emportant sur la peur, Cornélia finit par s'endormir sur le canapé, sans, toutefois, être parvenue à se réchauffer.

Chapitre 8

Rêve deuxième, Un hôte attentionné

Lorsqu'elle rouvrit les yeux, Cornélia portait de nouveau l'imposante robe grenat aux reflets moirés. Elle se tenait debout, aux côtés d'Henri, et ensemble ils faisaient face à l'immense château de Rougemont. Il était légèrement différent de celui qu'elle connaissait, il paraissait plus récent, mieux entretenu, bien plus flamboyant, en fait. C'était ici qu'elle vivrait désormais, seule avec cet homme qu'elle ne connaissait pas et qui était censé la protéger d'un danger terrible mais dont elle ignorait tout… Le chagrin, qu'elle tentait désespérément d'étouffer, lui compressait de plus en plus vivement la poitrine car elle savait, elle en avait l'intime et profonde conviction, qu'elle ne reverrait jamais plus ses parents.

Les visages de Charles et d'Eléonore, doux et rassurants, apparurent un instant devant ses yeux. Ils lui manquaient déjà tellement. Elle inspira à pleins poumons l'air frais de l'hiver pour retenir ses larmes. Henri se tourna vers elle, un sourire discret et prudent sur les lèvres, essayant d'être accueillant malgré la peine manifeste de la jeune fille :

— Rougemont est une de mes récentes acquisitions. Personne ne sait que nous sommes là, tu y seras donc en sécurité. Désormais, tu peux considérer que tu es ici chez toi, Cornélia.

— Merci... souffla-t-elle d'une voix à peine audible.

— Je vais te faire visiter.

Elle le suivit alors dans les interminables couloirs du château, les yeux perdus dans le vague, l'air hagard, sans même se donner la peine de faire semblant d'écouter son guide lui présenter les différentes salles du majestueux édifice. Puis, au bout d'un moment, ils finirent par s'arrêter sur le pas de la porte d'une chambre à la décoration plus claire, plus raffinée et aussi plus moderne que celle des autres pièces.

— Ce seront tes appartements. Enfin, si cela te convient, bien sûr.

— C'est parfait...

— Tu souhaites peut-être rester un peu seule ? s'enquit Henri d'un ton particulièrement doux.

Cornélia, surprise par les attentions de l'inconnu, s'interrogea sur les raisons qui poussaient celui-ci à se montrer aussi aimable avec elle. Qu'est-ce qui pouvait bien l'avoir motivé à accepter de prendre chez lui une personne qu'il ne connaissait pas et qui, apparemment, était susceptible de lui apporter de graves ennuis ? Elle accepta sa proposition d'un petit signe de tête et il s'éclipsa aussitôt, disparaissant presque d'un coup, d'une manière beaucoup trop rapide et brève pour être naturelle... Cependant, cela n'étonna pas Cornélia plus que ça. En fait, elle était habituée à ce genre de démonstration d'adresse extraordinaire.

Lorsqu'enfin elle se retrouva seule, perdue dans cette immense chambre inconnue, elle s'avança à pas lents vers le lit, s'assit sur le matelas, resta un instant à examiner la pièce du regard, sans trop savoir quoi faire, ne réalisant toujours pas ce qui lui arrivait. Puis, peu à peu, la peine et le désarroi eurent raison d'elle, la submergeant progressivement, sans qu'elle ne puisse davantage retenir les sanglots qui lui serraient la gorge depuis qu'elle avait quitté ses parents. Elle était si désemparée... Si seule... Absolument rien ici ne lui était familier. Elle venait de perdre tous ses repères, tout ce qui avait fait sa vie, son quotidien, depuis toujours.

Quelques heures plus tard, tandis que la nuit commençait à tomber, elle entendit toquer à la porte. Le bruit était si discret qu'elle se demanda si elle n'avait pas rêvé. Afin de s'en assurer, elle se leva, remis succinctement ses cheveux en place, essuya du dos de sa main son visage encore humide de larmes et alla ouvrir. Henri se tenait là, immobile, et attendait patiemment, l'air un peu gêné :

— Je ne sais pas si je dois t'offrir à manger ou non ? D'ailleurs, je ne sais même pas de quoi tu te nourris...

— Je ne bois pas de sang, lança froidement Cornélia, irritée par les insinuations de cet inconnu. Si c'est là votre question.

— D'accord, c'est très bien... répondit-il manifestement très étonné, la dévisageant de la même manière que lorsqu'il l'avait vue pour la première fois. De toute façon j'avais demandé aux domestiques de te préparer de quoi dîner. As-tu faim ?

Elle allait dire non, préférant pour le moment la solitude à la compagnie de cet individu étrange, ne se sentant pas non plus la force de soutenir une conversation aimable, et ce avec qui que ce fut. Cependant, à l'idée d'un bon repas, son estomac se tordit bruyamment. Lui n'était pas du même avis, vraisemblablement.

— Un peu, mentit-elle alors en baissant le nez.

Elle n'avait pas mangé depuis la veille et était, en réalité, affamée. Un sourire étincelant, à la blancheur presque irréelle, irradia le visage d'Henri :

— Bien, alors je te prierais de me suivre, jeune fille.

Durant le dîner, il s'assit à table en face d'elle mais ne prit rien. Le couvert n'avait même pas été dressé pour lui. Il se contenta de la regarder vider son assiette, la fixant toujours d'un air curieux, gardant le silence, comme si, d'emblée, il avait compris que Cornélia n'avait pas envie de parler. Au bout d'un moment, commençant tout de même à trouver cela pesant, cette dernière se résolut à entamer elle-même la conversation :

— Est-ce que vous vivez toujours seul ?

— Non, répliqua-t-il, paraissant surpris de la voir prendre la parole. Pas vraiment. La plupart du temps je suis entouré de mes amis.

— Vos amis ?

— Ma cour, si tu préfères. D'autres vampires, de rang inférieur.

— Et où sont-ils en ce moment ? interrogea Cornélia, curieuse de savoir si elle devrait vivre avec encore beaucoup d'autres inconnus.

— Je les ai tous congédiés lorsque j'ai su que je reviendrai avec toi. Je te les présenterai peut-être, un jour. Enfin, plus tard.

— À cause de moi ? Pourquoi ? Je ne comprends pas.

— Entre autres raisons, j'avoue que je ne voulais pas qu'ils... t'effraient, avoua-t-il, détournant le regard. Ils n'ont pas tous de bonnes manières, vois-tu. Malheureusement, certains vampires manquent de... savoir-vivre.

Il se leva subitement :

— Enfin bref, si tu as terminé je vais te reconduire à ta chambre. Tu dois certainement avoir besoin de repos.

— En effet, confirma-t-elle en étouffant un bâillement.

L'air était glacial en ce matin d'hiver, mais un soleil resplendissant illuminait un ciel bleu pâle, donnant une touche de tiède chaleur à la fraîche journée qui s'annonçait. Cornélia marchait tranquillement, suivant Henri le long du château. Apparemment, ce dernier s'apprêtait à lui faire une surprise, du moins c'était ce qu'il avait laissé entendre.

Tout était si différent. Comme d'un autre temps, d'une autre vie. Elle avait parfaitement conscience de ne pas être dans sa réalité, de ne pas être vraiment à sa place. Et pourtant, elle ne pouvait s'empêcher de se laisser porter par cette autre existence, de se laisser envahir tout entière par les émotions que cette autre Cornélia ressentait. Pour elle, en cet instant précis, c'était réel. Rougemont n'était pas exactement comme il aurait dû être, le vampire non plus... Lui non plus ne ressemblait pas à celui qu'elle connaissait, il avait beau en avoir l'allure, il n'en avait pas le comportement.

Toutefois, tout absorbée qu'elle était par cette autre vérité, elle n'y prêtait pas attention, seul ce qu'elle était en train de vivre était important, le reste n'était que de vagues détails, légèrement flous et tellement lointains. Elle était toujours inquiète car, depuis qu'elle avait quitté ses parents, Charles et Eléonore, elle n'avait eu aucune nouvelle d'eux, et son nouvel ami ne semblait pas être beaucoup plus informé. En fait, la plupart du temps, Henri évitait le sujet. Il le faisait d'ailleurs avec une telle habileté que la jeune fille n'avait rien pu apprendre de nouveau à propos de la mystérieuse menace qui pesait sur elle, ou encore des raisons qui avaient poussé sa mère et son père à l'éloigner de chez elle.

— Attends ! s'écria-t-il tandis que Cornélia allait ouvrir la porte des écuries vers lesquelles ils se dirigeaient.

Il passa derrière elle en un éclair et vint placer ses mains aux doigts longs et fins devant les yeux de la jeune fille.

— Ne t'ai-je pas dit que c'était une surprise ? lui souffla-t-il à l'oreille, d'un ton enjoué.

— Excuse-moi, répondit-elle, amusée. Alors j'attends, je serai sage.

Elle se sentait tellement mieux depuis quelque temps... Au fil des jours, elle apprenait à connaître cet homme avec lequel elle vivait désormais, et l'appréciait de plus en plus. Il se montrait si gentil avec elle et était toujours si prévenant, que son exil forcé commençait presque à lui plaire. Elle entendit soudain les battants de la grande porte grincer en s'ouvrant devant eux. Ils avancèrent lentement, et Cornélia, aveuglée, se laissa guider. Elle inspira à pleins poumons l'odeur de la paille fraîche qu'elle aimait tant.

— Voici mon présent, annonça-t-il en retirant ses mains. Elle est à toi maintenant.

Lorsque la jeune fille ouvrit les yeux, elle aperçut, attachée en plein milieu de l'allée centrale séparant les différentes stalles, une superbe jument à la robe alezane luisante. Elle avait une allure princière, une allure de pur-sang, et possédait à la fois un je-ne-sais-quoi d'exotique. La morphologie de son corps et la forme de son museau, élégante et délicate, étaient assez inhabituelles.

— Je l'ai fait ramener d'Orient, des pays arabes pour être plus précis. Il semblerait que ce soit des spécimens plutôt rares dans nos contrées, extrêmement rapides malgré leur petite taille. Enfin, à ce qu'il paraît. Elle s'appelle Ismahan.

— Oh, mon Dieu ! s'exclama-t-elle, rougissant de plaisir. Tu m'offres un cheval ?

— Tu devais pourtant bien t'en douter. Que voulais-tu que je t'offre d'autre qui se serait trouvé aux écuries ?

Ses parents, dont la fortune avait toujours été plutôt limitée, n'avaient jamais pu lui faire de tels cadeaux... Chez elle, les chevaux étaient essentiellement destinés aux travaux des champs et seul son père possédait un coursier.

— Je ne sais pas, mais elle est merveilleuse ! déclara-t-elle, admirative. Je n'en ai jamais vu de semblable !

Elle s'avança jusqu'à son présent et caressa doucement l'encolure de l'animal, appréciant de sentir son poil soyeux et brillant glisser sous ses doigts. Puis elle se tourna subitement et, d'un seul élan, sauta au cou d'Henri. Ce dernier ne bougea pas d'un millimètre et resta totalement stoïque, ne s'attendant visiblement pas à une telle manifestation de gratitude.

— Merci, merci, merci… chuchota-t-elle, les larmes aux yeux.

— Allons, ce n'est pas grand-chose, attesta-t-il en refermant les bras autour de la jeune fille, baissant la tête pour humer le doux parfum de ses cheveux aux reflets d'automne. Je sais que ce n'est pas facile pour toi d'avoir dû fuir si loin de ceux que tu aimes, alors je veux que tu te sentes le mieux possible ici, avec moi.

— C'est le cas… assura-t-elle, se dégageant doucement de l'étreinte du vampire, lui adressant un regard débordant de reconnaissance. Comment pourrais-je jamais te remercier de tout ce que tu fais pour moi ?

Car le châtelain n'en était pas à son coup d'essai, ce n'était pas le premier cadeau qu'il faisait à sa jeune protégée. À peine quelques jours après son arrivée à Rougemont, Henri avait fait venir un tailleur anglais, le meilleur selon lui, et lui avait commandé une trentaine de robes, toutes plus somptueuses les unes que les autres, au travail délicat, des modèles uniques, conçus à partir des tissus les plus nobles, toutes destinées à la jeune fille.

— Tout ce que je veux c'est te voir sourire, expliqua-t-il, essuyant du pouce une larme sur la joue de sa protégée. Tu mérites d'être heureuse Cornélia.

Elle s'empressa d'accéder à sa demande puis sentit son visage s'empourprer en réalisant combien ils se tenaient proches l'un de l'autre. Ce fut lui qui s'écarta le premier, s'éclaircissant la gorge :

— Le temps est plutôt clément ce matin, que dirais-tu d'une promenade à cheval ?

— Je suis certaine qu'Ismahan est plus rapide que ton pur-sang, avança-t-elle, ravie.

— Tout de même, il ne faut rien exagérer ! Cela reste encore à prouver…

Chapitre 9

Les chimères du passé

Lorsqu'elle ouvrit à nouveau les yeux, Cornélia fut soulagée de se retrouver chez elle, au manoir, étendue sur son canapé, au milieu de son salon. La réalité, sa vie, la vraie... Elle portait le vieux pyjama informe qu'elle avait mis la veille et était recouverte de l'édredon qu'elle avait pris en haut de son armoire. La pièce était sombre et mal éclairée à cause des volets encore clos. Elle aperçut à travers la lucarne haute du couloir, un morceau de ciel gris et pluvieux. Dommage. Toutefois, il ne devait pas être loin de midi car le soleil, plutôt difficile à distinguer parmi les nuages sans fin, était déjà haut perché dans ce tableau sans couleur. Elle s'assit sur le sofa, encore un peu étourdie par le sommeil.

— Quels rêves étranges... dit-elle pour elle-même, rompant ainsi le silence ambiant.

Elle se massa doucement les tempes, essayant de remettre de l'ordre dans ses idées. Tout était si confus qu'elle ne savait plus vraiment comment faire la part des choses entre ce qui relevait du songe et ce qui relevait de la réalité. Ce rêve, comme le précédent, lui avait paru tellement authentique... Elle se souvenait de tout, chaque détail, chaque émotion ressentie... À tel point qu'elle avait la troublante et persistante impression d'avoir, durant son sommeil, véritablement vécu cette espèce d'extrait d'existence. Le même sentiment indéfinissable et oppressant restait en elle, telle une sorte d'arrière-goût amer dont on aimerait mieux se débarrasser. Tout cela pouvait-il avoir une signification ? Peut-être qu'inconsciemment elle s'était elle-même créé un univers au travers du rêve. Après tout, il n'était pas vraiment étonnant qu'Henri occupe ses pensées avec ce qui s'était passé la veille. Pourtant, l'homme qu'elle connaissait, enfin, le vampire, puisque c'était ce qu'il était ; se serait plus volontiers inscrit dans d'affreux cauchemars sanguinolents. En fait, si l'on mettait de côté l'apparence physique, il n'avait vraiment rien à voir avec son double onirique.

Cornélia sentit, bien malgré elle, sa haine et sa répugnance à l'égard du châtelain diminuer peu à peu. Il était si charmant dans cette vie chimérique, si doux et si prévenant... Elle avait beau savoir que rien de tout cela n'était réel, elle n'arrivait plus à le considérer de la même manière désormais. C'était totalement absurde car, en vérité, rien n'avait changé.

Soudain, et sans vraiment savoir pourquoi, elle fut prise d'une violente envie, comme un irrépressible besoin, il fallait qu'elle le revoie ! Un millier de questions lui brûlaient encore les lèvres... Ce qui, aussitôt, l'irrita profondément. Comment pouvait-elle seulement songer à retourner là-bas, après ce qu'il lui avait avoué ? Où était donc passée la peur, ce sentiment rationnel et, au demeurant, bien naturel, qu'il lui avait inspirée la veille ? C'était comme si tout ça s'était envolé d'un coup, effacé grâce à ce songe idiot ! Les visions d'horreur avaient disparu, le vampire n'était plus dans son esprit qu'Henri, l'homme qui l'avait recueillie chez lui pour la protéger d'un terrible danger, un homme généreux, qui la couvrait de cadeaux...

— Rappelle-toi, Cornélia, c'est un monstre ! Un assassin ! Il est dangereux ! Rappelle-toi... Un monstre ! répéta-t-elle dans le vide, tentant de se raisonner.

Cependant, ces mots, prononcés dans l'unique but de se convaincre, ne furent d'aucune utilité. Elle devait retourner au château. Elle n'aurait su dire exactement pour quelle raison mais il fallait absolument qu'elle revoie ce maudit vampire. Elle se demanda alors si ce revirement soudain, parfaitement indépendant de sa volonté, ne serait pas le fruit d'une espèce de lavage de cerveau, d'une sorte d'envoûtement dont elle serait la victime. Après tout, elle n'avait aucune idée de l'ampleur des pouvoirs du châtelain. Peut-être parvenait-il à infiltrer les rêves des gens pour les influencer ? Ce devait probablement être quelque chose comme ça, sinon, comment serait-il possible qu'elle ait envie de revoir cet être malfaisant ?

Elle essaya de se persuader qu'il ne pouvait en être autrement, que ces songes déroutants et que ce besoin irraisonné qu'elle ressentait ne venaient pas d'elle, mais bien de lui. À l'évidence, l'attirer de nouveau dans sa tanière était la volonté du vampire, et ce ne pouvait rien être d'autre qu'un ignoble piège. Elle secoua vivement la tête, comme pour écarter ces idées insensées de son esprit, et se promit de rester bien sagement chez elle, quoi qu'il arrive, et d'attendre tranquillement le retour, désormais imminent, de son père.

Puis, subitement, elle se rappela pourquoi elle s'était endormie sur le canapé du salon plutôt que dans son lit, et pourquoi elle se sentait encore si nerveuse ce matin. Les murs de sa chambre saccagés, maculés de graffitis pervers, lui revinrent en tête. Les rêves de cette nuit avaient été si prenants qu'elle en avait presque oublié ce nouvel événement inexplicable. Alors, prudemment, elle fit à nouveau le tour de la maison, vérifiant qu'aucun intrus ne se trouvait chez elle, tapi dans l'ombre. Mais, encore une fois, elle ne trouva rien d'anormal.

Ensuite elle voulut s'assurer qu'elle n'avait pas été victime d'hallucination et que ce qui s'était passé durant la nuit, ces monstrueux tags apparus sur les murs comme par enchantement, étaient bien réels. À nouveau, un frisson d'horreur la parcourut lorsqu'elle ouvrit la porte de sa chambre. Les graffitis étaient toujours là, œuvre dérangée et dérangeante d'un insaisissable criminel. Un petit malin aux méthodes particulièrement vicieuses ! Mais comment s'y prenait-il à la fin ? Son père devait rentrer le lendemain, ou peut-être le surlendemain, elle ne savait plus trop, et en aucun cas il ne devait tomber là-dessus. À coup sûr, il appellerait la police, il serait peut-être même capable de faire placer sa fille chérie sous surveillance, inquiet qu'un sombre malade puisse lui vouloir du mal.

Elle ferma la pièce à double tour pour être sûre que personne d'autre n'y mettrait les pieds et fonça à l'atelier, toujours en pyjama, en quête de nouveaux pots de peinture. Malheureusement, elle eut beau fouiller l'abri de jardin de fond en comble, elle ne trouva rien d'autre que de vieux outils. Une fois lavée et habillée, elle sortit affronter les éléments pour se rendre à quelques maisons de là, chez Maurice et madame Amélie. Ils devaient être encore en train de déjeuner lorsqu'elle sonna à la porte car le jardinier lui ouvrit avec sa serviette de table à la main :

— Cornélia ? Euh, bonjour... Tu vas bien ? Tu as besoin de quelque chose ?

— Oui, et oui, plaisanta-t-elle. Je m'excuse de venir chez vous à l'heure du repas, mais j'aimerais repeindre ma chambre et je me demandais si vous auriez de la peinture ?

Il eut d'abord l'air surpris, puis, ensuite, se mit à réfléchir :

— Je crois qu'il y en a quelques vieux pots chez toi, dans l'atelier.

— Oui, je les ai trouvés mais, ils étaient éventés, alors je les ai jetés, mentit-elle, non sans un certain talent.

— Ah bon... C'est curieux, j'étais pourtant sûr qu'ils étaient bien fermés. Je vais aller voir si je trouve quelque chose ici. Mais entre, tu risques de prendre froid par ce temps !

Cornélia, déjà presque trempée, s'empressa d'accepter la proposition de Maurice.

— As-tu déjeuné ? Tu peux te joindre à nous si tu veux.

Comme elle n'avait ni faim, ni envie de s'asseoir autour d'une table avec madame Amélie, la jeune fille continua sur sa lancée et mentit à nouveau :

— Ça aurait été avec plaisir mais j'ai déjà déjeuné. Je mange toujours de bonne heure, vous savez. Je vais vous attendre là, je risque de salir vos sols.

— Comme tu voudras, conclut-il avant de la laisser seule dans l'entrée.

La petite pièce était très sombre et pas spécialement agréable. Le papier peint, complètement délavé, devait probablement dater des années soixante-dix car il portait les motifs orange et bruns typiques de cette période.

Tout à coup, et sans crier gare, l'image d'Henri et de son sourire au charme dévastateur, ressurgit dans l'esprit de Cornélia. Son souvenir était si prégnant. C'était comme si l'homme de son rêve la hantait depuis qu'elle s'était réveillée, elle ne parvenait plus à l'oublier. Le revoir, rien qu'une fois, une seule et unique fois... Bon sang ! Mais quelle idée tordue ! Elle tenta de se concentrer sur autre chose, une tâche bien plus importante qu'elle devait absolument accomplir aujourd'hui. Repeindre les murs de sa chambre et recouvrir ces satanés graffitis avant que quelqu'un ne s'aperçoive du saccage et commence à poser des questions. « Mais pourtant il faut que je le revoie. Il le faut, l'homme de mon rêve ne peut pas être mauvais... » pensa-t-elle malgré elle.

— Non, non et non ! s'écria Cornélia, sans même se rendre compte que cette fois elle s'était exprimée à voix haute.

— Que se passe-t-il ? demanda Maurice, interloqué.

Il se tenait dans l'encadrement de la porte, les bras chargés de divers pots aux couleurs variées, et la fixait, l'air inquiet, attendant une réponse. La jeune fille sursauta, surprise de ne pas avoir remarqué plus tôt le retour du jardinier. Après un moment de silence, elle s'éclaircit la gorge et répondit :

— Hum... Je me croyais seule, pardon.

— Ce n'est pas grave... affirma-t-il en fronçant les sourcils, lui lançant un regard mi-intrigué, mi-soucieux. Tiens, j'ai trouvé ça. J'espère qu'il y aura quelque chose qui te conviendra.

Il tendit son chargement à Cornélia qui s'en trouva bien encombrée.

— Merci beaucoup Maurice, c'est très gentil de votre part.

— De rien ma grande, ça me fait plaisir. Dis, tout ça a l'air bien lourd pour tes petits bras, veux-tu que je t'aide à porter les pots jusque chez toi ?

— Non, ça va aller, je suis plus forte que j'en ai l'air, vous savez ! garantit-elle en souriant.

Le vieil homme allait lui ouvrir la porte quand il s'arrêta brusquement :

— Tiens, mais au fait, le chien n'est pas avec toi ?

Elle n'avait pas pensé à ça... Comment expliquer qu'Hadès n'était plus chez elle sans avouer qu'elle était retournée au château ?

— Euh, non. Il s'est enfui, il a dû rejoindre son maître, j'imagine, improvisa-t-elle, tentant de se donner un air convaincant.

— Vraiment ? C'est bizarre tout de même... Bah, tant pis pour De Maltombes s'il ne retrouve pas son satané clébard ! Je ne comprends toujours pas pourquoi il a tenu à ce que tu l'emmènes. En tout cas, moi, je ne te confierai pas mon chien.

Le vieil homme rit et lui donna une petite tape amicale sur l'épaule. Cornélia sourit à la plaisanterie puis s'esquiva poliment, son chargement commençant à peser sérieusement. Une fois de retour chez elle, elle fit l'inventaire de ce qu'elle avait récolté. Un petit pot de peinture jaune, un autre de vert anis et trois gros d'orangé. En conséquence, elle décida, ravie, que les murs de sa chambre aux tags sinistres, deviendraient mandarine. Elle alla d'abord à la salle de bains afin de sécher ses cheveux encore humides à cause de la pluie, puis allait se mettre à l'ouvrage lorsqu'elle s'arrêta net, la même pensée l'assaillant encore. « Revoir Henri... Une dernière fois... Il doit m'en dire plus sur les rêves, je veux connaître la vérité... » Décidément, il n'y avait rien à faire ! Cela virait même à l'obsession...

Il fallait absolument qu'elle sache si les songes aux détails troublants qu'elle avait faits la nuit dernière, et celle d'avant, étaient le résultat d'un envoûtement ou s'il s'agissait d'autre chose, quelque chose peut-être d'encore plus étrange... Tant pis si c'était déraisonnable, risqué, et même quelque part, un peu malsain, mais elle devait coûte que coûte retourner le voir.

Subitement, comme animée d'une pulsion démente, elle abandonna les travaux qu'elle s'apprêtait à démarrer, prit tout de même le temps de fermer sa chambre à clef, descendit les escaliers en trombe, renfila son manteau encore trempé et sortit en claquant la porte. Faute de mieux, elle reprit sa bicyclette et se lança dans une course effrénée en direction du château, luttant contre le vent décidé à la renvoyer d'où elle venait, et la pluie battante. Quand elle eut passé les derniers arbres de la forêt, elle leva les yeux et aperçut, comme lorsqu'elle était venue chercher secours au beau milieu de la nuit,

Henri, planté devant son immense portail, adossé à la grille, semblant l'attendre. Cette fois, Cornélia n'en fut pas surprise, il devait probablement pouvoir l'entendre arriver de loin...

Il portait une longue redingote de velours noir, aux extrémités chargées de broderies, de grandes bottes en cuir brun, une large chemise assortie à sa veste, avec col à jabot et dentelle aux poignets, et un gilet de soie anthracite aux motifs plus sombres, le tout accentuant gravement sa cadavérique pâleur.

La jeune fille fut saisie par l'étrangeté de la situation. Elle était trempée jusqu'aux os et son manteau, empli d'air, la faisait paraître énorme, alors que lui était tout à fait sec, et ni ses cheveux, ni même ses vêtements, ne semblaient affectés par les violentes bourrasques. Ces derniers restaient parfaitement en place, totalement indifférents face aux intempéries, comme si de rien n'était, de manière anormale et perturbante. Comment avait-elle pu ne se douter de rien ? C'était pourtant si évident ! Il ressemblait tellement aux vampires que l'on décrivait dans les contes que c'en était presque cliché. Soudain, un éclair transperça le ciel obscur, rendant l'atmosphère encore plus sinistre et pesante.

Cornélia descendit de son vélo qu'elle abandonna sur place, et s'avança prudemment vers lui. Elle était déterminée, elle savait ce qu'elle voulait et elle était venue pour l'obtenir, d'une manière ou d'une autre. Néanmoins, un frisson d'effroi la parcourut lorsqu'elle fut suffisamment près pour distinguer les traits d'Henri. Son visage sépulcral semblait plus fermé et plus lugubre que jamais. Il ne bougeait pas et se contentait de l'observer d'un regard sombre et inquiétant.

— Bonjour… bredouilla-t-elle timidement, plus impressionnée qu'elle ne l'aurait souhaité.

— Trouves-tu vraiment qu'aujourd'hui est un bon jour, Cornélia ?

— Quoi ?

Déconcertée, elle se demanda si son interlocuteur tentait la plaisanterie ou s'il était simplement, comme à son habitude, sarcastique.

— Alors, que me vaut l'honneur de ta visite ? poursuivit-il, la voix chargée d'amertume. Es-tu revenue m'insulter ? Y aurait-il quelques qualificatifs désobligeants dont tu aurais oublié de m'affubler hier ?

Apparemment, les vampires pouvaient être susceptibles… Mais elle ne se démonta pas et posa la question qu'elle avait préparée dans sa tête en venant, devant presque crier pour se faire entendre à travers le vent et la pluie :

— Non, il y en a bien d'autres mais je m'abstiendrai aujourd'hui. Je suis revenue parce qu'il faut absolument que je sache si tu m'as envoûtée… ou quelque chose du genre… Et si, comme je le crois, c'est le cas, j'exige que tu cesses immédiatement.

Il n'eut aucune réaction et n'eut même pas l'air surpris par la demande de la jeune fille. Il se contenta de répondre placidement, toujours adossé contre son portail :

— Navré de te décevoir, mais je n'ai rien fait de tel.

Il paraissait sincère, du moins, autant qu'un homme tel que lui pouvait l'être. Cornélia soupira, d'un côté elle était rassurée de savoir que personne ne s'était introduit dans son esprit à son insu, mais d'un autre, ce n'était pas la réponse à laquelle elle s'était attendue... Elle se sentit alors complètement désemparée et ne put se retenir de demander, au risque de se trouver bête :

— Alors dis-moi pourquoi je rêve de toi, hein ? Pourquoi tu es dans ma tête ?! Qu'est-ce que ça veut dire au juste ? Je suis sûre que tu le sais.

— Tu connais les règles, un repas contre une question, rappela Henri, quittant enfin son appui pour se mettre face à elle.

— Parce qu'il y a des règles maintenant ? répliqua-t-elle, consternée.

Elle réfléchit un instant. C'était de la folie de retourner au château, de retourner s'enfermer dans l'une de ces grandes salles sinistres, seule avec celui qu'elle savait être un dangereux criminel ! Peut-être que cette fois, ce serait elle, le déjeuner... En même temps, elle était déjà venue jusque-là, elle n'allait pas faire demi-tour tandis qu'elle était sur le point d'élucider l'un de ces mystères qui la dépassaient :

— Très bien, c'est grotesque mais j'accepte. Seulement, si ton but est de m'engraisser de manière à rendre mon sang plus à ton goût, je te préviens, je ne me laisserai pas faire !

Elle avait prononcé ces derniers mots un peu malgré elle, comme une sorte d'avertissement ridicule, tâchant tant bien que mal de se prémunir du danger qu'elle encourait peut-être. Tout à coup, il prit un air plus détendu et renchérit ironiquement :

— Sache que si c'étaient vraiment là mes intentions, tu ne saurais m'échapper.

Elle eut soudain l'impression d'être le petit chaperon rouge. Une gamine stupide s'apprêtant naïvement à pénétrer dans l'antre d'un loup affamé. Mais elle, elle n'avait aucune excuse. Son loup, à elle, n'avait revêtu aucun déguisement pour la tromper, et pour elle, il n'y aurait aucun chasseur capable de la récupérer dans le ventre de son prédateur. Mais où était donc passée la peur sensée et raisonnable qui l'avait terrassée hier, lorsqu'elle avait réalisé ce qu'Henri était ? Rien de moins qu'un vampire, un être profondément mauvais, possédant de terribles pouvoirs et prenant la vie des autres pour se nourrir ! Elle ne cessait de se répéter ces phrases dans son esprit mais il n'y avait rien à faire, la curiosité, encore une fois, l'emportait sur la raison. Enfin, peut-être lui restait-il encore un vague soupçon de lucidité. Ses mains au fond de ses poches tremblaient, et l'idée de se retrouver à nouveau seule avec le châtelain dans un endroit clos la rendait plutôt nerveuse... C'était au moins ça !

Ils remontèrent ensemble le chemin les séparant de l'entrée du château. Comme celui-ci lui paraissait familier maintenant ! C'en était si troublant... Cornélia, qui marchait aux côtés d'Henri, s'efforçant d'adopter la cadence ahurissante de ce dernier, remarqua, au bout d'un moment, que la pluie semblait à présent ne plus pouvoir l'atteindre. Les épaisses gouttes glacées avaient curieusement cessé de glisser sur son visage. Elle tourna la tête vers le vampire, certaine qu'il était responsable de cet étrange phénomène, mais celui-ci ne daigna pas baisser les yeux et continua de regarder droit devant lui, feignant de l'ignorer, comme il savait si bien le faire parfois.

Lorsqu'ils furent à l'intérieur, Henri débarrassa la jeune fille de son manteau encore dégoulinant et lui tendit ensuite une serviette de toilette qu'il sortit de nulle part, comme par magie. Encore l'un de ses tours de passe-passe, probablement. Puis il attendit qu'elle finisse d'éponger ses boucles ruisselantes, lui tournant le dos, visiblement résigné à ne pas la regarder.

— J'ai beaucoup de questions, tu sais, lança-t-elle pour rompre le silence.

— Alors cela fera beaucoup de repas, rétorqua-t-il du tac au tac, imperturbable.

— Aurais-tu établi ces dites « règles » pour m'obliger à revenir régulièrement ?

— Entre autres... concéda-t-il en se dirigeant vers la salle à manger.

Cornélia comprit qu'il attendait qu'elle le suive, elle s'empressa donc de lui emboîter le pas. Son ventre se mit à gargouiller férocement, elle ne s'en était pas rendu compte mais elle était morte de faim. En fait, son dernier repas remontait à la veille, c'était celui qu'elle avait pris ici même. L'unique couvert avait déjà été dressé et plusieurs petits plats trônaient au milieu de l'immense table. Comment avait-il pu deviner qu'elle accepterait de rester déjeuner avant même qu'elle ne soit arrivée ? Décidément, ses pouvoirs n'avaient pas de limites. Était-il également télépathe ? Devait-elle surveiller jusqu'à ses pensées ?

Sachant qu'elle n'avait droit qu'à une seule question, elle s'installa et commença à manger sans dire un mot. Cette fois, Henri ne prit pas place en face d'elle mais resta derrière, à regarder la pluie tomber à travers l'une des grandes fenêtres qui occupaient la majeure partie du mur de devant, celui qui donnait sur le jardin. L'orage faisait rage au-dehors et le tonnerre grondait de plus en plus violemment. La lumière, en ce milieu de journée, se raréfiait à mesure que la tempête sévissait, la salle était devenue si sombre que la jeune fille voyait à peine ce qu'elle mangeait. Elle était là, en train d'engloutir un petit festin dans la même pièce qu'un immonde buveur de sang. Malgré cela, elle ne manqua pas d'appétit et se surprit même à apprécier son déjeuner. Une fois qu'elle eut terminé, elle reposa ses couverts et tourna son siège vers le vampire.

— Je ne saurais dire pourquoi exactement, mais, si tu m'effrayais hier, aujourd'hui tu ne me fais plus peur… C'est bizarre, non ?

— C'est surtout dommage, cette réaction était saine, objecta-t-il sans se retourner. Néanmoins, sache que tu es l'une des rares personnes qui n'ont rien à craindre de moi.

— Vraiment ? demanda-t-elle en se levant. Mais pourquoi ?

— Est-ce là la question du jour ?

Elle baissa la tête et réfléchit quelques secondes. Elle était venue pour une raison précise, il ne fallait pas qu'elle s'en éloigne :

— Non.

— Alors, quelle est-elle ?

Cornélia leva les yeux et sursauta en découvrant qu'Henri se tenait maintenant près d'elle, occupé à la dévisager. À quel moment avait-il bougé ? Elle ne s'en était absolument pas rendu compte…

— Je te l'ai posée tout à l'heure. Je veux savoir s'il y a une raison pour que tu sois dans mes rêves ? C'est peut-être ridicule, mais je reste persuadée qu'ils possèdent une signification. Ces songes ne sont pas normaux, ils ne sont pas comme les autres... Alors, si ce n'est pas un envoûtement, si ce n'est pas toi qui influences mon esprit, qu'est-ce que c'est ? Est-ce que tu le sais ?

Elle réalisa subitement que ce qu'elle racontait, en tout autre lieu et avec toute autre personne, n'aurait eu aucun sens. Immanquablement, on l'aurait prise pour une farfelue se perdant dans de sombres divagations. Cependant, en cet instant insolite où elle était en train de converser avec un vampire, cela n'était pas si tordu que ça...

— Ces rêves, sur quoi portent-ils exactement ? questionna-t-il à son tour.

— Eh bien... C'est difficile à expliquer... répondit Cornélia, un peu gênée. C'est comme une espèce de film dont je serais en même temps la spectatrice et l'actrice principale. Cela se passe à une autre époque. Je suis moi-même, mais sans vraiment l'être... C'est bizarre. Tout est confus. Et si net à la fois. J'ai d'autres parents. Je vis dans une vieille maison avec eux, et toi, tu viens me chercher pour m'emmener ici, à Rougemont, afin de me protéger de quelque chose, mais j'ignore de quoi. Nous vivons ensemble, au château, enfin je crois... Et... un matin d'hiver, tu m'offres un cheval. C'est très curieux. Toi non plus, tu n'es pas vraiment toi. Tu es totalement différent. Toujours est-il que lorsque je me réveille, je suis complètement bouleversée, c'est comme si je vivais vraiment ces morceaux de quotidien chimériques...

Elle baissa les yeux et se mit à regarder ses pieds, se sentant à présent très mal à l'aise.

— À l'évidence, je n'aurais pas dû revenir... soufflat-elle au comble de l'embarras. Tout cela est absurde, n'est-ce pas ?

— Non, détrompe-toi, ça ne l'est pas, déclara-t-il d'une voix étrange, se tournant à nouveau pour reprendre sa contemplation de l'orage. Il ne s'agit pas de rêves mais de souvenirs.

— Des souvenirs ? répéta la jeune fille, déconcertée.

— D'une vie passée. D'une autre vie...

— Je... Mais... bégaya-t-elle en fronçant les sourcils, tentant de comprendre. C'est impossible... Ce genre de chose n'existe pas.

Elle recula lentement, cherchant son siège de la main, puis lorsqu'elle fut devant, se laissa retomber brutalement contre le dossier, reprenant sa place devant la table.

— Et pourtant c'est la vérité, continua le vampire. Cette jument s'appelait Ismahan, tu l'adorais, et moi je m'en rappelle comme si c'était hier.

Tout à coup, il se retrouva assis en face d'elle, plongeant son regard troublant dans celui, dérouté, de la jeune fille, l'examinant attentivement, comme s'il guettait ses réactions. Soudain, toutes les bougies du chandelier posé au milieu de la table s'allumèrent, amenant un peu de lumière et de chaleur dans l'obscurité pesante de la pièce.

— Beaucoup de choses sont possibles ici-bas, Cornélia. Il va falloir que tu t'y fasses.

— Alors c'était bien ça, je ne délirais pas hier quand je t'ai dit que je me souvenais de toi ? C'est vrai que ça pourrait expliquer certaines choses... Mais... Comment ? Quelle autre vie ?

— Une vie antérieure, si tu préfères. On a bel et bien vécu ensemble, il y a longtemps de ça, affirma Henri d'un ton étonnamment faible, particulièrement inhabituel. On se connaît déjà... Du moins, moi, je te connais déjà...

— Admettons que tout cela soit vrai. Pour quelle raison avons-nous vécu ensemble à cette époque ? s'enquit la jeune fille, complètement perdue. Et pourquoi nous rencontrons-nous à nouveau, aujourd'hui ? Ce n'était pas un hasard, à Paris, quand tu m'as sortie de l'eau ? En fait, rien n'était dû au hasard, n'est-ce pas ?

Il détourna le regard et se perdit dans le vague, prenant subitement un air sombre, comme si le rappel de ces vieux souvenirs avait été quelque chose de douloureux.

— Je m'efforce simplement de tenir la promesse que j'ai jadis faite à tes parents, expliqua-t-il d'une voix rauque, détachant chaque mot comme s'il lui avait énormément coûté. Cet engagement n'avait pas de date d'expiration. Et puis, dans cette ancienne vie, tu m'étais très chère, Cornélia...

Lorsqu'il posa à nouveau les yeux sur elle, la jeune fille fut saisie d'effroi tant le regard du vampire était lugubre et glacial. Son discours discordait de son attitude, ce dernier aveu ne cadrait pas avec l'amertume qui se peignait sur ses traits... Cela voulait-il dire qu'elle ne devait plus poser de questions ?

Comme elle voulait avant tout en savoir plus, elle continua, chuchotant presque :

— Que s'est-il passé alors ? Comment suis-je morte ? Parce que j'ai forcément dû mourir...

— Cela te reviendra le moment venu, répliqua Henri d'un ton ferme, sans appel. J'en ai suffisamment dit pour cette fois. L'orage semble se calmer, tu devrais en profiter pour rentrer chez toi.

— Quoi ? La discussion s'arrête là ? s'exclama Cornélia. Non, c'est hors de question, nous n'avons pas fini ! Tu ne peux pas me révéler une chose pareille et me laisser comme ça, sans plus d'explication, ce n'est pas humain !

Il haussa un sourcil :

— Aurais-tu déjà oublié ce que je suis ?

— Non, je n'ai pas oublié ! Cela dit, j'avoue que je n'en sais rien ! Je ne sais pas vraiment ce que tu es... Ni qui tu es, en réalité. L'homme que je vois dans mes rêves, ou mes souvenirs, peu importe, ça ne peut pas être toi ! C'est quelqu'un de généreux, de bon et d'aimable, il se montre doux et prévenant à mon égard, il n'a rien à voir avec toi, il n'a rien à voir avec un vampire, encore moins avec un assassin...

Comme les larmes commençaient à embuer son regard, la jeune fille baissa les yeux, essayant de se calmer, confuse d'être autant bouleversée.

— Et pourtant j'étais déjà, à l'époque, ce que je suis aujourd'hui. Il faut croire qu'à présent je corresponds davantage à ma condition. Des siècles de vie transforment une personne, c'est inévitable. Par contre, toi tu es toujours aussi exaspérante. Tu n'avais droit qu'à une seule question et il me semble avoir amplement répondu. Alors maintenant sois raisonnable et rentre chez toi.

Elle se tut un instant, réalisant que c'était vrai. Sa soif d'en apprendre davantage la rendait impolie et elle perdait de vue le type de personnage auquel elle avait à faire. Mieux valait tout de même ne pas trop l'importuner…

— Tu as raison, excuse-moi…

Elle quitta son fauteuil et se dirigea à pas lents vers la sortie, la tête basse, toujours abasourdie. Lorsqu'elle fut dans l'entrée, elle leva les yeux et aperçut Henri se tenant devant la grande porte, déjà là, lui tendant son manteau, l'ayant devancé sans qu'elle ne l'ait vu la dépasser. Mais cette fois elle ne sursauta pas. Elle commençait presque à s'habituer aux pouvoirs surnaturels de cet être hors du commun. Elle enfila son imperméable, encore un peu humide, inspira profondément et demanda d'une voix hésitante :

— Pourrais-je revenir ?

— Bien sûr, quand tu le désires, acquiesça-t-il d'un ton plus amical, ressemblant, l'espace d'un bref instant, à son double onirique.

Comme chaque fois qu'elle quittait le château, Cornélia était encore plus perturbée qu'avant d'y être entrée. Elle avait eu raison, malgré tout, de revenir. Ce nouvel élément, qu'Henri avait bien voulu lui donner, si improbable fût-il, l'aidait à comprendre pas mal de choses. Ses rêves n'en étaient pas vraiment et ses impressions curieuses de déjà-vu ainsi que ses visions étranges, avaient une raison d'être…

Est-ce que c'était ça, alors, la clé de tout ? Était-elle hantée par les démons de son passé ? Et pourtant, c'était n'importe quoi ! Les vies antérieures, ça n'existait pas ! Les vampires non plus. Et pourtant... « Beaucoup de choses sont possibles ici-bas, Cornélia. Il va falloir que tu t'y fasses. » Les mots du châtelain résonnaient dans sa tête, inlassablement. Oui, il fallait qu'elle s'y fasse... Qu'elle accepte les choses telles qu'elles étaient car il n'y avait aucune autre solution. Était-elle folle d'oser croire à tout ça ? En même temps, elle n'avait pas vraiment le choix, il n'existait aucune autre explication. Mais il lui manquait encore beaucoup d'éléments avant de pouvoir obtenir ne fût-ce qu'un semblant de l'image de ce fichu puzzle ! Elle comptait revenir, encore et encore, jusqu'à ce qu'Henri lui ait avoué tout ce qu'il savait à son sujet. Tant pis s'il fallait se plier à des conditions plus que douteuses et engloutir des dizaines de repas en compagnie d'un criminel, elle découvrirait le fin mot de cette histoire ! Après tout, les vampires prenaient peut-être plaisir à regarder les humains manger, puisqu'eux, vraisemblablement, ne pouvaient plus...

Mais, était-ce bien raisonnable de projeter de rendre régulièrement visite à une personne susceptible d'être aussi dangereuse ? Cela valait-il vraiment la peine ou avait-elle perdu tous sens commun ? Curieusement, l'effroi qu'elle avait ressenti la veille à l'encontre du châtelain s'était complètement dissipé. Elle se surprenait même à éprouver quelque chose, comme un vague sentiment de sympathie, à son égard. Non, ça ne pouvait pas être ça. C'était sans doute à cause de l'homme de ses rêves. Lui, elle l'appréciait, c'était ainsi et elle ne pouvait faire autrement. Mais, à l'évidence, l'un n'était pas vraiment l'autre et elle devait s'efforcer, tant qu'elle n'en saurait pas davantage, de faire la distinction. Toutefois, qu'elle le veuille ou non, ils avaient un passé en commun. Une vie antérieure... C'était tellement irréel ! Et pourtant, elle ne pouvait le nier, c'était plausible. Henri avait pu lui donner d'emblée le nom de la jument qu'elle avait vu dans ses songes. C'était bien une preuve, une preuve tout à fait déconcertante d'ailleurs...

Qui plus est, Cornélia savait, tout au fond d'elle-même, que c'était la vérité. Elle avait tout de suite eu l'intime conviction que ces rêves n'étaient pas comme les autres, qu'ils lui révélaient des choses enfouies, des choses que l'entendement ne pouvait admettre... Ainsi donc, c'était des morceaux de vie, de sa vie, une autre vie. Pourquoi n'y avait-elle pas pensé avant ? C'était pourtant presque évident... Enfin, à condition bien sûr d'admettre que ce genre de phénomène puisse exister ! Elle avait donc déjà vécu. C'était si difficile à concevoir. Elle avait déjà porté ce même prénom, avait foulé ce même sol, et, pour une raison qui lui était encore inconnue, elle avait été liée à Henri, un vampire...

Mais alors, l'inscription derrière l'autel de la chapelle en ruine devait certainement la concerner elle ! Les visions qui l'avaient assaillie ce fameux jour où elle s'était rendue là-bas, à cet endroit que le châtelain lui avait subtilement indiqué, étaient sans doute également des bribes de souvenirs de cette existence passée... Ce Maxime avait, apparemment, lui aussi, fait partie de cette autre vie. Elle ferma les yeux un instant et revit l'image du jeune homme au visage d'ange se tenant face à elle dans la chapelle rutilante... Il était si beau. Ce ne pouvait être que lui, l'auteur du message figé dans la pierre, preuve d'un attachement éternel.

Cornélia fut subitement tirée de sa rêverie lorsqu'elle arriva au manoir. La voiture de son père était là, garée devant le perron, et lui se tenait debout dans l'encadrement de la porte, les bras croisés sur le torse, l'attendant de pied ferme, visiblement mécontent. Néanmoins, ses traits se décrispèrent légèrement et une expression de soulagement passa furtivement sur sa figure sévère au moment où il vit sa fille remonter la cour sur son vélo.

— Papa ? s'étonna-t-elle lorsqu'elle fut parvenue à sa hauteur. Qu'est-ce que tu fais là ?

— J'ai avancé la date de mon retour parce que je m'inquiétais pour toi, grinça-t-il, une pointe de tension feutrant sa voix. Maurice m'a dit plusieurs fois que tu n'étais pas dans ton assiette, que tu étais bizarre… Je voulais m'assurer de visu que tout allait bien, puisque tu ne décroches jamais ton téléphone ! Mais, où étais-tu partie ?

— Je suis allée me balader, je ne pensais pas qu'il fallait que je fasse un rapport pour chacune de mes sorties ! s'emporta-t-elle, irritée par cet accueil aux allures d'interrogatoire.

Pour couper court à cette conversation qui commençait déjà à devenir désagréable, Cornélia alla dans l'atelier ranger sa bicyclette. Mais son père quitta le perron et la suivit :

— Ah oui, vraiment ? insista-t-il, l'air sceptique. Tu vas te promener alors que le temps est à l'orage et qu'il pleut des cordes ?

— Oui, tout à fait. Là encore, j'ignorais que c'était un problème. Figure-toi que j'en ai eu assez de rester enfermée toute seule ici. C'est tout... Et puis, sincèrement, je trouve que tu ferais mieux d'arrêter d'écouter ce vieux parano. Je vais très bien, comme tu peux le constater. Tu n'aurais pas dû rentrer.

À présent, elle était vraiment en colère. Tout cela était ridicule ! À son âge, ne pouvait-on pas lui ficher un peu la paix ? Monsieur Williamson s'avança promptement vers elle et lui attrapa l'épaule, l'obligeant à lui faire face. Il la détailla des pieds à la tête puis grimaça :

— Tu as beaucoup maigri en quelques jours... Comment ça se fait ?

Il paraissait maintenant plus inquiet que fâché. Cornélia baissa la tête, embarrassée, elle ne se doutait pas que c'était aussi flagrant.

— Je ne sais pas, pourtant j'ai mangé normalement... mentit-elle, tentant vainement de rassurer son père.

Ce dernier ne parut pas vraiment convaincu :

— Dis-moi, tu n'es tout de même pas passée de la dépression à l'anorexie ?

— Papa ! Tout de suite, les grands mots ! s'indigna-t-elle, repoussant doucement son bras. Bien sûr que non, enfin ! Je te le répète, je vais bien. Je ne suis plus dépressive, c'est fini tout ça, c'est du passé. Et tu sais parfaitement que je n'ai jamais été anorexique ! Arrête un peu de t'inquiéter pour rien, s'il te plaît.

— Hum, peut-être que tu as raison... C'est seulement que cette fois, je veux pouvoir être là pour toi si ça ne va pas, tu comprends ?

— Je comprends. Mais c'est inutile, tout va bien, je t'assure. Bon, que dirais-tu de rentrer à la maison maintenant ? Mes vêtements sont humides et je commence sérieusement à avoir froid.

Une fois à l'intérieur, Cornélia alla étendre son manteau puis fonça à la salle de bains sécher ses cheveux et se changer. Les révélations du vampire ne cessaient de tourner en boucle dans son esprit. Une vie antérieure... C'était tellement extraordinaire ! Effrayant et excitant à la fois. Effrayant parce que, inévitablement, cela signifiait qu'elle avait déjà connu la mort. Mais excitant parce que, en plus d'expliquer ses songes, quelque part, cela donnait du sens à son existence. Et, puisque c'était en rêve qu'elle parvenait à réintégrer ce passé oublié, la jeune fille n'avait plus désormais qu'une seule envie, aller se coucher afin de replonger dans ce sommeil salutaire, mystérieuse porte entrouverte sur cette ancienne vie. Elle était en train de remettre de l'ordre dans ses boucles lorsque son père vint toquer à la porte :

— Au fait, ma puce, c'est bien ce que tu as fait dans ta chambre mais tu aurais quand même pu me demander avant.

— Euh... Quoi ? balbutia-elle, horrifiée.

Les graffitis ! Ils lui étaient complètement sortis de la tête ! Elle n'avait pas eu le temps de s'en occuper, elle avait lâché tous ses projets de peinture pour retourner au château !

— Tu sais, normalement on ne peint pas par-dessus une tapisserie, mais bon...

Comment pouvait-il être au courant ? La pièce était censée être fermée à clef ! Et pourquoi ne réagissait-il pas quant au saccage des murs ?

Elle s'empressa de sortir de la salle de bains, paniquée. Monsieur Williamson, qui se tenait juste derrière la porte, prit un air étonné :

— Non, mais ce n'est pas grave ! C'est mieux comme ça, de toute façon...

— Vraiment ? s'enquit-elle consternée.

— Oui, bien sûr.

Quelque chose ne collait pas. Le comportement tranquille et serein de son interlocuteur ne pouvait pas être celui d'un père ayant trouvé une partie de sa maison taguée de messages sordides destinés à sa progéniture. Cornélia se dirigea lentement vers sa chambre, essayant de paraître le plus calme possible. Elle vit alors, au fond du couloir, la porte de celle-ci grande ouverte. Monsieur Williamson avait-il la clef ou était-ce encore l'un des mauvais tours du fantôme du manoir ? Elle entra dans la pièce, l'air de rien, puis resta bouche bée, stupéfaite de retrouver les murs tels qu'elle les avait laissés la veille en allant se coucher. Complètement blancs et parfaitement vierges de tout graffiti. Les avait-elle rêvés ? Cela n'avait-il été qu'une hallucination ?

— Papa ? demanda-elle, hésitante. C'est toi qui as ouvert la porte de ma chambre ?

— Non, je l'ai trouvé comme ça, répondit-il en fronçant les sourcils, perplexe devant l'attitude étrange de sa fille. Pourquoi, c'est important ?

— Non... souffla-t-elle, abasourdie.

Elle resta un moment, debout au milieu de la pièce, les bras ballants, ne sachant plus du tout quoi penser. Pourtant, elle les avait vus, ces tags, par deux fois ! Alors quoi, les avait-elle rêvés ?

— Eh bien, qu'y a-t-il Cornélia ?

— Euh, rien, assura-t-elle, se ressaisissant enfin. Je me disais juste que c'était beaucoup mieux une fois la peinture sèche.

— Oui, c'est normal, c'est toujours comme ça. En séchant, les traces de pinceaux disparaissent. Bien qu'il en reste tout de même quelques-unes, regarde. Décidément, ce n'est pas ton truc les travaux manuels !

Il quitta la pièce sur cette petite taquinerie, la laissant seule au milieu de sa nouvelle chambre blanche. Elle s'approcha des murs et les examina de plus près mais ne trouva aucune trace de quelconques lettres rouges. Tout avait bel et bien disparu… Était-elle tellement choquée par l'horrible message gravé dans sa chair qu'elle se l'était imaginé inscrit à profusion dans sa chambre ? Après tout, elle n'avait rien trouvé qui prouvait que quelqu'un était entré par effraction dans la maison. Elle avait pourtant cherché, passant au peigne fin chaque pièce, durant la nuit mais à son réveil également. Ou peut-être que c'était l'homme du miroir, cette espèce de fantôme abject, qui s'amusait à lui jouer des tours ? À moins bien sûr, que ça aussi elle l'ait rêvé… Comment savoir ? Toutes ces choses étranges qui se produisaient pouvaient-elles avoir un lien avec les réminiscences de sa vie passée ? Cornélia soupira, cela faisait encore tellement de questions…

Ils dînèrent de bonne heure, ce qui arrangeait la jeune fille qui souhaitait aller se coucher le plus rapidement possible, et il fut décidé, durant le repas, qu'elle commencerait son nouveau travail de serveuse d'ici deux jours, le temps de prévenir tout le monde et de mettre en place son nouvel emploi du temps.

Monsieur Williamson, dans un élan d'enthousiasme, alla même jusqu'à proposer de lui offrir un scooter afin de faciliter ses déplacements jusqu'au bistrot. Surprise mais néanmoins ravie, Cornélia accepta d'emblée. À Paris elle en avait toujours rêvé mais il refusait systématiquement qu'elle évoque le sujet. Puis, dès la dernière bouchée avalée, elle se retira dans sa chambre, encore curieusement épuisée, et se mit au lit, croisant les doigts pour que sa nuit fût pleine de rêves...

Chapitre 10
Rêve troisième, Funèbre nouvelle

Il faisait nuit et elle dormait paisiblement dans un confortable et spacieux lit à baldaquin, lorsqu'on toqua à la porte de sa chambre. Le bruit, furtif et léger, tira à peine Cornélia du profond sommeil dans lequel elle était plongée. Mais, l'instant d'après, elle sursauta vivement en voyant Henri entrer en trombe, sans même attendre d'y avoir été convié, un chandelier à la main, éclairant d'une sinistre lumière son visage sépulcral. La peine et l'inquiétude se lisaient sur ses traits. Il se passait quelque chose... Elle jeta un coup d'œil circulaire à travers l'obscurité de la pièce. Elle ne se trouvait alors plus désormais au manoir mais dans les appartements qui lui étaient réservés au château de Rougemont. Un rêve, un autre, peut-être... Tout était si confus à présent... Elle se releva précipitamment, scrutant le vampire avec une angoisse grandissante, cherchant à savoir si ce qu'elle craignait tant avait fini par arriver.

— Je suis désolé, bredouilla-t-il d'une voix faible.

— Quoi ? s'exclama Cornélia, cédant déjà à la panique. Que se passe-t-il ? Henri ?!

— Tes parents... Ils se sont fait tuer... annonça-t-il, semblant sincèrement touché par ce drame. Charles et Eléonore sont morts.

Les mots de son interlocuteur résonnèrent dans sa tête sans qu'elle ne parvienne à en saisir le sens. L'écho se propageait dans son crâne, se faisant de plus en plus intense, jusqu'à en devenir douloureux. Puis, quand elle commença à réaliser ce que le vampire était venu lui apprendre, son cœur se serra. Elle ressentit alors en elle un déchirement violent et profond, comme une lame immatérielle transperçant sa poitrine de part en part.

— Non ! s'écria-t-elle, les larmes embuant progressivement son regard. Ce n'est pas possible, pas ma mère ! Cela ne se peut...

— Avoriel s'est déplacé en personne pour elle. Je suis navré...

— Non ! Non ! hurla la jeune fille en tombant à genoux sur le sol.

Tout son univers s'écroulait subitement. Son père, sa mère, ils étaient les seules personnes qu'elle avait aimées sur cette terre... Elle n'aurait jamais dû partir... Elle les avait abandonnés ! Elle les avait laissés seuls face à cette menace qui aurait dû ne concerner qu'elle, et personne d'autre ! En fait, elle avait été lâche. Elle avait accepté sans rien dire d'être mise à l'écart. Alors que, durant cette période de trouble, c'était évident, elle aurait dû se battre ! Elle aurait dû insister pour rester auprès de ceux qui, pour elle, comptaient plus que tout ! Elle aurait pu empêcher cet horrible monstre de s'en prendre à ses parents, elle en avait l'intime et profonde conviction. Elle les aurait défendus comme elle l'avait fait quand l'étranger les avait agressés. Elle avait tué une fois, elle pouvait très bien recommencer, elle savait qu'elle en était capable. Elle resta un moment à genoux, anéantie, sans voix, secouée par de violents sanglots. Henri posa le candélabre, unique source de lumière dans la pénombre opaque de la chambre, et s'agenouilla au sol, faisant face à Cornélia, toujours en pleurs.

— Nous ne pouvions rien faire, chuchota-t-il, tentant de réconforter comme il le pouvait la jeune fille effondrée. Ils avaient décidé de se sacrifier. Ils étaient décidés à mourir pour que toi, tu puisses vivre…

— Mais pourquoi ? interrogea-t-elle à travers ses larmes. Pourquoi ?

— Parce que, pour eux, tu étais plus importante que leur propre vie. Tu es si précieuse, Cornélia…

— Mais eux, ils étaient importants pour moi ! Ce n'est pas juste ! Je n'ai jamais voulu qu'on se sacrifie pour moi ! Je suis toute seule maintenant…

— C'est faux, je suis là, attesta-t-il, la voix grave. Je serai toujours là. Tant que tu resteras auprès de moi, il ne pourra rien t'arriver, personne ne pourra te faire de mal.

Il s'avança doucement vers elle, hésitant d'abord, ne sachant trop comment s'y prendre face à l'intense chagrin de sa protégée. Puis il l'enlaça avec tendresse et déposa un petit baiser sur le sommet de son crâne. Cornélia agrippa le vampire de toutes ses forces, se serrant vivement contre lui, et sanglota de plus belle :

— Tu… tu ne m'abandonneras jamais ?

— Jamais… murmura Henri. Tu as ma parole.

Ils restèrent alors un long moment ainsi, installés à même le sol, sans plus bouger ni parler. À mesure que le soleil se levait, envahissant progressivement la chambre aux murs beige rosé d'une douce et chaleureuse lumière, les pleurs de la jeune fille, si intenses et douloureux au début, se calmèrent peu à peu, se transformant lentement en de petits sanglots irréguliers, plaintifs et fatigués. Cependant, la souffrance, elle, ne s'atténuait pas. Quand le jour eut pleinement remplacé la nuit, Cornélia s'écarta du vampire pour lui faire face, et lui adressa un regard accablé mais résigné.

— Qui t'a mis au courant et que s'est-il passé exactement ? s'enquit-elle d'une voix blanche.

— Un de mes amis a découvert les restes… enfin… les corps, de tes parents. Il m'a prévenu dès qu'il a pu.

— Je veux parler à cette personne, exigea-t-elle impérieusement, se relevant péniblement, courbaturée d'être restée aussi longtemps assise par terre. Immédiatement !

Soudain, le vampire fut debout devant elle, attrapant sa main pour l'aider à se remettre sur ses jambes encore tremblantes.

— C'est impossible, Maxime a fui, déclara-t-il, semblant subitement soucieux. Lui aussi craint pour sa vie à présent.

— Alors je veux que tu me répètes exactement ce que ton ami t'a dit, réclama-t-elle, fermant les yeux, prête à endurer de nouvelles souffrances. Mot pour mot.

— Cornélia, voyons, c'est inutile… protesta Henri, manifestement embarrassé. Ça ne changera strictement rien. Tu n'as pas besoin de connaître les détails.

— C'était mes parents ! s'obstina-t-elle, furieuse tout à coup.

Après tout, ces informations la concernaient plus que quiconque !

— Je veux savoir ce qui leur est arrivé ! J'exige que tu me dises tout ce que tu sais !

— Ce ne sont pas des choses que l'on raconte à une jeune fille. Tu sais déjà tout ce qu'il y a à savoir.

Elle attrapa la main du vampire et la pressa aussi fort qu'elle le put :

— Henri ! Tu ne comprends pas ? C'est à cause de moi ! Je veux savoir comment sont morts mes parents, je veux la vérité, c'est important ! Est-ce que tu sais seulement quelles sont les scènes que j'imagine à présent ? La vérité ne peut pas être pire… S'il te plaît… Je t'en prie…

— Très bien, soupira-t-il, déjà vaincu, baissant la tête pour ne pas avoir à voir la douleur se peindre plus encore sur le visage de sa protégée. Maxime, que j'avais envoyé prendre des nouvelles, a retrouvé le corps de ton père dehors, près de la maison. Il était exsangue et disloqué, c'est typique des crimes d'Avoriel. Ta mère, enfin, ses cendres, était dans ta chambre, je crois. Apparemment, tout était sens dessus dessous. Ils ont lutté comme ils ont pu mais j'imagine que cela n'a pas duré très longtemps. Lorsqu'on a affaire à lui, résister ne sert pas à grand-chose. Ils ont probablement été torturés… Forcément, puisqu'il te cherchait. Mais ils ont été courageux, aucune information n'a dû passer la frontière de leurs lèvres, sans cela notre cher souverain aurait déjà débarqué ici, à Rougemont.

— Oh, mon Dieu… articula Cornélia, la main sur la bouche, horrifiée, se retenant pour ne pas hurler.

Elle s'était trompée, la vérité était pire… Bien pire. Elle n'arrivait que trop bien à imaginer tout cela. La jeune fille, qui croyait ne plus avoir de larmes tant elle avait pleuré durant la nuit, fut saisie par de nouveaux sanglots. Une intense colère l'envahit alors et elle se mit à trembler de tous ses membres, submergée par une haine féroce à l'égard du monstre ignoble qui avait osé s'en prendre à ceux qu'elle aimait. Quelque chose d'étrange, et à la fois de quasi imperceptible, se produisit en elle, comme une vague de froid traversant son corps, emplissant son esprit de ténèbres. Une obscure pensée s'imposa soudain à elle et une voix glacée, aux sonorités inquiétantes, qu'elle ne se connaissait pas, sortie de sa bouche desséchée par l'amertume :

— Je les vengerai. Je ne sais pas encore comment, ni quand, mais je te jure qu'un jour je vengerai la mort de mes parents. Je ferai subir le même sort à leur bourreau. Non, je ferai pire que ça…

Autre décor, un autre jour. Un jour plus gris, un jour morne et pluvieux, un jour à l'image de l'humeur de Cornélia. Elle marchait lentement, sans but, traînant son chagrin au hasard de ses pas dans les allées du parc du château. Elle portait une robe noire, signe manifeste du deuil, parfaite traduction chromatique de son état d'esprit. Elle se sentait si seule désormais, perdue, orpheline à jamais… Henri essayait d'être le plus présent possible, tentant continuellement de la réconforter, cédant aux moindres des caprices de sa jeune protégée, mais en vain. Personne au monde n'était capable de la soulager de sa profonde tristesse. C'était une part d'elle-même que l'on avait tuée, comme si, avec le décès de ses deux parents, une partie de son histoire se terminait. Son unique désir, dorénavant, était de rester seule afin de pouvoir tranquillement se laisser aller à sa peine. Cependant, le vampire, lui, en avait décidé autrement...

— Cornélia ! appela ce dernier, apparaissant subitement devant elle. Mais enfin où étais-tu ?!

Elle fut si surprise qu'elle manqua de tomber en arrière. Henri semblait contrarié, presque fâché, et son regard cristallin reflétait une grande inquiétude. Indifférente face à l'alarme de son ami, elle remit mécaniquement les plis de sa robe humide en place :

— Ici. Pourquoi ?

— Je t'ai cherchée partout ! Tu sais bien qu'il est dangereux que tu t'éloignes...

— Je me fiche pas mal du danger.

— Je suis au courant, dit-il d'un air sombre. Et c'est précisément ce qui m'ennuie.

— Que me veux-tu à la fin ? demanda Cornélia, légèrement agacée, n'aspirant qu'à la solitude.

Il préféra ignorer le ton désobligeant de la jeune fille et lui adressa un petit sourire circonspect :

— J'ai quelque chose qui, je l'espère, saura peut-être alléger quelque peu ton cœur.

Il lui attrapa doucement la main et tenta de l'entraîner avec lui mais elle ne bougea pas d'un millimètre, refusant de le suivre.

— Tu m'as déjà fait beaucoup trop de cadeaux, protesta-t-elle, désolée de ne pouvoir partager l'enthousiasme de son hôte. Ce n'est pas raisonnable et je ne le mérite pas.

Henri parut légèrement vexé mais ne se formalisa pas :

— Je ne vois pas ce que la raison vient faire là-dedans. Toutefois, et si cela peut te rassurer, sache qu'il ne s'agit pas d'un présent. Viens. S'il te plaît...

Le vampire tira à nouveau la main de Cornélia et cette dernière finit par céder devant son regard presque implorant. Il était si gentil avec elle et elle lui devait tant. Comment pouvait-elle lui refuser quoi que ce soit ? Elle se résigna alors à le suivre jusqu'au château puis jusqu'à sa propre chambre. Commençant tout de même à être intriguée par l'endroit inattendu de la surprise, la jeune fille demanda :

— Que fait-on ici ?

Henri ne répondit pas et se contenta de fixer du regard la porte des appartements de la jeune fille. Puis, d'un seul coup, celle-ci s'ouvrit, laissant apparaître une petite boule de poils noirs bondissante, qui se précipita directement sur eux. Le vampire éclata d'un rire grave et mélodieux devant l'air hébété de sa protégée.

— C'est un chien ? s'enquit-elle interloquée.

— Il semblerait, oui, répliqua-t-il d'un ton légèrement narquois. Un chiot pour être exact.

— Il est pour moi ?

— Si tu le souhaites, évidemment. Je l'ai trouvé ce matin, il errait tout seul dans la forêt. Je pense qu'il s'est égaré, ou qu'il a été abandonné, parce qu'il n'est absolument pas sauvage.

Comme la petite bête continuait à s'agiter en tous sens dans les jupes de Cornélia, quémandant désespérément quelques caresses, Henri se baissa, le regarda droit dans les yeux et ordonna d'une voix ferme :

— Assis !

Sans attendre, le chiot s'exécuta et se posa immédiatement sur son séant, se tenant enfin tranquille, assujetti malgré lui à la volonté du vampire. Seule sa minuscule queue continuait à frétiller.

— Oh non... Laisse-le, s'il te plaît ! réclama la jeune fille qui se mit à genoux pour prendre la petite boule de poils dans ses bras.

Elle esquissa enfin un timide sourire, le premier depuis longtemps :

— Il est adorable.

— Je savais bien qu'il te plairait, se réjouit Henri, ravi d'avoir enfin trouvé quelque chose qui puisse redonner un peu de gaieté à sa protégée. Il va falloir lui trouver un nom maintenant.

— Que penses-tu de Pluton ? C'est joli, non ? Et ça lui ira bien, son pelage est aussi sombre que la couronne d'ébène de ce dieu.

— Pourquoi pas ? Comme tu voudras. Il est à toi de toute façon.

Chapitre 11
Désagréments

Quand elle s'éveilla, chez elle, au manoir de Rougemont, dans sa chambre aux murs récemment peints de blanc, Cornélia se sentit abattue et déprimée. Ce nouveau rêve n'était guère plaisant. Vivre le deuil une nouvelle fois se révélait être très éprouvant… Elle se leva, anormalement fatiguée, d'humeur plus que maussade, et dut même retenir des larmes, se répétant que c'était absurde d'être autant touchée par quelque chose qui s'était produit il y avait si longtemps. Il ne s'agissait pas de la réalité, du moins, pas de celle d'aujourd'hui. Au petit déjeuner, elle s'efforça de ne pas laisser paraître la lassitude et la tristesse insensées qui la dévoraient peu à peu devant son père, déjà bien assez inquiet comme ça à cause de sa subite perte de poids. Cependant, ce dernier, caché derrière son journal, le regard vaseux et cerné, semblait tout juste éveillé, et ce fut à peine s'il leva les yeux vers sa fille. La matinée passa rapidement, Cornélia se remit au lit avec un livre mais ne parvint pas à se concentrer sur sa lecture tant son esprit était encombré du deuil de ses parents chimériques.

Comment des événements aussi anciens pouvaient-ils encore l'affecter autant ? Certes, elle admettait aujourd'hui qu'il s'agissait bien là de souvenirs, mais cela n'en restait pas moins des rêves. Pourquoi donc cette impression de vécu récent ? Les émotions qu'elle avait ressenties alors étaient si prégnantes, si présentes, que c'était comme si cela s'était réellement passé durant la nuit. D'ailleurs, suite à ce dernier songe, elle avait une question toute trouvée pour Henri. Avoriel… Quel nom singulier. C'était celui que le châtelain avait employé pour désigner l'assassin présumé de ses parents. Alors il la recherchait ? Était-ce donc de lui que ses parents avaient voulu la protéger en l'envoyant chez le vampire ? La jeune fille, curieusement épuisée après pourtant une bonne nuit de sommeil, se rendormit pendant quelques heures, l'ouvrage qu'elle s'efforçait de lire sans y parvenir à la main, ouvert à la page cinq.

En début d'après-midi, son père l'emmena jusqu'à la ville la plus proche, en quête de son nouveau moyen de locomotion. Cornélia trouva son bonheur dès le premier magasin. Un magnifique scooter rouge métallisé, dernier cri, d'une marque italienne relativement connue. La jeune fille dut un peu insister pour que son père accepte de la laisser repartir directement avec. Ce dernier avait probablement imaginé qu'on leur livrerait l'engin à une date ultérieure, repoussant ainsi le moment fatidique où sa progéniture se lancerait sur la route… Cette acquisition, plus qu'utile pour une jeune adulte vivant à la campagne et ne tenant pas particulièrement à obtenir le permis voiture, l'accident de sa mère l'ayant traumatisée à vie ; l'aida à mettre de côté la morosité latente avec laquelle elle s'était levée. Elle n'avait jamais conduit de scooter auparavant. Par conséquent, elle eut quelques difficultés pour prendre en main l'engin capricieux et manqua plusieurs fois de chuter sur le trajet qui la séparait de la ville à chez elle. Toutefois, cela ne l'empêcha pas, les premiers kilomètres parcourus, d'apprécier la vitesse et le vent fouettant ses boucles, comme s'il s'était évertué à les raidir.

Une fois de retour au manoir, elle voulut profiter de cette nouvelle liberté et prétexta désirer se rendre à la bibliothèque de Rougemont, un minuscule établissement tenu par une bénévole, aux rayonnages plus que sommaires ; afin d'y emprunter quelques livres. Son père lui fit promettre de ne pas rentrer tard, émettant le souhait de passer un peu de temps avec elle avant qu'elle ne commence à travailler. Dès qu'elle fut suffisamment éloignée du manoir, elle bifurqua, repartant finalement à travers les champs et les bois, suivant des chemins caillouteux et peu praticables, en direction du château. Lorsqu'elle eut franchi les derniers arbres de la forêt, Cornélia ne put s'empêcher de se faire la remarque, idiote puisqu'évidente, que le trajet avait été beaucoup plus rapide et bien moins pénible que lorsqu'elle le faisait à vélo...

Elle s'étonna de voir que cette fois-ci, Henri n'était pas là, planté devant son portail pour l'accueillir, comme il en avait pris l'habitude. Ainsi, il pouvait l'entendre lorsqu'elle venait à bicyclette mais pas avec son scooter, pourtant bien plus bruyant ? Curieux. Elle resta un moment devant la grille à attendre le vampire, mais personne ne vint. Ne sachant trop quoi faire pour manifester sa présence, la jeune fille préféra s'asseoir dans l'herbe et patienter. Après tout, Henri ne viendrait que lorsqu'il l'aurait décidé... Quelques minutes plus tard, elle aperçut au loin une femme sortant du château un tapis dans les mains, s'apprêtant à le secouer. Intriguée, Cornélia se releva et s'avança vers le portail :

— Hé, oh ! S'il vous plaît !

La personne au loin se retourna, posa son chargement sur les marches du perron et se dirigea vers le portail. Elle était relativement jeune, une trentaine d'années tout au plus, brune, les cheveux attachés en queue-de-cheval, vêtue simplement d'un jean et d'une chemise noire, le tout très ajusté. Sans trop savoir pourquoi, Cornélia se sentit rassurée lorsqu'elle put voir le visage de la femme au tapis, cette dernière possédait un nez immense mais de tous petits yeux, et n'était, en fait, pas très jolie...

— Bonjour, que désirez-vous ? commença cette dernière d'un ton tout juste courtois.

— Je viens voir Henri. Pouvez-vous lui dire que je suis là, s'il vous plaît ?

L'inconnue haussa les sourcils, visiblement étonnée d'entendre quelqu'un appeler le châtelain par son prénom :

— Je suis désolée mais monsieur De Maltombes s'est absenté. D'ailleurs, il n'aime pas les visites et m'a expressément demandé de ne jamais laisser entrer personne.

À ces mots, Cornélia comprit que celle qui se tenait en face d'elle devait être l'une des femmes de ménage employée au château, le vampire ne se chargeant probablement pas lui-même d'une tâche aussi laborieuse.

— Et si je peux me permettre, je vous conseillerais de ne pas revenir traîner par ici, mademoiselle. Voyez-vous, monsieur De Maltombes est quelqu'un de... de très particulier... Il n'apprécie pas du tout qu'on le dérange et peut parfois s'emporter facilement.

— Merci, mais je le connais bien, rétorqua Cornélia, agacée plus que de raison par les propos de l'inconnue.

— Ce n'était qu'un conseil, souffla celle-ci, dévisageant maintenant la jeune fille d'un air sceptique. Bon, excusez-moi mais je vais retourner à mon travail, mes collègues doivent m'attendre. Bonne journée mademoiselle.

Déçue, Cornélia fit demi-tour et remonta sur son scooter. Où pouvait bien être Henri ? Elle qui croyait qu'il ne quittait jamais son cher château... Et quand reviendrait-il ? Était-il parti « se nourrir » ? Était-il en train de commettre un nouveau crime, élargissant ainsi la liste de ses victimes ? Elle ferma les yeux à cette dernière pensée. Bien qu'il ne s'en fût pas caché, son esprit refusait en bloc d'imaginer qu'il était capable de telles choses... Peut-être était-il simplement allé chez d'autres amis vampires partager une séance de beuverie morbide, aspirant du sang à travers des poches en plastiques volées aux camionnettes blanches et rouge des dons ?

Elle fit démarrer son engin et partit vers la chapelle. Pourquoi pas ? Maintenant qu'elle était là, elle n'avait pas grand-chose d'autre à faire... Peut-être que là-bas elle aurait de nouvelles visions et que celles-ci lui permettraient d'en savoir un peu plus sur son lointain et brumeux passé. Elle avait à peine parcouru quelques mètres qu'elle aperçut Hadès au loin, en train de s'ébattre près des ruines. Elle en déduisit que son propriétaire devait sans doute se trouver à proximité et décida de s'approcher afin de venir à sa rencontre. Lorsqu'elle fut arrivée en haut de la colline, Cornélia descendit de son scooter, coupa le moteur et se dirigea vers le molosse. Ce dernier la reconnut d'emblée et l'accueillit avec un enthousiasme frétillant. Cette scène lui rappela le rêve qu'elle avait fait la nuit précédente, avec le chiot qu'elle avait elle-même baptisé Pluton... À bien y réfléchir, les deux canidés se ressemblaient un peu. Ils étaient tous deux noirs, possédaient ce même pelage ras et brillant. Et d'ailleurs, Hadès n'était-il pas lui aussi le dieu des morts ?

— Eh bien, qu'est-ce que tu fais là, tout seul ? demanda-t-elle, s'adressant au Bas-rouge. Où est passé ton maître ?

Elle s'apprêtait à pénétrer dans ce qui restait de la petite chapelle lorsqu'un bruit étrange lui parvint, une espèce de sifflement rauque et lancinant, presque plaintif, provenant de l'intérieur des ruines. Un animal blessé avait peut-être trouvé refuge ici ? Elle se tourna vers le chien afin d'observer ses réactions, mais ce dernier n'osait pas approcher plus, préférant se tenir à bonne distance de l'entrée de l'ancien monument. Puis, il se mit soudain à gémir, l'air effrayé. Toujours aussi curieuse, Cornélia prit son courage à deux mains et entreprit, comme quelques jours auparavant, de traverser l'amas de ronces qui avaient envahi les lieux, pour aller jusqu'à l'autel d'où semblaient venir les étranges chuintements. Si c'était bien un animal estropié, peut-être pourrait-elle faire quelque chose pour l'aider ?

— Va-t'en... S'il te plaît...

Cette voix, elle ne la connaissait que trop bien...

— Henri ? hasarda-t-elle, interloquée. C'est toi ?

Une bourrasque de vent, comme sortant de nulle part en cette douce et paisible journée de printemps, souffla violemment en guise de réponse, agitant en tous sens les boucles rougeoyantes de la jeune fille. À l'évidence, il ne désirait pas la voir aujourd'hui... Cependant, Cornélia, plus intriguée qu'autre chose, s'obstina, malgré l'injonction du vampire, à avancer vers le fond de la chapelle. Quand elle arriva près de l'autel, elle fut stupéfaite de découvrir le châtelain de l'autre côté, assis par terre, recroquevillé, se tenant les genoux à hauteur du visage, dans une position peu commune pour une personne de sa condition. Les pans de la longue veste noire qu'il portait, retombaient de manière désordonnée tout autour de lui, traînant lamentablement dans la poussière, et ses cheveux, d'ordinaire si brillants et si soigneusement coiffés, paraissaient ternes et emmêlés. Elle réalisa subitement que le bruit bizarre qu'elle entendait ne provenait non pas d'un animal agonisant quelque part, caché dans un recoin des ruines, mais de lui. Chacune de ses respirations provoquait un nouveau sifflement atroce et inquiétant.

— Que se passe-t-il ? osa-t-elle, hésitante. Pourquoi n'es-tu pas au château ?

— J'essaie seulement d'éviter une mort tragique à mon personnel... souffla-t-il d'une voix rauque et feutrée, le visage toujours caché.

— Est-ce que c'est de l'humour ? s'enquit Cornélia, ravalant lentement sa salive.

— Crois-moi, je préférerais…

Il s'arrêta un instant, expira péniblement, puis poursuivit, sans pour autant relever la tête :

— Un contre temps… C'est un simple contre temps… Une erreur de jugement, tout au plus…

— Quoi ? Mais qu'est-ce que tu racontes ? Je ne comprends rien.

— Je n'ai malheureusement pas pris mes précautions… J'ai attendu trop longtemps et il semblerait que cette faiblesse passagère me coûte cher. Je suis affamé et une trop grande concentration d'humains à proximité n'arrange rien…

Il reprit à nouveau son souffle et ajouta d'un ton plus amer :

— Il serait peut-être temps d'avoir peur maintenant, non ?

Tout à coup, ses mains aux jointures anormalement blanches se crispèrent sur son crâne, et son corps tout entier se mit à s'agiter brusquement, comme s'il avait été pris d'étranges convulsions, le secouant de manière surnaturelle. Ces spasmes insolites ne durèrent qu'un bref instant mais furent si violents qu'ils parurent déchirer le vampire de l'intérieur.

— Va-t'en ! Je t'en prie, laisse-moi seul… Tu vois bien que ce n'est pas le bon moment pour avoir une conversation…

Consternée, Cornélia fit un pas prudent vers lui :

— Et moi, est-ce que je te donne… faim ? se renseigna-t-elle, circonspecte.

— Ne sois pas sotte... murmura-t-il difficilement. Bien sûr que non.

— Alors je n'ai pas de raison d'avoir peur, déduisit la jeune fille en s'agenouillant tout près du vampire. Je vais rester là, avec toi, jusqu'à ce qu'ils s'en aillent et que tu puisses rentrer chez toi.

Pourquoi ? Pourquoi faisait-elle une chose pareille ? Et pour quelle raison l'état du châtelain la souciait-elle autant ? Elle aurait dû s'en moquer et faire demi-tour, comme il le lui avait demandé, car, apparemment, ce ne serait pas aujourd'hui qu'elle obtiendrait la réponse qu'elle était venue chercher.

Sans vraiment savoir ce qui la prenait tout à coup, elle posa délicatement sa main sur celle d'Henri et, cette fois, ne fut pas surprise par son contact glacé. De l'autre, elle s'aventura d'abord à remettre en place ses cheveux désordonnés, puis, glissa le long de son cou pour attraper son menton et lui fit doucement relever la tête. Elle eut un bref mouvement de recul et ne put s'empêcher de grimacer à la vue du visage ensanglanté du vampire. Ses prunelles étaient devenues rouges et un épais liquide pourpre et brillant s'écoulait de ses yeux, ainsi que de ses lèvres et de ses oreilles. À contrecœur, il plongea un regard torturé, aux iris écarlates, dans celui de Cornélia, une expression désolée passant subrepticement sur sa figure maculée. En cet instant, il n'avait plus rien, ni du dangereux vampire aux pouvoirs redoutables, ni du propriétaire de château à l'attitude fière et méprisante. En fait, il faisait peine à voir... Il inspira péniblement, entraînant à nouveau d'affreux sifflements, et dit d'une voix enrouée :

— Tu vois bien que je n'ai rien à t'offrir aujourd'hui Cornélia, ni repas, ni réponse… Alors, rentre chez toi.

— Ça m'est égal pour le moment, je vais tout de même rester ici.

Elle attrapa un mouchoir dans sa poche de jean et commença à éponger le visage du vampire. Ce dernier ferma les yeux d'un air las et resta immobile, consentant visiblement à ce contact impromptu. Lorsqu'elle eut fini et que le petit morceau de tissu, blanc à l'origine, fut complètement recouvert de rouge, de nouvelles larmes ensanglantées se mirent à couler lentement le long des joues émaciées du châtelain.

— Est-ce que tu veux bien m'expliquer ce qui t'arrive au juste ? demanda-t-elle doucement.

— Je te l'ai dit… souffla-t-il. J'ai attendu trop longtemps… C'est notre lot, à nous autres vampires. Voilà ce que risquent ceux qui tardent trop à se nourrir…

— Mais, tu ne vas pas mourir, n'est-ce pas ? questionna Cornélia, subitement inquiète.

— Non… Ça ne risque pas, tu sais… Je suis *déjà* mort… répliqua-t-il, fixant la jeune fille d'un air perplexe, avant de reprendre, non sans peine : Néanmoins, perdre du sang est la pire des choses qui puisse nous arriver… Chez les vampires, cela revient à perdre du pouvoir… Nous nous devons d'observer certaines… certaines règles. Si l'on s'obstine dans cette voie, cela peut être fatal. Les conséquences sont terribles pour ceux qui refuseraient de s'y soumettre… L'abstinence, si l'on peut dire, conduit irrémédiablement à la déchéance du corps et de l'esprit… L'on glisse alors peu à peu vers les ténèbres et l'on finit par devenir une sorte de bête assoiffée et incontrôlable, dépourvue de toute forme de raison… Une plaie, même pour notre espèce.

— Et qu'est-ce que je peux faire pour t'aider ? Je ne veux pas que tu deviennes un monstre, enfin… ce que tu viens de décrire…

Alors c'était aussi ça, être vampire… Mais enfin comment se faisait-il que le fait de voir Henri dans cet état la bouleverse autant ? Pourquoi se sentait-elle aussi concernée ? Ce fut à cet instant précis que le lien entre l'homme de ses rêves, pauvres rescapés d'une mémoire oubliée ; et celui qui se tenait là, recroquevillé devant elle, s'établit. La vulnérabilité lui avait fait perdre le masque qu'il s'était efforcé de garder jusqu'ici. Oui, c'était bel et bien la même personne, à n'en pas douter. Il avait changé, comme il l'avait dit, mais désormais, elle le reconnaissait.

— Un monstre ? Enfin, rappelle-toi, ne le suis-je pas déjà ? Et non, il n'y a rien que tu puisses faire… Ça finira par passer, dès que j'aurai fait ce qu'il faut.

Elle scruta le regard rougeoyant du vampire, transfiguré par cette abominable faim, et, comme si cela avait été parfaitement normal, proposa tout naturellement :

— Tu peux prendre un peu de mon sang si tu veux.

Elle tendit son bras nu et ferma les yeux, de la même manière que s'il avait été question d'une simple piqûre.

— Je ne ferai jamais une telle chose ! gronda-t-il, l'air à la fois furieux et indigné. Ma parole ! Serais-tu devenue complètement folle ?!

Soudain, il se recroquevilla et se mit à tousser violemment, plaquant sa paume contre sa bouche. Les sifflements se firent plus intenses et plus déchirants que jamais et de nouvelles larmes rouges s'écoulèrent de ses yeux. Cornélia commença à paniquer devant l'impressionnante quantité de sang qui s'échappait maintenant de la bouche du vampire et dégoulinait entre ses doigts et le long de sa main, imbibant la manche de sa veste et colorant le poignet de sa chemise en grenat. La respiration d'Henri s'accéléra jusqu'à devenir complètement anarchique, dans un bruit affreux, espèce de mélange de crissements et de hurlements bestiaux, totalement inhumain, sorte de sons surnaturels. Il retira sa paume de devant sa bouche pour tenter de parler à la jeune fille sans pouvoir cependant parvenir à articuler. Celle-ci tressaillit en apercevant les ignobles crocs du buveur de sang. À quel moment étaient-ils apparus ? Au même instant, des rires lui parvinrent, venant de l'extérieur de la chapelle.

— Henri, que se passe-t-il ? s'écria-t-elle affolée.

— Fais-la partir ! implora-t-il, une expression curieuse sur le visage, à la fois féroce et inquiète.

Cornélia comprit aussitôt ce que cela signifiait. Elle se releva d'un bond et se mit à courir à travers les ruines, bravant chaque ronce qui lui barrait le passage. Une fois sortie, elle attrapa le chien par le collier et le contraignit à la suivre dans sa course effrénée. Elle aperçut alors, non loin de là, la femme de ménage à qui elle avait parlé un peu plus tôt devant la grille. Cette dernière discutait tranquillement avec un interlocuteur invisible, son téléphone portable à la main. Elle s'élança vers elle, Hadès à ses côtés, en hurlant :

— Partez ! Partez tout de suite !

L'inconnue s'arrêta net, interrompant sa conversation, et resta figée sur place, hébétée, dévisageant la jeune fille qui venait vers elle, la prenant sans doute pour une cinglée. Quand elle arriva à sa hauteur, Cornélia poursuivit, à bout de souffle :

— Allez-vous-en tout de suite ! C'est une propriété privée !

— Pardon ? demanda l'employée du châtelain, consternée.

— Vous n'avez pas le droit d'être ici ! aboya la jeune fille avec une colère feinte.

— Quoi ?! Mais pourquoi ? Je travaille ici...

— Justement, on ne vous paie pas à ne rien faire ! Que faites-vous si loin du château ?

Cornélia reprit son souffle et continua sur sa lancée, menaçant maintenant la pauvre femme de ménage :

— Je suis une amie d'Henri et croyez-moi, il sera très en colère quand il apprendra que vous vous promenez en des lieux qui vous sont interdits, pendant vos heures de service ! Et, vous savez comme moi jusqu'où il est capable d'aller lorsqu'il est mécontent...

L'inconnue se raidit de stupeur :

— Non, je vous en prie mademoiselle, ne lui dites rien ! Je redescends tout de suite.

Elle referma le clapet de son téléphone, sans même avoir pris le temps de s'excuser auprès de son interlocuteur, et tourna les talons, s'éloignant d'un pas rapide et nerveux.

La jeune fille soupira de soulagement, heureuse qu'il ne se soit rien passé de dramatique, puis remonta, toujours en courant, vers les ruines. Lorsqu'elle arriva devant l'entrée de la chapelle, elle s'étonna de ne plus entendre les étranges sifflements :

— Henri ? appela-t-elle tout en avançant, se frayant maintenant plus facilement un chemin à travers la végétation. Est-ce que tout va bien ?

Mais cette fois elle n'eut pour réponse que le silence. S'inquiétant de savoir dans quel état elle allait maintenant retrouver le vampire, Cornélia s'empressa de parcourir les derniers mètres encore obstrués de ronces et de lierres, et passa à la hâte derrière l'autel, s'écorchant le bras au passage. Elle n'y trouva personne. Seule une petite mare de sang disparate et brunâtre indiquait l'endroit où s'était trouvé le châtelain quelques minutes auparavant. La jeune fille fut horrifiée par l'ampleur de ces taches éparses, quelqu'un de normal ne pouvant décemment perdre une telle quantité d'hémoglobine sans encourir de lourdes conséquences... Oui, mais Henri n'était pas quelqu'un de normal, c'était un vampire. Et puisque, d'une certaine façon, il était déjà mort, il se remettrait, forcément. Néanmoins, l'inquiétude se mit à croître en elle, bien plus d'ailleurs qu'elle ne l'aurait voulu.

Elle fit le tour des ruines, puis, comme elle ne trouva rien, ni châtelain échoué dans un coin, ni aucune trace de sang permettant de le suivre, elle appela Hadès pour qu'il l'accompagne et fit rouler son scooter à côté d'elle, redescendant vers le château. Lorsqu'elle fut devant l'immense portail noir, elle hésita. Devait-elle se contenter de rapporter le chien et rentrer ensuite chez elle, ou devait-elle attendre le retour d'Henri ? Sans trop savoir ce qui pouvait bien la pousser à braver l'inquiétude et l'irritation que son retard allait immanquablement provoquer chez son père, Cornélia s'assit dans l'herbe. Elle s'installa face à la grille, exactement à la place qu'elle avait déjà occupée, à peine une heure auparavant, et décida de patienter à nouveau. Elle rendrait Hadès à son maître elle-même et pourrait ainsi s'assurer de l'état de ce dernier. Au bout de quelques minutes d'attente, le molosse vint s'allonger juste à côté d'elle et se mit à ronfler doucement. Fatiguée d'avoir couru, et, puisqu'elle était toujours désespérément seule, la jeune fille choisit d'imiter l'animal, s'étendant à son tour dans l'herbe fraîche. Puis, elle ferma les yeux, appréciant la chaleur diffuse du soleil de fin d'après-midi sur son visage. Soudain, une main glacée se posa sur son épaule :

— Cornélia ?

Elle sursauta, inspirant bruyamment, manquant subitement d'air, et se redressa d'un seul coup. Il faisait complètement nuit. Henri était penché sur elle et la scrutait de son regard redevenu limpide et argentin, étincelant d'une étrange et fascinante lueur sous la lumière de la lune. Elle s'était endormie ?! Mais enfin pendant combien de temps était-elle restée là, ainsi allongée ? Était-elle encore plongée dans l'un de ses rêves ? Le visage du vampire était de nouveau pâle et propre, exempt de toute trace de sang. Ses cheveux avaient retrouvé leur brillance ordinaire et il avait dû se changer car ses vêtements étaient différents et impeccables. Elle se retourna et vit Hadès, le Bas-Rouge, assis à côté d'elle, et un peu plus loin son scooter tout neuf, posé négligemment contre un arbre. L'herbe était froide maintenant, un peu humide même, et Cornélia, vêtue uniquement d'un petit tee-shirt et d'un jean, frissonna.

— Pourquoi es-tu encore ici ? interrogea-t-il sèchement, comme s'il avait été fâché.

Aussitôt, il retira sa veste et la posa sur les épaules de la jeune fille. Si le geste était aimable, le ton de sa voix et l'expression de son visage ne l'étaient absolument pas.

— J'étais inquiète pour toi... confessa-t-elle en se relevant, regrettant presque immédiatement ses paroles, un peu trop familières.

Le vampire haussa un sourcil, l'air étonné, et garda le silence un instant, paraissant se perdre dans d'intenses réflexions, puis il finit par répondre :

— Il ne fallait pas. Je suis sincèrement désolé que tu aies dû assister à une telle scène, cela ne se reproduira pas.

— J'aurais seulement aimé pouvoir t'aider... Tu sembles aller mieux. Est-ce que...

Elle s'interrompit, ne sachant si elle devait poursuivre ou non.

— Est-ce que je me suis nourri ? reprit-il, anticipant sa question. Oui. Toutefois pas suffisamment pour que cela ne recommence pas bientôt. Demain, si tu le souhaites, tu pourras revenir, mais ensuite il faudra que tu t'abstiennes durant quelques jours.

— D'accord, consentit-elle, n'osant présager les raisons de cette prochaine absence.

Comme il n'ajoutait rien, attendant probablement que la jeune fille s'en aille, un interminable silence s'installa. Cornélia, qui savait pertinemment que son père l'attendait, aurait dû être pressée de rentrer, et cependant elle n'en avait aucune envie... Elle s'avança vers lui jusqu'à pouvoir le voir correctement malgré la pénombre, et scruta son regard, intriguée du changement de couleur de ses iris. Elle hésita quelques secondes, puis finit par lancer :

— Henri... Est-ce que tu peux m'expliquer pourquoi, à la chapelle, cette fille a provoqué une telle réaction et pas moi ? Pourquoi moi, je ne te donne pas « faim » ?

Il détourna les yeux, inspira profondément, sans que cela, cette fois, entraîne de bruits anormaux, et répondit :

— Ton sang est anémié. Je peux le sentir. Il n'a donc que très peu d'intérêt pour un vampire. Et puis, poursuivit-il en baissant la voix, je te l'ai dit, tu m'es chère, jamais je ne te ferai de mal. Ce que tu as proposé tout à l'heure était insultant et très malvenu. À l'avenir, ne refais plus ça s'il te plaît.

— Excuse-moi, je voulais seulement t'aider... justifia-t-elle un peu gênée, avant de continuer, rougissant comme une pivoine, satisfaite que l'obscurité puisse cacher cette réaction stupide : Tu dis que je te suis chère, mais c'est uniquement en souvenir du passé, de cette autre vie durant laquelle nous nous sommes connus, n'est-ce pas ? Je ne suis plus la même personne aujourd'hui... Alors, qu'en est-il ? Qu'es-tu pour moi maintenant ? Que suis-je pour toi ? Sommes-nous encore amis ?

Il parut soudain troublé et resta muet quelques secondes, semblant chercher ses mots. Puis, il déclara :

— Je l'ignore, Cornélia. Tout cela ne dépend que de toi. Enfin, tu dois bien te rendre compte que je ne serai jamais d'une compagnie très agréable, de toute façon. Mon quotidien est bien plus ennuyeux qu'il n'y paraît et ma conversation l'est tout autant, les vampires n'excellent pas vraiment dans ce genre de domaine. Ainsi, une fois que tu sauras tout ce que tu as à savoir, quel intérêt auras-tu à revenir ici ?

Il s'écarta d'un pas et reprit aussitôt, comme s'il n'avait pas souhaité entendre la réponse de la jeune fille ; de son habituel ton froid et distant :

— Merci d'avoir ramené Hadès mais tu devrais t'en aller à présent. Ton père doit s'angoisser de ne pas te voir revenir.

C'était vrai. À l'heure qu'il était, il devait même être fou d'inquiétude, l'imaginant peut-être écrasée au pied d'une falaise après un nouveau saut de l'ange... Elle allait probablement devoir affronter sa colère lorsqu'elle rentrerait, sans explications à donner pour s'excuser. Peut-être même avait-il déjà contacté la police ? Malgré cela, elle ne se précipita pas pour rentrer, certaines choses l'intriguaient encore :

— C'est curieux, comment sais-tu que mon père est revenu ? se renseigna-t-elle, suspicieuse. Est-ce que tu me surveilles ?

— Nous avons déjà eu cette conversation, Cornélia, soupira-t-il, irrité tout à coup. Je ne te surveille pas, il m'arrive souvent de passer devant chez toi lorsque je promène mon chien. J'ai aperçu sa voiture ce matin, voilà tout.

— Ah, d'accord... Désolée... s'excusa-t-elle, baissant la tête, confuse sans bien savoir pourquoi.

Elle allait tourner les talons et s'en aller, comme le lui avait suggéré le vampire, quand elle se rappela l'une de ses paroles, plus étranges que les autres :

— Juste une dernière chose et ensuite je rentre chez moi. Tu as dit que je souffrais d'anémie ? Cela signifie-t-il que je suis malade ? Est-ce que je dois consulter un médecin ?

— Non, il ne vaudrait mieux pas. Il ne comprendrait pas ce qu'il t'arrive et te ferait passer inutilement toute une batterie d'examens. Il serait préférable que tu te tiennes à l'écart du corps médical dorénavant, tu pourrais finir par avoir des ennuis. Vois-tu, tu n'es pas vraiment malade... Tout cela a un rapport avec les marques dans ton dos, l'hémorragie et tes cicatrices aux poignets. Mais, reprit-il, semblant se rendre compte qu'il en avait peut-être un peu trop dit, cette explication ne s'obtiendra qu'en échange d'un repas dûment avalé. Mes règles, rappelle-toi.

— Bien sûr, convint-elle, ne souhaitant pas contrarier davantage le vampire, après cet éprouvant après-midi.

Elle commença à se diriger vers son scooter, lançant dans son dos, en guise d'au revoir :

— Alors à demain !

Mais elle n'eut pour réponse que le silence et lorsqu'elle se retourna, son interlocuteur avait disparu. Elle n'eut plus pour unique compagnie que le chien qui, déjà, trottinait dans la cour en direction du château, son image sombre s'effaçant lentement dans la pénombre, la laissant alors définitivement seule dans cette obscurité de plus en plus pesante. Elle voulut regarder sa montre pour enfin connaître l'heure, mais elle ne put en distinguer les aiguilles tant il faisait noir. Un courant d'air frais la fit subitement frissonner, et, comme elle avait toujours sur les épaules la veste d'Henri, elle l'enfila complètement. La curieuse odeur du vampire lui parvint brusquement, à la fois amère et sucrée. Elle plaqua son nez contre le col et inspira à plein poumon. Cette fragrance était tellement étrange. On aurait dit les senteurs de la terre récemment retournée, de l'herbe fraîchement coupée, et des fleurs des champs, le tout mêlé en un seul et même arôme. Était-ce cela le parfum de la mort ? Comment se faisait-il qu'il fût aussi envoûtant ? Où étaient donc les effluves du sang dont il s'abreuvait, où était la puanteur du cadavre qu'il était ? Elles étaient inexistantes. L'odeur qui avait imprégné la veste du châtelain était tellement douce et enivrante que Cornélia resta un long moment plantée là, à respirer le vêtement, captivée, souhaitant imprimer à tout jamais dans sa mémoire cette merveilleuse fragrance. Puis, au bout de quelques minutes, elle finit par se ressaisir lorsqu'elle pensa à son père et à son inquiétude quant à son absence prolongée. Elle se dirigea alors à contrecœur vers son scooter et prit finalement le chemin du retour. Elle roula lentement, tant de choses se bousculaient encore dans son esprit. Cette journée avait été si particulière. Et, bien qu'à son âge ce genre de chose n'eût plus vraiment lieu d'être, elle redoutait tout de même un peu le moment où elle allait devoir affronter la colère de monsieur Williamson. Car, inévitablement, il y allait avoir des représailles...

Afin d'éviter une confrontation dehors, sur le perron, qui aurait mis tout le village au courant de leur différend, Cornélia coupa le moteur de son engin juste avant de passer le portail et traversa la cour à pieds, faisant rouler le deux-roues à ses côtés. Elle prit tout son temps pour le ranger dans le garage, puis, une fois devant la porte d'entrée, patienta encore quelques instants, histoires de préparer un minimum son discours de défense. Elle inspira une grande bouffée d'air frais et, enfin, se décida à entrer.

Comme elle l'avait imaginé, Monsieur Williamson était juste là, dans le hall, faisant les cent pas, son téléphone mobile à la main. Il soupira de soulagement en voyant sa fille revenir indemne, puis vira aussitôt au rouge, une expression furieuse s'installant définitivement sur son visage :

— Mais qu'est-ce que tu faisais, bon sang ?! s'écria-t-il en s'avançant vers elle d'un pas fébrile. Tu as vu l'heure ?

La jeune fille, impressionnée, eut un mouvement de recul, comme une sorte de réflexe. Elle regarda la pendule et constata avec effroi qu'il était une heure du matin ! Elle balbutia alors, la voix tremblante :

— J'ai fait un tour dans les champs après être allée à la bibliothèque… Je me suis installée dans l'herbe pour bronzer et je me suis endormie… Je suis désolée, je ne voulais pas que tu t'inquiètes.

Il eut l'air encore plus fâché, comme si une telle explication ne pouvait justifier son retard. Pourtant, elle contenait bien une part de vérité, du moins en ce qui concernait son assoupissement. Qui plus est, elle allait bien, il n'y avait tout de même pas de quoi en faire un plat. C'était comme si, après cette tentative de suicide ratée, elle était redevenue, aux yeux de son père, une enfant, presque une débile en fait, dont il fallait absolument surveiller les moindres faits et gestes de peur qu'elle ne commette, cette fois, l'irréparable. Il saisit d'un geste brusque le sac à dos que Cornélia portait négligemment en bandoulière, l'ouvrit, jeta rapidement un coup d'œil à l'intérieur, et n'eut pas l'air surpris de ne rien y trouver.

— Où sont les livres ?

— Euh... Je n'en ai pas pris, en fait... bredouilla-t-elle, décontenancée par l'ampleur que prenaient les choses. C'est qu'il n'y en a pas beaucoup, tu sais... Je n'ai rien trouvé d'intéressant.

— Tu mens ! hurla-t-il, jetant les affaires de sa fille par terre. Ne me prends pas pour un idiot ! Et ce manteau ? À qui appartient-il ?

La redingote d'Henri ! Elle avait complètement oublié qu'elle l'avait toujours sur le dos. Elle resta alors bouche bée, n'ayant plus aucune explication à donner.

— Cette guenille est à De Maltombes, n'est-ce pas ? reprit-il sur le même ton. Je t'avais pourtant interdit de retourner là-bas ! Est-ce que tu es au courant qu'il est impliqué dans une affaire de disparition, peut-être même plusieurs, d'ailleurs ? Imagine quelles pouvaient être ses intentions quand il t'a repêchée, qu'aurait-il fait de toi s'il n'y avait pas eu d'autres passants dans les parages ? Je ne crois pas qu'il ait plongé par altruisme maintenant que j'en sais un peu plus sur son compte. Je suis même convaincu du contraire ! J'ai consulté les dossiers qui le concernent et ils sont truffés d'incohérences, figure-toi ! À l'évidence, ce châtelain de mes deux doit savoir quelles pattes graisser. Est-ce que tu peux seulement m'expliquer ce que tu fais avec un type pareil, Cornélia ?

Et puis, tout à coup, n'ayant plus rien à perdre, elle décida qu'elle n'avait pas à cacher ses fréquentations. Tant pis si le châtelain n'était pas apprécié au village, ou par son père, elle était majeure et vaccinée, libre, aux yeux de la loi, de voir qui elle voulait. Cette espèce d'interrogatoire de bas étage commençait par ailleurs, sérieusement à l'agacer :

— Tu voulais que je me fasse des amis ici ? Eh bien voilà, j'en ai un à présent ! Désolée qu'il ne soit pas à ta convenance !

— Un ami ?! Pas à ma convenance ?! répéta-t-il, sarcastique. Non mais c'est n'importe quoi ! Il est de plus de dix ans ton aîné ! C'est un ermite, un tordu, suspecté d'enlèvement, peut-être coupable de meurtre. Bravo, bon choix ! Non, vraiment, je te félicite !

— C'est vrai, après tout, il a juste sauvé la vie de ta fille ! Quelle personne abominable ! riposta-t-elle, indignée que son père soit plus réceptif aux ragots colportés par Maurice, que par l'acte héroïque d'Henri. Imagine donc ce que tu veux à propos de ça, il n'empêche que dans les faits, toi et moi, nous lui sommes redevables. Enfin, sauf si, bien sûr, tu aurais préféré me voir croupir au fond de l'eau...

— Ne sois pas insolente, Cornélia, je sais parfaitement ce que je lui dois et je l'ai déjà remercié pour ça ! J'ignore ce que tu fais avec ce type mais en tout cas c'est fini, tu vas arrêter ça tout de suite ! ordonna-t-il avec gravité. Tu ne le reverras plus, tu m'entends ?!

Là, c'en était trop ! Vraiment trop ! Les choses dérapaient, son père dérapait. S'il croyait qu'il allait encore pouvoir lui donner des ordres, il se trompait, lourdement même ! De toute façon, cesser de voir le vampire était devenu totalement impossible, elle avait besoin de lui, besoin de ses réponses et de son aide... Depuis qu'elle avait fait sa connaissance, sa vie avait été complètement chamboulée, ses certitudes et ses convictions avaient été ébranlées, bouleversées pour toujours. Jamais elle n'aurait cru ni à l'existence d'être de la sorte, ni pouvoir éprouver la moindre compassion à l'égard de ce dernier. Et pourtant... Ils avaient un passé en commun, et cela, malgré tout, c'était un lien unique et puissant, contre lequel elle ne pouvait lutter. Qui plus est, son quotidien était devenu tellement extraordinaire depuis qu'elle l'avait rencontré, parfois effrayant mais si palpitant. Sa vie commençait seulement à devenir intéressante, pour rien au monde elle n'abandonnerait cela. Elle répondit alors d'un ton qu'elle essaya de moduler de sorte qu'il soit calme mais néanmoins ferme :

— C'est hors de question. Je suis désolée papa, mais je ne suis pas une de tes employées. Si j'ai toujours fait sagement tout ce que tu avais décidé pour moi, cette fois, c'est terminé. Je vais peut-être te l'apprendre mais le résultat ne me réussit pas. J'ai dix-neuf ans et, même si j'ai traversé des moments difficiles, tu ne peux plus me traiter comme si j'étais une enfant, ou je ne sais quelle espèce d'attardée. Tu ne décideras pas à ma place qui je dois ou non fréquenter. J'ignore ce qu'est allé te raconter Maurice, ou ce que tu es allé dénicher dans ces vieux dossiers mais, en ce qui me concerne ça ne change absolument rien. Et puis, si ces directives sont relatives au fait que je vive sous ton toit, alors je te préviens tout de suite, je préfère m'en aller plutôt que de m'y soumettre.

Le visage de Monsieur Williamson se décomposait à mesure que Cornélia parlait. Si bien que, lorsqu'elle eut fini, il resta sans voix, stupéfait qu'elle ose ainsi lui tenir tête et proférer de telles menaces. Il fallait dire que ce n'était pas vraiment dans ses habitudes. Il se racla la gorge, cherchant ses mots, visiblement déstabilisé, puis lança d'une voix blanche :

— Tu travailles demain. Il est très tard, tu devrais aller te coucher. Nous en reparlerons plus tard.

— Très bien, opina-t-elle en montant les escaliers. Mais sache que, quoi que tu puisses dire, je ne changerai pas d'avis.

Cette nuit fut courte et sans rêves, décevante pour la jeune fille qui s'était attendue à vivre de nouvelles séquences de sa vie passée. Elle eut d'abord beaucoup de mal à trouver le sommeil, cette dispute absurde avec son père l'ayant tout de même perturbée. Comment pouvait-il se permettre de telles injonctions ? De quoi se mêlait-il à la fin ? Pendant des années il n'avait fait que l'ignorer, se moquant bien de qui elle pouvait voir ou non, et maintenant il voulait régir ses fréquentations ? C'était le monde à l'envers ! Quand enfin elle parvint à s'endormir, le temps fila à une telle vitesse que, lorsque la sonnerie de son réveil retentit, elle eut l'impression de n'avoir fermé l'œil que quelques minutes. Elle se leva alors d'humeur maussade. Son premier jour de travail ne l'enchantait guère et le fait qu'Henri doive s'absenter quelque temps l'ennuyait. Enfin, il n'allait tout de même pas lui manquer, il ne fallait rien exagérer. Ou, peut-être que si, un peu du moins...

Préférant éviter la cuisine où son père se trouvait, n'ayant absolument aucune envie de revenir sur la discussion de la veille, elle choisit de ne pas prendre de petit déjeuner. Tant pis, après tout, elle allait travailler dans un restaurant, il y aurait bien, en ces lieux, quelque chose à glaner. Elle partit précipitamment, avec plus d'une heure d'avance, s'enfuyant presque comme une voleuse sur son scooter rouge, lancée plein gaz en direction du *Bistrot de Nathalie*.

Là-bas, elle fut accueillie plus que chaleureusement par sa nouvelle patronne qui selon ses dires, l'attendait avec une grande impatience. Cornélia, avant l'arrivée des clients, s'entraîna, sur les bons conseils de Pierre, à tenir un plateau rempli à une main et à prendre plusieurs assiettes sur un seul bras. Ce qui, finalement, fut plus facile qu'elle ne l'avait imaginé. Laura était encore là, afin de faire la transition et d'assister un peu sa future remplaçante, mais la pauvre paraissait plus fatiguée que jamais, semblant presque sur le point d'accoucher.

Quand les premières personnes arrivèrent, Nathalie se chargea de les accueillir. Elle les installa à une table, puis se posta tranquillement derrière son bar. Cornélia, quant à elle, prit leur commande et servit leur repas, secondée par la petite femme au ventre rond. Ils étaient quatre, jeunes et aimables et venaient déjeuner ici avant de reprendre leur travail à l'usine du village voisin. Ils posèrent quelques questions à la jeune fille, intrigués par l'arrivée d'une inconnue à Rougemont, tout le monde ici se connaissant plus ou moins. Ce qui, d'emblée, la mit mal à l'aise…

Puis, une impressionnante et étonnante flopée de clients débarqua presque en même temps et Cornélia n'eut plus le temps de discuter avec qui que ce fut, trop prise par son labeur. Ce qui, en un sens, l'arrangeait bien. Elle s'affaira à la tâche du mieux qu'elle put mais fut heureuse que, pour ce premier jour,

Laura fût présente pour la seconder, elle ne voyait vraiment pas comment elle s'en serait sortie autrement. À sa grande surprise, tout se passa bien. Il n'y eut ni verre brisé, ni plainte quant à la qualité du service. Et, lorsqu'enfin les dernières personnes eurent quitté le restaurant, la jeune fille soupira de soulagement, exténuée comme si elle venait tout juste de franchir la ligne d'arrivée d'un marathon. Elle s'affaira alors un peu plus calmement à débarrasser les tables avec l'aide de Nathalie, Laura ayant pu partir plus tôt, condition de femme enceinte oblige.

— Je te félicite, entonna la patronne de l'établissement avec un enthousiasme manifeste. Je suis vraiment contente de toi. Pour un premier jour, tu t'es très bien débrouillée !

Était-ce une manière pour cette dernière de lancer une discussion avec sa nouvelle employée, histoire de faire un peu plus connaissance ? Toutefois, la jeune fille n'ayant aucune envie de commenter son travail et souhaitant partir le plus rapidement possible afin d'aller rejoindre Henri, se contenta de répondre poliment, tout en continuant de débarrasser :

— Merci.

« Asociale tu es, asociale tu resteras » pensa-t-elle intérieurement. Elle avait presque terminé quand, en rapportant une pile d'assiettes sales en cuisines, elle fut subitement prise de vertiges. Elle s'empressa alors de poser son chargement sur l'un des plans de travail qui se trouvait à proximité et s'arrêta un instant, tentant d'inspirer le plus d'air possible, la main plaquée sur le front. Pierre, qui était à côté en train de faire la vaisselle, s'interrompit :

— Ça ne va pas ?

— Si... balbutia-t-elle avant de se raviser, sentant ses jambes devenir aussi molles que du coton. Euh... non...

Puis elle s'écroula lamentablement de sa hauteur sur le carrelage blanc, sous le regard impuissant du cuisinier qui se précipita aussitôt vers elle, mais ne put la rattraper à temps pour l'empêcher de tomber. Dans sa chute, la tête de la jeune fille heurta le coin d'une des tables de cuisines, la blessant à la tempe.

— Que se passe-t-il ? s'exclama Nathalie, entrant en trombe dans la pièce.

Sous l'intensité de la douleur provoquée par le choc, Cornélia revint presque aussitôt à elle. Pierre était à genoux devant elle et agrippait son bras, tentant maladroitement de la relever, tandis que la patronne du bistrot se saisissait d'un torchon propre, qu'elle pressa ensuite contre le front de son employée. Celle-ci se redressa fébrilement et grimaça en apercevant la petite flaque écarlate que sa tête avait laissée sur la table d'acier poli.

— Mince... gémit-elle.

— Doucement, conseilla Nathalie, maintenant le chiffon contre la blessure de la jeune fille. Qu'est-ce qui t'arrive ? Tu n'as pas déjeuné avant de venir ?

Sa voix était douce, presque maternelle.

— Euh, non, je n'ai pas eu le temps. Je suis désolée, s'excusa Cornélia, embarrassée de se retrouver dans une telle situation dès son premier jour de travail. Je ferai plus attention la prochaine fois.

— Je vais te préparer quelque chose tout de suite, s'empressa de proposer Pierre en frottant le bras de la blessée. Dis-moi ce que tu veux et je te le fais.

— Non, merci, refusa-t-elle en se relevant. Je vais manger chez un ami tout à l'heure, après le service.

Le cuisinier parut déçu.

— Tu devrais plutôt rentrer chez toi, ou aller faire voir ça à un docteur, allégua Nathalie, désignant le front de la jeune fille d'un air soucieux.

— Oui, je vais t'y conduire, offrit Pierre en posant sa main dans le dos de Cornélia, l'invitant à le suivre. Je suis garé juste devant.

— Non, vraiment, ce n'est rien, affirma celle-ci, soucieuse d'éviter le corps médical.

Henri l'avait mise en garde à ce sujet et il avait raison. Avec toutes les choses étranges qui lui étaient arrivées et pour lesquelles elle n'avait aucune explication, mieux valait fuir ces gens-là comme la peste. Qui sait si le message dans son dos n'était pas réapparu durant la matinée ?

— Ça va aller, ne vous en faites pas, ajouta-t-elle en passant ses doigts sur sa tempe. Ça ne saigne presque plus, de toute façon.

— Très bien, concéda Nathalie en plissant les yeux, la mine complice, comme si, subitement, elle avait saisi les motivations de la jeune fille. Tu peux partir maintenant si tu veux, mais garde ton portable allumé, je t'appellerai dans une demi-heure, pour m'assurer que tout va bien.

Le cuisinier adressa un regard interrogateur à sa patronne, l'air de demander s'il était bien raisonnable de ne pas insister un peu plus pour le médecin.

— Merci, souffla Cornélia en se dirigeant vers le vestiaire pour récupérer ses affaires.

— Fais attention à toi, recommanda Pierre, retournant à contrecœur à son travail, quelque peu dépité.

— Promis.

Elle allait franchir le seuil de la porte d'entrée du restaurant quand sa patronne la rappela :

— Attends, s'il te plaît !

Puis, cette dernière baissa la voix, chuchotant presque, comme si elle s'apprêtait à solliciter les confidences d'un proche :

— Dis-moi, tu vas au château, c'est bien ça ? Ton ami, c'est monsieur De Maltombes, n'est-ce pas ?

La jeune fille, atterrée par la curiosité bien familière de son employeuse, ne put s'empêcher de riposter d'un ton légèrement agressif :

— Excuse-moi, mais je ne crois pas que cela te regarde.

Nathalie ne se vexa pas pour autant et attrapa la main de sa serveuse pour la retenir, puis, poursuivit, toujours en murmurant, inclinant la tête avec compassion :

— Des gens t'ont vue là-bas, tu sais.

— Apparemment, les commérages vont bon train à Rougemont ! assena Cornélia, indignée d'être la cible de racontars malveillants. Et tu peux me dire qui, s'il te plaît ?

— Une ancienne collègue de ma sœur qui travaille encore pour le châtelain. Il paraît que vous vous êtes parlé hier après-midi. Elle était très étonnée que tu prétendes être son amie...

Sur ces mots, la patronne du bistrot prit un air intrigué, semblant attendre confirmation.

— Et comment cette personne m'aurait-elle identifiée ?

Elle se souvenait très bien de la scène et à aucun moment elle n'avait donné son nom...

— Une femme rousse, les cheveux longs, d'une vingtaine d'années, se déplaçant avec un scooter rouge… Tu penses vraiment qu'il y en a beaucoup au village ? Claire et moi avons tout de suite fait le rapprochement. En plus, ton père avait parlé au mien de son intention de t'offrir cet engin pour que tu puisses venir travailler au restaurant plus facilement.

— Bon, et alors ? admit Cornélia, contrainte d'avouer quelque chose que n'importe qui aurait trouvé tout à fait anodin. Qu'y a-t-il de mal là-dedans ? Ce n'est pas parce que Maurice est en froid avec Henri que le monde entier doit partager son aversion pour lui !

— Non, c'est sûr, convint la gérante du bistrot, satisfaite d'être maintenant détentrice d'un secret concernant sa nouvelle employée. Je te comprends d'ailleurs, il est très séduisant ! Méfie-toi, c'est tout. Ce n'est pas seulement mon père qui ne l'aime pas mais tout le village. Il circule des histoires plutôt louches sur lui…

— Oui, je sais tout ça, merci, soupira la jeune fille, fatiguée qu'on lui resserve encore ces mêmes histoires. Je peux y aller maintenant ?

— Ma sœur aussi avait craqué pour lui, continua Nathalie, ignorant la demande de son employée. Elle travaillait au château et un jour elle est revenue complètement traumatisée, comme en état de choc. On n'a jamais pu savoir ce qui s'était exactement passé, si ce n'est que monsieur De Maltombes s'est emporté après un homme qui lui avait volé un petit peigne, une sorte de bijou ancien, de grande valeur apparemment, et qu'il a levé la main sur lui.

Cornélia resta pantoise :

— Je ne sais pas ce que tu cherches à insinuer mais moi je ne *craque* pour personne ! Et merci pour l'info, mais ne t'en fais pas, ton père s'était déjà chargé de me raconter cette anecdote !

— Ne te fâche pas, c'est parce que je t'apprécie que je te dis tout ça, se défendit la patronne d'un ton d'excuse. Je ne voudrais pas qu'il t'arrive la même chose qu'à Claire. C'est qu'elle n'est plus vraiment la même depuis… Personne ne s'en est aperçu mais moi je le vois bien !

— OK, conclut la jeune fille. Je t'ai entendue. Maintenant j'y vais. Enfin, si tu es d'accord, bien sûr ?

Elle avait hâte que cette conversation désagréable se termine. Les vertiges commençaient à revenir, et, si cela continuait ainsi, elle ne serait bientôt plus capable d'aller jusqu'au château où le vampire devait probablement déjà l'attendre. Elle franchit la porte du restaurant d'un pas nerveux, sans se retourner, ni même saluer son employeuse. Elle savait qu'un tel comportement, frisant de près l'incorrection, pourrait bien lui valoir quelques problèmes, mais elle était tellement agacée par tous ces avertissements grotesques et tous ces ragots malveillants qui circulaient au village, qu'elle s'en moquait éperdument. Si les gens ici craignaient Henri parce qu'ils pensaient qu'il avait peut-être tué un homme, ils étaient loin du compte… Elle était la seule à Rougemont à connaître le terrible secret du châtelain, et désormais c'était comme si tout cela lui était complètement égal.

Finalement, elle avait accepté assez rapidement le fait que, régulièrement, le vampire se nourrisse de vies humaines. Elle avait compris hier que ce n'était pas un choix mais plutôt une sorte de besoin, d'impératif en quelque sorte. En fait, elle refusait tout bonnement d'y penser. Mieux valait éviter d'imaginer ces choses-là. Les ranger, dans un coin de son esprit, et les oublier, voilà ce qu'elle devait faire. Après tout, peu importait la manière dont cet être surnaturel parvenait à survivre en ce monde, tout ce qui comptait pour elle maintenant était qu'ils s'étaient connus autrefois, qu'ils avaient été amis à cette époque et qu'aujourd'hui, il était son seul lien avec cette autre vie. Elle avait besoin de lui pour éclaircir tous les mystères qui l'entouraient. Il lui fallait seulement être patiente et composer avec ses règles tordues. Alors, grâce à lui, elle finirait par dénouer ce sac de nœuds géant qu'était devenue son existence.

Était-ce parce qu'elle commençait vraiment à se sentir mal ou bien parce qu'elle prenait plus d'assurance avec son scooter, toujours est-il qu'elle conduisit plus rapidement que d'ordinaire, faisant fi des contraintes qu'imposait le rodage. Lorsqu'elle arriva au château, elle trouva, comme elle l'avait espéré, Henri devant son portail, probablement en train d'attendre sa visite, assis sur le muret qui encerclait son domaine, sous l'ombre d'un saule, le chien devant lui. Il admirait la forêt de son impénétrable regard diaphane et réagit à peine à la venue, pourtant bruyante, de la jeune fille. Il faisait très chaud et cependant il portait un long manteau noir dont le col était remonté jusqu'à ses oreilles, le tout entièrement boutonné, allongeant encore davantage sa haute silhouette déjà élancée. Il avait l'air, comme bien souvent, perdu dans ses pensées, et se tenait droit, impassiblement, aussi immobile qu'une statue. Nathalie avait raison, il était vraiment séduisant…

Cornélia eut alors beaucoup de mal à concevoir que l'homme aux yeux rouges et au visage ensanglanté, si misérable, de la veille, fût le même que celui qui était assis là, devant elle. Elle s'approcha lentement, craignant de le surprendre en le tirant trop subitement de son étrange et captivante rêverie.

— Henri ? murmura-t-elle en arrivant à sa hauteur.

Comme il ne répondait pas, semblant ne pas l'entendre, elle insista, haussant légèrement la voix :

— Henri ? Que regardes-tu ?

— Bien des choses que tu ne peux voir, souffla-t-il d'une voix triste, plus mélancolique que jamais.

La jeune fille, perplexe, se mit alors à scruter intensément les bois dans la même direction que le vampire, en quête de ces chimères invisibles qui paraissaient tant le fasciner, mais sans rien pouvoir y trouver d'autre que des arbres et des fougères s'étendant à perte de vue.

— Que t'est-il arrivé ? interrogea-t-il, intrigué, changeant subitement de ton.

— Comment ça ?

Le châtelain se tourna enfin vers elle, cessant alors d'observer le vide, et fut soudain debout, tellement près d'elle qu'elle put sentir la fraîcheur qui émanait de son corps, si agréable par cette chaleur. Il posa doucement sa main sur les cheveux de Cornélia et attrapa entre ses doigts une des boucles qui retombaient sur son front. Puis il la souleva lentement, cette dernière étant restée collée à la peau de la jeune fille par le sang séché de sa blessure.

— Aïe ! gémit-elle d'une voix aiguë, s'emparant brusquement, dans un réflexe, du bras d'Henri, l'arrêtant net dans son geste.

Ce dernier lâcha aussitôt la mèche et s'écarta d'un pas, circonspect.

— Ce n'est rien, expliqua-t-elle, un peu gênée. Je me suis cognée en tombant bêtement... Lamentablement, en fait...

Il fronça les sourcils, visiblement peu convaincu, et dit :

— Laisse-moi arranger ça, s'il te plaît.

Comme la requête du vampire ressemblait plus à un ordre qu'à une offre, Cornélia hésita un instant. Puis, elle finit par accepter, acquiesçant d'un petit signe de tête. Plus de trace, plus d'incident. Cela lui éviterait d'avoir encore à s'expliquer auprès de son père. Avec un peu de chance, personne ne lui parlerait de cette chute idiote. Henri s'avança de nouveau vers elle et, délicatement, passa son pouce glacé sur sa tempe. Elle ressentit d'abord quelques picotements, puis, rapidement, la douleur s'évanouit et tout redevint normal, même les vertiges cessèrent. Elle ne put retenir un soupir de soulagement.

— Je suppose qu'aujourd'hui tu as une question et que tu es venue pour déjeuner ? présuma-t-il, faisant un pas de côté pour se remettre à l'ombre du saule.

Il porta alors machinalement ses longs doigts effilés, rougis d'avoir caressé la blessure de Cornélia, à sa bouche, et se mit à les lécher, tout en la dévisageant, attendant sa réponse, comme si cela avait été parfaitement naturel.

— Euh... bredouilla-t-elle, déconcertée. Oui...

— Ton sang est plus anémié que d'ordinaire, déclara-t-il d'un ton de reproche.

— Hum… C'est certainement parce que je n'ai pas mangé ce matin, répondit la jeune fille en baissant la tête, se sentant un peu stupide. Ni hier soir, en fait.

Pourtant, elle n'avait absolument pas faim. Elle avait même la nausée rien qu'à l'idée de devoir déjeuner. Peut-être était-ce parce qu'elle avait trop sauté de repas ?

— Viens ! ordonna-t-il, l'air brusquement fâché.

Puis il se mit à marcher de son pas leste et glissant en direction du château, encore plus rapidement que d'ordinaire, si bien que Cornélia dût plusieurs fois se mettre à courir pour réussir à le suivre. Une table de jardin en bois clair cérusé, de style ancien, avait été dressée dehors, dans la cour, non loin du perron, sous une somptueuse tonnelle de fer forgé, laquelle était recouverte d'une immense toile ayant probablement été blanche autrefois, procurant à l'endroit un ombrage frais et agréable. La jeune fille s'installa devant l'unique assiette puis se releva aussitôt et attrapa son sac à dos d'où elle sortit la redingote d'Henri :

— J'allais oublier… Ta veste. Merci… de me l'avoir prêtée.

Il referma le dernier bouton de son manteau, en remonta encore davantage le col, et récupéra le vêtement légèrement froissé d'avoir voyagé à l'étroit ; que Cornélia lui tendait. Il marmonna brièvement un « c'est normal », puis le posa sur ses épaules, par-dessus ses autres affaires, et s'assit à son tour, juste en face de son invitée.

— Aurais-tu froid ? s'étonna cette dernière, restée debout, stupéfaite.

Elle ne portait qu'un débardeur blanc à fines bretelles, en coton léger, un jean et des sandales, et sentait pourtant de fines gouttelettes de transpiration perler sur son front tant il faisait chaud.

— Non, voyons. Je ne saurais souffrir du froid, l'étant déjà moi-même, indiqua-t-il, sarcastique. En revanche, le soleil n'est pas vraiment mon ami, lui m'incommode.

— Tu ne vas tout de même pas prendre feu ? plaisanta la jeune fille, avec malgré tout, une pointe d'inquiétude dans la voix.

— Il y a assez peu de chance, non, réfuta-t-il, un sourire quasi imperceptible étirant l'un des coins de sa bouche. Fort heureusement, cela n'arrive que dans les contes. Nous sommes, en réalité, bien plus coriaces que ce que l'on peut en dire dans ces ouvrages fantaisistes. Nous ne pouvons pas mourir, ni avec une balle d'argent, ni avec un pieu, encore moins avec de l'eau bénite, un crucifix ou même de l'ail !

Ces vieilles légendes humaines sur les diverses manières de venir à bout d'un vampire semblaient étonnamment l'amuser.

— Par contre, reprit-il d'un ton plus grave, il est clair que si je m'exposais déraisonnablement par une telle journée, je pourrais rapidement me retrouver dans le même état qu'hier.

— Alors pourquoi reste-t-on dehors ? demanda spontanément Cornélia.

— Parce qu'il fait beau et que toi, tu aimes le soleil. Je constate que tu essaies de te défiler en détournant la conversation. Tu es peut-être habile mais tu ne m'auras pas. Mange, avant que ce ne soit froid.

La jeune fille, consciente des dangers de sa mauvaise alimentation de ces derniers temps ; s'exécuta immédiatement malgré son manque d'appétit, se pliant docilement aux règles imposées par le vampire. Elle avala ainsi un peu de chacun des plats disposés devant elle, sous le regard placide et pensif de son hôte, toujours aussi taciturne, sans cette fois ressentir de gêne. En fait, elle commençait presque à s'habituer à cette drôle de situation.

— Et donc, quel est le sujet de tes interrogations aujourd'hui ? lança-t-il hâtivement tandis que la jeune fille venait à peine de terminer son assiette.

Elle prit quelques secondes pour vider son verre, croisa les bras sur sa poitrine et s'adossa au fond de sa chaise, s'installant le plus confortablement possible en vue d'écouter un long et captivant récit :

— J'aimerais savoir qui est Avoriel.

Curieusement, Henri parut soulagé. Peut-être avait-il craint que Cornélia ne l'interroge sur les motifs de sa future absence ? Si cela l'intriguait, elle n'en désirait pas moins ne rien savoir, imaginant facilement le genre de besogne qui pouvait obliger le vampire à quitter son château. Puis, l'expression du visage de ce dernier changea progressivement pour devenir peu à peu plus préoccupée :

— Question judicieuse, et fort à propos compte tenu de ton état, car c'est à lui que tu dois cette anémie. Comme tout le reste d'ailleurs. Il est peut-être temps maintenant que tu connaisses toute l'histoire...

La jeune fille fronça les sourcils, sans comprendre. Elle allait interrompre son interlocuteur, cette révélation surprenante amenant une nouvelle interrogation, mais il l'ignora et poursuivit, plus grave que jamais :

— Avoriel n'est autre que le vampire originel, il est le premier et le plus puissant de notre espèce. Il règne en maître absolu sur notre société, gouvernant chacun des sujets que nous sommes selon son bon plaisir, tel l'incorrigible tyran qu'il est. Car chez nous, vois-tu, la hiérarchie est primordiale, elle conditionne l'importance des pouvoirs. Ainsi, il est le seul à être capable de supprimer ce qu'il a créé. Personne d'autre que lui ne peut tuer un vampire. Même le suicide est impossible pour nous. Et pourtant, pour beaucoup, crois-moi, ce n'est pas l'envie qui manque. Par conséquent, nous lui devons tous le respect et l'obéissance. Enfin, en théorie, bien sûr...

Un voile de haine et de répugnance vint masquer son regard si clair, le rendant alors subitement sombre et inquiétant.

— D'aucuns diront qu'Avoriel est le mal incarné. La vision que l'on se fait d'un démon est encore trop éloignée de ce qu'il est en réalité. Il est, par ailleurs, l'instigateur de bons nombres des fléaux de votre histoire. Il erre sur cette terre depuis tant de siècles... Personne ne sait vraiment comment une telle abomination de la nature a pu voir le jour, et je doute qu'il le sache seulement lui-même. Il se considère comme l'antéchrist, une sorte de fils de Satan, personnification charnelle de l'ennemi de Dieu, et il répand sa *bonne parole*. Il prétend même avoir assisté à la crucifixion et s'en être délecté. À l'occasion, il n'hésite pas à en faire le récit, donnant maints détails convaincants de cet épisode. La plupart d'entre nous croient à ce mythe, c'est une autre manière d'entretenir la peur et d'asseoir davantage son emprise sur ce qu'il s'imagine être son peuple. Certains, et fort heureusement, ils sont peu nombreux, vont même jusqu'à lui vouer un véritable culte. Quant à moi, je suis un de ceux qui le connaissent le mieux. J'ai passé pas mal de temps à ses côtés, ayant été, il y a près de cinq cents ans, le premier qu'il soit parvenu à créer. Son premier compagnon de jeu, si l'on peut dire. Cependant, je n'ai jamais partagé son goût du massacre, et ses passe-temps, et autres distractions, m'ont très vite écœuré. D'ailleurs, je ne suis pas le seul, il y a énormément de vampires qui souhaiteraient le voir disparaître. Pour ne pas dire la majeure partie, en fait. Cependant, tous le craignent tant que personne n'a jamais réellement osé s'opposer à lui, les conséquences d'un pareil affront étant bien trop dramatiques.

— Charmant portrait, commenta la jeune fille en ravalant sa salive. Si tu voulais m'effrayer, encore une fois, c'est réussi. Mais je ne comprends pas bien quel peut être le rapport avec moi…

— Je n'ai pas fini.

— Parce qu'il y a un rapport, n'est-ce pas ? coupa-t-elle, appréhendant déjà la suite. Qu'est-ce que moi, petite humaine, j'ai à voir dans toute cette histoire ? Si mes rêves sont toujours exacts, c'est cet homme, enfin ce vampire, qui a tué mes parents, dans cette autre vie… Je… Mais… Pour quelle raison a-t-il fait une chose pareille ? Je ne comprends pas.

— Justement, ils lui ont tenu tête… soupira Henri, une immense amertume se peignant peu à peu sur son visage. Ils ont subi le sort que notre monarque réserve à ceux qui refusent de se plier à sa volonté.

Vois-tu, Avoriel, lorsqu'il a réalisé qu'il était capable d'engendrer d'autres êtres de son espèce, a cherché durant des années une femme digne de lui, digne d'être sa compagne. Au grand dam de ta mère, il a fini par jeter son dévolu sur elle tandis qu'elle n'était encore qu'une jeune et innocente humaine. Comme je te l'ai dit, personne ne peut aller à l'encontre de ses désirs. Il s'est, bien entendu, empressé de faire d'elle une buveuse de sang, puis se l'est approprié comme promise.

— Quoi ? s'exclama Cornélia, pétrifiée. Tu veux dire que ma mère était un... un vampire ? Mais...

— S'il te plaît, cesse de m'interrompre, réclama le châtelain d'une voix néanmoins douce, presque compatissante face au désarroi de son interlocutrice. Je répondrai à d'autres questions ensuite, si cela s'avère nécessaire, évidemment, mais laisse-moi d'abord terminer.

La jeune fille, interdite, acquiesça d'un signe de tête, n'ayant plus les mots pour opposer quoi que ce soit. Henri, qui scrutait maintenant son invitée d'un œil inquiet, reprit prudemment son récit :

— Après cela, Avoriel a chargé d'autres vampires de l'éducation d'Eléonore, ne prenant pas la peine d'assumer lui-même ce genre de tâches qu'il a toujours jugé trop ingrates pour un monarque tel que lui. Seulement, quand il est revenu chercher son *dû*, ta mère, ne se doutant pas, je crois, des dangers qu'elle encourrait à agir de la sorte, a tout bonnement refusé de le suivre. Elle venait de rencontrer ton père, un simple humain, et en était tombée éperdument amoureuse. Elle avait beau savoir que cette histoire ne durerait que le temps d'un battement d'ailes de cette longue existence qu'est la nôtre, elle voulait l'épouser, envers et contre tout. C'est à ce moment-là qu'Avoriel, exceptionnellement arrangeant, leur a proposé de passer un marché, celui qui, sans que tes parents s'en rendent compte, t'a, à jamais, condamnée…

Une ombre de tristesse mêlée de colère vint alors assombrir les traits du châtelain :

— Charles et Eléonore auraient dû se méfier. Ils ont été beaucoup trop naïfs de croire qu'ils pourraient sortir indemnes du bourbier dans lequel ils sont allés s'empêtrer. Le roi des vampires ne fait pas de compromis, ils auraient dû se douter qu'il y avait anguille sous roche. D'autant que les termes de cet accord étaient pour le moins étranges. Ils devaient offrir, en contrepartie de la bénédiction de notre monarque, sans laquelle leur union n'aurait pu se faire, le fruit qui naîtrait de leur amour contre nature. Ils ont spontanément accepté, pensant qu'une telle chose ne pouvait se produire, l'enfantement étant totalement impossible pour nous… Mais, on ne signe pas un pacte avec le diable impunément. Avoriel savait exactement ce qu'il faisait, car, quelques années après cela, sans que personne puisse expliquer ni comment, ni pourquoi, tu es née.

Henri s'arrêta un instant et lança à la jeune fille un regard étrange, empreint d'une espèce de fascination, semblable à celle du premier jour de leur rencontre, des siècles auparavant. Puis, il reprit sans la quitter de ses yeux aux iris improbables, dont la pâleur rivalisait avec celle d'un ciel d'hiver laissant tout juste entrevoir l'azur caché sous les nuages :

— Un être exceptionnel, unique et parfait. Un vrai miracle en somme… Une humaine dotée de la longévité et des capacités du vampire, mais sans souffrir de la moindre soif. Tous les avantages sans les inconvénients. Une hybride qui, de surcroît, possédait des choses qui, jusque-là, n'étaient réservées qu'à l'humanité. Une âme, et puis, surtout, un potentiel de procréation. Et ainsi, l'entrevue inespérée pour Avoriel d'obtenir cette fois des rejetons plus vrais que nature…

Il détourna le regard, cette dernière révélation évoquant quelque chose de trop horrible pour soutenir celui de la jeune fille. Cette dernière écarquilla les yeux, commençant à peine à comprendre où menait toute cette histoire. Puis, comme il semblait avoir terminé, elle avala péniblement sa salive, tentant de chasser le nœud qui s'était formé au fond de sa gorge, puis demanda d'une voix blanche :

— Alors… C'était donc ça, le danger ? Il me voulait… moi ? C'est pour cette raison qu'il a tué mes parents, ils ne m'ont pas livrée à lui comme ils l'avaient promis ?

— Et il te veut toujours… renchérit-il sinistrement, sans lever les yeux pour autant. Tu lui appartiens, Cornélia, à tout jamais.

Pourquoi Henri répétait-il mot pour mot l'ignoble message qu'elle avait un jour trouvé gravé dans sa chair, puis, ensuite, maculant les murs de sa chambre ? À quoi jouait-il ? Qu'est-ce que tout cela signifiait ? L'abominable phrase se mit soudain à résonner aux oreilles de la jeune fille, bourdonnant toujours plus fort, ressassant cette espèce de sentence qui la condamnait à quelque chose de probablement pire que la mort. Et alors, subitement, elle réalisa :

— C'est donc lui qui me harcèle ?! s'écria-t-elle, se relevant brusquement, consternée, faisant, sans s'en rendre compte, tomber sa chaise à la renverse. Mais que cherche-t-il ? Je ne suis plus qu'une humaine aujourd'hui ! Je ne suis rien d'autre... Je suis insignifiante... n'est-ce pas ?

— Oui et non, malheureusement, révéla son interlocuteur d'un air désolé. Ton corps est bien celui d'un être humain, il est périssable, mais ton âme, à l'image du vampire qu'était ta mère, est immortelle et tenace... C'est grâce à cela, j'imagine, que tu es parvenue à te réincarner. Elle reste inchangée, et renferme peut-être même encore les capacités qu'étaient les tiennes à l'époque où tu as vu le jour pour la première fois. Avoriel, tout comme moi, a dû sentir ton retour en ce monde. Il attend toujours son dû, et cherche par tous les moyens à l'obtenir.

— Non, ce n'est pas possible... C'est pire encore que tout ce que j'ai pu imaginer ! Mon Dieu... Ce n'est pas possible, c'est un cauchemar... Tu te trompes, tu te trompes forcément... bredouilla-t-elle péniblement, les larmes aux yeux. Je n'ai rien de ce que tu dis, je ne sais même pas pourquoi ces souvenirs m'apparaissent... Je n'ai pas cette âme dont tu parles ! Je le saurais sinon ! Je ne suis qu'une humaine... Rien qu'une humaine... Rien de plus... Avoriel aussi se trompe s'il croit que je suis la même personne... Vous vous trompez tous !

— Je préférerais, je t'assure. J'en suis navré mais tu es sensiblement la même, Cornélia. Tout en toi me l'indique, ton apparence, ta voix, ton odeur, celle de ton sang... Tu restes inchangée, que tu le veuilles ou non, je ne me trompe pas.

Elle resta muette un moment, tout se bousculait subitement dans son esprit. Puis, au bout d'une longue période de silence, les yeux agrandis par l'effroi qui la submergeait, elle reprit d'une voix chevrotante :

— Donc tu veux dire que... que je ne suis pas normale ? Si je comprends bien, je serais une espèce de... de... de monstre ? Un hybride ? À moitié humaine, à moitié... Et... et je serais poursuivie par le plus terrible des vampires ? C'est ça bien ça que tu es en train de m'expliquer ?

Soudain, oubliant qu'elle l'avait renversé quelques minutes plus tôt, elle se laissa choir sur son siège, complètement abattue par l'horreur de la situation. Au même instant, la chaise, restée au sol, se releva d'un coup, juste au bon moment pour que la jeune fille puisse s'y asseoir de nouveau. Ravalant ses larmes, elle adressa un vague regard de remerciement au châtelain et tenta tant bien que mal de se ressaisir, ne souhaitant pas encore une fois s'effondrer devant lui. Elle essaya de se calmer, inspirant profondément, puis s'évertua à analyser les choses. Il manquait tout de même quelques éléments pour que tout fût éclairci...

— Et toi, Henri, que viens-tu faire dans tout ça ? Pourquoi mes parents se sont-ils adressés à toi pour me protéger ?

— Parce que je suis la seule personne qu'Avoriel ait jamais craint en ce bas monde. Étant le premier vampire qu'il soit parvenu à créer et le seul à avoir *bénéficié* de son enseignement, je suis presque aussi puissant que lui. À l'exception du pouvoir de mort, je possède quasiment les mêmes capacités, mais aussi certaines qu'il n'a pas, déclara-t-il, une lueur de fierté teintée de défi s'allumant soudain au fond de ses yeux clairs. Je peux, par exemple, rendre n'importe qui se trouvant dans mon sillage indétectable, même pour un immortel. Et ça, c'est quelque chose qu'il ne peut ni contrer, ni imiter. Ta mère le savait et c'est pour cela qu'elle a fait appel à moi lorsqu'elle a compris qu'elle ne pourrait plus te protéger. Je lui ai juré de tout faire pour que jamais il ne t'ait à sa merci. Et je m'efforce, encore aujourd'hui, presque trois siècles après cela, d'honorer cette promesse.

— Que veux-tu dire ? interrogea la jeune fille encore tremblante, ébranlée par tout ce qu'elle venait d'apprendre.

Henri se retrouva subitement derrière elle, une main glaciale mais rassurante posée sur son épaule.

— Je veux dire que je veille sur toi Cornélia, murmura-t-il doucement. Je veillerai toujours sur toi. Tu n'as rien à craindre, tant que tu resteras près de moi, il ne t'arrivera rien. Avoriel ne pourra pas te trouver.

Elle tourna la tête et plongea son regard embué dans celui du vampire, complètement bouleversée :

— Ah ? Vraiment ? Donc, en gros, si je veux échapper à ce monstre, je dois rester dans ton sillage, c'est ça ? Je dois me contenter de ne pas trop m'éloigner de toi ? C'est tout ? Il n'y a que ça à faire ?

— Tu n'as rien à faire, seulement essayer de vivre le plus paisiblement possible malgré ça. C'est moi qui reste dans ton sillage. Je le fais déjà depuis un moment, depuis que c'est devenu nécessaire, et je ne pense pas que ma présence ait été trop pesante pour autant.

— Depuis quand ? questionna-t-elle, interdite.

— Depuis ce jour où tu as tenté de te tuer, ce fameux jour où tu as sauté d'un pont. J'ai bien failli arriver trop tard... Vois-tu, affaiblie, tu deviens plus facilement repérable et, l'on ne saurait être plus faible que lorsqu'on se trouve aux portes de la mort. J'ai fait ce qu'il fallait pour que cela n'arrive pas. Mais je reste convaincu que c'est lui, c'est Avoriel qui, sans que tu t'en rendes compte, t'a conduite jusque-là.

— Peut-être... Oui, ce devait être lui, supposa-t-elle en songeant à la voix dans sa tête et à son discours horrible qui l'encourageait au suicide, n'oubliant pas néanmoins que c'était également ce dont elle avait envie à ce moment-là, mettre un terme à cette existence trop vide. Et ensuite ? Tu es resté près de moi pendant tout ce temps ?

— Oui.

— Donc tu me surveillais. C'était bien ça, n'est-ce pas ? J'avais raison ?

— En quelque sorte oui, reconnut-il en baissant la tête. C'est nécessaire, tu comprends ?

Elle prit, dans un geste de gratitude, la main du châtelain, toujours posée sur son épaule, dans la sienne, et conclut timidement :

— Merci, Henri. Je crois bien qu'en fait c'est moi qui me suis trompée. Je n'aurais jamais dû dire toutes ces choses, l'autre jour. Je n'aurais jamais dit tout ça si j'avais su qu'en réalité tu étais mon ange gardien.

Il s'écarta brusquement d'un pas d'une extraordinaire amplitude et se retrouva soudain au fond de la tonnelle, à l'opposé de Cornélia. Puis il lança, reprenant tout à coup son habituel ton froid et distant :

— Ce n'est pas ce que je suis, ne te méprends pas. Je suis ton obligé, ton serviteur. Ma promesse... Bien, je crois que cela fait beaucoup pour une seule personne et pour une seule journée. J'ai amplement répondu à ta question jeune fille, alors il est temps que tu t'en ailles maintenant.

— Euh... Oui, bien sûr... balbutia-t-elle, surprise du brutal changement d'attitude du vampire. Comme tu voudras.

— Reviens dans trois jours. Et surtout ne quitte pas Rougemont cette fois, imposa-t-il d'un ton péremptoire. C'est important, j'espère que tu l'as compris. Durant ce laps de temps ce sera à toi de rester dans mon périmètre.

— Bien... D'accord. J'ai compris.

Elle se leva, prit ses affaires et se dirigea lentement vers le portail, le regard perdu, essayant encore d'intégrer tout ce qu'elle venait d'apprendre.

Chapitre 12
Terreur Nocturne

Quand elle arriva chez elle, elle fut étonnée de trouver son père tranquillement installé à regarder la télévision dans le canapé du salon, et non sur le pas de la porte en train de guetter son retour un peu trop tardif, les bras croisés, une expression de colère sur le visage, comme la veille. Elle en fut d'ailleurs soulagée car elle ne se voyait vraiment pas reprendre cette dispute absurde dans l'état où elle se trouvait... Tout ce qu'Henri venait de lui expliquer se mêlait désormais dans son esprit pour ne plus former qu'un épais nuage noir et opaque, entraînant de concert une de ces atroces migraines. Filer s'enfermer dans sa chambre, et vite.

— Tout s'est bien passé ? s'informa monsieur Williamson en apercevant sa fille, un sourire aimable et curieux aux lèvres.

Cornélia resta un instant sans répondre. Elle aurait dû rentrer plusieurs heures auparavant. Alors, pourquoi n'était-il pas en colère cette fois ? Pourquoi lui adressait-il la parole alors qu'ils étaient censés être fâchés ?

— Oui… Tout à fait…

Il se leva du sofa et vint vers elle :

— Nathalie m'a appelé pour me prévenir qu'elle t'avait gardée un peu plus longtemps. Elle m'a dit que tu t'étais bien débrouillée pour ton premier jour. Ça me fait très plaisir, tu sais. Tu vas voir, je suis sûr que tu vas te faire plein d'amis là-bas, des gens de ton âge, avec les mêmes centres d'intérêt.

— Nathalie t'a appelé ? s'étonna-t-elle.

En réalité, cette dernière avait permis à Cornélia de partir un peu plus tôt que prévu. La directrice du restaurant avait donc menti à son père, prenant la peine de lui téléphoner, tout ça pour lui servir de fausses excuses ? D'autant qu'elle était la seule personne à savoir chez qui la jeune fille se rendait après son service et avait clairement signifié sa désapprobation à ce sujet. Pour quelle raison alors avait-elle pris l'initiative de la couvrir ? Finalement, peut-être valait-il mieux la garder comme alliée, cela pourrait être utile à l'avenir. Après tout, si ça lui évitait de nouveaux accrochages avec son père, ce ne serait pas plus mal.

— Papa, je suis désolée mais je suis fatiguée. J'aimerais monter me reposer un peu, si ça ne t'ennuie pas.

— Bien sûr, acquiesça-t-il, étonnamment compréhensif.

Une fois qu'elle fut seule dans sa chambre, elle se laissa mollement retomber sur son lit et resta ainsi sans bouger, allongée sur le dos, les bras ouverts et les yeux écarquillés, le regard rivé au plafond. C'était une histoire à dormir debout. Alors elle n'était pas normale ? Différente… En même temps, ça, elle aurait pu s'en douter. Pas besoin d'être un génie pour relever ce genre de chose. Par contre, avoir une âme mi-humaine, mi-vampire, ça, c'était une surprise ! Une pilule un peu dure à avaler d'ailleurs. Mais, quelque part, cela pouvait expliquer certaines choses. Comme par exemple le fait que ses *semblables*, enfin, si l'on pouvait encore dire ça, la fuyaient comme la peste. Cela pouvait également expliquer le sentiment, si tenace et désagréable, qui la taraudait depuis sa plus tendre enfance ; de ne jamais être nulle part à sa place. D'une certaine manière, tout cela était logique. Cette histoire apportait un nouvel éclairage sur sa vie, un autre point de vue, différent. En fin de compte, elle aussi était un monstre. Et si, tout à coup, elle se mettait à éprouver le besoin de mordre les gens à la gorge pour aspirer leur sang ? Grand Dieu ! Quelle horreur ! Mieux valait ne pas y penser !

Puis, ses idées ne se tournèrent plus que vers une chose. Une personne. Son danger, dans le passé comme dans le présent. Avoriel… Ce nom si curieux sonnait comme un glas, une épée de Damoclès au-dessus de sa tête, la menaçant un peu plus à chaque instant. Henri n'avait pas précisé comment s'était terminée sa première vie, il n'avait rien dit à propos de la manière dont elle était morte. Tragiquement, forcément. L'on meurt rarement dans la joie, dans tous les cas. Mais celle-ci avait dû être particulièrement violente et terrible pour venir à bout de sa soi-disant longévité d'antan. Le monarque avait-il eu raison d'elle ? À l'évidence, son protecteur avait échoué, et, peut-être qu'aujourd'hui, il souhaitait tout bonnement se racheter. Toutes ces réponses, finalement, ne faisaient qu'amener d'autres questions.

Une nouvelle pensée lui vint. Il devait probablement y avoir, quelque part, une tombe à son nom. Cet élément pourrait étayer l'histoire d'Henri, enfin, du moins en partie. Mais, tout cela était-il bien réel ? Devait-elle vraiment y croire ? N'était-elle pas plutôt en train de sombrer, lentement mais sûrement, dans la folie, la déraison, entraînée malgré elle dans cet écueil par un homme dérangé, un prestidigitateur de grand talent au discours un peu trop convaincant ? Tant de choses étranges lui étaient arrivées ces derniers temps. À commencer par la voix dans sa tête, celle qui l'avait persuadée de sauter. Puis il y avait eu ses entailles sur ses poignets, les rêves, les marques dans son dos, le cauchemar de la salle de bains, si c'en était bien un, ce dont elle doutait de plus en plus ; et enfin, les tags dans sa chambre… Il y avait là bien trop d'éléments qui venaient appuyer l'histoire d'Henri. On lui voulait du mal et celui qui était derrière tout ça c'était Avoriel, ni plus ni moins que le seigneur des vampires.

Un frisson glacé la fit tressaillir. Oui, ce ne pouvait être que ça. Finalement, elle l'avait son explication, le lien entre tous ces faits. Mais jusqu'où pouvaient bien aller les pouvoirs de ce terrible monarque ? Le châtelain avait affirmé qu'il était, entre autres choses, responsable de son anémie. Mais comment ? De quelle manière s'y prenait-il et dans quel but faisait-il cela ? Elle amena ses poignets devant ses yeux, retira les épais bracelets qui cachaient honteusement ses cicatrices, et les examina avec attention. Elle n'avait jamais su comment ces blessures étaient apparues. Cela pouvait-il vraiment avoir un lien avec toute cette histoire ? Pourtant, si les marques qu'elle avait eues dans le dos transmettaient un message clair et précis, tant dans leur signification, que sur celui qui en était à l'origine, ce n'était pas le cas de ces entailles.

Elle replia les bras sur sa poitrine et ferma les yeux, essayant de se remémorer une fois de plus ce qui s'était passé ce jour-là, ce jour où elle avait tenté de se suicider. Cependant, elle ne put penser à rien d'autre qu'à l'homme étrange dont elle avait aperçu le visage se reflétant à travers les flots, celui-là même qu'elle avait vu dans le miroir lorsqu'elle s'était trouvée enfermée dans la salle de bains. Ses yeux rouge sombre ressemblaient curieusement à ceux d'Henri lorsqu'il avait *faim*... Était-ce lui, alors, Avoriel ? Et cette voix dans sa tête, était-ce la sienne également ? Apparemment, s'il ne pouvait la trouver, il pouvait tout de même la harceler. Mais, s'il était bien derrière tout ça, que cherchait-il à faire exactement ? Essayait-il de la rendre complètement folle ?

Des larmes se mirent à couler lentement le long de ses joues. Elle venait de passer d'un quotidien morne, solitaire et sans but, à une vie fantasmagorique et dangereuse, où son meilleur et unique ami était un vampire, et où un être aux pouvoirs diaboliques la persécutait. L'un valait-il mieux que l'autre ? Elle n'aurait su le dire, elle était tellement épuisée. Était-elle condamnée à être malheureuse, vie après vie, inexorablement ? Elle repensa ensuite à la fin tragique de ses parents de l'époque, lors de sa première existence, Charles et Eléonore, à leur sacrifice inutile pour tenter d'arrêter Avoriel et réparer ainsi l'erreur qu'ils avaient commise, et pleura de plus belle.

Puis, lasse d'essayer de comprendre quelque chose qui la dépassait, elle finit par s'endormir. Son père ne vint la réveiller que pour le dîner. Elle se leva alors péniblement et accepta de grignoter quelques pilons de poulet, tout en gardant le silence, puis retourna se coucher sitôt après avoir terminé. Son sommeil fut lourd et sans rêves, mais néanmoins réparateur. Elle se leva, le lendemain matin, pleinement reposée, revigorée, mais cependant toujours aussi déprimée. Ces trois jours sans pouvoir voir Henri allaient être horriblement longs, elle avait encore tellement de questions ! Bien qu'elle n'eût aucun appétit, elle se força tout de même à prendre un petit déjeuner afin d'éviter de tomber encore une fois d'inanition pendant le service. Elle s'arrangea habilement pour ne pas croiser son père de la matinée, puis partit au restaurant sans même lui avoir adressé le moindre mot. Quand elle arriva là-bas, tout le monde était à son poste et s'affairait déjà au travail. Elle ne put alors s'entretenir seule avec sa patronne que lorsque le dernier client fut parti et que le cuisinier fut suffisamment occupé à ranger ses ustensiles pour ne pas pouvoir venir se joindre à la conversation. Cornélia profita de ce petit moment de tranquillité pour demander à Nathalie :

— Apparemment, tu as téléphoné à mon père hier… Mais pourquoi ? Pourquoi lui avoir menti ? Pourquoi lui avoir raconté que j'avais travaillé plus longtemps ? Je ne comprends pas bien.

Cette dernière se retourna vers son employée et afficha une mine étonnée :

— J'ai jugé ça préférable. D'après ce que je sais, je ne crois pas qu'il aurait été ravi d'apprendre que tu voyais Henri. Il me semble qu'il ne l'apprécie pas beaucoup plus que mon père. C'était seulement pour t'éviter des ennuis, voilà tout.

Elle s'arrêta un instant, termina d'essuyer un verre à vin, puis reprit :

— Je ne lui ai pas non plus expliqué que tu t'étais évanouie après le service. En fait, j'aimerais simplement que tu me considères comme ton amie, Cornélia, et non comme une ennemie. Tout ce que j'ai pu dire hier sur monsieur De Maltombes, c'était pour te mettre en garde, parce que je t'aime bien et que je ne voudrais pas qu'il t'arrive quelque chose. Maintenant, tu fais ce qu'il te plaît, ça ne me regarde pas, c'est sûr.

La jeune fille, un peu décontenancée par cette espèce d'aveu d'affection, si peu habituel pour elle, ne trouva rien à répondre sur le moment. Elle se demanda si sa patronne était sincèrement en train de lui proposer son amitié, ou si c'était là seulement une espèce de manège afin d'obtenir davantage de confidences de sa part et pouvoir ainsi mieux alimenter les ragots du village. Cette situation devenait pour le moins étrange. Pour quelle raison Nathalie tenait-elle tant à ce qu'elles soient plus proches tandis qu'elles ne se connaissaient seulement que depuis quelques jours...

— Je suis désolée, mais tu es ma patronne. Je te remercie pour ce que tu as raconté hier à mon père, je mentirais si je te disais que cela ne m'a pas rendu service. Cela étant, et avec tout le respect et la sympathie que j'ai pour toi, on ne peut pas être autre chose qu'une employée et une employeuse. C'est mon premier boulot et je tiens à ce que tout se passe bien, c'est important pour moi. Tu comprends j'espère ?

— Bien sûr, concéda la directrice de l'établissement en baissant la tête, déçue. Tu peux y aller si tu veux, nous avons fini de toute façon.

La jeune fille ne rentra pas tout de suite chez elle et fit un détour pour passer devant le château. Elle savait que personne ne viendrait lui ouvrir aujourd'hui mais elle ne put s'empêcher de s'arrêter quelques minutes devant la grille. L'endroit était tristement désert et tous les volets étaient clos, comme si l'occupant des lieux était parti pour un long voyage.

Elle posa alors son scooter à l'ombre d'un arbre et entreprit de se rendre à pied à la petite chapelle. Une fois là-bas, elle se fraya à nouveau un chemin à travers la végétation pour aller jusqu'à l'autel et s'assit exactement à l'endroit où elle avait trouvé Henri deux jours plus tôt, prostré et mal-en-point. Elle posa sa main sur l'inscription qui l'unissait pour toujours à un certain Maxime, et caressa doucement la pierre froide, retraçant les contours de chacune des lettres de ce tendre message. Parmi tous ceux qui lui avaient été adressés ces derniers temps, c'était bien le plus plaisant, et de loin. Puis, elle ferma les yeux, attendant qu'une image lui vienne. Elle aurait tellement aimé en savoir un peu plus sur ce beau jeune homme et sur ce qui avait pu les lier autrefois. Mais elle eut beau rester ainsi pendant près d'une heure, complètement immobile, elle ne vit rien d'autre que le décor environnant.

Dépitée, elle finit par se relever et entreprit alors de fouiller les alentours, en quête de sa propre tombe.

Si elle avait été aussi chère au vampire que celui-ci le prétendait, il avait forcément dû entretenir sa sépulture. Et où enterrait-on les gens trois siècles plus tôt sinon près des lieux sacrés ? Cependant, elle ne trouva aucune trace de quoi que ce soit du genre près de la chapelle. Ne s'avouant pas vaincue si facilement, elle décida de s'éloigner pour chercher dans la forêt, s'aventurant même en dehors des sentiers, s'enfonçant profondément dans les sous-bois. Le soleil commençait à décliner lorsqu'elle se rendit compte qu'il était peut-être temps d'abandonner ses infructueuses recherches pour rentrer au manoir. Elle mit un moment avant de pouvoir retrouver son chemin, puis son scooter, et dut faire la route qui la séparait de chez elle de nuit. Allait-elle encore devoir affronter les foudres de son père ? Elle était légèrement inquiète et commençait déjà à se creuser la cervelle, cherchant une excuse plausible à servir à ce dernier afin de conserver le semblant de paix qu'ils avaient réussi à établir depuis leur dernière dispute. Mais, lorsqu'elle passa le portail d'entrée, elle découvrit le jardin complètement vide. La voiture de monsieur Williamson, d'ordinaire garée devant le perron, avait disparu, et la maison était fermée, sans aucune lumière. Cornélia trouva alors, punaisé sur la porte d'entrée, un petit morceau de papier sur lequel était griffonné à la va-vite un mot lui étant destiné :

« Tu n'as toujours pas ton portable !!! Suis parti avec Maurice. Rejoins-moi chez lui dès que possible. »

Intriguée, elle remonta sur son scooter et se rendit aussitôt quelques bâtisses plus loin, chez le jardinier, comme il lui avait été expressément demandé. Elle se dépêcha de mettre la béquille de son engin et se précipita à la porte de la maison du vieil homme lorsqu'elle vit, garée là, juste sous la fenêtre de leurs employés, une voiture de police, provenant sans doute du commissariat de la ville la plus proche. Ce fut une madame Amélie effondrée, le visage couvert de larmes qui vint lui ouvrir :

— Entre… marmotta-t-elle.

— Que se passe-t-il ? s'enquit Cornélia, hébétée.

La pauvre femme, assaillie par de violents sanglots, ne put répondre quoi que ce soit. Nathalie s'empressa alors de venir accueillir la nouvelle arrivée :

— Excuse ma mère, c'est qu'elle est très inquiète… Nous le sommes tous, en fait…

— Mais enfin, pour quelle raison ? interrogea la jeune fille en apercevant deux policiers en train de s'entretenir avec Maurice dans la petite cuisine.

— Mon grand-père a disparu, expliqua la directrice de l'unique restaurant du village, une pointe d'angoisse dans la voix. On a retrouvé des traces de sang chez lui mais on n'a aucune idée de ce qui a pu lui arriver…

— Oh… Je suis désolée, déclara Cornélia, ne sachant quoi répondre d'autre.

— Ton père a gentiment proposé de refaire le tour des environs avec la police afin de s'assurer qu'il ne soit pas en train d'errer quelque part. Il ne devrait plus tarder maintenant. Il a demandé que tu l'attendes ici.

La jeune fille accepta sans broncher les directives de monsieur Williamson. Elle suivit sa patronne jusque dans le salon et vit alors, assise sur un fauteuil à large dossier, celle qui, par déduction, devait être

Claire. Elle ressemblait vaguement à sa sœur mais la devançait largement par sa beauté. Étrangement, elle ne paraissait pas plus âgée, c'était même tout juste si elle ne faisait pas plus jeune. Ses cheveux châtain clair étaient magnifiques, lisses et soyeux, si longs qu'ils lui arrivaient jusqu'au bas du dos, et son visage, bien qu'encore humide des larmes qu'elle avait dû verser peu de temps auparavant, était si parfait qu'il faisait penser à ceux de ces top modèles qui figurent en première page des grands magazines de la presse féminine. Elle ne se leva pas en entendant arriver la jeune fille et resta prostrée au fond de son fauteuil, fixant le vide d'un œil hagard, presque éteint.

— Claire, s'il te plaît, dis bonjour à Cornélia, réclama Nathalie d'un ton particulièrement doux.

L'intéressée tourna alors lentement la tête puis, tout à coup, parut surprise, un peu comme si elle venait seulement de découvrir la présence d'une nouvelle personne chez elle. Elle finit par quitter son siège, lascivement, et s'approcha de l'employée de sa sœur en la dévisageant d'un air étonné et curieux :

— Alors, c'est toi ? murmura-t-elle.

Nathalie attrapa la main de son aînée, l'empêchant de s'avancer plus :

— Ne lui en veux pas, elle est encore plus bouleversée que ma mère, s'excusa-t-elle en s'adressant à sa serveuse, légèrement embarrassée.

— Je comprends, répondit la jeune fille, fronçant les sourcils, gênée d'être ainsi examinée.

Claire garda le silence, ne saluant toujours pas son invitée, et continua de la scruter, plissant les yeux, une expression hostile dessinée sur son joli visage.

— Assieds-toi, pria poliment Nathalie, indiquant d'un geste de la main un petit canapé brun.

Cornélia, mal à l'aise, s'exécuta sans rien dire, intriguée par l'étrange attitude de la fille aînée du jardinier.

— Comment peux-tu être amie avec monsieur De Maltombes, hein ? s'exclama tout à coup cette dernière avec aigreur. Il n'a pas d'ami ! Moi, je crois surtout que tu es une sacrée menteuse !

— Pardon ?

— Reste loin de lui, c'est un conseil que je te donne ! s'écria Claire avant d'éclater en sanglots.

Cornélia resta bouche bée, les bras ballants, cherchant à comprendre la raison d'une telle agressivité. Puis, elle se tourna vers sa patronne et, ne saisissant toujours pas, lui adressa un regard interrogateur. Celle-ci afficha un air désolé, comme pour s'excuser du comportement inconvenant de sa sœur, et alla la prendre dans ses bras, tentant vainement de la réconforter.

— Enfin tu es rentrée ! lança monsieur Williamson en entrant en trombe dans le salon. Mais où étais-tu encore passée, bon sang ?!

— Euh... Je me suis promenée, tenta la jeune fille prise de court.

Décontenancée par la situation, elle avait complètement oublié l'alibi mensonger qu'elle avait trouvé à fournir à son père pour que celui-ci la laisse tranquille. Il se dirigea vers sa fille, l'air aussi furieux que d'habitude, puis tourna la tête et aperçut Claire en pleurs dans les bras de sa sœur. Il sembla soudain embarrassé, réalisant sans doute qu'il était quelque peu déplacé de régler ses différends dans un moment pareil.

— Hum, nous n'avons malheureusement rien trouvé, dit-il en s'adressant à la jeune femme, confus.

Puis il revint vers Cornélia, la fixant d'un regard qui semblait vouloir dire « tu ne perds rien pour attendre », et reprit d'une voix contenue dans laquelle sourdait néanmoins de la rancune :

— Nous devrions rentrer à la maison maintenant, il se fait tard.

— D'accord, consentit-elle aussitôt, se levant hâtivement du canapé, pressée de s'en aller.

— Tenez-moi au courant, conclut monsieur Williamson en se tournant vers Nathalie, la mine navrée. Et surtout n'hésitez pas à me demander si vous avez besoin de quoi que ce soit.

— Merci, répondit la directrice de restaurant.

Elle lâcha sa sœur pour venir serrer la main de son interlocuteur, puis celle de Cornélia, et ajouta à l'intention de cette dernière :

— Ce n'est pas la peine de venir travailler demain, je vais fermer durant quelques jours pour rester avec ma famille. De toute façon je vous préviendrai dès que l'on aura du nouveau.

Finalement, monsieur Williamson s'abstint de réclamer des comptes à sa fille à propos de ses occupations de l'après-midi et du début de soirée, et se mit, sitôt après être rentré, à préparer le dîner. Ils prirent leur repas en tête à tête, dans la cuisine, et gardèrent le silence. Ce fut Cornélia qui céda la première à cette guerre des nerfs muette :

— Papa, dis-moi, qu'est-il arrivé au grand-père de Nathalie ? Je n'ai pas bien compris ce qu'il se passait…

Il posa alors ses couverts, s'installa au fond de sa chaise, croisa les mains devant lui et resta un moment ainsi, à réfléchir à ce qu'il allait dire, semblant hésiter entre reprendre les reproches là où il les avait laissés chez Maurice, ou cesser définitivement toute hostilité. L'air calme qu'il prit lorsqu'il commença à parler indiquait qu'il avait opté pour la deuxième solution :

— Tout ce que je sais, commença-t-il, une expression préoccupée sur le visage, c'est que le père de madame Amélie paraissait aller très bien hier soir, enfin aussi bien que puisse se porter un homme de quatre-vingt-seize ans ; et qu'aujourd'hui, en fin d'après-midi, lorsqu'elle a voulu lui rendre visite, il avait disparu. Sa maison était vide et l'un des fauteuils du salon était parsemé de taches de sang. La police est en train de faire des analyses pour être sûre que ce soit bien le sien. Personne ne sait encore ce qui s'est passé…

— Et tu connaissais ce monsieur ? s'enquit la jeune fille, étonnée que cette histoire touche autant son père.

— Non, pas très bien, avoua-t-il. Mais ce qui m'angoisse un peu c'est que c'est tout de même la deuxième disparition à Rougemont en quatre ans. Ça fait beaucoup pour un si petit village, tu ne crois pas ? Sans compter qu'au cours de ces dix dernières années, il y en a eu d'autres dans la région, Maurice t'en avait parlé, il me semble.

— Ah oui, rétorqua Cornélia, un sourire ironique sur les lèvres. C'est vrai, l'homme qu'Henri aurait tué. Tu ne penses quand même pas qu'il aurait pu enlever le grand-père de Nathalie ?

— Non, ce serait complètement absurde, admit monsieur Williamson. Ils ne se sont même jamais rencontrés.

Tout à coup, la jeune fille qui était en train de porter une cuillerée de yaourt à sa bouche, s'arrêta net, laissant tomber le couvert qui vint heurter bruyamment son assiette. Le vampire devait se nourrir. C'était sans aucun doute pour cette raison qu'il lui avait demandé de ne pas venir au château. Quelqu'un dans les environs allait donc en faire les frais... Elle n'avait pas voulu y songer auparavant mais c'était bien là la vérité. Tout cela n'était-il alors qu'une malencontreuse coïncidence ? Il y avait assez peu de chance... Mais, enfin tout de même, si Henri devait tuer quelqu'un, pourquoi s'en serait-il pris à un vieillard, une personne sans défense et probablement loin d'être très *appétissante* ? Ça n'avait ni queue ni tête ! Et pourquoi commettre un meurtre si près de chez lui ? Elle secoua la tête comme pour chasser toutes ces horribles idées de son esprit. Non, ça ne pouvait être lui. Il y avait forcément une autre explication. Même si elle avait du mal à croire que le vampire n'ait rien eu à voir avec tout ça, il fallait qu'elle s'en convainque.

— Tout va bien, Cornélia ? demanda monsieur Williamson, intrigué par le brusque changement de comportement de sa fille.

— Euh, oui ! répondit-elle à la hâte, sortant tout à coup de ses obscures réflexions. Je... ça m'inquiète un peu aussi...

L'appétit coupé, elle laissa son yaourt à peine entamé et entreprit de débarrasser la table. Elle avait beau essayer par tous les moyens de se persuader qu'il n'y avait aucun lien entre la disparition du grand-père de Nathalie et l'absence d'Henri, se répétant intérieurement qu'un vampire tel que lui ne pouvait décemment choisir une telle proie, l'affreux doute qui subsistait en elle la rongeait de l'intérieur, et nouait peu à peu son estomac. Épuisée, comme bien trop souvent ces derniers temps, elle monta se coucher sitôt après avoir terminé de ranger la cuisine. Elle s'endormit rapidement, s'efforçant de ne plus penser à rien. De toute façon, mieux valait pour elle qu'elle ignore la vérité, et ce, quelle qu'elle eût été. Car, si le vieil homme n'avait pas été la victime du buveur de sang, fatalement, une autre personne était sur le point de connaître un sort funeste.

Elle fut réveillée au beau milieu de la nuit par le bruit sec et violent d'une porte que l'on claque brutalement. Subitement, elle ouvrit les yeux et s'assit sur son lit. À cause de la chaleur ambiante, Cornélia n'avait fermé ni ses volets, ni ses fenêtres, et, en l'absence totale de vent, les battants n'avaient pas bougé, ils étaient exactement comme elle les avait laissés lorsqu'elle s'était couchée. D'où avait bien pu provenir ce bruit alors ? L'avait-elle rêvé ? La lumière de la lune éclairait la chambre d'une faible lueur, ne permettant pas de distinguer grand-chose, cependant, à certains endroits, les murs brillaient d'une étrange manière. Par prudence, elle alluma sa lampe de chevet, afin de vérifier que tout fut bien normal, et étouffa du dos de la main un cri d'effroi lorsqu'elle vit que les graffitis étaient revenus. La peinture rouge était encore fraîche et luisante, ce qui laissait supposer que le criminel venait juste de terminer son œuvre. Tout était exactement comme la première fois. Les murs étaient complètement recouverts de ce message malsain qui avait autrefois figuré dans le dos de Cornélia. Cette dernière resta un instant interdite, sans savoir comment réagir. Son père dormait dans la pièce juste en face et il ne devait surtout pas découvrir ce qui venait de se passer dans la chambre de sa fille.

Alors, rapidement, elle se ressaisit. Elle se leva prudemment et alla, sans bruit, jusqu'à la salle de bains chercher une éponge, une bassine d'eau et du savon, puis, une fois revenue, entreprit de nettoyer le carnage. Elle commença à frotter les murs, se répétant inlassablement que ce n'était pas grave, qu'il n'allait rien lui arriver et qu'il fallait avant tout qu'elle garde son calme. Les battements de son cœur commencèrent à s'emballer lorsqu'elle s'aperçut qu'au lieu d'effacer la peinture, elle ne réussissait qu'à l'étaler plus encore, teignant l'ensemble du mur en rouge sang…

— Jamais tu n'arriveras à te débarrasser de moi, Cornélia… Tu m'appartiens…

Elle s'arrêta net, se retourna d'un mouvement brusque, échappant au passage son éponge qui retomba sans bruit sur le parquet. Elle scruta la chambre, mais ne trouva rien, il n'y avait personne d'autre qu'elle dans la pièce. La voix… Elle aussi était revenue ? Des larmes de terreur commencèrent à embuer son regard. Cette fois-ci c'était certain, c'était forcément lui, qui d'autre pourrait lui dire de pareilles choses ?

— Avoriel ? murmura-t-elle, tremblante.

Sa tête devint alors subitement douloureuse, comme si chacun des battements de son cœur s'était mis à résonner jusqu'au fond de son crâne, lui donnant à chaque fois un peu plus l'impression qu'il allait exploser.

— *Maintenant que les présentations ont été faites, dis-moi où tu es !*

— Pourquoi ferai-je ça ? lança-t-elle au vide.

— *Parce que tu n'as certainement pas envie de voir les gens que tu aimes souffrir par ta faute...* avança la voix d'un ton faussement doux, presque mielleux.

Son timbre était à la fois agréable et atroce. Il y avait dans sa sonorité quelque chose de caché, de malsain et dérangeant, un peu comme si un merveilleux chant avait couvert les hurlements de milliers de personnes. Cornélia sentit la panique l'envahir pour de bon. Si Avoriel pouvait lui parler dans sa tête, saccager les murs de sa chambre et graver des messages sadiques dans sa chair, que pouvait-il encore faire d'autre ? Ses menaces étaient-elles réelles ? Et Henri qui n'était pas là... Ainsi, en cet instant, il n'y avait personne pour la protéger. Elle se retrouvait à nouveau seule. Seule et impuissante face au spectre immatériel du monstre qui la traquait depuis plusieurs vies. Elle ferma les yeux, serrant ses paupières de toutes ses forces et barricada son visage de ses mains :

— Il n'y a rien, rien du tout, chuchota-t-elle pour elle-même, comme pour conjurer un mauvais sort. Il ne peut rien m'arriver, alors je n'ai pas peur.

— Cornélia... Cornélia, je t'en prie... Aide-moi ! Dis-lui... Je t'en supplie !

Qui était-ce ? Cette voix, celle d'un homme jeune, elle ne la connaissait pas... Ou peut-être que si... En fait, elle lui évoquait bien des choses, des émotions lointaines et enfouies, des émotions douloureuses même. Elle ne put faire autrement que de retirer ses mains de devant son visage et ouvrit prudemment les yeux. Tout au fond de la chambre, à l'opposé de là où elle se trouvait, se tenait une personne, quelqu'un qui n'aurait pas dû être ici, quelqu'un qu'elle ne connaissait pas, du moins pas dans cette vie. Un jeune homme était assis par terre et semblait épuisé, à bout de forces, son souffle était court et faisait exactement le même bruit épouvantable que celui d'Henri lorsqu'elle l'avait retrouvé au fond des ruines, souffrant de cette faim abominable que seuls les vampires connaissent. Il était recroquevillé sur lui-même, la tête basse, si bien que Cornélia ne pouvait distinguer les traits de son visage. Pour autant, il ne lui était pas complètement étranger. Il portait une longue veste de cuir sombre, une large chemise blanche, d'un autre temps, très sale, et ses cheveux, châtain clair, aux reflets légèrement cuivrés, complètement emmêlés, lui arrivaient au niveau des joues, et masquaient son regard. C'est alors qu'elle le reconnut, il était celui qui lui avait pris la main dans la chapelle, celui qu'elle avait vu dans ses visions. Celui qu'elle avait aimé profondément, autrefois. Maxime... Peut-être... Mais que se passait-il ? Était-il vraiment là, devant elle ? Était-il un vampire, lui aussi ? Et pourquoi la suppliait-il ? Elle s'approcha prudemment de l'intrus et demanda d'une voix hésitante :

— Que... que faites-vous ici ? Que voulez-vous ?

Il ne réagit pas, paraissant ne pas pouvoir entendre les paroles de Cornélia, et, peu à peu, se mit à gémir de douleur, doucement d'abord, puis plus vivement ensuite. Elle se baissa afin de pouvoir voir son visage et hurla d'effroi, reculant si brusquement qu'elle se prit les pieds dans le tapis et retomba en arrière, sur son séant, face au jeune homme. Les yeux de ce dernier semblaient avoir disparu, laissant deux orbites vides, cavités hideuses d'où s'écoulait en abondance un épais liquide écarlate. Son visage d'ange était transformé par la souffrance et par le sang qui le recouvrait presque entièrement. Il tremblait de tous ses membres et était, l'espace de brefs instants, agité de spasmes extraordinairement saccadés et violents. Il tendit avec peine une main vers la jeune fille et murmura, implorant :

— Dis-lui, s'il te plaît… Il faut que cela cesse…

— Non… Je ne peux pas ! s'écria Cornélia en panique, reculant plus encore, se traînant à l'aide de ses bras vers l'arrière.

Il se mit subitement à hurler de douleur et tout son corps se tordit horriblement, de manière irréelle, irrationnelle. Soudain, un flot ahurissant de sang se mit à s'écouler de sa bouche, de ses narines et de ses orbites vides, puis de sous ses ongles, de son cuir chevelu, de sous sa chemise et de tous les pores de sa peau, répandant au sol une quantité effarante d'hémoglobine. La chair du jeune homme semblait fondre comme neige au soleil, se désagréger, comme s'il avait été exposé à un puissant acide. Dans sa terrible agonie, il rassembla ses dernières forces pour articuler péniblement, dans un immonde gargouillis :

— Cornélia… Pitié…

La jeune fille se releva d'un bond pour éviter que le liquide pourpre recouvrant bientôt l'ensemble de son parquet ne l'atteigne, et courut hors de la chambre. Elle s'arrêta en pleurs sur le palier, ne pouvant même plus faire un pas, terrassée par une violente nausée. Elle s'adossa un instant contre un des murs du couloir et tentait de reprendre son souffle pour ne pas vomir, lorsqu'elle se rendit compte qu'une lumière était allumée au rez-de-chaussée. Son père... Il fallait absolument qu'elle lui demande de l'aide, elle n'avait plus le choix. Car, quoi qu'il se soit passé, événement surnaturel ou non, un homme venait de mourir dans sa chambre, sous ses yeux. Elle descendit alors les escaliers à toute vitesse, sanglotant bruyamment, ne pouvant plus se retenir tant elle était submergée par l'angoisse et l'horreur. Puis, elle courut en direction de la cuisine, pièce d'où provenait la lumière, et se précipita à l'intérieur. Là, elle trouva monsieur Williamson assis à table, tranquillement installé à lire son journal. Il aurait pourtant dû entendre sa fille arriver, cependant, il restait obstinément immobile, caché derrière les grandes feuilles de papier noirci qu'il tenait devant lui.

— Papa ! hurla Cornélia à bout de nerfs.

Ce dernier ne daigna même pas relever la tête et ne bougea pas d'un millimètre, demeurant exactement dans la même position qu'au moment où elle était entrée en trombe dans la pièce. Il se contenta de répondre, d'un ton froid et détaché :

— Il faut que tu lui dises où tu es, ma chérie, jamais nous n'aurons la paix sans cela.

— Q-Quoi ? bégaya-t-elle, interloquée.

Elle s'approcha alors prudemment de l'endroit où se tenait son père et plaça ses mains devant sa bouche, cherchant à retenir une nouvelle nausée, ou un nouveau hurlement, elle ne savait plus vraiment ; en apercevant, à mesure qu'elle s'avançait, d'étranges choses sombres et visqueuses posées sur la table, juste devant lui, dissimulées derrière le journal. Le bas des pages baignait dedans et semblait s'être imprégné d'un liquide rouge.

— Mais, qu'est-ce qui t'arrive, papa ?! articula avec peine la jeune fille, chancelante, proche de l'évanouissement.

Monsieur Williamson se décida enfin à baisser son journal, découvrant ainsi ce qu'il dissimulait. Des tripes et des boyaux sanguinolents étaient négligemment étalés sur la table, juste devant lui. Ses propres viscères… Cornélia hurla de terreur et d'épouvante, aussi fort et aussi longtemps que ses cordes vocales le lui permirent. L'abdomen de son père était atrocement déchiré, complètement ouvert, à tel point que l'on pouvait apercevoir la quasi-intégralité de ses entrailles. Et, cependant, ce dernier ne semblait pas conscient de sa situation. Il restait immobile, le visage figé, placide, et fixait sa fille d'un regard morne et éteint, presque sans vie. Cette dernière, dans un réflexe, se retourna vers l'évier et y régurgita tout son repas du soir.

— Pourquoi tu ne lui dis pas maintenant ? Ça fait mal, tu sais, avisa monsieur Williamson, d'un ton légèrement agacé, en décalage total avec son insupportable état.

Mais que se passait-il à la fin ? Tout cela était-il réel ? Son père était-il vraiment là, l'abdomen ouvert comme si on avait tenté de le disséquer ?

— Assez… gémit-elle entre deux sanglots, affalée sur le rebord du lavabo.

Elle n'osait plus se retourner, incapable de faire à nouveau face à une telle horreur :

— Arrête ça, Avoriel !

— Mais cela ne tient qu'à toi !

Une autre voix… Une voix féminine, qu'elle aurait reconnue parmi des milliers d'autres. Une voix qu'elle n'avait pas entendue depuis tellement longtemps. Cornélia resta sans bouger, paralysée par la peur. Cela ne pouvait être vrai…

— Maman ? balbutia-t-elle.

— Te rends-tu compte de ce que l'on endure par ta faute, petite ingrate ?!

La jeune fille se retourna lentement et éclata une nouvelle fois en sanglots lorsqu'elle vit sa mère dans la cuisine, se tenant debout devant les plaques de cuisson, en train de mettre une casserole remplie d'eau sur le feu. La tête de cette dernière penchait curieusement sur le côté, formant un angle étrange, et le col de la chemise bleu ciel qu'elle portait était maculé de sang. Cornélia plaqua avec force une main contre sa bouche pour étouffer ses gémissements d'effroi et s'avança, tremblant de tous ses membres, vers celle qui était là, juste devant elle, tandis qu'elle avait péri, quelques années auparavant, dans un accident de la route. Elle jeta un coup d'œil par-dessus son épaule et aperçut son père, toujours assis à table, de nouveau caché derrière son journal. Il avait tranquillement repris sa lecture, ignorant son atroce blessure, sa fille en larmes et la présence de son ex-femme morte dans la cuisine. Elle nageait en plein cauchemar… Devait-elle se pincer ? Elle allait défaillir. Ses jambes commençaient à se dérober sous son poids, quand, soudain, sa mère se tourna vers elle et jeta brusquement l'eau bouillante de la casserole dans sa direction, un rictus mauvais sur sa figure blême. Cornélia fut d'abord saisie par l'expression de haine qu'elle put lire sur le visage de celle qui lui faisait maintenant face, avant de ressentir la douleur aiguë provoquée par la projection du liquide brûlant sur son bras droit. Elle recula d'un pas et pleura de plus belle, envahie par la terreur, le désespoir et l'incompréhension. C'était de la pure démence ! Pourquoi sa défunte mère était-elle là ? Et pourquoi cherchait-elle à lui faire du mal ?

— Vas-tu enfin cracher le morceau ?! siffla celle-ci, les traits déformés par la colère. Sale garce !

Elle brandit alors la casserole au-dessus d'elle, menaçant de frapper sa propre fille avec l'objet métallique, puis se mit à avancer vers elle, quand, tout à coup, elle fut stoppée dans son élan. Sa tête, qu'elle tenait jusque-là curieusement penchée sur le côté, finit par retomber doucement sur son épaule, son cou se déchirant progressivement, puis, se rompant complètement ; pour atterrir sur le carrelage de la cuisine, roulant jusqu'aux pieds de Cornélia. Elle ouvrit la bouche pour crier mais aucun son ne put sortir de sa gorge tant elle était à bout de forces. Elle fit alors demi-tour et sortit de la pièce, maintenant une main sur son bras ébouillanté, se déplaçant à la manière d'un robot, hagarde, ne sachant plus du tout ce qu'elle devait faire. Elle entra dans le salon et se dirigea péniblement vers le canapé quand elle aperçut, tout au fond de la pièce, caché par la pénombre, son seul et unique allié et ami, Henri.

Trouvant peut-être enfin une issue à cet affreux cauchemar, elle se précipita vers lui et supplia :

— Aide-moi… S'il te plaît, aide-moi…

Mais le vampire, lui non plus, ne semblait pas être dans son état normal. Son regard était différent, son attitude aussi. Il paraissait terriblement en colère, ses lèvres étaient retroussées, lui donnant l'air féroce, et ses crocs étaient sortis, prêts à se planter dans un morceau de chair humaine. Il fixait la jeune fille avec une rancœur et une amertume si intense qu'elle ne le reconnaissait plus.

— Tu nous as tous trop fait souffrir Cornélia, il faut que notre calvaire cesse. Dis-lui où tu es ! Tout de suite !

— Non… implora-t-elle en tombant à genoux devant le seul homme capable de mettre un terme à cet abominable supplice. Tu ne peux pas me demander cela, pas toi… Tu as promis de me protéger…

— J'ai changé d'avis, annonça-t-il d'une voix doucereuse, un sourire sadique fendant son sinistre visage. Tu n'en vaux pas la peine, tu ne l'as jamais value d'ailleurs.

— Ce n'est pas possible… Ce n'est pas possible… répéta-t-elle, se sentant doucement sombrer dans un profond désespoir.

Elle s'approcha de lui. Il fallait qu'elle vérifie, qu'elle sache si c'était vraiment Henri qui se tenait là, devant elle, exigeant qu'elle se rende, la fixant de cet odieux regard haineux et malsain. Elle avança prudemment la main vers lui et voulut toucher sa jambe, quand, subitement, le corps du châtelain ainsi que tous ses vêtements, se teintèrent de gris, se changeant progressivement en cendres. Le vampire resta un court instant figé en une sorte de statue de charbon, puis, dans un soupir, se désagrégea, et retomba en poussière sur le sol.

— Non ! Pas toi aussi… sanglota Cornélia complètement abattue.

Elle était certaine que ce n'était pas un cauchemar. Elle était parfaitement capable de ressentir la douleur, si vive, de la brûlure sur son bras. Elle pouvait également sentir l'intense migraine qui lui vrillait les tempes depuis son réveil, et surtout, elle pouvait sentir la souffrance atroce que la susceptible perte de son père et d'Henri provoquait. Elle se releva, fixa un moment le petit tas de cendres qu'avait laissé le vampire, puis, jeta un coup d'œil en direction de la cuisine et aperçut le cadavre sans tête de sa mère affalé sur le carrelage, ainsi que son père, le ventre ouvert, toujours assis à table, comme si de rien n'était. Elle alla s'effondrer dans le canapé et tenta péniblement de réfléchir. Si elle n'était pas en train de rêver, alors elle était forcément en pleine crise de délire… Il lui suffirait de se calmer pour que tout s'arrête.

— Ou alors tu peux aussi lui dire où tu es, proposa la voix calme et bienveillante d'une jeune fille, chuchotant à son oreille.

Cornélia fit un bond en arrière lorsqu'elle se rendit compte que Lise, sa meilleure amie, était maintenant juste à côté d'elle, assise, elle aussi, dans le canapé. Cette dernière fit une grimace et tendit un bras devant elle. Elle ouvrit la paume de sa main vers le plafond, les doigts crispés, puis se mit à geindre. Soudain, dans un affreux bruit de brisement d'os, son poignet se mit à tourner tout seul et se décala sur le côté, formant alors une impressionnante bosse où l'on pouvait apercevoir, à travers la chair, l'extrémité déboîtée de son cubitus.

— Il faut que tu nous sortes de là… murmura Lise dans un soupir de douleur, la mâchoire crispée.

Cornélia plaqua ses mains devant son visage pour ne plus rien voir, se griffant jusqu'au sang tant elle était à bout de nerfs, et déclara à l'attention d'Avoriel :

— Je préfère me tuer ! Tu entends ? J'en suis capable !

Ce serait facile… Il lui suffirait d'aller dans la salle de bains, d'emprunter une lame de rasoir à son père, et de rouvrir les premières cicatrices, celles sur ses poignets, dont elle n'avait aucun souvenir, comme si elles n'avaient jamais été là que pour indiquer la marche à suivre, sorte de tracés en pointillés prédécoupés. Puis, elle sentit une main chaude se poser doucement sur son épaule. Elle trembla plus encore, complètement terrorisée, et s'obligea à rester immobile, pressant avec forces ses mains sur ses yeux, enfonçant un peu plus encore ses ongles dans la peau de son front, incapable de regarder ce qui se passait de peur d'assister à une nouvelle scène abjecte.

— Cornélia ?! Mais qu'est-ce qui t'arrive ? interrogea monsieur Williamson.

Ainsi, son père avait lâché son fichu journal ? La main de ce dernier se fit plus insistante, jusqu'à bientôt secouer sa fille comme un prunier pour qu'elle daigne relever la tête. Puis, comme elle n'en faisait rien, s'entêtant à ne pas bouger d'un iota, il attrapa ses deux poignets et la força à le regarder. Celle-ci, prenant le geste pour une agression, se mit à hurler et se débattit fébrilement.

— Ce n'est que moi, ma chérie. Calme-toi, je t'en prie !

Peu à peu, elle réalisa que l'homme qui se tenait face à elle ne souffrait d'aucune blessure. Il portait un pyjama et son regard était redevenu normal. Il était penché sur elle, la maintenant fermement contre le dossier du canapé et semblait seulement très inquiet. Elle tourna la tête et vit que la cuisine était vide, le tas de cendres sur le parquet du salon avait disparu et il n'y avait plus aucune trace de Lise...

— Papa ? articula Cornélia, la voix chevrotante et éraillée, abîmée à force d'avoir trop crié.

— Qu'est-ce qui ne va pas ? s'enquit monsieur Williamson circonspect, la relâchant prudemment. Tu as fait un cauchemar ?

— Je... Je ne sais pas... Peut-être, oui... hasarda-t-elle, se jetant soudain dans les bras de son père, pleurant à présent de soulagement, heureuse de le retrouver de nouveau en bonne santé.

Il la repoussa doucement pour lui faire face et inspecta, perplexe, les traces de griffures sur son front.

— Ton état me préoccupe beaucoup, déclara-t-il, l'air plus soucieux que jamais. Je t'ai entendu hurler... et dire que tu voulais te tuer.

— Je suis désolée... bredouilla-t-elle entre deux hoquets. Je crois que j'ai rêvé... J'ai vu des choses tellement épouvantables, papa.

Elle s'interrompit, secouée par de nouveaux sanglots à la simple évocation de ce qu'elle venait de vivre.

Monsieur Williamson reprit sa fille dans ses bras et la serra fort contre lui, comme il le faisait lorsqu'elle était enfant et que sa mère était encore en vie, comme il ne l'avait plus fait depuis longtemps.

— C'est fini, maintenant, assura-t-il. Je vais aller te chercher une couverture et tu vas t'allonger ici. Je vais rester avec toi pour que ces mauvais rêves ne reviennent pas.

Il devait être terriblement inquiet pour être aussi gentil et attentionné, il ne s'était pas comporté ainsi depuis qu'elle était sortie de l'hôpital, depuis son *accident*. Craignait-il, après ce qu'il venait d'entendre, qu'elle ne remette ça ?

Malgré les cachets que son père l'avait obligée à prendre et malgré le fait qu'il l'ait veillée pendant le reste de la nuit, Cornélia ne parvint pas à fermer l'œil. Les médicaments l'avaient aidé à se calmer un peu, ses larmes avaient fini par s'assécher et les tremblements nerveux qui avaient agité son corps s'étaient peu à peu estompés. Cependant, les images horribles de ce pseudo-cauchemar revenaient sans cesse la hanter, engendrant à chaque fois de nouvelles vagues d'angoisse. Elle ne se posait pas de question. Elle ne s'en posait plus. Elle savait qui était à l'origine de tout ça. À présent, il n'y avait plus de doute possible, elle était certaine que c'était Avoriel qui avait provoqué ces hallucinations insupportables. Ce qui l'inquiétait c'était qu'elle ignorait jusqu'où ce monstre était encore capable d'aller pour obtenir ce qu'il désirait. Il devait indéniablement être très puissant pour pouvoir infiltrer de la sorte son esprit et connaître si bien ses pires craintes. En fait, s'il continuait à la harceler de cette manière, elle finirait forcément par lui dire ce qu'il voulait entendre. Mais, que lui réservait-il encore ? Quel nouveau supplice allait-il inventer pour l'obliger à avouer l'endroit où elle se trouvait, puisque c'était bien de cela qu'il s'agissait.

Le soleil commençait à se lever quand Cornélia réalisa que son bras était encore très douloureux. Elle releva prudemment sa manche et grimaça en apercevant les cloques qui se dessinaient peu à peu sur sa peau, juste à l'endroit où le fantôme de sa mère lui avait jeté de l'eau bouillante. Elle tourna la tête et vit son père plus enfoncé que d'ordinaire dans son fauteuil, la joue appuyée contre le dossier, les yeux fermement clos. Il avait fini par s'endormir. Une chance. Mieux valait qu'il ne voie pas cette nouvelle blessure, les griffures qu'elle s'était elle-même infligées étant déjà suffisamment inquiétantes comme ça. Elle se leva sans faire de bruit et se rendit à la cuisine, ressentant l'irrépressible besoin de retourner sur le *lieu du crime*. Certaines choses lui avaient peut-être échappé. Il n'y avait plus aucune trace ni des viscères qui avaient séjourné sur la table, ni du corps décapité de sa mère. Toutefois, le journal que lisait monsieur Williamson était encore là, ouvert exactement à la même page, et une casserole, semblable à celle qui avait servi à ébouillanter la jeune fille, était négligemment posée sur l'un des plans de travail. Y avait-il un message là-dedans ? Quelque chose du genre : « Ne va pas t'imaginer que ce n'était qu'un rêve, il y avait bien une part de réel dans tout ça... » Cornélia quitta précipitamment la pièce, ne supportant plus de rester là et de revoir constamment défiler ces scènes cauchemardesques devant ses yeux.

Comment pouvait-on vivre normalement avec une telle menace au-dessus de soi ? Que se passerait-il la prochaine fois, lorsqu'Avoriel remettrait ça ? Le suicide, qu'elle avait à nouveau envisagé durant le calvaire de la nuit, n'était-il pas, finalement, la meilleure des solutions afin d'échapper pour de bon à cet immatériel mais dangereux tortionnaire ? Elle pensa alors à son père et aux nombreux efforts qu'il avait fournis ces derniers temps pour lui rendre la vie plus agréable. Même s'il était devenu, au bout du compte, un peu trop envahissant, il avait tout de même fini par lui montrer qu'il l'aimait et qu'il tenait à elle. Comment pourrait-il jamais se remettre si, après tout cela, il perdait sa fille à jamais ? Le pauvre serait certainement fou de chagrin. De nouvelles larmes se mirent à couler le long des joues de Cornélia à cette seule pensée.

Pourtant, elle avait beau chercher, elle ne voyait pas d'autre option. La mort serait bien plus douce qu'une vie à supporter cela. Elle était si fatiguée… Un brouillard épais voilait maintenant son regard ainsi que son esprit. Au prix d'efforts intenses, elle monta à l'étage, s'étonnant d'être encore capable de pleurer après cette nuit passée à se vider de toutes les larmes de son corps, et se dirigea vers la salle de bains de son père, résignée à tenter de nouveau d'en finir avec cette pitoyable existence. Elle s'arrêta un instant devant la porte de sa chambre, étonnée de retrouver des murs propres et uniformément blancs, débarrassés de tous graffitis. Encore une illusion. Cette farce n'avait que trop duré, elle allait véritablement devenir folle ! Quelle était la part de réel dans tout cela ? Il y avait vraiment de quoi perdre pied…

D'ailleurs, est-ce que ce n'était pas ce qui était en train de se produire ? Quelqu'un de sain d'esprit envisagerait-il le suicide comme recours ? La réponse à cette question s'imposait d'elle-même.

Dépitée, ne sachant plus ce qu'elle devait faire ou non, elle décida d'aller prendre une douche, histoire peut-être d'avoir les idées un peu plus claires avant de commettre l'irréparable. Elle était complètement épuisée, chaque nouveau mouvement lui coûtait une énergie folle. La tête lui tournait à tel point qu'elle peinait à rester debout et la migraine qui s'était déclenchée durant la nuit ne l'avait pas quitté, se faisant lentement et sournoisement, de plus en plus intense, atteignant bientôt les limites du supportable. Le contact de l'eau chaude sur sa brûlure la rappela à l'ordre et la ramena brutalement à la réalité. Il faudrait qu'elle fasse quelque chose pour soigner cette blessure...

Puis, une fois qu'elle eut terminé, elle se sécha machinalement et se dirigea vers son armoire pour s'habiller. Sans trop savoir pourquoi, son regard se porta sur le bas de sa penderie. Elle aperçut alors, roulée en boule, cachée derrière de vieilles paires de chaussures, la robe que le châtelain lui avait donnée ce fameux jour où elle avait appris ce qu'il était. Elle avait complètement oublié qu'elle était là... Cornélia plongea la main au fond de son armoire et attrapa le vêtement. Il était en piteux état, complètement chiffonné et tâché en divers endroits de peinture blanche, et pourtant, poussée par une étrange et soudaine envie, la jeune fille l'enfila. Elle ferma les yeux et inspira profondément.

Henri... Son parfum si particulier s'était accroché au tissu. C'était si agréable de pouvoir sentir cette odeur, si réconfortant. Si seulement il avait été là. Il aurait probablement pu faire quelque chose. Elle l'aurait appelé et aussitôt il aurait accouru. Enfin, peut-être... Les émotions de la nuit l'avaient complètement bouleversée, à tel point qu'elle se mettait à ressentir comme une espèce de manque. Oui, c'était ça... Le vampire lui manquait.

Finalement, c'était son seul ami. Elle n'en avait pas d'autres. Un ami un peu spécial, certes, mais un ami tout de même, quoi qu'il en dise. Il n'y avait bien, en ce vaste monde, que lui qui était capable de comprendre ce qu'elle vivait, il n'y avait bien qu'avec lui qu'elle pouvait parler de tout ça. Leurs deux existences étaient liées, qu'elle l'ait voulu ou non, c'était ainsi, elle avait fini par l'accepter. Quelque part, elle sentait bien qu'il y avait quelque chose d'immoral dans le fait d'éprouver ce genre de sentiment à l'égard d'un être tel que lui, un vampire, rien de moins qu'une espèce de *serial killer,* si l'on voulait faire court. Et pourtant, en cet instant, elle choisissait d'oublier ce détail. En fait, elle l'avait oublié depuis longtemps...

Elle aurait tant voulu qu'il soit là, à ses côtés, qu'il la prenne dans ses bras froids comme la mort, et qu'il lui dise que ce qui s'était passé cette nuit ne se reproduirait pas, qu'il ne la laisserait plus jamais seule et qu'il resterait toujours près d'elle afin de la protéger, comme il l'avait promis. Cornélia, qui réussissait enfin à se détendre, se concentra sur le doux parfum de fleurs et de terre humide, à la fragrance indéfinissable et enivrante ; qui se dégageait du vêtement. Cela venait-il vraiment de la robe ou n'était-ce qu'un simple souvenir ? Exténuée, l'esprit enfin vidé de ces horribles pensées, elle s'enfonça lentement dans un sommeil de plomb, apaisée, sans même chercher à savoir si l'endroit où elle avait échoué pour s'endormir fut approprié ou non.

Chapitre 13

Rêve quatrième, Une œuvre troublante

Enfin, son cœur commençait à être un peu plus léger. Le pincement était toujours là, tenace à jamais, mais dorénavant, il ne serait plus aussi étouffant. Elle pouvait à nouveau inspirer à pleins poumons sans souffrir de cette horrible compression qui l'avait tant tenaillée depuis le décès de ses deux parents. Ce matin, elle s'était décidée à ranger au fond d'une malle ses robes de deuil, et portait aujourd'hui une splendide tenue prune, couleur qui, elle le savait, lui allait à merveille. Elle marchait d'un pas leste, quittant la cour du château, commençant à remonter la colline, Pluton à ses côtés, lorsqu'elle aperçut Henri au loin, à la lisière de la forêt. En un rien de temps, le vampire arriva à sa hauteur, l'accueillant de son éblouissant sourire :

— Plus de noir ? s'enquit-il, quelque peu surpris.

— Plus de noir, répéta Cornélia, confirmant par la parole l'achèvement de sa période de deuil. J'aimerais d'ailleurs ne plus jamais avoir à en porter.

— Aucun risque désormais, s'il y a bien une chose que l'on peut apprécier dans notre condition, c'est l'immortalité.

Le visage de la jeune fille s'assombrit soudain :

— Je doute qu'il y ait quoi que ce soit dont on puisse se réjouir dans le fait de faire partie, de près ou de loin, de cette espèce…

Le sourire radieux du châtelain s'effaça brusquement pour laisser place à l'inquiétude :

— Quelque chose aurait-il changé ? Des symptômes ?

— Non, rassure-toi, répondit-elle d'un ton légèrement amer. Je ne souffre d'aucune faim déraisonnable, ni d'aucune souffrance insensée ou encore d'hémorragie inexpliquée. Tout va bien, ma part d'humanité l'emporte et ça ne changera pas.

Henri, manifestement troublé par le discours de son interlocutrice, détourna le regard, puis, gardant le silence, commença à marcher en direction du sommet de la colline, d'une allure humaine, invitant de ce fait Cornélia à le suivre. Cette dernière s'exécuta, et fut bientôt éblouie de trouver là-haut, la petite chapelle enfin terminée.

— Elle est merveilleuse… souffla-t-elle à l'intention du châtelain.

Encore une fois, le vampire n'avait pas fait les choses à moitié. L'édifice, de style gothique flamboyant, et bien que modeste par la taille, était somptueux. La porte principale, ainsi que chaque vitrail, était ornée d'une couronne de dentelle de pierre à la finesse sans pareil. La chapelle, fraîchement bâtie, brillait littéralement, et paraissait quasiment blanche sous le soleil de midi, dégageant ainsi une impression de pureté apaisante.

— Les ouvriers viennent tout juste de terminer, informa Henri en se retournant vers la jeune fille. Tu vas pouvoir aménager l'intérieur à ta convenance maintenant.

— Merci...

Cornélia s'avança alors vers le châtelain et lui prit la main, lui adressant un regard plein de gratitude.

— Je sais que cela ne te plaît pas tellement, mais j'en avais vraiment besoin.

— Afin de pouvoir prier pour tes parents. Je comprends, ne t'en fais pas, affirma-t-il d'une voix douce et bienveillante. Toutefois, cela m'étonne beaucoup qu'Eléonore t'ait élevée dans la foi, ça ne lui ressemble pas du tout.

— Beaucoup de choses sur ma mère pourraient te surprendre, tu ne la connaissais pas aussi bien que tu sembles le penser, lança-t-elle, esquissant un petit sourire triste et nostalgique. Tous les vampires ne détestent pas Dieu, tu sais.

— Grand bien leur fasse ! répliqua-t-il, le regard sombre. En tout cas, j'ai accepté de faire bâtir cette chapelle ici, pour toi, parce que tu me l'as demandé. C'est chez toi à présent, mais chez toi uniquement.

— C'est chez Dieu, rectifia-t-elle.

— Si tu veux. Cependant, garde-toi bien de m'y inviter, tu ne me feras jamais mettre les pieds là-dedans.

— Vraiment ? interrogea-t-elle d'un air de défi, tirant maintenant la main du châtelain vers l'entrée du petit édifice. Aurais-tu décidé de devenir rabat-joie ? Ça, ça ne te ressemble pas !

Comme ce dernier ne bougeait pas d'un millimètre, refusant de la suivre à l'intérieur, elle se tourna vers lui et insista d'une petite voix suppliante :

— Viens avec moi, s'il te plaît. J'aimerais que nous la découvrions ensemble. Après tout c'est grâce à toi si...

— Je suis sérieux, Cornélia, ce n'est pas un jeu, interrompit-il, le ton glacial, semblant soudain irrité.

Confuse, cette dernière lâcha sa prise et baissa la tête, un peu vexée. Jamais Henri n'avait eu l'air aussi froid qu'en cet instant.

— Excuse-moi... balbutia-t-elle, sans vraiment comprendre la réaction de son ami.

— Cela me coûte plus que tu ne l'imagines, soupira-t-il. Je te le répète, c'est pour toi, et pour toi uniquement.

Sur ces mots, il tourna les talons et descendit la colline à une telle allure qu'il était clair qu'il ne souhaitait pas, cette fois, que Cornélia le suive. Elle se retrouva alors seule devant la porte de la chapelle, les bras ballants, complètement dépitée.

La nuit était tombée depuis déjà longtemps et toujours aucune trace d'Henri. La jeune fille avait passé toute la journée à arpenter de long en large les jardins et les couloirs du château à la recherche du châtelain, dans l'espoir d'obtenir quelques explications quant à son étrange comportement du matin, mais sans pouvoir le trouver. Elle commençait d'ailleurs à s'inquiéter. Si le vampire l'avait abandonnée, la laissant seule avec les domestiques et le chien, elle se retrouvait alors sans aucune protection, sans défense face à celui qui avait assassiné ses parents et qui, depuis, la traquait. Le pouvoir de son ami était bien l'unique chose qui la maintenait hors de danger. Une chandelle à la main, elle parcourait pour la seconde fois les différentes pièces du château, commençant sérieusement à se lasser d'appeler dans le vide, quand elle pensa aux greniers. Même s'il y avait assez peu de chance qu'il s'y trouvât, c'était le seul endroit où elle n'avait pas cherché. Elle entreprit alors, non sans rencontrer quelques difficultés avec ses jupes, de grimper à l'échelle qui menait dans les combles de Rougemont. Une fois là-haut, elle regretta presque aussitôt d'être montée tant ces derniers étaient vastes et sombres. L'air ambiant était désagréable et pesant, chargé d'une poussière dense et ancestrale, unique occupante des lieux. Elle s'apprêtait à faire demi-tour pour redescendre lorsqu'elle entendit la voix de celui qu'elle cherchait désespérément depuis des heures :

— Que viens-tu faire ici, Cornélia ?

— Henri ? lança-t-elle, scrutant le vide, ne parvenant pas à distinguer son interlocuteur dans l'obscurité. Tu es là ?

— Il est tard, pourquoi n'es-tu pas en train de dormir ?

— Je te cherchais ! s'exclama-t-elle, irritée de le trouver en cet endroit misérable où il semblait s'être caché toute la journée simplement pour l'éviter. Montre-toi s'il te plaît !

Tout à coup, des centaines de bougies, parsemées en divers endroits dans l'ensemble du grenier, s'allumèrent, emplissant soudain la vaste pièce d'une lumière éblouissante. Comme elle ne voyait toujours personne ni en face, ni derrière elle, elle finit par lever les yeux au plafond et trouva le vampire curieusement allongé sur une des poutres de la charpente, à plusieurs mètres du sol, les bras croisés sur la poitrine, à l'image d'un gisant.

— Est-ce que... est-ce que tu dors ici ? demanda-t-elle, interloquée.

— Bien sûr que non, voyons, je ne dors jamais ! répondit-il, d'un air amusé.

Puis, en à peine un quart de secondes, il se retrouva debout, juste devant elle :

— Ainsi, tu me cherchais ?

— Comme si tu ne m'avais pas entendue t'appeler toute la journée ! rétorqua-t-elle, agacée.

Henri fronça les sourcils, surpris :

— Excuse-moi, je n'ai pas fait attention. Je réfléchissais...

— Donc tu n'es pas fâché ? s'enquit-elle, soulagée d'apprendre qu'il n'avait pas sciemment cherché à l'éviter.

— Absolument pas, enfin ! Pourquoi le serais-je ?

— Je ne sais pas, tu étais bizarre ce matin, à la chapelle... observa Cornélia en baissant les yeux, se remémorant le ton glacial sur lequel son ami lui avait répondu alors. Je n'ai pas compris pourquoi tu es parti aussi précipitamment.

— Je suis navré mais il y a certaines choses que tu ne peux comprendre, certaines choses liées à ma condition, qui, je l'espère, ne sera jamais la tienne. Je préférerais qu'à l'avenir nous évitions ce genre de sujet, si tu le veux bien.

Comme le vampire semblait sincèrement désolé, elle accepta d'un signe de tête puis reprit, tentant de changer de conversation :

— À quoi pouvais-tu bien réfléchir si intensément ? se renseigna-t-elle tout en balayant les lieux du regard, intriguée. Et pourquoi ici, en cet endroit insolite ?

C'est alors qu'elle s'aperçut que les combles n'étaient pas vides, une multitude de toiles s'amoncelaient le long des murs jusqu'aux charpentes. Tableaux étranges et sans encadrement, aux scènes d'un réalisme exceptionnel mais d'une tonalité perturbante, presque surnaturelle. Et, tout au fond de la vaste salle, siégeait en place d'honneur un chevalet recouvert d'un grand drap taché de peinture.

— Henri, c'est toi l'auteur de tout cela ? hasarda-t-elle, époustouflée par la qualité de ces œuvres clandestines.

— J'ai beaucoup de temps libre, acquiesça-t-il placidement.

— Mais... C'est merveilleux, souffla-t-elle, s'approchant des toiles pour les voir de plus près. Tu as un talent incroyable !

— Tout ça, c'est relatif, tu sais. De toute façon, ces tableaux ne sont pas destinés à sortir de ce grenier.

— Pourquoi ? C'est tellement dommage de tenir de telles œuvres cachées.

— Ce n'est pas la vision d'un humain, vois-tu. Ce serait trop dérangeant, peut-être même choquant pour la population non vampirique. Puis, je n'ai aucun intérêt à exposer mon art. Peut-on d'ailleurs vraiment parler d'art ? Je te l'ai dit, j'occupe seulement mes nuits que je finis par trouver fort longues... Enfin, tout cela n'a aucune espèce d'importance. Toi-même, tu n'étais pas censée venir ici.

N'écoutant son ami que d'une oreille, trop absorbée par la contemplation des peintures, à la fois fabuleuses et troublantes, elle s'avança vers le chevalet et entreprit de soulever le drap qui masquait la toile en cours. Soudain, Henri fut à côté d'elle, sa main sur celle de la jeune fille, interrompant son geste.

— Pas celle-ci, interdit-il, l'air tout à coup embarrassé.

— Mais pourquoi ?

— Je n'ai pas fini.

— Et alors ? Me cacheriez-vous encore beaucoup de choses, Henri De Maltombes, Prince des vampires ? plaisanta Cornélia. Pour tout te dire, aujourd'hui je commence à douter de la sincérité de notre amitié. C'est vrai, pourquoi venir te terrer dans ce grenier misérable ? Rougemont n'est-il pas assez grand ? Ou bien serait-ce une manière de m'éviter ? Ma présence ici deviendrait-elle pesante ?

Il baissa la tête et se mit à fixer le sol :

— Ce n'est pas ce que tu crois...

— Alors pourquoi cette cachette ? Explique-moi ! Et pourquoi ne voulais-tu pas que je voie tes tableaux ? Je nous croyais plus proches que ça, je ne me doutais pas que tu avais tant de secrets...

— Ta présence est loin d'être pesante, bien au contraire. Tu es ce que j'ai de plus précieux...

Sur ces mots, le drap qui recouvrait la toile s'envola d'un coup, dans un grand bruit de froissement de tissu, laissant apparaître ce qu'il dissimulait. Cette œuvre était tout à fait différente des autres, elle était sensiblement plus humaine et plus colorée. Elle représentait le portrait d'une jeune femme au visage fascinant, au teint pâle et laiteux, aux yeux légèrement surdimensionnés, d'un vert électrique, inhabituel, et à la chevelure rousse éblouissante.

— C'est moi ? balbutia Cornélia, stupéfaite.

— Oui.

— Ce que tu peins est fabuleux, souffla-t-elle, admirative. Tu m'en vois honorée et flattée, vraiment... Mais c'est si triste que cela reste ici à prendre la poussière, surtout celui-là.

— Ce tableau-ci pourra faire exception, accepta le vampire. Si tu l'aimes nous le descendrons.

— Si je l'aime ? Henri, je l'adore ! affirma-t-elle en lui adressant un sourire ravi.

Puis elle s'avança vers la toile et l'examina avec une attention toute particulière.

— Cependant, tu triches un peu... marmonna-t-elle perplexe. Je suis tout de même loin d'être aussi belle.

— Tu te trompes, démentit-il, la voix basse, comme s'il avait fait là quelque aveu. Je n'ai peint que ce que je voyais.

Il fut tout à coup juste devant elle, plongeant son regard à la clarté surnaturelle dans celui de la jeune fille, puis repoussa d'un geste tendre une mèche de ses cheveux flamboyants, et ajouta sur le même ton :

— Cela dit, et pour être tout à fait honnête, je crois qu'aucun tableau ne saura jamais rendre justice à cette beauté-là.

Elle sentit soudain ses joues s'empourprer et les battements de son cœur s'accélérer et se faire plus intenses. Jamais personne ne lui avait parlé de cette façon...

Chapitre 14
La chambre oubliée

— Cornélia ? appela monsieur Williamson accourant dans la pièce puis tombant bruyamment à genoux près d'elle. Ma chérie, tu ne te sens pas bien ?

Elle ouvrit mollement un œil, et trouva, une nouvelle fois, son père penché sur elle, l'air plus inquiet que jamais. Que se passait-il encore ? Elle ne faisait rien de mal pourtant, elle dormait, rien de plus. Puis, émergeant progressivement de son lourd sommeil, elle réalisa peu à peu qu'elle était étendue par terre, à même le parquet, dans sa chambre, juste devant son armoire encore ouverte. Elle soupira de lassitude, puis se redressa, tant bien que mal, exténuée, reprenant lentement ses repères après ce nouveau retour dans sa vie passée.

— Ça va, papa, ne t'en fais pas, souffla-t-elle, tentant de rassurer celui qui semblait se faire tant de souci pour elle.

— Non ça ne va pas ! Regarde-toi ! Ton visage est encore marqué ! s'indigna-t-il en indiquant les griffures que la jeune fille s'était elle-même infligées durant son cauchemar. Je t'ai trouvé en pleine nuit à hurler dans le salon, et maintenant évanouie devant ta penderie, une robe maculée de peinture sur le dos ! Mais qu'est-ce qui t'arrive à la fin ?

— Rien... Il ne m'arrive rien... mentit-elle. J'étais très fatiguée et je me suis endormie là où je me trouvais, c'est tout.

Son père allait vraiment la prendre pour une folle à présent, c'était certain. Elle inspira profondément, essayant de se ressaisir pour ne pas fondre encore en larmes et continua ses explications, s'efforçant d'être la plus convaincante possible :

— Pour cette nuit, je suis sincèrement désolée de t'avoir autant inquiété, mais j'ai seulement fait un horrible cauchemar. Ces écorchures sont totalement involontaires. Et pour la robe... Je comptais la laver, je voulais simplement vérifier qu'elle m'allait encore.

— Cornélia, soupira-t-il en se prenant la tête de ses deux mains, totalement dépité. Je voudrais que tu voies un médecin, j'ai trop peur que tu ne refasses une bêtise. Il te faut peut-être un traitement plus... lourd.

— Non ! protesta-t-elle d'une voix cassée, se relevant péniblement. Pas de psy ! Pas d'autres médicaments ! Je t'en prie, papa, crois-moi, ça va.

Comment pouvait-elle être persuasive quand elle-même ne pensait pas une seconde ce qu'elle disait. Car elle n'allait pas bien. Après cette nuit, après ce qu'elle savait maintenant, plus rien n'irait jamais bien pour elle...

Aujourd'hui, enfin, elle allait revoir Henri, et, curieusement, cette simple idée, l'aidait à se sentir un peu mieux. Ces trois jours passés sans lui avaient été plus que pénibles. Un vrai calvaire en fait. D'abord parce que ses visites au château, quasi quotidiennes désormais, lui avaient terriblement manqué, ses occupations n'étant en définitive pas si nombreuses, et parce qu'ensuite la présence du vampire aurait été plus que salutaire lors de cette horrible nuit où Avoriel s'était infiltré dans son esprit. Lui aurait sans doute pu empêcher tout cela. Du moins, il aurait su comment la réconforter après une telle épreuve, il aurait su également trouver les mots pour la rassurer. Elle ne s'était d'ailleurs pas vraiment remise de ce qu'elle avait subi alors. Ces images ignobles revenaient sans cesse la hanter, provoquant à chaque fois de nouvelles crises d'angoisse. Elle était terrorisée à l'idée que ce monstre recommence à la harceler. Si bien qu'à présent, elle paniquait au moindre bruit suspect, guettait sans arrêt l'éventuelle réapparition de la voix dans sa tête, sondant inlassablement le silence, ou encore le retour des graffitis sur les murs de sa chambre ou des cicatrices dans son dos. Elle ne pouvait même plus supporter de rester seule, et ses nuits, depuis, n'étaient remplies que d'insomnies et de cauchemars.

Son père, très inquiet pour sa santé mentale, ne l'avait pas quittée d'une semelle. Ce qui, en d'autres circonstances, aurait été pesant, mais qui s'était finalement avéré fort appréciable, Cornélia y trouvant tout de même un certain réconfort. Ce dernier l'avait également gavée des tranquillisants qu'on lui avait prescrits à l'hôpital. Il avait aussi longuement insisté pour qu'elle aille de nouveau consulter un psychiatre mais elle avait catégoriquement refusé, redoutant que, face à l'ampleur des dégâts, on veuille l'interner. De toute façon, à quoi bon ? Elle n'allait tout de même pas raconter à un thérapeute qu'elle côtoyait un vampire, se rendait régulièrement dans le château où elle avait déjà vécu une première vie, des siècles auparavant, et que ce qui la tracassait le plus était que le roi de cette maudite engeance voulait sa peau. Ou autre chose, ça, elle ne savait plus trop. Les médicaments ne l'aidaient pas vraiment à y voir plus clair. Dans tous les cas, il était certain qu'Avoriel ne lui voulait pas du bien.

Ce matin monsieur Williamson avait accepté, non sans mal, que sa fille retourne travailler. Bien que le grand-père de Nathalie n'ait toujours pas été retrouvé, le restaurant rouvrait ses portes aujourd'hui. Les affaires devaient forcément reprendre, à un moment ou à un autre. Cornélia se préparait tranquillement et ajustait du mieux qu'elle le pouvait ses boucles rebelles, tout en réfléchissant à ce qu'elle pourrait bien dire à son père afin que celui-ci ne s'inquiète pas trop de ne pas la voir rentrer juste après le service. Mais elle ne trouva rien tant son esprit était embrumé par les effets de ces satanés cachets. Aucun alibi, aucune excuse viable autre que la pure vérité : elle avait besoin de voir quelqu'un à qui elle pouvait se confier, un ami en fait. Elle savait pertinemment que ça ne plairait pas à son père. Elle n'ignorait pas non plus qu'en ce moment, à cause de son comportement, préoccupant, il fallait bien le reconnaître, elle était sur la sellette et risquait à chaque instant d'être envoyée de force chez un médecin. Ou peut-être même pire, en maison de repos. Par conséquent, elle ne pouvait décemment lui avouer où elle comptait se rendre après le travail, ce n'était pas vraiment le moment de provoquer une nouvelle dispute. Elle partit soucieuse, sans avoir pu trouver de justification plausible quant à son futur retard, sachant que de toute façon, elle ne pourrait s'empêcher d'aller au château, ayant trop besoin de revoir Henri. Lorsqu'elle arriva au bistrot, Nathalie, la mine préoccupée, l'accueillit avec un certain embarras et demanda d'emblée à lui parler en privé. Cornélia la suivit alors jusque dans l'arrière-cuisine où était stockée une multitude de conserves et de bouteilles.

— Je tenais à m'excuser pour la manière dont ma sœur t'a parlé le soir où mon grand-père a disparu… marmonna la directrice du restaurant. Je ne sais pas ce qui lui a pris.

— Ce n'est rien, ne t'en fais pas, assura la jeune fille. Je n'ai pas vraiment compris, mais bon, Claire devait être sous le choc.

— Oui, admit Nathalie en baissant la tête, ça l'a vraiment bouleversée. C'est quelqu'un de fragile, tu sais. Moi non plus je ne la suis pas toujours.

— Est-ce qu'elle est comme ça depuis ce que tu m'as raconté, demanda Cornélia d'une voix hésitante, cédant à la curiosité, ou a-t-elle toujours été *fragile* ?

Surprise par la question, la jeune femme releva la tête et dévisagea son interlocutrice, perplexe, puis répéta :

— Je te l'ai dit, elle n'a plus jamais été la même depuis le jour où elle a assisté à cette scène étrange. Mes parents n'ont pas vraiment remarqué, mais moi j'ai bien vu que quelque chose l'avait traumatisée.

Nathalie adressa alors un petit sourire à son employée et reprit d'un air amusé :

— C'est curieux que tu me poses cette question. Cette histoire commencerait-elle à t'intéresser ?

— Peut-être...

Elle s'apprêtait à quitter la petite pièce, considérant que la conversation était terminée, lorsque sa patronne lui saisit la main, la stoppant net :

— Si moi je n'ai pas bonne mine, toi tu n'as vraiment pas l'air bien. Quelque chose ne va pas ?

— Je... bégaya la jeune fille, dépitée d'apprendre que son état fut lisible sur sa figure. J'ai des problèmes, mais je ne peux pas en parler.

Devant l'air attendri et compatissant de Nathalie, elle eut soudain une idée, et demanda, tentant le tout pour le tout :

— Pourrais-tu à nouveau me couvrir ? Il faut absolument que je voie un ami cet après-midi et mon père ne peut pas comprendre. Ce serait bien qu'il n'en sache rien.

La patronne parut d'abord étonnée, puis adressa un large sourire complice à sa serveuse, ravie que leur relation commençât à évoluer :

— Compte sur moi, promit-elle. Je l'appellerai quand tu partiras et je lui dirai que je t'invite à prendre un verre chez moi.

— Merci, répondit Cornélia, sincèrement reconnaissante. C'est vraiment gentil de ta part.

— Mais, insista la directrice du restaurant, devinant sans difficulté de quel *ami* il s'agissait, fais-moi plaisir, sois prudente, reste quand même sur tes gardes, d'accord ?

— Oui, bien sûr, accepta la jeune fille avant de quitter l'arrière-cuisine pour enfin se mettre au travail.

Il y eut assez peu de clients au *Bistrot de Nathalie* en cette journée morne et grise. À croire que ce temps triste et pluvieux, inapproprié pour un début d'été qui pourtant s'était annoncé prometteur, avait dissuadé les villageois de mettre le nez dehors. Cornélia, satisfaite de ce manque de fréquentation, en profita pour partir plus tôt et s'empressa de se rendre au château, l'esprit tranquille grâce à la complicité de sa patronne, et heureuse de pouvoir enfin retrouver celui qui lui avait tant manqué. Lorsqu'elle eut passé les derniers arbres de la forêt, elle fut surprise de sentir son cœur s'emballer en apercevant, comme elle l'avait espéré ; le vampire, posté devant le grand portail noir, les bras croisés devant lui, en train de l'attendre. Subitement, elle sentit ses yeux s'embuer. Elle s'en voulut aussitôt d'être aussi bête et sensible, mais ne put se retenir de verser quelques larmes tant elle était soulagée, le visage heureusement caché par la visière de son casque. Il était là et elle n'était plus seule. Elle pouvait de nouveau compter sur lui pour la protéger. Près d'Henri, elle n'avait plus rien à craindre. Elle prit tout son temps pour poser son scooter à l'abri de l'arbre et venir rejoindre le châtelain près de la grille, savourant cet instant si troublant où, tout à coup, ses peurs s'envolaient.

Il était légèrement différent de celui qui l'avait laissée trois jours auparavant. Son teint était un peu moins cireux, bien que restant toujours d'une pâleur cadavérique, sa peau était davantage transparente, ce qui rendait les veines de son front et de sa mâchoire plus visibles, et ses yeux paraissaient vaguement plus bleutés. Comme à son habitude, le vampire gardait le silence et fixait la forêt, le visage fermé, l'air impassible, l'arrivée de la jeune fille qu'il semblait pourtant attendre ne provoquant chez lui aucune réaction.

Cornélia, qui s'était faite à ses curieuses manières, ne s'en offusqua pas et répondit à cette indifférence manifeste par un large sourire, qui, tout comme les larmes qui lui avaient échappées quelques secondes avant, était la traduction involontaire de l'émotion qui la submergeait. Elle ne put non plus s'empêcher, en arrivant devant lui, de toucher son bras, sorte de réflexe inconscient la poussant à s'assurer que cette fois il fut bien réel, qu'il n'allait pas à nouveau s'envoler en fumée. Ce ne fut qu'à partir de ce moment qu'Henri se résolut à baisser les yeux sur elle, tout à coup intrigué par la proximité que se permettait la jeune fille.

— Euh… bredouilla-t-elle, soudain gênée. Hum, bonjour Henri…

Il resta un instant à la dévisager, l'air perplexe, puis lança :

— Décidément… Qui t'a fait cela ?

— Pardon ?

Elle réalisa alors que le châtelain fixait son front, ayant probablement déjà remarqué les griffures qu'elle s'était accidentellement infligées, et ce, malgré les épaisses mèches de cheveux qu'elle avait habilement placées devant afin de les dissimuler. Ainsi, on ne pouvait rien cacher à un vampire. Elle baissa les yeux, se sentant encore plus stupide que d'ordinaire et répondit d'une voix hésitante :

— Personne. Je me suis fait cela toute seule.

— Une nouvelle *chute* ? s'enquit-il, le regard suspicieux.

— Oui, c'est ça… mentit-elle, les joues en feu. C'est idiot, n'est-ce pas ?

Elle aurait voulu pouvoir tout de suite lui expliquer ce qui s'était passé durant son absence, lui raconter ce qu'elle avait subi, les visions d'horreur et la voix dans sa tête qui l'avait harcelée, lui posant toujours cette même question. Mais pour le moment, c'était au-dessus de ses forces. Revoir Henri suffisait à la faire penser à autre chose. Cela ne durerait probablement pas, il fallait donc qu'elle en profite.

— Tu étais plus habile autrefois, déclara-t-il en passant sa main froide sur le front de la jeune fille, chassant d'un geste doux les égratignures de son visage.

— Merci, dit-elle timidement, troublée par ce contact inattendu. Mais ce n'était pas la peine, ce n'était pas grand-chose, tu sais. J'en verrai d'autres, je pense.

— Peut-être, mais moi je préfère ainsi, opposa-t-il avec une moue de mécontentement. Je n'aime ni la vue ni l'odeur de ton sang.

— Ah bon ? Mais pour quelle raison ?

— C'est ainsi, voilà tout… marmonna-t-il d'une voix rauque, le regard étrange.

Il s'interrompit quelques secondes, puis reprit d'un ton bref, se ressaisissant brusquement, ne souhaitant clairement pas aller plus avant dans ses explications :

— Mais peu importe. Si tu es là, c'est parce que tu as d'autres questions, à moins que je ne me trompe ?

— Évidemment, j'ai des questions. Mais je ne viens pas ici seulement pour ça.

— Pour quoi d'autre, voyons ? La cuisine ? Elle est si mauvaise que ça chez toi ?

— J'avais aussi envie de te revoir, avoua-t-elle un peu malgré elle. Ne sommes-nous pas également amis ? Enfin, peut-être que là, c'est moi qui me trompe.

— Si, je suppose, accorda-t-il en fronçant les sourcils. Si tu décides que c'est ce que nous sommes, alors c'est ce que nous sommes.

Puis, tout à coup, il tourna le dos à la jeune fille et commença à remonter l'allée en direction du château. Comme cette fois elle n'accélérait pas le pas afin de le suivre, préférant rester loin derrière, il finit par ralentir l'allure et s'arrêta même au beau milieu de la cour pour l'attendre. Il patienta jusqu'à ce qu'elle arrive de nouveau à sa hauteur et repartit avec elle, adoptant alors sa cadence.

— Tu es fatiguée ? interrogea-t-il, sans même tourner la tête vers elle.

— Oui... Un peu, c'est vrai, concéda Cornélia déjà à bout de souffle.

Henri parut soudain fâché :

— J'espère qu'au moins tu as faim.

— Bien entendu, mentit-elle à nouveau, ne voulant pas le contrarier davantage.

Elle dut prendre sur elle pour réussir à terminer le repas servi pour elle, tout en feignant d'apprécier la nourriture, tant les tranquillisants que lui donnait son père lui coupaient l'appétit. Voire même, avaient tendance à la rendre nauséeuse. Si bien qu'elle ne put retenir un soupir de lassitude devant la part de tarte qu'elle s'apprêtait à entamer, après être déjà parvenue à avaler sans broncher, une entrée et un plat plutôt copieux.

— Tu ne devrais pas prendre cette médecine, ce n'est pas bon pour toi, jugea le vampire, la scrutant avec sévérité.

Elle lui adressa un regard stupéfait :

— Comment peux-tu savoir ça ?

Pour toute réponse, il haussa les épaules, comme si cela avait été une évidence.

— Tu peux le sentir ? s'étonna-t-elle, effarée par l'ampleur des pouvoirs du vampire.

— Bien sûr, à travers l'odeur de ton sang. Elle est altérée aujourd'hui.

Il s'arrêta quelques secondes, sans pour autant cesser de la détailler, puis, d'un ton soudain moins froid, reprit :

— Cependant, je n'ai besoin d'aucune de mes capacités pour me rendre compte que tu ne vas pas bien. Qu'y a-t-il, Cornélia ? Ce serait-il passé quelque chose durant mon absence ? Quelque chose que je devrais savoir ?

— Je…

Elle s'interrompit brusquement, contrainte de retenir un sanglot. Non, il ne fallait pas qu'elle craque, pas encore une fois. Et surtout pas maintenant, pas ici, pas devant lui. Elle lui expliquerait ce qui lui était arrivé plus tard, lorsqu'elle serait moins bouleversée. Elle tourna la tête, cherchant à tout prix à éviter le regard d'Henri, de peur que ses yeux ne la trahissent et qu'il puisse y lire, effectivement, à quel point ça n'allait pas :

— Rien du tout. Mon père me force à prendre ces médicaments parce qu'il croit que je suis cinglée. Tout ça à cause d'un cauchemar. C'est vraiment ridicule !

Elle jeta sa serviette de table devant elle, histoire de feindre colère, mais d'un mouvement un peu trop brutal pour qu'il ne semble naturel.

— Et quel genre de cauchemar pourrait bien lui donner ces idées ? questionna le châtelain, circonspect.

— Et pour quelle raison mon portrait t'ennuie-t-il au point que tu ne supportes même plus de l'avoir sous les yeux ? riposta la jeune fille à court de justification, tentant plus ou moins habilement de détourner la conversation.

— Comment ?

Henri paraissait visiblement déstabilisé. Satisfaite d'avoir finalement obtenu la réaction qu'elle attendait, elle continua sur sa lancée :

— Eh bien oui, c'est ma question ! À moins que les règles n'aient changé durant ces trois jours, il me semblait que c'était toi qui me devais des réponses.

— Soit, concéda le vampire, n'insistant pas davantage. Ainsi donc, tu t'en rappelles ?

— Oui, opina-t-elle, essayant de ne pas rougir en repensant à son dernier rêve. Et je me rappelle également du premier jour où nous nous sommes rencontrés, dans cette vie j'entends ; et de ce que tu m'as dit alors, à propos de ce tableau.

— C'était une simple excuse pour ne pas avoir à te le montrer, cela aurait été beaucoup trop prématuré. J'imagine que maintenant tu peux le comprendre, tu aurais probablement été choquée en le voyant.

Il se leva soudain, quittant sa place en face de Cornélia, et, l'instant d'après fut à côté d'elle, lui tendant la main, l'invitant à le suivre.

— Aujourd'hui, les choses sont différentes. Tiens-tu toujours autant à le revoir ?

Elle n'aurait su dire pourquoi exactement, mais cette idée l'emplissait de joie. Elle avait hâte de pouvoir à nouveau admirer l'œuvre fabuleuse du vampire, et d'enfin avoir la possibilité de savoir si elle était aujourd'hui très différente, du moins physiquement ; de celle qu'elle était autrefois. Elle adressa au châtelain un sourire radieux, s'empressa de saisir la main qu'il lui tendait et répondit, non sans un certain enthousiasme :

— Évidemment !

Il l'entraîna alors dans des couloirs où Cornélia n'était encore jamais passée, mais qu'elle se rappelait pourtant très bien. Puis ils montèrent un escalier, puis un autre, pour finalement arriver devant une porte aux moulures beige rosé, très sophistiquées. L'entrée d'une pièce qu'elle avait bien connue. Sa chambre d'autrefois... Henri ne lâcha la main de sa protégée qu'à ce moment-là. Il sortit de la poche de sa veste une petite clé moderne, qui, comme la serrure qui barrait l'accès à ces appartements ; contrastait dans ce château où la majeure partie du mobilier et de la décoration paraissait authentique. Il poussa le battant tout en gardant le silence, et entra le premier dans la pièce. Il y faisait tellement sombre qu'il était impossible pour la jeune fille de distinguer quoi que ce soit. Son cœur battait la chamade. Elle connaissait cet endroit, c'était indéniable, mais cela remontait à si longtemps. Ces souvenirs étaient enfouis tellement profondément qu'une foule d'émotions bizarres refaisaient surface, un mélange curieux de joie et de tristesse l'envahit lentement jusqu'à bientôt la submerger, sans qu'elle ne sache vraiment pourquoi. Elle avança à tâtons dans l'obscurité pour rejoindre le vampire, troublée par l'ambiance étrange qui se dégageait de ce lieu si particulier. Soudain, les volets s'ouvrirent d'un coup, bruyamment, allant claquer contre les murs, sans que personne y ait touché, et la lumière entra, dévoilant tous les mystères de la chambre. Cornélia ne put alors retenir une quinte de toux tant l'atmosphère était saturée de poussière.

— Désolé, personne ne vient jamais ici, expliqua Henri, le regard songeur. L'air n'est peut-être pas très sain pour toi.

— Ça va, fit-elle, se protégeant le nez et la bouche de sa manche.

Elle resta un moment plantée là, au milieu de l'immense pièce, ne sachant plus où donner de la tête, captivée par la redécouverte de cet endroit à la fois familier et inconnu. La chambre était en piteux état, les araignées l'avaient envahie de leurs toiles, posées là comme des jalons, signifiant clairement leur pleine possession des lieux.

Chaque meuble était recouvert d'une épaisse couche de poussière et avait, par ailleurs, dû subir les terribles assauts du temps. Ils faisaient triste mine, meurtris par des siècles de négligence. Le grand lit, qui trônait au centre, était complètement délabré. Le baldaquin était écroulé et les tentures qui le recouvraient n'avaient presque plus de couleurs et paraissaient avoir essuyé les attaques dévastatrices de nombreuses mites. Le plafond, aux moulures vétustes, était ici beaucoup plus haut que dans les couloirs et les autres pièces de l'étage, soulignant la majesté et l'importance de ces appartements, conditions qui détonnaient avec le pitoyable état dans lequel ces derniers se trouvaient. Les murs étaient habillés d'une tapisserie d'époque, aux tons fanés eux aussi. Cependant l'on pouvait tout de même encore facilement imaginer ce qu'elle avait dû être autrefois, les motifs de fleurs beige rosé qui la caractérisaient apparaissant encore ici et là. De grands rideaux, assortis aux tissus muraux et ayant subi les mêmes affres du temps passé, encadraient d'immenses fenêtres aux carreaux opaques, tamisant la lumière déjà timide de cette journée. Les boiseries qui recouvraient le bas des murs, étaient très abîmées et avaient gravement souffert de l'humidité et de l'absence d'entretien. Le parquet était terne, usé et patiné, et possédait cet effet vieilli naturel qui était tellement à la mode en ce moment en matière de décoration. L'un des trois somptueux lustres, impressionnants par leur envergure, était effondré au sol, et avait répandu, aux quatre coins de la chambre, une centaine des petits cristaux qui avaient autrefois dû l'ornementer. Des fauteuils, abîmés, comme tout le reste du mobilier, étaient disposés en divers endroits, sans organisation précise, et une superbe coiffeuse, aux moulures d'une finesse sans pareille, était adossée à l'un des murs. Le miroir qui la surplombait, à la surface trouble à présent, était orné de têtes d'anges aux visages défigurés et à la peau craquelée. Un petit peigne était encore posé là, comme si la maîtresse des lieux venait seulement de partir, comme si ici, et uniquement dans ces appartements, le temps s'était arrêté.

Il était clair que personne n'avait rien touché dans cette pièce depuis que la Cornélia d'autrefois avait quitté le château, tout ici était resté à l'abandon depuis cette époque. Cette dernière, reprenant peu à peu ses esprits, se retourna, cherchant Henri des yeux, et le trouva près d'une commode, devant un tableau au cadre pompeux mais intact, contrairement au reste des objets occupant la chambre ; sculpté avec délicatesse et doré à la feuille d'or. Un tableau qui semblait avoir énormément de valeur. Son portrait. Il était exactement comme dans son rêve, d'un réalisme extraordinaire et en même temps d'une tonalité comme l'on n'en avait jamais vu, dérangeante par son étrangeté mais envoûtante, subjuguant, tel l'art des anges. La femme représentée sur cette toile était d'une beauté sans égale et n'avait pour toute ressemblance avec la jeune fille, que les principaux traits du visage ou la couleur et la texture de ses cheveux. Mais elle n'était en rien comparable avec celle qu'était Cornélia aujourd'hui. Elle soupira, déçue de constater qu'elle avait tant changé entre ces deux vies :

— Finalement, je lui ressemble à peine…

Le vampire se tourna brusquement vers elle et l'observa attentivement, l'air étonné :

— Tu es pourtant la même, certifia-t-il en fronçant les sourcils, semblant ne pas comprendre.

— C'est faux, souffla-t-elle, dépitée. De loin, on pourrait peut-être croire que ce portrait est le mien, mais c'est tout.

Pour attester ses dires, elle s'avança vers le miroir de la coiffeuse, passa sa main sur sa surface, essuyant du revers de sa manche l'épaisse couche de poussière, et s'y mira à travers les diverses taches de rouilles et de moisissures.

— Te souviens-tu de ce que je t'ai dit lorsque tu as vu ce tableau pour la première fois ? murmura le vampire à son oreille.

Cornélia sursauta, stupéfaite, certaine qu'il était resté à l'autre bout de la pièce, près de la commode, tandis qu'il se tenait là, juste à côté d'elle. Elle ne put aussitôt retenir un petit cri de frayeur en constatant que le miroir devant lequel ils étaient à présent tous deux postés, refusait de refléter l'image du châtelain. Ce dernier, qui s'était certainement attendu à ce genre de réaction de la part de la jeune fille, se contenta de l'ignorer et répéta doucement :

— T'en souviens-tu ?

— Oui… Henri, je m'en souviens… balbutia-t-elle, ne pouvant cesser de regarder son ami, puis la psyché contre nature, qui s'obstinait à ne pas tenir compte de lui.

— Eh bien, c'est encore plus vrai aujourd'hui, affirma-t-il de son habituel ton placide, tout en se retournant, puis se dirigeant vers un autre coin de la chambre.

— Comment ça ? Je ne comprends pas, réponditelle, perplexe, quittant enfin le miroir des yeux.

Le vampire se tenait maintenant tout au fond de la pièce, devant un clavecin, objet pourtant imposant mais qui, jusque-là, semblait avoir échappé à Cornélia. Ce dernier avait dû, à une lointaine époque, être blanc et étincelant, mais il n'était plus aujourd'hui que d'un gris jauni, n'ayant, lui non plus, pas été épargné par les désastres du temps et de l'abandon. Malgré tout, l'instrument était encore splendide, diverses boiseries aux motifs floraux, vraisemblablement le thème de la décoration de ces appartements, l'ornementaient élégamment. Il était placé dans une sorte d'alcôve, situation qui lui conférait une importance de premier ordre, mais où la lumière du jour se faisait nettement plus discrète qu'ailleurs. Le châtelain, qui visiblement ne souhaitait pas s'expliquer davantage, préféra ignorer la question de Cornélia et commença à faire courir ses doigts sur les touches abîmées, couvertes de poussière et de toiles d'araignées, produisant alors un son dissonant et désagréable. Puis, au fur et à mesure qu'il jouait, l'instrument s'accorda, comme par magie, et la petite musique devint peu à peu mélodieuse et jolie, douce à l'oreille et familière, comme une ancienne berceuse que l'on n'avait pas entendue depuis l'enfance.

— Cet air te rappelle-t-il quelque chose ? interrogea-t-il d'un ton empreint d'une certaine nostalgie, sans pour autant s'interrompre.

— Je crois... hésita-t-elle. Oui.

Elle ferma les yeux pour mieux apprécier le morceau. Cette petite ritournelle était pareille à cette chambre, étrangère et connue à la fois, lui rappelant une foule de souvenirs et de sentiments vagues et flous. Des images troubles se mirent alors à défiler dans son esprit sans qu'elle ne puisse rien distinguer d'autre que de minces détails. Comme un sourire sans visage, une étreinte fraîche mais chaleureuse, une voix qu'elle aimait entendre, un bijou qu'on lui avait offert.

— Tu passais des heures entières à le jouer, inlassablement, mais je n'ai jamais su pourquoi, confia-t-il tristement.

— Aujourd'hui j'en serai bien incapable, répliqua-t-elle en rouvrant lentement les yeux, revenant progressivement à la réalité.

Elle vit alors Henri, juste devant elle, en train de la dévisager, cherchant peut-être dans son regard une réponse à cette question qui avait traversé les siècles. Le plus étonnant était que, bien qu'il fût maintenant loin du clavecin, la musique continuait à se faire entendre, comme si quelqu'un d'autre avait pris le relais pour jouer cette mélodie d'apparence gaie mais qui évoquait en fait une profonde mélancolie. Instinctivement, elle se pencha sur le côté pour apercevoir l'instrument, curieuse de voir les touches s'abaisser toutes seules ; et sursauta de stupeur en apercevant une jeune femme aux longs cheveux roux, assise sur le tabouret, interprétant à son tour le morceau, ses immenses jupes lilas éparses autour d'elle. Cette vision était des plus troublantes car la personne, qui ressemblait étrangement à Cornélia, était légèrement transparente, à l'image d'un fantôme, et ne semblait pas se rendre compte de leur présence dans la pièce. La jeune fille adressa alors un regard inquiet au vampire, cherchant à comprendre ce qui se passait, convaincue qu'il était à l'origine de l'apparition.

— N'aie pas peur, ce n'est qu'une illusion, assura-t-il sans la quitter des yeux, l'air de plus en plus étrange.

— Est-ce que c'est moi ? s'enquit-elle, légèrement effrayée. Est-ce que c'est un souvenir ?

Comme il ne répondait pas, continuant de la scruter en silence, elle s'écarta d'un pas, mal à l'aise, la situation devenant soudain vraiment bizarre. Mais

Henri s'approcha plus encore, si près qu'elle put sentir son odeur à la fragrance si délicieuse, si près qu'elle frissonna, troublée par le froid que son corps dégageait. Tout à coup, les rideaux se refermèrent, les plongeant brusquement dans l'obscurité, puis les deux lustres encore suspendus au plafond s'allumèrent progressivement et des dizaines de petites chandelles se mirent à flotter autour d'eux. Il lui tendit la main et attendit patiemment qu'elle accepte de lui donner la sienne.

— Te souviens-tu comme tu aimais danser ? chuchota-t-il doucement, son regard cristallin, si lumineux dans la pénombre, presque irréel, transperçant jusqu'à son âme.

Elle hésita un instant, partagée entre la peur et l'envie de profiter de ce moment envoûtant, fabuleux mais néanmoins inquiétant. Le spectre de l'ancienne Cornélia continuait de jouer sa petite ritournelle, infatigable, et toujours insensible à ce qui l'entourait. Comme tout cela était étrange. Sans vraiment l'avoir décidé, elle attrapa la main du châtelain, se prêtant alors à ce jeu curieux, et fit, d'une petite voix, plus intimidée qu'elle ne l'aurait voulu :

— Je ne sais pas... Je ne sais pas danser.

— Il n'est pas nécessaire de connaître les pas avec moi pour cavalier, indiqua-t-il en passant son autre bras dans le dos de la jeune fille, la maintenant fermement contre lui, l'air vaguement amusé.

C'est alors qu'ils se mirent à glisser sur le sol, comme si le parquet s'était subitement transformé en patinoire, tournoyant au rythme de la mélodie. Celle-ci se fit alors plus rapide et sonore, s'adaptant au fur et à mesure à la cadence de cette danse extraordinaire.

Cornélia, quelque peu effrayée par la vitesse à laquelle ils virevoltaient, ferma d'abord les yeux, n'osant plus faire le moindre mouvement, subissant sans comprendre les divagations pour le moins étranges de son ami. Puis, l'envie de profiter de cet instant magique prenant malgré tout le pas sur ses appréhensions, elle finit par les rouvrir et fut stupéfiée de découvrir qu'ils avaient finalement quitté le plancher pour maintenant flotter dans les airs, tout près du plafond de la chambre, à hauteur des lustres. Le souffle court, elle baissa d'instinct la tête pour évaluer la distance qui les séparait désormais du sol et se rendit soudain compte qu'elle n'était plus vêtue de ses vêtements habituels, mais d'une grande robe blanche, aux broderies argentées, d'une envergure magistrale, d'un autre temps. En fait, la même que celle qu'elle portait sur le tableau que le vampire avait peint. Était-elle de nouveau dans l'un de ses rêves ? Inquiète, elle leva les yeux vers Henri et se sentit tout à coup bouleversée.

Pour la première fois depuis qu'elle avait fait sa rencontre au cours de cette vie, le châtelain lui souriait, dévoilant ses magnifiques, bien qu'effrayantes, dents blanches, laissant, le temps d'un court mais délicieux instant, la tristesse et le désespoir qui d'ordinaire marquaient ses traits, de côté. Son visage semblait subitement transformé, il n'était plus le vampire mélancolique et si gravement taciturne qu'elle avait connu, il était redevenu l'homme charmant de ses songes, celui qui avait été un ami si cher, autrefois… Était-elle en train de perdre pied avec la réalité ?

Ils virevoltaient, toujours plus rapidement, à quelques mètres du sol, entourés des dizaines de chandelles qui flottaient autour d'eux, dansant elles aussi, comme portées par cette troublante musique que jouait son propre fantôme, musicienne morte au portrait merveilleux. Ses jupes dessinaient dans les airs de fabuleuses et élégantes courbes, leur amplitude diminuant, s'intensifiant, puis diminuant de nouveau, tourbillonnant au gré de cette valse folle. La tête lui tournait, le vertige se faisant de plus en plus sentir, mais tout cela était tellement grisant que pour rien au monde elle n'aurait demandé à Henri d'interrompre un moment aussi fabuleux. Elle était comme subjuguée, envoûtée par ce sourire, qui, à l'image de tout le reste, paraissait à la fois familier et étranger. Le temps semblait s'être arrêté et les problèmes envolés. Plus rien n'avait d'emprise sur Cornélia, seuls comptaient cette danse magique et délirante, et le regard du vampire.

Tout à coup, le bras de ce dernier vint frôler la blessure de la jeune fille. Celle-ci ressentit alors immédiatement la vive douleur de la brûlure, en bas de son épaule, se rappeler à son bon souvenir, et étouffa tant bien que mal un gémissement de souffrance. L'espace de ce court instant, les yeux du châtelain virèrent à l'écarlate, comme en un éclair, puis, presque aussitôt, redevinrent de leur habituel ton bleu pâle. Subitement, la musique cessa et le sourire d'Henri s'effaça, son visage redevenant brusquement grave et préoccupé :

— Qu'est-ce que c'est ? s'exclama-t-il, consterné.

Cornélia, désorientée, regarda autour d'elle, et se rendit alors compte qu'ils étaient revenus au sol, leurs étonnantes pérégrinations dans le vide ayant soudainement pris fin. Elle avait de nouveau sur elle le jean et le sweat-shirt noir qu'elle portait en arrivant au château, et le fantôme musicien et les chandelles baladines avaient disparu, laissant derrière eux un silence de mort, et pour seule lumière plus que les quelques petites bougies sur les lustres échevelés. Le châtelain s'était écarté, se tenant maintenant devant elle, et l'observait d'un air furieux, attendant une réponse. Elle se sentit alors comme prise en faute :

— Ce... ce n'est qu'une brûlure... Rien de grave.

— Au contraire Cornélia, c'est très grave ! s'écria-t-il hors de lui, en attrapant fermement le poignet de la jeune fille puis remontant sa manche jusqu'en haut, dévoilant la blessure.

Les prunelles du vampire redevinrent aussitôt rouges et inquiétantes.

— Que s'est-il passé durant mon absence ? demanda-t-il à nouveau, les mâchoires serrées, d'un ton qui signifiait clairement qu'il ne lui permettrait pas cette fois de se défiler.

Elle tenta de soustraire son bras à l'emprise du châtelain mais ce dernier ne lâcha pas, resserrant plus encore sa prise :

— Tu me fais mal, gémit-elle, les yeux pleins de larmes. Et tu me fais peur, Henri.

Les doigts glacés de ce dernier se firent brusquement moins oppressants mais sans pour autant libérer leur prisonnière de leur étreinte :

— Ce n'était pas mon intention, pardonne-moi, dit-il d'une voix plus contenue. Mais je dois absolument savoir. Qui t'a fait ça ?

— Ma mère, confessa Cornélia en pleurs. Le fantôme de ma mère morte m'a jeté une casserole d'eau bouillante !

Elle se cacha le visage de sa seule main de libre et secoua la tête :

— Il faut que toi tu me croies, je ne suis pas folle !

— Je le sais bien...

Il l'entraîna vers l'un des fauteuils encore debout de la chambre, toujours sans lâcher son bras, balaya la poussière et les toiles d'araignées d'un geste bref, bien trop efficace pour être naturel, et la fit asseoir. Malgré son regard rouge et angoissant, le châtelain semblait vraiment très inquiet. Il s'agenouilla devant elle, repoussa doucement la main qu'elle gardait devant ses yeux pour cacher ses larmes et son désarroi, et plongea ses prunelles pourpres dans celles de la jeune fille.

— Explique-moi, pria-t-il plus calmement.

Cornélia inspira profondément, essuya son visage du revers de sa manche, tentant de se redonner une contenance, et commença :

— Ça s'est passé dans la nuit, il y a trois jours. Je me suis réveillée et j'ai trouvé les murs de ma chambre barbouillés de cette horrible phrase que j'avais dans le dos, celle que tu as effacée. Ce n'était pas la première fois... J'ai tenté de nettoyer ces graffitis mais il n'y avait rien à faire. Et c'est là que j'ai entendu cette voix dans ma tête, me parler. Encore...

De nouvelles larmes s'écoulèrent lentement le long de ses joues.

— Que disait-elle ? se renseigna Henri, une vive angoisse s'inscrivant soudain sur sa figure blafarde.

— Il me demande sans cesse où je suis, expliqua-t-elle, bouleversée.

Tout à coup le vampire se releva et se pencha sur la jeune fille, pressant son bras nerveusement :

— Tu n'as rien dit ? Dis-moi que tu ne lui as rien dit !

— Non... Bien sûr que non, sanglota-t-elle. Mais c'était si horrible...

Le châtelain soupira, puis, lentement, il se mit à caresser les cheveux de Cornélia, l'encourageant de ce geste doux et apaisant à poursuivre son récit. Cette dernière dut prendre sur elle pour cesser de pleurer et pouvoir de nouveau articuler convenablement :

— Un homme, que je ne connaissais pas, est apparu dans ma chambre. Ses yeux avaient été arrachés. Il souffrait le martyre... et il a littéralement fondu devant moi ! s'exclama-t-elle, détournant le regard, se repassant encore une fois le film de cette maudite nuit dans la tête. Je suis descendue pour chercher du secours et j'ai découvert mon père éventré ! Et ma mère était là, elle aussi. Elle avait l'air tellement en colère... C'est elle qui m'a ébouillantée. Et tu étais là également, dans mon salon, tu m'en voulais, tu as dit des choses affreuses...

Elle s'interrompit, secouée par de nouveaux sanglots.

— Ce n'était que des illusions, Cornélia. Rien que des illusions, répéta le vampire, essayant de la rassurer.

— Pas la brûlure ! protesta-t-elle.

— Non, c'est vrai, reconnut-il, quelque peu dépité. Mais je n'étais pas chez toi cette nuit-là. Ton père va bien et ta mère doit toujours être au fond de sa tombe, dans le cimetière où vous l'avez fait enterrer.

— C'était lui, n'est-ce pas ? C'était Avoriel ? interrogea-t-elle d'une voix blanche, connaissant déjà la réponse à sa question.

— Qui d'autre ? confirma-t-il, le regard soudain encore plus effrayant, transformé par la haine qu'il semblait éprouver à la seule évocation de ce nom. Jusqu'ici cela n'était jamais arrivé. Le fait qu'il parvienne à entrer dans ton esprit est fort préoccupant, je dois bien l'avouer.

— Cela fait maintenant un moment que j'endure ça, je ne sais pas si la prochaine fois je le supporterai.

Henri parut aussitôt saisir le sens des paroles de Cornélia. Il fronça les sourcils, l'air grave, et fit glisser sa main le long du bras ébouillanté de la jeune fille, relâchant enfin sa prise, remontant tout près de la brûlure, tandis qu'il passait l'autre sous son menton, la forçant à lever les yeux vers lui :

— Cela ne se reproduira pas, promit-il. Je ne le permettrai pas.

Ses longs doigts glacés vinrent alors se poser sur la blessure de sa protégée, puis il y appuya prudemment la paume. La douleur fut d'abord si intense que Cornélia ne put retenir un gémissement. Le regard du vampire devint subitement plus sombre, passant du carmin au pourpre, puis fonçant progressivement jusqu'à ce que l'intégralité de chacun de ses yeux s'emplisse de noir. Quelque chose n'était pas normal, d'ordinaire il ne se passait rien, le châtelain effaçait les blessures comme l'on gommait un mauvais dessin, pourquoi cette fois-ci semblait-il autant souffrir ? Ses mâchoires étaient crispées, ses veines saillaient plus encore que d'habitude sous sa peau, marbrant son magnifique visage de bleu, et il était agité de tremblements étranges, presque imperceptibles tant ils étaient rapides et discrets. La jeune fille, effarée, aurait voulu interrompre son ami, mais elle ne pouvait plus faire le moindre mouvement, bloquée sur son fauteuil comme elle l'avait été le jour où il lui avait fait la démonstration de ses pouvoirs. Soudain, les quelques bougies encore allumées sur les lustres de la chambre s'éteignirent, comme soufflées par un courant d'air venu de nulle part, les laissant alors tous deux dans le noir.

— Henri ! cria-t-elle, prise de panique.

— C'est fini… soupira-t-il à bout de souffle.

La douleur avait disparu, comme si, elle aussi, n'avait jamais été qu'illusion, et Cornélia put de nouveau bouger, ses entraves invisibles s'étant subitement dissipées. Elle en profita aussitôt pour quitter son siège, se précipita vers les fenêtres, ouvrit les rideaux en grand, puis revint vers son ami qu'elle trouva agenouillé par terre, en plein milieu de la pièce, encore devant le fauteuil où il l'avait précédemment fait asseoir. Il se tenait la tête, cachant ses yeux de la main comme s'il avait souffert d'une terrible migraine.

— Est-ce que ça va ? s'inquiéta-t-elle, hésitante.

— Bien sûr, dit-il avec un léger sourire, signe de triomphe. Après toutes ces années, j'ai toujours le dessus.

Il se releva lentement, éprouvé par ce qu'il venait d'accomplir, s'appuyant au dossier du siège pour s'aider, dévoilant de nouveau son visage. La jeune fille fut alors soulagée de constater qu'il avait retrouvé son apparence normale, ses veines se faisant plus discrètes sous sa peau décolorée, et ses yeux ayant finalement repris leur teinte argentine si merveilleuse. Il semblait cependant exténué, comme vidé de toute énergie.

— C'est une bonne chose, alors ? demanda-t-elle, n'étant pas sûre de comprendre ce que tout cela signifiait.

— Évidemment ! s'exclama le châtelain, presque enthousiaste.

Cornélia regarda son bras, en quête d'une quelconque trace de cette maudite brûlure, et découvrit avec bonheur qu'il n'en restait plus rien.

— Cela a-t-il été aussi pénible d'effacer les marques dans mon dos ? interrogea-t-elle, faisant subitement le rapprochement, réalisant soudain que les blessures infligées par Avoriel étaient bien plus difficiles à guérir pour Henri que les autres.

Ce dernier baissa la tête et réajusta la dentelle à ses poignets, ses traits s'assombrissant tout d'un coup :

— Bien plus en fait. J'étais alors plus… Un peu plus faible.

Il semblait se remettre au fur et à mesure que les secondes s'écoulaient, recouvrant petit à petit toutes ses forces, reprenant progressivement son habituelle attitude hautaine et fière :

— Enfin, ce qui compte c'est que tant que tu resteras près de moi, il ne saura t'atteindre.

— Tu ne vas plus t'en aller, alors ? lança-t-elle, inquiète malgré tout.

Le vampire parut surpris, il se tourna vers elle et la regarda droit dans les yeux, l'air à nouveau sinistre et amer :

— Je n'étais pas vraiment parti, tu le sais bien.

Il s'avança d'un pas rapide, s'arrêta net devant elle et, d'un geste leste et discret, abaissa la manche du sweat-shirt de Cornélia qu'il avait lui-même relevé quelques minutes auparavant.

— Tu devrais peut-être rentrer chez toi car il se fait déjà tard, je ne voudrais pas t'attirer d'ennuis supplémentaires.

Elle jeta un œil à sa montre et réalisa qu'il avait raison, son père devait probablement être en train de l'attendre pour dîner.

— C'est curieux, le temps passe si vite en ta compagnie... observa-t-elle, perdue dans ses pensées, comme si elle n'avait fait cette réflexion que pour elle-même.

Elle adressa alors à son ami un regard empli de gratitude. Elle était arrivée déprimée, au bord du désespoir, et elle allait repartir le cœur presque léger, rassérénée, débarrassée de cette maudite brûlure et de cette angoisse atroce qui ne l'avait plus quittée depuis cette fameuse nuit.

— Merci pour tout, Henri. J'ai aimé danser avec toi, confessa-t-elle en baissant les yeux, sentant déjà ses joues s'empourprer. J'aime aussi beaucoup le tableau... et cette chambre. C'est tellement dommage de la laisser à l'abandon.

— Elle t'appartient toujours, ainsi, si tu le souhaites je la ferai rénover, proposa-t-il avec indifférence, lui tournant le dos, se dirigeant maintenant vers le couloir.

Il s'arrêta à hauteur de la porte et sortit la clé des appartements abandonnés, exigeant implicitement que la jeune fille le rejoigne. Mais celle-ci, bien trop ravie, resta plantée en plein milieu de la pièce :

— Tu veux dire que si je veux on remettra tout en état ?

— Oui, c'est à peu près ce que je viens de dire.

C'était comme si le cauchemar qu'avaient été ces derniers jours venait de s'estomper, comme si l'épais et terrifiant nuage noir flottant au-dessus de la tête de Cornélia s'était dissipé, laissant place à un ciel bleu. Un ciel peut-être pas tout à fait aussi radieux qu'elle l'aurait souhaité, mais grâce au retour de son ami et grâce à ses paroles apaisantes, un avenir s'esquissait à nouveau devant elle, la mort n'étant peut-être pas la seule échappatoire face à Avoriel. Ce soir-là, elle rentra chez elle avec le sourire, expression de bien-être qui avait quitté son visage depuis quelque temps. Ce qui ne manqua évidemment pas de surprendre monsieur Williamson qui, lors du dîner, après avoir attentivement observé sa fille, lui demanda d'un ton qu'il tenta de rendre détaché :

— Est-ce que, par hasard, Nathalie t'aurait servi de l'alcool cet après-midi ?

La jeune fille faillit s'étouffer avec le morceau de pomme de terre qu'elle s'apprêtait à avaler :

— Bien sûr que non ! Enfin, qu'est-ce qui te prends ? toussa-t-elle. Je ne suis pas ivre !

— Très bien. Excuse-moi, mais je me fais toujours beaucoup de souci pour toi depuis l'autre nuit. Cela fait plusieurs jours que je te vois complètement déprimée, abattue, et aujourd'hui tu as l'air tellement… Tellement mieux. Ces sautes d'humeur ne sont pas normales.

— Papa, soupira Cornélia. Je te l'ai dit, je vais bien. Tu ne vas tout de même pas t'inquiéter parce que j'ai *l'air mieux*, c'est complètement absurde ! J'ai passé une bonne journée, voir du monde m'a fait du bien, voilà tout.

— Oui, tu t'es fait une amie, c'est une bonne chose.

Elle resta un instant silencieuse, se demandant de quoi son père pouvait bien parler, puis, saisissant tout à coup à qui il faisait référence, reprit vivement :

— Oui, Nathalie est très sympa !

Était-il normal, finalement, qu'elle se sentît aussi bien alors que, pour autant, la menace qui pesait sur elle demeurait inchangée ? Il n'avait suffi que d'un moment passé avec Henri pour que ses sombres pensées s'envolent. À présent, elle n'avait plus en tête que cet instant étrange, mais si merveilleux, où il l'avait tenue contre lui dans cette valse aérienne, et où, l'espace d'une seconde, il lui avait souri. Ce sentiment curieux de plénitude, tellement inhabituel pour la jeune fille, fut plus tenace qu'elle ne l'aurait pensé. Si bien que, le lendemain, elle s'éveilla en pleine forme, d'humeur radieuse, et eut subitement envie de revêtir la seule robe qu'elle possédait, celle que son ami lui avait gentiment offerte afin qu'elle puisse rentrer chez elle dans une tenue décente. Après un tour au pressing avec les costumes de monsieur Williamson, le vêtement était revenu comme neuf, les nombreuses traces de peinture qui l'avaient entaché ayant totalement disparu.

Elle ne savait pas bien pourquoi mais, ce matin, elle éprouvait le besoin d'être un peu plus à son avantage que d'habitude. Elle passa, d'ailleurs, plus de temps que d'ordinaire à arranger ses boucles dissidentes, puis resta un instant figée devant son miroir, à s'observer, comme si, subitement, elle avait découvert une autre personne. Était-elle vraiment la même femme que celle que le châtelain avait peinte trois siècles plus tôt ? Cette dernière était incontestablement belle. Effectivement, elle lui ressemblait, mais pour autant, et malgré ce qu'Henri prétendait, ce n'était pas elle. À moins que le sens de l'observation soit différent chez les vampires ? Oui, peut-être que c'était ça... Et dans ce cas, pouvait-elle alors, elle, la Cornélia d'aujourd'hui, être séduisante à leurs yeux ? Enfin, à ses yeux ? Mais pourquoi se mettait-elle à avoir de pareilles idées ? Elle détourna le regard de la psyché et secoua la tête. Quelle importance cela pouvait-il bien avoir de toute façon ? Elle jeta un rapide coup d'œil à sa montre et se rendit compte qu'elle était déjà en retard pour prendre son service. Combien de temps avait-elle bien pu passer à rêvasser de la sorte devant son propre reflet ? Ce ne fut qu'une fois sur son scooter, forçant l'allure pour ne pas aggraver son cas, qu'elle s'aperçut que le vêtement choisi pour la journée n'était peut-être pas une si bonne idée que ça... Elle dut, à plusieurs reprises, rabattre sur ses jambes le tissu récalcitrant, révolté par le vent, afin de ne pas exposer l'intégralité de ces dernières à la vue de tous ceux qu'elle croisait sur sa route. La jeune fille, qui s'était attendue à quelques réprimandes quant à son retard, fut surprise d'être finalement accueillie par une flopée de compliments de la part de sa patronne :

— Ouah... Comme tu es élégante aujourd'hui ! s'exclama celle-ci en voyant arriver son employée. Tu es ravissante dans cette tenue !

— Merci, marmonna-t-elle en baissant la tête et en filant le plus rapidement possible jusqu'à son casier, gênée d'attirer soudain sur elle l'attention de toutes les personnes se trouvant dans la salle.

Puis, dans la remise, elle croisa le cuisinier qui lui adressa le même regard ébahi que Nathalie :

— Hum, bonjour, salua-t-il en la détaillant de haut en bas, non sans une certaine insistance.

— Bonjour Pierre.

— Ça te va bien, tu sais... hasarda-t-il timidement, désignant d'un geste hésitant le vêtement qu'elle portait.

— C'est gentil, répondit Cornélia, se forçant à sourire à son interlocuteur.

Elle essaya tant bien que mal, durant son service, de faire abstraction des regards appuyés que lui adressaient la plupart des personnes qui avaient l'habitude de la voir vêtue différemment. C'était comme s'ils venaient tout juste de la découvrir. Elle regretta alors définitivement d'avoir osé mettre cette fichue robe et se demanda ce qui avait bien pu lui passer par la tête ce matin. L'élégance n'était pas son fort, tout le monde le savait et ça se voyait, il fallait qu'elle s'y fasse. D'accord, plus jamais, donc. Nathalie attendit que les derniers clients fussent partis et que Pierre soit affairé en cuisine, pour venir trouver la jeune fille, occupée à essuyer des verres au bar. Elle se mit à l'imiter puis lui chuchota à l'oreille, comme si elles avaient partagé quelques secrets inavouables :

— Tu as bien meilleure mine aujourd'hui. Aussi curieux que cela puisse paraître, on dirait que ton ami a su te remonter le moral.

— Euh... Oui. Je te remercie pour hier.

— Mais de rien, tu le sais, tu peux toujours compter sur moi. Je suis ton alibi maintenant ! plaisanta la patronne du bistrot.

Cornélia adressa un petit sourire de gratitude à celle qui était peut-être en train de devenir une amie, ou qui, tout du moins, était une complice serviable.

— Et donc, poursuivit la cadette du jardinier d'un air amusé, la robe, c'est pour lui, c'est ça ? Il en a de la chance !

— Mais... non ! s'offusqua la serveuse, sentant tout à coup ses joues s'enflammer. Enfin c'est un monde ! Ce n'est jamais qu'un bout de tissu ! Ce n'est pas parce que je décide de changer un peu de look qu'il faut y voir autre chose que ce que ça n'est... J'ai tellement l'air d'être *déguisée* ?

— Bien sûr que non, tu es très jolie. Je te taquine un peu, c'est tout... Il n'y a pas de mal à ça !

La jeune fille, prise au dépourvu, baissa la tête et préféra s'abstenir de répondre quoi que ce soit. Décidément, personne ne l'épargnait aujourd'hui. Les réactions exagérées autour de cet exceptionnel changement de style, plus féminin en l'occurrence, achevaient de la mettre mal à l'aise, un peu comme si elle avait été la seule invitée d'une soirée à s'être costumée, celle que l'on s'était abstenue de prévenir, juste pour lui faire une mauvaise blague. Et pour autant, il ne s'agissait là que d'une robe, sans couleur, ni fioritures. Finalement, sa bonne humeur du matin s'estompait à mesure que les heures passaient. Mais qu'est-ce qui avait bien pu la pousser à vouloir mettre ce genre de vêtements qui, à l'évidence, n'étaient pas faits pour elle ? Comme à son habitude, mais à plus forte raison aujourd'hui, Cornélia ne s'attarda pas au restaurant et fila dès qu'elle le put. Elle fut alors étonnée de découvrir Pierre, censé être parti avant elle, encore dans la rue, posté devant son scooter, visiblement en train de l'attendre.

— Qu'y a-t-il ?

— Rien de spécial, se défendit-il devant l'air perplexe de la jeune fille, avant d'avouer, un peu embarrassé : Enfin, si. Je me demandais, enfin, juste comme ça, si des fois ça te dirait que l'on se voit en dehors du travail ?

— Éventuellement… Pourquoi pas ? C'est parce que tu as trop de temps libre et que tu t'ennuies que tu me demandes ça ? plaisanta-t-elle. Remarque, ici ce n'est pas étonnant, j'ignore toujours où sont cachés les autres jeunes du village, je n'en ai jamais vu en dehors du restaurant. Y en a-t-il seulement ?

— Je n'en sais rien, je n'habite pas à Rougemont, je ne viens ici que pour travailler, expliqua-t-il, encore plus gêné. Non, en vérité, je pensais à un autre genre de sortie.

Un silence pesant s'installa alors entre les deux employés et Cornélia commença à saisir ce que son collègue était en train de lui proposer. C'était un peu triste mais c'était la toute première fois qu'un garçon lui faisait des avances. Elle ne savait absolument pas ce qu'il fallait dire ou non dans ce genre de situation. D'autant qu'elle n'avait, quant à elle, jamais envisagé ce type de relation avec le cuisinier.

— Tu me plais bien, tu sais, justifia-t-il brièvement. Tu es intelligente, marrante, sympa et puis… je te trouve beaucoup de charme.

— Merci, c'est gentil, marmonna la jeune fille, quelque peu déçue par la tiédeur de ce que l'on pouvait qualifier comme étant des compliments. Mais… C'est que… bafouilla-t-elle sans trop savoir comment s'y prendre pour lui faire gentiment comprendre qu'elle n'était pas intéressée.

— Tu as déjà quelqu'un, peut-être ? se renseigna-t-il, un peu dépité.

— Oui, c'est ça, s'empressa-t-elle de répondre, mentant honteusement.

Que pouvait-elle faire d'autre de toute manière ? Le cuisinier parut soudain franchement contrarié, comme s'il s'était attendu à une tout autre réaction de la part de son interlocutrice :

— Tant pis pour moi, dans ce cas.

— Désolée, dit-elle, feignant d'en avoir l'air.

— Bon, bah… À demain, fit-il, plus embarrassé que jamais.

Puis, sans même attendre qu'elle ait répondu, il partit précipitamment, la laissant seule sur le trottoir, devant son scooter. Était-il fâché ? Si oui, c'était stupide, il devait pourtant bien se douter qu'elle n'était pas du genre à sortir avec le premier venu. Ils ne se connaissaient seulement que depuis quelques semaines et n'avaient pas tellement eu le temps d'échanger. Qu'avait-il bien pu s'imaginer au juste ? Qu'elle accepterait sa proposition parce que, de toute façon, elle était seule et ne pouvait pas attendre grand-chose de mieux ? Aurait-elle dû se sentir flattée qu'enfin un garçon ait bien voulu d'elle ? Un peu irritée, ne sachant trop quoi penser de cette discussion pour le moins inattendue avec son collègue, elle enfourcha son engin et roula jusqu'au château.

— Je ne comprends vraiment pas, Cornélia, lança le vampire d'une voix lasse, trônant sur un vieux fauteuil poussiéreux, bien qu'encore somptueux, au centre de la chambre délabrée. Puisque je t'ai dit que des ouvriers, qualifiés qui plus est, viendront dans quelques jours pour s'occuper de tout cela.

— J'avais bien saisi, assura la jeune fille, tout en continuant d'épousseter d'un chiffon déjà sale, une commode sans âge, à la peinture écaillée beige jauni, choisissant d'ignorer la remarque de son interlocuteur. Mais tu m'as aussi affirmé que ces appartements étaient toujours les miens. Autrement dit, j'y fais ce que je veux, non ?

— Certes… soupira-t-il, toujours maussade.

— Sauf si tu as changé d'avis ?

— Non, je ne change jamais d'avis. Toutefois, j'avoue que te voir t'agiter ainsi, aussi inutilement et inefficacement, me fatigue. Mais, je t'en prie, si cela te tient tant à cœur, continue.

— Merci.

Elle ne savait pas vraiment pourquoi mais contribuer à remettre en état cette pièce où elle avait jadis évolué, l'amusait. Étant donné l'ampleur des dégâts, cela ne se ferait pas en un jour, elle en était parfaitement consciente. Cependant, ce projet de rénovation lui permettait, d'une certaine manière, de passer plus de temps avec Henri, et ce n'était pas pour lui déplaire. Désormais, la compagnie de cet ami, si spécial fût-il, était bien la seule chose qui l'éloignait de son quotidien un brin ennuyeux.

— J'attends toujours ta question. Se pourrait-il que tu n'en aies pas cette fois ? ironisa-t-il.

— Bien sûr que si ! contesta Cornélia. C'est simplement que, n'ayant droit qu'à une seule par jour, je ne veux pas me tromper. J'y réfléchis encore, si ça ne te dérange pas.

Comme d'ordinaire, elle était venue prendre son repas au château. Et, à l'instar de toutes les personnes qu'elle avait croisées ce matin, elle s'était attendue à devoir faire face à quelques commentaires de la part du vampire au sujet de la robe qu'elle portait. Ainsi, elle avait préparé dans sa tête nombre d'excuses justifiant cet imbécile changement de style vestimentaire, oubliant alors jusqu'à sa question du jour. Toutefois, ce dernier n'en avait fait aucun, semblant n'avoir rien remarqué de différent chez sa visiteuse. Celle-ci, d'abord soulagée de ne pas avoir fait l'objet de nouvelles réflexions, se sentit par la suite un peu vexée que, finalement, l'homme, qui pourtant lui avait offert ladite robe, n'ait eu aucune réaction en la voyant vêtue de son présent. Était-ce là le signe d'un profond désintérêt ? Était-il donc le seul à ne pas se rendre compte qu'elle n'était pas habillée comme d'habitude ? Et, en définitive, pourquoi avait-elle mis cette tenue si ce n'était pour lui faire plaisir à lui ?

Trouvant soudain ses pensées ridicules, elle s'acharna plus encore sur la pauvre commode, déjà bien mal en point, déplaçant la poussière plus qu'elle ne la retirait, lorsque son regard fut attiré par une petite lumière courant sur le mur, juste à côté d'elle. Elle se retourna, cherchant la provenance du phénomène, et vit Henri, toujours assis sur le fauteuil, faire glisser entre ses longs doigts si agiles, à la maigreur inquiétante et aux ongles parfaitement entretenus, un petit objet argenté, serti de pierres dont les reflets colorés rayonnaient de part et d'autre de la salle. Il paraissait être encore absorbé par l'une de ses obscures rêveries, le regard perdu, et jouait adroitement, sans avoir l'air de vraiment s'en rendre compte, avec une espèce de bijou brillant d'un étrange éclat. Intriguée, Cornélia abandonna son chiffon sur le meuble qu'elle s'était jusque-là évertuée à nettoyer, et s'avança vers le vampire, sans pouvoir parvenir à quitter des yeux l'étonnant bibelot qui se promenait dans sa main, de manière bien trop singulière pour que cela fût naturel.

— Qu'est-ce que c'est ? interrogea-t-elle, tout à coup assaillie par une foule d'émotions bizarres, mélange de bonheurs enfantins et de tristesse amère.

— Pardon ?

Le châtelain parut tout à coup surpris de trouver son invitée plantée là, face à lui. Il referma les doigts sur l'objet, cessant son incroyable jeu d'adresse, et déclara, une certaine nostalgie au fond de son regard merveilleux :

— Quelque chose qui t'a autrefois appartenu. En fait, comme à peu près tout ce qu'il y a ici.

Puis, d'un air résigné, il rouvrit la main et la tendit vers la jeune fille, révélant le curieux bijou.

— C'est… mon peigne…

Le vampire fronça les sourcils :

— Tu t'en souviens ?

— Oui… Enfin, il me semble.

Elle s'avança encore et se saisit lentement, d'un geste mal assuré et quelque peu hésitant, de l'objet que lui montrait son ami, tremblant comme une feuille, devant lutter pour retenir des larmes dont elle ignorait la cause. Tout à coup des images lui apparurent, submergeant son esprit, de la même manière que lorsqu'elle s'était rendue pour la première fois à la chapelle. Elle vit alors Eléonore, sa mère dans cette ancienne vie, lui souriant tendrement, lui remettant le précieux bijou avec une grande solennité. Son visage de porcelaine au teint si livide était extraordinaire dans la lumière du crépuscule. Ses cheveux rouge ardent brillaient comme ceux d'une poupée et ses yeux, d'un gris intense, faisaient penser à deux perles parfaites, scintillantes, irradiant les ténèbres à la manière d'un astre. Cette vision paraissait si réelle. Eléonore était là, en chair et en os, face à la jeune fille… Puis, le contact d'une main à la fraîcheur morbide effleurant sa joue la ramena doucement à la réalité.

— Cornélia… ? murmura Henri, à genoux devant elle.

Elle balaya la pièce d'un regard brumeux, revenant progressivement à elle, et se rendit soudain compte qu'elle se trouvait par terre, assise sur ses talons, une main posée au sol, la soutenant difficilement, et l'autre contre sa poitrine, le poing fermé, serrant avec force le petit peigne contre son cœur. Le vampire caressait son visage, l'air intrigué :

— Que t'arrive-t-il ?

— Je… Hum… Désolée, marmonna-t-elle en se relevant.

Elle remit sa robe en place, fixant le sol, trop embarrassée pour relever la tête, quand son ami, à nouveau debout lui aussi, insista :

— Réponds, voyons.

— Je me souviens, c'était un cadeau d'Eléonore. Un cadeau de ma mère… avoua-t-elle, la gorge serrée. Elle me l'a offert lorsque j'étais enfant, elle le tenait elle-même de sa mère. Ce bijou était le seul vestige de son humanité.

— Je savais que ce peigne avait beaucoup d'importance pour toi, mais j'ignorais tout de son histoire, déclara le châtelain d'une voix étrange, comme s'il venait de résoudre un mystère ancestral.

— La mélodie que tu as jouée hier, elle aussi me venait d'elle. C'était l'une de ses compositions, celle que je préférais…

Cette dernière phrase lui était venue sans même qu'elle y ait réfléchi. Les mots étaient sortis tous seuls, lui révélant à l'instant précis où ils avaient franchi le seuil de ses lèvres, l'origine de cette musique jusque-là inconnue et pourtant si familière.

— Elle possédait de nombreux talents, admit Henri, attrapant délicatement la main de Cornélia, celle qui, au creux de sa paume, renfermait le précieux bijou.

Surprise par cette attention inattendue, elle releva la tête et sentit alors une larme glisser le long de sa joue pour venir terminer sa course au bas de son menton. Elle ne s'était absolument pas rendu compte qu'elle pleurait.

— C'est stupide, n'est-ce pas ? Éprouver de la peine pour une personne qui est morte il y a quoi ? Trois cents ans, c'est ça ? Oui, c'est vraiment stupide ! s'exclama-t-elle en secouant la tête, inquiète que son ami ne la prenne pour une pauvre gamine geignarde.

Il ne répondit pas mais caressa du pouce le dos de la main de sa protégée, d'un geste apaisant, comme pour signifier qu'il comprenait. Elle lui adressa alors, à travers ses larmes, un timide sourire de remerciement. Elle était si reconnaissante de tout ce qu'il faisait pour elle, jamais elle n'aurait pu faire face à tout ce qui lui était arrivé s'il n'avait pas été là, à ses côtés. En fait, sans lui, elle serait même morte depuis déjà quelques mois... C'était évident et pourtant elle n'y avait jamais vraiment songé auparavant. Elle aurait voulu lui sauter au cou pour lui témoigner toute sa gratitude, comme dans son rêve, mais étaient-ils assez proches aujourd'hui pour ce genre d'élan affectif ? Non, bien sûr que non... Elle serait ridicule, voilà tout... Subitement, un sentiment étrange, mélange de méfiance et de suspicion, s'empara d'elle. Le peigne... Ce peigne qu'elle tenait si fermement, n'était-il pas justement l'objet dont avait parlé Nathalie un jour, lorsqu'elle lui avait raconté, à son tour, la fameuse histoire circulant au village au sujet d'Henri ? N'était-ce pas ce que son employé avait tenté de subtiliser avant de disparaître, *un peigne ancien, de grande valeur* ? D'instinct, elle dégagea sa main de l'emprise du vampire et lui rendit le bijou, se rappelant tout à coup la teneur et la gravité de ces accusations.

— Tu peux le garder, il est à toi.

— Je n'y tiens pas, protesta-t-elle d'un ton plus dur encore que ce qu'elle aurait voulu. Si c'est vraiment l'objet qui a causé la mort d'un homme, vraiment, je n'y tiens pas.

— Ah... Je vois... Fort bien, murmura-t-il, son visage s'assombrissant brusquement, la colère emplissant soudain son regard céleste.

Puis, d'une voix devenue glaciale, il poursuivit :

— Je me demandais justement quand ce genre de sujet reviendrait sur le tapis. Il faudra donc toujours qu'il en soit ainsi ? Parfait ! Cependant, sache que je n'ai pas à me justifier auprès de toi, Cornélia ! Cette histoire ne concerne que moi et ne te regarde en aucune manière. J'espère être suffisamment clair.

Soudain, le fauteuil sur lequel le châtelain s'était précédemment assis, se mit à glisser, se précipitant comme de lui-même jusqu'au fond de la pièce, crissant sur le parquet, puis, dans un grand bruit sourd, alla se cogner contre le mur de la chambre, se brisant aussitôt, volant curieusement en éclats.

— Nous en avons fini pour aujourd'hui, rentre lorsqu'il te plaira, conclut-il sinistrement avant de lui tourner le dos et de quitter prestement la pièce.

Figée de stupeur par l'emportement subit de son ami, la jeune fille resta un instant sans bouger, observant les débris du vieux siège, ne sachant plus quoi dire ni penser.

— Attends ! s'écria-t-elle confuse, ne pouvant s'empêcher de se lancer à sa poursuite. Henri, ne t'en va pas ! S'il te plaît !

Elle courut jusqu'à la porte de la chambre et trouva le châtelain déjà tout au fond du long corridor, s'apprêtant à s'engager dans les escaliers.

— Tu as promis de rester près de moi… rappela-t-elle, essoufflée.

Il s'arrêta mais ne se retourna pas pour autant.

— Tu sais bien que je ne suis jamais loin, de toute façon.

— Je n'ai pas voulu être désagréable. Si je l'ai été, j'en suis désolée, s'excusa-t-elle, marchant prudemment vers lui. J'aurais seulement aimé que tu m'expliques.

Pourquoi insistait-elle autant ? Était-elle inconsciente ? Ou bien stupide ? Elle aurait dû être morte de peur à l'idée que le vampire ait pu assassiner un homme uniquement pour avoir tenté de voler un objet lui ayant appartenu, à elle, la Cornélia d'autrefois... Après tout, c'était tout de même assez curieux. Pour quelle sombre raison attachait-il autant d'importance à ce simple bijou ?

— Il n'y a rien à expliquer, annonça-t-il froidement. Tu sais pertinemment ce que je suis et de quelle façon je parviens à subsister. Tu es revenue malgré cela, plus poussée par la curiosité que retenue par l'effroi que je t'inspire. Tu penses pouvoir retisser les liens qui avaient jadis fait de nous des amis ? Pourquoi pas ? À cela je n'y vois pas d'inconvénients. Toutefois il serait bien mal avisé de venir me demander des comptes. Les choses sont ainsi et tu n'en auras aucun, n'insiste pas.

— Mais pourquoi lui ? persista-t-elle d'une petite voix.

Il se retourna brusquement et lui adressa un regard si dur qu'elle crut, l'espace d'une seconde, avoir affaire à une autre personne :

— Je ne suis pas responsable de cette disparition-là. Cependant, je suis à l'origine de tant d'autres ! Alors, quelle importance cela fait-il ? Après tout, qu'est-ce que cela change ? Que l'on m'accuse de ça ou d'autre chose, peu m'importe, quoi qu'il arrive, les gens restent toujours bien loin du compte.

— Ça en a pour moi.

Pourquoi donc cette réponse la rassurait-elle ? Commençait-elle déjà à s'habituer à l'idée du meurtre ? Quelqu'un de normal, même sachant à qui il avait à faire, aurait été choqué en entendant ces mots terribles sortir de la bouche du vampire. Pourquoi pas elle ? Ses principes et sa moralité étaient-ils en train d'évoluer au point que son ami pouvait y faire exception ?

— Dans ce cas, pour quelle raison les habitants de Rougemont te soupçonnent-ils ? poursuivit la jeune fille, obstinée. Que s'est-il donc passé, Henri ?

Il soupira puis détourna le regard, se perdant dans la contemplation du morceau de forêt que l'on pouvait apercevoir à travers la fenêtre la plus proche, restant un long moment silencieux.

— Tu le portais tout le temps, souffla-t-il, se décidant enfin à parler. Ce peigne était très précieux à tes yeux, et je comprends seulement maintenant pourquoi. Alors, le jour où je l'ai ramassé sur...

Il hésita un instant, craignant probablement d'en dire trop, puis reprit, chuchotant presque :

— Lorsque je l'ai pris sur ton cadavre encore tiède, sa valeur est devenue pour moi inestimable.

Cornélia avala sa salive et répéta d'une voix sourde :

— Mon... mon cadavre ?!

— Pardonne-moi, je m'égare. Je n'aurais pas dû évoquer cela, se ravisa-t-il, la fixant maintenant d'un regard triste. Il y a certains sujets que l'on ne peut aborder pour le moment, tu le concevras aisément.

— Comme... ma mort ? articula-t-elle avec peine.

Le vampire inclina la tête en guise de réponse.

— Hum. Alors, s'il te plaît, continue, pria-t-elle, tentant de faire abstraction des dernières paroles de son interlocuteur. Je t'assure que je ne cherche pas à obtenir de justification de ta part, j'aimerais seulement que tu me racontes ce qui s'est passé ce jour-là, savoir pour quelle raison au juste, un village entier s'est mis à te craindre.

Un mince sourire sarcastique étira de manière quasi imperceptible les lèvres du vampire. Comme si l'idée même d'être à l'origine des angoisses de tout Rougemont l'avait amusé. Cette expression passa presque aussi vite qu'elle était venue et le visage du châtelain redevint aussitôt grave et lugubre :

— Non, je ne préfère pas. Vois-tu, je doute sincèrement que ce soit une bonne idée.

— Pourquoi ? Qu'aurais-tu donc à te reprocher de si terrible concernant cet événement, si tu n'as pas tué ton employé ? continua-t-elle, s'avançant plus encore. Craindrais-tu de me choquer ? Ne l'oublie pas, tu l'as dit toi-même, je sais qui tu es et je suis tout de même là. Je suis parfaitement consciente d'avoir en face de moi quelqu'un qui est contraint de faire des choses que la morale réprouve. Mais la morale est humaine et elle ne tient pas compte des êtres comme toi. Des... vampires... Si notre amitié a encore, aujourd'hui, quelque importance pour toi, je t'en prie, parle-moi, explique-moi.

Il se mit alors à la scruter intensément, comme s'il n'était pas sûr, lui non plus, d'être face à la personne qu'il pensait si bien connaître, sondant son regard profondément, l'examinant jusqu'au fond de ses pupilles. Il fronça les sourcils, perplexe, puis lança d'une voix aussi lugubre qu'inquiétante, prenant tout à coup un air de défi :

— Réalises-tu seulement ce que tu es en train de dire, naïve jeune fille ? Ainsi donc, tu affirmes que le fait que je me gorge de sang humain chaque jour que Dieu fasse, ne te pose aucun problème ? Ainsi donc, quand, à peu près tous les ans, il m'est nécessaire de prendre la vie d'une innocente personne afin d'entretenir mon corps et mes pouvoirs, tu n'es pas effrayée, ni même choquée ? J'ai vécu près de cinq cents ans, et j'ai commis bien des excès dans ma prime jeunesse, peux-tu seulement ne serait-ce qu'entrevoir le nombre d'âmes que cela représente ? Cela ne te révolte nullement ? Connaître ces détails scabreux de mon quotidien te laisse indifférente ? Vraiment ?

— Je... Je n'y suis pas indifférente... bredouilla-t-elle, troublée, cherchant ses mots avec difficulté. Bien sûr que non. Comment pourrait-on y être indifférent ? C'est juste que... que je préfère ne pas y penser. Je n'y peux rien, c'est ainsi, j'ai trop besoin de toi. Ton aide m'est bien trop précieuse. Elle m'est même indispensable, tu le sais comme moi. Alors j'ai fait mon choix, voilà tout. De plus, ce lien qui, jadis, faisait de nous des amis, pour moi il existe toujours, je peux encore le ressentir. Peut-être que pour toi trop de temps a passé, mais en ce qui me concerne, ça, ça n'a pas changé. Je ne peux pas me l'expliquer, Henri, c'est comme ça.

Il secoua la tête comme il l'aurait fait devant un enfant qui se serait obstiné à vouloir jouer avec le feu bien qu'on lui ait maintes fois répété que c'était dangereux.

— Tu ne devrais pas attendre de moi plus que ce que je t'ai promis, une protection contre Avoriel et quelques éclairages sur ton histoire. C'est bien là tout ce que je peux t'apporter.

Poussée par un curieux élan, elle prit la main de son ami dans la sienne, se surprenant à apprécier la douce fraîcheur de ce contact, et confessa :

— Tu m'apportes bien plus, crois-moi... Malgré toi, peut-être, mais je te le répète, c'est comme ça.

Il parut d'abord étonné mais n'opposa pas la moindre résistance, adressant cependant un regard sévère à sa jeune protégée, réaction peu appropriée au geste, pourtant amical, de celle-ci.

— Il s'en est fallu de peu pour que je ne le tue pas, déclara-t-il, paraissant enfin disposé à s'expliquer. Cet homme, l'employé qui s'est introduit dans la grande chambre malgré mon interdiction, et qui a tenté de me voler. Il a eu beaucoup de chance en vérité.

— Pourquoi ? risqua-t-elle, profitant de l'occasion.

— Pourquoi ?! Mais parce qu'il m'a défié ! Et que personne ne peut me provoquer de la sorte et s'en sortir indemne. Il est bien évident que je me suis immédiatement rendu compte de son effraction. Et, quand j'ai vu ce qu'il avait osé me dérober, je me suis mis dans une colère noire, oubliant même jusqu'à la présence de témoins... Témoins par ailleurs si courageux qu'ils se sont tous aussitôt enfuis. Enfin, tous sauf Claire, l'aînée du jardinier, qui, à l'époque, travaillait pour moi. L'imprudente a cru pouvoir s'interposer entre moi et celui qui s'apprêtait à devenir ma victime. Seulement l'ouvrier, qui voulait avant tout sauver sa peau, en a profité pour sortir un couteau. Bien entendu, une lame n'a qu'assez peu d'effet sur ceux de mon espèce, ce n'était là qu'illusion de sa part d'imaginer pouvoir s'en tirer ainsi. Mais lorsqu'il s'en est aperçu, il a décidé, afin de faire diversion, de tourner son arme contre Claire, la poignardant dangereusement. À ce moment-là, j'ai dû faire un choix et j'ai préféré la guérir, laissant l'autre s'enfuir, plutôt que de voir cette pauvre fille, qui, en outre, je dois le reconnaître, m'avait énormément rendu service par le passé, mourir chez moi aussi inutilement.

— Comment se fait-il qu'elle, elle n'ait pas eu peur ? demanda subitement la jeune fille, coupant son hôte dans son récit, trop intriguée par l'histoire de cette femme et par le lien étrange qu'elle pouvait avoir avec le vampire. Pourquoi ne s'est-elle pas enfuie avec tes autres employés ?

Il détourna le regard, semblant ne plus pouvoir supporter celui de son interlocutrice :

— Cela ne l'a pas surprise de voir mes yeux devenir rouges, ni de voir à quel point ma force pouvait dépasser l'entendement humain parce qu'elle connaissait mon secret. Enfin, plus ou moins…

Cornélia écarquilla les yeux et s'exclama, abasourdie :

— Quoi ?! Comment ça, *plus ou moins* ? Et… de… de quel type de service parles-tu ? Je ne saisis pas.

— Claire fait partie de ces humains qui sont attirés bien malgré eux, par les vampires, expliqua-t-il froidement. Ils nous offrent leur sang dès qu'ils en ont la possibilité, mais sans en avoir vraiment conscience. Ils sont comme envoûtés par notre aura sans que l'on n'ait aucun effort à fournir. Ces personnes sont certainement plus fragiles et plus sensibles que la normale, les pauvres ne réalisent pas ce qu'ils font et ne se souviennent généralement de rien. Ils nous sont très... profitables.

La jeune fille horrifiée récupéra sa main et fit quelques pas en arrière, nouveau mouvement de recul qui, cette fois, ne parut pas perturber le châtelain qui devait forcément s'attendre à ce genre de réaction.

— Tu veux dire que tu t'es déjà abreuvé du sang de Claire ? questionna-t-elle, articulant chaque mot avec peine, sentant l'effroi l'envahir progressivement, à mesure qu'elle intégrait les aveux d'Henri.

— Ainsi que celui de nombreuses autres personnes, comme je te l'ai précédemment expliqué, convint-il d'une voix lasse. Elle a été *mon humaine, ma régulière* pendant un temps, choisis le terme que tu préfères, nous utilisons les deux de toute façon. Cela devient-il plus concret pour toi, désormais ? La suite ne devrait pas te déplaire alors. Bref, cela a dû cesser à partir de ce jour, tu peux aisément comprendre que cette affaire commençait à prendre un peu trop d'ampleur à mon goût. De surcroît, il s'est avéré qu'elle était tout à fait elle-même lorsque je l'ai soignée. Et, avec ce que les autres employés avaient pu voir avant de décamper, je ne pouvais me permettre qu'elle aille raconter quelque détail que ce soit à propos de ce qui s'était passé. J'ai donc pris une partie de sa mémoire et exigé sa démission, pour m'assurer que cet *incident* ne lui revienne jamais vraiment, du moins pas dans son intégralité. En échange de quoi j'ai décidé d'accéder à l'une de ses requêtes. C'était la moindre des choses.

— Sa mémoire ?! Tu veux dire que tu peux effacer la mémoire des gens ? se renseigna Cornélia, bien plus affectée par toute cette histoire qu'elle ne l'aurait voulu.

— De manière partielle et incertaine, oui. Mais, parfois, cela laisse des traces. J'avoue que ce n'est pas le pouvoir que je maîtrise le mieux.

— Alors c'est pour cette raison qu'elle n'est plus vraiment la même depuis cet… *incident* ?

— C'est plus que probable, reconnut-il sans montrer le moindre signe de remords.

— Et cette requête, Henri, quelle était-elle ? insista-t-elle, curieuse.

Il soupira, l'air agacé de devoir subir cet interminable interrogatoire, puis ramena son regard sur la jeune fille, qui se tenait toujours face à lui, mais éloignée de quelques mètres à présent. Puis, il reprit sur le ton de la dispute, paraissant de plus en plus fâché de devoir se justifier sur tout :

— Au moment où Claire, dans un instant de lucidité, a compris que mes pouvoirs me permettaient, entre autres choses, de soigner les humains, elle m'a supplié de guérir son grand-père du cancer qui était en train de l'emporter.

— Et tu l'as fait ? Tu as guéri son grand-père ? Celui qui a été enlevé la semaine dernière ?

— Oui, et c'était une mauvaise idée. Par ailleurs, il n'a pas été enlevé, enfin pas vraiment, corrigea-t-il sèchement, un sourire amer et ironique étirant légèrement ses lèvres sombres. J'imaginais, Cornélia, que tu aurais fait le rapprochement.

— C'est donc toi ? C'est toi qui l'as tué ?! Mon Dieu ! s'écria-t-elle, se plaquant, dans un réflexe, les deux mains contre la bouche. Après l'avoir soigné ? Un vieillard ? Mais enfin, pourquoi avoir fait une chose pareille ?

— J'ai fait ce qu'il réclamait depuis très longtemps, indiqua le vampire, semblant éprouver plus de colère envers celle qui lui demandait des comptes que de culpabilité pour le crime qu'il avait récemment commis. Cet homme ne voulait plus vivre depuis la mort de sa femme, chaque jour supplémentaire passé sur cette terre était pour lui un véritable calvaire ! J'ai simplement fait ce que la nature s'apprêtait à faire avant que je n'intervienne. En quelque sorte, je n'ai jamais que rétabli les choses en prenant cette vie qui ne demandait qu'à être cueillie.

Il se retourna si promptement que le bas de la longue redingote qu'il portait claqua derrière lui. Il s'engagea à toute vitesse dans l'escalier, glissant comme un spectre au-dessus des marches de pierres puis, se stoppa net, et ajouta de sa voix la plus sinistre :

— Tu voulais tout savoir de cette histoire, à présent te voilà satisfaite !

La jeune fille aurait voulu répondre mais elle n'y parvint pas. Mêlée à un meurtre ! C'était ce qu'elle était, dorénavant, *mêlée à un meurtre*... Impliquée dans l'assassinat d'une personne dont elle connaissait la famille. Effectivement, cette fois, c'était concret. Elle avait trop posé de questions et maintenant elle allait devoir vivre avec ce nouveau poids. Pourquoi avait-elle dit à Henri qu'elle voulait seulement savoir ? La curiosité était-elle quelque chose de pathologique chez elle ? Ou bien était-elle maso ? Aimait-elle entendre ce genre d'histoire ? Aimait-elle se voir être la complice passive de ce type de crimes ?

— Je reviendrai quand même ! s'écria-t-elle plus à l'intention d'elle-même qu'à celle de son ami.

— Je n'en doute pas une seconde, tu auras bien d'autres interrogations ! rétorqua-t-il avant de s'en aller pour de bon.

Ainsi la discussion était close. Elle n'avait même pas eu le temps de poser sa vraie question, celle pour laquelle elle était venue. De toute façon, n'en avait-elle pas suffisamment appris pour aujourd'hui ? Comment allait-elle faire pour se comporter normalement avec Nathalie maintenant ? Comment allait-elle pouvoir prendre un air naturel lorsque celle-ci lui parlerait de son grand-père disparu, tandis qu'elle était la seule personne à être au courant de ce qui lui était vraiment arrivé ? Et, comment allait-elle réagir quand elle se retrouverait à nouveau face à Claire, sachant qu'elle avait nourri le vampire de son propre sang et que cette malencontreuse expérience lui avait valu une partie de sa mémoire et de sa raison ? Et que devait-elle faire là, dans l'immédiat ? Rentrer chez elle, bien qu'il fût encore tôt ? Retourner à son morne quotidien, sans réel but, en se demandant jusqu'à s'en faire bouillir la cervelle, s'il était possible ou non de continuer à voir le châtelain après ce qu'il venait de lui avouer ? Et pourtant, elle ne pouvait se passer de lui, elle le savait bien... À présent c'était une chose inconcevable, sa seule proximité étant devenue une protection indispensable à sa survie...

Il lui était également nécessaire d'en apprendre encore davantage sur sa vie d'autrefois, son histoire, dont elle ne possédait pour le moment que quelques bribes, souvenirs chimériques encore incohérents. Henri était bien la seule personne au monde à détenir les clefs de ce trouble passé. Et puis, même si cela paraissait insensé, elle avait bien trop besoin de sa présence et de son amitié, si déroutantes fussent-elles, pour imaginer un seul instant pouvoir cesser de le voir. Tant pis… Tant pis pour ce qui était bien et ce qui était mal, tant pis pour la raison, tant pis pour la morale… En fin de compte, c'était vrai, quoiqu'Henri ait pu faire, ou ferait encore, elle n'avait d'autre solution que de passer outre. Choisir de ne pas y penser. C'était la seule chose qu'elle pouvait faire, continuer dans cette voie, après tout, jusqu'ici cela lui réussissait. Elle retourna alors à la chambre, récupéra son chiffon, et continua, tout en s'efforçant justement de ne plus penser à rien, à chasser la poussière si dense, accumulée là depuis des siècles.

Ce ne fut que lorsque le soleil commença à décliner qu'elle s'arrêta, observant d'un œil sceptique le résultat, assez navrant en définitive, de tout un après-midi de ménage dans ses appartements insalubres. Dix-neuf heures déjà, il était plus que temps de rentrer. Cependant, elle ne pouvait partir ainsi, il fallait au moins qu'elle dise au revoir à son ami. Elle devait lui faire comprendre que rien n'avait changé pour elle, même si lui avait paru vraiment fâché lorsqu'il l'avait quittée, la laissant seule dans cet immense couloir. Elle se mit alors en quête du résident des lieux, s'amusant quelque peu de se retrouver quasiment dans la même situation que lors de son dernier rêve. Le trouverait-elle dans le même grenier, entouré d'une centaine, peut-être plus aujourd'hui, d'œuvres cachées ? Seulement les choses étaient différentes maintenant, et, bien que connaissant vaguement l'intérieur du château de par ses songes, elle ne parvint pas à se souvenir de l'endroit où se trouvait l'accès à ces fameux combles.

Alors que la nuit s'apprêtait à tomber, Cornélia, qui déambulait déjà depuis un bon moment, perdue dans le dédale des différentes pièces de l'édifice, tomba sur un escalier plus récent que les autres, menant à un étage qui n'était pourtant pas censé exister. Elle hésita l'espace d'une seconde. Il ne servait pas à grand-chose de s'entêter, à l'évidence, Henri ne souhaitait pas la voir, sans cela il se serait montré. Mais, emportée par sa curiosité, toujours plus excessive, elle entreprit de monter. C'est alors qu'elle reconnut, bien qu'il fût complètement transformé, l'accès à la partie du grenier où le vampire s'adonnait à son art. Elle toqua à la porte, certaine cette fois de le trouver ici, et cette dernière s'entrouvrit d'elle-même, grinçant atrocement, révélant une pièce sombre, bien différente de ce qu'elle avait connu.

L'immense salle avait été intégralement restaurée, et ce, d'une bien curieuse manière. Il n'y avait ici plus aucune couleur. Tout, du sol au plafond, sans exception aucune, était maintenant recouvert de peinture noire. Chacune des poutres de la charpente avait été minutieusement sculptée de motifs élégants, bien qu'à la symbolique macabre, inspirant plus l'effroi qu'autre chose. Le parquet verni, également ébène, était somptueux et brillait étrangement dans ces combles où la lumière se faisait rare, à tel point que l'on pouvait voir son reflet presque aussi nettement que dans un miroir. Il y avait très peu de mobilier, seul un fauteuil de fort beau gabarit était disposé là, en plein milieu de cette pièce à la décoration inhabituelle et dérangeante. Trois frigidaires colossaux et un four à micro-onde, appareils assez inattendus en pareil lieu, se tenaient contre le mur du fond, et, sur le côté, caché dans l'ombre et posé sur une grande table sculptée elle aussi, se trouvait l'objet le plus perturbant de cette mystérieuse salle… Un cercueil laqué noir. Ce dernier était entrouvert et l'on pouvait voir qu'il était vide, personne ne reposait sur le lit de satin sombre. Cornélia frissonna. Où donc étaient passés les superbes tableaux qui avaient jadis jonché les murs de cet endroit ? Où étaient la poussière et les chandelles du grenier qu'elle avait vues en rêve ?

— Tu ne daigneras donc jamais partir ?

La jeune fille sursauta. Le châtelain se tenait là, juste au-dessus d'elle, debout sur l'une des poutres transversales de la charpente, soumis à une pesanteur contraire à la normale, de la même manière que ce jour où elle avait appris ce qu'il était vraiment. En cet instant, en ce lieu malsain et dans cette déraisonnable posture, le vampire, dont les yeux étincelaient de manière extraordinaire dans l'obscurité ambiante, était plus angoissant que jamais. Ainsi, il l'avait observé sans rien dire durant tout le temps où elle avait inspecté la pièce ? Cornélia avala sa salive.

— Quelle amabilité ! s'exclama-t-elle, peut-être plus vexée qu'effrayée. Je suis venue pour te dire au revoir.

— C'est désormais chose faite, remarqua-t-il, impassible.

— Décidément, tu n'es pas très correct aujourd'hui, tu n'as même pas rempli ta part de marché ! reprocha-t-elle, indignée par le comportement plus que désagréable de son hôte.

— Il me semble pourtant avoir répondu à bon nombre de tes interrogations au cours de l'après-midi.

— Nous discutions, cela n'a rien à voir ! protesta-t-elle, sentant la colère monter en elle.

Pour quelle raison, après avoir été si gentil la veille, Henri se montrait-il aussi froid aujourd'hui ? Qu'avait-elle fait de mal à la fin ?

— Je n'ai pas eu le temps de poser ma question ! Et puis je te prierais de bien vouloir descendre de là, je me tords le cou !

Il fut alors aussitôt en face d'elle, retrouvant la gravité commune, se tenant à présent suffisamment près pour qu'elle parvienne enfin à distinguer les traits de son visage dans la pénombre.

— Tu n'aurais pas dû venir ici, soupira-t-il d'une voix triste et lasse.

La jeune fille fut subitement troublée par l'expression de profonde mélancolie, bien plus intense encore que d'ordinaire, qui se reflétait dans les yeux de son ami. L'animosité qui l'avait gagnée quelques secondes plus tôt, jusque-là croissante, s'envola d'un coup.

— C'est… Hum… Très différent de mon souvenir, marmonna-t-elle. Écoute, je voulais seulement que tu saches que ce que tu m'as raconté aujourd'hui ne change rien. Qu'importe pour moi ta malédiction et ce qu'elle t'oblige à faire, tu restes mon ami, mon seul et unique ami ici-bas.

— Toi aussi, tu es très différente Cornélia, réalisa-t-il en fronçant les sourcils, comme si les mots qu'il venait d'entendre n'avaient eu aucun sens venant de la bouche de celle qu'il avait jadis connue.

— C'est possible... convint-elle, pensive à son tour. Je ne sais pas, après tout, je ne suis peut-être pas tout à fait la même personne.

Ce soir-là, lorsqu'elle rentra chez elle, elle se demanda si ce qu'elle faisait, fermer ainsi les yeux sur cette situation qui la rendait presque complice du meurtre du grand-père de Nathalie, la rendait mauvaise elle aussi. Mais elle ne trouva aucune réponse. Peut-être que c'était Henri qui avait raison, après tout, peut-être que cet homme ne souhaitait pas mieux. Ou peut-être pas... C'était horrible de penser cela. Elle se coucha fatiguée de sa matinée de service et de son après-midi de nettoyage, sans pour autant avoir, comme elle l'aurait imaginé, l'esprit préoccupé par quelques scrupules que ce soit.

Chapitre 15
Rêve cinquième,
De curieux intrus

— Ils seront bientôt là, avertit l'Henri du passé, entrant brusquement dans les appartements de la jeune fille.

Il s'assit d'un mouvement leste dans l'un des magnifiques fauteuils de la pièce, prenant place en face de sa protégée qu'il venait subitement d'interrompre dans ses lectures.

Un rêve... Cornélia se trouvait à nouveau dans l'un de ses songes fabuleux qui, petit à petit, levaient le voile sombre qui recouvrait sa vie d'autrefois. Son regard embrumé se détacha lentement des pages qu'elle fixait jusqu'alors, pour aller se poser sur son interlocuteur. L'image se fit tout à coup plus nette, malgré le peu de lumière que procuraient les quelques chandelles allumées dans l'obscurité grandissante du crépuscule. Mais qu'était-elle en train de lire ? Elle n'en avait pas la moindre idée, et peu importait, le vampire était là, devant elle, et paraissait nerveux.

— Je préférerais que tu restes ici pour ce soir, précisa-t-il d'une voix tendue. Je te présenterai demain, si cela ne te dérange pas.

— D'accord, acquiesça-t-elle en refermant sèchement le livre qu'elle tenait, une petite moue boudeuse aux lèvres.

— Il est trop tard pour faire marche arrière à présent, lança-t-il, la mine préoccupée. Tu avais accepté, rappelle-toi.

— Bien sûr, comment aurait-il pu en être autrement ? demanda-t-elle en se levant, prenant la bougie posée sur la table haute à côté de son siège, pour aller en allumer d'autres, tournant alors le dos au châtelain. Tu es ici chez toi et tes amis ont besoin de ta protection. Cependant, je dois bien avouer tout de même que cela ne m'enchante guère de savoir que d'autres *buveurs de sang* vont venir vivre sous le même toit que moi.

En un quart de secondes, toutes les chandelles de la chambre, y compris celles des lustres, s'embrasèrent, illuminant soudain la salle comme en plein jour. La jeune fille se retourna et adressa un sourire de remerciement au responsable du phénomène, qui se trouvait maintenant debout, tout près d'elle :

— Je comprends, murmura-t-il en lui prenant doucement la main, l'amenant jusqu'à sa bouche pour y déposer un baiser léger et délicat. Mais Maxime est un homme… enfin, un vampire, remarquable. Il est mon meilleur ami depuis plus de vingt ans. Tu verras, avec le temps tu apprendras à les apprécier.

— J'en doute fort, tu sais ce que je pense de ceux de ton espèce, rétorqua-t-elle froidement.

Henri lâcha la main de Cornélia et fit un pas en arrière, semblant soudain vexé :

— Je le sais oui. Il est vrai que tout cela est beaucoup plus facile pour toi. N'oublie pas cependant que je suis comme eux, que je me nourris de la même manière, et qu'Eléonore non plus, n'échappait pas à la règle.

— Toi et ma mère êtes différents ! Ce n'est pas pareil, se défendit-elle en baissant la tête, les idées confuses, consciente d'avoir froissé, un peu malgré elle, le châtelain.

— Tu te trompes, jeune fille ! Aucun vampire n'est vraiment différent des autres, nous avons tous reçu ce même cadeau empoisonné ! Tu es bien la seule exception, et pour cause, car tu n'appartiens ni à notre espèce, ni à celle des humains.

— Je suis déjà au courant, merci, répliqua-t-elle, sarcastique, avant d'ajouter, d'un ton radouci : Écoute, je ne veux pas me disputer encore avec toi. Tu es mon ami ainsi que mon généreux protecteur, je te dois énormément et je ne l'oublie pas. Mais, ne me demande pas d'aimer tes semblables, cela m'est impossible.

— Soit, convint-il, résigné. Essaie seulement de ne pas être trop désagréable avec eux.

— C'est promis, accepta-t-elle, souriant de nouveau au châtelain.

— Alors passe une bonne nuit, Cornélia.

Il allait quitter la pièce quand il s'arrêta subitement sur le pas de la porte :

— Dois-je éteindre ?

— Non, je te remercie. Je préfère dormir avec la lumière… avoua-t-elle, un peu embarrassée. C'est stupide et infantile, mais l'obscurité m'angoisse ces derniers temps.

— Comme tu voudras, conclut-il amusé, s'en allant pour de bon.

Une fois qu'elle fut seule, la jeune fille, trop intriguée, décida d'attendre la venue de ces mystérieux nouveaux arrivants pour aller se coucher. Même si Henri, pour une raison étrange, avait décidé qu'elle ne leur serait pas présentée avant demain, elle voulait au moins voir, ne serait-ce que de loin, à quoi ils ressemblaient.

Toutefois, elle se rendit compte que de sa chambre, elle ne pouvait que vaguement apercevoir la cour par laquelle ils étaient censés entrer. Elle hésita un instant à prendre un manteau et aller se poster dans l'une des tours de la façade pour être aux premières loges, mais finalement renonça. Après tout, elle rencontrerait ces intrus inquiétants suffisamment tôt, il ne servait à rien d'être aussi empressée. Elle se réinstalla donc dans son fauteuil préféré, le plus confortable de la chambre, et se replongea dans ses lectures.

Des bruits inhabituels de roues glissants sur le pavé et de voix inconnues la firent tressaillir, la tirant subitement d'un profond sommeil. Elle avait dû s'endormir sans s'en rendre compte. Son livre reposait maintenant sur ses genoux, les pages froissées, et elle s'était enfoncée plus que de raison dans les coussins de son siège. Elle se redressa, remit rapidement ses jupes en place, et ne put, cette fois, s'empêcher d'aller voir ce qui se passait. Elle prit l'une de ses capes, frissonnant d'avance à l'idée de sortir de la chambre et de quitter la douce chaleur que procurait le feu qu'elle s'était évertuée à entretenir depuis le matin dans la grande cheminée, et, poussée par la curiosité, se rendit au plus vite à la tour de garde. Elle courut dans les couloirs du château, un peu perdue dans les ténèbres nocturnes que parvenait à peine à dissiper la petite chandelle à la flamme timide qu'elle avait à la main. Elle se rappela alors soudain pourquoi elle n'aimait pas sortir de ses appartements une fois la nuit tombée...

Après quelques détours imprévus, l'obscurité n'aidant pas à trouver son chemin, elle finit par arriver à l'ancien donjon et s'installa discrètement devant l'une des fenêtres restées ouvertes, éloignant sa bougie pour ne pas se faire remarquer. C'est alors qu'elle aperçut, garé juste au-dessous d'elle, devant la porte principale, un immense carrosse funéraire. Cornélia n'avait jamais vu quelque chose de semblable. Il était composé de deux parties accolées l'une à l'autre, et soutenu par six énormes roues. La première était un compartiment fermé, réservé certainement au transport de personnes vivantes, dont les vitres étaient closes de l'intérieur par de grands rideaux sombres. La deuxième, ajourée sur les côtés, était quant à elle, couverte d'un toit de velours charbon, aux motifs élégants, abritant là trois cercueils. Cette voiture, aussi étrange qu'improbable, tirée par huit chevaux noirs, tous coiffés de plumes de la même teinte, était recouverte de moulures pompeuses, à la finition délicate, dont quatre anges d'ébène, à la tenue inhabituelle et aux expressions inquiétantes, surplombaient le toit de la première cabine.

La voix inconnue qu'elle avait entendue depuis sa chambre était celle d'un homme à l'allure curieuse, discutant avec Henri devant les marches du perron, s'exclamant comme s'il n'y avait eu que lui en ces lieux. Il se tenait avec une canne, dont le pommeau était en argent sculpté, portait un grand manteau rouge vif, à la coupe très ajustée, et avait une chevelure aussi longue et soignée que celle d'une femme, extrêmement lisse, et dont les reflets étaient d'un orangé étonnant, presque surréaliste, sous la lumière de la lune.

Un autre homme descendit du carrosse, beaucoup plus jeune que le premier. Cornélia ne lui aurait même pas donné la vingtaine, vu de là où elle se trouvait. Il était vêtu de manière beaucoup moins ostentatoire et extravagante que l'autre, et portait une simple chemise blanche, tenue bien légère par la température hivernale de cette nuit, et était également plus petit, ressemblant presque à un adolescent à côté d'Henri. Ses cheveux châtains étaient très indisciplinés, chaque mèche paraissant livrer bataille contre les autres, et lui arrivaient à peine au bas des joues. Sa silhouette, à la maigreur quelque peu inquiétante, lui donnait un air chétif et maladif, mais qui, cependant, n'enlevait rien au charme fascinant que dégageait son visage à la pureté angélique. Comment pouvait-il être lui aussi vampire ? Cela paraissait impossible. La jeune fille, troublée par le nouvel arrivant, ne put détacher son regard de ce dernier. Était-ce lui alors, Maxime, le meilleur ami du châtelain, mais également celui qui avait découvert le premier les cadavres de Charles et Eléonore ?

Elle fut subitement tirée de sa rêverie lorsqu'une troisième personne, une femme cette fois-ci, descendit à son tour de la voiture funèbre. Sans aucun doute, c'était bien elle la plus inquiétante de ces trois étranges visiteurs. Elle était vêtue d'une majestueuse robe noire, dont la jupe de satin était si ample qu'elle aurait pu y cacher quelqu'un. Sa veste était couverte de soieries et de broderies à la finesse remarquable, même vue de là où se trouvait Cornélia, et son corset était si serré qu'il donnait à sa taille une forme anormale, voire irréelle. Elle portait une coiffe curieuse, un peu à l'image des chevaux, faite de hautes plumes sombres et d'une espèce de voilette qui masquait son regard. Regard que l'on pouvait néanmoins deviner très clair. Sa peau était parfaitement blanche, d'un teint neigeux et immaculé, sans aucun défaut, et ne devait pas manquer de faire pâlir d'envie les autres femmes de son entourage. Ses cheveux étaient bruns, aussi foncés que l'ébène, à l'image de sa robe, et semblaient même, en cette nuit particulière, posséder d'étranges reflets bleutés. Ils étaient bouclés et remontés en une coiffure haute et volumineuse, au dessin minutieusement étudié, et dont seules quelques mèches torsadées retombaient mollement autour de sa nuque et dans son généreux décolleté pigeonnant. Elle ne semblait absolument pas avoir souffert du voyage et paraissait aussi fraîche qu'au lever. La jeune fille ignorait pour quelle raison exactement, mais l'intruse ne lui inspirait que crainte et méfiance. Quelque chose de malsain et de repoussant se dégageait de cette femme à la beauté pourtant fascinante.

Cette dernière, une fois descendue, se précipita vers Henri et se jeta dans ses bras, éperdue. Comme si, après avoir souffert d'une longue séparation, elle avait retrouvé un ami très cher, ou peut-être, un amant… Cornélia, étonnée par l'attitude bien familière de cette étrangère, se pencha plus encore dans l'encadrement de l'étroite fenêtre, et vit alors le châtelain la saisir par les épaules et la repousser doucement, lui murmurant à l'oreille quelques mots secrets. De là où elle se trouvait, la jeune fille ne parvenait pas à entendre clairement ce qui se disait en bas, seules quelques paroles venant du vampire à l'allure excentrique arrivaient jusqu'à elle. Elle se pencha encore un peu, jusqu'à bientôt se mettre en danger, et tressaillit lorsque le plus jeune des trois visiteurs leva la tête et croisa son regard. Manquant tout à coup de tomber, elle se rattrapa de justesse au parapet, puis s'empressa de revenir à l'intérieur, et se retrouva assise à même le sol glacé de la vieille tour de garde, afin d'être sûre de ne plus être vue. Ses yeux… On aurait dit qu'ils étaient rouges !

Le cœur battant à tout rompre, elle resta là un instant, dans cette position inconfortable, grelottant de plus belle, autant saisie par le froid de la pierre qu'effrayée par ce qu'elle venait de découvrir. Comment un tel jeune homme pouvait-il avoir des pupilles aussi monstrueuses ? Elle avait dû mal voir. Probablement. Aucun des quelques vampires qu'elle avait eu l'occasion de rencontrer jusqu'à maintenant n'avait jamais possédé un regard aussi terrible. Le bruit d'un nouveau carrosse arrivant dans la cour se fit entendre. Y avait-il encore beaucoup d'autres buveurs de sang à venir ? Henri n'avait pourtant parlé que de trois personnes… Toujours plus curieuse que raisonnable, Cornélia leva la tête jusqu'à pouvoir à nouveau voir à la fenêtre, ne laissant à présent dépasser que le haut de son crâne.

Une autre voiture, d'un genre tout à fait différent cette fois-ci, fit son entrée à Rougemont et vint s'arrêter devant la porte du château, juste derrière la première. Cette diligence, beaucoup plus sommaire, n'avait rien à voir avec celle qui l'avait précédée. Il n'y avait là aucune décoration, aucune fioriture, ni aucune plume perchée entre les oreilles des deux maigres canassons qui la tiraient. Les planches de bois qui formaient le compartiment des passagers étaient affreusement usées et semblaient avoir essuyé bon nombre d'années d'intempéries. Les ouvertures étaient si minces qu'il était certainement impossible pour les voyageurs de voir quoi que ce soit du paysage environnant, et à plus forte raison que ces fenêtres étriquées étaient entravées d'épais barreaux d'acier rouillé. Ainsi, cela ressemblait plus à une prison ambulante qu'à une voiture de plaisance.

Le cocher descendit de son siège et vint d'emblée vers la femme en noir qui lui tendit aussitôt une petite bourse dodue. Une fois qu'il eut rangé l'objet dans l'une de ses poches, il alla ensuite ouvrir la porte de la cabine, fermée d'un lourd cadenas, et aida près d'une dizaine de personnes, sales et en haillons, à l'air hagard et endormi, à descendre. Comme c'était curieux. Que venaient faire ces gens ici ? Parmi eux, Cornélia remarqua une jeune fille, de son âge à peu près, possédant la même chevelure rousse et bouclée qu'elle. Son regard était aussi vide que celui des autres. L'un des valets d'Henri se précipita vers la petite troupe et les conduisit promptement à l'intérieur. Si ces derniers, comme le laissait supposer le type de véhicule auquel ils avaient eu droit, étaient effectivement des prisonniers, pourquoi n'étaient-ils pas enchaînés ? Et puis pourquoi se laissaient-ils guider aussi facilement, sans même opposer la moindre résistance ? Déconcertée par ce spectacle pour le moins étonnant, Cornélia osa de nouveau passer complètement la tête à travers la fenêtre, se penchant encore, au risque d'être vue une fois de plus, et aperçut le châtelain se pressant une main contre le front, semblant embarrassé. Il parlait plus fort que d'ordinaire, comme s'il avait été en colère, et s'adressait alternativement à l'homme aux cheveux orange et à la femme aux manières inconvenantes.

Cependant, la jeune fille ne parvenait toujours pas à entendre la discussion, si bien que, lasse de ne rien comprendre et inquiète d'assister peut-être encore à d'autres scènes tout aussi, sinon plus, perturbantes, elle reprit sa chandelle et quitta le donjon pour retourner le plus rapidement possible à sa chambre. Frigorifiée, elle ne put se dévêtir et se coucha tout habillée dans son lit, s'enfouissant sous une masse impressionnante de couvertures, cherchant un peu de chaleur dans ce cocon douillet, mais malgré tout en vain. La nuit était déjà fortement avancée et pour autant le sommeil ne venait pas, l'esprit de Cornélia était bien trop préoccupé. Elle resta ainsi, prostrée dans ses draps, sans pouvoir vraiment réussir ni à se réchauffer, ni à se reposer, jusqu'aux premières lueurs de l'aube. Là, elle décida qu'il était temps d'être enfin présentée à ces gens curieux et d'obtenir, au moins de la part du châtelain, quelques explications quant aux *prisonniers consentants* qui les avaient accompagnés, si c'était bien là ce qu'ils étaient. Elle réajusta brièvement ses boucles et les plis de sa robe, puis descendit au rez-de-chaussée, pensant pouvoir trouver son ami et ses acolytes vampires dans la grande salle de réception.

C'est en passant devant l'un des petits salons que Cornélia entendit la voix, reconnaissable entre toutes, de celui qu'elle cherchait. Elle s'approcha de la porte entrouverte, s'apprêtant à toquer puis entrer, quand lui parvint à l'oreille celle du beau jeune homme à la frêle silhouette et au regard anormal :

— La situation se complique pour moi, déclara-t-il à l'intention de son hôte.

Elle interrompit son geste, se colla discrètement contre le mur et jeta un rapide coup d'œil à l'intérieur de la pièce. Les deux hommes, assis face à face, paraissaient s'entretenir en privé. Surprenait-elle une conversation confidentielle ? Elle savait qu'elle outrepassait largement ses droits en espionnant de la sorte celui qui l'avait gentiment recueilli ici, et pourtant, elle ne put s'en empêcher.

— Il est vrai, mon ami, que tu sembles t'affaiblir un peu plus à chaque fois que nous nous voyons, concéda Henri d'un ton navré.

— Tu as raison, souffla l'autre, tenant un morceau de tissus vermeil plaqué sur son visage.

— Le sang animal ne sert absolument à rien, annonça-t-il gravement, tendant au jeune homme un mouchoir de soie blanche. Regarde-toi ! Jusqu'où iras-tu ainsi ? Cette crise n'est pas la première et ne sera certainement pas la dernière. Il faudra bien qu'un jour ou l'autre tu acceptes le sort qui est le tien. Tu as bénéficié d'un laps de temps exceptionnellement long mais désormais c'est terminé, semble-t-il. Tu vas devoir te résoudre à obéir à ta nature, comme nous tous.

— Je ne le peux, tu le sais bien, nous en avons déjà suffisamment parlé ! s'exclama le vampire au corps décharné. Je préfère mille fois la mort !

Il retira le morceau de tissu de devant sa tête, attrapant celui que lui tendait son ami, laissant entrevoir un visage d'apparence blessé, maculé de rouge.

— Il n'en existe point d'autre, pour nous, que celle abominable infligée par notre monstrueux créateur, je ne t'apprends rien... continua le châtelain la mine soucieuse. Personne ne peut préférer cela, à moins d'être complètement fou, bien sûr. En outre, nous ne pouvons nous permettre que tu te fasses attraper. Maxime, te rends-tu compte des conséquences que cela pourrait avoir ?

— Bien sûr, reconnut ce dernier. Et ce n'est pas non plus ce que je veux. Je suis ici pour d'autres raisons.

— Quelles sont-elles, alors ? Je ne te suis pas.

— Je sais quel secret tu abrites ici, à Rougemont, affirma le jeune homme. Dans son agonie, Eléonore a parlé de sa fille. Après le départ d'Avoriel, elle est parvenue à articuler quelques mots, juste avant que ses cendres ne s'évaporent. Son discours avait beau être complètement incohérent, j'ai rapidement fait le rapprochement avec ce que tu me cachais. Henri, je sais ce qu'elle est, et je sais également ce dont elle est capable...

Cornélia sursauta lorsqu'elle entendit prononcer le nom de sa mère défunte et se plaqua une main contre la bouche pour tenter de se contenir, se sentant soudain prise d'épouvante à la simple évocation du jour maudit où cette dernière avait péri. Elle comprit alors que la personne à laquelle le vampire faisait allusion n'était autre qu'elle-même.

— Tu t'égares, répliqua le maître des lieux, fronçant les sourcils, l'air perplexe.

— Écoute, reprit l'autre, j'ai été à tes côtés dans cette bataille secrète que tu livres contre le roi, t'aidant comme j'ai pu avec mes maigres moyens. Mais aujourd'hui ce n'est plus possible, ces souffrances que j'endure depuis des années deviennent maintenant insupportables, et je n'en ai plus pour très longtemps, je le sens. Je dois me retirer avant que ça n'arrive, tu dois lui demander.

— C'est impossible ! s'offusqua le châtelain avec colère. Jamais je ne pourrais exiger pareille chose de Cornélia ! Jamais, tu m'entends ?! Je t'interdis de tenir ce genre de discours sous mon toit !

— Mon prince, mon ami… Mon frère. Je te supplie à genoux.

Joignant le geste à la parole, Maxime s'exécuta et se laissa tomber aux pieds d'Henri, implorant un mystérieux service. Il lâcha le mouchoir, dévoilant complètement son visage. Des larmes de sang s'écoulèrent lentement de ses yeux aux iris rouges, roulant mollement le long de ses joues. À cet instant la jeune fille ne put se retenir, elle toqua brièvement à la porte pour avertir de sa présence, et entra, se dirigeant directement vers l'homme à terre, comme s'il n'y avait eu nul besoin de se présenter auparavant :

— Que me voulez-vous au juste, monsieur ?

Ce dernier se releva aussitôt et se mit à fixer le sol, comme pour éviter à celle qui se tenait à présent face à lui, de voir le triste spectacle qu'offrait son regard torturé.

— Que fais-tu ici ? Je t'avais pourtant demandé de rester dans tes appartements ! protesta le châtelain avec véhémence, se postant entre ses deux amis.

— Dois-je en conclure que je suis ta prisonnière à présent ? s'enquit-elle indignée. Ainsi, je n'ai plus la liberté de circuler au château comme bon me semble ?

— Il ne s'agit pas de ça et tu le sais !

— Vous parliez de moi, pourquoi ? insista-t-elle en repoussant Henri, s'avançant vers le jeune homme pour ne plus s'adresser qu'à lui. Que me voulez-vous ?

— J'aimerais, mademoiselle, que vous mettiez un terme à cette misérable existence qu'est la mienne, confessa celui-ci, toujours sans la regarder.

— C'est hors de question ! s'insurgea le châtelain. Maxime, tu vas te plier aux règles, comme nous autres, un point c'est tout ! Cesse donc de faire l'enfant et affronte la situation comme un homme ! Tous les vampires ne prennent pas forcément du plaisir à tuer, sache-le, mais c'est ainsi, il n'y a pas d'autres solutions !

— À tuer ? répéta Cornélia d'une voix blanche. Des gens ?

— Remonte tout de suite ! ordonna ce dernier d'un ton impérieux, parlant à sa protégée comme il ne l'avait jamais encore fait. Cela ne te concerne pas !

— Non... c'est... C'est impossible... Dis-moi que tu ne fais pas ce genre de chose, Henri.

— Remonte !

— Non ! objecta-t-elle, horrifiée. Certainement pas ! Je ne me soumettrai pas aux ordres d'un buveur de sang doublé d'un meurtrier !

Elle marqua une pause, bouleversée, avant de continuer :

— Alors, c'est vraiment ça ? Tu es un assassin ? C'est donc de cette manière que tu obtiens tous ces pouvoirs, en prenant la vie d'innocentes personnes ? Mon Dieu... Non... Je ne peux y croire...

— C'est ainsi, on ne peut faire autrement, admit-il sans détour, soutenant avec un air de défi le regard écœuré et accusateur de celle qu'il avait recueillie dans sa propre demeure. Je pensais que tu le savais, que tes parents t'avaient expliqué tout ça.

— Mon Dieu, souffla-t-elle encore, atterrée.

— Laisse-le en dehors de ça, tu veux ! gronda le châtelain, furieux à présent. Tu es si naïve ! Tu peux nous insulter autant que tu le souhaites mais jamais tu ne pourras nous renier ! Je te l'ai dit, n'oublie pas ce qu'était ta mère, et ce que toi-même tu es pour moitié ! Comment crois-tu qu'elle faisait, elle ? Comme nous tous, figure-toi ! Tu pourras bien dire tout ce que tu voudras, Eléonore était logée à la même enseigne et elle ne s'est jamais fait prier pour la besogne, crois-moi !

Sa mère ? Sa propre mère était, elle aussi, une meurtrière ? C'était impossible... Henri mentait, forcément ! Elle était si douce. Non, jamais elle n'aurait commis de telles atrocités. Jamais. Elle l'avait élevée dans la religion et était elle-même, et ce, malgré sa condition, une fervente croyante. Non, jamais elle n'aurait pu s'adonner à ce genre de choses, jamais elle n'aurait enfreint les principes de la foi chrétienne. Non...

— Monsieur, je vous aiderai, promit-elle à l'intention de l'étranger, des larmes de compassion embuant maintenant ses yeux désolés. Si je le peux, je ferai ce qu'il faut pour empêcher que vous aussi ne commettiez ces mêmes horreurs.

— Ainsi, chère Cornélia, à tes yeux, la vie d'inconnus a plus de valeur que celle de nous autres vampires ? interrogea le propriétaire de Rougemont, consterné par les propos qu'il venait d'entendre.

— Évidemment ! Eux sont innocents ! déclara la jeune fille, une expression de répugnance sur le visage. Ils n'ont nul besoin de sang, nul besoin de massacre pour subsister !

— Les humains, innocents ?! Mais quelle hypocrisie ! Oublierais-tu qu'eux aussi doivent tuer pour se nourrir ? Nous leur sommes supérieurs, la règle est la même, les rôles sont inversés, c'est bien là la seule différence !

— Des animaux ! Nous ne nous nourrissons que d'animaux ! Et tu compares la vie d'êtres dotés d'une âme à celle des bêtes ?

— C'est elle qui a raison Henri, conclut Maxime d'un calme inquiétant, paraissant plus désespéré que jamais. Nous ne sommes qu'une abomination, le monde se porterait bien mieux si nous n'avions jamais existé.

— Que se passe-t-il ici ? intervint l'homme aux cheveux cuivrés, un grand sourire aux lèvres, déboulant dans le salon l'air de rien, la femme en noir sur les talons, comme s'ils étaient sortis de nulle part. Mmm, mais quel ange ravissant ! Elle est vraiment sublime ! Et quel fumet curieux pour une mortelle… continua-t-il en s'avançant vers Cornélia, humant son odeur comme si elle avait été un plat tout juste sorti du four. Est-ce l'heure du repas ? Un cadeau de bienvenue de votre part, mon prince ?

— Assez Léandre ! cria le châtelain d'une voix tonitruante, au son extraordinairement amplifié.

Il repoussa violemment son ami à la veste rouge jusqu'au fond de la pièce, d'un seul geste de la main, étonnamment discret et lointain, et, sans même l'avoir touché, l'envoya ainsi à bonne distance de sa protégée. Celui-ci, surpris, se rattrapa comme il le put à une console avant de brutalement heurter le mur opposé.

— Ce n'était qu'une plaisanterie, Monseigneur, marmotta le malheureux en remettant ses cheveux ainsi que ses vêtements en place, abasourdi. Je vous supplie de me pardonner, je ne voulais pas vous fâcher.

— Henri, que t'arrive-t-il ? demanda la femme en noir, d'une voix douce et mielleuse. Te serais-tu entiché d'une humaine durant mon absence ?

Elle se mit à rire timidement, la main devant la bouche. Puis, d'un pas léger et glissant, elle s'avança jusqu'à presque se coller à lui, pencha curieusement la tête sur le côté, et, d'un mouvement aussi délicat que gracieux, lui caressa les cheveux, tentant d'apaiser sa colère.

— Voyons, mon cher, reprends-toi, poursuivit-elle sur le même ton. Cela ne se peut, n'est-ce pas ?

Le prince des vampires la repoussa poliment, et reprit, cette fois un peu plus calmement :

— J'aurais tout de suite dû vous avertir. Cornélia n'est pas, comme vous, mon invitée. Elle est ici chez elle. Et il est de la plus haute importance que vous gardiez le secret de son existence. Voyez-vous, elle est ce qu'Avoriel désire le plus au monde... Par conséquent, elle a, plus que vous tous réunis, besoin de ma protection.

— Et donc, pour quelle raison notre sinistre roi rechercherait-il cette petite demoiselle ? questionna la femme en noir, incrédule, toisant maintenant la jeune fille d'un air dédaigneux.

— Elle est l'enfant naturelle d'Eléonore et d'un humain, expliqua Henri.

— Prodigieux ! s'exclama l'homme aux cheveux orange, visiblement déjà remis de la brutale traversée qu'il s'était vu imposer.

Il revint alors au centre de la pièce et se mit à inspecter l'intéressée de pied en cap.

— Cornélia, dit le châtelain en se tournant vers elle, le regard plus sombre que jamais, comme promis, je te présente mes amis. Voici donc Léandre, Maxime et Violaine.

La dernière citée resta muette et immobile tandis que les deux autres s'inclinaient, saluant respectueusement la protégée du maître des lieux, une expression de jalousie furieuse déformant son sublime visage de porcelaine à la pureté sans égale. La jeune fille ramassa discrètement, du bout du doigt, une larme qui, lors de la précédente discussion, avait roulé jusqu'au milieu de sa joue, puis baissa la tête en signe de salutation.

— Tout simplement prodigieux ! répéta Léandre, émerveillé. J'espère, mademoiselle, que vous ne me tiendrez pas rigueur de mes propos de tout à l'heure. Je ne pouvais, bien entendu, pas savoir. Je m'en excuse.

L'air confus, il lui saisit la main et y déposa un baiser glacé. Cornélia, un peu perdue, se laissa faire en silence quand, subitement, Henri quitta la pièce sans même avoir ajouté un mot, l'abandonnant alors, elle et ses autres amis vampires. Violaine s'empressa aussitôt de le suivre, non sans avoir, auparavant, adressé à celle qu'elle devait probablement dorénavant considérer comme sa rivale, un regard bref mais chargé de haine. Étrange de par la noirceur que ses iris, d'un turquoise pourtant clair, reflétaient. La jeune fille, encore perturbée par les paroles qui s'étaient échangées entre elle et le châtelain, ne savait plus quoi dire ni faire devant ces inconnus au comportement déroutant.

— Pardonnez-moi messieurs, mais je vais me retirer également, avisa-t-elle sans plus oser lever les yeux.

— Faites, chère enfant, mais revenez-nous vite, j'ai tellement de questions à vous poser ! répondit l'homme aux cheveux orange, un immense sourire aux lèvres.

Bien qu'ayant d'abord eu des mots troublants à son égard, Léandre paraissait désormais sincèrement admiratif et curieux de la condition de Cornélia. Elle sortit rapidement du salon, et, une fois qu'elle fut seule dans sa chambre, se laissa submerger par l'émotion. S'être à la fois disputée avec son meilleur ami, avoir accordé à un homme la promesse de le tuer, avoir été prise pour un *repas*, et s'être fait une ennemie particulièrement inquiétante, lui laissait un goût bien amer. Ainsi, les vampires étaient une engeance bien pire que ce qu'elle avait imaginé. Ils ne se contentaient pas de boire du sang, ils étaient également tous des assassins. Tous... Sa mère et Henri y compris. Comment accepter une telle chose ? Comment accepter de partager pour moitié cette monstrueuse malédiction ?! Les gens qu'elle avait vu arriver dans la nuit, les passagers du fiacre cadenassé, étaient-ils destinés à servir de nourriture ?

Horrifiée et désemparée, Cornélia se rendit à la petite chapelle que le châtelain avait fait construire pour elle, se réfugiant en ce lieu saint, loin des vampires et de leurs affreux pêchés, priant avec ardeur pour le salut de son âme. Elle tressaillit, tremblant de terreur, quand soudain, la grande croix accrochée au mur, devant laquelle elle était agenouillée, bascula, comme poussée par une main invisible, glissant sur le mur dans un épouvantable grincement, rompant brusquement la quiétude de l'endroit. Le Christ se retrouva alors la tête en bas, l'objet sacré étant resté suspendu à sa base, devenant, ainsi profané, un symbole bien différent.

— Et bigote avec ça ! Quel comble ! ricana Violaine.

La femme à la robe noire et au regard si pesant, se tenait à la porte de la chapelle, appuyée nonchalamment contre le chambranle, les bras croisés, et fixait la jeune fille d'un air malveillant.

— Tu permets, je peux entrer ? continua-t-elle, d'une voix tout à coup plus affable. J'ai quelques mots à te dire.

Cornélia, impressionnée, hocha la tête malgré elle, et se remit debout pour faire face à l'intruse. Cette dernière parcourut l'allée en flottant à quelques centimètres du sol, faisant bizarrement rouler sa tête de droite à gauche, puis de gauche à droite, la bouche crispée, les yeux exorbités, semblant sévèrement incommodée :

— Comme j'exècre ces idioties ! siffla-t-elle soudain.

C'est alors que des voiles noirs, sortant de nulle part, vinrent, dans un souffle, recouvrir chaque tableau, ainsi que chaque objet symbolisant la religion, à l'exception de la croix restée à l'envers. Elle soupira, puis se mit à sourire, s'arrêtant face à son interlocutrice stupéfiée :

— Voilà qui est mieux, annonça-t-elle, posant à nouveau les pieds sur le sol, désormais soulagée de quelques maux mystérieux. Comment as-tu pu convaincre Henri de faire construire cette horreur ?

La jeune fille aurait voulu répondre mais n'y parvint pas, quelque chose d'étrange la retenait, l'empêchant même de bouger. Elle sentit alors son sang se glacer dans ses veines, l'effroi l'envahissant brusquement. Pourquoi ne pouvait-elle plus faire le moindre mouvement ? Pourquoi ne parvenait-elle plus à articuler le moindre mot ? Était-ce cette affreuse femme vampire qui usait de ses pouvoirs sur elle, la réduisant à l'état de prisonnière ? Violaine lui caressa la joue, d'un geste faussement tendre, et reprit d'un ton désolé :

— Tu n'es même pas belle. Ta peau est chaude et rêche, tes cheveux sont aussi ternes que ceux d'une pauvresse. Et tu sembles dépourvue de toute capacité…

L'expression de son visage changea soudain pour n'être plus que haine et colère.

— Comment le roi sombre peut-il s'intéresser à toi ?! s'écria-t-elle. Comment Henri a-t-il pu me remplacer par une fille aussi laide et inutile ?!

Elle la gifla si fort que Cornélia, toujours contrainte à l'immobilité, en eut les larmes aux yeux.

— Ah... chuchota la femme en noir. Tu sais pleurer. Peut-être ne sais-tu faire que cela d'ailleurs. Le prince t'aimera-t-il toujours autant lorsque tes sanglots seront devenus rouges ? Seras-tu toujours aussi précieuse et unique ?

D'un geste, elle envoya la jeune fille rouler au sol, puis se pencha sur elle et la scruta d'un abominable regard devenu vermeil, souriant fébrilement, dévoilant maintenant de longs crocs acérés.

— Violaine ! Non ! hurla une voix masculine venant de dehors. Il ne te le pardonnera jamais !

C'était Maxime, il se tenait au loin, devant la porte.

— Mais il ne m'aime plus, se lamenta la femme vampire, changeant encore d'expression, ses yeux revenant alors à leur teinte habituelle, reflétant maintenant un profond désespoir et une immense détresse. Je lui ai toujours tout pardonné, toutes ses incartades, tandis que moi je lui restais fidèle et dévouée. Et maintenant, il ne veut plus de moi. Il a dit que c'était fini...

— Cornélia, dites-lui qu'elle n'est pas la bienvenue ici ! ordonna expressément le jeune homme resté à l'extérieur. Dites-le !

Cette dernière, bien que n'y comprenant rien, tenta tout de même d'articuler les mots qu'on venait de lui dicter. D'abord en vain, puis, péniblement, elle finit par réussir à bredouiller, la mâchoire crispée :

— Vous n'êtes pas... la bienvenue... ici...

Aussitôt, Violaine fut expulsée hors de l'église, projetée dans les airs avec une violence inouïe. Les grands voiles sombres s'évanouirent soudain, la croix fit demi-tour, revenant d'elle-même à sa position initiale et la protégée du prince retrouva sa liberté de mouvement. Elle se releva, encore tremblante, et jeta un œil craintif au-dehors, comme pour s'assurer qu'elle se trouvait bien, désormais, hors de danger. Elle vit alors sa tortionnaire, blessée à la tempe par sa chute brutale, sangloter dans les bras de Maxime, s'accrochant à sa chemise et répétant sans fin, comme une démente, d'une voix fluette et, par moments, chevrotante :

— Il ne veut plus de moi. Que vais-je devenir ? Il ne veut plus de moi. Il ne veut plus de moi...

— Ne t'en prends pas à Cornélia, intima-t-il d'un ton ferme, tentant de raisonner son amie. Elle n'y est pour rien et tu le sais.

— Alors toi aussi, tu es sous le charme de cette petite dinde ? cria-t-elle, indignée. Ce n'est pas possible !

— Arrête, Violaine ! exigea-t-il, commençant à perdre patience. Ce n'est pas de cette manière que tu vas arranger la situation. Tu devrais te calmer. Si tu fâches Henri, il te chassera d'ici et tu ne bénéficieras plus d'aucune protection contre Avoriel. Penses-y et tiens-toi tranquille !

La femme en noir fit un pas en arrière, s'écartant du jeune homme, et sembla tout à coup perdue dans ses pensées. Les yeux dans le vague, elle essuya de la main le sang qui s'écoulait de sa plaie, dégoulinant le long de son visage, et porta machinalement ses doigts à sa bouche, suçotant alors sa propre hémoglobine. Puis, tout en réitérant ce geste écœurant, elle s'en alla en silence, marchant lentement, comme si elle avait été subitement exténuée. Cornélia, restée prudemment à l'intérieur de la chapelle, se laissa tomber sur un banc, et soupira de soulagement en voyant l'affreuse vampire s'éloigner.

— Puis-je ? demanda timidement Maxime, toujours à la porte.

— Bien sûr… acquiesça-t-elle à bout de nerfs.

Contrairement à Violaine, il ne parut absolument pas gêné par les symboles religieux dont la petite église regorgeait. Il s'empressa, à pas d'humain néanmoins, de se rendre auprès de celle qu'il venait juste de sauver des griffes de l'ancienne maîtresse du châtelain, puis il s'agenouilla devant elle en lui prenant la main :

— Je suis sincèrement désolé pour ce qui vient de se passer. Mais je t'en prie, ne dis rien à Henri, il la renverrait sur-le-champ, et Dieu seul sait ce qu'Avoriel serait capable de lui faire avouer maintenant qu'elle est au courant pour toi…

Elle fut surprise par l'attitude quelque peu familière de cet homme qu'elle ne connaissait que depuis le matin, mais ne le repoussa pas pour autant. Elle lui était tellement reconnaissante d'avoir empêché la femme en noir d'aller plus avant dans ces sombres projets… Et puis, cela ne lui déplaisait pas vraiment en fait… Elle était complètement subjuguée par son regard pourpre et son visage aux traits si harmonieux… Elle hocha la tête pour signifier qu'elle comprenait et qu'elle acceptait, puis, encore bouleversée, fondit en larmes :

— Pourquoi m'en vouloir à ce point ? Elle se trompe, Henri est mon ami, seulement mon ami. D'ailleurs, après ce que je viens d'apprendre sur son compte, je ne même suis plus sûre qu'il le soit encore !

— Ne le juge pas si promptement, ce n'est pas quelqu'un de mauvais, protesta Maxime, avec conviction. Il a vécu des choses terribles aux côtés d'Avoriel et s'est battu pour échapper à son emprise. Aujourd'hui, il est bien le seul à oser s'opposer à lui.

— Mais vous, insista-t-elle, plongeant son regard dans la mer rouge qu'était celui du jeune homme, vous êtes différent, vous avez choisi de ne pas vous soumettre à cette odieuse règle, vous avez choisi de ne pas prendre de vie !

— Le prince et moi n'avons pas la même histoire, lui n'a jamais vraiment eu le choix, soupira-t-il en baissant la tête, semblant affligé par le souvenir du triste passé de son ami. Je suis comme toi, en quelque sorte, une exception… Je suis le seul vampire à avoir pu vivre aussi longtemps ainsi. En général, ceux qui se refusent à boire du sang humain et à donner la mort régulièrement voient leurs corps décrépir et leur raison s'enfuir en moins d'une année. On ne peut vivre sans tuer, expliqua-t-il d'un ton étonnamment détaché. Cela fait vingt-deux ans que je lutte contre ce fléau et j'arrive à présent au terme de cette inhabituelle impunité. C'est pour cela que je suis ici, je sais que tu es la seule, de par ta capacité, unique en son genre, à pouvoir m'aider.

Il fronça les sourcils, perplexe, puis continua :

— Je sais aussi que, tout à l'heure, si tu l'avais vraiment voulu, tu aurais très bien pu te défendre contre Violaine. Pourquoi alors ne pas l'avoir fait ?

— Je l'ignore… avoua Cornélia à voix basse, sceptique. J'étais comme paralysée, je ne pouvais me soustraire à son influence. Elle m'effraie tant.

Elle se tut un instant, cherchant à se remémorer des événements profondément enfouis dans son esprit, ces mêmes événements qui, elle le savait, avaient poussé le jeune homme à croire qu'elle était capable d'ôter la vie à ceux de son espèce.

— La seule fois où j'ai affronté un vampire… osa-t-elle, s'interrompant aussitôt, puis, reprenant, incertaine : Je ne me rappelle plus très bien… Mes souvenirs de ce jour sont tellement confus. Mais je l'ai tué, cet homme, enfin ce buveur de sang, qui était venu pour m'emmener et qui allait s'en prendre à mes parents. C'était atroce, vraiment atroce.

Réalisant pour la première fois ce qui s'était réellement passé alors, et tout ce que cela impliquait, elle fut soudain horrifiée et se laissa envahir par la panique, pleurant de plus belle, se cachant le visage de ses mains :

— Si c'est là mon seul pouvoir, à quoi suis-je destinée en fin de compte ? Pourquoi suis-je née ainsi ? Et pourquoi suis-je condamnée à vivre dans ce monde cauchemardesque, un monde abominable, rempli de meurtres et de conspirations, tandis que je n'aspire qu'à une vie simple et paisible ?

Maxime se mit alors à caresser les cheveux de la jeune fille en larmes, d'un geste doux et tendre, et murmura calmement :

— Peut-être es-tu née pour aider ceux, qui, comme moi, désirent trouver la paix ? Peut-être es-tu née pour débarrasser cette terre des monstres qui l'avilissent…

Elle releva la tête et sonda le regard de cet inconnu qui se montrait si prévenant et compréhensif, cet homme admirable qui luttait de toutes ses forces contre sa nature et qui préférait mourir plutôt que de tuer un innocent. Tout à coup, elle sentit son cœur battre la chamade, s'affolant comme jamais dans sa poitrine. Était-ce dû à la proximité, presque indécente, du jeune vampire, ou bien aux émotions de la journée ? Cornélia n'aurait su le dire, cependant, des sentiments étranges, jusque-là encore inconnus, s'éveillèrent en elle.

— Malgré tout, dit-il l'air désolé, je crois que tu devrais prendre le temps de réfléchir avant d'accepter ce que je suis venu te demander. Je suis pleinement conscient de tout ce que cela implique. Et je crains que tu ne sois pas vraiment prête à assumer une telle chose.

Elle se promenait tranquillement en forêt par un bel après-midi de printemps en compagnie de son nouvel ami aux yeux grenat, prenant tous deux soins de rester à proximité du château et à l'ombre des arbres. Il s'était écoulé près d'un mois depuis ce fameux jour où les trois vampires étaient arrivés à Rougemont, depuis ce jour où elle avait ouvert les yeux sur ce qu'était réellement le châtelain, et s'était, dans l'heure qui avait suivi, fait agresser par l'ancienne maîtresse de celui-ci. La jeune fille n'avait, par la suite, plus adressé la parole ni à l'un, ni à l'autre, se sentant désormais fort mal à l'aise en leur présence, et ayant le sentiment de plus en plus intense, d'être prisonnière d'une cage qui n'avait de dorée que l'apparence. La femme en noir, depuis *l'incident*, s'évertuait à ignorer Cornélia, qui lui rendait bien, et s'acharnait à suivre Henri comme un chien suit son maître, se faisant toujours plus mielleuse et plus aguicheuse afin que celui-ci daigne à nouveau poser les yeux sur elle. Le prince, quant à lui, ne semblait pas avoir remarqué le manège de Violaine. Il était devenu lugubre et irascible, restait seul durant des jours, enfermé dans ses appartements, et ne faisait aucun effort pour renouer le dialogue avec sa protégée.

— J'aurais tellement aimé te rencontrer avant, lorsque j'étais encore humain, soupira Maxime. Les choses auraient été bien différentes alors.

La jeune fille s'arrêta net, se tourna vers son interlocuteur, qui, aussitôt, l'imita, et se noya soudain dans ses prunelles à la teinte unique, reflet du calvaire et de la malédiction. C'était la bonté et le charme d'un ange qui transparaissait à travers ses yeux à la couleur de l'enfer, et rien d'autre. Il lui répondit d'un large sourire, délicieux malgré les crocs acérés qui le déformaient légèrement, ces derniers ne se rétractant plus depuis quelques jours, puis il l'enlaça tendrement.

— Je n'étais même pas née à ce moment-là, plaisanta Cornélia en rougissant de plaisir.

Sa vie avait bien changé depuis sa rencontre avec le jeune vampire. Rien n'était plus, et ne serait plus, comme avant, car elle connaissait désormais la passion. Elle l'avait aimé dès le début, admirant son courage et sa candeur, fascinée par son visage merveilleux, et captivée par chacun de ses discours. Ils partageaient en tout point les mêmes avis et ne trouvaient jamais de fin à leurs discussions, si bien qu'ils passaient le plus clair de leur temps ensemble, sans jamais s'en lasser.

— Et qui était donc Maxime l'humain ? demanda-t-elle en riant.

Elle se détacha délicatement de son étreinte et s'assit gracieusement dans l'herbe, à l'ombre d'un chêne centenaire, ses jupes éparses autour d'elle, et invita d'un geste son compagnon à en faire autant. Celui-ci s'exécuta sans broncher et répliqua :

— En fait, à peu près le même qu'aujourd'hui, en un peu plus insouciant, tout de même. J'étais le fils d'un comte infortuné qui rêvait de faire de moi un soldat tandis que je n'aspirais qu'à rejoindre un monastère.

— Alors tu t'en rappelles ? s'étonna-t-elle. Tu te rappelles de ta vie d'avant ?

— Oui, comme si c'était hier, affirma-t-il, nostalgique tout à coup. Cela fait partie de mes privilèges, je suis le seul vampire à ne pas avoir oublié. À croire que ce sont les crimes qui effacent les souvenirs de ce qu'était l'humanité.

— Et tu voulais devenir moine ? s'enquit-elle, un peu surprise.

— Oui, à cette époque c'était ce que je voulais. J'avais la foi et je pensais qu'on pouvait aider les hommes à devenir meilleurs en consacrant son existence à Dieu. Ceci dit, j'aurais bien vite abandonné ce projet si je t'avais connue ! En réalité, je crois à présent qu'il n'y a rien de meilleur que d'être aux côtés de son âme sœur.

Il lui prit la main et enchaîna ses doigts grisâtres et squelettiques à ceux, ronds et rosés, de la jeune fille. Il resta un moment sans rien dire, semblant réfléchir, puis reprit d'un ton plus grave :

— J'aimerais que tu parles à Henri, je déteste le voir dans cet état. Il ne mérite pas ton silence. Puis, j'aimerais également qu'il sache pour nous.

— Parce que tu as besoin de sa bénédiction ? interrogea-t-elle, une pointe d'agacement dans la voix.

— Oui, et toi aussi. Bien que tu affirmes qu'il n'y ait jamais eu autre chose entre vous que de l'amitié, je voudrais m'assurer qu'il approuve notre relation. Je sais qu'il est très attaché à toi.

— Enfin, nous ne faisons rien de mal, voyons ! s'offusqua-t-elle en reprenant sa main. Je t'en prie, même si tes souffrances se sont un peu apaisées ces dernières semaines, il nous reste si peu de temps à partager ensemble, ne gâchons pas tout, s'il te plaît.

— Mais il est mon meilleur ami, opposa Maxime d'un air embarrassé. Et il est également celui qui t'a sauvée d'un bien triste destin.

— C'est vrai, mais il est devenu détestable, il se montre de plus en plus odieux, contesta-t-elle, amère. J'étouffe à vivre auprès de lui, et, s'il n'avait pas eu la capacité de me cacher d'Avoriel, il y a longtemps que je serais partie.

— Tu es si dure avec lui, marmonna-t-il, le regard triste. Il n'est pourtant pas responsable de cette situation.

— Je le sais, oui. Seulement, la vérité c'est que je n'y peux rien, je n'arrive plus à ressentir autre chose pour lui que du mépris.

Ils restèrent alors un long moment silencieux, perdu chacun dans leurs pensées, elle cueillant placidement quelques fleurs autour d'elle, lui scrutant le ciel azuréen entre les feuillages, comme cherchant une réponse à une question qui n'en possédait pas. Puis, ce fut lui, revenu de ses réflexions, qui rompit le premier le calme reposant de la forêt :

— Comment feras-tu, Cornélia, lorsque je ne serai plus là ?

Ces mots lui firent si mal qu'elle eut la sensation qu'un poignard à la lame acérée s'enfonçait lentement dans son cœur. Elle refusait d'envisager la mort de celui qu'elle aimait désormais plus que sa propre vie. Et pourtant, elle savait bien qu'inévitablement, cet instant viendrait. Celui où Maxime, accablé par cette étrange hémorragie dont seuls souffrent les vampires affamés et insoumis aux lois de leur espèce, ne parvenant plus à supporter ces douleurs atroces, la supplierait de l'achever. Elle le savait, cependant, tout au fond d'elle-même, elle nourrissait le secret et impossible espoir que leur amour, si intense et si profond, finirait par l'emporter sur la malédiction. C'était idiot, elle en avait pleinement conscience, mais c'était ainsi.

— Pitié, tais-toi... implora-t-elle d'une voix tremblante. Je ne veux pas y penser, pas maintenant. Ne parle pas de ça, je t'en prie.

Elle se jeta brusquement dans les bras du vampire, éperdue, enfouissant son visage larmoyant contre la poitrine aux côtes saillantes de ce dernier. Il la serra aussi fort qu'il le put et lui murmura à l'oreille :

— Je me tais, ma douce amie. Je me tais...

Puis il lui releva délicatement la tête, débarrassa dans une caresse, la figure de sa bien-aimée des cheveux qui la masquaient, et l'embrassa tendrement. Ils s'allongèrent alors à même le sol, dans un lit d'herbes et de fougères, s'enlaçant passionnément, comme les deux amants en sursis qu'ils étaient. Cornélia, si bien contre le corps de celui qu'elle aimait, finit par s'endormir, bercée par le bruissement des feuilles et les mots doux que lui susurrait cet homme si cher à son cœur. Ce sommeil paisible ne fut malheureusement que de courte durée car il fut soudainement interrompu par une vive et persistante douleur, juste au creux de ses omoplates. Elle gémit et se releva d'un coup, s'arrachant brutalement à l'étreinte de Maxime.

— Que se passe-t-il ? demanda celui-ci, circonspect.

Son regard fut attiré par une petite tache dans le dos de la jeune fille :

— Tu saignes… bredouilla-t-il en passant ses doigts à l'endroit de la curieuse blessure.

— Qu'est-ce qui m'arrive ? Ça fait tellement mal… chuchota-t-elle, la voix feutrée par la souffrance.

Voyant le vêtement de son amie rougir davantage, il paniqua et entreprit de délacer son corset afin de pouvoir discerner la cause de l'hémorragie.

— Oh, mon Dieu ! s'exclama-t-il, restant figé devant le dos dénudé de Cornélia. Des lettres ! Des lettres sont en train d'apparaître dans ta chair !

Il se releva promptement, prit dans ses bras la blessée, déjà à demi consciente, et se mit à courir vers le château, lui répétant tendrement, tentant de la rassurer :

— Henri saura quoi faire. Ne t'inquiète pas, il saura quoi faire…

Puis tout fut de nouveau sombre et brumeux.

Chapitre 16
La fureur du démon

Lorsqu'elle s'éveilla, étendue dans son lit, celui de sa chambre au château ou de celle du manoir, elle ne savait plus trop, la douleur ne l'avait pas quittée. Si bien que, le regard voilé par l'obscurité de la nuit et troublé par la brûlure atroce qui lui vrillait le dos, elle ne put rien distinguer de ce qui l'entourait et perdit soudain tout repère. Tout était si confus. Était-elle encore dans l'un de ses rêves, se remémorant une vie déjà vécue, ou bien dans le présent, dans la maison de son père ? La souffrance, toujours plus ardente, l'empêchait de se lever. Alors, dans un terrible effort, elle tendit le bras dans l'espoir de trouver, peut-être, l'interrupteur de sa lampe de chevet, dans le cas où la réalité aurait supplanté le songe. Après quelques tâtonnements hasardeux, elle finit par attraper le bouton et alluma la lumière. Tout était là, à sa place habituelle. Elle se trouvait bien chez elle, dans sa chambre aux murs récemment peints de blanc, dans ce manoir qui avait autrefois appartenu à ses grands-parents paternels.

Elle n'eut pas besoin cette fois, de passer ses doigts dans son dos pour savoir si le message s'était reformé et si les plaies qu'il avait entraînées s'étaient rouvertes, elle n'eut qu'à tourner la tête et regarder ses draps. Ces derniers étaient complètement trempés, devenus quasi intégralement rouges, imbibés de son propre sang... Alors ça recommençait ? Avoriel remettait ça ?! Cornélia, submergée par la souffrance et paniquée par l'importance déraisonnable de l'hémorragie, hurla aussi fort et aussi longtemps qu'elle le put. Tout à coup, la porte-fenêtre de sa chambre, celle qui donnait sur son balcon privé, s'ouvrit à la volée, et les deux battants allèrent brutalement claquer contre les murs.

— Demande-moi d'entrer !

La voix venait de l'extérieur et ressemblait terriblement à celle d'Henri, mais, de son lit, la jeune fille ne pouvait voir personne. Elle hésita à répondre. Peut-être était-ce une nouvelle illusion inventée de toutes pièces par son tortionnaire invisible pour tenter de la rendre folle ?

— J'ai senti l'odeur de ton sang de dehors, si tu ne me le demandes pas, je ne pourrai pas entrer !

Chancelante, presque aveuglée par la douleur, elle se leva et avança péniblement jusqu'à la grande fenêtre. Puis, arrivée au milieu de la pièce, elle tomba à genoux tant la brûlure devint déchirante. Cette dernière lui arracha au passage un nouveau hurlement.

— Cornélia ! cria-t-il.

C'est alors qu'elle put le voir, c'était bien le vampire qui était là sur son balcon, arrivé on ne sait comment. Il paraissait tellement inquiet qu'il ne pouvait être une hallucination. C'était bien lui, le vrai Henri !

— Entre… balbutia-t-elle, les dents serrées, au bord de l'évanouissement.

Aussitôt, il fut à l'intérieur. Il ramassa doucement sa protégée, échouée sur le parquet, la prenant délicatement dans ses bras, comme il l'avait déjà fait auparavant. Soudain la porte de la chambre s'ouvrit et monsieur Williamson apparut dans l'encadrement. Le spectacle, pour le moins déconcertant, qu'il vit alors, le laissa bouche bée. Puis, devant sa fille à demi consciente et la quantité affolante de sang répandu dans la pièce, il se précipita vers le châtelain, levant le poing, prêt à frapper, une expression de haine féroce sur le visage.

— Que lui avez-vous fait ?! Ordure ! vociféra-t-il.

Il fut subitement stoppé dans son élan, l'air ahuri, semblant ne pas comprendre pourquoi il ne parvenait plus à avancer.

— Cornélia va très bien. Elle dort paisiblement dans son lit, retournez vous coucher, déclara Henri d'une voix tonitruante, étrangement pénétrante, et qui lui était tout à fait inhabituelle. À votre réveil, demain matin, elle ne sera plus là, mais vous ne vous inquiéterez pas car vous lui avez donné la permission de partir quelque temps chez des amis.

Sur ces mots, monsieur Williamson parut tout à coup rassuré. Son regard affolé s'éteignit peu à peu pour devenir hagard et son visage s'affaissa comme s'il était pris d'une violente fatigue. Il fit calmement demi-tour et retourna dans sa chambre, comme s'il ne s'était rien passé.

— Papa… gémit Cornélia, en tendant faiblement le bras vers celui qui venait de partir, avant de le laisser mollement retomber dans le vide, à bout de force, terrassée par la brûlure dans son dos.

— Il ne peut rien pour toi, répliqua nerveusement le vampire. Je suis désolé.

Puis, dans un mouvement d'une extrême rapidité, il s'élança du balcon, la jeune fille dans les bras, et tout devint confus, brumeux et pourpre. Seule la douleur demeurait, précise et perçante, et les mots murmurés par son ami :

— Fais-moi confiance, ça va aller.

Puis, ils se retrouvèrent instantanément, ou du moins c'est l'impression que Cornélia en eut, mais peut-être était-elle restée inconsciente durant le temps du trajet ; dans la chambre grise, au château de Rougemont, dans cette pièce luxueuse et moderne où elle s'était, une fois déjà, réveillée après un épisode similaire. Henri déposa sa protégée sur le grand lit à baldaquin avec une extrême douceur, prenant soin de ne pas lui imposer de mouvements brusques, évitant ainsi de lui infliger des souffrances supplémentaires.

— Reste calme, chuchota-t-il.

— J'ai si mal... articula-t-elle avec peine, éclatant brusquement en sanglots, n'ayant à présent plus la force de retenir ses larmes.

— Je vais arranger ça tout de suite, assura-t-il en s'asseyant sur un petit fauteuil au chevet de la blessée, puis se penchant sur elle, l'air grave. Mais, s'il te plaît, ne bouge pas.

Elle resta immobile, allongée sur le flanc, quand déjà, le liquide écarlate commençait à se répandre lentement sur les draps de satin blanc. Comment un être humain pouvait-il perdre une telle quantité de sang ? C'était insensé. Si les choses avaient été normales, la mort aurait dû l'emporter depuis longtemps après une hémorragie aussi ahurissante. Le châtelain attrapa le tee-shirt faisant office de chemise de nuit, de la jeune fille, tira délicatement le tissu resté collé à sa peau, puis le remonta complètement. En d'autres circonstances, celle-ci aurait été affreusement gênée de se retrouver ainsi dénudée, mais dans le cas présent, elle s'en fichait éperdument. Plus rien d'autre n'avait d'importance que cette douleur insupportable, il fallait que ça s'arrête, quel que soit le moyen employé, il fallait juste que cela s'arrête. Henri écarta l'épaisse chevelure de son amie, la ramenant devant elle, sur son épaule droite, et poussa un soupir de surprise à la vue, enfin dégagée, du dos martyrisé.

— Qu'y a-t-il ? s'enquit-elle, la voix chevrotante.

— Rien du tout, c'est bientôt fini, promit-il d'un ton qui se voulait rassurant.

Toutefois, elle était encore suffisamment consciente pour pouvoir se rendre compte, à l'expression angoissée du châtelain, que ses blessures étaient bien plus graves qu'il ne semblait l'avoir imaginé... Il passa doucement sa main entre les omoplates de Cornélia, caressant les plaies ensanglantées de ses doigts glacés et ferma les yeux. En moins d'une seconde son visage se transforma, devenant de plus en plus grisâtre. Sa peau se fit alors si translucide que l'on put apercevoir chaque veine ainsi que chaque vaisseau qui la marbraient. Ses mâchoires se crispèrent à tel point que ses dents se mirent à grincer horriblement, et son front se plissa comme s'il avait soudain été lui-même victime du mal qu'endurait sa protégée. Saisie par une nouvelle vague de souffrances, plus vive encore qu'auparavant, cette dernière se mit à hurler comme jamais :

— Arrête ! Pitié ! Arrête !

Consterné, Henri retira sa main et regarda la jeune fille se tordre de douleur, restant sans voix. Ses yeux s'étaient à nouveau emplis d'un noir irréel et effrayant, cependant, c'était l'impuissance et la désolation qu'ils reflétaient en cet instant. Cornélia enfouit son visage dans l'oreiller pour étouffer ses gémissements et pleura toutes les larmes de son corps.

— Il faut essayer encore, souffla-t-il.

— Non... Laisse-moi... implora-t-elle, la voix feutrée par le tissu du coussin. Ça fait trop mal.

Mais le vampire ne lui laissa pas le choix et apposa cette fois ses deux mains à la fraîcheur brûlante sur le dos meurtri de la blessée. Elle tenta alors, faisant appel aux dernières forces qui lui restaient encore, de se débattre, criant comme une suppliciée tant la souffrance devenait insoutenable au contact du châtelain, mais en vain.

— Je t'en prie... Arrête, supplia-t-elle au bout de quelques secondes de cette affreuse torture. C'est pire encore !

Il se laissa alors retomber dans son siège, essoufflé, les bras ballants, l'air abattu et affaibli, cessant là cette lutte inutile pour effacer les lettres d'Avoriel.

— Non... murmura-t-il pour lui-même d'un ton désespéré. Ce n'est pas possible, il ne peut pas gagner ! Non !

Puis il se releva et se pencha à nouveau sur Cornélia, prêt à recommencer, quand tout à coup, bien qu'elle fût complètement épuisée, elle sentit une force étrangère et malsaine s'emparer de son corps sans qu'elle ne puisse y opposer la moindre résistance. Une colère immense et pénétrante l'envahit soudain, si bien que, d'un geste, elle repoussa le vampire avec une telle violence qu'elle l'envoya voler à travers la pièce. Il s'échoua brutalement contre un mur, pulvérisant un fauteuil au passage, et resta quelques secondes face contre terre, sans bouger, gisant là, sonné par son extraordinaire chute. Puis, péniblement, il tenta de se redresser. C'est alors que la jeune fille, soumise à une volonté autre que la sienne, se retrouva debout, flottant dans les airs à près de deux mètres du sol, les bras ouverts, portée par quelque force invisible. Elle eut soudain la sensation horrible de n'être plus qu'une vulgaire marionnette, manipulée par une main diabolique et irréelle. Cette même main qui, avec son écriture monstrueuse, l'affaiblissait toujours plus... Ses yeux, incontrôlables désormais, se révulsèrent, et un jus noir et visqueux s'échappa de sa bouche lorsqu'elle se mit à parler. Sa voix non plus ne lui appartenait plus, c'était devenu celle d'un homme, grave et morbide, au ton dérangeant, comme celle qu'elle avait déjà, par le passé, entendue résonner dans sa tête. Comme celle, dissonante et abjecte, d'Avoriel...

— Tu la veux pour toi tout seul, abominable traître !

Henri sut alors d'emblée qu'il n'avait plus à faire à la même personne, que c'était son ancien maître qui s'amusait à travers la malheureuse, que, non content de la séance de torture qu'il venait de lui infliger, il se servait maintenant d'elle comme d'un pantin. Le visage du châtelain, d'ordinaire si flegmatique, se teinta tout à coup d'une expression que jusque-là Cornélia ne lui connaissait pas, une expression de consternation mêlée d'effroi et de panique.

— C'est faux... Ce n'est pas ce que tu crois. Ne lui fais pas de mal, implora-t-il, se tenant à présent à genoux au milieu des débris du fauteuil. Laisse-la, je t'en supplie.

La tête de la jeune fille bascula brusquement en arrière et sa mâchoire s'ouvrit si grand qu'elle manqua de se déboîter, lacérant dans ce mouvement impossible la commissure de ses lèvres sur quelques centimètres. C'est alors qu'un son immonde et déchirant, à la limite du supportable, sortit de sa bouche abîmée, un hurlement extraordinaire, comme des milliers de cris d'humains à l'agonie, s'accompagnant d'une nouvelle coulée, plus abondante cette fois-ci, de l'épais liquide sombre.

— Penses-tu vraiment pouvoir t'opposer plus longtemps à moi ? Lutte tant que tu le peux mais bientôt, cher prince, je te retrouverai ! vociféra la voix terrible à travers les lèvres atrocement agrandies, et cependant inertes, de Cornélia. Et, si je ne peux avoir la fille, tu ne l'auras pas non plus ! Je préfère encore la tuer !

Puis, son corps amorphe et désarticulé retomba sans vie sur le lit, continuant de se vider des dernières gouttes du sang qui lui restait encore.

— Non ! s'écria Henri qui, au même instant se retrouva auprès d'elle.

D'un mouvement brusque et paniqué, il la prit dans ses bras et la serra brutalement contre lui, tentant dans un geste désespéré, d'user de son pouvoir, faisant appel à ses dernières ressources pour la ranimer.

Il resta quelques secondes ainsi, la pressant si fortement contre son corps glacé qu'elle crut qu'il tentait d'achever son calvaire. Puis, peu à peu, une fumée dense et noire s'échappa lentement de la blessée. Cette dernière se mit subitement à tousser, manquant furieusement d'air ainsi étreinte.

— Cornélia ? souffla le vampire en la relâchant doucement, l'allongeant à nouveau sur les draps souillés.

L'hémorragie, ainsi que les souffrances qui l'avaient accompagnée, semblèrent s'être momentanément interrompues. Cependant, les blessures dans son dos, et maintenant à sa bouche, demeuraient inchangées, refusant de se résorber malgré tous les efforts du châtelain. La jeune fille, bien que soulagée de ne plus avoir mal nulle part, restait extrêmement affaiblie et gisait sur le lit sans pouvoir faire le moindre mouvement, ni même articuler le moindre mot, tant elle était épuisée. Ses forces paraissaient l'avoir à jamais quittée. Tout était toujours si confus, si embrumé… Même ses pensées paraissaient lui demander plus d'énergie qu'il ne lui en restait. Elle vit son ami quitter la chambre quelque temps, l'air toujours angoissé, puis revenir, apparaissant soudain à côté d'elle, comme dans une hallucination. Il retira sa chemise, maculée du sang de sa protégée, puis la prit une nouvelle fois dans ses bras, la tenant fermement contre son torse nu et froid, étrange par sa pâleur cadavérique et inquiétant par la multitude de cicatrices qui lézardaient sa peau. Il la porta ainsi jusqu'à la salle de bains, lui chuchotant à l'oreille :

— Il faut que tu restes calme. Je sais que ça ne va pas te plaire mais c'est la seule manière... Ne m'en veux pas, s'il te plaît.

Pourquoi disait-il cela ? Que comptait-il faire au juste ? Et pourquoi l'amener ici ? Elle tourna lentement la tête, ce simple mouvement lui demandant des efforts harassants tant elle était faible et diminuée. Elle découvrit alors avec stupeur que la baignoire, si vaste et si pompeuse, à l'émail brillant et à la robinetterie raffinée, était maintenant remplie d'un immonde liquide visqueux et rougeâtre, macérant là comme dans la rigole d'une vulgaire boucherie. Horrifiée, saisissant soudain la teneur des dernières paroles de son ami, Cornélia aurait voulu crier, se débattre et s'enfuir, car rien ne pouvait plus la dégoûter que de se voir imposer une ablution dans une mare de sang humain. Toutefois, il ne sortit de sa bouche qu'un vague gémissement, à peine audible :

— Pas... ça...

Henri baissa les yeux et plongea son regard dans celui, agrandi par l'épouvante, de la jeune fille, mais ne répondit pas, se contentant de la dévisager d'un air désolé mais résigné. Il enjamba la paroi de la baignoire, toujours avec elle dans les bras, et resta quelques secondes debout, immergé jusqu'à mi-cuisse, puis, progressivement, s'assit, faisant passer son amie devant lui, la maintenant fermement contre son corps. Ils se retrouvèrent alors tous deux à baigner complètement dans l'odieuse substance. Le sang était épais et chaud, presque brûlant en fait, et son contact répugnant donna des haut-le-cœur à Cornélia qui n'en pouvait plus de cette terrible nuit. Pourquoi le châtelain lui infligeait-il pareil supplice ? Pourquoi en cet instant, tandis qu'elle errait, épuisée, trop éprouvée par cette effroyable hémorragie, entre la vie et la mort ? Elle aurait voulu pleurer mais elle n'en avait plus la force. Elle ne put que rester là, immobile et muette, à tremper avec le vampire dans cette baignoire pleine de sang. Puis, progressivement, elle commença à se détendre, emportée par un demi-sommeil engourdissant, se surprenant même à éprouver, bien malgré elle, un certain plaisir à cette macabre étreinte.

C'est alors qu'à travers l'épais brouillard dans lequel la torpeur l'avait plongée, elle parvint tout de même à remarquer quelque chose d'étrange. Les bras qui l'emprisonnaient, habituellement blafards et ternes, devenaient peu à peu légèrement plus rosés, et, les veines saillantes qui les entouraient, se mettaient timidement à pulser, comme si la vie revenait lentement en son ami. Elle entendit également sa respiration s'accélérer, son souffle frais se faisant soudain davantage présent dans son cou, et, derrière elle, le corps du châtelain contre lequel il la tenait plaquée, moins glacé.

Simultanément, une vague douce, d'une chaleur intense et apaisante, envahit Cornélia. Les battements de son cœur devinrent plus rapides et plus sonores, comme si, tout à coup, après être passé si près de s'arrêter, il ne s'était jamais si bien porté. Elle sentit la peau de son dos abîmé et celle de ses joues déchirées, se reconstruire doucement, entraînant quelques picotements, et le sang qu'elle avait perdu, affluer de nouveau dans ses veines. Alors, finalement, le pouvoir d'Henri avait pu la sauver ? Il l'avait ramenée à la vie, l'extirpant de l'emprise démoniaque du roi des vampires... Ainsi, ce ne serait pas encore cette nuit qu'elle trouverait la mort... Puis, soulagée et rassurée, si bien dans les bras de son ami, oubliant même jusqu'à l'ignoble contenu de la baignoire dans lequel ils macéraient, elle se laissa complètement gagner par le sommeil.

La journée était déjà bien avancée lorsqu'elle s'éveilla, s'efforçant péniblement d'ouvrir des paupières devenues anormalement lourdes. Elle fut étonnée de se trouver à nouveau dans le lit du châtelain, mais dans des draps propres cette fois-ci, le satin blanc ayant curieusement récupéré sa splendeur d'antan. Ce dernier était assis sur le bord du matelas, auprès d'elle, et la contemplait en silence. Il ne réagit pas lorsqu'il la vit reprendre conscience et attendit patiemment qu'elle se décide à parler. La jeune fille, revenant doucement à la réalité, fut progressivement submergée par les images atroces de ce qu'il lui était arrivé durant la nuit, si bien qu'elle ne put ouvrir la bouche tant l'horreur de ce qu'elle avait vécu la bouleversait encore. Ils échangèrent un long regard, toujours sans rien dire, puis, subitement, les yeux de Cornélia s'emplirent de larmes :

— Dis-moi que ce n'était qu'un cauchemar, supplia-t-elle à voix basse, épouvantée. Dis-moi qu'il n'est pas entré en moi, dis-moi qu'il n'a pas parlé à travers ma bouche. Mon Dieu... Que fera-t-il encore la prochaine fois ?

Henri vint alors s'allonger sur le lit, juste à côté d'elle. Il la prit doucement dans ses bras, et, à travers les draps, la serra contre lui. D'où lui venait ce soudain élan d'affection ? Quelque chose avait-il changé entre eux depuis cet épisode dramatique où elle avait failli y rester ? Bien que le corps de son ami fût froid comme celui d'un cadavre, une nouvelle vague de chaleur envahit brusquement la jeune fille. Ses membres crispés se détendirent aussitôt, et son souffle devint plus léger et plus profond, le poids invisible écrasant sa poitrine depuis son réveil se dissipant lentement, comme si l'étreinte du vampire avait possédé quelques vertus apaisantes. Les images horribles de la nuit dernière s'éloignèrent alors peu à peu de ses pensées pour ne plus laisser place qu'au regard opalescent, à l'éclat si merveilleux, du châtelain.

— Il faut que tu sois plus forte, murmura-t-il. Tu n'es pas en assez bonne santé pour résister à son influence, ton corps et ton esprit sont bien trop affaiblis. Je vais prendre soin de toi, mes pouvoirs t'aideront à reprendre des forces.

Alors c'était pour cette raison qu'il la tenait ainsi, si près de lui, ce rapprochement physique n'était finalement qu'une manière de l'aider à se débarrasser de l'emprise d'Avoriel…

— Tu vas rester ici avec moi cette semaine, ajouta-t-il d'un ton ferme et sans appel. On ne peut pas se permettre qu'une telle chose se reproduise. La prochaine fois cela pourrait t'être fatal.

— Est-ce que c'est un ordre ? s'étonna-t-elle.

Quelle curieuse invitation. Enfin, si l'on pouvait appeler cela ainsi, bien sûr. D'autant que, d'ordinaire, son ami avait plutôt tendance à la pousser à s'en aller de chez lui qu'à l'inciter à rester.

— Ne sois pas sotte, c'est une nécessité, rétorqua-t-il, toujours allongé, tenant sa protégée tout près de lui.

— Comme cette étreinte, déduisit-elle.

Il fronça les sourcils et commença à se relever, se dégageant doucement, quand Cornélia attrapa son bras et se blottit plus encore contre lui.

— Non ! s'exclama-t-elle, la voix chevrotante. Reste… S'il te plaît… Je ne veux plus voir ces horribles images… Plus jamais.

Docilement, le vampire obéit, puis il ferma les yeux et poussa un long soupir. Tout à coup une multitude de petites fleurs, toutes de couleurs différentes, plus improbables les unes que les autres, émergèrent des draps. Elles se mirent ensuite à grimper, entrelacées dans une couronne de lierre d'un vert électrique, quasi surnaturel, sur le baldaquin, recouvrant bientôt entièrement le lit. Des papillons aux dessins incroyables voletèrent soudain autour d'eux, traçant dans leur sillage d'élégantes courbes d'une curieuse poussière dorée, et vinrent danser devant les yeux éblouis de la jeune fille. Elle admira ce fabuleux spectacle pendant un long moment, gardant le silence, fascinée, presque hypnotisée même, par les tours du vampire, quand quelque chose de troublant lui revint brusquement en mémoire :

— Mon père, lui aussi tu l'as envoûté cette nuit, n'est-ce pas ? lança-t-elle d'un ton de reproche.

— Qu'aurais-je pu faire d'autre ? marmonna-t-il lorsque, dans un bruissement d'ailes et de feuillages, les chimères qu'il avait créées s'évanouirent.

— Je ne sais pas… Mais c'est mon père tout de même ! J'ai failli mourir et il ne se doute de rien, réalisa-t-elle tristement. De toute façon, il finira bien par se rendre compte que quelque chose n'est pas normal s'il ne me voit pas rentrer, rien que s'il va dans ma chambre.

— Ne t'inquiète pas pour tout ça, souffla-t-il doucement.

— Pourquoi ? Qu'est-ce que tu lui as fait ? questionna-t-elle, soudain anxieuse, s'écartant brusquement du vampire.

Il se releva, réajusta sa chemise, et reprit sans la regarder, retrouvant tout à coup son habituelle attitude hautaine et distante :

— Rien de plus que ce à quoi tu as assisté cette nuit. Que tu le veuilles ou non tu resteras ici, et crois-moi, ton père ne se posera aucune question.

— Donc c'est bien un ordre ! observa-t-elle, consternée, se redressant pour s'asseoir sur le lit et pouvoir voir le châtelain.

— Prends-le comme tu veux, cela m'est égal, annonça-t-il froidement.

— Pourquoi te comportes-tu ainsi avec moi ? insista-t-elle, perdue à présent. Est-ce que tu es encore fâché à cause de ces disputes au sujet de Maxime ?

Il eut d'abord l'air stupéfait puis embarrassé, comme s'il ne s'était pas attendu à ce que la jeune fille lui tienne ce genre de propos :

— C'est ridicule, voyons, des siècles ont passé depuis… Et puis, même si, en quelque sorte, nous ne nous sommes pas quittés en très bons termes, je n'ai jamais été fâché contre toi.

— Pourtant, dans mes souvenirs, tu étais…

— Ça ne sert à rien de reparler de tout ça, l'interrompit-il brusquement tout en se dirigeant vers la porte. Repose-toi. Je reviendrai tout à l'heure.

Sur ces mots, il quitta la pièce, laissant Cornélia seule au milieu du grand lit blanc sans qu'elle n'ait rien pu répondre. Désormais agacée de se voir une nouvelle fois traitée comme une enfant que l'on privait de liberté, elle jeta les draps par terre et se leva, décidée, peut-être pas à partir d'ici à cause du danger qu'elle courrait à s'éloigner d'Henri, mais du moins à le poursuivre pour terminer cette discussion incomplète. Mais elle s'arrêta lorsqu'elle aperçut son reflet dans la psyché. Comme la fois précédente, elle était vêtue d'une chemise appartenant au vampire, certes trop grande pour elle, mais suffisamment courte cependant pour dévoiler plus d'elle que ce qu'elle aurait voulu. Ne souhaitant pas se promener dans les couloirs du château dans une tenue qui frôlait l'indécence de peur d'y croiser peut-être quelques domestiques, elle ramassa les draps et se remit sagement au lit. Puis elle repensa aux événements de la nuit et rougit en songeant à la proximité qu'elle avait partagée avec le vampire lors de ce bain si particulier. Elle passa une main dans son dos et poussa un soupir de soulagement, heureuse de pouvoir retrouver sous ses doigts une peau lisse et saine, exempte de toutes plaies ou cicatrices. Même si les manières de son ami étaient parfois un peu particulières, il avait tout fait pour la sauver et y était parvenu. Elle ne lui devait rien de moins que la vie. Encore une fois. Elle resta un long moment plongée dans ses pensées, se réjouissant finalement d'être contrainte de passer plus de temps avec lui. Le soleil déclinait progressivement dans le ciel, annonçant tristement la nuit à venir, quand on toqua à la porte. Le châtelain apparut dans l'encadrement, les bras chargés d'un plateau plein de nourriture :

— Tu dois avoir faim, présuma-t-il, attendant l'aval de son invitée pour entrer.

— Pas tellement... avoua celle-ci, un peu gênée.

Il soupira, puis se décida à franchir le seuil, et vint poser le repas qu'il avait dû lui-même préparer sur le lit, juste devant Cornélia :

— Fort bien, mais il faudra tout de même faire un effort, imposa-t-il placidement.

— Pour obtenir une réponse à une question ? demanda-t-elle, souriant timidement, tentant maladroitement de plaisanter.

— Si nous cessions plutôt ce petit jeu, cela ne sert plus à rien désormais, dit-il d'une voix lasse.

— Pourquoi ? C'est toi qui avais instauré ces règles.

— Certes, mais elles sont obsolètes à présent, il me semble que nous avons dépassé ce stade, allégua-t-il en se dirigeant à nouveau vers la porte. Essaie de manger s'il te plaît, c'est important, et puis dors un peu, je serai à côté si tu as besoin de quoi que ce soit.

Les grands volets de bois à doubles battants se fermèrent lentement sur les larges fenêtres, plongeant progressivement la chambre dans l'obscurité, quand, à peine une seconde plus tard, les deux lampes de chevet qui encadraient le lit s'allumèrent. Dans le même temps, Henri avait dû quitter la pièce puisqu'il n'était déjà plus là quand Cornélia regarda autour d'elle. Désormais seule avec son plateau-repas, elle se mit à imaginer la triste semaine qui l'attendait si c'était ainsi qu'elle devait se passer. La compagnie du châtelain ne pouvait être agréable que s'il se donnait la peine de rester avec elle. Pourquoi devait-il toujours être si bizarre, si insaisissable ? Être un vampire lui octroyait-il le droit de se montrer aussi lunatique ? De pouvoir constamment souffler le froid après avoir soufflé le chaud ? Dépitée, elle émietta le petit pain posé à côté de l'assiette de viande froide, en mit quelques minuscules morceaux dans sa bouche, puis avala les quelques cerises qui avaient été placées là en guise de dessert, disposées dans une élégante coupe de cristal ciselée. Et, sans même prendre la peine de retirer le plateau du lit, elle s'allongea sur le flanc, remonta les draps par-dessus son visage et attendit que le sommeil vienne, triste et inquiète.

Elle demeura ainsi près de deux heures, sans pouvoir parvenir à s'endormir, l'esprit trop préoccupé pour trouver le repos. Tout devenait si compliqué… Le fait de rester au château, à proximité du châtelain et de son pouvoir, allait-il vraiment l'aider à se soustraire de l'influence d'Avoriel ? Elle se revit alors flottant dans les airs, dépossédée de son corps d'où ce démon l'avait chassé, et frissonna d'effroi en réalisant qu'elle était peu de chose face au roi des vampires… En fin de compte, il pouvait bien faire d'elle tout ce qu'il voulait, jouer avec ses pensées, lui faire voir et ressentir des choses qui n'existaient pas, la mutiler, mais également prendre possession de son être, et ce, même s'il ne parvenait pas à la localiser. Que se passerait-il alors, s'il réussissait à la trouver ? Si, dans un moment de faiblesse, cédant à son harcèlement toujours plus monstrueux, elle lui obéissait et lui dévoilait l'endroit où elle vivait ? Ses mains se crispèrent sur son oreiller à cette idée. Une angoisse terrible, irrépressible et grandissante, la saisit alors.

N'en pouvant plus de cette solitude imposée et de cette terreur persistante dans laquelle elle errait, elle se leva et poussa la porte du petit salon attenant à la chambre. Il faisait sombre dans la pièce mais elle put néanmoins, grâce à la faible lueur de la lune, apercevoir Henri. Il était là, comme il l'avait promis, assis sur l'un des deux imposants canapés, et ne faisait rien, il semblait seulement attendre. Comme il avait certainement dû l'entendre arriver, il avait la tête tournée vers elle et seuls ses yeux aux incroyables reflets de nacres brillaient dans les ténèbres. Toujours sous le joug de l'angoisse, tremblant de tous ses membres, elle avança lentement vers lui, et vint, en silence, s'asseoir à ses côtés. Puis, cédant à l'épuisement et renonçant à toute contenance, elle s'allongea sur le canapé, posa sa tête sur les cuisses de son hôte et enserra sa taille svelte de ses deux bras. Ce dernier resta d'abord un moment sans bouger, perplexe, puis, doucement, il se mit à caresser les cheveux de la jeune fille, d'un geste tendre et bienveillant. La main glacée du vampire, qui parcourait les boucles rougeoyantes et frôlait par moments le visage à l'expression inquiète de Cornélia, transmettait une chaleur paradoxale, si intense et si diffuse que c'en était étourdissant.

— Pourquoi me laisses-tu seule, Henri ? bredouilla-t-elle d'une petite voix aiguë. Ai-je fait quelque chose de mal ? Ne suis-je donc qu'un fardeau pour toi ?

— Bien sûr que non, voyons, attesta-t-il gravement. J'exige déjà que tu restes quelque temps ici, pour te remettre, je ne veux pas non plus t'imposer ma morne compagnie. Contrairement à mon pouvoir, je ne la crois pas très salutaire...

— Mais je l'aime, moi, ta compagnie, soupira-t-elle avant de s'endormir pour de bon, enfin calme et apaisée.

Elle ne sortit de ce sommeil profond et serein, aux vertus réparatrices, que le lendemain matin, lorsque les premières lueurs de l'aube vinrent éclairer ses paupières closes. Quand elle se décida finalement à ouvrir les yeux, elle put constater qu'elle était restée dans la même position que lorsqu'elle s'était endormie. À ceci près qu'elle se trouvait désormais seule sur le canapé, les jambes qui lui avaient servi d'oreiller, et l'homme auquel elles appartenaient, avaient à présent disparu. À la place, était posé sur la table basse, tout près d'elle, le plateau de la veille, mais rempli différemment cette fois. Il contenait aujourd'hui diverses pâtisseries, croissants, brioches, choux à la crème et même un pain aux raisins, toutes encore luisantes et dorées du beurre dont elles regorgeaient. Il y avait également plusieurs pots de confitures aux couleurs vives et sucrées, un bol de lait froid, un verre de jus d'orange, dont le parfum attestait que les fruits venaient d'être pressés, et un petit vase, étroit et discret, ne contenant qu'une seule fleur, une rose blanche, épanouie et magnifique, et contre lequel était appuyé un petit morceau de papier plié en deux. La jeune fille s'empressa de prendre la note et de l'ouvrir. Il s'agissait d'un mot d'Henri, dont l'écriture longue, élégante et pleine de courbes inattendues, paraissait être comme lui, d'une autre époque. Elle eut d'ailleurs quelques difficultés à déchiffrer ces lettres aux formes inhabituelles, mais parvint tout de même à comprendre : « En espérant que cette fois tu auras plus d'appétit... Je reviens dans très peu de temps, besogne vampirique oblige. H.D.M. »

Affamée et de meilleure humeur ce matin, elle dévora avec plaisir la majeure partie du fastueux petit déjeuner qu'on avait préparé pour elle. Puis, en attendant le retour de son ami, Cornélia jugea qu'il était plus que nécessaire de prendre une douche, et fila donc en direction de la salle de bains. Là, elle faillit hurler de stupeur lorsque, poussant la porte de la chambre, elle découvrit qu'elle n'était pas seule. Une femme, d'une quarantaine d'années, vêtue modestement, un foulard sur la tête et les joues rougies par l'agitation et la chaleur de cette matinée de milieu d'été, était affairée à changer les draps du lit à baldaquin.

— Bonjour Mademoiselle, salua celle-ci en regardant à peine son interlocutrice. Vous êtes déjà levée ?

— Euh... Oui... Bonjour, bafouilla Cornélia, affreusement gênée de se retrouver si peu couverte devant une parfaite inconnue.

— Monsieur De Maltombes a laissé ça pour vous, indiqua-t-elle en faisant un signe de tête vers une commode sur laquelle était posé un grand paquet.

Intriguée, la jeune fille se dépêcha d'aller le chercher et jeta rapidement un œil à l'intérieur. Elle y vit une robe bleu ciel et une autre rose pâle, deux jupes apparemment longues et amples, l'une noire et l'autre aubergine, plusieurs chemisiers, une boîte à chaussure et de la lingerie. Décidément, son hôte avait pensé à tout. Elle fila en toute hâte à la salle de bains, sans rien dire, et s'enferma à double tour.

Là, elle ouvrit le sachet et en sortit tous les vêtements. Ils étaient neufs et très récents, de dernière mode, les étiquettes qui y étaient encore attachées en attestaient, seuls les prix n'y figuraient plus. Comme elle s'y était attendue, la boîte en carton contenait une paire de chaussures, des sandales ravissantes à lanières vernies noires et blanches, très fines, s'entrecroisant jusqu'au bas de la cheville, et possédant un petit talon discret et raffiné.

Ainsi, ce paquet et tout son contenu, digne d'une demi-garde-robe, était-il un nouveau présent que lui faisait le châtelain, ou était-ce simplement un prêt, en guise de dépannage ? Et s'il s'agissait de la première solution, était-ce embarrassant de se voir offrir, entre autres choses, des dessous ? En règle générale, lorsqu'un homme fait ce genre de cadeau à une femme, ce dernier est inévitablement accompagné de quelques sous-entendus. Cependant, dans leur cas, tout était bien différent. Henri n'était pas un homme mais un vampire. Pouvait-il seulement la considérer autrement que comme la pauvre et frêle jeune fille qu'il fallait à tout prix protéger des griffes de son pire ennemi ? Cornélia secoua brusquement la tête pour bannir ces questionnements absurdes de son esprit, puis se dirigea vers la cabine de douche. Mais, avant d'y entrer, elle ne put s'empêcher d'aller inspecter de plus près la grande baignoire dans laquelle elle avait pris ce bain si singulier. Il ne restait plus une seule trace de ce qui s'y était passé. L'émail blanc et la robinetterie pompeuse étincelaient, impeccables, comme s'ils n'avaient jamais connu autre chose qu'une eau pure et translucide.

Après s'être lavée, elle prit le temps d'essayer chacun des vêtements laissés à son intention par le châtelain, et s'étonna que cette fois, chacun d'entre eux fût tout à fait à sa taille. Elle décida, pour aujourd'hui, de mettre la petite robe rose vieilli, celle qui, lui semblait-il, lui allait le mieux. Elle était faite d'un tissu très léger et agréable à porter, rappelant le tulle, et était relativement courte, arrivant un peu au-dessus des genoux. Elle était retenue aux épaules par deux fines bretelles de satin blanc cassé, et un ruban de même couleur marquait le haut de la taille, révélant des formes que la jeune fille ne se connaissait pas ; et un autre liserait un décolleté carré, bien plus généreux que ceux de ses habituels tee-shirts ou débardeurs, mais suffisamment subtil pour être élégant. Pour la toute première fois, Cornélia eut l'impression d'être à son avantage dans un vêtement, se trouvant enfin féminine, sans pour autant se sentir *déguisée* comme cela pouvait parfois lui arriver lorsqu'elle s'essayait à porter ce genre de tenue. Peut-être était-ce dû à cette situation exceptionnelle et à ce lieu un peu spécial où finalement elle se trouvait un peu coupée du monde réel ? Tout était si différent lorsqu'elle était au château avec son ami.

Quand elle sortit enfin de la salle de bains, elle trouva Henri dans la chambre, seul, posté devant une des fenêtres, contemplant la vue magnifique que l'on avait d'ici sur la forêt, comme il le faisait si souvent. Il se retourna lentement et, silencieusement, examina son invitée de la tête aux pieds. Ce moment dura si longtemps que la jeune fille en fut gênée et se sentit obligée de demander :

— Qu'y a-t-il cette fois ? Ai-je l'air encore *amoindrie* ?

— Non, répondit-il. J'apprécie seulement que tu portes les vêtements que je t'offre.

Sans trop savoir pourquoi, Cornélia se mit à rougir violemment. Elle baissa la tête, confuse, cherchant à se soustraire au regard étrange et pesant du vampire.

— C'est que je n'ai pas vraiment le choix ! plaisanta-t-elle maladroitement.

Aussitôt, elle réalisa, encore plus embarrassée, que cette dernière réflexion pouvait paraître déplacée de la part de quelqu'un qui venait de recevoir un tel présent, elle se dépêcha alors d'ajouter :

— Enfin, je te remercie… pour tout… J'aime beaucoup. D'ailleurs, tu ne l'avais peut-être pas remarqué, mais hier j'avais mis la robe noire que tu m'avais laissée emmener chez moi.

— C'était également un cadeau, précisa-t-il en ouvrant la porte qui donnait au salon, se plaçant devant, invitant d'un geste sa protégée à y entrer. Et si, bien sûr que j'avais remarqué. Je remarque toujours tout, tu devrais pourtant le savoir maintenant.

Surprise, elle resta quelques secondes immobile, figée sur place, puis se hâta finalement de sortir lorsqu'elle comprit que le vampire l'attendait. Le plateau du petit déjeuner et le mot qui lui avait été adressé avaient disparu de la table basse, seule restait la rose blanche, éclatante dans son soliflore transparent.

— Comment te sens-tu ce matin ?

— Bien mieux, avoua-t-elle, perplexe. C'est curieux, à vrai dire, je ne me suis pas sentie aussi bien depuis très longtemps. C'est comme si l'épuisement latent dont j'ai souffert durant des mois m'avait tout à coup quittée. Est-ce que c'est à toi que je dois ça ? Est-ce grâce à tes pouvoirs ?

Henri haussa les épaules et répliqua comme si cela avait été une évidence :

— C'est pour cette raison que tu es ici. C'était à Avoriel que tu devais cet affaiblissement croissant. Aussi près de moi, il ne peut plus du tout t'atteindre.

À l'évocation du nom du seigneur des vampires, un frisson d'angoisse parcourut la colonne vertébrale de la jeune fille. Cet effroi subit dut pouvoir se lire sur son visage car le châtelain lui saisit la main et reprit avec un empressement inhabituel :

— Bien, que dirais-tu d'une promenade en forêt ?

— Euh… Oui, opina-t-elle, décontenancée par cet élan inattendu. Pourquoi pas ?

Il l'entraîna jusque dans le hall d'entrée où il attrapa sur un portemanteau l'une de ses longues vestes sombres à la coupe d'un autre temps et la passa en un temps record, avec cette habileté extraordinaire qui n'appartenait qu'à lui. Lorsqu'ils furent dehors, ils retrouvèrent Hadès couché à l'ombre d'un saule, qui, en les apercevant, se hâta aussitôt de venir les rejoindre. Cornélia, heureuse de revoir ce molosse qui, pendant quelque temps, l'avait aidé à dormir plus sereinement en l'absence de son père, s'agenouilla pour le gratifier de quelques caresses :

— Il nous accompagne ?

— Bien sûr, acquiesça le châtelain en attrapant le bras de la jeune fille afin de l'aider à se relever.

Cette dernière se surprit soudain à apprécier plus encore que d'ordinaire le contact de son ami. C'était une sensation unique et étrange, chaque fois plus fraîche, plus délicate et plus intense. Si bien qu'elle commençait à éprouver un sentiment bizarre à l'égard de celui-ci, indéfinissable en quelque sorte. Un sentiment qui la poussait à désirer être plus proche encore de cet homme aux pouvoirs si salutaires… Ils marchaient tranquillement, s'enfonçant lentement dans l'espace ombragé des bois, à présent protégés par le toit vert qu'offraient les hauts arbres centenaires, au feuillage dense et fourni, contre les puissants rayons du soleil de cette matinée d'été, si néfastes pour le châtelain ; quand elle osa lancer, sans préambule :

— J'aimerais en savoir plus sur toi, Henri.

— Et pourquoi donc ? interrogea-t-il à son tour, sans la regarder, sans même paraître s'étonner de cette demande inopinée. Tu en sais déjà bien plus que la plupart des gens. N'est-ce pas assez comme ça ?

— Non ce n'est pas assez, et puis c'est injuste, protesta-t-elle. Toi, tu sais tout de moi, tu sais même des choses sur mon compte que j'ignore. Tandis que moi… Moi, je ne sais même pas vraiment qui tu es… Je dois me contenter de bribes de souvenirs vieilles de trois siècles ! Tu as décidé que le jeu des questions était terminé mais je ne suis pas d'accord. Il y a encore plein de choses que je désire savoir. Comme, par exemple, pourquoi tu vis tout seul aujourd'hui ? Pourquoi, dans mes rêves, les autres vampires te respectent-ils autant ? Pour quelle raison te craignent-ils ? Ah oui, et surtout, pourquoi t'appellent-ils tous *prince* ? J'imagine que cela a un rapport mais j'aimerais bien que tu m'expliques. Ce serait la moindre des choses tout de même ! Et puis, cette femme, Violaine, qui était-elle donc pour...

Elle s'interrompit brusquement, craignant d'aller peut-être un peu loin en évoquant celle qui, apparemment, avait autrefois été sa maîtresse.

— J'ai décidé de vivre seul pour la simple et bonne raison que je ne supporte plus la compagnie des autres membres de mon espèce, soupira-t-il comme si cette confession lui coûtait beaucoup. Ces derniers me donnent le titre de *prince* parce que c'est ce que je suis pour eux, le premier à avoir été engendré par notre roi, Avoriel. Ils me doivent le respect et l'obéissance car, j'ai, de par ce rang, l'ascendant sur eux. Ceci dit, et contrairement à mon géniteur, je n'ai jamais abusé de ce pouvoir, donc j'ignore pour quelle raison ils pourraient bien me craindre, mais tu as peut-être mal interprété certaines choses. Quant à Violaine, elle a été ma compagne il y a longtemps, peu de temps avant que nous nous rencontrions, toi et moi, dans cette vie qui appartient désormais au passé. Cependant, son existence a pris fin il y a déjà plusieurs siècles.

— Je suis désolée, marmonna la jeune fille, à la fois confuse d'avoir abordé un sujet délicat et satisfaite d'avoir enfin obtenu des réponses claires, sans rien devoir en échange.

— Ne le sois pas, contesta-t-il d'un ton tout à coup plus dur. Vraiment, cela n'en vaut pas la peine.

— Pourquoi ? questionna-t-elle, toujours plus curieuse. Tu n'es donc pas triste ?

— Cela fait un moment maintenant que je ne suis plus éprouvé par le fardeau des sentiments.

— Comment ça ?

— Les sentiments sont propres aux humains, Cornélia. Je suis un vampire, mon cœur ne bat plus, et ce, depuis presque cinq cents ans. Tout est mort en moi... Définitivement mort, répéta-t-il, maussade. Trop de vie, j'imagine. Trop de morts aussi... L'indifférence et l'insensibilité sont le lot de tous ceux de mon espèce qui ont passé un peu trop de temps en ce bas monde. Ces émotions ne sont jamais que les reliques de notre humanité perdue. De vieux souvenirs, en somme. Et, en un sens, on ne peut pas dire que cela soit regrettable, c'est le remède à bien des maux, crois-moi. Peut-être est-ce ce que l'on appelle la sagesse, ou bien alors la résignation, va savoir ? Allez, cela suffira pour aujourd'hui. Rentrons maintenant.

Ils prirent alors un sentier détourné, étroit et peu entretenu, qui les ramena directement au château. Sur le chemin du retour, l'un comme l'autre s'obstina à garder le silence. Henri, de caractère de toute façon assez peu prolixe, estimant probablement avoir assez parlé pour la journée, et la jeune fille méditant sur les dernières paroles de celui-ci, plus affectée qu'elle ne l'aurait voulu par cette étonnante révélation. Comment était-il possible de ne plus rien éprouver du tout ? Le vampire avait pourtant eu l'air sincèrement touché par ses souffrances lors de cette terrible nuit, il avait paru vraiment inquiet pour elle. Mais peut-être ne se souciait-il que de cette promesse qu'il voulait à tout prix tenir. Oui, ce devait être ça. Forcément, puisqu'il affirmait s'être débarrassé de tous sentiments... Lorsqu'ils rentrèrent, elle trouva son déjeuner servi dans la grande salle, là où elle avait désormais l'habitude de le prendre. Elle mangea plus encore qu'au matin, d'un appétit qu'elle n'avait pas connu depuis des mois. Et, quand elle eut avalé la dernière bouchée de ce repas fort copieux, elle ressentit presque aussitôt l'irrépressible besoin de dormir, ses yeux se fermant d'eux-mêmes, comme s'il lui avait manqué des semaines entières de sommeil.

— Il n'est pas anormal que tu dormes beaucoup cette semaine, expliqua le châtelain en la raccompagnant à sa chambre. Maintenant que tu n'es plus sous l'influence dévastatrice d'Avoriel, tu as grand besoin de repos pour récupérer les forces qu'il t'a volées. Je ne serai pas loin, si tu as besoin de quoi que ce soit n'hésite pas.

Sur ces mots, il referma doucement la porte. Cornélia aurait voulu lui demander de rester à ses côtés et de veiller sur elle pendant son sommeil, mais elle n'osa pas. Un vampire dépourvu de sentiment et n'appréciant guère que sa solitude ne pouvait qu'être agacé de se voir constamment enchaîné à une pauvre gamine dominée par ses angoisses... En fait, il était déjà bien aimable de sa part d'accepter de prendre soin d'elle durant cette semaine où elle était censée récupérer toute son énergie afin de mieux lutter contre les attaques du roi des vampires. Alors, autant ne pas abuser...

Quand elle s'éveilla de cette sieste imposée par son métabolisme encore fragile, le soleil avait déjà entamé sa descente, se retirant lentement pour laisser place aux ombres nocturnes, ramenant avec elles les troubles inconscients, les craintes et les démons qui hantaient la jeune fille. Et si les lettres revenaient ? Et si Avoriel s'amusait encore avec son corps ? Cette douleur effroyable... Elle ne voulait plus jamais la connaître, c'était bien trop horrible ! Elle se leva précipitamment et courut dans le salon, pensant y retrouver son ami dont la seule présence suffisait à la rassurer, mais n'y vit personne. Paniquée, se sentant tout à coup vulnérable loin de son protecteur, elle se mit à crier :

— Henri ! Tu es là ? Henri ?

Soudain, un courant d'air souleva quelques-unes de ses boucles et effleura son visage et son épaule dénudée. Elle tourna la tête et tressaillit en découvrant que celui qu'elle venait d'appeler était à présent juste à côté d'elle.

— Qu'y a-t-il ? s'enquit-il d'un ton empressé et empreint d'inquiétude.

— Euh... Rien... Rien de spécial, bégaya-t-elle en s'écartant, allant vers le siège le plus proche pour s'y laisser mollement choir, se sentant subitement ridicule. Excuse-moi, c'est que je ne suis pas tranquille quand tu n'es pas auprès de moi.

Devant le silence du vampire, elle soupira et murmura :

— Ne m'en veux pas, s'il te plaît, je ne voulais pas t'importuner... J'ai si peur que cela ne recommence...

— Je ne t'en veux pas, affirma-t-il, la voix rauque.

Elle releva alors la tête et examina, à travers la pénombre, son interlocuteur. Ce dernier se tenait bizarrement. Il avait une main devant la bouche, comme s'il avait été en pleine réflexion, et semblait éviter sciemment son regard, gardant obstinément les yeux baissés. Puis, il lui tourna le dos et se dirigea lentement vers une fenêtre, dans cette attitude indolente qui le caractérisait si bien.

— Est-ce que je t'ai dérangé ?

— Non…

Elle se leva, alla jusqu'à l'interrupteur et alluma le plafonnier. Elle aperçut alors, sur le poignet de la chemise du vampire, d'ordinaire impeccable, une petite tache pourpre, ronde, d'à peine un centimètre de diamètre, et qui ne se trouvait pas là au matin.

— Pourquoi ne me regardes-tu pas ? lança-t-elle nerveusement.

Mais elle n'obtint aucune réponse. Le châtelain se contentait de rester dans la même position, dans un silence implacable.

— Que faisais-tu ? osa-t-elle en se rapprochant doucement de lui.

Puis, irritée qu'il s'acharnât à rester muet, elle attrapa, une fois à sa hauteur, la main à la manche salie qu'il avait posée sur le rebord de la fenêtre, curieusement moins froide que de coutume, et voulut le contraindre à lui faire face, mais sans succès.

— Henri, enfin ! Regarde-moi !

Brusquement, il se retourna, et, dans le même temps, repoussa Cornélia avec une brutalité qu'elle ne lui connaissait pas. Elle se rattrapa comme elle put au dossier d'un fauteuil pour ne pas tomber et, consternée d'être si soudainement maltraitée, dévisagea son ami sans comprendre ; jusqu'à ce qu'elle se rendît compte que ses deux yeux, si magnifiques en temps normal, s'étaient colorés d'un rouge immonde et que sa bouche, légèrement entrouverte, révélait les deux crocs horribles, longs et acérés, du vampire qu'il était.

— Que faisais-tu donc ? s'écria-t-elle. Réponds !

Il la toisa d'un air de défi et, furieux, répliqua :

— À ton avis ? Faut-il vraiment que je te fasse un dessin ?

— Étais-tu en train de... de saigner quelqu'un ? bafouilla-t-elle, la voix tremblante. C'est la femme de ménage de ce matin, c'est ça ? Tu l'as envoûtée elle aussi ?

— La femme de ménage ?! Mais bien évidemment ! Comme tous mes employés ! s'emporta-t-il, un sourire effrayant sur ses lèvres déformées. Quelle perspicacité ! Ainsi donc, tu as deviné que personne n'entrait dans ma tanière sans y pouvoir y échapper ! Une sorte de taxe, en fait, ni plus ni moins ! Par ailleurs, prépare-toi, ton tour sera pour bientôt !

Indignée par les sarcasmes du châtelain, complètement hors d'elle à présent, elle s'élança vers lui, saisit son impressionnante chevelure aux torsades cuivrées, la rabattit d'un mouvement sec sur le côté, et inclina la tête pour lui tendre son frêle cou blanc :

— Eh bien, vas-y ! Si tu en as le courage ! siffla-t-elle. De cette manière nous serons tous deux débarrassés de nos problèmes ! Vas-y, je n'attends que ça de toute façon ! Mais surtout, s'il te plaît, n'en laisse pas une goutte, que cette mascarade épouvantable qu'est ma vie puisse enfin prendre fin !

— Cesse ça immédiatement ! ordonna-t-il, impérieux, saisissant la mâchoire de Cornélia, l'enserrant de ses doigts livides, pour la forcer à revenir à une position normale.

Elle se débattit avec une telle hargne qu'il lâcha prise, puis elle s'avança plus encore, et plongea son regard impétueux dans les flammes vermeilles de celui du châtelain, le défiant à son tour.

— Oh, mais je suis on ne peut plus sérieuse ! vociféra-t-elle. Je n'en peux plus d'être le champ de bataille vivant où toi et ton ennemi juré vous livrez combat ! Je voudrais seulement avoir la paix et il n'en existe pas pour moi ! Alors vas-y, s'il te plaît, tout sera bien plus simple ensuite ! Il ne suffit que de ça pour que tu te défasses pour de bon de cet engagement absurde qui te lie à moi ! Fais-le ! Maintenant !

Contre toute attente, Henri ferma les yeux et se mit à respirer profondément, paraissant chercher à se calmer. Il demeura ainsi quelques secondes, peut-être plus, presque en transe. Puis il rouvrit lentement les paupières, dévoilant peu à peu des iris qui avaient retrouvé leur douce teinte argentine ainsi que le reflet mélancolique qui les accompagnaient toujours. Ses crocs se rétractèrent progressivement et sa bouche récupéra sa moue austère habituelle.

— Tout aurait été différent s'il avait été encore là, n'est-ce pas ? demanda-t-il d'une voix faible et triste, à peine audible, contrastant avec l'état d'énervement dans lequel se trouvait encore son interlocutrice. Il n'y aura donc jamais que lui qui puisse te rendre heureuse ?

— Quoi ? Mais de quoi tu parles ? s'enquit-elle, perdue entre colère et incompréhension.

Soudain, il n'y eut plus personne devant elle. Elle fut alors seule face à la fenêtre, seule devant les ténèbres qui avaient dorénavant recouvert le jardin et la forêt environnante.

— Pardon…

Elle se retourna et vit son ami assis sur le canapé, à l'endroit exact où elle l'avait déjà trouvé la veille. Il se tenait voûté, les coudes posés sur les genoux et le front appuyé sur une main, dans une attitude traduisant l'abattement, bien singulière chez cet homme d'ordinaire si fier.

— Pardon de m'être ainsi emporté… réitéra-t-il. Je ne pourrai jamais te faire de mal, j'espère qu'au moins, ça, tu le sais. Mon unique intention est de te protéger, rien d'autre. En outre, sache que je ne me bats pas. Je ne me bats plus depuis longtemps déjà…

Il marqua une pause, semblant réfléchir, puis reprit d'une voix enrouée par l'amertume :

— Et je ne me nourris pas non plus sur tous les gens qui ont le malheur de croiser mon chemin ! On est au XXIe siècle, j'ai, fort heureusement, d'autres moyens à ma disposition que le prélèvement direct.

— Comment puis-je le savoir ? dit-elle, troublée, son exaspération s'évaporant brusquement.

Elle vint alors le rejoindre et s'assit sur la banquette, restant cependant à une distance mesurée.

— J'ai seulement besoin d'être seul quelques heures par jour, précisa-t-il d'un ton morne. Je ne suis jamais qu'au grenier, tu n'as rien à craindre.

— La *besogne vampirique* ? fit-elle en se souvenant des termes employés par le châtelain lui-même dans son message du matin.

— Oui, opina-t-il avec un sourire sans joie, détournant le regard.

— D'accord. Cela explique la présence des énormes frigidaires, j'imagine. Et du… cercueil ?

Elle attendit un instant, peut-être allait-il lui expliquer comment tout cela marchait, mais il n'en fit rien et préféra garder le silence.

— Cependant, tu as dit que tu passerais cette semaine avec moi, afin que je bénéficie au mieux de tes pouvoirs. C'est ce que tu as dit. Et par *avec moi*, j'entendais : rester l'un avec l'autre. J'ai parfaitement conscience que cela peut-être pesant pour toi mais, je… Je n'y peux rien, je suis terrorisée… Ce qui s'est passé l'autre nuit m'a profondément traumatisée, je crois, et j'ai besoin de la présence de mon protecteur et ami à mes côtés, en permanence. Je ne veux plus que tu me laisses seule, Henri, pas même une minute… C'est idiot mais tout me fait peur maintenant, même jusqu'à cet endroit.

— Cela va poser problème, tu t'en rends compte. Je suis toujours au château, je ne vois pas ce que je peux faire de mieux. Je demeure à proximité et tu bénéficies toujours de mon pouvoir, ne t'inquiète pas. Puis il ne s'agit tout de même pas de tant de temps que ça. En outre, je n'ai parlé que d'une semaine. Une fois que tu auras retrouvé ton état normal, tu rentreras chez toi et tu reprendras ta vie là où tu l'avais laissée. Ce qui s'est passé l'autre nuit n'arrivera plus, je te l'ai promis.

— Je sais bien. Mais, si durant ces quelques jours, je dois rester auprès de toi, alors je préférerais que tu ne t'éloignes pas, à aucun moment. Pourquoi ne pas prendre nos repas ensemble, tout simplement ? hasarda-t-elle avec hésitation. De cette manière je n'aurais pas à passer ce temps toute seule. Et puis, après tout, qu'est-ce qui s'y opposerait, maintenant que je sais à peu près en quoi cela consiste ?

— Quelle idée ! se scandalisa-t-il en se redressant vivement, observant maintenant Cornélia d'un air choqué, comme si elle avait brusquement été prise de folie. Tu t'égares, jeune fille… C'est tout bonnement hors de question !

— Mais enfin pourquoi serait-ce si aberrant ? Ce n'est pas grand-chose pour toi, je ne te dérangerai pas, je me tairai, je ne poserai pas de question et je me ferai toute petite. Ce serait tant pour moi. Je t'en prie, accepte.

— Non ! refusa-t-il, de plus en plus atterré.

— S'il te plaît, Henri...

— Allons, sois raisonnable, réclama-t-il d'un ton plus doux. Penses-tu vraiment que ce genre de spectacle t'aidera à avoir plus d'appétit ? Tu ne peux pas me demander ça !

— Je te l'ai dit, il n'y a que ta présence qui puisse me rassurer, je ne veux plus être seule, pas même quelques heures, j'ai bien trop peur qu'il ne revienne, et tu sais que mes craintes ne sont pas sans fondements... Si tu tiens à ce que je reste sagement ici, alors accepte. De toute façon, tu vas faire quoi ? continua-t-elle d'un ton détaché. Aspirer du sang dans un sachet en plastique pendant que je bois de l'eau dans un verre ? Tes yeux vont devenir rouges et tes canines vont s'allonger peut-être ? Et après ? C'est ça ton spectacle insoutenable ?

Il resta quelques instants à la détailler, comme s'il avait eu de la peine à la reconnaître, puis soupira avec extrême lassitude :

— S'il n'y a que cela qui puisse te faire plaisir...

— Il n'y a pas que ça, reprit-elle, saisissant l'occasion.

— Quoi d'autre encore ? s'enquit-il en lui jetant un regard blasé. Je t'écoute.

— J'aimerais aussi que tu restes dormir avec moi, annonça-t-elle, tentant vainement de ne pas rougir.

Henri était apparemment enclin à céder à tous ses caprices pour s'excuser de son comportement de tout à l'heure, c'était le moment ou jamais de profiter de cette opportunité…

— Cornélia, je ne dors jamais, opposa-t-il, semblant quelque peu s'amuser de l'ignorance de sa jeune protégée.

— Ça, je sais, mais je voudrais simplement que tu restes près de moi.

— Mais je reste déjà près de toi.

— Je veux dire, dans la même pièce. Après tout, qu'est-ce que ça change pour toi ? Attendre dans le salon ou attendre dans la chambre, la différence est plutôt mince.

Il souffla à nouveau :

— Soit, si cela peut t'aider. Je n'y vois pas d'inconvénient.

Ce soir-là, elle passa, en guise de tenue de nuit, la chemise que le vampire lui avait laissée dans la salle de bains, qui, bien que fraîchement lavée, embaumait encore le délicat parfum de ce dernier. Cette fragrance si douce et agréable était rassurante, presque apaisante, toutefois pas autant que la présence même de son propriétaire. Lorsqu'elle revint dans la chambre, elle soupira de soulagement et d'aise en le voyant installé dans un fauteuil au fond de la pièce, les coudes posés sur les accoudoirs, les mains croisées devant lui, ses longs doigts blancs enchevêtrés les uns dans les autres. Il paraissait plongé dans quelques réflexions, la mine grave, mais ne semblait pas pour autant fâché d'avoir dû céder à cette requête. Il allait passer la nuit avec elle et cette idée la ravissait. Il serait, pour ce soir et les prochains qu'elle passerait en ces lieux, le gardien dévoué de son sommeil. Grâce à lui, les réveils ensanglantés ne seraient plus qu'un mauvais souvenir. Plus aucun risque tant qu'il serait là. Elle abusait un peu, elle s'en rendait compte, mais finalement, il se montrait tout de même plutôt gentil avec elle, tout comme l'avait été l'Henri du passé…

Elle s'endormit très rapidement, enfin confiante et sereine. Et, peut-être était-ce dû à l'endroit où elle se trouvait, où encore à la proximité de cet homme qui la reliait à cette ancienne vie, ces rêves, mélanges de souvenirs vivants et d'existence onirique, furent encore plus nets et plus saisissants que les précédents.

Chapitre 17
Rêve sixième, Vaine idylle

Les cheveux au vent, ses boucles étirées par la vitesse, et le buste incliné vers l'avant pour forcer l'allure de sa gracieuse monture à la race exotique, elle s'évertuait à rattraper Maxime, chevauchant quant à lui l'un des plus beaux étalons de l'écurie, et qui la devançait d'à peine quelques mètres. Ils franchirent dans cette course effrénée, un petit cours d'eau, et se mirent à rire aux éclats sous les éclaboussements, se retrouvant, l'un comme l'autre, complètement trempés. Cornélia talonna vivement sa petite jument et profita de ce bref instant d'inattention de la part de son amant pour prendre la tête. Elle s'engagea alors à bride abattue sur l'imposante colline verdoyante qui se dressait devant eux, un sentiment d'euphorie mêlé de plénitude l'envahissant peu à peu. Le ciel était sombre, annonçant l'arrivée imminente d'un orage, et contrastait avec les couleurs chatoyantes de ces vastes étendues vierges, ainsi qu'avec l'humeur allègre de la jeune fille.

— Non, pas par là ! cria le vampire. Arrête-toi !

Elle se retourna, soupçonnant un éventuel stratagème de son adversaire pour la rattraper, et constata que lui-même ralentissait. D'abord étonnée, puis reprenant ses esprits, elle réalisa soudainement qu'ils s'étaient beaucoup trop éloignés du château, et, par là même, de l'indispensable protection du maître des lieux. Agacée par ces barreaux invisibles, elle se résigna et fit demi-tour, revenant à la hauteur de son ami.

— Maudites contraintes ! s'exclama-t-elle avec une moue boudeuse.

— Ou asile salvateur… raisonna-t-il en souriant, s'amusant de l'attitude téméraire et impertinente de son interlocutrice.

— Je n'en ai pas moins gagné !

— Comme toujours, convint-il, le regard plein d'admiration. Allez, rentrons, j'ai essuyé assez de défaites pour aujourd'hui.

De retour aux écuries, il aida sa bien-aimée à descendre de cheval, puis, comme ils se trouvaient seuls, profita de cette occasion pour l'enlacer :

— Mon ange… Je n'ai jamais été aussi heureux qu'en ce moment, notre rencontre est la plus belle chose qu'il me soit arrivé.

— Je ressens la même chose, répondit-elle à voix basse. Je t'aime tant Maxime, et je suis si bien dans tes bras que je souhaiterais que cela dure toujours.

Il la relâcha doucement et baissa les yeux tristement :

— Tu sais bien ce qui m'attend.

— Non, nous n'en savons rien, contesta-t-elle en lui prenant les mains, remplie d'un espoir insensé mais obstiné. Mon amour, tu es différent, tes capacités à résister à cette faim contre-nature et ta longévité dans ces conditions d'abstinence sont exceptionnelles. Depuis que tu es ici, tu vas beaucoup mieux, c'est toi-même qui me l'as dit.

— Mais pour combien de temps encore ? Cornélia, tu m'as fait une promesse, rappela-t-il à contrecœur. Cette accalmie n'est probablement que provisoire, tout cela ne peut être qu'éphémère.

— Et je tiendrai parole si cela s'avère nécessaire, jura-t-elle d'un ton qu'elle voulut résolu, sans y croire vraiment néanmoins.

Il déposa un petit baiser sur les lèvres vermeilles de la jeune fille et dit :

— Hâtons-nous de rentrer, la pluie ne devrait plus tarder et tes vêtements sont encore humides, il ne faudrait pas que tu sois malade.

— Mais je ne crains nullement la maladie, mon cher, rit-elle. Oublierais-tu que moi non plus, je ne suis pas vraiment humaine ?

— J'avoue. Tu es tellement loin de nous autres vampires…

— Tu sembles fatigué, observa-t-elle d'un œil inquiet, caressant tendrement la joue à la forme creuse de son amant.

— Oui, admit-il. Je vais aller me reposer un peu et m'enfermer pour quelques heures dans mon cercueil, cela m'est toujours bénéfique. Retrouvons-nous ce soir, à la chapelle, à la même heure que d'habitude ?

— Je t'attendrai.

Sur ces mots ils s'embrassèrent longuement, puis ils se dépêchèrent de desseller leurs montures et traversèrent en courant le jardin qui les séparait encore du château, tentant vainement d'éviter les premières gouttes de la tempête qui sourdait. Ils arrivèrent dans le hall d'entrée en riant bruyamment, dérangeant le calme monotone et ennuyeux des lieux, et trouvèrent, dans le grand salon, Léandre et Violaine assis devant une table sur laquelle étaient éparpillées des cartes étranges. Maxime se retira et Cornélia allait l'imiter quand le vampire aux cheveux orange l'interpella :

— Chère amie ! Souhaiteriez-vous que je vous lise votre avenir à vous aussi ?

— Prends garde, il n'annonce que de mauvaises choses, prévint la femme en noir d'une voix atone, avant de s'en aller nonchalamment, comme si la présence de sa rivale dans la même pièce était une chose insupportable.

— Balivernes ! lança-t-il gaiement, invitant d'un geste de la main la jeune fille à venir prendre place en face de lui. Ce n'est là qu'un jeu, un passe-temps, en quelque sorte… N'ayez pas peur, belle enfant, personne sur cette terre n'est vraiment capable de prédire le futur. Cela se saurait !

— Très bien, accepta-t-elle en lui rendant son sourire. Dans ce cas pourquoi pas ?

Elle s'installa là où s'était précédemment tenue Violaine et regarda avec une attention toute particulière cet homme si excentrique et maniéré, battre les cartes avec un enthousiasme naturel, chantonnant comme s'il avait été seul. Il en tira douze, les disposa face cachée sur la table, dans une configuration bien précise, puis en retourna quelques-unes et annonça :

— Vous êtes tout près de l'élu de votre cœur ! Si vous n'êtes pas encore amoureuse, cela arrivera très bientôt.

Elle se mit subitement à rougir, un peu embarrassée, et se demanda si c'était vraiment là ce que disait le tarot, ou bien si Léandre cherchait simplement à obtenir quelques confidences... Maxime et elle avaient tout fait pour garder leur relation secrète pour le moment, mais elle craignait que le temps, relativement conséquent, qu'ils passaient ensemble, ainsi que leurs fous rires communs, ne finissent par les trahir...

— Les cartes affirment cela ? demanda-t-elle d'un ton qu'elle essaya de rendre détaché, simulant l'étonnement.

— Les cartes affirment cela, répéta-t-il avec assurance.

Un sourire en coin se dessina alors sur la bouche de son interlocuteur.

— Et nous savons tous deux qu'elles ont raison, chuchota-t-il en se penchant vers elle.

— J'ignore de quoi vous voulez parler ! se défenditelle avec véhémence.

— Ah, moi aussi en réalité, dit-il en se redressant, l'air tout à coup songeur.

— Bien, et que voyez-vous d'autre ?

Il retourna encore quelques cartes puis resta un moment silencieux, contemplant le jeu avec consternation.

— C'est curieux, il y a une mort proche et une naissance, ou une renaissance peut-être. J'ai quelques difficultés à interpréter cela, avoua-t-il, une expression soucieuse sur son étrange visage, puis il reprit plus joyeusement : En tout cas, douce Cornélia, les prétendants ne manquent pas et l'argent non plus ! N'est-ce pas là ce que nous souhaitons tous ?

— Une naissance, l'amour, l'argent puis la mort ? Vos prédictions sont pour le moins singulières, Léandre ! plaisanta-t-elle, se moquant quelque peu de ses éventuels talents en matière de divination.

— Votre avenir l'est forcément tout autant, garantit-il, soudain sérieux. Votre destin sera hors du commun.

— Oh, vraiment ?! s'exclama-t-elle, s'emportant plus qu'elle ne l'aurait souhaité. Pensez-vous que ce soit si exceptionnel que cela que d'être la prisonnière consentante de ces murs et de leur lunatique propriétaire, sous peine d'être livrée au pire des démons que cette terre ait porté si jamais je venais à m'éloigner un peu trop de leurs sillages ? Le croyez-vous ?

— Quel tempérament de feu ! remarqua-t-il, maintenant amusé. Il n'est pas étonnant que vos relations avec Henri soient si explosives !

— Qu'en savez-vous donc ?

— Pas grand-chose, si ce n'est que l'affection qu'il vous porte est sans limites et qu'elle n'est malheureusement pas partagée.

— Vos propos sont déplacés, monsieur ! s'offusqua-t-elle en se levant précipitamment.

— Asseyez-vous, je vous en prie, réclama-t-il d'une voix douce, presque suppliante. Veuillez me pardonner, je suis votre ami et je ne veux nullement vous importuner.

Malgré elle, elle obéit et revint à sa place, surprise d'entendre ces mots sortir de la bouche d'une personne qu'elle connaissait si peu mais qui avait cependant le mérite d'avoir l'air honnête.

— J'aurais simplement aimé m'entretenir avec vous. Voyez-vous, je déplore de voir chaque jour mon prince plus désespéré, expliqua-t-il, paraissant sincèrement peiné. Je connais ses sentiments envers vous, et… je devine les vôtres envers Maxime… J'ignore pourquoi vous en voulez autant à celui qui vous offre généreusement sa protection et son hospitalité, mais vous ne pouvez lui infliger ces tourments plus longtemps. Cette situation est périlleuse et n'a que trop duré, vous mettez mon jeune et fragile compagnon dans une position délicate, bien plus encore que celle où il se trouvait déjà. Il faut que vous alliez parler à Henri, sans plus tarder.

Elle baissa la tête, consciente que les conseils de Léandre étaient des plus avisés.

— J'ignore également les raisons de ma colère envers lui, confessa-t-elle comme pour elle-même. Il ne m'a jamais caché ce qu'il était et pourtant… Pourtant aujourd'hui je ne peux m'empêcher de ressentir de la répugnance pour ses crimes.

— Que savez-vous de ces prétendus crimes ? Absolument rien ! Le prince est le plus courageux et le plus juste vampire qui soit, nous tous ici lui devons la vie ! Parlez-lui et faites la paix, s'il vous plaît.

— Vous avez peut-être raison… soupira-t-elle, se levant cette fois pour de bon.

Léandre quitta également son siège et se plaça brusquement devant la jeune fille. Il lui saisit la main et se mit à la fixer d'un regard profond et intense :

— Vous êtes bien plus que ce que vous pensez. L'avenir de notre espèce tout entière repose entre vos seules mains. Vous disposez de notre épanouissement comme de notre ruine, faites bien attention car chacun de vos actes aura une répercussion.

Elle resta alors sans voix à observer son interlocuteur, abasourdie, s'interrogeant sur le sens que pouvaient bien avoir des paroles aussi graves et aussi sombres. Il avait prononcé son discours avec une sorte de solennité, inattendue chez un tel personnage, la mine dramatique, comme s'il s'agissait d'une sorte de prophétie, ou encore d'une sentence irrévocable. Puis, subitement son visage changea d'expression et revint à un sourire joyeux. Il déposa un léger baiser sur le dos de la main qu'il tenait, puis ajouta d'un ton plus naturel :

— Allez le voir, je ne saurais vous retenir davantage, charmante amie.

Résignée, elle se rendit jusqu'aux appartements d'Henri, certaine de le trouver là-bas puisqu'il n'en sortait quasiment plus depuis l'arrivée de ses nouveaux invités. Léandre avait raison, son obstination à refuser de parler au châtelain rendait les choses encore plus difficiles pour Maxime et ce n'était pas ce qu'elle voulait. Un peu nerveuse, ne sachant trop comment le prince des vampires, si imprévisible et parfois si colérique, allait réagir lorsqu'elle lui annoncerait qu'elle et son meilleur ami s'aimaient d'un amour sincère et profond, et ce, depuis le jour de leur première rencontre ; elle toqua à la porte, la main tremblante, et attendit une réponse qui ne vint qu'assez tardivement :

— Eh bien, entre Cornélia. Tu es finalement décidée à m'adresser de nouveau la parole ?

En silence, elle pénétra prudemment dans les appartements de son hôte et fut surprise de trouver, en pleine journée, la pièce entièrement plongée dans le noir, les volets étant tous clos. Lorsque ses yeux se furent habitués à l'obscurité, elle aperçut le maître des lieux, tout au fond de la salle, trônant sur un grand fauteuil de bois sombre richement sculpté.

— Que fais-tu donc toute la journée, enfermé ici ? s'enquit-elle, circonspecte. On ne te voit plus jamais, pourquoi ?

— Je doute que mes occupations t'intéressent beaucoup, argua-t-il d'un ton si froid qu'elle en frissonna. Qu'es-tu venue me dire, jeune fille ?

— Je suis venue parce que j'aimerais que nous cessions dès à présent ce jeu malsain, déclara-t-elle avec sincérité. J'aimerais que nous parvenions à nous réconcilier et que notre relation revienne à ce qu'elle était avant cette dispute.

— Je le souhaite également, reconnut-il d'une voix plus douce, tout en se levant de son siège. Mais je ne crois pas que ce soit là le but premier de ta visite, je me trompe ?

— Si, c'est bien mon premier but, cependant, il y en a un second, marmonna-t-elle en baissant la tête.

Les mots lui manquèrent soudain. Ce ne fut qu'à cet instant qu'elle prit conscience que ces aveux allaient immanquablement faire souffrir cet ami avec qui elle était restée fâchée si longtemps. Pourquoi les choses devaient-elles être aussi compliquées ? Il fallait qu'elle fasse attention à ses paroles, une seule de travers et c'était peut-être son amant qui allait en pâtir, ou bien elle. Mais dans ce cas ce serait moins grave.

— Je sais déjà ce que tu as à me dire, souffla-t-il tristement. Il aurait fallu être aveugle pour ne rien remarquer, tu as tellement changé depuis qu'il est là. Je sais que c'est vers lui que vont tes sentiments. Je sais que tu l'aimes lui, comme moi je t'aime.

Elle acquiesça d'un signe de tête, sans vraiment être surprise par ces révélations, celles-ci la laissant curieusement de marbre. En fait, les sentiments qu'Henri nourrissait à son égard n'avaient jamais vraiment été un secret. Et, se souciant plus de son amant que de toute autre chose, elle pria :

— N'en veux pas à Maxime, s'il te plaît... Il souhaitait que l'on t'en parle dès le début, il désirait ton approbation. Mais c'est de ma faute, c'est moi qui m'y suis opposée.

— Je n'en veux à personne, je t'assure, si ce n'est à moi-même... Il est normal, après tout, que lorsque deux âmes pures se trouvent, elles ne puissent que se prendre de passion l'une pour l'autre. Rien ni personne ne peut empêcher cela, convint-il avant de reprendre plus durement : Cependant, tu ne dois pas oublier ce qu'il est, et ce qu'il est venu chercher ici. Il vous faut cesser tout ça tant qu'il est encore temps. Vous n'avez pas d'avenir ensemble Cornélia, et votre histoire ne peut aboutir qu'à de la souffrance, pour l'un comme pour l'autre.

— Pourquoi me le rappeler ? Crois-tu que je l'ignore ?! s'indigna-t-elle, les larmes aux yeux, bouleversée face à cette vérité à laquelle elle s'efforçait de ne jamais penser. Serait-ce la jalousie qui te fait parler ainsi ? Malgré tout, même si ça ne doit pas durer, même s'il est condamné, il reste néanmoins l'homme de ma vie ! Dorénavant, personne ne pourra prendre sa place dans mon cœur, celui-ci lui appartient tout entier, et pour toujours. Rien ne cessera...

— C'est la raison qui me fait parler ainsi. Seulement la raison. Sache cependant, et je l'admets sans détour, que j'ai largement dépassé le stade de la jalousie. La jalousie ne serait qu'un euphémisme en comparaison de ce que je ressens.

Il eut alors un sourire amer et une expression cynique passa comme une ombre sur son visage blafard :

— C'est plutôt drôle lorsqu'on y songe ! La seule femme que j'ai jamais aimée n'est autre que celle que je ne pourrai jamais avoir, la seule sur laquelle je ne puis avoir d'emprise ! De surcroît, elle ne me préfère rien de moins que mon meilleur ami, un entêté qui croit prouver sa valeur en assumant pleinement ses faiblesses !

— Mais tu as Violaine, avança la jeune fille, préférant ignorer les sarcasmes de son ami au sujet de Maxime. Elle, elle t'aime. Et elle est comme toi.

Le prince des vampires éclata d'un rire dissonant et effrayant :

— Violaine ? Je me moque bien de Violaine ! Elle n'est rien pour moi, il en a toujours été ainsi ! C'est peut-être là toute l'ironie de la chose, non ?!

Il s'interrompit quelques secondes, le poing serré contre la bouche, paraissant lutter pour se ressaisir, puis s'avança vers elle. Il lui adressa alors un regard où se mêlaient tendresse et dépit, et demanda d'une voix faible :

— Dis-moi, Cornélia, quand t'ai-je perdue ? À quel moment as-tu commencé à t'éloigner de moi ?

— Je te dois beaucoup, Henri, concéda-t-elle. Tu as toujours été bon pour moi, mais tu restes un vampire, un vampire qui se soumet comme les autres à ces règles abjectes, et cela ne peut m'inspirer qu'horreur et dégoût. Je suis navrée mais je n'ai jamais éprouvé de tels sentiments à ton égard. Tu ne m'as jamais eue, pas de cette façon du moins. Ce sang que tu as sur les mains, ce sang que tu as versé et que tu verses encore, il te ternit, du moins à mes yeux. Jamais je n'aurais pu faire abstraction de tous ces pêchés contre l'humanité dont tu t'es rendu coupable.

Il s'écarta et la toisa, les traits à nouveau chargés de cette colère qui lui était devenue si familière :

— Toujours cette même rengaine ?! Tu me fatigues ! Reste donc avec ton ami l'abstinent et regarde-le crever comme un chien ! Regarde-le expurger dans la souffrance tout ce mal dont lui ne s'est jamais rendu coupable ! Regarde bien ta main lorsque tu lui porteras ce coup fatal que toi seule peux donner ! Peut-être te diras-tu, à ce moment-là, qu'il aurait pu en être autrement ? Peut-être te diras-tu que tu aurais pu l'aider à vivre au lieu de l'entraîner, telle l'idiote dévote que tu es, vers la mort et la damnation !

— Ferme-la, monstre ! s'écria-t-elle en éclatant en sanglot. Comment oses-tu ? Et tu prétends m'aimer ?! Ce ne sont là que de vils mensonges ! Tu t'imagines être au-dessus de tous, capable de décider du sort de chacun ? Mais il n'en sera jamais ainsi avec moi, je ne suis pas un de tes vassaux ! Tu as cru qu'en me couvrant de cadeaux et d'attentions tu serais celui qui pourrait disposer de moi comme il l'entend ? Tu as cru que de cette manière tu l'emporterais sur ton maître ? Pensais-tu que j'ignorais le but que tu poursuivais ? Tout cela n'était jamais que de la manipulation ! En définitive, tu ne vaux pas mieux que ton ignoble roi, et si tu tiens à le savoir, tu m'écœures tout autant !

Henri demeura quelques secondes bouche bée, semblant profondément blessé par ce qu'il venait d'entendre, quand une larme rouge, fine et solitaire, brillant d'un éclat curieux dans l'obscurité de la pièce, se dessina progressivement au creux de l'un de ses yeux.

— Hors de ma vue, articula-t-il d'une voix blanche.

Cornélia se précipita vers la porte et se mit à courir aussi vite que ses jupes le lui permettaient, en pleurs, déambulant sans but précis dans les couloirs du château. Elle finit par arriver, sans trop savoir comment, devant sa chambre. Perdue, elle s'y enferma à clef puis se jeta sur son lit et sanglota longuement. Finalement, la situation n'avait fait qu'empirer… Mais tant pis. Après tout, elle s'en fichait puisque ce soir, à la chapelle, lieu habituel de leurs rendez-vous secrets, elle verrait Maxime. Se retrouver dans les bras de la seule personne qu'elle ait jamais aimée et pouvoir savourer ensemble l'instant présent, il n'y avait plus désormais que cela qui comptait pour elle. Le bonheur d'être avec lui, ne serait-ce que pour une nuit, une heure, ou même une seconde…

Chapitre 18

Un déjeuner presque ordinaire

Elle se redressa brusquement, s'asseyant sur le lit sur lequel elle reposait, passant d'un coup de l'état de profond sommeil à celui d'éveil, en sueur, les yeux encore pleins des larmes qu'elle avait versées durant ses rêves. En un éclair, Henri, qui était resté au fond de la pièce pendant toute la nuit, fut auprès d'elle :

— Que se passe-t-il ?

— Je... Rien... Juste un cauchemar... ou plutôt un souvenir, balbutia-t-elle, la voix enrouée.

Elle plongea alors son regard troublé dans celui du vampire, essayant de reprendre ses esprits, réalisant peu à peu que ce qu'elle venait de vivre n'était pas la réalité. Ou du moins, pas la réalité présente. Tout cela ne faisait partie que d'un très lointain passé... Puis, toujours confuse, elle se jeta dans les bras du châtelain, s'agrippant de toutes ses forces à son corps froid, et pleura de plus belle :

— Je suis tellement désolée... Excuse-moi, je t'en prie... Je ne voulais pas, je ne le pensais pas...

— Mais enfin qu'est-ce qui te prend Cornélia ? demanda-t-il en la repoussant doucement.

Il lui saisit les épaules et la plaça devant lui, l'obligeant à lui faire face, puis se mit à l'observer avec attention, visiblement déconcerté :

— Ce n'était qu'un mauvais rêve, voyons.

— Non, c'était bien plus ! Ce sont mes souvenirs que je revis dans ces songes... Nous nous disputions et... Pardonne-moi, je t'ai dit des horreurs, tu ne méritais pas ça. Je regrette tant d'avoir été si ingrate !

— Plusieurs siècles ont passé depuis, rappela-t-il d'un ton réconfortant. Tu ne peux pas t'excuser pour quelque chose qui s'est produit il y a si longtemps, cela n'a pas de sens. Tu n'étais, d'ailleurs, pas vraiment la même personne à cette époque.

— Je ne sais pas... C'était bien moi, pourtant... murmura-t-elle, soudain pensive. Je crois que maintenant je comprends mieux pourquoi tu te comportes ainsi avec moi, je n'ai pas été très agréable, ni très reconnaissante dans cette ancienne vie, n'est-ce pas ?

— Ce qui s'est passé il y a trois cents ans n'a rien à voir avec mon attitude d'aujourd'hui, je te l'ai dit, il y a plus que prescription, affirma-t-il, semblant lui-même convaincu. Ne cherche pas à entendre quoi que ce soit au comportement d'un vieux vampire poussiéreux, ce serait vain, nous sommes beaucoup trop différents toi et moi.

— Pas tant que ça, protesta-t-elle en séchant ses larmes. Je ne suis pas une humaine comme les autres, rappelle-toi, c'est toi qui me l'as appris. Et puis, au bout du compte, mon âme est presque aussi âgée que la tienne.

— À ceci près que je suis dépourvu de ce genre d'attribut... soupira-t-il en s'éloignant, paraissant subitement légèrement agacé.

— Ah oui… chuchota-t-elle. C'est vrai…

Elle se sentit alors confuse, si elle avait réfléchi avant de parler elle n'aurait jamais osé dire une telle énormité… Elle se leva rapidement, puis se hâta d'aller à la salle de bains, déclarant avec un certain détachement, non sans vouloir rappeler à son hôte son engagement de la veille :

— Je ne sais pas en ce qui te concerne, mais moi je meurs de faim !

Elle allait refermer la porte sur elle quand soudain, en apercevant, étalées sur une commode, les diverses robes, jupes et corsages qu'il lui avait offerts, une autre phrase, encore plus idiote cette fois, lui échappa :

— Qu'aimerais-tu que je porte aujourd'hui ?

Ses joues s'enflammèrent aussitôt et elle ajouta, essayant tant bien que mal de justifier une telle interrogation :

— Après tout, c'est quand même toi qui as acheté tous ces vêtements…

Le châtelain haussa les épaules, l'air d'abord étonné, puis répondit comme si la question avait été tout à fait naturelle :

— Qu'importe, tu seras belle de toute manière. Rejoins-moi en bas, puisqu'il est déjà plus de midi, je vais voir ce que l'on peut te préparer pour déjeuner.

— D'accord… opina-t-elle d'une voix aiguë, tentant maladroitement de cacher son embarras.

Mais qu'est-ce qu'il lui avait pris de demander une chose pareille ?! Avait-elle perdu toute retenue, ainsi que tout bon sens pour qu'à présent elle se mette à pleurer devant son ami à la moindre occasion, se précipite dans ses bras dès qu'elle en avait l'opportunité, et, nouveauté du jour, l'interroge quant à ses préférences vestimentaires ? Était-elle si désespérée de n'avoir toujours aucune relation quelle qu'elle soit, amicale ou amoureuse, pour se raccrocher si éperdument à, comme il le disait lui-même, un vieux vampire poussiéreux ? Mais, il venait de dire qu'il la trouvait belle... C'était sans équivoque cette fois-ci, car il ne parlait ni d'un tableau, ni de la Cornélia d'autrefois, mais bien d'elle, de celle qu'elle était aujourd'hui. Elle ne put s'empêcher de rougir plus encore à cette pensée, si sotte et futile fut-elle. En fait, chaque mot, ressemblant de près ou de loin à un compliment, échappé de la bouche de son protecteur, était doux et agréable à son oreille. C'était comme ça, elle n'y pouvait rien... Et ce rêve... Elle avait encore du mal à l'intégrer. Il avait été douloureux et tendre à la fois. Ainsi donc, l'Henri du passé avait aimé la Cornélia d'autrefois ? C'était inattendu, presque autant que le fait qu'elle lui eut préféré un autre.

Elle descendit ensuite jusqu'aux cuisines, se rappelant assez précisément de leur emplacement bien qu'elle n'y soit jamais entrée auparavant, tant l'aspect séculaire et inusité de celles-ci l'avait marquée lorsqu'elle était venue à passer devant par hasard. Elle y trouva Henri en train de congédier poliment, mais toutefois assez fraîchement, la femme de ménage de la veille, qui venait, apparemment, de préparer le repas de la jeune fille, ce dernier étant disposé dans un plateau posé sur une table, prêt à être servi.

— On dirait que monsieur a enfin de l'appétit ! entonna-t-elle, joyeuse.

— Possible... marmonna-t-il avec humeur, sans même la regarder.

— Vous savez c'est une bonne chose, vous ne ferez pas de vieux os si vous vous obstinez à rester aussi mince, monsieur.

Elle attendit quelques secondes, puis, voyant qu'il ne répondait pas, reprit sur le même ton :

— Puis, ça vous donnera meilleure mine, vous manquez un peu de couleurs, tout de même. Enfin, sans vouloir vous offenser, bien sûr.

— Il n'en est rien, rassurez-vous. Je n'ai cure de ce genre de considérations.

— Je suis seulement contente que vous preniez goût à ma cuisine, insista-t-elle, la mine toujours ravie.

— Mais évidemment, rétorqua-t-il en lui indiquant la porte, non sans une certaine condescendance.

L'attitude du châtelain envers son employée était encore plus froide et plus dédaigneuse que d'ordinaire. Il semblait être tout à fait indifférent à sa présence, allant jusqu'à presque l'ignorer lorsqu'elle lui parlait. En fin de compte, il n'était pas difficile de comprendre pourquoi il n'était pas très apprécié par les gens du village...

— Bien, je vous laisse donc, puisque c'est ce que vous voulez. Mademoiselle, salua-t-elle en adressant un signe de tête respectueux à Cornélia qui le lui rendit immédiatement. Je reviendrai demain à la même heure. Au revoir, monsieur.

Là-dessus, elle s'éloigna, et n'eut droit, pour toute réponse, qu'au silence de son patron. Cependant, elle ne parut pas s'en formaliser, ayant probablement l'habitude d'être traitée de la sorte par cet homme aux manières si singulières.

— Tu n'es pas très aimable avec ton personnel, osa la jeune fille, jugeant que cette femme, qui avait l'air plutôt sympathique, méritait tout de même un peu plus d'égard.

— Est-ce là une autre de tes exigences, me voir plus courtois ? interrogea-t-il, sarcastique.

Visiblement, le prince des vampires n'était pas de très bonne humeur ce matin… À cette constatation, l'invitée du château préféra changer de sujet :

— C'est pour moi ? s'enquit-elle en désignant le plateau, salivant déjà devant l'énorme portion de spaghettis bolognaise.

— Pour qui d'autre ? ironisa-t-il sur le même ton. Je prends *mes repas* dans le grenier. C'est ainsi, et si cela te déplaît de déjeuner dans un lieu aussi sombre et au confort plus que sommaire, tu peux, bien entendu, t'abstenir de m'y accompagner.

— Ça ne me dérange pas, assura-t-elle, résolue à faire tenir sa promesse à son ami.

Il prit le plateau d'un geste las et se dirigea vers les escaliers. Cornélia le suivit jusqu'à ces fameux combles qui n'avaient désormais plus rien du charmant, quoique poussiéreux, atelier secret qu'elle avait connu il y avait de ça plusieurs centaines d'années. Elle fut surprise en entrant dans cette gigantesque salle, de trouver, placée en son centre, une table, richement sculptée, recouverte d'une nappe blanche et impeccable, tranchant curieusement avec le noir qui régnait en maître dans ces lieux. Elle était entourée de deux fauteuils, se faisant face l'un à l'autre, et, au milieu, était posé un chandelier à trois bougies, dont les minces flammes parvenaient à peine à percer l'obscurité ambiante. La porte se referma d'elle-même une fois qu'ils furent tous deux à l'intérieur et, à cet instant précis, la jeune fille fut malgré elle, saisie d'un frisson d'effroi. Elle commençait presque à regretter d'avoir insisté pour venir avec le châtelain jusque dans cet endroit. Ce dernier alla jusqu'à la table, y déposa son chargement, et mit le couvert pour son invitée, puis d'un geste il l'enjoignit à s'asseoir à la place qu'il lui avait attribuée. Une fois qu'elle fut installée, elle tressaillit lorsque le fauteuil sur lequel elle se tenait se mit à bouger tout seul, la rapprochant ainsi de son assiette, mu par une force invisible qui n'était autre que la volonté du vampire. Elle vit alors, posés près du chandelier, quelques magazines et deux vieux livres usés :

— Tu lis ici ? questionna-t-elle, perplexe.

— Non, c'est pour ton usage, j'ai pensé que tu pourrais avoir besoin d'occupations pendant que je serai là-dedans, expliqua-t-il en désignant le coin le plus obscur de la salle, celui où, quand elle était venue quelques jours plus tôt, elle avait aperçu le cercueil de bois laqué noir.

— Ah... D'accord, cafouilla-t-elle, ravalant sa salive avec peine.

Elle faillit se raviser et redescendre en courant afin de retrouver au plus vite la lumière du soleil et des lieux plus agréables, mais elle se rappela aussitôt pourquoi elle avait tant voulu rester auprès de son ami, et ce, même en cet instant, quelque peu sinistre, et en cet endroit sordide. Elle redoutait par-dessus tout de rester seule, en proie aux doutes et aux démons qui la tourmentaient dès qu'elle s'éloignait un peu de lui. Tout, même veiller sur un tombeau, était préférable à cette torture.

— C'est pour la digestion ? tenta-t-elle avec un petit rire forcé, essayant de plaisanter.

— Oui, c'est ça, admit-il lugubrement.

Puis il alla de son pas leste et glissant vers les énormes frigidaires d'acier brossé. En moins d'un quart de seconde, il en retira quelque chose qu'il plaça dans le micro-ondes, et, au bout de quelques minutes, il sortit du four une grande bouteille en verre à la forme raffinée, remplie d'un liquide rouge et brillant, liquide avec lequel Cornélia avait eu, que ce soit durant l'une de ses hémorragies, celle du vampire à laquelle elle avait assisté une fois, ou lors d'un bain, tout le loisir de se familiariser... Il s'installa sur le siège qui se trouvait de l'autre côté de la table, face à la jeune fille, et se servit une grande rasade de sang chaud et épais dans un verre de cristal finement ciselé. L'éclat de ses yeux s'altéra d'un seul coup. Il passa en un éclair de ce gris bleuté, à la fois tendre et triste comme un ciel de mer un jour de pluie, à celui pourpre et féroce, pareil aux reflets d'un soleil couchant un soir de massacre, parfaite illustration de la terrible malédiction et du type de faim si particulier qui le tourmentaient.

Dans un bruit immonde mais bref, ses canines s'allongèrent jusqu'à devenir des crocs acérés. Et, sans quitter du regard celle avec qui il partageait cet insolite festin, il porta le verre à sa bouche, qui tinta quand le bord vint entrechoquer ses dents hypertrophiées, puis commença à boire. Il avala le tout d'un trait, sans marquer aucune pause, et, ensuite, essuya du dos de la main son menton barbouillé du sang qui s'y était écoulé tandis qu'il s'abreuvait. Puis il se mit à lécher avidement sa paume tachée, ne laissant pas la moindre goutte de son abjecte boisson. Les veines de son visage se firent soudain plus apparentes et plus saillantes que jamais, lui donnant alors une apparence quasi démoniaque, et son souffle devint profond et bruyant, comme si son corps se réanimait l'espace de quelques secondes. Il se resservit aussitôt après avoir vidé son premier verre, quittant enfin Cornélia de ses yeux devenus inhumains, pour les porter sur la bouteille. Puis il demanda d'un ton faussement détaché :

— Eh bien, que se passe-t-il, tu ne manges pas ?

— Euh... Si, bien sûr. J'ai très faim d'ailleurs, mentit-elle, l'appétit l'ayant quitté au moment même où elle avait pénétré dans cette effroyable salle.

Afin d'attester ses dires, elle se dépêcha d'attraper sa fourchette, la plongea maladroitement dans son assiette et amena une grosse portion de spaghettis à des lèvres qu'elle ne put malheureusement pas ouvrir. Dans son esprit la sauce bolognaise qui recouvrait son plat s'apparentait trop à l'atroce breuvage d'Henri pour qu'elle eût pu l'avaler...

— C'est bien ce que je pensais, grinça-t-il, irrité. Maintenant que ta curiosité est pleinement satisfaite, je t'invite à redescendre et à me laisser terminer en paix.

— Non, tu te méprends, objecta-t-elle d'une voix toutefois faible. Je ne suis pas curieuse, je veux juste être avec toi.

— Alors reste si tu veux, mais mange ! exigea-t-il fermement. Souviens-toi de ce que je t'ai dit.

— Je n'oublie pas, ne t'en fais pas.

Elle baissa la tête, un peu intimidée, et s'appliqua à ne plus regarder son ami pendant le repas. Elle était pleinement consciente qu'il était important qu'elle se nourrisse correctement afin de reprendre ces forces qui lui avaient si gravement manqué dernièrement, la faiblesse du corps facilitant, au roi des vampires, l'accès à son esprit. Elle se força alors tant bien que mal à ingérer ce qui avait été préparé pour elle et essaya de ne pas penser à ce qu'elle venait de voir. En fin de compte, c'était une chose d'imaginer pareil spectacle mais c'en était une autre d'y assister vraiment… Comme son hôte ne parlait pas, elle tenta d'amorcer une conversation, histoire, peut-être, de rendre ce déjeuner un peu plus agréable :

— Où sont passés tous ces splendides tableaux que tu avais peints et qui s'amoncelaient ici autrefois ?

— Ils ont brûlé, annonça-t-il du tac au tac, comme s'il s'était attendu à cette question.

Elle ne put s'empêcher de relever les yeux et croisa ceux du châtelain, toujours brûlants et effrayants. La bouteille et le verre étaient désormais complètement vides mais il restait cependant, sur l'un et l'autre, de nombreuses traces de ce qu'ils avaient contenu, comme un souvenir coupable laissé par ce liquide précieux mais capricieux, qui ne manquait pas de marquer même le cristal le plus pur.

— Ah ? Il y a eu un incendie au château ? demanda-t-elle en se dépêchant de retourner à son assiette.

— Non, c'est moi qui les ai brûlés, avoua-t-il tout naturellement.

— Pourquoi ?

Elle ne put se retenir davantage de regarder son interlocuteur.

— Je ne les supportais plus, soupira-t-il en croisant les bras, d'un geste signifiant clairement l'impatience.

— Mais pas mon portrait ?

— Comment aurais-je pu le détruire alors que je te l'avais donné ? justifia-t-il plus calmement tandis qu'il retrouvait peu à peu son aspect habituel. Et puis, c'était tout de même mon meilleur travail, ma plus belle œuvre. Cette toile n'aurait pas mérité un tel traitement.

— Non, ni moi non plus, d'ailleurs. Enfin, je crois... hasarda-t-elle, incertaine, se remémorant brusquement les terribles souvenirs qu'elle avait réintégrés durant la nuit, ainsi que les propos odieux qu'elle avait alors tenus à son ami.

— Ni toi, c'est vrai, reconnut le vampire d'une voix tout à coup étonnamment douce, dissonante dans cet endroit. Rassure-toi, jamais je n'ai eu envie que des flammes viennent dévorer un aussi ravissant visage.

— J'espère... souffla Cornélia. Je me demande, tout de même... Et il me semble que c'est légitime... Puisque tu affirmes que je suis une personne différente à présent, ces compliments, me sont-ils réellement destinés, ou ne s'adressent-ils pas uniquement à celle que j'étais avant, dans cette autre vie ?

— Ça me paraît pourtant évident, rétorqua-t-il avec indifférence. Étant donné que ton physique reste inchangé, tu peux considérer qu'ils vous concernent toutes les deux. Enfin, je ne vois pas bien ce que cela change.

— Toutes les deux... répéta-t-elle. Comme c'est étrange...

Elle baissa la tête afin que son ami ne puisse lire la déception qui devait être en train de se dessiner sur sa figure. Pourquoi tenait-elle tant à ce qu'il lui dise encore ces mots ? Que cherchait-elle à lui faire avouer exactement ? Et puis, surtout, pour quelle raison se sentait-elle subitement aussi triste ? Peut-être était-elle en train de se rendre compte que si Henri avait, lui aussi, tant changé depuis cette existence passée, ses sentiments envers elle l'étaient également... Ces derniers n'avaient d'ailleurs forcément plus rien à voir avec ce qu'ils étaient jadis puisque, de toute façon, le châtelain avait affirmé en être aujourd'hui totalement dépourvu. Pourquoi cette constatation l'affectait-elle encore autant ? Elle secoua la tête comme elle avait l'habitude de le faire lorsqu'elle était seule et que des pensées, qu'elle jugeait absurdes, submergeaient son esprit.

— Quelque chose ne va pas ? s'enquit-il d'un air soucieux.

— Non, c'est seulement que tes propos ne me paraissent pas très honnêtes, lâcha-t-elle d'un ton accusateur.

— Pardon ?

— Si mon apparence est la même qu'avant, pourquoi dans ce cas suis-je si différente de ton tableau ? Je ne suis pas dupe Henri, tu ne tiens peut-être pas à me vexer, cependant j'ai parfaitement conscience de n'avoir plus rien à voir avec la magnifique jeune femme qui t'avait tant séduit jadis...

Elle se trouva alors si bête qu'elle se mordit les lèvres aussitôt après avoir prononcé ces paroles. Comment pouvait-elle être jalouse d'elle-même ? Cela n'avait aucun sens. Elle fut soudain au comble de l'embarras, ses joues s'enflammèrent, et elle ne put soutenir plus longtemps le regard de son interlocuteur. Celui-ci resta muet quelques secondes, puis quitta sa place pour venir près d'elle.

— Quelles sont ces sottises, voyons ?

— Je suis désolée... chuchota-t-elle, confuse, se couvrant le visage d'une main pour masquer sa honte. Tu n'as pas à te justifier de quoi que ce soit... C'est moi qui divague, je raconte vraiment n'importe quoi ! Ce sont ces rêves, ces espèces de réminiscences... Ça m'embrouille l'esprit. J'ai de plus en plus de mal à passer d'une réalité à l'autre. Tout, que ce soit ce château, toi ou bien moi, tout est tellement différent que je m'y perds...

— Et il y a de quoi, confirma le vampire en lui caressant délicatement le bras, d'un geste à la fois tendre et réconfortant. Cependant, je t'assure que tu n'as rien à envier à celle que tu étais autrefois. Ma très chère muse, tu n'as jamais été plus resplendissante qu'aujourd'hui...

À ces mots inattendus, Cornélia releva la tête, retira sa main de devant ses yeux et croisa ceux du châtelain. Ils avaient retrouvé leur teinte douce et enchanteresse, et brillaient en cet instant d'un éclat particulier, d'un éclat qu'elle ne leur avait jamais connu, du moins pas dans cette vie... Puis, d'un mouvement d'une extraordinaire promptitude, il se retourna et se rendit à son cercueil, concluant, de dos :

— Allons, n'en parlons plus s'il te plaît. Je dois aller m'enfermer quelque temps dans cette boîte. N'hésite pas à aller faire un tour si tu t'ennuies. Dans tous les cas, tant que tu restes dans le château, je peux te promettre que tu ne risques rien.

Elle le vit alors disparaître dans l'ombre et entendit le claquement sec de ce qui devait être le couvercle de la bière se refermant sur son insolite propriétaire. La jeune fille, se retrouvant subitement seule au milieu de cette salle terrifiante, hésita, l'espace d'une seconde, à partir, comme venait de lui suggérer son ami. Puis elle décida finalement de s'en tenir à ce qu'elle avait prévu et de rester auprès de celui qui était le seul à pouvoir maintenir Avoriel loin d'elle et de son esprit. Comme si la présence de son protecteur, à l'instar d'une drogue, lui était désormais devenue indispensable, et ce, même si ce dernier gisait en ce moment au fond d'une boîte. Elle songea un instant à l'étrange repas qu'elle venait de partager avec lui, à l'impression amère et sinistre que cela lui laissait, et à la conversation qu'ils avaient eue ensuite. Les dernières paroles du châtelain l'avaient bien plus touchée qu'elle n'aurait pu l'imaginer... Curieux... Ce devait probablement être dû à cette proximité qu'ils entretenaient depuis plusieurs jours... Ça, et les rêves, bien sûr... Le tout accumulé faisant que ses propres pensées lui échappaient. Dès qu'elle retournerait à sa vie normale, tout redeviendrait comme avant, et ces émotions bizarres n'auront plus lieu d'être...

Le silence glacial qui régnait dans ces lieux la tenait comme prisonnière, si pesant qu'elle n'osait faire le moindre mouvement de peur de déranger celui qui reposait tranquillement dans son cercueil. D'ailleurs, que pouvait-il bien y faire ? Puis, se lassant de l'immobilité, elle finit par se tourner vers la table.

Elle saisit le chandelier pour le ramener près d'elle, lui ainsi que la chaleureuse et rassurante lumière qu'il prodiguait, et se pencha de l'autre côté pour attraper l'un des livres qui avaient été laissés là pour elle, se demandant en même temps quel pouvait bien être le type de lecture d'un vampire. Elle fut alors surprise de trouver, posée sur la couverture du premier ouvrage de la petite pile, une rose blanche, parfaitement identique à celle contre laquelle avait été posée la note qu'Henri lui avait adressée la veille. Au bout d'une heure et demie, un grincement atroce la tira du livre dans lequel elle avait fini par se plonger malgré cette angoisse étouffante qui lui serrait l'estomac depuis qu'elle s'était retrouvée seule, bien que sans véritable fondement. Le prince des vampires apparut soudain devant elle, lui lança un regard contrarié, puis se précipita vers les escaliers, l'enjoignant d'un geste à le suivre.

— Qu'y a-t-il ? s'étonna Cornélia, obligée de courir pour ne pas le perdre de vue.

— Quelqu'un est à la grille, quelqu'un qui est venu pour te voir.

— Mon père ? s'enquit-elle un peu inquiète.

— Non, ce n'est pas lui. Il s'agit d'une femme.

— Ah, je ne vois pas qui cela peut être alors... lança-t-elle, déjà essoufflée par cette course effrénée et périlleuse à travers les nombreux escaliers et corridors qui les séparaient du rez-de-chaussée.

Lorsqu'ils furent enfin arrivés devant la porte d'entrée principale, le châtelain s'arrêta brusquement, resta immobile un instant et ferma les yeux, paraissant se concentrer, puis affirma, sûr de lui :

— Je l'ai déjà rencontrée, c'est la cadette du jardinier.

— Nathalie ? Ma patronne ! Mince ! s'exclama-t-elle, embarrassée. J'ai complètement oublié de la prévenir de mon absence...

— Ton père aurait dû le faire pourtant... dit-il comme pour lui-même. Ce qui n'explique pas pourquoi elle vient te chercher ici.

Il parut subitement fâché :

— Lui as-tu parlé de quelque chose ?

— Je lui ai seulement dit que je me rendais au château quelques fois, justifia-t-elle avec la curieuse impression d'avoir fait quelque chose de mal. Elle sait que je passe du temps avec toi, mais c'est tout... Est-ce que c'est grave ?

— Cette famille n'a pas vraiment pour habitude de garder sa langue dans sa poche. C'est embêtant si tu tiens à ta réputation de jeune fille sage, tu n'ignores certainement pas que je suis très mal vu dans le coin. Cela pourrait t'être assez néfaste.

— Ma réputation ? répéta-t-elle, hilare tout à coup. Franchement Henri, si c'est là tout ce qui t'inquiète alors rassure-toi, je me moque bien de ce que l'on peut penser de moi.

Il sembla s'étonner de la réaction de sa protégée, puis haussa les sourcils et marmonna, circonspect :

— On ne se soucie donc plus de rien au XXIe siècle...

— Que faisons-nous alors ? Je vais la voir ?

— Oui, approuva-t-il, ouvrant grand les portes et descendant les marches du perron, reprenant enfin une allure plus lente et plus humaine. Mais je t'accompagne, on ne sait jamais.

— Si tu tiens à user de ton pouvoir de persuasion pour la contraindre à tripler ma paye et à réduire mes heures de moitié, je dois t'avouer que je ne t'en voudrais pas !

— Bien sûr, et après cela pourquoi ne pas nous rendre dans un bureau de banque et obliger les responsables à vider leurs coffres ? renchérit-il sur le même ton de plaisanterie.

Ainsi, l'humour ne lui était pas complètement étranger ? C'était bien la première fois qu'elle le voyait se laisser aller à dire quelque chose qui ne présentait pas d'intérêt particulier, quelque chose qui n'était ni grave, ni important… À mi-parcours entre le château et le portail, il laissa Cornélia passer devant lui, estimant probablement que c'était à elle de s'adresser en premier à l'intruse. Celle-ci attendait patiemment derrière la grille et ne parut pas étonnée de trouver son employée en ces lieux, l'expression de son visage reflétant plus l'inquiétude, teintée néanmoins d'une légère pointe d'agacement, qu'autre chose. Une fois qu'ils furent parvenus à la hauteur de Nathalie, Henri ne se donna ni la peine d'ouvrir le portail, ni même de la saluer, préférant rester en retrait. Il se mit sur le côté, les mains jointes derrière le dos, raide, comme d'ordinaire, et s'effaça pour laisser sa protégée s'entretenir avec la visiteuse.

— Je ne me trompais donc pas ! s'exclama-t-elle d'un air indigné. Tu étais bien là !

— Désolée… J'allais t'appeler mais…

— Ne t'en fais pas, ton père m'a prévenue, il m'a dit que tu serais absente, coupa la directrice de l'unique restaurant de Rougemont. Soi-disant que tu étais partie chez une amie ! Mais son discours était si confus que je me suis demandé ce qu'il se passait vraiment... Il n'a même pas su me dire quand tu étais supposée revenir, ni où tu étais exactement, ce qui ne lui ressemble pas vraiment. Enfin, mais que t'arrive-t-il ? Tu t'es enfuie, c'est ça ?

— Non ! se défendit l'accusée. Bien sûr que non ! Pourquoi ferai-je une chose pareille ?!

— Alors que fais-tu ici ? continua la cadette du jardinier, en colère à présent. Pourquoi tu n'es pas chez toi, et pourquoi tu ne viens plus travailler ? Tu veux démissionner ?

— Non, je n'y tiens pas... protesta timidement Cornélia, se sentant tout à coup affreusement coupable. Écoute, j'ai été malade et je... Je ne voulais pas que mon père se fasse de souci pour moi, il s'en fait déjà bien assez comme ça... C'est pour ça que je lui ai menti et que je suis partie quelques jours.

— Ne peut-on pas discuter de tout ça en privé ? réclama-t-elle en examinant son interlocutrice d'un œil soupçonneux. Ce que tu racontes n'a rien de très cohérent... Tes explications ne sont pas très claires, tu sais...

— Je n'en ai pas d'autres...

— Et pour quelle raison vous ne m'invitez pas à entrer, hein ? s'écria Nathalie à l'intention du vampire, s'alarmant de la confusion avec laquelle s'exprimait son amie. Que lui avez-vous fait au juste ?

Henri soupira puis, tirant une clef de sa poche de pantalon, ouvrit la grille d'un geste expert, extraordinairement rapide, ne se souciant nullement des conséquences que ce genre d'exploit pourrait entraîner, et lança d'un ton méprisant :

— Je n'invite en ma demeure que les personnes dont j'ai souhaité la présence, ce qui n'est pas votre cas.

Il passa une main dans le dos de sa protégée et s'adressa à elle d'une façon tout à fait différente :

— Va lui parler si tu veux, tu n'auras qu'à revenir lorsque vous en aurez terminé.

Cette dernière acquiesça d'un signe de tête et franchit le seuil de l'enceinte du château, rejoignant celle qui, apparemment, s'inquiétait beaucoup, voire même un peu trop, pour elle.

— Parce qu'il *t'autorise* à sortir ?! s'insurgea-t-elle. Mais qu'est-ce que ça veut dire ? Il te retient prisonnière maintenant ?

— Pas du tout ! démentit la jeune fille, offusquée par de telles insinuations. C'est toi qui racontes vraiment n'importe quoi !

— Ça suffit ! Ou tu viens avec moi et je te ramène immédiatement au manoir, ou j'appelle monsieur Williamson et je lui raconte tout !

— Arrête avec tes menaces ! ordonna Cornélia d'un ton impérieux, la tournure que prenait la situation commençant vraiment à l'agacer. Je n'irai nulle part avec toi et tu vas laisser mon père tranquille. On ne fugue pas lorsque l'on est majeure et je te rappelle que j'ai déjà passé ce cap. J'entends donc être libre d'aller où je veux et de fréquenter qui je veux, que ce soit clair dorénavant !

— Mais il est possible que ce soit un assassin... chuchota la directrice du bistrot la voix voilée par l'émotion. Tu es mon amie et l'emprise que cet homme a sur toi est très nocive... Comme pour ma pauvre sœur... Tout comme elle à l'époque, tu mens à tes proches... Et tu ne viens même plus à ton travail. Je suis vraiment inquiète pour toi...

— Eh bien tu ne devrais pas ! s'emporta la jeune fille, en colère désormais. Et je ne te permets pas d'insulter Henri ! Tout ça est ridicule, tu prends pour argent comptant tous les vieux ragots qui circulent ici ! Je t'ai dit pourquoi je n'étais pas venue travailler, j'ai été malade. Si, à présent, tu veux me renvoyer pour ça, eh bien vas-y, ne te gêne surtout pas !

— Ça n'était pas mon intention, sache que si tu reprends ton poste tu pourras le conserver, avertit-elle plus sérieuse que jamais. Mais, par contre, si je ne te vois pas au restaurant à onze heures demain matin, je considérerai que tu as démissionné et je ne manquerais alors pas d'alerter ton père.

— Du chantage ? siffla Cornélia, abasourdie par l'audace de cette soi-disant *amie*.

— C'est à prendre ou à laisser, déclara-t-elle fermement, penchant la tête sur le côté, d'un air de fausse compassion.

Elle attrapa ensuite la main de son employée, l'attira vers elle et lui chuchota à l'oreille, la voix plus basse encore que tout à l'heure et les yeux plissés par la suspicion :

— On ignore encore ce qui est arrivé à mon grand-père et la police envisage sérieusement l'homicide à cause des traces de sang. Deux meurtres en si peu de temps et dans un si petit village, c'est très inquiétant... Claire est plus perturbée que jamais, elle ne veut toujours rien me dire mais je suis certaine qu'elle sait des choses. S'il y a un tueur à Rougemont elle le connaît, et toi aussi...

Le sang de la jeune fille se glaça dans ses veines. Elle ne put s'empêcher de se tourner vers le châtelain qui se tenait au loin dans la cour et qui la fixait de son regard pénétrant, à la fois clair et ténébreux. Il paraissait avoir tout entendu de la conversation entre sa protégée et sa patronne car il haussa les épaules, semblant demander s'il devait intervenir ou non. Bien sûr qu'elle connaissait l'assassin du vieil homme, et, contrairement à la police ou à la famille de la victime, elle savait exactement ce qui s'était passé ce fameux soir où il avait été porté disparu. Toutefois, elle se tairait et garderait pour elle ce lourd secret… Comment pouvait-elle alors encore se tenir face à Nathalie et lui parler comme si de rien n'était ? Pourquoi, finalement, était-ce si peu difficile de couvrir son ami tandis qu'il était coupable et ne s'en cachait pas, du moins devant elle ? Elle s'écarta vivement de son interlocutrice, arrachant sa main de la sienne, et conclut froidement :

— Tes accusations sont extrêmement graves et sans aucun fondement. Tu n'es certainement pas sans savoir qu'il faut avoir un mobile pour commettre un meurtre. Réfléchis-y la prochaine fois que tu voudras incriminer quelqu'un ! On se voit demain.

Puis, sans même laisser à la directrice de restaurant le temps de répondre, elle tourna les talons et fila rejoindre Henri qui referma aussitôt le portail derrière elle.

— Tu n'étais pas obligée de me défendre comme ça, murmura-t-il tandis qu'ils remontaient l'allée sous un ciel qui s'épaississait peu à peu, laissant derrière eux la cadette du jardinier, complètement désemparée.

— Je n'aurais peut-être pas eu à le faire si tu t'étais montré un peu plus aimable, et un peu moins suspect... réprouva-t-elle sans vraiment parvenir à prendre un ton de reproche.

— Ce n'est pas mon fort, tu le sais bien. Néanmoins, je peux encore aller lui parler et la forcer à oublier une partie de cette histoire, et puis à te lâcher un peu, par la même occasion. Celle-ci semble particulièrement casse-pieds.

— Non, s'il te plaît, je préférerais que tu t'abstiennes, marmonna-t-elle d'une voix blanche. Il est vrai que Nathalie est plutôt pénible, et assez collante de surcroît, mais je pense que tu as fait assez de dégâts comme ça dans cette famille.

Une fois à l'intérieur le vampire se posta face à la jeune fille et lui saisit le menton, l'obligeant à soutenir son regard.

— Je n'aime pas la position dans laquelle je te mets, confessa-t-il tristement, les sourcils froncés. Tu es si jeune, et ton fardeau est déjà si lourd... Je n'aurais pas dû t'impliquer autant dans cette histoire sordide qui ne concernait que moi. J'ai peur que tout cela ne te dépasse un jour.

— C'est moi toute seule qui me suis mise dans cette situation, tu n'as rien à te reprocher. C'est moi qui ai insisté pour obtenir des réponses à chacune de mes questions. Mais j'assume, ne t'en fais pas, assura-t-elle en adressant un timide sourire au châtelain. Par contre, demain je vais devoir aller travailler si je veux éviter que Nathalie vienne semer la zizanie dans l'esprit de mon père en lui expliquant que ce qu'il tenait pour vrai ne l'était pas, en réalité. Ça ne m'enchante guère parce que loin de toi, je serai vulnérable...

— Alors je t'accompagnerai, proposa-t-il tout naturellement. Si c'est ce que tu souhaites, bien entendu.

— Tu ferais ça pour moi ? s'étonna-t-elle. Tu vas sortir de ton château et te montrer au restaurant du village avec moi ? Vraiment ?

— Bien sûr, confirma-t-il. Si cela peut t'aider.

Cornélia, sachant d'avance sa réaction excessive, ne put cependant se retenir de sauter au cou de son ami et de déposer un petit baiser de remerciement sur sa joue creuse et glacée. Après un court moment d'hésitation, il referma les bras autour d'elle et poussa un long soupir.

— Je doute cependant que ma présence dans cet établissement n'améliore tes relations avec la direction, reprit-il sur le ton de l'ironie.

— Je m'en fiche pas mal, répondit-elle en relâchant son étreinte et en baissant les yeux, sentant subitement ses joues s'empourprer.

La soirée fut pluvieuse et silencieuse, et aurait pu être morne si la jeune fille ne s'était pas trouvée exactement à l'endroit où elle désirait être, autrement dit, auprès du vampire. Mais d'intenses réflexions l'empêchaient de parler. Aussi, elle ne cessait de se demander comment, en si peu de temps, elle en était arrivée jusqu'à oublier sa vie d'avant. Elle avait tout mis de côté, sans que cela lui pose le moindre problème. Son père, son travail, ses inquiétudes quant à un quelconque avenir professionnel, toutes ces choses qui avaient fait son quotidien. Depuis que Cornélia était au château, Henri occupait toutes ses pensées, toute son attention. Henri ainsi que cette existence passée qu'elle avait déjà partagé avec lui. Sans compter, bien entendu, cette menace, sombre et fantomatique, qui planait toujours au-dessus d'elle. Quelques jours seulement avaient suffi pour mettre tout le reste au placard. Le plus surprenant était que rien ne lui manquait. En fait, elle s'imaginait même tout à fait incapable de reprendre là où elle s'était arrêtée. Curieusement, la seule présence à ses côtés de cet ami, pourtant techniquement mort, suffisait à la faire se sentir vivante et à la rendre… heureuse ? Peut-être, oui. Elle ne savait pas trop, en tout cas, ce qui était certain c'était qu'elle ne s'était jamais sentie aussi importante et aussi écoutée qu'avec lui. Désormais, elle ne pourrait plus se passer du vampire, et pas seulement à cause de la protection et de la sécurité qu'il lui offrait.

Comme la veille, il s'installa dans son fauteuil au fond de la chambre pour la nuit, sans dire un mot, respectant le silence de la jeune fille. Celle-ci, satisfaite de ne pas avoir à lui demander encore une fois de rester avec elle pour veiller sur son sommeil, s'étonna du sentiment de frustration qu'elle éprouvait malgré tout à le voir si éloigné, et se remémora avec une certaine nostalgie ce matin où il s'était allongé là, tout près d'elle, et qu'il l'avait tenue dans ses bras, dans cette étreinte chaleureuse, bien qu'au contact glacial, qui caractérisait si bien le paradoxe qu'il incarnait…

Chapitre 19
Un charme persistant

Ce fut une odeur de pain chaud qui, le lendemain, alors que le soleil brillait timidement à travers les voilages opaques qui obstruaient les fenêtres, la tira de sa torpeur. Henri était assis sur le lit, un plateau rempli de pâtisseries posé sur les draps devant lui, et paraissait attendre que sa protégée se réveille. Elle se releva mollement et bâilla jusqu'à presque s'en décrocher la mâchoire.

— Merci, chuchota-t-elle, la main devant la bouche.

— Comment te sens-tu aujourd'hui ?

— Toujours mieux, répondit-elle avec le sourire de la plénitude, commençant déjà à dévorer un croissant.

— Bien, c'est encourageant, conclut-il en la regardant manger.

Cornélia, à présent totalement éveillée, remarqua alors quelque chose de curieux chez son ami, il ne portait ni l'une de ses habituelles redingotes, ni l'une de ses chemises aux poignets en dentelles et aux cols à jabots qui le faisaient passer aux yeux du commun des mortels, pour un excentrique. Non, ce matin, il était vêtu d'un costume noir très sobre, à la coupe étroite, ultramoderne, et avait presque l'air, dans cette tenue, d'un homme ordinaire. Enfin, si bien sûr l'on mettait de côté son teint atrocement pâle et l'étrangeté inquiétante qui illuminait son regard. Une fois que la jeune fille fut prête, ils sortirent du château et se rendirent jusqu'aux anciennes écuries, réhabilitées désormais en garage. Les bâtiments qu'elle avait autrefois tant aimés, se trouvaient aujourd'hui dans un tel état de désuétude qu'ils en étaient méconnaissables et paraissaient presque tomber en ruine. Henri fit un petit mouvement de la main dans le vide et une lourde porte de bois moisi s'ouvrit devant eux, dévoilant alors ses trésors cachés. Il y avait plus d'une dizaine d'automobiles, toutes d'époques différentes, parquées là, dans cet endroit insolite qui semblait menacer un peu plus à chaque instant de s'écrouler. Cornélia ne put retenir un soupir de stupéfaction à la vue de ces engins sans âge, témoins motorisés des temps passés et à la valeur probablement considérable.

— Tu aimes les voitures ? s'étonna-t-elle, ravie d'imaginer qu'Henri ait pu avoir au moins une préoccupation humaine et, somme toute, bien masculine.

— Pas plus que ça, répliqua-t-il avec indifférence. Mais elles sont une couverture nécessaire pour se fondre au mieux dans la société. Non, en revanche ce que je n'aime pas c'est me séparer de mes biens.

Il s'enfonça un peu plus dans la vieille bâtisse, passant nonchalamment devant ces bijoux de l'histoire de l'automobile, sans même leur adresser un regard, et s'arrêta devant la plus moderne, ouvrit la portière passager et attendit que la jeune fille vienne prendre place à l'intérieur. Cette dernière resta un instant à admirer l'étonnante voiture, vraisemblablement de marque anglaise, intriguée par la singularité de ce modèle, certaine de n'en avoir jamais vu de semblable auparavant. Elle paraissait extrêmement récente mais ses lignes, très sobres, avaient un je-ne-sais-quoi de rétro. La carrosserie noire était éclatante et luisait dans la pénombre, tandis que celle des autres véhicules se noyait sous une impressionnante couche de poussière.

Cornélia s'avança et ne put s'empêcher de tressaillir lorsqu'elle aperçut son reflet dans la peinture métallisée de l'engin. Dans l'ordre des choses, c'était celui de son ami, juste devant elle, qui aurait dû apparaître à la place du sien... Henri fit mine de ne se rendre compte de rien, se doutant probablement de ce qui pouvait provoquer ce genre de réaction, et inclina la tête, enjoignant silencieusement sa passagère à monter dans la voiture. La jeune fille, qui ne s'était toujours pas habituée à ces distorsions des lois de la nature, observa un moment l'étrange phénomène, puis reprit rapidement ses esprits, et se précipita à l'intérieur du véhicule. Une odeur de cuir neuf régnait dans l'habitacle, si présente qu'elle en était entêtante. Le vampire referma la portière et fut presque aussitôt au volant, manœuvrant d'une main experte pour sortir du bâtiment malgré le peu d'espace qu'il restait pour circuler entre les diverses automobiles.

Quand ils furent dehors, Cornélia regarda derrière elle et s'amusa de voir les grandes portes de bois décrépit se refermer d'elles-mêmes, comme si elles avaient été animées par un vulgaire système automatique. Ils empruntèrent un chemin qui rejoignait la route par un second portail qu'elle ne connaissait pas et, de là, descendirent jusqu'au village. Les vitres teintées rendaient le paysage, pourtant plutôt ensoleillé par cette journée d'août, aussi sombre qu'un crépuscule d'hiver. Ce fut une fois la voiture garée devant le restaurant qu'elle sentit l'anxiété l'envahir comme une vague chaude et désagréable. Elle allait devoir à nouveau affronter Nathalie, subirait encore forcément quelque interrogatoire quant à ces jours passés coupée du monde, et verrait inévitablement la présence de son ami en ces lieux désapprouvée et critiquée.

Elle s'arrêta l'espace d'un instant devant la porte, ferma les yeux et prit une profonde inspiration. Lorsque, la seconde d'après, elle les rouvrit, le vampire était déjà entré et se tenait devant elle au milieu de la salle. Il demanda, de son ton le plus courtois, une table à Pierre qui, apparemment, n'ayant pas encore revêtu son tablier, venait à peine d'arriver. Puis il alla s'installer dans le coin le plus reculé et le plus sombre. L'établissement, à cette heure matinale, n'était même pas encore vraiment ouvert, et était, de fait, complètement désert. Cornélia n'adressa pas un mot à son collègue et fila au vestiaire pour y déposer ses affaires et se mettre au plus vite au travail.

— Bonjour, madame la revenante ! salua celui-ci en la rejoignant dans la petite pièce. Tu sais, pour la dernière fois, je ne suis pas fâché. Ce n'est pas grave si tu as déjà quelqu'un. Je comprends… Alors, on ne va pas se faire la tête, tout de même ?

— Non, bien sûr... bredouilla-t-elle en repensant avec embarras à la maladroite déclaration que le cuisinier lui avait fait la dernière fois qu'ils s'étaient vus.

— C'est donc lui ton petit copain, le type qui est venu avec toi ? s'enquit-il en baissant les yeux, se mettant subitement à regarder ses chaussures.

— Non... Non, pas du tout ! C'est seulement... Seulement un ami, expliqua-t-elle, un peu confuse.

— Ah, d'accord, dit-il en souriant de nouveau. Je me disais aussi... Il a l'air un peu spécial, et puis un peu vieux pour toi... En tout cas, tu as des amis bien étranges, je trouve.

Nathalie entra alors précipitamment dans la pièce, interrompant la conversation de ses deux employés, et, le visage rougi par une colère profonde mais contenue, lança d'une voix feutrée, à l'attention de la jeune fille :

— Peux-tu, s'il te plaît, m'expliquer ce que De Maltombes fait chez moi ?

— Il m'accompagne, justifia-t-elle en se dirigeant vers la porte, s'apprêtant à sortir quand, soudain, sa patronne se planta devant elle.

— Parce que maintenant tu as besoin d'un accompagnateur ? se renseigna-t-elle ironiquement. Fais-le partir immédiatement, je ne veux pas qu'il effraie ma clientèle !

— Mais il a parfaitement le droit d'être là, comme tout le monde ! protesta la serveuse, indignée. Et de toute façon, s'il doit s'en aller, je partirai avec lui !

La directrice de bistrot parut réfléchir pendant quelques secondes, puis, peu à peu, sembla se radoucir.

— Bien... soupira-t-elle, prenant sur elle pour essayer d'être un peu plus compréhensive. J'imagine que je n'ai pas trop le choix ? Mais je te préviens, il a intérêt à consommer comme les autres clients et à ne pas provoquer de scandale. Tu me mets dans de beaux draps, Cornélia ! continua-t-elle, dépitée à présent. Claire devait venir pour te remplacer, au cas où tu m'aurais encore fait faux bond, j'espère que je vais réussir à la joindre avant qu'elle ne débarque ici. J'ai vraiment peur des réactions qu'elle pourrait avoir si elle le voyait là. Tu sais bien qu'elle est fragile, surtout en ce moment...

Elle s'interrompit, se tourna vers Pierre et, d'un seul regard, lui intima l'ordre de les laisser seules. Aussitôt, il se dépêcha de sortir, prétextant à voix basse que de toute façon, il devait se mettre au travail.

— Mais qu'est-ce que tu peux bien fabriquer avec un homme pareil ? reprit-elle presque les larmes aux yeux. Pourquoi tiens-tu tant à lui ?

— C'est mon ami... Et très honnêtement, je ne vois pas ce que ça peut te faire.

— Il est bien plus que ça pour toi, admets-le.

— Non... Si... Peut-être... cafouilla Cornélia. C'est compliqué, je ne sais pas...

— Cette relation est malsaine, décréta la cadette du jardinier. Tu te laisses berner parce qu'il est bel homme et qu'il a de l'argent, mais si tu ouvrais les yeux tu verrais qu'en vérité, il n'a rien de bon à t'offrir. Il est bien trop vieux pour toi, il est bien trop malveillant... Enfin, regarde-le, quand bien même il ne serait pas responsable de ces disparitions, il est détestable, il se moque de tout et de tout le monde !

Et puis, je ne connais personne que sa simple présence ne mette pas mal à l'aise... Toi, tu es tout l'inverse, tu es jeune, douce et innocente. Qu'est-ce que vous pouvez bien avoir en commun ?

— As-tu bientôt fini de me faire la morale ? interrogea la serveuse, lassée d'entendre toujours ce même discours. Je me demande quand même pourquoi tu t'es amusée à jouer les alibis auprès de mon père afin que j'aille le voir, si tu penses tout ça de lui.

— Je te l'ai dit, je voulais être sympa avec une amie, c'est tout. Et à ce moment-là mon grand-père ne s'était pas encore fait enlever et ma sœur allait un peu mieux... Bon, voilà, j'ai fini de te faire la *morale*, puisque c'est ainsi que tu le prends. Mets-toi au travail, ça ira pour aujourd'hui, mais ne t'avise pas de le ramener demain.

Concluant sur ces mots, elle s'éclipsa rapidement pour aller téléphoner à sa sœur. Quand Cornélia revint dans la salle, elle croisa le regard du châtelain et sentit aussitôt le poids qui lui comprimait la poitrine depuis qu'elle était arrivée s'envoler, disparaissant pour de bon. Henri était là pour elle et c'était tout ce qui comptait. C'était étrange de le voir là, en dehors du château, parmi les gens normaux, en costume moderne. C'était presque irréel. Un vampire au village ! Elle lui adressa, comme pour le remercier, un petit sourire auquel elle eut presque l'impression qu'il répondit. Puis, elle se dirigea vers les quelques personnes qui étaient arrivées entre-temps et qui avaient déjà pris place à l'une des tables du restaurant, tous étant des habitués. Les gens vinrent peu à peu, remplissant bientôt le petit restaurant, et pourtant, un silence pesant et glacial régna durant tout le service. Les clients gardaient tous le nez dans leurs assiettes, relevant de temps à autre la tête pour jeter un coup d'œil furtif et inquiet en direction du châtelain, et aucun d'entre eux n'osait ouvrir la bouche pour parler.

Celui-ci, quant à lui, restait imperturbable, totalement indifférent à l'attention démesurée que son entourage lui portait. Il ne cessait de fixer la baie vitrée, comme à son habitude, scrutant la rue à la manière d'un prisonnier admirant sa lucarne obstruée de barreaux, attendant avec impatience sa libération prochaine. Il avait commandé le menu le plus cher de la carte mais, bien entendu, n'avait touché à rien, et avait laissé refroidir devant lui le premier plat qu'on lui avait servi, tandis que les autres attendaient en cuisines. Lorsque tout le monde fut parti et qu'il n'y eut plus que lui dans la salle, il demanda à ce qu'on lui amène le reste et enjoignit Cornélia, qui venait à peine de terminer ses tâches du jour, à venir s'asseoir à sa table.

— Mange, s'il te plaît, pria-t-il à voix basse.

La jeune fille, affamée, s'exécuta aussitôt.

— Notre cuisine ne vous conviendrait-elle pas, Monsieur De Maltombes ? lança Nathalie de derrière son bar où elle s'affairait à ranger les verres propres.

— Il s'avère que je souffre de graves allergies alimentaires. Vous vouliez que je commande et c'est ce que j'ai fait. Mais voyez, rien n'est perdu.

Il accompagna sa dernière phrase d'un geste désignant sa protégée. La directrice de l'unique restaurant de Rougemont garda le silence un moment, perplexe, puis déclara d'un ton poli mais forcé :

— Alors je te souhaite un bon appétit Cornélia. Je dois m'en aller, Pierre fermera derrière vous.

— Au revoir, marmotta-t-elle.

Elle avala le déjeuner aussi vite qu'elle le put et, une fois qu'elle eut fini, s'empressa de tout débarrasser, puis rejoignit son collègue en cuisines :

— C'était bizarre aujourd'hui, non ?

— Un peu, oui, convint-elle avant de retourner prendre ses affaires au vestiaire.

Le jeune homme lui emboîta le pas jusque là-bas et insista :

— C'est comme si la présence de ton ami avait plombé l'ambiance, c'est curieux. Tu as vu comment les gens le dévisageaient ?

— Non, je n'ai pas remarqué, mentit-elle.

Apparemment, Pierre ignorait tout des histoires qui circulaient à Rougemont sur le compte du châtelain, et, au vu du comportement des villageois présents au restaurant ce midi, il devait bien être le seul. La jeune fille sursauta et ne put retenir un mouvement de recul lorsque le cuisinier s'avança vers elle et l'embrassa sur la joue pour la saluer. Puis il ajouta avant de la laisser partir :

— Ça m'a fait plaisir de te revoir, j'étais inquiet de ne pas avoir de tes nouvelles depuis la dernière fois...

— Désolée, j'ai été malade, s'excusa-t-elle en filant rapidement, gênée par ces étranges attentions.

Quand ils furent rentrés au château, Cornélia, se sentant complètement rétablie désormais, entreprit de se remettre à la rénovation de cette vaste chambre qui fut anciennement la sienne.

— Ne fais pas venir d'ouvrier, d'accord ? Ce n'est pas la peine, j'aimerais m'en occuper seule, si tu le veux bien, annonça-t-elle en s'attaquant au clavecin jauni et déformé par des siècles de négligence. Ça me plaît de remettre en état ces vieux appartements, ça me rappelle des choses. C'est comme si c'était mes souvenirs que je rénovais peu à peu...

Le vampire avait ouvert en grand toutes les fenêtres de la pièce afin que l'air, encore chargé de poussière, y soit un peu plus respirable, et s'était assis sur le rebord de l'une d'elles, les jambes dans le vide, tournant le dos à la jeune fille. Il avait ressorti d'on ne sait où le petit peigne, et le faisait courir entre ses doigts fins et furieusement habiles, semblant perdus dans ses pensées.

— On fera comme il te plaira, accorda-t-il sans se retourner.

Il marqua une longue pause, puis reprit :

— Dis-moi, que vas-tu faire demain ? La fille du jardinier a été claire, elle ne veut plus me revoir dans son établissement.

— Oui, c'est vrai... soupira-t-elle en se laissant choir sur le petit tabouret, devant l'imposant instrument. Eh bien, je suppose que je devrais y aller sans toi. Je t'avoue que ça m'angoisse beaucoup, mais je n'ai pas vraiment le choix. Je préférerais éviter que Nathalie aille parler à mon père. Apparemment, il croit dur comme fer aux idées que tu lui as mises dans la tête, puisqu'il pense que je suis chez une amie alors que je n'en possède aucune. Je n'imagine pas dans quel état de confusion cela le mettrait s'il apprenait qu'en réalité j'étais ici. Non, il vaut mieux que je fasse attention et que je me méfie de ma patronne. J'irai sans toi, comme elle me l'a demandé. Après tout, ce n'est que lorsque je suis seule que... que ce monstre a l'habitude de s'en prendre à moi. Là-bas, il y aura toujours du monde, alors je ne crains rien, n'est-ce pas ?

— Je ne serai pas très loin, de toute façon, promit-il. Et puis, il faudra bien que tu reprennes le cours normal de ta vie un jour.

— Une vie normale... répéta-t-elle à voix basse, comme pour elle-même. Je ne suis pas sûre que cela soit jamais possible.

Elle se mit alors à pianoter distraitement sur les touches abîmées du vieux clavecin, qui, depuis l'intervention du vampire, était resté accordé. Elle s'amusa d'abord d'entendre les quelques notes qu'elle avait assemblées au hasard, puis elle se surprit peu à peu à reproduire, avec une exactitude et une dextérité qu'elle ne se connaissait pas, la petite mélodie qu'Henri avait jouée pour elle ce fameux jour où il l'avait amenée jusqu'à ce lieu, unique témoin de leur passé commun. Tout en restant sur le rebord de la fenêtre où il était installé, il se tourna vers son hôte et la regarda d'un œil circonspect :

— Je croyais que tu ne savais pas jouer.

— Moi aussi, rétorqua Cornélia sans s'arrêter. Je n'ai jamais appris... C'est... C'est génial !

Elle se mit alors à rire frénétiquement, une foule d'émotions étranges et de souvenirs vaporeux, mais heureux, la submergeant soudain :

— Tu n'as plus besoin de mon fantôme pour donner un concert maintenant ! plaisanta-t-elle tout en continuant, se plaisant à se voir si douée.

Tout à coup, le vampire se trouva derrière elle, une main posée sur sa frêle épaule tandis que de l'autre il plaçait délicatement, et néanmoins d'un geste sûr et précis, le petit peigne dans la forêt rougeoyante des boucles de sa protégée.

— Il n'y aura plus de fantôme désormais... susurra-t-il à son oreille.

Elle retira ses doigts des touches, cessant la petite mélodie, mais les laissa un moment flotter au-dessus. Et, le plus lentement possible, ne voulant surtout pas interrompre ce moment étrange, elle se leva et se retourna pour lui faire face. Le regard du châtelain était plus troublant que jamais. Ses yeux cristallins reflétaient une émotion particulière et étaient devenus si pénétrants que la jeune fille n'osa plus ni parler, ni bouger. Un sourire s'était installé sur son visage blafard, ce même sourire charmeur et enchanteur qu'elle avait si souvent vu dans ses rêves mais que, dans cette vie, elle n'avait pu contempler qu'une seule fois, très furtivement, lors de cette danse folle, cette valse aérienne et magique dont elle gardait un souvenir fabuleux.

Tout à coup, les battements de son cœur s'accélérèrent et se firent plus présents dans sa poitrine. Elle fut subitement prise de vertiges, curieux mais agréables, et la pièce parut se rétrécir autour d'eux, s'embrumant peu à peu. Bientôt, elle ne vit plus que lui, cet homme si séduisant et si mystérieux, et oublia tout le reste. Il était si près d'elle... De petites lumières, sortant de nulle part, se mirent soudain à voleter autour d'eux, comme des centaines de lucioles affolées, les entourant de leurs lueurs chaudes et scintillantes. Cornélia se sentit alors happée, attirée malgré elle vers le châtelain. Elle ne lutta pas contre cette pulsion étrangère et dévorante, et lui céda tout de suite, s'approchant plus encore, jusqu'à bientôt coller son corps contre celui du vampire. Puis, éperdue, toute autre pensée l'ayant brusquement quittée, elle lui tendit ses lèvres, les lui offrant sans retenue. Il se pencha vers elle, effleura doucement la bouche de sa protégée de son haleine à la fraîcheur morbide, s'attardant dans cette proximité déraisonnable et pourtant contenue, puis, tout d'un coup, s'écarta d'un pas suffisamment ample pour se retrouver tout à fait éloigné, la laissant sans voix, pantelante et confuse. Son magnifique sourire s'effaça aussitôt et il se mit à fixer le sol, l'air gêné et attristé :

— Avant il était impossible de t'envoûter, mais aujourd'hui c'est très facile. Ce n'est pas étonnant qu'Avoriel puisse avoir autant d'emprise sur toi, ton esprit est faible et n'oppose aucune résistance.

— Quoi ? articula-t-elle, la voix chevrotante, chargée d'émotion.

Tremblante, elle retomba lourdement sur le tabouret, ses jambes devenues subitement aussi molles que du coton, et passa sa main sur son front brûlant, cherchant à se ressaisir.

— J'ai cru que... Hum... Tu m'as prise en traître Henri, ce n'est pas du jeu ! s'exclama-t-elle en se forçant à rire, tentant vainement de cacher son indignation. Alors c'est de cette manière que tu t'y prends pour obtenir ce que tu veux ?

— Lorsque c'est nécessaire, oui, reconnut-il sans détour.

— Et là, ça l'était ? s'étonna-t-elle, essayant encore de comprendre ce qui venait de se passer.

— Il fallait que je vérifie, affirma-t-il, toujours sans la regarder. C'était un test, ni plus ni moins. Et tu l'as raté, avec brio même...

— D'accord, mais tu aurais pu me faire faire des tas d'autres choses ! s'offusqua-t-elle, troublée. Je ne sais pas moi, comme marcher à l'envers, par exemple… Alors pourquoi ça ?

— Je n'en sais rien… marmonna-t-il, perdant l'espace d'un instant, toute sa belle assurance. Pardonne-moi, c'était tout à fait déplacé, j'en conviens. Je ne sais vraiment pas ce qui m'a pris. Je te promets de ne jamais recommencer.

Cornélia, consternée, ne sut quoi répondre, et se contenta de rester muette et immobile devant le vieux clavecin tandis que le vampire retournait, d'une démarche indolente, reprendre sa place sur le rebord de la fenêtre. Se moquait-il d'elle ? Qu'est-ce que tout cela signifiait, à la fin ? Elle se sentait humiliée de s'être fait abuser de la sorte, sentiment légitime compte tenu des circonstances ; mais également, et plus curieusement, troublée d'avoir été si proche de lui et d'en avoir éprouvé autant de plaisir. Comme elle aurait aimé savoir ce que cela faisait de sentir ses lèvres sombres et froides se poser sur les siennes. Étrangement, la confusion l'emportait sur la colère. Sans un mot, elle se remit à poncer l'instrument mais ne put, de tout l'après-midi, parvenir à se concentrer sur ce qu'elle faisait tant son esprit était encombré de pensées troubles, toutes dirigées vers son ami. Comme si, finalement, le charme n'avait pas été rompu. Une petite flamme, qui, au bout du compte, avait sans doute toujours été là, tordait plus que jamais son estomac, se consumant en elle, plus vive et plus ardente que jamais, lui révélant désormais la vraie nature de ses sentiments envers Henri…

Le soir venu ils partagèrent leur repas dans le grenier, comme la veille, excepté que cette fois, la jeune fille ne ressentit pas le moindre dégoût à voir le vampire absorber son macabre breuvage, ni la moindre crainte quand il s'éclipsa dans l'ombre pour rejoindre son funèbre lit de satin. À croire que tout cela était déjà devenu une habitude...

Chapitre 20
Les cendres des sentiments défunts

— Tout se passera bien, certifia Henri d'un ton doux, se voulant rassurant. J'attendrai à quelques rues de là que tu aies terminé. De toute façon, il va falloir s'y résoudre, tu ne peux rester éternellement enchaînée à moi, ce serait bien triste tout de même.

— Oui... soupira-t-elle, anxieuse d'avoir à s'éloigner de la protection de son ami, même si ce n'était que pour quelques heures. Si tu le dis...

Elle sortit de la voiture du châtelain et claqua nerveusement la portière. Alors ce devait être lui qui allait *rester enchaîné à elle*, se pliant bon gré, mal gré, à son rythme à elle, à sa vie à elle ? Le pourrait-il ? Le voulait-il ? N'aurait-il donc jamais rien de mieux à faire ? Si, forcément, un jour ou l'autre. En fait, elle serait bien curieuse de savoir comment lui, voyait les choses... C'était lui qui était enchaîné à sa promesse, ni plus, ni moins, c'était pour lui surtout que c'était triste. Quand elle entra dans le restaurant, Nathalie l'accueillit sans sourire :

— Tu es venue seule aujourd'hui ? Ou presque... ironisa-t-elle en jetant un coup d'œil au-dehors. Au fait, j'imagine que cela t'est égal, mais tu dois savoir que ton père commence sérieusement à s'inquiéter de ne pas te voir revenir au manoir...

Bien que touchée par cette dernière nouvelle, Cornélia préféra ignorer sa patronne et fila d'abord aux vestiaires, puis en cuisines afin d'aider Pierre. Ce dernier, en la voyant arriver, s'empressa de l'embrasser, déposant sur sa joue le même baiser humide et douteux que la veille, et ne cacha pas son enthousiasme :

— Tu es de plus en plus jolie !

— Ah... Merci, bredouilla-t-elle, trop préoccupée pour vraiment prêter attention aux aimables compliments de son collègue.

— Tu sais, j'ai pensé, on pourrait peut-être quand même se voir, même si ce n'est pas... enfin, tu vois... même si ce n'est qu'en tant qu'ami. Qu'en dis-tu ?

— Euh, pourquoi pas Pierre. Je ne sais pas, il n'y a pas grand-chose à faire dans le coin pour des personnes de nos âges...

— Mais je trouverai, ne t'en fais pas, je suis sûre que tu seras surprise, affirma-t-il avec un sourire en coin.

Elle se contenta de lui répondre par un haussement d'épaules, puis alla se mettre au travail. Mais pour quelle raison se faisait-il si insistant ? C'était agaçant à la fin. Au fur et à mesure du service, son angoisse diminua jusqu'à presque la quitter complètement. Les minutes, puis les heures défilèrent comme à l'accoutumée, sans qu'elle rencontrât le moindre problème. Aucune hallucination ni aucun mal suspect ne vinrent perturber son travail. Il ne restait plus que quelques clients et peu de temps avant qu'elle pût débaucher et enfin retrouver son ami, quand elle eut besoin de se rafraîchir.

Un peu fatiguée, mais soulagée, elle resta quelques instants appuyée au lavabo des toilettes, face au miroir, à se regarder et à s'auto-féliciter de ce qui était pour elle presque un exploit. Elle avait réussi à passer plusieurs heures loin d'Henri sans pour autant se faire harceler par ce maudit roi des vampires. Désormais, elle n'aurait plus d'excuses pour rester auprès du châtelain. Dommage… Allait-il lui demander de rentrer chez elle alors que la semaine promise n'était pas écoulée, la jugeant *guérie* ? Non, elle insisterait et elle l'emporterait, il avait dit sept jours au château, ce serait sept jours au château. Tout prince qu'il était, elle n'aurait aucune difficulté à le convaincre, elle en était certaine. Avec elle, il était si différent. Si bizarre aussi…

Avant de retourner dans la salle, elle replaça certaines boucles rebelles, échappées de la masse de sa chevelure, qui lui donnaient un air négligé, puis ferma les yeux, assaillie par les images de la veille, souvenirs troubles et confus de ce moment étrange où elle avait bien failli embrasser un vampire. Elle n'était alors plus maîtresse de ses actes et aurait, par ailleurs, dû être terriblement en colère à l'idée d'avoir été, durant ces quelques secondes, le jouet du châtelain. Mais, en réalité, il n'en était rien. Contre toute attente, elle ne ressentait rien d'autre que de la frustration, comme une sorte d'insatisfaction pesante du fait que ce baiser n'ait finalement pas eu lieu.

Elle rouvrit les yeux, se rappelant subitement qu'elle se trouvait sur son lieu de travail et qu'elle n'était pas venue pour rêvasser, quand, soudain, elle découvrit, dans le miroir, le reflet de son pire cauchemar. L'homme, le spectre qu'elle avait déjà vu chez elle, dans sa salle de bains, et qui ne pouvait être personne d'autre qu'Avoriel, se tenait juste derrière elle et la fixait de son regard terrifiant et malveillant. Plus aucun bruit ne filtrait de sous la porte des toilettes en provenance de la salle. C'était comme si, tout à coup, elle s'était retrouvée seule, en tête à tête avec celui qu'elle redoutait plus que quiconque, coupée du monde par quelques sorts puissants. Il la fusillait de son regard brûlant et terrifiant, troublant de par la noirceur qu'il inspirait. Était-il réel ? Impossible, il ne pouvait être là, le châtelain n'était pas loin, son pouvoir la protégeait. C'était ce qu'il avait dit...

— Non... pitié... articula-t-elle avec peine, d'une voix suraiguë. Henri...

— *Ce prince de pacotille t'a abandonnée ?* chuchota-t-il en s'approchant lentement de sa proie sans défense. Quel dommage...

Prise de panique, ne sachant comment se défendre, elle voulut se retourner afin d'au moins s'assurer que, comme dans la salle de bains, il ne faisait partie d'aucune réalité, qu'il n'était qu'une vision de son esprit, un vulgaire reflet immatériel contre lequel elle pouvait lutter. Mais elle n'y parvint pas. Elle était paralysée de la tête aux pieds, figée sur place, incapable de savoir si c'était la terreur qui l'avait complètement pétrifiée ou bien si c'était le roi des vampires qui la tenait en son pouvoir. Au souvenir du dernier supplice enduré, d'abondantes larmes se mirent à couler silencieusement le long de ses joues décolorées par la peur. Qu'allait-il faire cette fois-ci ? Pouvait-il aller plus loin encore ?

Impuissante, elle ne put que le regarder poser ses mains de cadavre, aux ongles violacés, longs et aiguisés, sur sa taille, l'enserrant presque entièrement. Puis, lentement, prenant probablement plaisir à délayer les choses, il approcha ses lèvres, aussi rouges et aussi sombres que son regard, du cou de sa victime. Elle sentit alors comme des milliers de décharges électriques glacées se propager dans tout son corps au contact de ce tortionnaire irréel.

— *Tu m'appartiens Cornélia, à tout jamais*, susurra-t-il, un sourire obscène se dessinant sur son visage inhumain. *Et si ce n'est pas dans cette vie que je t'obtiens, ce sera dans la suivante, ou bien encore dans la suivante. Moi je serai toujours là, et toi, toi tu seras éternellement condamnée à me fuir.*

Elle ne put bientôt plus ni prononcer un mot, ni penser à rien, et se mit à trembler convulsivement, soumise et résignée à subir ce qui allait lui être infligé, comme le triste et pitoyable gibier aux abois qu'elle était. Elle ne pouvait qu'accepter le sort funeste et tragique qui lui était réservé, assistant à la scène de loin, sa conscience l'ayant brutalement quittée. Les doigts de son bourreau se refermèrent complètement autour de sa taille et se mirent à la presser si furieusement que ses ongles déchirèrent le fin tissu de la robe que portait Cornélia. Puis, implacablement, ils commencèrent à pénétrer sa chair dans un bruissement écœurant. Quelle horreur ! Ne pas regarder… Non, ne pas regarder ! Mais elle n'était même plus maîtresse de ses propres paupières, qui, irrésolument, restèrent grandes ouvertes, ses pupilles fixant la scène contre sa volonté. Elle vit alors, dans le miroir, le reflet du sang qui s'échappait déjà des plaies qu'il était en train de creuser en elle, enfonçant d'abord jusqu'à ses premières phalanges, puis jusqu'aux secondes, d'un mouvement lent et dont il semblait se délecter. Elle poussa un long soupir de douleur et d'effroi, soumise et muette, ne pouvant que regarder, immobile devant l'ignominie de la chose. Allait-il se mettre à fouiller dans ses entrailles ? Dans un bruit immonde, des crocs encore plus proéminents et monstrueux que ceux d'Henri, sortirent de la bouche d'Avoriel. Tout en maintenant Cornélia prisonnière de ses doigts fixés comme une dizaine de poignards dans son ventre, il posa ses lèvres gelées dans son cou frémissant, dans un baiser à la brûlure insoutenable.

Il s'apprêtait à la mordre, quand, subitement, cette dernière, au comble de l'horreur, sortit de la torpeur dans laquelle elle était enfermée et décida de se battre à tout prix. Elle ne pouvait pas mourir là, pas dans les toilettes de l'unique restaurant d'un village minable, perdu au fin fond de la Touraine ! Non ! Pas comme ça, pas ici, et pas maintenant ! En l'espace d'un instant, consciente d'avoir l'abdomen transpercé en plusieurs endroits, elle rassembla toutes ses forces, puisant dans ses ressources les plus profondes, et se concentra autant qu'elle le put pour s'extirper de cette emprise démoniaque. Dans un ultime réflexe de survie, elle poussa un hurlement qui résonna dans tout l'établissement. Puis frappa de ses deux poings, le plus violemment possible, contre le miroir où se reflétait l'image de son épouvantable agresseur. L'objet se brisa, volant aussitôt en éclat, les morceaux aux arêtes tranchantes lui déchirant les mains au passage. Tout à coup, elle fut comme vidée de toute énergie, comme si cet acte impossible lui avait coûté l'intégralité de ses forces. Elle retomba quasiment inanimée sur le sol, blessée, mais à nouveau seule. Il n'était plus là ! Plus de reflet... Plus de tortionnaire... Elle avait enfin réussi à se débarrasser du monstre qui la tourmentait... Du moins, jusqu'à ce qu'il ne revienne... Soudain, des bruits provenant de la salle du restaurant se firent entendre. La réalité avait donc repris son cours normal ? Quelqu'un, ou peut-être même plusieurs personnes, l'appelait et tentait d'ouvrir la porte des toilettes. Au bout d'un moment, l'on essaya carrément de l'enfoncer.

Cornélia gisait parmi les débris du miroir, les mains et les avant-bras ensanglantés, à demi-consciente, plongée dans une sorte de torpeur, suite directe de l'effort surhumain qu'elle venait de fournir. Elle ne pouvait ni se lever, ni parler... Elle ne pouvait plus rien faire d'autre que rester là et laisser des larmes d'épouvante, mêlées d'autres de soulagement, couler abondamment le long de ses joues enfiévrées, inondant son visage. Soudain, Henri apparut, poussant sans aucune difficulté la porte censée être verrouillée. Puis, dans un geste d'une extrême agilité, prit la jeune fille dans ses bras. Il se dirigea ensuite vers la sortie, se frayant promptement un passage parmi la masse surprenante des personnes attroupées là. Nathalie, horrifiée de trouver son employée dans cet état, se précipita vers eux, leur barrant le passage, et cria à l'attention de sa clientèle :

— Appelez une ambulance ! Oh, mon Dieu ! Une ambulance ! Vite !

— Calmez-vous, ce n'est rien du tout, déclara le vampire d'un ton grave et ferme, usant de sa voix la plus pénétrante, sans pour autant s'arrêter. Il ne s'est strictement rien passé. Reprenez là où vous en étiez, vous n'avez strictement rien vu d'inhabituel.

— Où que je sois il me retrouvera... gémit Cornélia en s'agrippant au cou de son ami, le regard dans le vide, l'air égaré. Il me retrouve toujours... Je ne réussirai jamais à lui échapper...

— Que dit-elle ? demanda la cadette du jardinier en poursuivant le châtelain jusque dans la rue, abasourdie.

— Rien ! Elle ne dit absolument rien ! nia celui-ci en pressant tant et si bien le pas qu'il finit par la semer.

Il déposa avec précaution la jeune fille sur la banquette arrière de sa voiture, garée dans une allée déserte, non loin du bistrot, et se retrouva aussitôt assis à côté. Il examina d'un œil préoccupé les coupures sanguinolentes de cette dernière puis les effaça d'une caresse, aussi facilement que s'il n'y avait jamais rien eu.

— Là... aussi... bégaya-t-elle à travers ses sanglots devenus convulsifs, en indiquant ses flancs d'un geste tremblant.

Le châtelain inspecta la zone désignée, repoussant les lambeaux de la robe, passant ses mains froides au travers pour palper le ventre de son amie. Puis il fronça les sourcils, l'air perplexe :

— Il n'y a pas la moindre trace de quoi que ce soit, Cornélia.

Elle baissa la tête et constata alors que, bien que le tissu du vêtement fût déchiré à l'endroit exact où le roi des vampires avait planté ses ongles acérés, il n'y avait aucune plaie, ni aucune trace de sang.

— Que s'est-il passé ? interrogea nerveusement Henri. Qu'a-t-il fait cette fois ?

— Je… Je t'en prie, pas maintenant, cafouilla-t-elle, la voix chevrotante, complètement désemparée.

Elle était si exténuée et épouvantée qu'elle peinait à articuler. Chaque mot lui coûtait et il lui était impossible de raconter ce qu'elle venait de vivre, même à son ami…

— Je n'ai pas envie d'en parler. S'il te plaît, ramène-moi au château.

Le ciel commençait à s'assombrir, annonçant l'arrivée d'une nuit sombre et sans étoiles, quand le vampire, installé, comme la veille, sur le rebord de la fenêtre de l'ancienne chambre de la jeune fille, rompit le lourd silence qui s'était installé entre eux depuis *l'incident* du début d'après-midi :

— Tu devrais te reposer. Si tu ne me parles pas, fais-moi au moins le plaisir de m'écouter. Après ce qu'il s'est passé, si tant est qu'un jour tu veuilles bien me l'expliquer, cela reste tout de même ce qu'il y a de mieux à faire, tu en conviendras aisément.

À peine avait-elle franchi le seuil de la porte du château qu'elle s'était précipitée ici, dans cette pièce si chère à son cœur, devant insister pour que son hôte la laisse reprendre ce qu'elle avait commencé. Il semblait ne pas comprendre mais il fallait qu'elle s'occupe. Elle s'obligeait ainsi à ne pas réfléchir, à ne surtout penser à rien d'autre qu'au pinceau qu'elle tenait serré dans sa main crispée, si fermement qu'elle s'en faisait presque mal. Durant tout le reste de l'après-midi, elle l'avait passé, puis repassé, encore et encore, caressant de son inlassable et inutile va-etvient l'antique instrument, d'un mouvement sans énergie et mécanique, dénué de toute volonté. Henri, lui, n'avait cessé de soupirer. Ses jambes s'étaient balancées durant ces quelques heures dans le vide, cognant parfois, dans un bruit furtif et plus atténué que de raison, contre la façade du château, d'un geste nerveux et saccadé. Il était inquiet, et, pour une fois, il semblait qu'il eut préféré qu'elle parle...

— Voyons, sois raisonnable maintenant, reprit-il.

— Je vais bien, merci, assura-t-elle, se forçant à prendre un ton convaincant. Il m'a bien eue, ce maudit roi, mais tout va bien. Grâce à toi, tout va bien...

— Grâce à moi ?! répéta-t-il en se tournant brusquement vers elle. J'ignore ce qu'il t'a fait mais en revanche je sais que ce n'est certainement pas à prendre à la légère ! Tu ne comprends donc pas que ça n'aurait pas dû arriver ? J'étais seulement à deux rues du restaurant ! Alors, de deux choses l'une, soit mes pouvoirs s'affaiblissent, soit ceux d'Avoriel évoluent. Dans un cas comme dans l'autre, c'est...

Il s'interrompit, craignant peut-être d'inquiéter plus encore sa protégée. Elle l'avait rarement vu aussi préoccupé. Il paraissait totalement dépité, affligé par ce qui s'était passé. Cela l'aurait touchée si elle ne s'était pas trouvée dans cet état de léthargie post-traumatique, devenu maintenant presque familier...

— Dans un cas comme dans l'autre, c'est perdu, murmura Cornélia en reprenant la phrase de son interlocuteur, comme pour elle-même.

— Mais non ! contesta-t-il avec véhémence. Certainement pas ! Je ne perdrai pas ! Je ferai ce qu'il faut et ça n'arrivera pas !

Il passa une main devant ses yeux, comme s'il avait voulu se concentrer sur quelques réflexions ou, peut-être plutôt, comme s'il essayait de masquer son regard.

— Tant pis… Tant pis pour le reste. Dorénavant, je ne te quitterai plus d'une semelle, que tu le veuilles ou non, annonça-t-il à la manière d'un juge prononçant une terrible sentence. Si tu tiens vraiment à retourner travailler alors je me chargerai de faire entendre raison à l'hystérique qui te fait office d'employeur. Je ne tiens pas forcément à ce que tu étouffes ici, dans ce vieux château où tu t'es toujours sentie trop à l'étroit… Non, je te suivrai comme ton ombre désormais. Mais je me ferai discret, je m'effacerai si tu le souhaites, cependant je serai là, je serai toujours là… Je te l'ai promis…

Il s'arrêta, retira sa main mais garda les yeux fermés, inspirant de plus en plus fort, comme s'il avait cherché à retrouver une sérénité qui s'étiolait, lorsque, subitement, les carreaux ainsi que les volets de la fenêtre sur laquelle il se tenait, éclatèrent dans un bruit sourd :

— Bon sang ! s'écria-t-il, indifférent aux dégâts que sa colère venait de causer. Je n'en reviens pas ! Ce n'est pas possible ! Mais comment a-t-il fait ?!

— Le jeu en vaut-il vraiment la chandelle ? demanda-t-elle d'un ton où transparaissait une extrême lassitude, préférant elle aussi ignorer cet accès de rage. Tu n'avais pas une vie avant que je ne vienne y semer la pagaille ? Tout vampire que tu es, je reste un boulet pour toi… Voilà ce que je suis… Soit une chaîne à ton pied, soit la proie facile d'un monstre dégénéré… Et si je ne voulais pas de ces rôles, d'aucun de ces deux-là, je veux dire ? C'est vrai, après tout, si l'on y réfléchit quelques instants, rien de tout ça n'est tenable sur le long terme. Ton plan, il n'est pas viable, ça me paraît évident. Je vois bien que je n'ai pas d'autres choix...

Hagarde, plus désespérée que jamais, elle s'avança jusqu'à la fenêtre où se tenait le châtelain et monta, elle aussi, sur le rebord. Mais debout, face au vide. Face à son désespoir. Ce vertige, ce frisson, ce n'était pas la première fois qu'elle le ressentait. L'herbe sombre en bas, ondulant au gré de la brise, n'était pas sans lui rappeler les flots qu'elle avait scrutés si longuement avant de faire le grand saut. Sans bouger de sa place, Henri étendit immédiatement le bras devant elle, prévenant ainsi toute chute éventuelle. Puis, il lança, la mâchoire serrée :

— Que fais-tu ?

— Je ne sais pas... souffla-t-elle, les yeux s'emplissant à nouveau de larmes. Je ne sais plus...

— Ça, c'est hors de question ! s'exclama-t-il, indigné, la repoussant doucement. Je n'ai pas fait tout cela pour en arriver là ! Faudra-t-il donc toujours que tu réagisses ainsi ?! Est-ce là ton remède pour tout ?!

— Mais c'était atroce ! Je n'en peux plus ! Ma vie n'est plus faite que de peur et de douleur ! argumenta-t-elle, persuadée du bien-fondé de cette subite envie de défenestration. Je n'en veux pas... Je n'en veux plus... Si seulement tu m'avais laissée me noyer tranquillement à Paris, comme je le voulais, on n'en serait pas là aujourd'hui !

— Ça, c'est certain Cornélia ! Mais si ce n'avait pas été moi alors cela aurait été Avoriel. Et crois-moi, tout ce que tu as pu voir jusqu'ici n'était jamais qu'un vulgaire échantillon de ce dont il est capable ! Si tu n'étais pas là, perchée sottement sur cette fenêtre à l'heure où je te parle, tu serais prisonnière quelque part au royaume des ténèbres, à errer l'esprit constamment dépossédé, transformée en une poupée docile entre les mains du roi. Tu ne peux même pas imaginer ce qu'il pourrait faire de toi !

— Arrête ! cria-t-elle épouvantée. Arrête ! Est-ce que tu prends plaisir à m'effrayer ?! Pourquoi me dis-tu des choses pareilles ?

— Mais pour que tu comprennes !

— Que je comprenne quoi, Henri ? Qu'il n'y a pas d'espoir ? Il a dit que si ce n'était pas dans cette vie, ce serait dans la prochaine ! Dans la prochaine ?! Parce que ça va durer encore longtemps ?! Et toi, tu seras où ? Ta promesse ne me servira probablement plus à rien d'ici là, si tu es capable d'oublier ce que sont les sentiments, je ne doute pas qu'un jour tu oublies ce qu'est un serment. Avant, j'avais tant de choses... J'avais l'amour de Maxime...

Elle le vit soudain se raidir, comme si l'évocation de son ami avait été douloureuse ou inconvenante. Elle hésita quelques secondes, s'appuya au chambranle brisé de la fenêtre, puis vint s'asseoir à côté d'Henri, sur le rebord, les jambes dans le vide également :

— J'avais le tien aussi. Et aujourd'hui je n'ai plus rien. Tu as beau dire que tu vas faire ce qu'il faut pour lutter contre Avoriel, rien n'est plus pareil. Jadis, il me semble, tes motivations étaient différentes. Je regrette tant d'avoir perdu cette affection... Ton affection... Si seulement j'avais su que plus tard je ressentirais ce que je ressens maintenant, jamais je ne t'aurais traité de cette manière... Les choses sont si bizarres...

— Mais de quoi parles-tu ? dit-il en lui adressant un regard circonspect. Je ne te suis pas...

— De toi... avoua-t-elle, confuse. C'est toi qui as l'air de ne pas comprendre cette fois. J'aimerais avoir une raison de me battre, une raison de continuer tout ça, un espoir... J'ai bien compris que de ton côté, les choses n'étaient plus ce qu'elles étaient autrefois, ne t'en fais pas. Mais je n'y peux rien... Je... Je ne me suis jamais sentie aussi bien, aussi vivante, que dans tes bras, que lorsqu'hier, je me suis tenue contre toi, que tu as approché ta bouche de la mienne et que tu t'apprêtais à m'embrasser...

— Enfin, c'était un envoûtement, Cornélia ! rappela-t-il, paraissant tout à coup terriblement embarrassé. Je suis un vampire, tu devrais le savoir à présent, je me sers de ce pouvoir pour manipuler les gens lorsqu'un besoin de sang, d'argent, ou bien encore de sexe, se fait sentir. C'est de l'escroquerie, pure et simple, il n'y a rien de réel là-dedans. C'est ce que j'ai fait hier avec toi ! Ce que tu as ressenti alors, c'est moi qui ai voulu que tu le ressentes. De surcroît, c'est hors propos, je ne vois pas ce que cela vient faire dans cette conversation. Il n'y a rien de plus à dire à ce sujet, je me suis déjà excusé pour ça !

Il s'interrompit quelques secondes, puis revint dans la chambre, saisit le bras de sa protégée, l'enjoignant à l'imiter, et ordonna impétueusement :

— Bien, et maintenant descends de là !

— Non ! Non, c'est faux ! protesta-t-elle sans bouger, refusant de le suivre. Mes sentiments n'ont rien de factice, ils sont réels ! C'est peut-être ce que tu te plais à appeler l'ironie du sort, je ne sais pas, mais c'est ainsi, je t'aime ! J'ignore comment cela a pu arriver exactement, parce que, je l'avoue, il y a encore beaucoup de choses chez toi qui m'effraient... Mais, c'est bien réel, mon cœur ne me ment pas. Ce qui me désespère le plus, en fait, Henri, ce n'est pas tant de finir prisonnière d'Avoriel, mais que toi, tu n'éprouves plus jamais ce que jadis tu éprouvais pour moi.

Elle poussa un petit cri de surprise quand, sans trop savoir comment, elle se retrouva tout à coup au fond de la chambre, plaquée par le vampire contre le mur opposé à la fenêtre où ils s'étaient tenus un quart de secondes auparavant. Ce dernier lui maintenait les bras au-dessus de la tête, dans une position curieuse, comme si, après avoir été celle d'Avoriel, elle était soudain devenue la proie du châtelain. Il la fixait d'un regard furieux, où se mêlaient à la fois de la colère, mais aussi une once de tendresse, mal réprimée. Elle s'inquiéta de ne plus sentir le sol sous ses pieds et réalisa, d'un rapide coup d'œil autour d'elle, qu'ils l'avaient à présent quitté pour se trouver tout près du plafond.

— Je te le défends ! Ne joue pas à ça avec moi, tu n'en as pas le droit ! interdit-il d'un ton menaçant. Je te défends d'aller sur ce terrain-là, tu m'entends ?! Le sujet a été clos le jour même où il a été abordé. Puisque ce souvenir t'est revenu il y a peu, tu ne dois pas l'ignorer ! Sais-tu...

Il s'interrompit à nouveau, desserra sa prise sans pour autant la relâcher, puis, d'une voix plus douce et plus ténue, reprit :

— Sais-tu seulement ce que cela a été pour moi que de te voir me préférer mon meilleur ami ? Sais-tu le mal que cela m'a fait de me rendre compte au fil du temps que tu me détestais, quand lui, tu l'aimais plus que ta propre vie ? Et, sais-tu le calvaire que j'ai enduré lorsque pour lui, et pour lui uniquement, parce que lui seul comptait, tu es morte ?

Sa voix se brisa sur ces derniers mots. Il ferma alors les yeux, baissa la tête et se mit à parler tout bas, comme s'il se faisait à lui-même quelque aveu, détachant chaque mot avec une émotion mal contenue, dans une attitude qu'elle ne lui avait jamais connue :

— Tout ce que j'ai fait pour toi, je l'ai toujours fait sans arrière-pensées. Comment as-tu pu imaginer qu'il en était autrement ? Allez, cesse donc, maintenant... Crois-moi, tu ferais mieux de te taire jeune fille, parce que tu ne sais pas de quoi tu parles... Tu n'as pas conscience de ce que tout ce que cela implique pour moi. Parce que, je dois bien le reconnaître, il m'est si difficile, si pénible même, de te revoir là... vivante, réelle... après tant d'années. Tant d'années passées avec ton fantôme... C'est une souffrance terrible, insidieuse, une souffrance de chaque instant, que de sentir renaître au fond de ce vieux corps dépourvu de vie qu'est le mien, les cendres de ces maudits sentiments ; que de sentir repartir au creux de ma poitrine ce feu dévastateur et dément que je croyais à jamais éteint...

Devant cette confession inattendue, Cornélia, dont le cœur battait maintenant si fort qu'elle pouvait l'entendre, ne put s'empêcher d'approcher de nouveau sa bouche de celle du vampire, réclamant avec ardeur la preuve de ce qu'il venait d'avouer. Cette fois, il y répondit aussitôt et pressa ses lèvres froides contre celles de la jeune fille, dans un baiser d'abord très tendre puis, qui, peu à peu, devint plus fougueux. Ses mains relâchèrent les poignets qu'il avait tenus si fermement, puis passèrent doucement le long des bras de sa protégée, dans son cou, sur ses épaules, et finalement vinrent se poser sur ses hanches, juste à côté des déchirures de sa robe, frôlant parfois sa peau à cet endroit. Ses caresses étaient si fraîches et délicates qu'elle en frissonna de plaisir, déraisonnablement éperdue. Elle ne put alors que savourer cet instant si délicieux qui venait succéder à cet autre où elle avait cru périr dans d'atroces souffrances. Elle ne savait plus trop comment ils en étaient arrivés là et s'en fichait complètement. Henri l'aimait encore, ses sentiments n'étaient pas morts, comme il l'avait prétendu, et c'était tout ce qui comptait. Elle sentait bien qu'il se passait quelque chose d'étrange, d'anormal, comme si, dans les bras de cet amant extraordinaire, l'apesanteur avait brusquement cessé d'exister. En fait, elle avait l'étonnante sensation qu'ils s'étaient mis à glisser contre les murs, passant de l'un à l'autre de manière tout à fait anarchique... Mais elle gardait ses paupières résolument closes, n'osant plus les ouvrir de peur qu'alors, ce moment si merveilleux ne s'arrête.

Puis, le vampire quitta les lèvres de Cornélia pour venir embrasser son cou, murmurant, de temps à autre, à son oreille, des mots qu'elle ne comprenait pas, issus d'une langue qui lui était inconnue, aux accents inhabituels. Elle s'abandonna totalement et perdit ses mains dans les cheveux excessivement lisses et soyeux de son compagnon, appréciant leur texture si singulière. Elle se mit ensuite à caresser sa nuque, se délectant de cette peau de satin glissant si agréablement sous ses doigts. Puis, elle se hasarda ensuite à les passer dans son dos, sous sa chemise, repoussant doucement son col, s'aventurant de plus en plus profondément sous le vêtement. Elle se heurta soudain au contact rugueux et curieux des cicatrices dont il était couvert, tranchant avec la douceur insolite du reste de son corps. Elle ne se rappela qu'à cet instant avoir déjà aperçu la multitude des balafres qui lézardaient son torse et ses épaules, lors de cette terrible nuit où Avoriel avait bien failli la tuer et où elle s'était vue imposer un bain de sang…

Il s'interrompit alors et se redressa pour faire face à la jeune fille qui fut bien obligée d'ouvrir les yeux. Troublée, les joues rouge feu, elle regarda autour d'elle et se rendit compte que, bafouant toute loi terrestre, elle était allongée au plafond, tout près d'un des lustres. Henri, dans une position similaire, se tenait au-dessus d'elle, dans cette proximité nouvelle, et ne pesait strictement rien. Il la fixait d'un regard doux mais dont les pupilles écarlates ne présageaient rien de bon.

— Tu es toujours en colère ? s'enquit-elle, un peu intimidée.

— Non… répondit-il en fronçant les sourcils.

— Alors tu as *faim* ? insista-t-elle, cherchant à comprendre.

— Pas pour le moment.

Il parut soudain réaliser ce pour quoi Cornélia s'inquiétait :

— Cette fois, ça ne signifie rien.

Il soupira, ferma les yeux et prit une profonde inspiration. Puis, d'un geste adroit, il saisit sa protégée par la taille, et l'attira à lui dans un mouvement vertigineux et improbable. Ce fut, tout à coup, comme si la pièce vacillait à nouveau sous eux. Ils se retrouvèrent alors debout au milieu de la chambre, de retour sur le plancher usuel. Étourdie par tous ces changements impromptus de pesanteur, elle plaça ses mains sur ses tempes, tentant de recouvrer ses esprits et s'efforçant de se concentrer pour ne pas chuter tant elle se sentait déséquilibrée. Peu à peu, ses idées emmêlées et troublées se dénouèrent et elle se mit subitement à repenser aux événements de la journée :

— Mon père ! réalisa-t-elle soudain. On a forcément dû lui parler de ce qui s'est passé au restaurant... Oh, mon Dieu ! Il doit me chercher dans tous les hôpitaux de la région !

Henri, dont les yeux étaient désormais redevenus bleu pâle, secoua la tête :

— Personne ne lui aura dit quoi que ce soit, j'y ai veillé. Tu n'as aucune inquiétude à avoir à ce sujet, pour les gens présents ce midi, il ne s'est strictement rien passé, même pour ta patronne.

— Comment ça ? questionna-t-elle, interdite.

— Il a bien fallu, allégua-t-il en haussant les épaules, s'éloignant de quelques pas, comme pour rétablir une distance convenable entre eux.

— Je... D'accord, acquiesça-t-elle sans être convaincue pour autant. C'était ce qu'il y avait de mieux à faire, c'est certain...

Raide, les mains dans le dos, le vampire baissa les yeux et s'employa à fixer le sol :

— Hum… À nouveau, Cornélia, je suggère le repos. Au vu de l'état de nervosité dans lequel tu te trouves, je me permets d'insister.

— Je voudrais au moins appeler mon père, ça fait si longtemps. Nathalie m'a dit qu'il s'inquiétait de ne pas avoir de mes nouvelles… S'il te plaît…

— Très bien, accepta-t-il en se précipitant hors de la chambre. Mais à la seule condition que je lui parle d'abord.

— D'accord… répéta-t-elle en s'évertuant à le suivre, un peu déroutée.

Ils se rendirent dans les parties les plus modernes du château et s'arrêtèrent dans une pièce attenante au petit salon à la décoration et au mobilier de toutes les époques. Il y avait là, posé sur une console, un vieux téléphone poussiéreux, sans âge, un modèle que Cornélia n'avait vu que dans les films. Elle ne put se retenir de sourire devant ce qui, pour elle, était une antiquité. Le châtelain, qui ne comprenait pas la raison de cet amusement soudain, préféra l'ignorer. Il prit le combiné et lui tendit le reste de l'appareil, l'invitant à composer un numéro. Comme il l'avait exigé, ce fut d'abord lui qui parla à monsieur Williamson, mais sa voix était si faible, et son ton si curieux que, bien qu'elle se trouvât juste à côté, elle ne put rien entendre de la conversation. Celle qu'elle eut ensuite avec son père fut pour le moins étonnante, il ne lui posa aucune question sur l'endroit où elle se trouvait, ni sur son état de santé, ni même sur les motifs de cette absence prolongée. Il ne semblait absolument pas inquiet, bien au contraire, et paraissait même, bizarrement, plus serein que jamais. Au vu du peu de sujets qu'elle pouvait aborder avec lui sans risquer de problème, la discussion ne dura que peu de temps et s'acheva très rapidement. Elle reposa alors l'appareil, perplexe, mais n'osa faire aucun reproche à son hôte.

Elle était si exténuée de toute façon qu'elle garda le silence durant tout le reste de la soirée. Puisqu'il était l'heure, elle prit un dîner plutôt sommaire, puis accepta enfin d'aller se coucher. Son ami, comme à son habitude, l'accompagna. Celui-ci avait d'ailleurs très vite retrouvé sa réserve habituelle et son air détaché et distant. Cependant, Cornélia ne s'en inquiéta pas outre mesure. Elle n'en avait tout d'abord pas la force, et puis, elle était parfaitement conscience que, malgré ce qui s'était passé entre eux au cours de l'après-midi, son comportement de vieux vampire solitaire et acariâtre ne risquait pas de changer du jour au lendemain, et ce même après de tels aveux... Ses aveux, c'était si touchant... Si troublant, aussi... Alors, finalement, elle l'avait son espoir ? Elle avait toujours l'amour d'Henri ? Avait-elle rêvé ? Malgré l'épisode éprouvant de sa nouvelle rencontre avec Avoriel, elle avait beau être épuisée, vidée de toute son énergie par cette terrible épreuve, ce soir, elle était sur un petit nuage. Elle flottait, portée par le souvenir de ces mots, de cette proximité... Mais la réalité la rattrapa à grands pas lorsque, quand elle sortit de la salle de bains où elle avait troqué sa robe déchirée contre une chemise, elle s'aperçut que, fidèle à son poste, Henri s'était installé dans son grand fauteuil, tout au fond de la pièce.

— Pourquoi te tiens-tu si éloigné ? se renseigna-t-elle dans un bâillement qu'elle ne put retenir.

Elle se glissa mollement sous les draps et lui tendit une main faible, l'invitant d'un geste timide et maladroit à la rejoindre.

— Je préfère rester ici, si cela ne t'ennuie pas, répliqua-t-il en détournant le regard. Écoute, je suis sincèrement navré pour tout à l'heure, cela n'aurait jamais dû arriver. Encore une fois, j'ai profité d'un moment de faiblesse de ta part. Sache que je m'en veux et que je m'excuse platement. S'il y a quoi que ce soit que je puisse faire pour réparer cette erreur, fais-le-moi savoir, je m'exécuterai immédiatement.

Cornélia, qui, dans la confusion de la journée, avait tant craint que cet instant si merveilleux n'eut été qu'une autre illusion, qu'un autre rêve vaporeux, se redressa vivement et s'exclama d'un ton presque implorant :

— Quoi ?! Non ! Non, tu ne peux pas... Tu ne peux pas retirer ce que tu as dit ! Ne fais pas ça ! Oh, non, je t'en supplie...

— Nathalie a raison, argua-t-il d'une voix lasse et monocorde. Je n'ai rien de bon à t'offrir, seulement ma protection. Et encore, on ne peut pas dire qu'elle soit vraiment à la hauteur... Sois raisonnable, voyons, et tâchons d'oublier ce moment d'égarement, s'il te plaît.

— Vas-tu me faire payer longtemps mon attitude d'autrefois ? interrogea-t-elle, à mi-chemin entre colère et désespoir.

— Il ne s'agit pas de ça, affirma-t-il. Je ne saurais te tenir rigueur de quoi que ce soit qui aurait trait au passé. Je te l'ai déjà dit, tu n'as absolument rien à te reprocher.

— Mais alors de quoi s'agit-il ?

— De rien. Je t'en prie, restons-en là. Cette discussion m'épuise autant qu'elle m'ennuie, qui plus est, elle n'a vraiment pas lieu d'être.

— Je veux que tu t'expliques, Henri ! Tu ne peux pas me dire toutes ces choses et les retirer ensuite ! Moi, j'étais sincère, il n'y a pas un mot qui soit sorti de ma bouche sans que je l'aie pensé !

Il ramena son regard sur elle, l'air visiblement troublé, et avoua tristement :

— Jamais tu ne m'aurais tenu un tel discours s'il avait été encore là.

— De qui parles-tu ? s'étonna-t-elle.

— Tu le sais très bien, riposta-t-il, soudain amer.

— De Maxime ?

— Bien évidemment de Maxime ! De qui d'autre ?! Je sais très bien que s'il avait survécu, s'il avait été là lui aussi, alors, comme jadis, cela aurait été vers lui que tu te serais tournée, pas vers moi. Et qui aurait pu t'en blâmer ? Non, tu ne sais pas ce que tu dis, tu es complètement perdue, dépassée par les événements, et c'est normal, après tout ce que tu viens de vivre. Mais, comprends maintenant que je ne tiens pas à servir de substitut, je ne pourrai jamais le remplacer, là non plus, je ne serai pas à la hauteur…

— Un substitut ?! répéta-t-elle. Mais c'est vraiment absurde ! Comment pourrais-je… Enfin, pour moi il n'est rien d'autre qu'un rêve, une espèce de souvenir flou et lointain, une chimère, à peine perceptible… Dans cette autre vie, je l'ai aimé, c'est certain, mais aujourd'hui tout est différent ! Je suis différente ! Et pour preuve, ce que j'éprouve pour toi, toi qui es bien réel, toi qui es là, et qui as toujours été là, je ne l'ai jamais éprouvé pour personne d'autre auparavant...

— S'il te plaît, Cornélia, les émotions de la journée te font déraisonner, conclut-il d'un ton où se mêlaient douceur et fermeté. En outre, il me semble qu'il y a bien d'autres problèmes dont tu devrais t'occuper avant celui-ci. Cessons là ces divagations, ce n'est bon ni pour toi, ni pour moi. Cet après-midi a été très éprouvant et il faut vraiment que tu te reposes.

— Non ! protesta-t-elle en se relevant brusquement. Je refuse que tu me traites ainsi !

Elle sentit alors une émotion vive et déchirante l'envahir jusqu'à bientôt la submerger complètement. Ses yeux, malgré elle, s'emplirent de larmes qu'elle ne put contenir, qui se mirent aussitôt à rouler le long de ses joues rougies par la colère, le dépit, par la passion aussi...

— Pourquoi as-tu dit toutes ces choses si ce n'était pas vrai, hein ? Qu'est-ce que ça signifiait alors ? Est-ce que tu te moquais de moi ?

Après une longue pause, il se mit à chuchoter, comme si l'on avait voulu lui arracher quelque aveu pénible et lourd de conséquences :

— Jamais je ne me moquerais de toi, tu le sais bien. C'était la vérité. Une vérité qui me dérange et que je n'aurais jamais dû te dévoiler, mais une vérité tout de même.

Elle soupira de soulagement et passa ses mains sur son visage, cherchant à effacer le plus rapidement possible les traces de ses pleurs, puis s'avança vers lui.

— Eh bien moi aussi je te dis la vérité, Henri. Pourquoi ne me crois-tu pas ?

— Enfin, comment le pourrais-je ?! s'offusqua-t-il en haussant les sourcils. Si toi tu les as oubliés depuis tes derniers rêves, moi je me rappelle chacun de tes mots... Cela fait des siècles que c'est ainsi. Les choses ne peuvent pas changer comme ça, du jour au lendemain.

— Si, elles le peuvent. Que faut-il que je dise pour que tu me croies ?

Elle se heurta au silence de son ami. N'y avait-il donc rien ? Rien qu'elle ait pu dire, rien qu'elle ait pu faire, pour qu'enfin il la prenne au sérieux ?

— Très bien, je peux te le prouver alors... avança-t-elle, emportée par un curieux élan.

Elle attrapa les bords de la chemise qu'elle portait en guise de tenue de nuit, et la retira d'un coup en la faisant passer par-dessus sa tête, se retrouvant alors complètement nue au milieu de la pièce, face au vampire, tremblante comme une feuille prête à tomber de sa branche un jour de grand vent. Mais qu'était-elle en train de faire ? Avait-elle complètement perdu la tête ? Que cherchait-elle donc à obtenir ainsi ? Elle qui, à dix-neuf ans, ne savait même pas vraiment ce qu'était un homme, avait-elle sérieusement la prétention de provoquer le prince des vampires ? Elle baissa la tête, se trouvant un peu ridicule, puis cette émotion terrible, douce et amère à la fois, l'envahit de nouveau. Son amour-propre allait peut-être tomber en miettes mais tant pis, elle ne pouvait faire autrement que de se livrer tout entière pour attester ses dires.

— Voilà, annonça-t-elle une fois près de lui, la voix mal assurée. Est-ce que c'est plus convaincant cette fois ? Tu vois, je t'offre tout. Tout ce que j'ai, à toi et à toi seul, Henri. Mon cœur, mon corps, et même... même mon sang, si tu en as besoin...

Elle tendit son cou, prête à recevoir, s'il le fallait, la morsure de celui qu'elle aimait. Il resta un instant à la regarder, sans voix, immobile, visiblement déstabilisé, quand soudain ses prunelles s'assombrirent jusqu'à devenir rouge vif. À la seconde d'après il fut près d'elle, debout, ayant enfin quitté son siège. Il l'enveloppa, dans un mouvement extraordinairement leste et dont lui seul avait le secret, d'un large drap de satin clair.

— C'est très convaincant... murmura-t-il à son oreille. Dorénavant, j'accepterai tout ce que tu choisiras de m'offrir, d'accord ? Mais pas aujourd'hui, pas maintenant, tu es trop bouleversée et rien de tout cela ne serait honnête... En revanche, il faut que ce soit clair tout de suite, je ne veux pas, et je ne voudrais jamais, de ton sang.

Puis, il déposa un léger et furtif baiser sur ses lèvres et vint appuyer son front glacé contre celui brûlant de la jeune fille, gardant les yeux clos, l'air perdu dans ses pensées.

— Tu n'as pas besoin d'aller aussi loin, confia-t-il après un long moment de silence. Je te crois, d'accord ? Pour ce soir, je te crois... Maintenant, je t'en prie, repose-toi, nous reprendrons cette discussion plus tard, un jour où tu auras les idées un peu plus claires.

— Pourquoi le sang de Claire et pas le mien ? demanda-t-elle d'un ton faible, ne pouvant s'empêcher de se sentir vexée. C'est parce qu'elle est plus belle, n'est-ce pas ? Parce qu'elle est plus séduisante ?

Ses veines sont-elles plus apparentes ? Est-ce comme ça qu'un vampire fonctionne ?

Henri se mit alors à sourire curieusement, comme si, fait exceptionnel, il avait cherché à réprimer un éclat de rire, puis, presque aussitôt, il reprit son sérieux :

— Non, ce n'est pas comme ça. Il te faut vraiment une bonne nuit de sommeil, Cornélia…

Ne lui laissant pas le choix, il l'enlaça à travers le drap et la fit doucement basculer sur le lit. Lit qui, normalement, aurait dû se trouver à plusieurs mètres de là, mais qui, curieusement, était venu jusqu'à eux. À moins que ce ne soit eux qui soient venus jusqu'au lit ? Dans les bras du vampire, tous repères étaient faussés. Puis il s'allongea à côté d'elle, l'enfermant dans la prison de ses bras. Obtenant alors ce qu'elle avait réclamé dès le début de la conversation, elle choisit d'obtempérer et d'en rester là, enfin pour l'instant. Elle se serra le plus possible contre le corps froid de son ami et ferma les yeux, cédant enfin à cette lancinante fatigue, emportée rapidement dans la torpeur du sommeil.

Chapitre 21
Rêve septième, Macabre soirée

Elle se trouvait assise dans son grand fauteuil, près de la fenêtre de sa chambre, un livre à la main. Elle tentait vainement de se concentrer sur des pages usées, à peine éclairées par la lumière pâlissante du soir, tandis que son esprit n'était occupé que de l'état de Maxime, qui, en quelques jours seulement, s'était beaucoup dégradé… Cela faisait presque un an qu'il vivait au château de Rougemont et, depuis cette inoubliable matinée où, pour la première fois, il s'était adressé à elle, ce dernier n'avait plus eu ni hémorragie, ni crise de douleurs indiquant son déclin. Ils avaient espéré, puis cru, qu'ils avaient un avenir ensemble, que peut-être, il serait le premier vampire à échapper à son funeste sort mais, finalement, il n'en était rien. Depuis bientôt une semaine, chaque jour, lorsqu'il quittait son cercueil, il était pris d'affreux spasmes durant lesquels il perdait toujours plus de sang. Curieusement, il ne se plaignait pas et, après en avoir pourtant longuement parlé au début de leur relation, désormais, il cherchait à éviter à tout prix le sujet de sa déchéance prochaine, et n'évoquait même plus la raison qui l'avait poussé à venir jusqu'ici.

Un murmure étrange la tira de sa rêverie, comme si une voix lointaine avait appelé son nom. Elle referma son livre et cessa de respirer l'espace de quelques secondes pour s'en assurer. Le bruit se répéta, se faisant alors plus proche et plus pressant. Elle se leva et se rendit dans le couloir qu'elle trouva désert.

— Cornélia... Viens vite, nous t'attendons !

Cette fois, elle reconnut distinctement la voix de Violaine, étonnamment douce et aimable. Surprise, elle resta figée sur place, n'osant plus bouger, se demandant ce que cela pouvait bien signifier. Puis, elle se précipita en direction de l'appel, décidant d'obéir tout de même, craignant qu'il ne soit arrivé quelque chose à son amant. L'exhortation se répéta encore et encore, s'éloignant à mesure qu'elle avançait, l'obligeant à traverser une bonne partie du château, la menant tout droit aux appartements d'Henri. Quand elle fut arrivée devant la porte de l'antichambre du maître des lieux, la voix cessa d'un coup, comme si elle n'avait jamais été que le fruit de son imagination. Qu'est-ce que cela signifiait ? Avait-elle rêvé ? Elle hésita à entrer, au moins pour s'assurer qu'il ne s'était rien produit de grave, lorsqu'elle entendit cette fois des exclamations et des glapissements étranges, bien réels cette fois-ci. Ainsi, le vampire n'était pas seul...

Elle allait faire demi-tour, se doutant que ce qu'il se passait à l'intérieur ne la concernait pas, quand, soudain, un gémissement lugubre, ressemblant à la plainte d'un agonisant, se fit entendre. Elle tressaillit d'effroi. Qui pouvait bien être cette âme en peine ? Ce n'était pas Maxime, c'était certain, elle l'aurait reconnu. Mais alors qui ? Et que se passait-il donc là-dedans ? Sa curiosité prit brusquement le dessus, et, sans même y réfléchir, elle poussa lentement la porte. Elle pénétra prudemment dans la première chambre et la trouva complètement vide. Puis, au loin, elle aperçut, à travers une obscurité pesante, plusieurs personnes dans des postures pour le moins singulières... Mais elle n'arrivait pas à voir clairement ce qui se passait, il fallait qu'elle avance, encore un peu. Un éclat de rire féminin et cristallin vint fendre le lourd silence qui s'était installé, puis, un râle, rauque et douloureux, un râle d'homme aux abois, le même que tout à l'heure. Mon Dieu, qu'arrivait-il donc à cette pauvre personne ? Elle s'approcha à pas feutrés, s'efforçant d'être la plus discrète possible afin de ne pas être vue, quand, grâce à la lueur des quelques chandelles qui brûlaient dans la pièce, elle put enfin distinguer clairement le spectacle qui s'offrait à elle.

Elle se sentit subitement terrassée par l'horreur, à tel point qu'elle suffoqua sur place, immobilisée par l'épouvante. Le cadavre à l'expression atroce, monstrueusement exsangue, de ce qui avait dû être une femme, peut-être d'une trentaine d'années, gisait, à demi affalé, sur un fauteuil. Les quelques vêtements qui lui restaient encore étaient maculés de son sang en divers endroits, indiquant de nombreuses blessures.

Léandre et Violaine étaient là, agenouillés tous deux au sol, penchés sur le corps bientôt sans vie d'un jeune homme complètement nu, soumis contre son gré à la volonté de ses tortionnaires. Son regard terrifié roulait dans ses orbites creusées par la peur et s'égarait dans les ténèbres. Témoignage édifiant de la confusion dans laquelle errait son esprit au moment même où l'on s'apprêtait à le mettre à mort. La femme en noir tenait fermement dans ses mains blanches et laiteuses, le poignet martyrisé de sa proie, et se repaissait avidement, avalant son sang à grandes gorgées. Tandis que le vampire aux cheveux orange, cette même personne qui avait pourtant paru si sympathique aux yeux de Cornélia, s'abreuvait goulûment au niveau de l'aine de la victime, à l'endroit précis où devait se situer l'artère fémorale.

Sous eux, l'énorme tapis aux motifs colorés et délicats, une pièce unique en son genre et relativement précieuse, importée tout droit des pays d'Orient, était presque intégralement recouvert de taches et autres auréoles brunâtres, plus ou moins anciennes. Certaines, toutes fraîches, luisaient encore dans la pénombre. Le parquet en était également maculé, ici et là, et des traces d'éclaboussures, sans équivoques quant à leur provenance, lézardaient le mur du fond jusqu'à la cheminée. Une autre personne, que la jeune fille ne put distinguer clairement à travers l'obscurité tenace, se tenait de dos, agenouillée dans un coin de la chambre, et paraissait prier malgré les violents sanglots qui secouaient, tels d'horribles spasmes, son corps dévêtu. Elle chuchotait, entre deux tremblements, comme une espèce de litanie frénétique, un *Notre Père* peut-être ? Était-ce une femme ou bien un homme ? Difficile à déterminer vu d'ici... Cornélia, effarée, aurait voulu s'avancer encore un peu. Mais que pouvait-elle faire devant un tel carnage ? Devait-elle s'enfuir et aller chercher Henri ou devait-elle tenter le tout pour le tout et essayer de sauver cette pauvre personne, manifestement condamnée ? Saurait-elle seulement s'opposer aux deux vampires ? En aurait-elle la force ?

Soudain, Violaine releva la tête et plongea ses yeux de possédée, rendus écarlates par la frénésie du festin, dans ceux de celle qu'elle prenait pour sa rivale. Elle ne manifesta pas la moindre surprise en voyant l'intruse les surprendre pendant leur repas, mais lui adressa un sourire atroce, ses dents de vampires rougies par le crime. Elle indiqua d'un regard l'imposante couche qui trônait au centre de la salle, surélevée par une large dalle de marbre noir, et dont les rideaux étaient tout à fait clos. Cornélia comprit alors que c'était un piège. L'autre l'avait sciemment attirée jusqu'ici pour qu'elle voie ce qui se trouvait derrière les baldaquins. Et, bien que la scène qu'elle avait présentement sous les yeux lui fût insoutenable, bien qu'elle se sentît tour à tour pétrifiée d'horreur, puis chancelante, prête à s'écrouler, elle ne parvint nullement à s'enfuir. Au lieu de cela, elle s'avança vers le lit, toujours sans faire de bruit, et, sous le regard satisfait de la femme vampire, elle tira l'épais voilage.

Ce qu'elle y trouva alors la bouleversa à tel point qu'elle crut vomir. Une jeune fille, à la chevelure rousse et bouclée, à peu près du même âge qu'elle, lui ressemblant d'ailleurs vaguement, était allongée là. Elle était à demi vêtue et reposait sur des draps souillés par le sang qui s'échappait des nombreuses morsures qui recouvraient son pauvre corps meurtri. Henri se tenait au-dessus d'elle et était en train de s'abreuver dans le creux de son cou quand il leva la tête et aperçut Cornélia. Ses yeux étaient également devenus rouges et brillaient d'une étincelle curieuse et effrayante, comme s'il n'avait plus vraiment été lui-même, comme si quelque démon avait tout à coup pris possession de son être. Ses canines étaient si longues qu'elles déformaient sa bouche restée grande ouverte sous la surprise, et tout le bas de son visage était entièrement recouvert du sang de sa victime, l'épais liquide sombre barbouillant horriblement son menton blanc. L'inconnue, étendue sous lui, avait le même regard perdu que l'homme sur le tapis, mais semblait étonnamment consentante. Elle agrippa la chemise salie de son agresseur afin de l'attirer de nouveau à elle, puis, dans un soupir lascif et indécent, le supplia de reprendre.

Devant une telle abomination, la protégée du prince voulut hurler mais sa mâchoire ne put se desserrer. L'air lui manqua subitement, elle se mit à trembler de tous ses membres, et, prise cette fois d'une nausée encore plus intense et brutale que la précédente, se précipita aussi rapidement qu'elle le put hors de cette affreuse chambre, lieu de massacres inhumains.

— Ne te sauve pas comme ça ! railla Violaine, hilare. Tu peux prendre part aux réjouissances si tu le souhaites... Il en reste assez pour une quatrième !

Lorsqu'elle arriva près du grand escalier, Cornélia dut s'arrêter pour vomir. Elle manqua ensuite de s'évanouir et se retint à la rambarde pour ne pas tomber. Les larmes coulaient à flots sur son visage à l'expression figée et horrifiée, mais elle ne put fermer les yeux tant ils étaient agrandis par l'effroi. Henri apparut tout à coup devant elle, la tête basse, les épaules voûtées, et s'essuya le menton du revers de sa manche, d'un air misérable. Ses traits étaient revenus à la normale et reflétaient maintenant l'abattement et la consternation. Seules sa chemise tachée et ses lèvres rougies portaient encore les stigmates de sa cruauté.

— Je t'en prie, ne me regarde pas comme ça... supplia-t-il d'une voix rauque. Je suis tellement navré... Tu n'aurais pas dû assister à ça... Je ne voulais pas... Ne me regarde pas ainsi...

— Monstre ! hurla la jeune fille en pleurs. Monstre ignoble !

Il s'écarta, croisa les bras et s'adossa au mur, rejetant la tête en arrière d'un mouvement las, puis répondit d'un ton faible mais amer :

— Tu te répètes...

— Pourquoi ? lança-t-elle à travers ses sanglots. Pourquoi vous faites ça ? Quel genre de pervers êtes-vous donc, toi et tes deux acolytes, hein ?! Est-ce que vous prenez du plaisir à torturer de pauvres gens ?

— Non ! se défendit-il, semblant essayer de s'en convaincre lui-même. Non, ce n'est pas ça... Ce n'est pas ça...

— Et pourtant, ça y ressemble beaucoup !

— Je... je suis désolé... balbutia-t-il, dépité. C'est seulement que c'est dans ma nature... C'est dans notre nature. Et tu le comprendrais si tu ne t'acharnais pas à renier la part de vampire qui est en toi.

Tu le comprendrais si Maxime choisissait la vie plutôt que la mort…

— Laisse-le en dehors de ça ! s'enflamma-t-elle, complètement hors d'elle. Jamais je ne pourrais comprendre de telles choses ! Et sache bien que je n'ai rien à voir avec vous ! Absolument rien !

— Vraiment ? interrogea-t-il, prenant soudain un air de compassion. Absolument rien ? Alors, Cornélia, dis-moi, pourquoi tes larmes sont-elles en train de virer au rouge ?

Quoi ?! Que voulait-il dire ? Incrédule, elle passa ses mains sur ses joues puis les inspecta. Elle constata alors, et ce, malgré l'obscurité qui envahissait désormais la vaste cage d'escalier, que le châtelain avait raison. Ses pleurs n'étaient plus clairs et translucides comme d'ordinaire, non, ils étaient devenus épais et carmin… Elle poussa un petit cri de stupéfaction et sentit ses jambes se dérober sous elle. C'en était plus qu'elle ne pouvait supporter. Comme il la vit défaillir, Henri tendit la main pour la retenir. Elle recouvra alors subitement ses esprits et le gifla aussi violemment qu'elle le put.

— Ne t'avise plus jamais de m'approcher ! hurla-t-elle, à mi-chemin entre la terreur et la répugnance. Jamais ! Ta vue même me donne la nausée !

Puis elle s'élança dans les escaliers, fuyant cet homme abject qu'elle avait, il y a longtemps, pris pour un ami, et fuyant ce lieu maudit, théâtre de l'ignominie. Elle trouva en bas Maxime, qui, alerté par les cris de sa bien-aimée, était sorti de son cercueil dans lequel il était en train de se reposer. Éperdue, elle se précipita dans ses bras et enfouit son visage dans sa poitrine.

— Qu'est-ce qui t'arrive ? s'enquit-il, atterré.

Il examina les yeux de Cornélia, fronça les sourcils avec inquiétude, puis il s'adressa au châtelain, qui se trouvait maintenant devant eux, quelques marches plus haut :

— Que se passe-t-il donc ?

Ce dernier secoua la tête, et haussa les épaules, ne sachant quoi répondre.

— C'est le résultat de leurs crimes… articula-t-elle, hagarde. Ce ne peut être que ça… Dieu me met à l'épreuve.

— Enfin, de quoi parle-t-elle ? se renseigna le jeune vampire.

— Elle nous a surpris, avoua-t-il, lugubrement. Elle est choquée. C'est normal après tout, mais cela passera… Ça passe toujours…

— Comment c'est possible ? s'étonna Maxime. Je croyais que vous sortiez pour vous nourrir ?

— Tu sais bien que je ne peux m'éloigner trop du château… expliqua le maître des lieux en réajustant la dentelle de ses poignets, l'air confus. Cela laisse une marge de manœuvre assez faible, tu en conviendras… Les villageois devenaient suspicieux… Il fallait bien trouver autre chose…

— Et alors ? rétorqua son interlocuteur, stupéfait. Ne me dis pas que pendant tout ce temps tu as gardé les prisonniers de Violaine ?! Tu avais promis que tu les libérerais tous !

— Eh bien j'ai changé d'avis ! riposta le châtelain avec véhémence, l'agacement commençant maintenant à se peindre sur ses traits.

— Quoi ?! Parce que ces personnes étaient prisonnières ? questionna Cornélia toujours plus choquée, son regard passant alternativement de l'un à l'autre. Oh, mon Dieu ! Alors ce sont celles qui sont sorties de ce carrosse étrange, la nuit de votre arrivée ? Mais c'est... c'est affreux... Il y a des prisonniers au château maintenant ? Où donc ? Y a-t-il quelque part des cachots ?! Des cachots où vous enfermez des personnes dans l'unique but de vous en servir comme repas ? De vulgaires garde-manger, en somme... Ce n'est pas possible ! Henri, dis-moi que tu n'es pas assez ignoble pour faire ça... Dis-le-moi... C'est un véritable cauchemar ! Oh, mon Dieu...

— Dieu, Dieu, Dieu ! C'est assez ! explosa Henri, exaspéré. Je n'en peux plus de t'entendre l'invoquer à la moindre occasion ! Rappelez-vous bien, vous êtes ici chez moi, vous bénéficiez tous deux de ma protection ! Je n'entends pas me faire dicter ma conduite par une écervelée abusée par les illusions de la religion et un vampire sans pouvoir, préférant la déchéance à la vie ! Va donc t'enfermer dans ta misérable église et prie pour racheter les péchés du monde, Sainte Cornélia ! Quant à toi, mon ami, tu devrais plutôt venir avec nous et te soumettre aux exigences de ton espèce une bonne fois pour toutes, cela te ferait le plus grand bien car tu empestes la mort ! Ah, il est certain que vous vous êtes bien trouvés tous les deux, vous êtes tout aussi hypocrites l'un que l'autre !

Là-dessus, il tourna les talons et remonta si promptement, glissant au-dessus des marches tel un spectre, qu'il ne leur fut bientôt plus possible de distinguer sa longue et inquiétante silhouette dans la pénombre. La jeune fille pleura de plus belle sur l'épaule de son amant et celui-ci, ne trouvant aucun mot capable de la consoler, l'enlaça en silence.

— Je voudrais fuir loin d'ici... chuchota-t-elle lorsqu'elle fut un peu remise.

— Ce n'est pas raisonnable, toi et moi ne savons que trop bien ce qui se passerait alors, répondit Maxime avec une extrême lassitude.

— Nous échangerions le courroux d'un monstre contre celui d'un autre ? Et après, cela ferait-il une si grande différence ?

— Crois-moi, si tu trouves Henri cruel, dis-toi bien que cela n'est rien en comparaison de notre roi.

— Vraiment ? reprit-elle, le regard toujours empli d'horreur et d'effroi. Il peut exister de pires atrocités que celles auxquelles je viens d'assister ?

— Tu serais surprise... attesta-t-il sombrement.

— Mais ni toi, ni moi n'avons plus rien à perdre, renchérit-elle d'un ton désespéré. Nous devrions au moins tenter notre chance...

— Je ne sais pas Cornélia, hésita-t-il en se passant la main sur le front, sentant une nouvelle vague de douleur l'envahir brusquement. Je ne sais plus...

Chapitre 22
Le lit des trépassés

Une fois encore, elle se réveilla en sursaut, le visage humide et brûlant, et l'esprit encore empli des images monstrueuses qu'elle venait de se remémorer. Elle regarda autour d'elle et fut surprise de se trouver à nouveau seule dans la chambre d'Henri. Elle s'étonna également de voir que la chemise de son ami, celle qu'elle portait habituellement en guise de tenue de nuit, était posée sur le lit, juste à ses pieds. Puis elle se rappela comment elle avait fait pour arriver nue sous les draps. Elle soupira, lasse de sa propre naïveté. Pourvu qu'il ne l'ait pas trouvé ridicule... Les joues empourprées à force de repenser à cette mémorable soirée où elle s'était dévêtue devant son ami, elle enfila furtivement la chemise, tout en s'efforçant de garder au maximum le drap sur elle, la porte du petit salon étant restée grande ouverte. Cette fois, en revanche, c'était certain, elle devait avoir l'air stupide !

Les idées confuses, s'emmêlant entre les sentiments qu'elle se savait éprouver à l'égard du vampire aujourd'hui et la haine, le dégoût et l'effroi qu'il lui avait inspiré jadis, elle se dirigea vers la pièce où il devait l'attendre. Là, elle le trouva assis à un vieux bureau, meuble qu'elle n'était pas certaine d'avoir jamais vu ici, une espèce de plume à la main, en train d'écrire ce qui paraissait être une lettre. Il releva la tête et la salua silencieusement, sans un sourire, puis lui indiqua la table basse sur laquelle était déjà servi son petit déjeuner. Était-il gêné ? Elle, elle l'était terriblement... Doublement même, avec ce qu'elle venait de se rappeler.

Ne sachant trop quoi dire, elle alla s'asseoir sans un mot. Elle s'apprêtait à beurrer une tranche de pain grillée, encore chaude, quand elle vit sur le rebord de la fenêtre, à peine à quelques mètres d'elle, un énorme faucon, un étui de cuir brun fixé à l'une de ses pattes, paraissant attendre quelque chose. D'abord consternée, elle ne put ensuite réprimer un éclat de rire :

— Ne me dis pas que tu utilises cet oiseau pour transmettre tes messages à tes autres amis vampires ?!

— Sache que c'est très pratique lorsque l'on sait leur parler, répliqua-t-il sans cesser d'écrire, imperturbable. Et, qui plus est, bien plus efficace et discret que tous vos services de poste.

— Probable, concéda-t-elle en se relevant, se dirigeant jusqu'au bureau de son ami.

Elle s'aperçut alors que ce dernier, bien que promenant maintenant sa plume sur sa feuille depuis un bon moment, écrivait dans le vide, le papier restant totalement vierge.

— J'imaginais que tu dormirais plus longtemps, soupira-t-il, ne souhaitant manifestement pas se justifier.

— Tu n'as pas d'encrier ? s'étonna-t-elle sans tenir compte de la mauvaise humeur pourtant palpable de son hôte.

Il se tourna vers elle, haussa un sourcil et parut réfléchir un instant. Puis, d'un geste presque mécanique, il vint planter la mine de l'antique outil qui lui servait à écrire ses lettres invisibles, dans le creux de sa main, faisant alors apparaître une goutte vermeille et brillante, chargeant la plume de son propre sang.

— C'est une encre un peu spéciale... expliqua-t-il.

Cornélia ravala sa salive. Ce spectacle dès le réveil, après les images abominables qui avaient peuplé ses derniers rêves, acheva de l'écœurer.

— Oui, c'est... spécial... approuva-t-elle.

— Aucun œil humain ne peut la percevoir, poursuivit Henri, l'air presque satisfait de l'effet que sa démonstration semblait produire sur sa jeune invitée. Indétectable, même avec tout l'arsenal d'outils scientifiques dont vous disposez aujourd'hui.

Elle retourna lentement à sa place et attendit un moment avant de reprendre sa tartine.

— J'ai plusieurs nouvelles, lança-t-il, posant enfin sa plume. Une bonne et une mauvaise pour être tout à fait exact.

— Eh bien, commence par la bonne, proposa-t-elle, se forçant à respirer profondément, espérant que sa nausée finisse par disparaître. Cela fait longtemps que je n'en ai pas entendu.

— Je tiens, de source sûre, qu'Avoriel est sérieusement diminué, révéla-t-il d'un ton grave. Il aurait trop conçu de vampires durant ces trois derniers siècles. Apparemment, le treizième et dernier qu'il a engendré lui a coûté plus cher que ce à quoi il devait s'attendre. Il s'est vu contraint, afin de récupérer, de s'enfermer, pour quelques années, sous terre, dans son cercueil.

— Quelle est la mauvaise ? s'enquit Cornélia, craignant de se réjouir trop rapidement.

— Il semblerait que cette situation ne date pas d'hier, avoua-t-il en baissant les yeux. Ce qui veut dire que l'emprise que son esprit a sur le tien n'est absolument pas affectée par cet affaiblissement, qui somme toute, n'est que passager. Je crains qu'il ne revienne plus puissant que jamais, après cela…

— Quoi ? s'exclama-t-elle, affolée. Alors, finalement, tout ça n'était qu'un aperçu ? Rien qu'un vulgaire petit aperçu de l'étendue de ses pouvoirs ?!

Elle s'interrompit un instant, réalisant avec peine ce que cela signifiait, puis, d'une voix blanche, demanda :

— Une fois qu'il sera rétabli, que se passera-t-il ?

— Je n'en sais rien, admit le châtelain en venant s'asseoir près d'elle. Personne ne peut le savoir, en réalité… Mais ce dont, néanmoins, je suis sûr, c'est que ce n'est pas pour rien qu'il se donne autant de mal pour te retrouver alors qu'il gît sous terre, amoindri. Il a un plan et tu en fais partie.

— Mais il n'y a aucune bonne nouvelle là-dedans, c'est idiot, balbutia-t-elle en se laissant tomber au fond du canapé, complètement abattue.

— En fait si, il faut y regarder de plus près, voilà tout, rectifia-t-il, une vague lueur d'espoir dissipant la mélancolie céleste de son regard. Pour en venir à de telles extrémités, le roi sombre doit être au plus mal, et qui sait, peut-être même vulnérable. En tout cas, c'est le moment ou jamais de tenter quelque chose.

— De tenter quelque chose ? répéta-t-elle, abasourdie. Mais qui ? Quoi ? Comment ? Et puis d'abord, qui te donne toutes ces informations ? Sont-elles vraiment sûres ?

— Si je t'en fais part, c'est que ces nouvelles sont fiables, Cornélia, garantit-il, un peu piqué, se raidissant contre le dossier du canapé. Tu me fais confiance, n'est-ce pas ? Cela me vient d'un ami, et espion. Je m'étais beaucoup éloigné de la société vampirique ces derniers temps, mais à présent, je crois qu'il faut que je renoue les liens. Je ne pense pas que l'on puisse réellement supprimer Avoriel, toutefois, s'il y a une chance, même infime, pour qu'on parvienne à le neutraliser, alors je m'y emploierai, sache-le.

Se radoucissant tout à coup, il se tourna vers elle et lui prit la main :

— Ta vie pourrait enfin être celle d'une personne normale.

— Oui... souffla-t-elle. Ou du moins s'en rapprocher. Mais j'imagine que c'est très risqué. Et pour toi, qu'est-ce que cela changera finalement ? Je ne sais même pas exactement ce qui vous pousse, toi et tes amis, à haïr autant votre roi.

— Crois-moi, nous avons de bonnes raisons, affirma-t-il d'une voix rauque, une ombre sinistre envahissant subitement ses traits. De très bonnes raisons. C'est là tout ce que tu as à savoir.

— Alors, si je comprends bien, tu vas t'éloigner ? reprit-elle, soudain prise de panique. Tu ne seras plus à mes côtés pour me protéger ?

Elle serra avec émotion la main glacée et blanchâtre du châtelain.

— Non, je ne vais pas t'abandonner, calme-toi, rassura celui-ci, esquissant un vague sourire. De toute façon, où que tu ailles, le danger sera toujours le même pour toi, par conséquent, mieux vaut que tu restes à proximité. Quoiqu'il advienne, il sera toujours préférable que tu sois dans mon sillage. Non, tu m'en vois navré mais cette fois, c'est toi qui devras m'accompagner.

— D'accord ! accepta-t-elle avec empressement, soupirant de soulagement. Ce n'est pas un problème. Je suis d'accord pour tout ce que tu voudras, tant que l'on restera ensemble.

Il se releva, garda le silence quelques instants, semblant réfléchir, puis, l'air soucieux, déclara :

— Dans quelques jours, un grand bal va être donné en l'honneur des deux cents ans de mariage d'un couple de vampires que j'ai bien connu autrefois. La réception aura lieu près de Londres, dans l'une de mes anciennes propriétés, dont j'ai dû me séparer, il y a de ça un moment maintenant. Bref, les participants seront triés sur le volet, et aucun du peu de partisans restés fidèles à Avoriel n'est invité. Comme à l'accoutumée, on attendait de moi que je préside cette assemblée, à cause de mon rang bien sûr, mais également en raison de mon pouvoir de protection, toujours apprécié lors de ce genre de manifestation. J'avais d'abord refusé mais, au vu de ces nouvelles, je pense que c'est l'occasion de se réunir pour organiser les choses.

Il s'interrompit, lança à Cornélia un regard hésitant, puis poursuivit :

— Personne là-bas ne sait qui tu es, ils ignorent tout de ton histoire et n'ont jamais entendu à ce sujet que de vagues et incertaines rumeurs. Il faudra garder le secret, c'est impératif.

— Donc, si je comprends bien, tu vas m'emmener à une soirée pour vampires ?! s'exclama-t-elle, incrédule, partagée entre l'excitation d'assister à un événement aussi extraordinaire et l'angoisse de se retrouver tel un morceau de chair fraîche laissé sans surveillance au beau milieu d'une meute de loups affamés.

— Je le crains, oui, convint-il, semblant déjà le regretter. Malgré tout, garde à l'esprit que ce n'est pas un lieu approprié aux humains, encore moins à une jeune fille. Attends-toi à voir des choses... choquantes. Des choses que ni les lois, ni les principes de ton espèce ne permettent.

L'expression de son visage changea et se fit plus énigmatique.

— Tu peux facilement imaginer ce dont je parle, n'est-ce pas ? interrogea-t-il d'un ton plus dur et plus pressant. Te sens-tu capable d'assister à tout ça sans broncher, Cornélia ?

— Je... je le peux... cafouilla-t-elle, assaillie soudain par les images de son dernier rêve. Oui, je crois...

Elle baissa les yeux, ne pouvant soutenir davantage le regard de celui que, dans ses songes, elle avait trouvé dans une si odieuse posture, et se rappela alors l'effroi et l'horreur que cette scène, souvenir échappé des temps passés, lui avait inspirés.

— Tant que je suis avec toi, chuchota-t-elle, comme pour s'en convaincre.

— Fort bien, conclut Henri en retournant à son bureau.

Il ramassa la lettre qu'il venait d'écrire, l'enroula à la manière d'un parchemin, puis alla la glisser dans l'étui réservé à cet effet, et accroché à la patte de l'énorme oiseau. Il se pencha ensuite vers l'animal et se mit à lui murmurer des mots étranges de cette voix tonitruante et anormalement pénétrante qu'il employait pour contraindre les gens à se soumettre à sa volonté. Dès qu'il eut fini, le faucon, étonnamment servile, s'envola jusqu'à bientôt disparaître, son élégante silhouette s'effaçant progressivement dans l'azur de ce paisible ciel de fin d'été. Le châtelain se posta à la fenêtre, comme à son habitude, et resta longtemps ainsi, à scruter l'horizon. Peut-être pouvait-il encore voir l'oiseau...

Ils se rendirent au grenier en milieu de journée afin de prendre leur singulier, mais désormais traditionnel, repas. Cornélia, toujours affectée par ses dernières réminiscences, eut peu d'appétit et ne put s'empêcher de regarder son ami d'un œil nouveau, bien différent de celui qu'elle portait sur lui la veille encore. Une foule d'émotions contradictoires se livraient en elle une bataille âpre et douloureuse. D'un côté, elle ressentait le besoin, peut-être irrationnel, mais toutefois oppressant, de se blottir dans ses bras, de mêler son haleine à la sienne, à la fois douce et glacée, et de se laisser aller à cette ivresse insensée de plaisirs étranges et inédits. Après tout, il avait dit la veille que désormais il accepterait tout ce qu'elle lui offrirait, cela voulait bien dire ce que ça voulait dire... Il n'y avait pas vraiment d'équivoque là-dedans.

Cependant, d'un autre côté, les souvenirs de la nuit avaient ramené avec eux une espèce d'aversion profonde, un traumatisme affreux qu'elle ne devait qu'à lui, à cet homme que sa malédiction rendait cruel, mais dont elle se savait également éprise malgré tout... Ce nouvel élément changeait-il quelque peu la donne ? Aurait-elle réagi de la même manière si elle avait assisté à cela aujourd'hui ? En vérité, elle n'en avait pas la moindre idée. Non, elle ne l'aurait probablement pas insulté de cette façon. Elle ne l'aurait pas giflé non plus. Enfin, elle ne pensait pas... En tout cas, si cette fête était telle qu'il l'avait décrite, elle ne tarderait pas à être fixée à ce sujet.

Henri, attribuant probablement le mutisme de la jeune fille à la discussion du matin, ne parut se rendre compte de rien et avala sa dose quotidienne de sang en bouteille sous son regard absent et perturbé. Lorsqu'il eut terminé, il se leva et se dirigea vers le coin le plus sombre de la pièce, s'apprêtant à s'enfermer dans son cercueil, sans même avoir fait la moindre remarque quant à l'assiette, pourtant encore pleine et quasiment intacte, de son invitée. Ce qui n'était pas vraiment dans ses habitudes. D'ordinaire, il n'oubliait jamais de la rappeler à l'ordre à ce sujet, et il n'avait pas tort, il fallait bien le reconnaître. Mais pas cette fois...

— À quoi ça sert exactement ? hasarda-t-elle d'une voix aiguë, bien plus sonore qu'elle ne l'aurait voulu.

Elle était nerveuse et elle aurait aimé pouvoir au moins échanger quelques mots avec son ami avant qu'il ne la laisse seule. Henri se tourna vers elle avec son flegme coutumier et ne sembla étonné ni par la question, aussi inattendue qu'elle puisse être, ni par l'agitation manifeste de Cornélia.

— Quoi donc ?

— Le cercueil, que se passe-t-il quand tu es là-dedans ? questionna-t-elle d'un ton qu'elle s'efforça de rendre plus calme. Est-ce vraiment indispensable ?

Il eut alors une moue maussade et répondit placidement :

— Bien sûr que c'est indispensable, comme tout le reste d'ailleurs. On ne peut pas vraiment dire que ce soit une partie de plaisir. La claustrophobie n'a pas sa place dans la vie d'un vampire. Plus sérieusement, et pour te répondre le plus simplement possible, cela permet en quelque sorte de *digérer* le sang absorbé, de régénérer le corps ainsi que les pouvoirs.

— Ah… Mais qu'est-ce que tu fais, une fois à l'intérieur ? persista-t-elle, avide d'en savoir davantage. Je croyais que tu ne dormais jamais ?

— Je ne dors pas, du moins pas au sens où tu l'entends, continua-t-il patiemment. Cela nous plonge dans un état de repos, nécessaire, comme je viens de te l'expliquer, mais un repos paralysant, et dont on ne peut s'extirper que très progressivement. Cela dit, on reste pleinement conscient et les heures passent aussi lentement dans le cercueil qu'en dehors. C'est sans doute le seul moment où un vampire pourrait être vulnérable, encore qu'aucun humain ne soit jamais parvenu à rien, les pieux ou les décapitations ne sont que des mythes grotesques.

— Les décapitations ?! répéta Cornélia, abasourdie.

— Tu n'en as jamais entendu parler ? s'enquit-il narquois, semblant s'amuser de l'ignorance de sa compagne. Pénibles, mais parfaitement inutiles !

Là-dessus il se retira dans l'ombre, laissant la jeune fille seule pendant ses quelques heures de *repos*. Elle prit un livre qu'elle avait commencé quelques jours plus tôt et tenta de se concentrer sur ses pages. Aucune jolie rose blanche n'avait été laissée à son intention, cette fois. Fallait-il voir un message dans ce pseudo-oubli ? Était-elle allée trop vite et trop loin quand, la veille au soir, elle s'était offerte au châtelain ? Il n'avait plus reparlé de cet épisode, ni même de ce qui s'était passé au cours de l'après-midi dans l'ancienne chambre... Regrettait-il déjà les paroles qu'il avait eues alors ? Sans aucun doute, puisqu'il l'avait explicitement signifié le soir même, soit peu de temps après. Mais elle, regrettait-elle ? Elle n'était plus convaincue de rien désormais. Elle fut brusquement prise d'une subite et irrépressible envie de le voir et de lui parler. Il fallait absolument reprendre cette discussion là où elle en était restée parce que rien n'était clair là-dedans. Elle se demanda alors ce qui se passerait si elle se risquait à ouvrir l'horrible boîte dans laquelle il reposait. Serait-il enfin disposé à discuter avec elle de tout cela ? Elle tenta, à plusieurs reprises, de réprimer cette idée saugrenue et déraisonnable.

Mais, au fil des minutes qui s'écoulaient aussi lentement que possible, devenant petit à petit une heure, puis une autre ; cette dernière vint à se transformer progressivement en une sorte d'obsession. À quoi pouvait bien ressembler un vampire au moment où il s'avérait être le plus vulnérable ? Elle savait qu'elle n'avait maintenant plus que quelques instants à patienter encore avant que son hôte ne sorte pour de bon de son cercueil, mais ce fut plus fort qu'elle.

Comme toujours, la curiosité l'emportait... Ce défaut-là, elle ne parviendrait jamais à s'en défaire, c'était certain désormais. Elle se leva précipitamment, nerveuse à l'idée de ce qu'elle s'apprêtait à faire, ignorant tout des possibles conséquences. Elle saisit la chandelle à côté d'elle et se dirigea d'un pas décidé vers la bière, puis, poussée par cette espèce de curiosité fébrile, à peine consciente de ce qu'elle faisait, elle souleva le lourd couvercle de bois noir. La vision qu'elle eut alors de son ami lui arracha un cri de stupeur, bref et strident, et qui se perdit rapidement dans le silence du château.

Henri reposait là, immobile, les mains jointes sur la poitrine, dans la position des défunts, et baignait jusqu'aux oreilles dans une mare de sang malodorante. Malgré l'obscurité, Cornélia put constater que le cercueil en était complètement rempli, imprégnant presque tout à fait les vêtements du châtelain ainsi que le délicat lit de soie qui ornait les parois de cette funeste boîte. Le visage de ce dernier paraissait encore plus blafard que d'ordinaire, sa bouche était légèrement entrouverte, dans cette expression macabre du trépas, moue du dernier soupir, et ses yeux, restés ouverts eux aussi, semblaient ne rien voir. Ce qui choqua le plus la jeune fille fut ce regard livide et vitreux... Les pupilles du vampire restaient obstinément inertes et étaient recouvertes d'un épais et hideux voile blanc, reflet incontestable du repos éternel.

Elle resta un moment à observer ce lugubre spectacle, se demandant encore et encore comment ses sentiments à l'égard de ce qui, en cet instant, n'était plus rien qu'un cadavre répugnant, pouvaient subsister.

En dépit de l'odeur atroce, âcre et écœurante, de décomposition qui flottait à présent dans la salle, un parfum, à la fragrance subtile et agréable, arôme de fleurs et d'herbe fraîche, contrastant de manière édifiante avec la puanteur de la mort, se fit timidement sentir, lui rappelant alors l'homme qu'elle connaissait. Elle voulut toucher sa main, afin de vérifier plus sérieusement s'il était conscient ou non, mais n'y parvint pas, ses doigts crispés par l'épouvante refusant catégoriquement de se poser sur ce qui paraissait n'être plus que la dépouille de son ami. Puis, comme il ne se passait toujours rien, elle referma le couvercle de la bière, se remit à sa place, et décida, au cas où Henri ne se serait pas rendu compte de sa malencontreuse intrusion, ce qui semblait être plus que probable au vu de son état, d'en garder le secret. Une vingtaine de minutes plus tard, il finit par sortir de son cercueil. Ses vêtements étaient aussi impeccables que lorsqu'il y était entré, et Cornélia, qui appréhendait l'éventuelle colère de son hôte, fut aussitôt rassurée de le voir, comme d'ordinaire, serein et silencieux. L'après-midi se passa tranquillement sans qu'aucune allusion à cet incident ne soit faite. Elle s'affaira à restaurer ce qui pouvait encore l'être dans l'ancienne chambre tandis que lui l'observait à la dérobée, enfermé dans son habituel mutisme. Il avait été décidé, suite aux événements de la veille, qu'elle n'irait plus travailler au *Bistrot de Nathalie*. Henri avait assuré que son père ne lui demanderait aucun compte à ce sujet et que son ancienne patronne se heurterait à un mur si elle tentait de lui parler de quoi que ce soit. Le seul éventuel inconvénient avec tout ça serait qu'elle revienne chercher Cornélia au château, mais après la manière dont elle avait été reçue la dernière fois qu'elle avait essayé, s'y risquerait-elle vraiment à nouveau ?

Quand, le soir venu, elle quitta la salle de bains pour la chambre, elle trouva le châtelain debout au milieu de la pièce, les bras croisés, l'air indécis. Elle lui adressa un regard interrogatif et ouvrit les mains, réclamant ainsi quelque explication.

— Eh bien, il s'avère que je ne sais plus du tout ce que je dois faire pour t'être agréable, jeune fille, justifia-t-il d'un ton impatient.

— Euh... c'est-à-dire ?

— Quelle doit être ma place pour cette fois ?

— Là où tu le souhaites, je ne te demanderai plus rien, maintenant, promit-elle en se dirigeant vers le lit. Je ne veux pas t'obliger à quoi que ce soit.

— Pourtant, si je ne m'abuse, c'était bien toi qui tenais à ce que je reste ici durant la nuit... Enfin, y tiens-tu encore seulement ?

Sur ces mots, il arqua un sourcil.

— Bien sûr ! confirma-t-elle, étonnée. Pourquoi cette question ?

— Peut-être parce qu'en définitive ma présence apaise ton sommeil autant qu'elle le perturbe, avança-t-il en lui jetant un regard accusateur. Tu as été très agitée la nuit dernière. Tu as parlé... Et même crié par moments...

Embarrassée d'apprendre que son comportement durant son repos trahissait ses émotions, elle s'empressa d'expliquer :

— J'ai fait un cauchemar. Ce genre de chose arrive à tout le monde, du moins, à nous autres humains...

— Cela a duré drôlement longtemps pour un simple mauvais rêve, persista-t-il en prenant un air inquisiteur. Mais ce n'était pas que cela, n'est-ce pas ? C'était bien plus, en réalité.

— Qu'est-ce que tu veux dire ? s'enquit-elle d'une voix innocente, cherchant à nier, mais déjà trop bouleversée par la simple évocation de ses derniers songes pour soutenir le regard de son interlocuteur.

— Ne fais pas l'idiote, tu sais parfaitement de quoi je parle ! reprocha-t-il avec une véhémence et une indignation soudaine. La curiosité est le pire de tes défauts, Cornélia, autant dans ta vie passée que dans celle-ci ! Au bout du compte, il ne t'aura fallu qu'une nuit et qu'une malheureuse journée pour faire le tour de tout ce que je voulais garder caché, tout ce qui t'était interdit et que je ne voulais pas que tu voies ! Jamais !

Il s'interrompit brusquement et recula jusqu'au fauteuil le plus éloigné, puis s'y laissa tomber. L'expression de son visage était devenue tout à coup si sombre et si lugubre que la jeune fille frissonna et sentit l'inquiétude l'envahir doucement. Henri parut alors faire un véritable effort pour se calmer, puis il reprit d'un ton chargé d'amertume :

— Je dois avouer que je suis étonné que tu ne te sois pas sauvée en courant ce matin, après avoir récupéré ce fragment-ci de ta mémoire… Mais peut-être est-ce seulement parce qu'à présent tu réalises que ce qui t'attend loin de moi est bien pire encore que ce qui t'attend en restant auprès de moi.

— Je…

Il lui fit signe d'un geste de garder le silence et continua :

— Cela t'appartenait, ce souvenir, je n'y puis rien... C'est ainsi, accorda-t-il tristement. Tu n'aurais jamais dû pénétrer dans ma chambre sans y avoir été invitée, mais ce qui est fait est fait. Surtout lorsque cela remonte à si loin. Ceci dit, et tu devrais pourtant être au courant, rien ne m'échappe ; j'ai bien vu que ton comportement à mon égard n'était plus le même aujourd'hui. Enfin, comment te le reprocher ? Et puis, peu importe, après tout...

Il marqua une longue pause, semblant plongé dans une âpre réflexion, tapotant de manière quasi imperceptible ses longs doigts sur son genou, paraissant lutter contre plusieurs émotions, avant de reprendre, avec une colère contenue :

— Cependant, ce que tu as fait cet après-midi, alors même que j'avais répondu à toutes les questions que tu te posais sur le sujet, est impardonnable ! Ça non plus, tu n'aurais pas dû le voir... Jamais je n'aurais pu penser que tu étais capable d'aller jusque-là ! Tu n'avais tout simplement pas le droit ! Cela te plaît-il donc tant que ça que d'admirer de tels spectacles ? N'ai-je droit à aucun répit pour que tu viennes me déranger jusque dans mon cercueil alors même que déjà je t'autorise à m'accompagner durant mes repas ?!

Elle plaqua la main contre sa bouche, les yeux écarquillés, et se mit à trembler lorsqu'elle comprit enfin de quoi parlait le vampire. Cela avait l'air grave... Très grave même... Il avait bien dit *impardonnable* ?

— Je suis désolée... balbutia-t-elle entre ses doigts. Je n'aurais pas dû...

— Comment as-tu osé ?! s'insurgea-t-il. Est-ce que je suis une bête de foire à tes yeux ? Une curiosité à étudier sous tous les angles ? Est-ce que c'est ce que je suis devenu pour toi, maintenant ? Serais-je passé, en ces trois siècles, de mon statut de monstre terrifiant, à celui de phénomène distrayant ?

— Non... Bien sûr que non... Je ne savais pas... expliqua-t-elle la voix chevrotante, honteuse d'avoir fait quelque chose qui, apparemment, était mal, et effrayée de voir son ami aussi furieux. J'ai été sotte, tu avais dit que tu resterais conscient, et je voulais te parler... Je ne savais pas que c'était interdit... Je ne savais pas que je te trouverais dans... dans cet état... Excuse-moi...

Elle cacha son visage dans ses mains et s'efforça de réprimer les sanglots qui nouaient sa gorge. Manifestement, elle avait été trop loin en ouvrant, à son insu, le cercueil de son ami...

— Calme-toi, voyons, l'enjoignit-il, sa colère retombant aussi vite qu'elle était montée. Je reconnais que j'ai omis de préciser que tu ne devais pas me déranger, mais c'était uniquement parce que je pensais que c'était évident... Selon toute vraisemblance, il faut croire que ça ne l'était pas tant que ça. Ta naïveté et ton innocence suffisent amplement à t'excuser, inutile d'en faire plus.

Il réajusta la dentelle à ses poignets, une sorte de tique chez lui, s'appuya au dossier du fauteuil, soudain plus calme, puis poussa un long soupir las :

— Ce n'est peut-être pas si grave, puisque tu es encore là... Au fond, c'est tout ce qui compte, non ? Et puis, de cette manière, tu sauras vraiment à qui, ou à quoi, ce sera comme bon te semblera, tu as affaire dorénavant.

Il plongea son regard translucide et tourmenté dans celui de la jeune fille, à demi masqué par ses doigts, et déclara aussi tranquillement que possible :

— Parce que c'est ce que je suis, Cornélia. Le monstre que tu as surpris ce jour-là, se nourrissant sur une pauvre et innocente victime, ou encore ce cadavre hideux que tu as découvert il y a quelques heures seulement, macérant dans le jus noir et puant de ses propres crimes. Tu vois bien, je mérite largement plus tes insultes, la haine et le dédain que tu nourrissais pour moi autrefois, plutôt que cette tendresse insensée, ces sentiments absurdes que tu pensais éprouver hier.

— Absurdes ? Mes sentiments ? répéta-t-elle comme pour elle-même. Peut-être… Je n'en sais rien.

Elle passa ses mains sur ses joues brûlantes, rougies par sa honte, cherchant par ce geste à les rafraîchir un peu, puis s'assit sur le lit, soulagée de constater que le châtelain ne lui tiendrait apparemment pas rigueur de son acte malheureux. Elle réfléchit un instant, puis réalisa à mesure que les mots sortirent de sa bouche :

— Malgré tout, je ne peux m'en défaire… Je suis sincèrement désolée de ce que j'ai fait aujourd'hui, il est clair que c'était très inconvenant et j'aurais dû m'en rendre compte avant. Mais c'est là tout ce que je regrette. Ces sentiments absurdes dont tu parles, je les éprouve toujours, en ce moment même. Crois-moi, l'homme qui fait tout son possible, aussi bien aujourd'hui qu'il y a trois cents ans, pour me protéger, sans rien demander en échange, n'a jamais mérité ni mes insultes, ni ma haine, ni mon dédain…

— Idiote, contesta-t-il d'un ton néanmoins doux, presque affectueux. Ton existence n'est-elle pas déjà assez obscure comme ça pour que tu veuilles en plus entretenir ce genre de relation avec un vampire ? Qu'attends-tu de moi à la fin ?

— Emmène-moi sur ma tombe, exigea-t-elle subitement, se surprenant elle-même de cette requête inopinée.

— Pardon ? s'étonna-t-il, visiblement déconcerté. Là, tout de suite ?

— Oui, s'il te plaît, insista-t-elle, sûre d'elle à présent.

— Bien, si c'est ce que tu veux.

Avant de franchir la grande porte du château, Henri jeta l'une de ses longues vestes de velours sur les épaules de Cornélia, puis, sans lui adresser la moindre parole ni le moindre regard, partit devant. L'odeur du vêtement fut si saisissante que, soudain, elle eut la subite envie de s'arrêter pour coller son nez contre le tissu, comme elle l'avait fait déjà, quelques mois auparavant ; et se délecter de ce parfum extraordinaire et ineffable, afin d'oublier pour de bon celui qui, plus tôt dans la journée, l'avait tant écœurée. Elle dut lutter pour se retenir et s'efforça tant bien que mal de suivre son ami, tout en prenant garde à ne pas trébucher sur les cailloux qui encombraient le chemin et que, dans l'obscurité de la nuit, elle ne pouvait distinguer. Ils franchirent la petite colline, sommet de Rougemont, et se retrouvèrent devant les restes de la vieille chapelle.

Comme chaque fois qu'elle venait en ce lieu, la jeune fille sentit son cœur se serrer et dût faire un véritable effort pour se contenir, et ne pas fondre, une fois de plus, en larmes. Émue plus que de raison, elle s'arrêta quelques secondes pour respirer profondément et tenter de dominer le fil de ses pensées, refoulant avec peine les images bouleversantes d'un passé lointain, mais malgré tout encore très présent…

— Est-ce que tout va bien ? s'assura le vampire en inspectant son regard, comme s'il avait pu trouver là la réponse à sa question.

— Oui. Poursuivons.

— C'est juste là, déclara-t-il en montrant du doigt les ruines.

— Vraiment ?

Elle était pourtant venue plusieurs fois ici, avait même fouillé les environs à la recherche de cette fameuse tombe, mais n'avait jamais rien trouvé qui, de près ou de loin, y ressemblât. Le châtelain passa un bras dans le dos de sa jeune compagne et, plus lentement, la conduisit à l'intérieur de l'ancienne église. Tout à coup, les ronces hirsutes et toute la végétation insoumise qui obstruaient l'endroit, comme mues par leur propre volonté à révéler leurs vieux secrets, s'écartèrent devant eux. La terre, soudain mise à nue, fut alors aussitôt balayée sur les côtés, dévoilant ainsi ce qui restait de l'antique dallage. Seul, au centre, un petit rosier, pourvu de quelques malheureuses fleurs blanches, s'était opposé à ce bouleversement des éléments, et demeurait debout, s'entêtant à ne pas suivre l'exemple de ses congénères végétaux. Il reposait sur la pierre et, curieusement, semblait y avoir établi ses racines. La plante récalcitrante paraissait en fait orner un carreau bien plus large que les autres, dont la surface plus polie et de teinte différente, lui conférait une importance toute particulière.

Cornélia s'approcha puis, devinant une inscription, s'agenouilla et se mit à essuyer ce qui vraisemblablement était une stèle. Elle reconnut alors son nom, gravé une seconde fois en ce lieu, témoin récurrent de son histoire, mais ne parvint à déchiffrer les dates tant la pierre était érodée. Elle réalisa alors, non sans quelques difficultés, qu'elle se tenait devant la sépulture de celle qu'elle avait été autrefois. Sa sépulture... Que pouvait-il bien y avoir là-dessous ? Quelle étrange idée que de pouvoir se dire que sa propre dépouille reposait devant soi. Qu'en restait-il, d'ailleurs ? Plus grand-chose, certainement. Des os ? Ses os... Un crâne ? Son crâne... Et de la poussière, forcément. La poussière du corps dans lequel elle avait jadis vécu. Et des vers aussi ? Peut-être... Non, probablement pas, cela faisait bien trop longtemps... Inutile d'avoir des images aussi répugnantes à l'esprit. Enfin, voilà tout ce qui, probablement, devait encore subsister au fond de ce trou.

— Comment suis-je morte ? demanda-t-elle, la voix tremblante. Si j'étais comme vous, une immortelle, alors comment suis-je morte ? Avoriel m'a tuée, c'est ça ? Ça ne peut être que ça de toute façon, non ?

Henri secoua la tête et protesta d'un ton ferme :

— Je ne peux pas te le dire. Pas maintenant.

— Pourquoi ? questionna-t-elle avec la moue boudeuse d'un enfant à qui l'on refusait injustement quelque chose.

— Tu le découvriras bien assez tôt, conclut-il. Allez, tu as vu ce que tu voulais voir. Rentrons à présent.

— Et pourquoi des roses blanches ? persévéra-t-elle. Ça, tu peux peut-être me le dire ?

Devant l'éloquence du silence de son ami, elle continua :

— C'est toi qui l'as mis là, n'est-ce pas ? Les rosiers ne poussent pas sur la pierre en temps ordinaire... Et ce sont précisément ces fleurs que tu me laisses parfois, et je les retrouve ici, sur ma tombe, pourquoi ?

— Elles sont le symbole d'un amour pur, éternel et silencieux, confessa-t-il abruptement. En somme, rien de très nouveau. Ce n'est pas comme si cela était encore un secret. À présent, partons, cet endroit me met mal à l'aise...

— Toi ? Tu es mal à l'aise ? répéta-t-elle, mi-surprise, mi-amusée.

— Oui, contre toute attente, cela m'arrive parfois, et ici plus précisément, rétorqua-t-il en lui tournant soudain le dos.

Il y eut alors comme une espèce de crissement et, en l'espace d'un instant seulement, la végétation reprit sa place initiale, s'appliquant à reproduire à l'identique le tableau sauvage et insoumis qu'elle formait avant leur arrivée, comme s'il ne s'était jamais rien passé.

— Henri ! appela-t-elle en le voyant déjà s'éloigner.

Mais il ne s'arrêta pas. Elle courut alors jusqu'à lui, lui prit le bras pour l'arrêter, et l'obligea, dans la mesure de ses maigres moyens, à lui faire face. Puis, déjà à court de souffle, elle déclara, répondant enfin à la question qu'il lui avait posée tout à l'heure :

— Ce que j'attends de toi c'est que tu laisses l'ancienne Cornélia là où elle est, c'est-à-dire ici, sous cette stèle. Ces restes sont ceux d'une personne à laquelle je suis liée, incontestablement. Mais moi, je suis différente, puisque je suis là, vivante, et humaine... Enfin, je crois...

— Mais j'ai déjà conscience de tout ça, affirma-t-il en fronçant les sourcils. Je vois bien que tu n'es pas la même, que ces épreuves t'ont changée. La mort laisse des traces, c'est inévitable. Pourquoi avoir tenu à venir ici ? Tu te fais du mal inutilement.

— Non, tu as tort. C'est vrai que c'est curieux de se retrouver face à sa propre tombe, je ne vais pas dire le contraire, mais pour autant ça ne me fait pas de peine, non, ce n'est pas vraiment ça... Et puis, j'en avais besoin. Finalement, tu vois, moi aussi je suis un vieux cadavre dans un cercueil. Si ça, ce n'est pas un phénomène curieux alors je te le demande, qu'est-ce que c'est ? Toi et moi ne sommes pas aussi éloignés que tu sembles le penser.

Elle prit la main du vampire, enchaîna ses doigts roses et chauds aux siens, blancs et froids, et lui adressa un regard bouleversé, débordant de tout ce qu'elle éprouvait pour lui.

— Ces roses sont le plus beau cadeau que tu m'aies jamais fait, Henri... chuchota-t-elle, la voix emplie d'émotion. Elles sont magnifiques, je les aime tant, rien ne saurait venir gâcher leur beauté.

Il resta un long moment à la dévisager, d'un air indécis, puis, doucement, il se pencha sur elle jusqu'à ce que ses lèvres rejoignent les siennes dans un baiser au contact curieux mais délicieux, et, d'un geste aussi prompt et inattendu qu'une bourrasque de vent, la débarrassa de sa veste, l'enlaçant brusquement, la pressant avec ardeur contre son corps glacé.

Chapitre 23
Reddening House

Elle suivait Henri le long du quai de la Gare du Nord, à Paris, déjà essoufflée. Même si ce dernier avançait d'un pas bien plus lent que d'ordinaire, soucieux de ne pas se faire remarquer dans un lieu public aussi fréquenté que celui-ci, il était toujours difficile pour Cornélia de marcher à son allure. Elle manqua d'ailleurs, à plusieurs reprises, de le perdre de vue parmi la foule agglutinée devant l'énorme train. Le châtelain, contraint de se fondre parmi une société qui n'était pas la sienne, avait de nouveau revêtu son costume à la coupe moderne et sobre, et portait un feutre noir, relativement commun, bien qu'assez peu approprié aux températures élevées de ce début de septembre. Il avait presque l'air d'un homme d'affaires ordinaire, si, bien sûr, l'on mettait de côté ses cheveux longs, étrangement lisses et brillants, et qui, curieusement, ne semblaient nullement troublés par les courants d'air, ainsi que la malle, colossale et sans âge, qu'il trimbalait comme un vulgaire bagage n'ayant rien pesé. Les gens ne paraissaient pas vraiment prêter attention à ce personnage, tout de même un peu bizarre, et à son singulier chargement, et pourtant tous, sur son passage, s'écartaient et se taisaient subitement, baissant la tête comme s'il avait mieux valu ne pas croiser son regard. Le vampire s'arrêta devant l'entrée d'un de ces wagons plus luxueux que les autres, attendit que sa protégée l'ait rejoint puis, de sa main libre, l'aida à monter.

— Les vampires voyagent-ils toujours en première classe ? chuchota la jeune fille, amusée, une fois que son ami eut refermé la porte du compartiment dans lequel ils s'étaient installés.

— En général, nous n'utilisons pas les transports en commun, répliqua-t-il avec une moue dédaigneuse. C'est seulement pour t'épargner les désagréments d'un périple moins conventionnel, bien plus rapide certes, mais toutefois un peu violent pour ta constitution humaine.

— C'est gentil, remercia Cornélia, lui souriant tendrement, se laissant retomber au fond de son siège, épuisée par cette course-poursuite le long du quai.

— Je ne voudrais pas que *mon humaine* arrive mal en point à la réception, justifia-t-il, semblant déjà s'inquiéter quant à la suite des événements.

— *Ton humaine*... soupira-t-elle, pensive à son tour. C'est vrai...

— Je suis navré mais c'est tout à fait indispensable, déclara-t-il placidement. Comme je te l'ai expliqué, les seuls humains acceptés à cette soirée seront soit envoûtés, en quelque sorte des *convives-repas*, soit sous la protection et la tutelle d'un vampire. Une propriété privée, si tu préfères.

— J'avais bien compris, répondit-elle en essayant de conserver son sourire et son enthousiasme.

— À ce propos, ajouta-t-il en sortant de sa poche des rubans de velours grenat, ornés de fines perles et agrémentés d'une délicate dentelle de même teinte, il vaudrait mieux que tu mettes cela dès maintenant.

Elle se redressa pour examiner la curieuse parure que lui tendait Henri et lui adressa un regard confus :

— Qu'est-ce que c'est ?

— Lève-toi, s'il te plaît.

Sans comprendre, elle s'exécuta, se mit debout au milieu du compartiment et se trouva tout à coup déséquilibrée par le mouvement du train qui démarrait. Le châtelain fut aussitôt derrière elle, l'attrapant par la taille, l'empêchant ainsi de tomber, et, au même instant, sans qu'elle n'eût senti ne serait-ce qu'un frôlement, elle s'aperçut que le plus large des rubans avait été noué autour de son cou et les deux autres à ses poignets. Le vampire s'attarda dans cette position, laissant sa main sur la hanche de sa protégée, il plaça l'autre sur son épaule et repoussa doucement la fine manche de coton de sa robe pour venir y déposer ses lèvres froides. Cornélia, d'abord un peu surprise, eut un léger mouvement de recul. Puis, appréciant chacune de ses attentions, si rares et si précieuses, elle finit par s'abandonner complètement à la glaciale, mais néanmoins grisante, étreinte de son ami. Elle se plaqua contre lui, inclinant la tête vers l'arrière, lui proposant plutôt sa bouche. L'haleine à la fraîcheur morbide d'Henri effleura alors son visage, quand, soudain, un bruit à l'extérieur, provenant du couloir, la tira de cet état d'étourdissement dans lequel la proximité de son compagnon ne manquait jamais de la plonger. Lorsqu'elle rouvrit les yeux, elle se retrouva face à un inconnu à l'air hébété, une petite valise à la main, qui, vraisemblablement, venait tout juste d'ouvrir la porte du compartiment. Le châtelain avait repris sa place et s'était rassis près de la fenêtre, comme s'il ne s'était rien passé, laissant Cornélia seule, pantelante, en plein milieu de la cabine. Il tourna lentement la tête vers l'intrus et lui adressa un regard las et indifférent. Ce dernier parut aussitôt stupéfié, il se mit à fixer ses pieds et bredouilla quelques mots d'excuse. Puis, sans attendre, il se précipita hors du compartiment, claquant nerveusement la porte, une expression d'effroi sur la figure.

— Je n'aime pas quand tu fais ça ! protesta la jeune fille, déconcertée.

— Et quand je fais quoi, s'il te plaît ?

— Eh bien, pourquoi chasser cet homme de cette manière ? s'enquit-elle, autant agacée par le comportement du vampire à son égard que par celui qu'il avait eu envers l'inconnu. Il ne t'a rien fait que je sache ?!

— C'est à lui qu'il faudrait demander la raison d'un tel effarement, ma volonté n'a rien à voir là-dedans, assura-t-il, non sans une certaine ironie. J'inspire à la plupart des humains une crainte instinctive, presque viscérale. C'est ainsi, je n'y puis rien, par ailleurs, je ne saurais les en blâmer…

— Vraiment ? insista-t-elle en reprenant sa place en face de lui.

Voyant que son ami, qui s'obstinait à fixer silencieusement le paysage défilant devant eux, ne souhaitait apparemment pas aller plus avant dans ses explications, elle décida de changer de sujet :

— Merci pour la parure, elle est très jolie.

— Ce n'est pas vraiment un cadeau... précisa-t-il sans quitter la fenêtre des yeux. Simple souci de crédibilité. Si tu étais réellement mon humaine, tu en porterais les stigmates.

— Comment ça ?

Il détourna enfin la tête et posa sur la jeune fille un regard impatient :

— Les traces de mes morsures, voyons ! Or tu n'en as pas... D'où les rubans !

— D'accord ! s'exclama-t-elle, un peu vexée.

D'abord il la laissait plantée comme une idiote en plein milieu de la cabine après l'avoir enlacée, et voilà que maintenant il commençait à être désagréable... Décidément, ce voyage promettait ! Elle qui était si enthousiaste à l'idée de cette escapade en sa compagnie, espérant peut-être se rapprocher plus encore de lui, voyait son engouement se désagréger peu à peu. Elle préféra ignorer cette saute d'humeur intempestive et continua :

— Ainsi donc, on peut berner des vampires avec de simples morceaux de tissus ?

— Oui, moi je le peux, argua-t-il du tac au tac.

— Il n'empêche que si tu veux vraiment que tout soit plausible, tu n'as qu'à t'exécuter. Je te l'ai proposé, à plusieurs reprises même, souviens-toi. Ça tient toujours, d'ailleurs.

Elle ne savait pas trop pourquoi elle avait dit ça, mais elle l'avait dit... Et le pire c'était que, quelque part, elle en avait vraiment envie. Mais enfin, pour quelle raison ? Était-elle en train de se découvrir des penchants masochistes ? Non, c'était autre chose... Il s'agissait plus, en fait, de curiosité. Une curiosité malsaine mais une curiosité tout de même. Et puis, il y avait peut-être aussi un peu de jalousie. De la jalousie vis-à-vis de Claire. Après tout, cette superbe jeune femme, comme bien d'autres probablement, avait partagé cette espèce d'intimité, si l'on pouvait qualifier cela ainsi bien sûr, avec le châtelain ; mais pas elle. Et pourquoi pas elle ? Pour quelle raison le lui refusait-il si obstinément ? Il fronça les sourcils, subitement indigné :

— Ce n'est pas un jeu, Cornélia ! Combien de fois faudra-t-il que je te répète que c'est insultant ? Tes insistances sont offensantes !

— Mais enfin, pourquoi ?

— Tu oses me demander pourquoi ?! s'offusqua-t-il d'un ton qui devenait presque menaçant.

La colère s'inscrivait peu à peu sur ses traits, quand, soudain, les rideaux qui encadraient les portes vitrées de la cabine se rejoignirent en claquant, et, au même instant, celui de la fenêtre tomba d'un coup, assombrissant complètement l'endroit. L'obscurité, étrangement opaque, ne lui permettait plus de distinguer le châtelain, cependant, elle devina sa présence, là, tout près d'elle, juste sur le siège d'à côté. Son souffle frais passa dans son cou, faisant remuer quelques mèches de ses cheveux, puis le long de son bras. Ses doigts fins se posèrent lentement sur son poignet, puis, brusquement, l'enserrèrent fermement. Il approcha sa bouche du creux de son coude, et, enfin, y colla sa langue gelée. Il la promena durant quelques secondes sur sa peau, recherchant probablement une veine exploitable, puis elle entendit ce bruit, distinct et horrible, qui signifiait que ses canines s'étaient allongées. Elle sentit alors ses crocs effilés de vampire appuyer contre sa chair, légèrement d'abord, puis bientôt plus fortement, prêts à la transpercer... Et, tout à coup, plus rien...

— Tu m'en crois donc vraiment capable, constata-t-il d'une voix feutrée par le dépit.

S'ensuivit alors un long moment de silence, le compartiment toujours plongé dans le noir. Était-il toujours à côté d'elle ? Pourquoi ne l'avait-il pas fait ? Où était le problème, après tout ? Il se nourrissait de sang et elle était prête à lui offrir le sien. Y avait-il quelque chose de mal à cela ? Au pire, elle souffrirait peut-être de quelques vertiges, et alors ? Elle s'en fichait pas mal...

— Alors tu n'as pas peur... continua-t-il sur le même ton. Tu ne te défends même pas ? C'est donc ça que tu veux ? Souffrir pour mon plaisir ? Me servir de repas, être assujettie à ma faim ainsi qu'à mes désirs ? Me prends-tu pour une espèce de bête enragée capable de se repaître de la femme qu'il aime ? Est-ce donc là toute la considération que tu as pour moi ?

— Non, bien sûr que non ! se défendit-elle.

Évidemment, présenté sous cet angle...

— Non, répéta-t-elle en frottant son bras, sentant de curieux picotements juste à l'endroit où le vampire avait posé ses crocs. Je ne sais pas... J'aurais aimé savoir ce que cela faisait, c'est tout...

— Ne compte pas sur moi pour t'éclairer sur ce point ! Et je te préviens, je te surveillerai de près à cette soirée. Crois-moi, tu n'auras pas le loisir d'obtenir auprès d'un autre la réponse à cette question !

De toute façon, sache bien que personne là-bas n'osera toucher à ce qui m'appartient.

— Pardon ? Ce qui t'appartient ?

— Simple façon de parler, Cornélia. Là-bas, c'est ainsi que tu seras présentée, nous n'allons pas revenir à nouveau sur ce point, si ?

— Non, par contre cette fois c'est toi qui m'offenses si tu t'imagines que cette offre est destinée à n'importe qui ! riposta-t-elle, choquée par les insinuations de son ami.

— Quoi qu'il en soit, cette conversation est terminée ! conclut-il, quand, au même instant, les rideaux se rouvrirent, comme par magie, laissant de nouveau entrer une lumière vive et chaude dans le compartiment.

Les bras croisés sur la poitrine, il avait repris sa place près de la fenêtre et s'était remis à contempler l'horizon dans cette attitude indifférente et fière qui lui était si habituelle. Son chapeau paraissait plus enfoncé sur sa tête qu'auparavant et ombrait son regard. Malgré cela, Cornélia parvint à distinguer ses yeux et put constater que ses iris étaient devenus rouge écarlate, soit l'intense reflet de sa colère, ou de sa faim… Dans tous les cas, mieux valait être raisonnable et ne pas insister pour le moment. Ils gardèrent donc tous deux le silence pendant la première partie du trajet. Cependant, trouvant tout de même le temps un peu long, elle ne put se retenir, au bout de plus d'une heure et demie de mutisme forcé, de poser une question qui, depuis longtemps, la taraudait :

— Maxime ne sera pas présent, n'est-ce pas ?

Cette interrogation parut d'abord surprendre le châtelain qui se raidit aussitôt. Une ombre sinistre passa fugacement sur son visage, puis s'évanouit presque aussi rapidement. Il prit ensuite un air de tristesse et de tendre compassion, et répondit d'une voix plus douce :

— Maxime n'est plus depuis longtemps, Cornélia. Je croyais pourtant te l'avoir dit. Nous avions déjà évoqué le sujet. Pas assez, visiblement...

— Ah, oui, c'est vrai... bredouilla-t-elle, en essayant de cacher le trouble curieux qui l'envahissait à cette annonce. Je ne m'en rappelais pas...

— Je pensais que tu l'avais compris, continua-t-il d'un ton désolé. Des quelques vampires que tu as connus autrefois, il ne reste que moi. C'est pour cette raison que tu peux m'accompagner à ce bal sans danger, personne là-bas ne pourra te reconnaître.

— C'est évident... réalisa-t-elle, se sentant un peu idiote.

Elle s'en souvenait maintenant. Bien sûr qu'il le lui avait dit, seulement, à ce moment-là, c'était comme si cela n'avait eu aucune espèce d'importance. Tandis qu'à présent, ses souvenirs lui revenant, l'information n'avait plus tout à fait la même portée... Henri l'observait attentivement, comme à l'affût, guettant la moindre de ses réactions. Son regard, qui, entre-temps, avait retrouvé sa clarté ordinaire, se fit soudain plus transperçant et plus pesant que jamais. À l'évidence, c'était un sujet sensible. Un sujet qu'il valait mieux éviter... Mal à l'aise, la jeune fille lança ce qui lui passait par la tête dans le seul et unique but de détourner la conversation :

— Moi, par contre, je suis certaine d'avoir affaire à bon nombre de personnes qui te connaissent bien, voire même très bien, notamment d'anciennes maîtresses… Et puisque l'on en parle, dois-je me préparer à en rencontrer beaucoup ?

L'expression du vampire changea subitement, il haussa les sourcils et esquissa presque un sourire :

— Sont-ce vraiment là tes seules inquiétudes quant à cette soirée ?

— Tu ne veux pas me répondre ! constata-t-elle en croisant les bras à son tour. Voilà qui est intéressant ! Elles sont donc tant que ça ?!

Ce sujet, auquel elle n'avait pas vraiment songé auparavant, se mit soudain à la préoccuper. En cinq cents ans d'existence, avec son allure et son rang, Henri avait dû avoir plus d'une femme dans son lit, qu'elles soient vampires ou humaines… Pourquoi ne le réalisait-elle que maintenant ? Et surtout, pourquoi cette idée l'irritait-elle autant ?

— Ce qui est intéressant, et drôle à la fois, c'est de te voir jalouse, rétorqua-t-il, amusé.

— Et pourquoi c'est si drôle que ça, s'il te plaît ? demanda-t-elle, fulminant intérieurement de constater qu'encore une fois, son compagnon ne la prenait pas au sérieux.

— Parce que, pour autant que je sache, tu n'as aucune raison de l'être, assura-t-il, reprenant peu à peu son sérieux. Passons à autre chose, si tu veux bien. Nous avons plusieurs points importants à voir ensemble avant notre arrivée sur place.

Elle hésita un instant à insister pour obtenir une vraie réponse puis, tout compte fait, renonça :

— Je t'écoute.

— Tout d'abord, concernant la parure que je viens de te donner, il ne faudra pas la retirer, à aucun moment, pas tant que nous ne serons pas rentrés à Rougemont, d'accord ?

— Très bien.

— Ensuite, reprit-il à voix basse, il s'avère que quelques personnes ont eu vent d'une rumeur, ancienne et plutôt vague, au sujet de la possible, bien qu'éphémère, existence d'une hybride dont le prénom était Cornélia. Par conséquent, et pour n'éveiller aucun soupçon, là-bas, tu devras t'appeler autrement.

— Si tu veux... accepta-t-elle, perplexe. Mais pour quelle raison exactement ? Pourquoi doit-on absolument cacher la vérité ? Je ne suis pas sûre de comprendre.

Henri garda le silence quelques secondes puis répondit d'un ton grave :

— Fais-moi confiance, toutes ces précautions sont nécessaires.

— Je te fais confiance, murmura-t-elle en s'enfonçant dans son siège, réalisant avec effroi que le danger serait peut-être plus présent que jamais à ce fichu bal. Alors, comment vais-je m'appeler désormais ?

— N'importe quoi, pourvu que ce soit sobre et crédible.

— Que penses-tu de Lise ? hasarda-t-elle, un sourire nostalgique passant rapidement sur son visage. C'était le prénom de ma meilleure amie...

— Ce sera très bien, acquiesça-t-il avant de continuer, l'air de plus en plus soucieux : Une fois que nous serons à Londres, il faudra faire attention à tout ce que l'on dira. Les vampires ont la fâcheuse tendance d'écouter toutes conversations se déroulant dans leur sillage, qui plus est lorsqu'ils n'y sont pas invités...

— Je saurai tenir ma langue.

Une moue de scepticisme, légèrement désobligeante, se peignit sur les traits du châtelain.

— Si tu as d'autres questions à me poser, c'est maintenant.

Elle réfléchit un instant. En fait, elle en avait tant qu'un choix s'imposait...

— Oui, je voudrais que tu me parles de ce couple extraordinaire qui fête ses deux cents ans de mariage ! réclama-t-elle, retrouvant soudain son enthousiasme. Ainsi donc, chez les vampires, l'amour éternel et indéfectible est possible ?

Henri lui adressa un petit sourire étrange, un peu comme ceux que l'on fait aux enfants qui parlent du père Noël, comme lorsque l'on s'émerveille de la naïveté de certaines personnes, à la fois touchantes et amusantes... En somme, rien de très valorisant...

— Alphaïce et Ryù sont bien loin d'incarner le ménage idéal, du moins pas pour l'entendement humain, exposa-t-il ironiquement. Tu dois bien te douter que ce qui est déjà complexe et difficile chez vous, l'est doublement, voire probablement plus encore, pour nous. En ce qui concerne nos hôtes, puisque c'est ce qui présentement t'intéresse, il faut savoir que lui est le troisième engendré par Avoriel. Il est, de par ce fait, presque aussi vieux que moi, et, l'âge avançant, et comme bon nombre d'entre nous, il a complètement perdu le sens des émotions et des sentiments. S'ils sont encore ensemble aujourd'hui, c'est grâce à l'attachement inaltérable qu'Alphaïce porte à son époux. Époux, qui, en outre, n'est autre que son créateur. Enfin, il faut dire que leur histoire est assez... spéciale... si je puis dire. En réalité, et pour être tout à fait honnête, il faut avouer qu'ils sont bien plus des compagnons qu'un couple uni par l'amour.

— N'y a-t-il donc pas de belles histoires chez les immortels ? questionna-t-elle, un peu déçue.

— Eh bien, pour nous, c'en est une ! Beaucoup envient Ryù pour la constance, la tolérance et puis, surtout, la beauté unique de sa femme.

— Les vampires ne sont-ils pas tous beaux, de toute façon ?

— Pour les humains, ils le sont, sans exception, il le faut bien d'ailleurs. Toutefois, entre nous, les critères sont quelque peu différents. Nous ne voyons pas vraiment les choses de la même manière.

— Curieux... souffla-t-elle comme pour elle-même. Mais dis-moi, si tu es le premier, et Ryù... C'est ainsi que cela se prononce ? Et donc, si Ryù est le troisième, qu'en est-il du second ?

— Tu fais bien de me demander cela, convint-il, une ombre grise passant subrepticement dans ses yeux. Le second se nomme Daniel, duc de Moirssandres, et il sera certainement présent à la réception. Il est possible qu'il se comporte bizarrement envers moi, et peut-être même à ton égard également. En fait, il me hait profondément, et ce, depuis toujours.

— Vraiment ? Et pour quelle raison ? Que lui astu fait ?

Henri parut soudain plongé dans ses pensées, comme s'il n'avait pas entendu la question que venait de lui poser son interlocutrice. Il resta muet quelques instants, son visage s'assombrissant peu à peu, puis, d'un ton sarcastique, il expliqua :

— J'ai eu *l'immense privilège* d'être le seul et l'unique vampire à recevoir l'éducation d'Avoriel en personne, tandis que lui a été, sitôt créé, livré à lui-même, ne comprenant rien à ce qui lui arrivait. Je crains qu'il ait très mal vécu cette période. Le roi sombre ne s'est jamais intéressé à lui, alors que... alors que moi, j'étais comme... comme son fils... ou comme son jouet, mais tout ça n'est qu'une question de point de vue. Enfin bref, depuis il nourrit pour moi une espèce de jalousie féroce, et plus qu'absurde au vu de mon passif avec notre créateur. Mais ne crains rien, Daniel n'a finalement qu'assez peu de pouvoirs, ses capacités sont restées très médiocres pour un vampire de son rang. Il n'est, du reste, ni un adversaire, ni un allié.

Cornélia, dont les interrogations se multipliaient à mesure que la langue de son ami se déliait, aurait bien profité de ce moment si rare et si fugace, pour en savoir un peu plus sur son histoire et sur celle de son espèce. Cependant, le trajet touchait à sa fin, l'arrivée du train en gare de Londres et sa promesse de ne plus aborder ce genre de sujet jusqu'à leur retour, l'empêchèrent de poser la foule d'autres questions qui lui brûlaient encore les lèvres. Une fois qu'ils furent sur le quai, elle se contenta de suivre silencieusement le châtelain qui se frayait sans aucune difficulté un chemin large et dégagé parmi la foule dense, semblant parfaitement connaître l'endroit. Toujours sans échanger le moindre mot, ils prirent un taxi, roulèrent presque deux heures encore et finirent par arriver à Reddening House, immense manoir aux murs séculaires, niché en plein cœur d'une forêt sombre et inquiétante, où un couple de vampires, dont les noms sonnaient plutôt curieusement, s'apprêtait à les recevoir. Un domestique, probablement humain, se précipita immédiatement pour prendre la malle dans le coffre, et parut avoir toutes les peines du monde à la transporter. La jeune fille attendit que son ami vienne lui ouvrir la porte pour sortir de la voiture. Elle serra fermement la main que ce dernier lui tendait, et avança avec prudence vers ses nouveaux hôtes.

Elle fut d'abord frappée par la troublante beauté de la femme qui se tenait sur le pas de la porte. Henri n'avait pas menti... On aurait dit un personnage de contes de fées tant ses traits étaient à la fois purs, envoûtants et irréels... Sa peau était aussi blanche, immaculée et veloutée que la neige, à tel point que celle du châtelain, en comparaison, semblait grise et terne. Ses cheveux, mélange de fils d'or et d'argent, étaient d'une blondeur pâle, et d'une longueur et d'une épaisseur impressionnante. Sa coiffure, sorte de demi-chignon ample et haut, de style baroque, était simple mais délicatement travaillée. Certaines mèches étaient lisses tandis que d'autres formaient des courbes serrées, et toutes retombaient le long de son dos, jusqu'à presque atteindre le niveau de ses genoux. Elle portait une robe couleur lie-de-vin, aux lignes victoriennes, majestueuse, qui soulignait la finesse de sa taille et l'élégance des formes parfaites d'un corps gracieux, long et harmonieux. Ses yeux étaient d'un bleu dur, foncé comme une mer azuréenne assombrie par un crépuscule d'été, et sa bouche était généreuse et colorée, assortie à la teinte du tissu précieux qui composait sa tenue. Cornélia se sentit d'emblée rassurée lorsqu'elle vit un sourire radieux et lumineux éclairer le visage de celle que l'on aurait pu prendre pour une déesse. Cette dernière paraissait ravie de voir arriver ses invitées. D'un geste lent et lascif, elle tendit les bras vers eux en signe d'accueil, et posa sur l'un comme sur l'autre, un regard plein de respect et de gratitude.

— Mon prince, salua-t-elle en s'inclinant longuement devant Henri.

Puis elle se tourna vers la jeune fille et réitéra sa charmante révérence :

— Mademoiselle.

Cette dernière était si stupéfaite par la beauté de la femme qui se tenait devant elle, et si émue par le son magnifique de sa voix, étonnamment grave, mais suave et mélodieuse, qu'elle resta bouche bée, incapable d'articuler le moindre mot. Le châtelain passa une main dans son dos et dit :

— Alphaïce, Ryù, mes amis, je vous présente Lise, mon humaine.

Cornélia était si absorbée par la contemplation de la fascinante dame vampire qu'elle en avait oublié le reste... Ce ne fut que lorsqu'Henri parla qu'elle se rendit compte qu'un homme, aux traits asiatiques mais à la peau claire et blafarde, bien plus petit et bien plus sombre que sa compagne, se trouvait également face à elle. Elle détacha avec peine son regard de son hôtesse et le posa sur son époux. Celui-ci ne souriait pas mais ne semblait pas hostile pour autant. Il se dégageait de lui le même ennui et la même indifférence lasse que chez le châtelain. Il était vêtu à la mode du siècle dernier, arborant une longue veste de velours noirs aux motifs carmin mais discrets, une chemise de soie de même couleur, et portait un haut-de-forme qui le faisait paraître un peu plus grand qu'il n'était en réalité. Il baissa respectueusement la tête devant le prince des vampires et un peu plus rapidement devant celle qui l'accompagnait.

— Nous sommes si heureux de te revoir, cher Henri, cela faisait si longtemps ! Et tu ne viens pas seul pour une fois ! s'enthousiasma Alphaïce en dévisageant la jeune fille d'un œil admiratif. Elle est vraiment superbe. J'espère que tu la traites correctement !

— Mais bien évidemment, cela va de soi, répliqua aussitôt ce dernier, un peu sèchement.

— Je ne comprends pas pourquoi ceux d'entre nous qui s'aventurent à prendre des humains de compagnie s'en occupent généralement aussi mal, continua-t-elle d'un ton détaché. Cela dit, si je peux me permettre, je crois que tu négliges quelque peu son alimentation, elle est tout de même légèrement décharnée, la pauvre petite. Il faut y penser car cela peut altérer son goût…

Cornélia, surprise par cette étonnante, et à la fois probante, entrée en matière, fut d'abord consternée de se voir considérée ni plus ni moins que comme un animal domestique… Puis, quand enfin elle comprit la dernière allusion de son hôtesse, eut la subite impression de n'être plus qu'un bout de viande passé au crible par des connaisseurs, sorte de bande de carnivores affamés s'apprêtant à se concocter un bon repas… Ainsi donc c'était cela le monde des vampires ?

— Ne l'écoutez pas, mon prince, lança tout à coup Ryù, daignant enfin desserrer les dents. Vous connaissez ma femme, elle a cette déplaisante manie de toujours dire tout ce qui lui passe par la tête, sans même se rendre compte qu'elle peut être parfois insolente. Ne lui en tenez pas rigueur, je vous en prie. À son âge, je crois malheureusement qu'elle ne changera plus.

Un silence gêné s'installa alors.

— Fort heureusement, mon tendre époux, comme tu le dis si justement, Henri me connaît bien, reprit Alphaïce de sa voix la plus mélodieuse. Il ne saurait prendre ombrage de mes propos, d'autant que mes conseils sont des plus avisés, n'est-ce pas, mon prince ?

— Bien sûr, oui, convint-il. Cependant, je te prierais de traiter Lise avec un peu plus d'égards, elle n'est pas que mon humaine.

— Oh… Je vois… Pardon… balbutia la femme vampire, son regard passant alternativement de Cornélia à Henri avec un étonnement croissant. Je suis confuse, je ne savais pas…

— Excusez-nous, vous n'avez pas à vous justifier, intervint Ryù en fusillant son épouse de ses yeux noirs et étroits. Il est évident que nous traiterons Lise avec toute la considération que l'amie de notre prince mérite.

— Je n'en doutais pas, affirma celui-ci.

— Bien, nous devrions peut-être nous entretenir dès maintenant, qu'en dites-vous ? Nous avons, il me semble, des affaires importantes à régler, et l'heure est grave.

Le châtelain acquiesça d'un signe de tête et se tourna vers sa protégée :

— Nous ne serons pas longs.

— Ne t'en fais pas, je vais me charger de lui faire visiter la belle demeure que tu nous as offerte, assura Alphaïce, faisant mine d'ignorer son époux. Je saurai prendre soin d'elle.

— Soit, mais ne sortez pas de la maison, je ne veux pas qu'elle s'éloigne, exigea Henri d'un ton impérieux, avant de rejoindre le vampire au haut-de-forme et de s'enfoncer avec lui dans l'obscure demeure.

La femme à la robe grenat se tourna avec une étrange lenteur vers Cornélia, restée sur le pas de la porte, puis la scruta avec intérêt :

— Comme c'est étonnant... murmura-t-elle, pensive. Le prince paraît si différent... Se pourrait-il que tu y sois pour quelque chose ?

Elle s'approcha et se mit soudain à caresser la joue de la jeune fille, immobilisée par la surprise, l'effleurant doucement de ses doigts de porcelaine, les yeux toujours rivés aux siens, l'examinant comme une bête bizarre. Puis, elle s'exclama subitement :

— Et cette petite merveille, possède-t-elle une langue ?

— Pardon... marmonna-t-elle en baissant la tête, gênée. Je... Bien sûr...

— Tu es un peu effrayée, ma chérie ? s'enquit Alphaïce une expression de compassion sur le visage. C'est normal. Mais tu n'as rien à craindre, personne n'oserait toucher aux jouets d'Henri, tu dois bien t'en douter. Encore moins s'il s'avère que ceux-ci lui sont précieux...

Elle lui attrapa brusquement la main et la conduisit à l'intérieur :

— Je vais te faire visiter, ensuite il faudra me montrer ta tenue pour demain soir, j'ai grand hâte de voir ce que portera la cavalière du prince !

— C'est-à-dire que… bafouilla Cornélia. Je n'ai rien de grandiose… Il ne s'agit que d'une robe comme celle-ci…

— J'en étais sûre ! Cela fait tellement longtemps qu'Henri boude la société qu'il en oublie jusqu'au plus important ! Fort bien, alors il faudra que l'on te trouve une tenue pour le bal. Tu veux nous faire honneur, n'est-ce pas, à nous comme à lui ?

— Euh… Oui, certainement.

Un sentiment d'effroi l'envahit subitement à l'idée d'être si brutalement éloignée de son ami et protecteur. Devait-elle s'attendre à entendre de nouveau la voix dans sa tête, et peut-être, avoir à faire face, et ce, devant témoin, à une nouvelle agression d'Avoriel, irréelle pour tous sauf pour elle ? Elle se demanda un instant si tout cela était vraiment une bonne idée, si elle n'allait pas regretter d'être venue jusque-là, parmi ces créatures étranges et imprévisibles, acceptant de se faire passer pour quelque chose qu'elle n'était pas.

La femme vampire l'entraîna à travers toutes les pièces de ce manoir sombre et austère, en commençant par ses parties les plus anciennes, qui dataient de l'époque du règne d'Elisabeth. Elle termina la visite par l'aile la plus moderne, dont la décoration rappelait vaguement certains intérieurs baroques français, mais avec des lignes plus sobres et des tons plus pâles, plus doux et intimistes. Elle lui raconta l'histoire du lieu, riant parfois de certaines anecdotes saugrenues, lui parla de l'architecture, du mobilier, s'adressant à la jeune fille avec courtoisie et chaleur mais non sans, tout de même, une légère pointe de condescendance. Lorsqu'elle eut terminé son long monologue, elle s'arrêta brusquement, perdit son regard dans le vide et resta ainsi, sans bouger pendant ce qui sembla être plusieurs minutes. Cornélia, durant ce laps de temps qui lui parut être une éternité, hébétée, n'osa ni parler, ni même faire le moindre mouvement, de peur de dire ou de faire quelque chose qu'il ne fallait pas. Les vampires étaient si bizarres... Que c'était étrange de voir son hôtesse ainsi arrêtée, comme si, tout à coup, elle n'avait plus été qu'une statue figée dans un marbre blanc et éclatant, fascinante et immobile... Elle attendit donc patiemment qu'Alphaïce daigne de nouveau reprendre la conversation, restant debout, sans bouger non plus, face à celle qui semblait avoir complètement oublié sa présence. Puis, soudain, celle-ci parut reprendre vie. Elle se tourna subitement vers son invitée, un sourire enthousiaste étirant brusquement sa bouche magnifique et se mit à battre vivement des mains :

— Allez, aux essayages maintenant !

Ainsi, ce long moment de silence imposé ne serait pas justifié... Rien de plus normal, apparemment. Puis, elle l'entraîna au premier étage, dans une pièce regorgeant d'armoires et où les rares pans de murs inoccupés étaient couverts de larges miroirs. Elles étaient déjà passées par là durant la visite, mais assez rapidement, la salle étant d'apparence sans grand intérêt. Elle la plaça sur une sorte de petite marche ronde, entourée pour moitié de psychés ternies, plantée en plein milieu de la salle. Puis elle l'invita d'un geste à se dévêtir quand, au même moment, dans un nuage de poussière, toutes les portes des vieilles penderies s'ouvrirent de concert, révélant soudain leurs trésors cachés. Il y avait là toute une collection de costumes d'époque, soit un nombre incalculable de joyaux de la mode féminine, allant du début du dix-neuvième siècle jusqu'aux années trente. Une garde-robe issue de divers pays, à la valeur probablement inestimable...

— Eh bien, qu'attends-tu ? Déshabille-toi, ordonna-t-elle avec une certaine impatience.

— P-Pardon ? cafouilla la jeune fille, déconcertée. Là ? Ici ? Maintenant ?

Et, sans même qu'elle n'ait eu le temps de répondre qu'elle n'en avait pas très envie, Alphaïce fut près d'elle. D'un geste bref mais délicat, elle fit glisser sa robe, laissant Cornélia seulement vêtue de sa lingerie. La femme vampire s'éloigna pour inspecter son invitée de pied en cap, le regard inquisiteur, puis déclara d'un ton de reproche :

— Tu ne devrais pas les cacher, les morsures du prince sont un honneur, pas une honte. Je crois que tu ne réalises pas bien la chance que tu as.

— J'en ai conscience, je vous assure... balbutia-t-elle, interdite, croisant les bras sur sa poitrine et frissonnant. C'est sur sa demande que je porte ces rubans.

Mais dans quel genre de maison de fous était-elle tombée ? Henri allait-il la laisser encore longtemps avec cette espèce de démente qui l'obligeait à rester là, à moitié nue, plantée sur ce promontoire grotesque ?

Était-elle soudainement devenue une bête de foire que l'on pouvait à loisir exhiber ? L'hôtesse haussa les épaules, se tourna vers l'une des armoires puis revint, un quart de seconde plus tard, auprès de la jeune fille, les bras chargés d'une grande robe blanche :

— C'est celle-ci qu'il te faut, déclara-t-elle en souriant. Elle te plaît ?

— Oui, bien sûr... opina Cornélia, ne tenant pas particulièrement à froisser son interlocutrice.

Puis, en quelques mouvements d'une extrême précision et d'une grande douceur, Alphaïce habilla son invitée, la manipulant comme si elle avait été une petite poupée fragile. En l'espace d'un claquement de doigts, elle laça le corset et arrangea les plis de la jupe, puis, prit à nouveau de la distance. Un large sourire vint étirer ses lèvres veloutées et charnues :

— J'en étais sûre ! Tu es sublime, ma petite Lise ! s'écria-t-elle en battant à nouveau des mains. Vraiment sublime !

Celle-ci jeta alors un coup d'œil aux miroirs en face d'elle et se surprit à se trouver jolie. Cette idée de robe blanche était un peu curieuse, mais après tout, pourquoi pas ?

— La mode d'aujourd'hui est si triste ! reprit-elle. Elle ne met plus personne en valeur. Toi-même tu ne préfères pas ce genre de toilettes ?

— Si, sans hésitation, concéda Cornélia en admirant son reflet. Ce n'est pas très pratique, cela dit...

— Ah ! Les humains et leur sens pratique, se lamenta Alphaïce. Cela vous fait perdre le charme des choses !

Elle revint vers la jeune fille, se plaça juste derrière elle et attrapa quelques mèches de ses cheveux qu'elle remonta astucieusement, faisant ainsi de cette masse informe de boucles rebelles une coiffure élégante et soignée, à l'image de la sienne. Elle s'agenouilla ensuite près d'elle, et, d'un coup de main extraordinairement adroit, plissa le tissu de la jupe de sorte qu'elle soit adaptée à sa taille. Soudain, elle releva la tête, alerte, comme si elle avait entendu quelques bruits au loin, puis se trouva devant la porte, l'ouvrit et invita le prince des vampires et son propre époux à entrer :

— Cher Henri, que penses-tu de ta petite humaine dans cette tenue ? se renseigna-t-elle en désignant Cornélia d'un geste ample et gracieux. N'est-elle pas ravissante ?

Celui-ci parut d'abord étonné de voir sa protégée ainsi transformée. Il la détailla un moment, puis, peu à peu, un trouble étrange vint assombrir son regard. Comme il ne répondait rien, ce fut Ryù qui prit la parole :

— Assurément qu'elle l'est. Alphaïce, s'il te plaît, pourrais-tu cesser de parler de Lise ainsi, les autres ne sont pas petits, c'est toi qui es trop grande !

— Deux cents années de mariage et toujours les mêmes réflexions ! plaisanta cette dernière.

— Mon prince, continua leur hôte en s'adressant cette fois à Henri, souhaitez-vous que nous vous laissions un peu seuls ?

— Non, ce n'est pas la peine, déclara-t-il sans quitter la jeune fille des yeux. Effectivement, tu es magnifique.

— Merci... bredouilla Cornélia en rougissant, embarrassée de se voir être le centre de toute l'attention, mais également confuse face à la réaction étrange du châtelain.

— Je lui offre la robe, annonça la femme vampire, satisfaite de voir que son ami partageait son goût. C'est un modèle original, je ne l'ai porté qu'une ou deux fois à la cour de la reine Victoria. Un rapide époussetage et elle retrouvera son éclat d'antan. Ce sera parfait pour demain soir !

— Merci, répéta timidement Cornélia, n'osant plus bouger.

— Mais je t'en prie, répondit chaleureusement Alphaïce en la prenant par les épaules. Messieurs, si vous voulez bien nous attendre en bas, au petit salon. Je vais aider cette demoiselle à se changer.

Sur ces mots, ils s'éclipsèrent, laissant les deux femmes de nouveau seules.

— J'ai l'impression que le prince tient beaucoup à toi, c'est très étrange... chuchota-t-elle sur le ton de la confidence tout en débarrassant la jeune fille de son encombrante toilette.

— Pourquoi c'est si étrange ? interrogea-t-elle, s'enhardissant subitement.

— Parce que c'est Henri, voyons ! dit-elle en éclatant d'un rire musical et enchanteur, presque séraphique. Il est très vieux, tu sais. Jeune vampire, il était, à ce que l'on raconte, un terrible don Juan. Il aurait brisé plus d'un cœur, paraît-il. Toutefois, moi je l'ai toujours connu seul et totalement insensible à la gent féminine... Et pourtant, les prétendantes n'ont jamais manqué, tu peux me croire ! Elles sont nombreuses celles qui, immortelles ou pas, d'ailleurs, se damneraient pour qu'il leur accorde ne serait-ce qu'un regard. Je ne sais si c'est parce que tu es le met favori du moment, mais il est différent, quelque chose chez lui a changé…

Elle marqua une pause, songeuse, puis reprit, comme se parlant à elle-même :

— Plus que son humaine… C'est si… inattendu ! A-t-il l'intention de faire de toi sa compagne ? Oh ! Et mon mari a raison ! se récria-t-elle en mettant sa main devant sa bouche. Je ne sais vraiment pas tenir ma langue ! C'est un très vilain défaut chez nous autres vampires, tu sais. Je dois être la seule à être aussi bavarde ! C'est à se demander comment ce pauvre Ryù a fait pour tenir deux siècles…

Là-dessus, elle attrapa le bras de Cornélia qui venait à peine de terminer de se rhabiller et l'emmena jusqu'au salon où les deux hommes les attendaient. La nuit commençait à tomber et elle eut beaucoup de mal à les distinguer à travers les ténèbres grandissantes, qui ne paraissaient, d'ailleurs, ne gêner personne d'autre qu'elle. Elle se dirigea alors vers son ami, circulant tant bien que mal dans la pénombre, et alla s'installer à côté de lui, dans un grand fauteuil de velours clair. Aussitôt, ce dernier s'empara de sa main, et la pressa légèrement, comme pour s'assurer que tout allait bien. Elle répondit en enlaçant ses doigts aux siens, puis se laissa retomber contre le dossier, profitant du confort moelleux de son siège, fatiguée mais heureuse de se retrouver de nouveau auprès de son compagnon. La lumière s'alluma brusquement, sans que, pour autant, personne semble s'en étonner, et une femme aux vêtements modernes et sobres, apparut soudain, les bras chargés d'un plateau :

— Où dois-je poser le repas que vous m'avez demandé ? s'enquit-elle avec un fort accent anglais, fixant la maîtresse de maison d'un œil à la fois hagard et craintif.

— Servez cette demoiselle, je vous prie, l'enjoignit Alphaïce d'un ton mi-impérieux, mi-dédaigneux, désignant du doigt son invitée.

La domestique s'exécuta, installa son chargement sur un guéridon aux pieds fins et délicatement sculptés, probablement une autre pièce de collection, qu'elle rapprocha ensuite de la jeune fille. Puis, elle se posta en plein milieu de la pièce, la tête basse et les mains jointes, attendant probablement qu'on veuille bien la congédier. Elle avait, comme son employeur, les traits asiatiques, japonais peut-être même, et, étant humaine, elle en possédait également la couleur de peau. Elle paraissait à peine plus âgée que Cornélia et était bien trop jolie pour n'occuper qu'une place de bonne...

— Cher Henri, si tu as faim sers-toi, proposa Alphaïce en indiquant cette fois la pauvre jeune femme qui se tenait tremblante au centre du salon. Kyrie possède un arôme exquis selon mon époux, c'est sa préférée ces derniers temps, et sur bien des plans...

Ryù se leva, posa une main sur l'épaule de la domestique, la regarda droit dans les yeux et, d'une voix à la tonalité indéfinissable et curieusement pénétrante, lui expliqua :

— Sois gentille, s'il te plaît, cet homme est le prince des vampires. C'est un privilège pour toi.

Étrangement, elle parut tout à coup rassurée. Elle soupira de soulagement, se tourna vers celui qu'on venait de désigner et avança jusqu'à lui. Elle se mit subitement à sourire à pleines dents et à minauder, se tordant les doigts, penchant la tête et montant les épaules, osant à peine le regarder sous sa frange, comme s'il avait été question d'obtenir l'autographe d'une célébrité. Elle s'arrêta tout près de lui, s'agenouilla, repoussa ses longs cheveux de jais et lui tendit le côté de son cou qui était le moins meurtri. À cet instant, Cornélia dut lutter pour prendre un air détaché et ne pas paraître horrifiée.

— Non, merci, refusa Henri en détournant les yeux.

Les deux hôtes échangèrent un regard surpris, puis embarrassé.

— Hum... Mille excuses mon très cher prince, dit Ryù en relevant aussitôt la domestique et en s'empressant, d'un mouvement brusque, de la faire sortir de la pièce. Je ne voulais pas vous insulter en vous proposant une humaine qui a déjà servi à un autre...

— Il ne s'agit pas de cela, contesta-t-il. J'ai pris mes précautions avant de venir et je n'ai absolument pas faim. J'y goûterai une autre fois, merci. Le voyage a été éprouvant pour Lise. Si cela ne vous ennuie pas, nous nous retirerons dès qu'elle aura terminé.

Il se tourna vers sa protégée et lui intima, d'un simple coup d'œil, l'ordre de se mettre à manger. Cette dernière, qui était autant affamée qu'exténuée, s'exécuta immédiatement, impatiente de pouvoir aller se reposer et d'enfin quitter la compagnie déroutante, voire même dérangeante, de ces hôtes si particuliers.

Plus aucun mot ne fut alors échangé et ce fut dans un silence parfait, atrocement pesant et inquiétant, que Cornélia prit son repas. Quand elle eut terminé, Alphaïce les accompagna jusqu'aux anciens appartements du châtelain, s'enorgueillissant de n'y avoir jamais rien changé depuis cette époque, lorsque soudain, une jeune fille, d'une quinzaine d'années tout au plus, déboula devant eux, telle une apparition. Elle n'était pas humaine, cela se lisait sur ses traits. Son visage juvénile avait gardé la rondeur de l'enfance, mais sa peau pâle et laiteuse était presque translucide. Ses yeux étaient immenses, démesurés, et d'un noir si intense et profond qu'ils ressemblaient à ceux d'une biche. Une masse de boucles fines et serrées, châtain clair, d'une teinte étonnante, rappelant l'éclat du caramel, encadraient sa ravissante figure et retombaient comme des centaines de petits ressorts sur ses épaules. Elle avait piqué dans sa jolie chevelure quelques pâquerettes ici et là, ornements curieux qui lui auraient donné un air mutin si les fleurs n'avaient pas été toutes flétries. Elle portait une robe beige, pleine de dentelles, et tenait dans sa petite main ronde et gantée une ombrelle fermée, de la même couleur que sa tenue. Elle fit une longue et élégante révérence devant Henri, puis se redressa vivement et s'adressa à la maîtresse des lieux sur un ton de reproche :

— J'en étais sûre ! Le prince est là et tu ne m'as même pas appelée ! Ma maman a décidément bien honte de moi !

Alphaïce parut tout à coup terriblement gênée :

— Hum… Voilà, je vous présente Charlotte… annonça-t-elle d'une voix faible, baissant la tête comme si elle venait de confesser un horrible crime. Elle est un peu comme mon enfant... ou presque. En tout cas, elle se plaît à me donner du *maman* et je dois dire que j'apprécie la chose.

— Et qui a bien pu l'engendrer, s'il te plaît ? interrogea le châtelain en fronçant les sourcils, subitement contrarié.

— C'est... moi-même... soupira-t-elle. Il y a un peu plus de cinquante ans.

— Elle semble bien jeune, avisa-t-il d'un ton accusateur.

Soudain, l'adolescente éclata d'un rire enfantin et espiègle. Puis elle se mit à tourner sur elle-même, la tête rejetée en arrière, faisant virevolter dans un nuage de dentelle, sa grande jupe claire.

— Ça, c'est vrai ! s'exclama-t-elle en chantant. Ça, c'est vrai que je suis jeune ! Je suis jeune ! Je suis jeune ! Et je le resterai toujours ! Grâce à ma petite maman que j'aime !

Cornélia s'amusa d'abord de voir cette jeune fille radieuse, aux manières si puériles, et tellement différente des quelques autres vampires qu'elle connaissait, qu'elle ne fit pas tout de suite attention aux fines taches brunes, sorte d'éclaboussures furtives, qui maculaient le bas de sa robe et l'un de ses gants. Puis, elle réalisa brusquement que ses petites lèvres rebondies, au sourire malicieux, étaient en fait bien trop brillantes et bien trop rouges pour que cela fût naturel. Sa bouche portait, en réalité, les traces de son dernier repas. Tandis que l'une de ses mains tenait une poignée de cheveux qui ne lui appartenaient pas, noirs et lisses, sales et humides, collés entre eux par ce qui ressemblait à du sang séché.

Peut-être le souvenir d'une victime récente... Cornélia frissonna d'effroi, comprenant finalement qu'ici rien n'était ce qu'il semblait être. Charlotte s'arrêta brutalement, cessa de rire et de chanter, et une moue boudeuse s'inscrivit soudain sur son visage angélique :

— Ma maman a honte de moi... C'est si triste ! Moi je l'aime tant.

Son sourire réapparut aussitôt et elle se mit à glousser. Puis, faisant encore voler la dentelle de ses vêtements, elle s'éloigna en sautillant, fredonnant à nouveau, d'abord des choses confuses, presque inaudibles, puis quelques phrases étranges :

— La douceur des pierres... La chaleur de ta stèle... Rien n'est pire, non rien n'est plus pénible que la mort... La mort... Et quiconque l'a affrontée ne saurait l'ignorer... Tombe mon âme, mes amis, prisonnière des griffes de cette paisible, tendre et ingrate compagne, la mort...

Elle s'arrêta au loin, se retourna, adressa un large sourire à Cornélia, et ajouta :

— Même toi, l'humaine ! La mort...

Puis, elle reprit sa petite course dansante et sa silhouette disparut sur cet insolite message, aspirée par l'obscurité du fond du couloir. Alphaïce se retourna, l'air terriblement embarrassée, et expliqua à voix basse :

— Je suis désolée pour son comportement, elle n'est pas...

— Elle n'avait pas l'âge approprié ! coupa Henri, furieux tout à coup. Mais enfin qu'est-ce qui t'a pris ? Te rends-tu seulement compte de ce que tu as fait ?!

J'attends des explications, tu sais que je ne peux tolérer de pareils écarts !

La femme vampire s'écarta d'un pas et baissa la tête, fixant ses pieds dans une posture de totale soumission :

— Bien sûr... des explications... Je n'en ai pas vraiment de bonnes, malheureusement. Cela fait si longtemps que tu ne te mêles plus de rien... Le duc s'en fiche et Ryù a bien voulu fermer les yeux... Mais j'accepterai ton châtiment, cela va de soi.

— Je veux des explications, Alphaïce ! réclama-t-il, haussant le ton.

— Soit, je te les dois de toute façon... Mais par où commencer ? Ah, oui... C'est dans les années 1940 que j'ai remarqué cette enfant. Elle était déjà un peu bizarre, seule parmi les autres, et puis, elle était si jolie, je n'en avais jamais vu de semblable. Tu sais bien, Henri, que leur arôme est sans nul autre pareil. Et qui saurait y résister ? Moi je n'ai pas pu... Et je la voulais, elle. Si j'avais pu enfanter, le fruit de mes entrailles aurait possédé ce même visage merveilleux, j'en suis persuadée ! Elle m'a tant obsédée. Il a fallu que j'obtienne ce que je désirais si ardemment, comprends-moi... Alors, je me suis arrangée pour devenir sa préceptrice. Sa famille avait quelques moyens mais pas tant que ça, par conséquent je leur ai pris très peu. De cette manière, j'ai pu me nourrir à loisir, presque quotidiennement même, de son sang si délicat, sans jamais éveiller le moindre soupçon de la part de la société humaine. Je l'aimais... Je l'aimais tellement que je n'ai pas pu m'empêcher d'y goûter, encore et encore, affaiblissant toujours plus la pauvre petite... Je savais qu'elle était trop jeune, je le savais ! Cependant je la voulais, elle et aucune autre, et je la voulais pour toujours !

Elle redressa la tête subitement, se risquant de nouveau à affronter le regard du prince des vampires et continua :

— J'ai donc fait ce qu'il fallait pour que mon vœu soit exaucé, que tous mes espoirs se réalisent enfin. Mais, je ne sais pourquoi, elle n'est jamais redevenue celle qu'elle était. Bien sûr, ses souvenirs l'ont quittée. C'est inévitable. Mais sa présence d'esprit s'est envolée avec eux. La pauvre enfant est complètement folle depuis, ses propos n'ont jamais aucune cohérence et le fil de ses pensées est si court que c'en est ahurissant ! Je n'ai jamais pu l'éduquer, elle n'a aucun pouvoir de toute façon. En revanche, elle est d'une cruauté sans pareille avec ses proies et multiplie les victimes à tour de bras. Il faut dire que la malheureuse souffre d'une faim insatiable et permanente, inexplicable...

Elle s'arrêta un moment, la mélancolie et une espèce de culpabilité se dessinant lentement sur sa figure d'albâtre :

— Je l'aime toujours autant, bien que je ne puisse plus y goûter. Elle est comme ma fille désormais, mais il reste très difficile de la surveiller... Cela faisait presque un mois qu'elle était partie, je ne savais pas qu'elle rentrerait pour la réception.

— Et tu t'attendais à quoi, Alphaïce, en créant un misérable vampire de troisième rang n'ayant même pas atteint l'âge de la majorité ?! argua le châtelain d'un ton si froid et si méprisant que Cornélia en eut la chair de poule. Aurais-tu complètement perdu la raison ?! Ces fantômes de sentiments que tu t'évertues à entretenir de peur qu'ils ne s'enfuient pour de bon, ne peuvent sous aucun prétexte guider tes agissements ! Te rends-tu compte que pour un caprice tu pourrais tous nous faire tomber ?!

— Pardon, mon prince... s'excusa-t-elle, tremblante, tombant à genoux devant ce dernier. Pardon... Ryù n'a rien à voir là-dedans, c'est moi qui l'ai contraint à garder mon secret, ne lui tiens pas rigueur de mes erreurs, je t'en prie.

— Assume tes actes et occupe-toi mieux d'elle ! ordonna Henri. En aucun cas Charlotte ne doit approcher Lise ! C'est bien compris ?! En aucun cas, tu m'entends ?

— Bien sûr, j'y veillerai, accepta Alphaïce en se relevant, la tête toujours inclinée vers le sol.

Puis elle recula lentement, glissant sur le carrelage comme un spectre jusqu'à ce qu'elle aussi, disparaisse dans les ténèbres. Sans un mot, le châtelain ouvrit la porte de ses anciens appartements et fit signe à sa protégée d'y entrer. Celle-ci obéit immédiatement, complètement abasourdie par tout ce qu'elle venait d'entendre. Elle alla jusqu'au premier lit qu'elle trouva, jetant à peine un coup d'œil au grand cercueil qui se trouvait là, au centre de la salle, et se laissa tomber sur le matelas, épuisée et choquée. Cette jeune fille, cette histoire... Elle sentit son sang se glacer dans ses veines. C'était une enfant. C'était une victime. La victime d'Alphaïce. Et elle était cruelle. À qui avait bien pu appartenir cette poignée de cheveux ? Quelle horreur !

— Ce n'était qu'un avant-goût, marmonna le vampire, comme s'il avait pu lire dans ses pensées.

— Je sais, opina-t-elle d'une voix faible, étouffée par les coussins.

Elle resta un moment dans cette position, essayant de faire le vide dans son esprit quand elle entendit Henri ouvrir la grande malle qu'il avait transportée de Rougemont jusqu'ici. Elle se redressa aussitôt, curieuse de savoir enfin ce qu'il y cachait. Elle trouva alors son ami assis en face d'elle, dans un fauteuil à large dossier, au capitonnage de velours rouge, juste à côté d'une cheminée où un feu crépitait déjà. Ses yeux avaient pris la teinte des flammes, ses crocs s'étaient allongés, et il était en train de boire avidement au goulot d'un énorme Thermos. Il en vida cinq à la suite, aussi rapidement que ses capacités surhumaines le lui permettaient, puis soupira, manifestement soulagé.

— Tu avais donc faim ? demanda-t-elle surprise, en le regardant s'essuyer le menton puis la bouche, léchant ensuite ses mains humides du sang qu'il y avait récupéré, une bien répugnante habitude, apparemment.

Il hocha la tête puis rangea sa malle :

— Comme je l'ai dit, j'ai pris mes précautions.

— Mais demain tu ne pourras pas refuser si l'on te propose encore de *goûter* quelqu'un, n'est-ce pas ?

— Je voulais t'épargner ce genre de spectacle, pour aujourd'hui du moins, mais demain ce sera différent, en effet, admit-il froidement. Je commence à me demander s'il ne vaudrait pas mieux que tu restes à l'écart de tout ça. La tournure que prennent les choses ne me plaît guère. J'avais un peu oublié comment tout cela se passait dans cette société si particulière. On l'a assez répété, il me semble, depuis notre arrivée ici, cela ne t'aura pas échappé, ça fait très longtemps que je ne prends plus part à ces événements... Peut-être pourrais-tu rester dans une chambre durant cette soirée, assez près pour qu'il ne t'arrive rien, mais assez éloignée tout de même pour ne pas avoir à y assister.

— Quoi ?! Mais non ! protesta-t-elle avec véhémence. Ce n'est pas ce que nous avions convenu !

— Je le sais bien, mais je ne vois vraiment pas ça d'un bon œil, j'avoue...

— Pourquoi ? Parce que t'afficher avec une humaine te fait honte, peut-être ?

— Cela n'a absolument rien à voir !

— C'est hors de question ! Tu ne vas quand même pas m'enfermer dans l'une de ces horribles pièces, me laisser seule, peut-être à la merci d'Avoriel, mais très certainement à la merci d'autres dégénérés du genre de Charlotte, et aller faire la fête à côté avec tes amis vampires ! Je regrette, c'est avec moi ou rien !

Il soupira longuement et secoua la tête :

— Tu es si obstinée que tout se transforme toujours en impasse avec toi. Tu ne comprends donc pas que je n'ai pas d'autre choix que d'être ici si nous voulons faire évoluer les choses ? Ces réceptions ont la fâcheuse tendance à se terminer en orgie. Je te l'ai dit, vos principes ne sont pas nos principes. Je ne veux pas que tu aies à prendre part à tout ça.

En orgie ? Qu'est-ce que ça voulait dire exactement ? En quoi pouvait bien consister une orgie vampirique ? Rien de très propre, c'était certain. Pas mal de sang, inévitablement. Des morsures aussi. Des gens envoûtés. Et après ? Non, elle ne resterait pas à se tourner les pouces derrière l'un de ces vieux murs sombres, en attendant qu'Henri fasse ce qu'il avait à faire ! Peu importait ce qu'il se passerait, elle pouvait supporter la vue de bien des choses maintenant, elle le savait. Ils étaient venus ensemble, ils resteraient ensemble, voilà tout !

— C'est trop tard, conclut Cornélia, déterminée.

— Fort bien, c'est ton choix alors, pas le mien. Il faudra que tu te prépares à...

— C'est déjà fait, coupa-t-elle en se relevant, se dirigeant vers lui, les yeux rivés aux siens. J'ai déjà vu tout ça, rappelle-toi.

Elle vint s'asseoir sur les genoux du vampire, se blottit contre son torse froid, et n'eut pas longtemps à attendre avant que celui-ci ne la prenne dans ses bras et ne vienne embrasser son cou.

— Je veux seulement être avec toi, le reste m'est égal. Ce sera juste un peu différent de d'habitude, faute de bouteilles en verre et de micro-ondes, ou encore de Thermos, tu seras contraint au prélèvement direct... Saigne qui tu veux, je m'en moque, moi je t'aime.

Henri passa une partie de la nuit dans son cercueil mais, quand aux premières lueurs de l'aube, Cornélia ouvrit un œil, elle le trouva couché à côté d'elle, son souffle léger et frais faisant frémir ses boucles et sa main allant et venant dans son dos, l'effleurant plus qu'il ne la caressait. Elle fit mine de ne s'éveiller qu'une fois que le soleil, timide à travers la brume mais tout de même présent en cette toute fin d'été, fut à son zénith ; choisissant de profiter au maximum de ce moment de calme et de tendresse. Il allait bientôt redevenir le prince des vampires, quelqu'un de froid, quelqu'un que ses semblables craignaient autant qu'ils le respectaient, et elle son humaine, un statut pire encore que si elle avait été son chien…

Lorsqu'ils se décidèrent enfin à sortir de la chambre, ils croisèrent dans les couloirs de Reddening House, toute une foule de domestiques, tous plus bizarres les uns que les autres, qui s'affairaient à préparer la soirée, prenant garde à toujours observer le plus grand silence. Ryù et Alphaïce s'étaient, quant à eux, retirés pour le reste de la journée, cette dernière tenant à passer le plus de temps possible dans son cercueil avant de recevoir ses invités, entretenant avec le plus grand soin sa beauté unique et fascinante. En attendant, Henri et Cornélia allèrent se promener dans les splendides jardins *à l'anglaise* de la propriété, jusqu'à ce que le hasard de leurs pas les conduise dans cette forêt sombre, dense et noire qui l'encadrait. Une fois à l'intérieur, on aurait dit que la nuit les avait pris…

— Qu'est-ce qu'un vampire de troisième rang ? questionna la jeune fille, avide de connaissances. Est-ce que tu peux m'expliquer ? Votre hiérarchie semble si compliquée…

— Ce n'est pas compliqué, en réalité, c'est même fort simple, exposa-t-il, l'air amusé. Il ne s'agit, en fait, que de *filiations*, comme dans votre ancienne société. Enfin, en quelque sorte, bien sûr… Nous sommes treize à avoir été engendrés par Avoriel, ce qui nous confère cette place de choix qu'est le premier rang. Nous avons plus de pouvoirs, plus de droits, et nous pouvons soumettre tous les autres à notre volonté. Ceux issus des treize font partie du second rang et ont moins de capacités. Comme

Alphaïce, par exemple. Quant à ceux qui découlent de ces derniers, les vampires de troisième rang, ils n'ont généralement aucune, sinon très peu, de facultés autres que la force et la rapidité typiques de notre espèce, et ils ne peuvent engendrer.

— Et toi, tu as déjà… Enfin… Tu as déjà créé un autre être immortel ? hésita-t-elle, saisissant tout de même cette opportunité pour obtenir une réponse à une question qu'elle se posait depuis un bon bout de temps.

— Une fois seulement, expliqua-t-il placidement. Mais le moins que l'on puisse dire c'est que ça ne s'est pas très bien terminé. Je n'ai jamais réitéré depuis et ne le ferai jamais plus. Je n'en vois pas l'intérêt. Et puis, les autres s'en chargent déjà très bien. Notre nombre ne cesse de croître, et ce, malgré les sautes d'humeur d'Avoriel qui n'hésite pas à décimer régulièrement les troisièmes rangs, quand il ne s'en prend pas même parfois aux seconds.

Soudain, Henri se raidit. Il tourna la tête et fixa son regard perçant au loin, à travers l'enchevêtrement des arbres noirs, au feuillage foisonnant, de cette forêt encombrée. Au même moment, il saisit la main de Cornélia et la força à s'arrêter.

— Qu'y a-t-il ? s'étonna-t-elle.

Il lui fit signe de garder le silence, la mine méfiante. Une silhouette claire, semblant danser, se profila alors progressivement du côté où les yeux du châtelain s'étaient arrêtés. Elle apparaissait par intermittence, tourbillonnant dans l'obscurité, ses vêtements blancs et vaporeux tranchant dans les ténèbres de ces bois sans âge. Elle se faisait de plus en plus proche, devenant peu à peu plus distincte, jusqu'à ce qu'enfin, elle arrive jusqu'à eux. C'était l'adolescente vampire qu'ils avaient déjà croisée la veille. Elle chantait de sa petite voix fluette et cristalline, et était en train d'effeuiller un bouquet de marguerites, tournoyant de temps à autre. Ses pas sur le sol ne faisaient aucun bruit et, curieusement, ne dérangeaient aucune feuille, ni aucun brin d'herbe. Elle passa devant eux sans paraître les voir et ne leur accorda même pas un coup d'œil. Henri demeurait immobile, se tenant devant Cornélia, prêt à agir en cas de besoin, et suivait la jeune fille d'un regard farouche et mauvais. Pas de doutes, pour qu'il agisse ainsi, elle devait vraiment être dangereuse… Puis, quand elle fut de nouveau éloignée, se trouvant désormais à une bonne dizaine de mètres d'eux, elle se stoppa net et lança sans se retourner :

— Son nom n'est pas son nom, mais son nom, moi je le connais… L'humaine est si bizarre !

Et, au bout de quelques secondes, elle repartit, recommençant à fredonner des airs inconnus, sans véritable parole ni mélodie.

— Ça, c'est un comble ! s'offusqua Cornélia. C'est moi qui suis bizarre ?!

— Il se pourrait qu'Alphaïce se trompe, murmura le châtelain, perplexe. Charlotte a peut-être des pouvoirs…

— Oui, ou elle est juste complètement dingue !

Chapitre 24
Une abominable réception

Quand ils rentrèrent au manoir, ils tombèrent nez à nez avec les premiers invités. Une femme brune portant une robe étincelante, noire brodée d'or, à l'ampleur extravagante, se tenait sur le perron en compagnie de la maîtresse de maison. Son visage blafard et ses yeux, curieusement blancs, paraissaient dépourvus de toutes émotions jusqu'à ce qu'elle se tourne vers eux et qu'elle aperçoive Henri. À la seconde même, elle apparut devant eux, soulevant un étrange nuage de poussière sombre, et s'inclina profondément :

— Prince, vous m'avez tant manqué, soupira-t-elle.

— Toi aussi, tu m'as manqué Nesrine, répondit-il en lui prenant la main pour la relever.

Dans un mouvement d'une extrême lascivité, elle se redressa, et plongea dans celui du châtelain, un regard sans iris, d'une anormalité dérangeante et troublante, soulignée et accentuée par un maquillage très prononcé, lui donnant en même temps une espèce de charme oriental. Un sourire en coin s'installa sur ses fines lèvres couleur parme lorsqu'elle vit Cornélia :

— Votre humaine a l'air exquise, murmura-t-elle.

— Je ne partage pas, très chère, prévint-il d'un ton plus froid.

— Cela va de soi, concéda la femme vampire d'une voix rauque et faible. J'ai amené avec moi suffisamment de friandises pour combler l'assemblée entière de toute façon. Et je suis sûre que vous trouverez parmi eux, quelques-unes à votre goût également.

Une sorte de masque dénué de toute expression retomba alors sur son visage et elle disparut encore, laissant seulement derrière elle des bribes de fumée noire ; pour réapparaître de nouveau aux côtés d'Alphaïce. Cette dernière avait revêtu une tenue encore plus spectaculaire que celle qu'elle portait la veille, et resplendissait, telle une fée des forêts. Sa peau blanche et ses longs cheveux blonds, presque argentés, contrastaient d'une manière étonnante avec une toilette en soie précieuse vert sapin, aux broderies abondantes et dont les dessins délicats rappelaient le feuillage de la vigne. Ryù, toujours coiffé de son haut-de-forme noir, était, quant à lui, occupé à faire entrer un homme au comportement bizarre, et dont la nervosité apparente mettait déjà mal à l'aise. Il avait posé une main dans son dos et semblait presque le contraindre à avancer. Une grosse berline noire, à la peinture métallisée, était garée un peu plus loin sur le côté du manoir, et l'un des domestiques de Reddening House était en train d'accueillir trois humains à l'air perdu, ainsi que le vampire qui paraissait les accompagner. Cette scène, pour le moins singulière, n'était pas sans en rappeler une autre à Cornélia… Cette fameuse nuit où en rêve, elle avait vu arriver ce groupe de prisonniers dans l'enceinte de Rougemont. La fête allait commencer. Elle ravala sa salive et attendit quelques instants avant de se décider à suivre Henri jusqu'à leurs hôtes. En arrivant à leur hauteur, elle s'aperçut qu'Alphaïce et Nesrine échangeaient dans une langue étrangère, qui lui était inconnue, mais dont les sonorités ressemblaient vaguement à ces mots curieux que son compagnon lui avait un jour soufflé à l'oreille, juste après l'avoir embrassée pour la toute première fois.

— La robe t'attend dans les appartements d'Henri, indiqua la maîtresse de cérémonie en s'adressant à Cornélia, coupant cours à la conversation qu'elle entretenait avec la femme au regard blanc. Je vais t'aider à la passer.

— Non, ce n'est pas la peine, protesta le prince des vampires. Je peux très bien m'en charger moi-même.

— Voyons, mon cher, je ne vais pas l'abîmer ! se récria Alphaïce en riant. Et même si les corsets n'ont jamais eu de secrets pour toi, je doute réellement que tu saches comment t'y prendre pour coiffer et maquiller une femme. Allez, s'il te plaît, tiens compagnie à la comtesse. Nous revenons tout de suite.

Là-dessus, ne lui laissant pas le choix, elle saisit Cornélia par le bras et l'accompagna jusque dans la chambre. En l'espace de quelques minutes seulement elle l'avait transformée en une jolie poupée, rivalisant presque de beauté avec elle-même. La robe avait dû être nettoyée car elle resplendissait plus encore que la veille, le blanc du tissu était devenu littéralement étincelant. Elle qui tenait à se faire la plus discrète possible à cette soirée vit tous ses espoirs s'effondrer. Ainsi vêtue, on ne manquerait pas de la remarquer, c'était certain… Elle aurait bien été incapable de dire comment son hôtesse s'y était prise, mais, en quelques gestes rapides et brefs, elle s'était retrouvée avec une coiffure haute et ample, très travaillée, et seules certaines boucles bien placées retombaient sur ses épaules menues, encadrant un décolleté comme elle n'en avait jamais porté. Dans un nuage de poudre et à l'aide d'instruments dont la jeune fille ignorait tout, son visage s'était vu métamorphosé, son teint pâle magnifié et ses grands yeux accentués de noir, leur contour tranchant de manière troublante avec le vert tendre de ses prunelles. Alphaïce jaugea son œuvre un instant, non sans une certaine fierté, puis une lueur étrange passa dans ses yeux. Elle se rapprocha lentement, lui caressa la joue, puis le cou, près du ruban, passant plus doucement sur le relief d'une veine, et déclara :

— Notre prince a si bon goût… C'est vrai que tu es à croquer. Mais sois tranquille, petite Lise, toi, tu ne seras pas sacrifiée ce soir.

Elle frissonna en entendant ces mots. « Sacrifiée » ? C'est-à-dire ? Les paroles de la femme vampire se mirent à résonner dans sa tête. La panique commençait à poindre. Non, il fallait qu'elle respire, qu'elle se calme. Henri avait dit que le bal risquait de se terminer par une orgie, mais il n'avait pas parlé de sacrifice pour autant… Il l'aurait averti tout de même, si ce genre de chose était prévu au programme des réjouissances. Non, Alphaïce était un peu folle, elle aussi, il n'y avait qu'à l'écouter parler de Charlotte pour s'en rendre compte, elle divaguait, forcément. Ou bien elle cherchait à l'effrayer. Après tout, depuis le début elle se comportait bizarrement avec elle. Réalisant subitement ce qui l'attendait,

Cornélia s'interrogea. Elle était venue pour être avec l'homme qu'elle aimait, parce qu'elle avait besoin de lui et de la protection que sa proximité lui offrait. Mais pouvait-elle réellement assister à une beuverie vampirique sans broncher ? Serait-elle vraiment capable de rester de marbre si l'on vidait quelqu'un de son sang juste devant elle ? Et pourquoi ne s'était-elle pas plutôt posé ces questions avant ? Son ami l'avait pourtant mise en garde ! Elle prit une profonde inspiration. Elle n'avait pas le choix. Les choses étant ce qu'elles étaient, ces êtres effrayants, et sans doute pour la plupart, malfaisants, étaient peut-être chacun un maillon de la chaîne qui étoufferait le roi sombre, son persécuteur... Alors, elle serait courageuse, elle ferait de son mieux pour se fondre parmi eux. Et puis, de toute façon, la boule dans son ventre, qui nouait si fermement son estomac, disparaîtrait au moment même où elle retrouverait Henri, elle en était sûre. Elle secoua la tête pour chasser ses angoisses et attrapa la main qu'Alphaïce lui tendait.

Elle la suivit ensuite jusqu'à la salle où se tenait la réception, salle qui se trouvait dans la partie la plus moderne du manoir. Apparemment, elles n'avaient pas dû y passer durant leur visite de la veille, sans cela Cornélia s'en serait souvenue. La pièce, déjà pleine de monde, était gigantesque. L'un de ses côtés était rond et n'était composé que de larges baies vitrées à petits carreaux. Le parquet était magnifique, un travail exceptionnel d'enchevêtrements d'une multitude de panneaux de bois fins, lustrés à tel point qu'ils miroitaient. La décoration était pompeuse, rappelant le luxe et le faste de Versailles à l'époque des grands rois, surchargée de moulures or, de fresques murales sombres, aux scènes étrangement inquiétantes et sanglantes, de lustres étincelants, et de colonnes de marbre clair, ornées chacune d'un lierre grimpant, élégamment torsadé, et qui semblait être naturel. Des tentures moirées et rougeoyantes étaient dressées ici et là et alourdissaient encore le théâtre de ces festivités. Des arbustes, dont le feuillage avait été remplacé par de fines guirlandes lumineuses, se tenaient sagement en divers endroits, rajoutant encore de la lumière et du pétillant à cette salle déjà éclatante. Cornélia, éblouie, cligna des yeux. Toute une foule de personnages, plus bizarres les uns que les autres, avait envahi l'endroit, tous arborant des tenues extravagantes, d'un autre temps. On aurait dit que la mode à travers les âges et les horizons tenaient ici un colloque, tant les toilettes étaient variées, autant dans leurs styles que dans leurs époques. Certains petits groupes parlaient entre eux et semblaient heureux de se retrouver tandis que d'autres restaient silencieux, presque figés, curieusement impassibles face à ce qui les environnait. Au fond de la pièce, un orchestre composé de quelques humains et d'une femme vampire violoniste jouaient discrètement une petite mélodie de fond.

Dès qu'il vit entrer sa jeune protégée, Henri se hâta de venir la rejoindre. Il s'attarda quelques secondes à l'admirer dans sa jolie tenue blanc et argent, et lui adressa un sourire tendre et rassurant. Puis, sans un mot, il lui donna le bras et l'entraîna à travers la foule des convives. Cornélia s'aperçut alors que tout le monde s'était subitement tu et que tous les regards étaient désormais tournés vers eux.

La plupart s'inclinèrent à leur passage, achevant de la mettre mal à l'aise. Il était clair que le prince des vampires imposait le respect à ses semblables mais que le fait de le voir accompagné d'une humaine surprenait tout autant.

— Je te parlais tout à l'heure de la noblesse vampirique, eh bien nous voilà tous réunis, chuchota-t-il à l'adresse de cette dernière, désignant un grand cercle formé par les personnes les plus étranges de l'assemblée, juste au centre de la salle.

Un jeune homme blond quitta soudain sa place pour s'avancer avec empressement vers elle. Il la salua lentement, faisant une sorte de révérence élégante, puis, délicatement, lui baisa la main. Cornélia, qui ne s'attendait pas vraiment à ce genre d'accueil, se mit à rougir violemment et ne put que rester muette.

— Lise, je te présente Daniel, duc de Moirssandres, annonça Henri avec une moue dédaigneuse. Daniel, voici Lise.

— Mademoiselle, votre beauté me laisse sans souffle ! complimenta celui-ci, toujours penché vers elle. Mon aîné a-t-il seulement conscience de la chance qu'il a de posséder une perle si rare et si précieuse ?

Ryù, qui se tenait juste à côté, marmonna quelque chose dans cette langue curieuse qui paraissait n'appartenir qu'aux vampires, et aussitôt Daniel se redressa. Il plongea un regard d'un vert électrique dans celui de la jeune fille, et retourna à sa place en silence, sans pour autant la quitter des yeux. S'agissait-il d'une plaisanterie ? Il la scrutait avec une telle intensité et un tel intérêt que c'en était troublant. Elle se sentait presque mise à nue par cet homme à l'insolence inquiétante et au charme impertinent. Ses cheveux, blond doré, légèrement ondulés, lui arrivaient au bas des joues et remontaient plus haut sur sa nuque. Ils encadraient un visage pâle et anguleux, à la peau lisse et satinée, à peine plus mate que celle de ses congénères. Ses lèvres, naturellement vermillon, étaient serrées, comme s'il s'efforçait de contenir des mots susceptibles de lui coûter cher, et ses sourcils sombres et froncés, formaient un petit sillon entre eux, lui donnant un air de profonde réflexion, ou bien de colère. Il portait une veste de style napoléonien, en velours bleu roi, chargée de boutons en argents, au col remonté, et arborait une espèce d'écharpe blanche qui faisait ressortir la couleur étonnante de ses yeux.

Henri fit faire à Cornélia le tour de tous ceux qui se trouvaient là, ces personnalités importantes de cette société si particulière. Parmi eux, il y avait Nesrine, la femme qu'elle avait déjà rencontrée un peu plus tôt dans l'après-midi, à qui les attraits de l'Orient conféraient une beauté sauvage et fantastique, mais que ses yeux blancs et inexpressifs rendaient vide et angoissante. Il y avait également Horacio, un homme à l'allure inquiétante, aussi grand que le châtelain mais au corps bien plus épais. Ses vêtements étaient noirs, surmontés d'une espèce de petite cape qui s'arrêtait au niveau de ses coudes. Ses cheveux brun foncé étaient longs et plaqués en arrière, révélant des tempes hautes et un front volontaire ; et ses lèvres étroites à la courbe acerbe, étaient entourées d'un bouc au dessin fin et précis, qui achevait de lui donner un air acariâtre et mécontent.

Andreï, quant à lui, semblait beaucoup plus sympathique et ne paraissait nullement touché par cette apathie typique de la plupart des vampires. Son sourire était presque aussi éclatant que sa tenue de soie crème, de style baroque français, pleine de dentelles et de broderies, et sa chevelure noisette, curieusement assortie à la couleur de ses prunelles, était retenue en un élégant catogan. Une jeune femme superbe, brune, à la coiffure incroyablement haute et fournie en perles, plumes, rubans et autres accessoires ; aux yeux noirs, portant une grande robe rouge vif, appelée Camélia, faisait également partie du cercle. Ainsi que George, un homme au teint encore plus pâle que celui de ses autres congénères, et aux allures de dandy anglais, Jack, un américain, dont le regard, étrangement timide et nerveux, était voilé par de petites lunettes rondes, et Isaac, un homme à l'air torturé, mystérieusement silencieux.

— Malheureusement, nous ne sommes pas au complet, avisa Ryù, un vague soupçon de déception passant sur son visage habituellement fermé.

— Le treizième vampire ne se montrera-t-il donc jamais ? interrogea Henri d'un ton légèrement irrité.

— Nous avions espéré que le fait que vous vous déplaciez spécialement pour cette occasion, lui conférerait suffisamment d'importance pour qu'il accepte enfin de nous rencontrer, continua l'homme au haut-de-forme. Mais, apparemment, ce n'est pas le cas. Cependant, nous ne pouvons lui en tenir vraiment rigueur, dans la mesure où l'on ne peut être certain qu'il ait reçu l'invitation. Personne n'a jamais réussi à situer avec précision l'endroit où il se cache…

— Aucun d'entre nous ne sait qui il est, ni même à quoi il peut ressembler ! ajouta Horacio avec humeur. C'est incroyable !

— Et pourtant c'est grâce à lui que le roi est là où il se trouve en ce moment, déclara le châtelain. Il est peut-être la clé de notre réussite. En outre, il est un élément essentiel dans notre entreprise, un rouage indispensable, il nous faudra absolument le trouver.

— Puisque nous sommes enfin tous réunis, ou presque, je suis d'avis que ce treizième n'est qu'un détail, un être probablement insignifiant, je trouve en revanche fort étonnant que vous n'évoquiez que lui, intervint Daniel, s'adressant au prince avec un regard plein de défiance. Si l'on doit parler de disparitions étonnantes, j'attirerai plutôt votre attention sur un autre personnage, d'une tout autre importance, d'ailleurs... Ainsi, aucun d'entre vous présents ici ce soir, ne semble faire grand cas de la vicomtesse. L'auriez-vous donc tous oublié ?

— Violaine est morte depuis longtemps, tout le monde le sait, et tu le sais, riposta ce dernier avec fermeté, la mâchoire crispée, sans même se donner la peine de tourner les yeux vers son interlocuteur.

— Il n'empêche que cela restera tout de même un véritable mystère, persista le jeune homme blond. Personne n'a jamais été averti de son exécution. Et nous savons tous qu'Avoriel ne reprend jamais la vie qu'il a donnée sans massacre et sans bruit. Il s'est toujours largement vanté des pertes qu'il causait lui-même dans nos rangs. Je sais bien que cela remonte à loin maintenant, mais Henri, mon cher, nous n'avons jamais eu l'occasion d'en parler. Tu es si peu présent et tu évites le sujet avec tant d'habileté... La malheureuse a, si je ne m'abuse, fait partie de tes innombrables conquêtes d'autrefois, non ? Elle était bien ta compagne, n'est-ce pas ? Peut-être as-tu plus d'informations à son sujet que tu ne veux bien nous en donner.

Tous se tournèrent soudain vers Daniel et lui jetèrent un regard empli de mépris et de haine.

— Insolent ! Comment oses-tu ?! aboya Horacio, attirant aussitôt sur lui l'attention de toute la salle. Personne n'a le droit, ni le même pouvoir de demander des comptes au prince !

Il allait s'élancer sur lui quand, d'un simple geste de la main, Henri le retint :

— Pas de vagues. Pas ce soir. S'il te plaît, mon ami. Nous fêtons un événement heureux et en préparons un autre. Qu'il nous laisse, voilà tout.

— De toute façon, je ne prendrai aucune part à votre projet démentiel, objecta Daniel en haussant les épaules, s'éloignant du groupe avec une indifférence arrogante, lançant à la cantonade : Il n'en a jamais été question. Si vous croyez vraiment pouvoir vous détacher de son emprise et accéder pour de bon à l'éternité, vous êtes tous fous.

Alphaïce, qui assistait à la scène de loin, parut d'abord surprise. Elle s'avança à pas timides vers le cercle de la noblesse vampirique, cercle dont elle ne faisait pas partie, et s'interposa, la voix tout à coup mal assurée :

— Excusez-moi de devoir vous interrompre. Ryù, mon amour, nous devrions peut-être ouvrir le bal, maintenant ? Vous aurez jusqu'à l'aube, ensuite, pour parler des sujets sérieux qui vous préoccupent.

Celui-ci se tourna vers Henri et l'interrogea du regard :

— Bien sûr, ton épouse a entièrement raison, concéda-t-il sans pour autant se défaire de son air soucieux. Il est grand temps de lancer les festivités, allez-y.

Sur ces mots, le couple de la soirée se donna la main et rejoignit l'espace laissé vide devant l'orchestre, qui, entre-temps, s'était agrandi de deux autres vampires musiciens et de quelques nouveaux humains. Cette fois-ci, tous les yeux se braquèrent sur eux, et les convives devinrent subitement muets, observant avec attention quelque chose qui semblait, pour la plupart, tant les fasciner que leur échapper. Une musique merveilleuse, singulière et enchanteresse, se fit entendre plus fortement, sorte de valse retravaillée, où des airs anciens côtoyaient d'autres plus modernes. Alphaïce et Ryù s'unirent alors dans une danse merveilleuse, tourbillonnant à une vitesse extraordinaire, s'élançant parfois jusqu'à des hauteurs vertigineuses, et toujours avec une grâce éblouissante. Lorsqu'ils s'arrêtèrent, l'assemblée entière se mit à applaudir et à les féliciter. Puis, d'autres couples se lancèrent sur la piste, tous avec la même aisance et la même élégance.

— Ne t'avais-je pas promis qu'il y aurait d'autres danses ? suggéra Henri en tendant la main à Cornélia.

Elle eut un peu de mal à détacher son regard de ces couples fantastiques qui traçaient, dans les airs comme sur le sol, des courbes fabuleuses.

— Me feras-tu l'honneur de m'accompagner encore une fois ? sollicita-t-il en plongeant jusqu'au fond de son âme ses yeux cristallins à l'éclat unique, incomparable et si troublant sous ses lumières vives et chatoyantes.

La nuit tombait lentement au dehors quand soudain les grands chandeliers en pieds qui avaient été disposés en divers endroits dans la salle, et que, jusqu'à présent, Cornélia n'avait même pas remarqués, s'allumèrent en chœur, chacun se parant de centaines de petites flammes brillantes, ajoutant encore du scintillant dans cet univers magique. Elle eut alors l'impression d'avoir basculé pour de bon dans un autre monde. Un monde chimérique, un doux rêve chaud et coloré, tout droit sorti de son imagination, sorte de pur délire... Elle regarda son ami et prit la main qu'il lui tendait. Henri lui adressa un sourire magnifique, au charme envoûtant et brûlant, puis passa un bras autour de sa taille, l'entraînant, comme il l'avait fait une fois déjà auparavant, dans une valse étourdissante. Il était si beau... Il portait encore l'une de ses longues vestes sombres, mais celle-ci, ornée au col et au bas de ses manches à larges revers de quelques broderies, était légèrement plus habillée ; le jabot de sa chemise et la dentelle à ses poignets étaient également un peu plus fournis que d'ordinaire. Alors, elle ne vit plus que lui, ayant tout juste conscience de l'étonnement que leur couple provoquait chez les autres convives. Il n'y avait plus que ses yeux bleu pâle, merveilleux, et son sourire blanc, éclatant, si rare et si précieux. Tout en virevoltant, il se pencha sur elle, la serra plus fermement, plus passionnément, et souffla à son oreille d'une voix curieusement insonore mais dont les paroles lui parvinrent tout de même :

— Tu es plus belle que jamais, et par jamais j'entends toutes vies confondues. Je ne peux ni croire ni concevoir, Cornélia, que j'ai enfin ce que j'ai si longtemps désiré... C'est à la fois douloureux et exquis que de sentir revivre en moi ces émotions. Ces émotions que je pensais définitivement mortes...

— Crois-le, s'il te plaît, susurra-t-elle à son tour, les paupières closes, trop grisée par la danse et trop émue par les touchants aveux de son compagnon. Parce que je suis toute à toi... Et pour toujours.

— J'aimerais tant que demain tu puisses encore dire cela... conclut-il, subitement plus triste, relâchant légèrement la pression de son bras autour de la taille de la jeune fille. Je tenais à entendre une dernière fois ces mots de ta bouche avant que tout ne dégénère... Mais peu importe, savourons l'instant présent, ce songe merveilleux, cette belle illusion. Je t'en prie. Tout à l'heure, il sera déjà trop tard.

Que voulait-il dire ? Pourquoi fallait-il que ses paroles, si tendres et agréables, soient forcément suivies d'autres plus graves, plus douloureuses ? Elle rouvrit les yeux et s'aperçut alors que le sourire qui avait, durant quelques minutes, illuminé le visage du châtelain, s'effaçait doucement. Elle s'apprêtait à lui demander la signification de ses dernières phrases quand, interpellée par une espèce de subite perte de repère, elle ne put s'empêcher de regarder autour d'elle. Elle fut d'abord stupéfaite de voir qu'ils étaient désormais seuls et que le décor avait changé. Puis, peu à peu, elle réalisa qu'ils se tenaient en fait au plafond, leurs pieds effleurant à peine les fresques anciennes qui le couvraient ; et que les autres invités étaient restés au sol, en contrebas à présent.

Elle leva la tête vers eux et se prit à apprécier cette nouvelle distorsion de l'apesanteur. Ils étaient seuls. Seuls parmi les autres, demeurés au loin, mais seuls tout de même… Elle admira un moment la salle et tous ses convives vus à l'envers. D'ici, les couleurs de leurs toilettes paraissaient encore plus vives et lumineuses et leurs mouvements plus gracieux. On aurait presque dit une sorte de chorégraphie compliquée mais organisée, où chacun tenait son rôle à la perfection. Son regard fit le tour de la pièce et, sans qu'elle y prêtât vraiment garde, s'arrêta sur un des couples qui était en train de danser. Ces deux-là se tenaient curieusement. L'homme, un vampire selon toute vraisemblance, était penché sur sa cavalière, et embrassait son cou de manière éhontée. Ou peut-être que non. Ne l'embrassait-il pas ? La posture de la femme devenait de plus en plus lascive, jusqu'à ce que, bientôt, elle perde connaissance. À ce moment-là, le danseur s'arrêta. Le menton rougi, il la prit dans ses bras et alla la déposer à même le parquet, dans un coin plus isolé de la salle, puis s'en retourna, comme si de rien n'était. La jolie robe jaune d'or de l'humaine, qui semblait seulement endormie, était tachée de l'encolure jusqu'au bas de son ventre. Ce n'était pas la trace d'un baiser qu'il y avait dans son cou rosé, mais les sillons affreux d'une violente morsure…

La soirée commençait et le doux rêve de Cornélia s'estompait progressivement pour laisser place à l'amère réalité. Ici la beauté se gorgeait de laideur et le merveilleux ne tarderait pas à devenir horreur. Encore une fois, elle ferma les yeux et se serra contre son ami :

— Plus vite… demanda-t-elle à voix basse.

Henri accéda aussitôt à sa requête et accéléra l'allure. Complètement étourdie, elle se laissa porter et savoura ces délicieux instants de magie, se régalant de l'ivresse que procurait cette vitesse insensée et se délectant de cette incroyable et délirante sensation d'envol. C'était comme si, tout à coup, plus rien d'autre n'avait existé dans la salle, comme s'ils avaient été les seuls invités de ce bal féerique. Puis, peu à peu, sans qu'elle ne sache pourquoi, ils ralentirent, et enfin, s'arrêtèrent. La salle vacilla sous ses yeux et elle sentit tout à coup le sol réapparaître sous ses pieds immobiles, bien que sa tête, elle, tournât encore. Elle ne comprit pas tout de suite pourquoi le châtelain n'était pas décidé à la relâcher pour autant.

— Trop vite, je le crains, soupira-t-il en caressant la joue de sa protégée.

Le contact froid de sa main la tira de la torpeur dans laquelle la frénésie de la danse l'avait plongée.

— Tout va bien, assura-t-elle, malgré les vertiges qui l'assaillaient.

Il la dirigea vers un canapé, plus éloigné, et l'y déposa doucement puis, vint s'asseoir à ses côtés.

— Il y a un buffet là-bas, tu veux quelque chose ? s'enquit-il avant de s'empresser d'ajouter devant l'air interdit de son interlocutrice : Un buffet destiné aux invités humains, bien sûr.

Elle se redressa pour apercevoir l'endroit indiqué et croisa le regard de plusieurs des vampires qui lui avait été présenté tout à l'heure. Tous se tenaient non loin d'eux, dans des postures statiques, comme figés sur place, et ne faisaient rien, semblant attendre quelque chose.

— Je te remercie mais pour le moment je n'ai vraiment pas faim, affirma-t-elle.

Il haussa les épaules :

— C'est dommage, je suis persuadé que les cuisiniers d'Alphaïce et Ryù sont meilleurs que mes employés, et ce bien qu'ils soient probablement anglais...

— J'irai vérifier ça tout à l'heure, s'engagea-t-elle, sentant peser sur elle de plus en plus de regards impatients. Tu devrais peut-être plutôt aller avec tes amis, discuter de ces choses importantes pour lesquelles tu es venu. Je vais rester ici, à l'écart, je ne bougerai pas, je serai sage, promis.

Henri jeta un coup d'œil alentour, comme pour s'assurer qu'il n'y ait aucun danger à proximité, puis d'un air résigné, accepta :

— Je ne serai pas loin de toute façon.

Il l'embrassa rapidement puis s'éloigna, la laissant seule dans cette partie plus tranquille de l'immense salle de bal. Elle resta un moment à observer les autres s'amuser. Humains et vampires dansaient, conversaient et riaient, l'incident de tout à l'heure ne paraissant émouvoir personne. Cette femme était-elle simplement évanouie ou bien était-elle morte, comme ça, si rapidement, sans qu'aucun des invités ne s'en soit rendu compte ? Non, il ne fallait pas qu'elle y pense, elle se l'était interdit. Elle, elle ne risquait rien, après tout, c'était là le principal... Comme la soif commençait tout de même à se faire durement sentir, elle entreprit d'aller jusqu'au buffet pour se servir à boire. L'alcool étant le seul breuvage à disposition, elle dut s'en contenter et prit ce qui lui paraissait être le moins fort, soit une coupe de champagne qu'elle vida presque d'un trait avant de toussoter. Un grand cru sans aucun doute, mais comme elle n'y connaissait rien de toute façon.

Elle allait revenir à sa place quand elle croisa le regard de Daniel. Ce dernier était seul, à l'autre bout de la pièce, appuyé nonchalamment contre le chambranle d'une porte, les bras croisés, et il l'observait à travers la foule encombrante, avec le même intérêt farouche et perçant que précédemment. Comme il ne la quittait pas des yeux, Cornélia, gênée, accéléra le pas pour retourner sur le canapé, là où il ne pouvait l'épier et, dans sa précipitation, heurta quelqu'un. Elle marmonna alors quelque excuse et, lorsqu'elle releva la tête, réalisa avec stupeur que la personne contre laquelle elle venait de se cogner n'était autre que le jeune vampire blond.

— Désolé, s'excusa-t-il, je n'aurais pas dû m'y prendre ainsi, c'est évident, mais je tenais tellement à vous parler.

— Comment ça ? interrogea-t-elle en cherchant Henri du regard.

Il posa sa main de givre sur le bras de la jeune fille et l'entraîna un peu plus loin, près des grandes baies vitrées assombries par la nuit. Elle voulut d'abord se débattre mais, en voyant le verre des fenêtres ne refléter que son image, celle de la salle, et celles des quelques autres humains présents, tandis que la pièce était bondée de personnages hauts en couleur, dont le bruit attestait irréfutablement la présence, elle ne put s'empêcher de rester clouée sur place, telle une statue, atterrée par cette vision surnaturelle.

— Un autre des effets de la malédiction, soupira-t-il en la relâchant. Nous ne pouvons admirer notre propre beauté, les êtres sans âmes n'ont pas d'image.

— Que me voulez-vous ? demanda-t-elle sèchement, revenant vers lui.

— Je l'ai dit, vous parler, tout simplement, garantit-il d'un ton innocent. Mais peut-être préféreriez-vous danser ? Figurez-vous que je suis un assez bon cavalier moi aussi.

Il lui tendit la main en guise d'invitation mais elle la refusa :

— Non, merci. Maintenant laissez-moi, je vous prie.

— Vous êtes seule et moi aussi. Pourquoi ne nous tiendrions-nous pas plutôt mutuellement compagnie ?

— Je ne suis pas sûre qu'Henri apprécie, réprouva-t-elle, hésitante.

— Ah… souffla-t-il tristement. Il faudra donc qu'il ait toujours tout, ce cher prince. Il se réserve même le droit de dicter la conduite de la seule femme intéressante de cette ennuyeuse soirée. C'est tellement dommage que vous soyez condamnée à l'attendre dans un coin, seule et abandonnée de tous… Si vous êtes l'un de ses caprices du moment, vous n'en êtes pas pour autant son chien, si ?

— Non ! Je… cafouilla-t-elle, vexée, avant de se ressaisir : Écoutez, dites-moi ce que vous me voulez à la fin, nous gagnerons du temps.

— Vous m'intriguez, confessa-t-il en plissant les yeux, la fixant tout à coup avec une nouvelle intensité. Non. À vrai dire, vous me fascinez…

— Est-ce que c'est une plaisanterie ? Parce qu'elle n'est pas de bon goût !

Elle commençait à tourner les talons, à la fois agacée et inquiète, quand, dans un souffle d'air frais, il se posta aussitôt devant elle, l'empêchant encore d'avancer.

— Je vous en prie, accordez-moi quelques instants, insista-t-il en prenant un air suppliant. Juste pour avoir le plaisir d'échanger avec vous.

Son visage, aux traits doux et purs, était magnifique. Des mèches de cheveux blond doré, légèrement ondulées, paraissaient se rebeller en masquant une partie de l'un de ses yeux, et son sourire, comme celui d'Henri, lui conférait un charme incroyable, époustouflant. Au même moment, un chant merveilleux se fit entendre. Une cantatrice vampire avait rejoint l'orchestre et l'accompagnait dans un langage inconnu, d'une voix aux sonorités prodigieuses et aux intonations incroyablement émouvantes. On aurait la complainte d'un ange merveilleux qui se meure loin de son paradis…

— D'accord… céda Cornélia, un soupçon d'incertitude dans la voix. Pourquoi pas, après tout ? Je suis bien curieuse de savoir ce qui vous intéresse tant que ça chez moi.

— Bien ! s'enthousiasma-t-il, la mine franchement réjouie. Rassurez-vous, je ne cherche pas à obtenir de votre part quelque information que ce soit. En outre, et contrairement à mon aîné, vous vous rendrez vite compte que je ne suis pas avare en paroles. Vous, qui n'êtes sous aucun envoûtement, devez vous poser une multitude de questions quant à ces sombres et singuliers individus, non ? Alors, allez-y, demandez-moi ce que vous voulez, je vous répondrai.

— Euh… marmonna-t-elle, déconcertée. Oui… Évidemment.

— Demandez-moi ! réitéra-t-il dans un éclat de rire. En tant que duc, je peux vous révéler les secrets de tout le monde ici ! Enfin, hormis ceux d'une personne, hum, la seule qui me soit supérieure, en théorie du moins. Bien entendu, vous savez de qui je parle…

— Oui… admit-elle, se détendant peu à peu, le champagne faisant petit à petit son effet.

Elle réfléchit un instant puis, reprit à voix basse, soucieuse que l'on ne puisse entendre leur conversation :

— Je ne sais pas, dites-m'en plus sur le couple dont nous fêtons les deux cents ans de mariage, peut-être…

— Eux ! ? s'étonna-t-il en fronçant les sourcils d'un air railleur. Ils sont autant dénués d'intérêt que pourrait l'être une paire de bovins ! Tout ceci n'est qu'une pure mascarade, croyez-moi ! Le faste pour masquer le vide. Rien que du paraître ! Ryù a épousé Alphaïce tandis qu'elle n'était qu'une humaine, la bernant avec son or, envoûtant un pauvre prêtre dont l'âme doit aujourd'hui encore griller en enfer ! Quelle idée, franchement ! J'imagine que, pour en arriver à de telles extrémités, il devait vraiment l'aimer à l'époque. Enfin, toujours est-il qu'à présent il est aussi infidèle qu'un mari peut l'être et elle, aussi assommante qu'une femme peut l'être. Elle s'ennuie tellement d'ailleurs qu'elle fait n'importe quoi ! J'ai croisé sa *progéniture* tout à l'heure. Effarante, cette malheureuse

Charlotte ! Non. Fêter la durée ahurissante d'une union aussi insensée est parfaitement idiot !

Il se mit de nouveau à rire, se moquant ouvertement de ses hôtes, et, sans trop savoir pourquoi, Cornélia l'imita. Plus d'alcool pour elle, c'était terminé. Si elle avait de nouveau soif alors elle demanderait de l'eau, cela vaudrait mieux. Puis elle regarda en direction de la salle, en quête d'autres figures dont elle aurait aimé connaître l'histoire, quand elle aperçut au loin Henri qui fixait d'un regard mauvais celui avec qui elle était en train de discuter. Elle se rappela soudain l'avertissement de son compagnon au sujet de Daniel et changea aussitôt de sujet :

— Dites-moi plutôt pourquoi, moi, petite humaine de dix-neuf ans, je vous fascinerais tant, vous, le duc de Moirssandres ?

— Mais parce que vous êtes différente, très chère, allégua-t-il en reprenant son sérieux, paraissant tout à coup s'attendrir. Vous ne ressemblez à aucune autre. Et croyez-moi, j'en ai connu beaucoup. Vos traits me sont étrangement familiers, je ne sais pourquoi. Et votre aura est unique, jamais je n'en ai ressenti de pareille. Quant à votre beauté... Elle m'émeut, c'est si rare. Mais qu'êtes-vous donc, délicieuse princesse ?

En disant cela, il s'était approché d'elle et se tenait désormais si près qu'elle se sentait comme prise dans un piège de glace, n'ayant plus aucune retraite possible. Bien plus troublée qu'elle ne l'aurait voulu, elle se mit à bégayer :

— Je ne suis que... que Lise... j-je ne suis que l'humaine d'Henri...

— Ne prononcez plus son nom, s'il vous plaît, il m'ennuie, réclama-t-il avec une moue boudeuse. Vous méritez tellement mieux. Tenez, moi, par exemple, je pourrais vous offrir bien plus...

Interdite, elle resta quelques secondes à se demander si ce vampire était réellement en train de lui faire la cour ou si c'était là une divagation de son esprit. Encore les effets de l'alcool, forcément. Elle se faisait des idées, ce ne pouvait être que ça.

— Je ne désire rien de plus que ce que j'ai déjà, rétorqua-t-elle, déterminée à ne pas le laisser continuer sur ce terrain.

— Vraiment ? Comme c'est triste.

— Je l'aime, cela me suffit amplement, assura-t-elle avec aplomb.

— Bien sûr, sinon vous ne seriez pas ici. Mais à quoi sert l'amour si l'on ne peut en jouir ?

— Pardon ?

— Eh bien, certes, le sang d'une vierge est incomparable. Néanmoins, les plaisirs de la chair ne sont-ils pas tout aussi importants ?

Elle sentit ses joues s'empourprer d'un coup, aussi brusquement qu'une allumette prendrait feu :

— Quoi ?!

— Je vous embarrasse, je le vois bien, remarqua-t-il avec un petit sourire de satisfaction. Vous êtes encore plus belle lorsque vous rougissez, mademoiselle. Ne vous sentez pas offensée. Je trouve seulement qu'il est déplorable que le prince ne voie en vous que ce qu'un vampire voit chez un humain. Autrement dit, ses doses quotidiennes d'hémoglobine. Tandis que moi, je vois tellement plus... Est-ce de votre faute s'il vit en repenti, tel un moine reclus, après ses frasques d'autrefois ? Nous sommes si talentueux dans ce domaine, pourquoi n'auriez-vous pas droit, vous aussi, à ces délices de la vie que seuls nous sommes capables de porter à un tel niveau d'excellence ?

— Mais je ne vous permets pas ! s'exclama-t-elle en plaquant sa main devant sa bouche, ne sachant plus où se mettre. Mon Dieu…

— Ne m'en parlez pas !

— Je… Vous ne savez rien de ma vie ! Privée ou non, d'ailleurs ! s'écria-t-elle, humiliée. Alors taisez-vous ! Vos propos sont obscènes !

— Ah oui ? Tant que ça ? s'étonna-t-il, semblant tout à coup regretter. Enfin, même si cela vous gêne, je suis au regret de vous apprendre qu'il n'y a pas un seul vampire ici présent, à qui cela aura échappé. Ces choses-là se perçoivent à travers l'odeur de votre sang. Tout le monde dans cette salle sait que le prince ne vous a jamais touchée. Pas de cette manière-ci, du moins.

— Oh, mon Dieu, répéta-t-elle, mortifiée cette fois, cherchant du regard un endroit où se cacher.

— Encore ? C'est fatigant. Voyez, ça non plus il ne vous l'a pas expliqué, souffla-t-il, une expression de déception passant sur son visage à la beauté insolente.

Il parut hésiter un instant, puis lança avec cette arrogance qui le caractérisait si bien :

— Quittez-le !

— Taisez-vous ! exigea-t-elle, cherchant un moyen de mettre un terme à cette affreuse conversation.

— Vous avez le pouvoir de décider, vous savez, affirma-t-il sur le même ton. Si vous choisissez de partir avec moi, je vous livrerai tous les secrets de notre histoire. Vous profiterez à loisir de tous mes pouvoirs, de tous mes palais répandus à travers le monde, du faste de ma vie ainsi que de ces plaisirs qui vous sont encore inconnus. Et, si vous me le demandez, je ferai de vous une duchesse immortelle, vous avez ma parole ! Quittez-le sur-le-champ, je vous en prie !

Avant même qu'elle ait pu répondre quoi que ce soit, il prit sa main dans la sienne et l'amena à ses lèvres vermeilles pour y déposer un autre baiser, plus appuyé cette fois-ci. Et, d'un geste d'une infinie sensualité, la retourna et se mit à humer le parfum de son poignet, passant le bout de son nez fin juste après le large ruban de velours, à l'endroit où se croisaient encore une multitude de petites veines bleues. L'espace d'un instant, elle se sentit en danger, mais, sitôt après, une vague de chaleur intense se déversa en elle, l'immobilisant soudain et lui procurant une étonnante sensation de paix et de sérénité. Pourquoi, subitement, avait-elle envie de se rapprocher encore ? Quelle était donc cette étrange pulsion qui lui commandait de s'abandonner complètement à celui qui s'apprêtait à la mordre ?

— Laissez-moi vous goûter… susurra-t-il, sans bouger, ses crocs s'allongeant lentement, sans un bruit.

Tout à coup, Daniel fut projeté dans les airs avec une violence effroyable et retomba lourdement sur le sol, à une dizaine de mètres plus loin, glissant encore jusqu'à heurter l'une des grandes colonnes de marbre dans laquelle il imprima la trace du choc avec le haut de son dos. La foule s'était immédiatement ouverte sur son passage et personne n'avait cherché à ralentir sa chute. Cornélia, médusée, vit alors Henri se dresser devant elle, comme pour la protéger.

— Je te l'interdis ! gronda-t-il férocement à l'attention de son cadet.

Toute l'assemblée s'était arrêtée et regardait le nouveau spectacle qui lui était offert, avide de divertissements. Horacio, Ryù et Andreï apparurent également devant la jeune fille, l'encerclant complètement, faisant barrage, craignant peut-être une autre offensive de la part du duc.

— C'est intolérable ! tonna le vampire au prénom à consonance espagnol, furieux. Cette humaine appartient au prince ! Comment peux-tu seulement y songer ?!

Lentement, sonné par son impressionnante chute, Daniel se releva. Et, le visage complètement ensanglanté, il éclata d'un rire dissonant et désagréable :

— Henri, mon ami, tu as peur que j'empiète sur ton territoire ? Vraiment ?! Craindrais-tu que cette fille me préfère ? Voyons, ce n'est pas sérieux ?! Toi, si grand, si fort et si puissant ! Comment serait-ce possible ?

Il se passa la main sur le front, essuyant une plaie qui, peu à peu, paraissait se résorber, et lança d'un ton sournois :

— À moins que…

Il s'interrompit, s'esclaffant encore, puis reprit :

— Sache que je n'ai rien eu à faire ! Ton humaine se donnait à moi sans opposer la moindre résistance ! Alors ? Que dis-tu de cela ?

— Tu l'as envoûtée, pourriture ! hurla Henri en se précipitant vers lui, glissant sur le sol à une allure effrayante.

— À peine... railla le jeune homme blond en haussant les épaules, restant impassiblement immobile face au prince des vampires, tandis que celui-ci fondait sur lui tel un faucon sur sa proie, les pans de sa longue veste noire semblant s'étirer dans les airs.

Ce dernier saisit brutalement son cadet à la gorge, et, le regard enflammé, le força à s'agenouiller devant lui, dans une posture de soumission, l'humiliant devant toute l'assemblée. Sa main, dont les jointures blanchissaient dangereusement, serrait toujours plus fort, et faisait progressivement saillir les veines du cou de son adversaire, ces dernières s'assombrissant de plus en plus, marbrant progressivement sa mâchoire puis tout le bas de son visage.

— Provoque-moi encore une seule fois, duc, et c'en est fini de toi ! menaça-t-il d'une voix lugubre et inquiétante. Aimes-tu à ce point ton cercueil ? Réfléchis bien car tu sais pertinemment que j'ai le pouvoir de t'y faire enfermer, et ce, pour un sacré bout de temps !

Daniel, dont le teint ainsi que les globes oculaires noircissaient peu à peu sous l'emprise terrible et douloureuse de son aîné, ne se départit pas pour autant de son insolent sourire. Il rétorqua, sur le même ton désinvolte qu'à son habitude, cependant légèrement voilé par le manque d'air et la souffrance qu'il semblait néanmoins éprouver :

— Oui, ici c'est vrai. Mais tu n'auras pas toujours l'ascendant sur moi.

Soudain, Alphaïce s'interposa, implorant timidement :

— Messieurs, je vous en prie... Vous n'allez pas vous disputer pour une... pour une simple humaine... S'il vous plaît, reprenez-vous, ce n'est qu'une broutille... Lise n'a rien, et puis... nous en avons tellement d'autres ce soir.

Henri parut hésiter, puis, prenant visiblement beaucoup sur lui, finit par relâcher Daniel, à qui il ordonna aussitôt :

— Va-t'en ! Pars immédiatement et ne reviens pas !

— Je ne comptais pas m'attarder de toute façon, argua le duc en époussetant les plis que l'altercation avait imprimés sur sa veste.

Il adressa un dernier sourire arrogant à ses congénères, exécuta une petite courbette railleuse, puis disparut brusquement dans un courant d'air.

— Allons, mes amis, reprenons où nous en étions ! exhorta la maîtresse de cérémonie à l'attention de tous ses convives. Le festin venait à peine de commencer !

La foule, après ce moment de silence, se mit à chuchoter. Puis l'orchestre et sa magnifique chanteuse reprirent, et enfin tout le monde se dispersa à nouveau, comme s'il ne s'était rien passé. Cornélia, troublée, l'esprit embrumé, manqua subitement de perdre connaissance. Horacio, qui se trouvait là, la rattrapa aussitôt et lui murmura quelques paroles incompréhensibles. Était-ce de l'espagnol ? Non, ça n'y ressemblait pas du tout... Il la déposa sur ce même canapé où elle s'était installée auparavant et la laissa avec Henri. Les yeux de celui-ci étaient restés rouge feu et la colère se lisait encore sur son visage.

— Pardon… balbutia-t-elle, franchement honteuse.

Elle n'avait rien compris à ce qui venait de se passer, et voir son ami dans un tel état de fureur l'impressionnait. L'effrayait, même.

— Ce n'est pas de ta faute, répliqua-t-il d'un ton tout de même un peu froid.

— Tu es fâché, insista-t-elle en refrénant les larmes qui lui montaient aux yeux. Ça se voit, tu es fâché…

— Pas contre toi, voyons, attesta-t-il. Tu n'as rien fait de mal. Tu n'y peux rien, il t'a envoûtée. Il a profité d'une seconde d'inattention de ma part pour… Bref, ce n'est pas de ta faute. D'accord ? Oublie ça. Oublie-le. Il ne vaut vraiment pas la peine que l'on s'intéresse à son cas.

— Mais que me voulait-il ? questionna-t-elle tout en essayant de faire abstraction des regards curieux qui s'étaient fixés sur elle et qui ne la lâchaient plus. Daniel m'a dit des choses si… si bizarres… Bizarres et très déplacées…

— À travers toi c'est moi qu'il cherchait à atteindre, expliqua le châtelain, semblant réfléchir en même temps qu'il parlait. Il a toujours adoré semer le trouble à ce genre d'événements, provoquant scandale sur scandale. Mais cette fois, je dois bien avouer qu'il bat des records. Je n'imaginais pas que sa haine envers moi était aussi vivace, encore aujourd'hui. D'ordinaire, lorsque nous étions amenés à nous croiser, il se contentait de m'ignorer. Jamais il ne s'est comporté ainsi. Jamais il n'avait osé me défier de la sorte.

Une expression de lassitude et de mépris s'inscrivit sur ses traits :

— Ce n'est qu'un avorton. Il a beau être duc, ses pouvoirs sont ridicules en comparaison de nous autres, vampires de premier rang. N'y pensons plus, je te l'ai dit, il n'en vaut pas la peine.

Cornélia, tout de même un peu inquiète, jeta un coup d'œil alentour afin de vérifier que celui qui avait tenté de s'en prendre à elle avait bel et bien disparu. Mais, peu à peu, elle se rendit compte que, durant le laps de temps où elle avait discuté avec cet homme étrange, la fête avait pris, sans même qu'elle ne s'en aperçoive, une tout autre tournure. Il y avait bien encore quelques danseurs devant l'orchestre et quelques groupes menant de vives discussions au centre de la pièce, cependant, de plus en plus de gens, endormis en apparence, s'amoncelaient sur les fauteuils et dans les recoins les plus sombres de la salle. Non loin d'elle, elle aperçut trois vampires installés lascivement sur un sofa déjà taché, saignant en divers endroits une pauvre femme à moitié dénudée, mais qui, curieusement, paraissait apprécier la chose.

Écœurée, Cornélia détourna le regard mais il se porta aussitôt sur une nouvelle aberration. Une espèce de pyramide de coupes de cristal, finement ciselées, manifestement anciennes et précieuses, avait été minutieusement montée près du mur du fond. Et, sous l'œil affamé et amusé de quelques vampires, quatre humains se tenaient dangereusement penchés au-dessus, perchés sur de grands escabeaux, et tendaient des poignets tailladés desquels s'échappaient de longs filets de sang. La densité du flot était extraordinaire et les verres se remplissaient bien trop rapidement pour que tout cela fût naturel. L'épais liquide se répandait goulûment, marquant le cristal de son salissant passage, quand l'un de ces robinets humains vint à s'évanouir et commença à dégringoler de son perchoir. Nesrine se jeta alors sur lui, le retenant d'abîmer dans sa chute la belle pyramide, puis l'emporta plus loin, prélevant à la source ce qu'il restait encore. L'homme fut aussitôt remplacé par une autre jeune femme qui se trouvait là. Sciemment, du moins le semblait-il, elle monta en haut de l'escabeau, attrapa une sorte de dague qu'Alphaïce lui tendait, et se mit à se lacérer fébrilement le poignet avec la lame déjà souillée par ceux qui l'avaient précédée. Cornélia, réalisant progressivement que la salle de bal se transformait, lentement mais sûrement, en une gigantesque boucherie, se mit à paniquer :

— Henri… je veux partir… maintenant…

— Je t'avais pourtant prévenue, opposa-t-il d'un air triste mais résolu, la colère l'ayant subitement quitté. C'était ton choix, pas le mien. Je suis désolé, mais je ne peux pas. Pas tout de suite. Nous n'avons pas fini, et le sujet est bien trop important, bien trop grave… Sans compter qu'il faut aussi que je me nourrisse. Ma malle est vide maintenant… Je ne peux pas faire autrement, tu le sais bien.

— D'accord… bredouilla-t-elle, nauséeuse.

Une odeur monstrueuse s'imposait lentement à elle, jusqu'à bientôt devenir si entêtante que c'en était écœurant… Une odeur de sang frais.

— D'accord, mais je vais aller m'enfermer dans ta chambre. Tu… Tu avais raison, c'est trop pénible pour moi, je ne peux pas rester là…

— Non, refusa-t-il en posant une main sur la sienne, l'emprisonnant d'un geste ferme, comme pour la retenir. Avec ce qui vient de se passer, nous ne pouvons pas nous permettre de nous éloigner. Daniel peut encore être dans le coin. Je ne veux pas lui offrir l'occasion de se venger en s'en prenant encore à toi. Tu restes ici, c'est tout. Tu n'as qu'à fermer les yeux.

Ainsi donc elle n'avait pas le choix... Elle n'avait plus le choix. Elle aurait dû l'écouter lorsqu'il avait dit qu'il valait mieux qu'elle reste à l'écart de tout ça. À l'évidence, oui, c'était ce qu'elle aurait dû faire... Elle avait été bien présomptueuse de penser qu'elle pouvait tout à fait prendre part à une telle soirée. Ce monde n'était pas le sien, et là, les choses s'apprêtaient à virer au cauchemar...

— Alors, dépêche-toi, s'il te plaît, haleta-t-elle en se recroquevillant contre le dossier du canapé.

Brusquement, il disparut, la laissant seule à nouveau. Comme il le lui avait conseillé, elle ferma les yeux pour ne plus rien voir. Qui sait, peut-être réussirait-elle à s'endormir ? Elle resta prostrée un moment, un moment qui lui parut être une éternité. Elle se forçait à respirer lentement, profondément, et ce, même si l'odeur devenait de plus en plus insupportable. Mais il fallait au moins qu'elle essaie de chasser cette nausée. Ce fichu mal au cœur ne cessait de lui tordre l'estomac et si cela continuait, elle se verrait bientôt contrainte de quitter la salle, quoiqu'il advienne... Soudain, un cri perça à travers la musique et l'obligea à rouvrir des paupières qu'elle s'était jusque-là efforcée de tenir closes. Cependant, elle ne put distinguer de qui cet appel strident provenait parmi la foule devenue démente. Les splendides toilettes aux étoffes délicates et raffinées, que tous avaient arborées avec tant de prestance tout à l'heure, étaient maculées, ravagées par l'orgie, ruinées par les massacres. Les yeux étaient tous devenus pourpres et reflétaient la faim et la fièvre du crime. Les bouches étaient rougies, hideuses, barbouillées du sang des victimes innocentes et dévêtues que l'on entassait de toute part. Et les crocs allongés scintillaient sous les lumières vives, ces mêmes lumières que Cornélia avait trouvées si charmantes en début de soirée. On ne savait plus où donner de la tête tant il y avait d'attroupements, tous plongés sur leurs gibiers affaiblis, les plaquant au sol, contre les murs, sur les canapés, les fauteuils... Partout où la jeune fille portait son regard, il y en avait. Elle s'écrasa un peu plus, se faisant la plus petite possible sur son sofa, même si, de toute façon, désormais plus personne ne semblait la remarquer. Elle avait longuement pensé à ce qui se passerait cette nuit, et pourtant, pas un seul instant elle avait imaginé être le témoin d'un tel carnage.

Elle chercha des yeux quelque chose d'innocent, quelque chose d'abstrait et d'idiot qui pourrait l'aider à faire le vide dans son esprit et à ne plus prêter attention aux monstrueuses scènes qui se jouaient devant elle. Elle leva la tête et se mit à examiner le plafond et ses fresques gigantesques. Un art incroyable, impressionnant tant il était réaliste et contrasté. Et pourtant, bien que fasciné par la qualité de ces peintures, l'on n'en était pas moins dérangé par les atrocités qu'elles montraient... Toutes étaient si sombres et si sanglantes qu'à y regarder de plus près, on s'apercevait rapidement que ce n'était qu'un déplaisant déballage d'horreurs et d'obscénités, racontant la mort, la dévastation, la torture et la souffrance causées par d'étranges bourreaux, à chaque fois différents. Des tableaux qui, à l'image de ce qui se passait dans cette salle, n'inspiraient que la répugnance et l'effroi.

Elle se répéta encore une fois qu'elle ne risquait rien, qu'elle était là parce qu'Henri se devait d'être là et qu'elle ne pouvait s'éloigner de lui sous peine de risquer d'avoir encore affaire à Daniel, ou bien encore, peut-être, aux assauts du terrible roi de ce peuple de fous et de criminels. Son compagnon l'avait prévenue, c'était vrai, mais s'attendait-elle pour autant à ça ? À l'évidence, non… Comment pouvait-on décemment se préparer à assister à de telles choses ? Il fallait qu'elle parte… Maintenant… C'en était bien trop pour elle. Elle se leva, tremblante, et chercha son ami parmi le désordre des convives. Elle s'aperçut alors qu'une autre personne l'observait avec curiosité. Il s'agissait en fait d'un autre humain, assis sur un fauteuil, l'air visiblement indemne, et qui, à l'expression horrifiée et choquée qui se lisait sur son visage, paraissait parfaitement conscient de ce qu'il avait lui aussi sous les yeux, n'étant apparemment sous le joug d'aucun envoûtement d'aucune sorte. En croisant le regard bouleversé de la jeune fille, l'homme, d'une trentaine d'années, se mit subitement à pleurer comme un enfant. Puis, la figure couverte de larmes, il se leva péniblement et s'éloigna discrètement, prenant garde de ne surtout pas attirer l'attention sur lui. Appartenait-il, lui aussi, à un vampire ?

Cornélia, n'arrivant plus à réfléchir, fit un pas de plus vers la sortie, et glissa soudain sur le parquet. Elle retrouva tant bien que mal l'équilibre et réussit de peu à éviter la chute. Mais elle sentit une nouvelle vague de nausée la saisir, plus violente encore que les précédentes, quand, en baissant les yeux, elle se rendit compte qu'elle venait de ripper sur une large flaque de sang. Flaque à laquelle une femme en robe longue, accroupie, s'abreuvait, léchant le sol voracement. On aurait dit une bête affamée revêtue d'un déguisement grotesque. La musique s'emballa tout à coup, se faisant encore plus forte, si forte qu'elle couvrait tout, le bruit des conversations, des rires, des gémissements… Et alors, des chœurs, repus, très probablement, se mêlèrent à la voix de la cantatrice vampire, entamant subitement comme une espèce de requiem, aux intonations magnifiques et mélancoliques. Était-ce là une ultime raillerie pour les victimes de cette macabre soirée ?

Et, c'est alors qu'elle le vit. Henri était là, dans un coin de la salle, parmi ses amis, tous couverts de rouge, et tenait dans ses bras Kyrie, la domestique et favorite de Ryù. Ses lèvres, que Cornélia aimait tant embrasser, étaient barbouillées du sang de la jeune fille, et ses longues mains blafardes l'enserraient fermement, comme les griffes d'un prédateur féroce sur sa pauvre proie sans défense. Ça, elle s'y était préparée, et pourtant, ce fut la goutte d'eau… Elle voulut hurler, crier qu'elle partait, et tant pis si c'était sans lui, tant pis si elle devait encore causer un autre scandale, mais sa bouche ne put s'ouvrir. Ses lèvres se trouvaient comme scellées par quelque chose qui n'était pas normal, pas naturel… Le prince des vampires lui adressa un regard désolé, mais un regard pénétrant, la foudroyant brusquement de l'intérieur. Elle se sentit tout à coup vidée de toute émotion, de toute énergie, et ne put qu'obéir à cet ordre curieux, sans mots, un ordre irrévocable, qu'elle ressentait tout au fond d'elle-même. Un ordre qui lui disait d'aller se rasseoir et de ne plus bouger d'un iota. Soumise contre son gré à la volonté du châtelain, elle subit alors l'envoûtement comme la plupart des autres invités humains. Sa conscience s'évapora peu à peu et elle se retrouva comme emprisonnée dans son propre corps, ressentant ces entraves jusque dans son esprit devenu subitement incapable de toutes pensées ou de tous sentiments. Elle sentit également son visage se départir malgré elle de ses expressions. Comme tout l'indifférait tout à coup... Elle planait à mille lieues, insensible à présent à ce qui pouvait se passer.

Elle resta alors là, sur son canapé, au loin, à voir, mais sans réellement regarder, les invités s'éclipser lentement, se réfugiant tous successivement dans d'autres salles, celles qui, sans doute, contenaient leurs cercueils. Seuls restaient les cadavres des victimes, étalés un peu partout, et des personnes affaiblies, à l'air hagard et malade, errant là sans but apparent, semblant tout juste s'éveiller d'un cauchemar pour basculer dans un autre. Plus de musique... Plus de vampires... Plus de fête.

À l'aube, Henri revint vers elle, lui prit la main et l'entraîna dehors. Sans plus y réfléchir, elle le suivit. La brise fraîche et la brume du petit matin la tirèrent subitement de son apathie. Alors, la colère, la répugnance et la haine lui vinrent doucement. Elle essaya de parler mais eut d'abord quelques difficultés à articuler correctement, certainement un des effets secondaires de ce maudit envoûtement :

— Je… Je…

Elle soupira et des larmes vinrent brouiller sa vue :

— Je me suis… trompée…

— Je sais, répondit le châtelain sans la regarder, la forçant à accélérer le pas pour s'enfoncer un peu plus dans la forêt.

Il l'avait su dès le début, il avait su qu'elle réagirait ainsi, cela se lisait sur son visage. Ces paroles étranges pendant qu'ils dansaient, c'était donc pour ça.

— Comment ? Comment de telles horreurs sont-elles possibles ?! s'insurgea-t-elle. Et comment toi, tu as pu prendre part à… à ça ?! J'ai beau t'aimer, Henri, tout ça… tout ça, c'est trop !

— Comment ? Eh bien tout simplement parce que c'est aussi ce que je suis, rappela-t-il d'un ton éteint. Je ne te l'ai jamais caché. Ce que tu as vu cette nuit, ce n'était autre que mes amis, mes semblables. Et je suis exactement comme eux…

— Non ! s'écria-t-elle en éclatant en sanglots. Non, tu n'es pas…

— Si, interrompit-il sèchement. C'est ainsi. Je ne suis pas Maxime. Je ne possède ni ses scrupules, ni sa conscience. Tu n'as vu en moi jusqu'à maintenant que ce que tu voulais y voir et tu as mis le reste de côté. À présent que tu as eu l'évidence sous les yeux, cet oubli ne t'est plus permis. Cornélia, on ne peut à la fois aimer et haïr quelqu'un, il faudrait te décider une bonne fois pour toutes.

— Pourquoi m'as-tu envoûtée ? C'est monstrueux ce que tu as fait ! continua-t-elle, furieuse.

— De vie en vie, tu te répètes… souffla-t-il d'un air las. Tu n'auras donc toujours que ce mot-là pour me qualifier ?

— Si je me répète, toi par contre, tu uses toujours à outrance de tes pouvoirs pour soumettre ceux qui t'entourent à ta volonté ! Y compris moi, je viens d'en avoir la preuve !

— Je comprends que tu m'en veuilles, c'est bien normal, après tout… Mais peut-être qu'un jour tu comprendras que je n'avais pas d'autres choix. Je n'ai jamais eu le choix.

Lui, d'ordinaire tellement irascible, était si calme face à l'emportement de la jeune fille que c'en était déstabilisant. Elle aurait voulu, faute d'obtenir des excuses navrées, qu'au moins il lui réponde sur le même ton, qu'il se justifie, qu'il s'explique. Mais non, rien ne venait… Il n'opposait que son silence monotone et sa mine lugubre et fermée.

— Je veux rentrer maintenant, Henri ! imposa-t-elle en s'arrêtant brutalement. Pas de train et pas d'au revoir ! Maintenant ! Et chez moi ! Chez mon père !

Il resta figé sur place et une expression de douleur passa subrepticement sur son visage d'apparence impassible. Il avait bien compris ce que cela voulait dire mais elle se sentit obligée de le préciser, peut-être histoire de voir si elle aussi réussirait à le faire souffrir. Finalement, ce n'était jamais que la monnaie de sa pièce.

— C'est fini, annonça-t-elle, d'une voix décidée. Cette fois, je veux que tout ça prenne fin, et ce, dès maintenant. Reste à proximité de ma maison si tu le souhaites. Ou pas, cela m'est égal. Mais je veux retourner chez moi et être seule. Je verrai bien ce qui arrivera ou non. Après ce qui vient de se passer, je crois que je m'en moque complètement. L'enfer était devant moi cette nuit, et celui-ci était réel. Et c'est toi, et personne d'autre, qui me l'a imposé.

Il ferma les yeux et baissa la tête, n'ayant rien à rétorquer. Et, à peine un quart de secondes plus tard, il se trouva derrière et referma les bras sur elle. Un vertige d'une intensité presque insoutenable la submergea soudain, s'abattant sur elle telle une chape de plomb tombant lourdement sur ses frêles épaules. Elle se sentit aussitôt partir, comme si, tout à coup, elle s'était évanouie ou endormie. Quand elle revint à elle, elle était devant la porte d'entrée du manoir de son père, à Rougemont, et Henri se tenait un peu plus loin, attendant probablement qu'elle dise quelque chose. La tête lui tournait encore tellement qu'elle crut qu'elle n'allait jamais réussir à rester debout. Une atroce migraine se mit alors à lui vriller les tempes et une nausée effroyable lui broya l'estomac. Elle chercha son souffle encore pendant quelques instants, supportant difficilement les effets de ce voyage instantané, quand le châtelain expliqua :

— Navré mais je ne peux soigner les dégâts que moi-même j'inflige. Tu devrais aller mieux d'ici quelques heures.

— Ça va… marmotta-t-elle. J'ai connu pire…

— Je ne serai jamais loin, tu n'auras rien à craindre, poursuivit-il, d'un ton se voulant rassurant. Et si tu as besoin de quoi que ce soit, appelle-moi, j'arriverai dans la seconde.

— Je voudrais ne plus avoir besoin de toi… assena Cornélia en s'asseyant sur les marches du perron, ne tenant plus sur ses jambes.

— Comme il y a presque trois cents ans… commenta-t-il, perdant son regard au loin. Tu vois, les choses ne changent pas. Enfin, en attendant, ne fais rien d'idiot s'il te plaît, ta situation, elle, en revanche, peut peut-être évoluer.

Il garda le silence un moment, puis reprit, tout en s'éloignant lentement :

— De toute façon, entre nous, il ne pouvait en être autrement, je l'ai toujours su. Cependant, il est possible que moi aussi j'ai oublié, durant l'espace d'un bref instant, ce que tu étais, une jeune humaine, fragile et innocente… Crois bien que je regrette d'avoir ainsi corrompu une âme pure.

Pourquoi ces mots faisaient-ils aussi mal ? Elle regarda son image s'effacer progressivement jusqu'à bientôt disparaître complètement, emmenant avec elle tous les bons souvenirs pour ne plus laisser que les mauvais.

Chapitre 25

Des remords ou des regrets ?

Elle resta là, assise devant chez elle, à pleurer à chaudes larmes sans parvenir à s'arrêter. Elle ne réalisa qu'au bout de plusieurs minutes qu'elle portait encore la grande robe de bal qu'Alphaïce lui avait donnée. Mais, avant même qu'elle ne se décide à bouger, elle entendit la porte d'entrée s'ouvrir et vit son père se précipiter vers elle :

— Cornélia ! Mon Dieu ! Mais qu'est-ce que tu fais là ?

— Papa… gémit-elle sans se lever, souffrant encore de vertiges et de maux de tête atroces.

Cela faisait si longtemps qu'elle ne l'avait pas vu. Comment avait-elle pu oublier à ce point ce qui avait fait sa vie avant que toutes ces histoires ne viennent la bouleverser ? Il vint tranquillement s'asseoir à côté d'elle et la prit dans ses bras :

— Tes vacances chez ton amie se sont mal passées ? s'enquit-il naïvement, sans même paraître surpris de l'extraordinaire tenue que portait sa fille, échouée sur les marches de l'escalier.

— Pas très bien, non…

Elle s'étonna de le retrouver aussi serein et paisible face à elle qui s'était absentée si longtemps et qui avait donné si peu de nouvelles.

— Rentrons, tu es gelée, dit-il en lui frottant les épaules.

Elle eut tant de mal à se relever qu'il s'empressa aussitôt de demander :

— Tu es malade ? Tu veux que j'appelle un médecin ?

— Non, assura la jeune fille, rassemblant toute son énergie pour réussir à marcher droit. J'ai seulement besoin de repos, les choses ont été intenses pour moi ces derniers temps...

— Tu étais à une fête ? interrogea-t-il tout de même, fronçant les sourcils.

Perplexe, monsieur Williamson semblait enfin s'apercevoir que quelque chose n'était pas normal.

— Un bal... répondit-elle. Un bal costumé.

Il haussa les épaules :

— Tu devais être très jolie.

Puis il lui donna la main et l'aida à rentrer. Cornélia se précipita dans sa chambre et s'y enferma à double tour, sans même donner d'autre explication à son père. Lorsqu'elle fut parvenue à se débarrasser de l'encombrante robe, elle se jeta sur son lit et s'abandonna au sommeil, espérant que cela l'aiderait peut-être à oublier ce à quoi elle venait d'assister. Cependant, cette fois, ses rêves ne furent composés que d'images de massacres insensées. Tantôt elle faisait partie des victimes et subissait l'envoûtement et les dégradantes morsures. Tantôt elle se trouvait du côté des bourreaux, et infligeait avec frénésie nombre de blessures à ces humains qui n'étaient soudain plus, à ses yeux, que des fruits mûrs et appétissants dont il fallait absolument extraire la liqueur. Elle fut ensuite parachutée dans l'une des effroyables fresques de la grande salle de Reddening House, plongée de force dans une mare écarlate par trois espèces de succubes, aussi belles qu'effrayantes. Elles étaient complètement nues et leur peau était si blafarde qu'elles brillaient presque dans cette scène nocturne. Elle se débattait de toutes ses forces mais rien n'y faisait, ses sublimes tortionnaires avaient toujours le dessus. Elle ne put alors bientôt plus qu'endurer ce supplice infâme, se laissant porter, faute de pouvoir s'échapper. Ce ne fut qu'une fois qu'elle se trouva dans cette eau trouble et rougie jusqu'à la taille, qu'elle se rendit compte que tout autour d'elle flottaient une multitude de cadavres en décomposition. Horrifiée, elle ne put faire autrement que de les regarder et s'aperçut avec un effarement croissant qu'ils étaient sans visage. Leurs figures, ou du moins ce qui en faisait office, étaient totalement dépourvues d'yeux, de bouche ou encore de nez. Leurs corps blancs étaient boursouflés à force de tremper là, baignant paisiblement dans le jus de leur propre mort. Les femmes riaient aux éclats et paraissaient s'amuser comme jamais... Soudain, le bruit de coups que l'on donnait à sa porte la sauva de ce cauchemar :

— Cornélia ? Tu vas bien ? Ouvre-moi.

C'était son père. La jeune fille, encore sonnée de ce long sommeil et choquée par ces horribles songes, répondit d'une voix faible :

— Je vais bien papa.

Pour rien au monde elle n'aurait voulu connaître la suite de ce rêve ignoble, cependant, elle était épuisée et avait encore besoin de repos.

— Laisse-moi, s'il te plaît. Je suis fatiguée. Je vais dormir encore un peu.

— Bon sang ! s'étrangla-t-il. Ça fait presque deux jours que tu dors ! Ouvre-moi tout de suite !

Deux jours ?! Quoi ?! Tant que ça ? Consternée, elle s'obligea à quitter son lit, non sans quelques regrets, s'empressa d'enfiler un peignoir, puis fit entrer monsieur Williamson :

— Désolée, je n'ai pas regardé l'heure, marmonna-t-elle en guise d'excuse.

— Enfin, tout de même ! Et tu aurais pu au moins prendre une douche, tu n'es pas belle à voir.

Elle soupira. Elle savait bien qu'elle devait avoir une mine affreuse, ce n'était peut-être pas la peine d'en rajouter. Lasse, elle se dirigea vers le miroir le plus proche afin de vérifier. Effectivement, elle avait vraiment l'air d'une souillon. Sa figure était complètement barbouillée de maquillage et de larmes, et la marque des draps s'était imprimée sur la moitié de son visage déjà brouillé d'avoir trop pleuré.

— Bon, allez, ça suffit maintenant, réprimanda-t-il d'un ton sec. Je ne sais pas ce qu'il s'est passé, étant donné que tu ne veux rien me dire, mais tes vacances sont terminées à présent ! Il est grand temps que tu te ressaisisses ! Demain tu retournes au travail.

— Je ne crois pas en être capable…

Comme elle peinait à tenir debout, elle retourna se coucher sous l'œil interdit de monsieur Williamson. Elle était vraiment exténuée, et son esprit lui donnait paradoxalement l'impression d'être vide à force d'être trop plein.

— Bah voyons ! grinça-t-il, irrité. Déjà que tu es partie de là-bas comme une voleuse, sans avertir personne ! C'est moi qui ai été obligé de justifier ton comportement et ton manque d'assiduité ! Non, vraiment, ce n'est pas sérieux !

— Je m'en fiche... souffla-t-elle en fermant les yeux. Sors de ma chambre, papa, je veux être seule.

— Si tu es malade je fais venir un médecin, menaça-t-il, déterminé à la faire réagir. Sinon, tu te lèves !

— Encore une fois, je ne suis pas malade, je ne bougerai pas et je ne veux voir personne ! déclara-t-elle d'un ton plus ferme. Laisse-moi, à présent.

Désemparé, monsieur Williamson quitta la pièce et claqua la porte. De nouvelles larmes vinrent chasser les marques des précédentes sur les joues salies de Cornélia. Henri... Elle ne pensait qu'à lui. L'image d'un homme doux, tendre et bienveillant livrait un duel sans merci à une autre, celle où, parmi une foule délirante, il participait au carnage qu'avait été cette monstrueuse soirée. Et pourtant, elle ne parvenait pas à cesser de l'aimer. C'était bien ça le plus douloureux. Elle sentait son corps se déchirer de l'intérieur, rongé par des sentiments qui s'opposaient diamétralement les uns aux autres. Seule... Finalement, c'était encore ce qui était le mieux pour elle. Rester seule. Mais, sans lui qu'était-elle, au bout du compte ? Rien. Un vide immense se répandit lentement en elle, dans son cœur, et jusqu'au fond de son âme. Pourquoi donc avait-il fallu qu'il la sauve ce fameux jour où elle avait sauté d'un pont ? Les choses auraient été tellement plus simples s'il ne l'avait pas fait.

Toujours allongée sur son lit, elle laissa son regard se promener au-dehors, à travers la fenêtre à double battant de son balcon, et contempla le paysage alentour. Puisqu'elle n'avait rien d'autre à faire de toute façon. Elle sentit ses poumons se vider de leur air et devenir tout à coup douloureux quand, au loin, elle aperçut furtivement la silhouette sombre de l'homme qu'elle aimait. Sans trop savoir pourquoi, elle bondit sur ses pieds et se précipita aux carreaux. Mais, le temps qu'elle y arrive, il avait déjà disparu... Entre-temps, sur le rebord de pierre de son balcon, une rose blanche, magnifique, était apparue, comme par magie. C'était donc bien lui qu'elle venait de voir. Il restait là, auprès d'elle, comme il l'avait promis, et voulait qu'elle le sache. Devait-elle ramasser la fleur et montrer ainsi qu'elle lui pardonnait de l'avoir envoûtée, l'obligeant sciemment à assister à des scènes qu'elle ne pouvait supporter ? Non... Non, parce qu'elle lui en voulait encore terriblement. Elle se laissa alors retomber par terre, se couchant à même le sol, sanglotant de nouveau. C'était grâce à lui qu'elle avait survécu aux multiples agressions d'Avoriel, elle lui devait tant, elle l'aimait tant... Mais c'était aussi à cause de lui que, deux jours plus tôt, elle avait subi l'enfer. Pire encore, de par la réalité de ce spectacle si particulier, que tout ce que l'affreux monarque avait pu lui infliger jusque-là. Se remettrait-elle d'un pareil traumatisme ? Elle lui en voulait tellement de l'avoir envoûtée, la prenant par surprise, comme si elle n'avait jamais été qu'un fardeau encombrant qu'il avait à tout prix fallu faire taire, la traitant, en définitive, de la même manière qu'un chien. Daniel n'avait peut-être pas tort, en fait…

En pensant à cela, elle vit sur ses poignets les petits bandeaux de velours, marque de cette soi-disant appartenance au vampire. Frénétiquement, retrouvant brièvement son énergie, elle les arracha, ainsi que le collier qu'il lui avait offert, et les jeta le plus loin possible d'elle. Qu'allait-elle faire maintenant ? Qu'allait-elle devenir ? Jamais elle ne pourrait retrouver une vie normale après tout ça… Avec tout ça. La menace, lourde et étouffante, pesait toujours au-dessus de sa tête, rien n'avait changé pour le moment. Et seule, à quoi cela servait-il de se battre ? À rien. Ces cicatrices aux poignets, de nouveau apparentes sans les bijoux, ne représentaient-elles pas la fatalité de son existence, la seule fin possible à toute cette histoire ? Les vapeurs douces et troublantes du sommeil se firent encore sentir, lentement mais sûrement, envahissant progressivement son corps fatigué et son esprit meurtri.

Elle resta encore trois jours plongée dans cette espèce de torpeur, ne sortant de sa chambre que la nuit, furtivement, pour aller à la cuisine se nourrir un minimum, s'efforçant du mieux qu'elle le pouvait d'éviter son père. Ce dernier était revenu à la charge plusieurs fois mais toutes ses tentatives pour sortir sa fille de son apathie avaient été vaines. Cornélia refusait désormais catégoriquement d'ouvrir sa porte. Elle se demandait à quel moment monsieur Williamson allait craquer et envoyer une bande d'hommes en blanc pour l'emmener de force là où, c'était certain, elle avait sa place, à l'hôpital psychiatrique…

Jour et nuit, lorsqu'elle ne dormait pas, elle ne pouvait quitter sa fenêtre des yeux, attendant désespérément d'apercevoir cette silhouette qu'elle aimait tant. Elle l'avait bien revu quelques fois, à la lisière de la forêt, mais toujours si brièvement qu'elle ne savait s'il s'agissait d'illusions de son esprit malade ou s'il était vraiment là, la surveillant de loin comme il l'avait promis… Puis, peu à peu, elle commença à se faire une raison, la vie avant Henri n'avait eu aucun intérêt, la vie sans lui en serait tout autant dépourvue.

Chapitre 26
Rêve huitième, Tragique conclusion

Le noir… La brume… La confusion… Puis, l'épais voile qui masquait ses rêves se déroba, s'ouvrant à nouveau sur son passé, la plongeant encore dans cette vie qui avait jadis été la sienne. Elle se tenait assise sur une chaise auprès de Maxime, allongé sur un lit, le visage ensanglanté. Le corps de ce dernier, à présent si décharné que c'en était effrayant, était agité par de monstrueuses convulsions, l'obligeant à se tordre en tous sens tant la douleur devenait insupportable. Sa chemise, ouverte sur son torse amoindri, laissait voir une peau asséchée et livide, rougie par une sueur de sang. Cornélia, qui ne lâchait pas sa main, s'efforçait, de l'autre, d'essuyer la figure de son amant à l'aide d'un linge devenu écarlate tant il était imprégné, et d'une petite bassine d'eau de la même teinte. Cette fois, il fallait se rendre à l'évidence, l'inévitable terme était tout proche et le pauvre endurait un véritable calvaire… Il prenait sur lui de prolonger son supplice, attendant le tout dernier moment, uniquement pour rester un peu plus longtemps aux côtés de sa bien-aimée. Avait-elle le droit de le laisser ainsi ? Après tout, le premier jour de leur rencontre elle lui avait fait une promesse... La promesse qu'elle écourterait cette existence misérable, qu'elle abrégerait ses souffrances inutiles. Aujourd'hui plus que jamais, il était temps.

— Il faut arrêter cela... murmura-t-elle, la voix chargée des sanglots qu'elle retenait.

— Pas maintenant, haleta le jeune vampire, lui adressant, entre deux gémissements, un faible sourire. Pas déjà... Ça va aller mieux.

Malgré tout, son visage, lui, n'avait pas changé. Ses traits angéliques étaient toujours aussi charmants, seule la souffrance qu'ils reflétaient en cet instant ternissait quelque peu son éclat.

— C'est faux, et tu le sais, contesta-t-elle, sentant son cœur se serrer un peu plus.

— La folie n'a pas encore... pas encore gagné mon esprit... bégaya-t-il. Je veux faire de toi ma femme avant... avant de partir.

— C'est bien trop d'honneur... articula-t-elle, à la fois surprise et bouleversée.

Il n'avait jamais été question de ce genre de choses auparavant, leur fatidique destin, d'avance tout tracé, n'ayant jamais laissé la place de nourrir ce type de projet. Était-ce la lueur d'espoir qu'elle attendait tant ? Non, bien sûr que non. Ça ne changerait absolument rien... Néanmoins, cela resterait une consolation, être la femme aux yeux des hommes, comme aux yeux de Dieu, de celui qu'elle aimait si profondément, si éperdument, ne serait-ce qu'une minute, qu'une seconde, atténuerait peut-être quelque peu le chagrin, la douleur, qu'allait inéluctablement causer la perte de cet être cher.

— Mais cela en vaut-il vraiment la peine ? interrogea-t-elle. Pourras-tu tenir jusqu'à ce que nous réussissions à trouver un prêtre qui accepte de nous marier ?

— C'est ce que je veux... S'il te plaît, mon amour, accepte... pria-t-il d'un ton si bas que l'on pouvait tout juste l'entendre.

— D'accord, souffla-t-elle avant de reprendre : Dès que cette crise sera passée, on se dépêchera d'organiser tout cela. Dans quelques heures Henri et ses amis s'adonneront à leurs désormais traditionnelles orgies. Ils seront bien trop occupés pour se rendre compte de ce qu'il se passe. Mais ensuite nous fuirons, nous irons tenter notre chance ailleurs, hors de ces murs. Et, une fois loin d'ici nous aviserons...

— Comme tu voudras... obtempéra-t-il, toujours tremblant. C'est à toi de décider de ce qui sera le mieux.

Elle s'étonna de voir que, tout à coup, il fut si facile de le convaincre sur un point qui les avait pourtant toujours opposés. Elle épongea à nouveau le front de son amant, puis lui murmura à l'oreille des mots tendres et réconfortants. Des mots qu'elle savait vains mais qui parurent néanmoins apaiser, ne serait-ce que légèrement, celui à qui ils étaient destinés. Au bout d'un moment, les spasmes cessèrent et l'hémorragie sembla diminuer.

— Tu devrais peut-être rejoindre ton cercueil maintenant, proposa Cornélia d'une voix douce. Cela t'aide, en général.

Une grimace de dégoût passa rapidement sur le visage de Maxime :

— J'y serai bien assez tôt… Et je ne veux pas être déjà séparé de ma belle fiancée…

— Je ne quitterai pas la pièce, insista-t-elle. C'est promis.

Résigné, il ferma les yeux en signe d'approbation et se redressa péniblement. La jeune fille l'aida ensuite à se mettre debout et tressaillit en voyant la quantité de sang qui s'était répandu dans les draps. Tant bien que mal, elle essaya de cacher son trouble, puis accompagna le vampire jusqu'au fond de la chambre, là où était entreposée sa bière. Elle ouvrit elle-même le couvercle et attendit qu'il se soit installé avant de le refermer.

— À tout à l'heure, mon ange, marmonna-t-il avant de tomber dans cet état de catalepsie typique des immortels.

Elle refit le lit, jetant le linge sale dans un coin, et s'y allongea, profitant de ce petit moment de répit pour se reposer elle aussi. Sentant tout espoir la quitter pour de bon, elle s'abandonna à la prière, faisant passer un à un, d'un geste nerveux et précipité, les grains d'un petit chapelet qu'elle tenait fermement serré dans sa main. Ce plan, c'était de la folie, elle le savait. Se marier… S'enfuir… Maxime arrivait à la fin de son existence de vampire, et, si elle n'y mettait pas rapidement un terme, comme elle le lui avait promis, il allait bientôt perdre la raison et devenir l'un de ces êtres vides et sans conscience, un de ces monstres assoiffés et dangereux dont avait parlé Henri. Elle ferait ce qu'il faudrait avant que cela n'arrive.

Cependant, elle avait beau essayer encore et encore, elle ne parvenait pas à se rappeler ce qui s'était passé la fois où, voulant défendre ses parents, elle avait abattu ce vampire venu pour la chercher. Comment s'y était-elle prise au juste ? À nouveau, elle entreprit de fouiller sa mémoire en quête de réponse, mais rien ne lui vint. Seules quelques bribes d'images, horriblement violentes et choquantes, lui revenaient à l'esprit, mais rien de vraiment concret… De toute façon, le moment venu, elle saurait quoi faire, elle en était convaincue. Soudain, une foule de sentiments l'assaillirent de toute part. Elle allait devenir l'épouse de l'homme qu'elle aimait et il n'y aurait eu aucune limite à son bonheur si les circonstances de ce mariage avaient été autres. Elle savait pertinemment que, sitôt après son apogée, leur histoire prendrait fin. Elle avait également parfaitement conscience qu'en s'enfuyant, elle s'entraînait elle-même vers la mort. Mais, au fond, n'était-ce pas ce qu'elle souhaitait ? Sans Maxime, la vie n'aurait plus aucune saveur. Sans lui, elle ne pourrait supporter une seconde de plus les barreaux de ce maudit château, ni l'effroyable compagnie de celui qui, sous couvert de protection, n'avait en fait jamais été que son geôlier. Partir loin, avec cet homme qui, pour un temps du moins, mais pour l'éternité quoiqu'il adviendrait, serait son mari. C'était bien là tout ce qui comptait… Et tant pis pour le reste.

À peine une heure plus tard, le cercueil s'ouvrit lentement et le jeune vampire apparut de nouveau, l'air légèrement moins souffrant mais, cependant, toujours très affaibli. Cornélia, qui n'avait même pas eu le temps de s'assoupir, se releva aussitôt et se précipita vers lui.

— Je te l'avais dit, ça va mieux, tu vois, allégua-t-il innocemment, comme si, subitement, plus aucune menace n'avait pesé sur ses épaules.

— Vraiment ?

— Oui, vraiment, assura-t-il avec un sourire un peu crispé. Je vais profiter de cette accalmie pour trouver un prêtre et un fiacre. Toi, tu passes ta plus belle robe et tu me rejoins à la chapelle dès que tu es prête.

— Très bien, si c'est vraiment ce que tu veux, convint-elle. Mais fais vite, moi non plus je ne veux pas être séparée trop longtemps de mon tendre fiancé.

Elle se rendit aussitôt compte de l'absurdité de ses propos mais se garda bien de revenir dessus.

— Je vais faire vite, mon amour, promit-il en passant une chemise propre.

Ensuite, il enfila une veste longue et large, dont l'ampleur masquait habilement les formes aberrantes de son corps émacié, puis il quitta la pièce d'un pas pressant et décidé, répétant sans se retourner :

— À la chapelle, dès que tu es prête !

Alors, elle se dépêcha d'obéir et courut jusqu'à sa chambre pour se préparer. Lorsqu'elle eut passé dans ses cheveux son peigne préféré, un bijou qui lui venait de sa mère, et revêtu l'une de ses plus belles toilettes, une robe blanche, l'un des nombreux cadeaux d'Henri, sertie de dentelle fine et de perles d'argent, elle se dirigea vers le lieu du rendez-vous. Toutefois, elle fit, auparavant, un léger détour afin de passer près des appartements du prince, s'assurant ainsi que celui-ci s'y trouvait bien.

Quand elle arriva au sommet de la petite colline, Maxime était déjà là, devant la porte de la chapelle, accompagné d'un prêtre en habits noirs. Il attendait sa jolie fiancée, le sourire aux lèvres, l'air plus serein et apaisé que jamais. La cérémonie de fortune, improvisée à la dernière minute, dura très peu de temps mais fut le moment le plus heureux de toute l'existence de Cornélia. Ils scellèrent leur union d'un baiser merveilleux, au goût de miel et de soleil, et sautèrent sitôt après dans un carrosse, quittant à tout jamais ce lieu que désormais la jeune fille maudissait tout autant que la menace qui plainait au-dessus d'elle.

— Ma femme… soupira le vampire.

— Mon époux… répondit-elle, au comble du bonheur, refusant de penser à autre chose qu'au moment présent.

Elle se réfugia dans les bras de son amant, savourant ces instants de plénitude, qui, même si elle ne voulait pas se l'avouer, précédaient sans doute la tempête… En s'éloignant du châtelain et de la protection que ses pouvoirs leur offraient, ils savaient ce qu'ils risquaient. Cependant, maintenant qu'ils étaient mariés, unis par les saints sacrements, Cornélia croyait en leur chance d'échapper à leur destin… Peut-être en avaient-ils une après tout ?

— Où va-t-on ? demanda-t-elle durant le trajet.

— À Paris, annonça-t-il, l'air sûr de lui.

— C'est une très bonne idée. Une forte concentration d'humains nous aidera probablement à détourner l'attention du roi. J'imagine que cela nous rendra moins facilement détectables. J'ose espérer qu'il ne viendra pas m'enlever si nous restons parmi la foule.

Les massacres en public lui ont déjà valu quelques ennuis du temps de l'inquisition, paraît-il.

Maxime fronça les sourcils, perplexe, et ne répondit pas, semblant ne pas saisir le sens des paroles de son interlocutrice. Elle préféra alors ne pas insister sur cette ombre au tableau de leur périple, et constata avec une inquiétude croissante qu'à mesure que le fiacre progressait, le vampire paraissait s'affaiblir encore davantage. Elle se tut un moment, privilégiant le calme quand, tout à coup, elle sursauta :

— Ton cercueil ? Tu n'as pas pensé à l'emmener ! Comment va-t-on faire ?

— Nous en trouverons bien un là où nous allons, prononça-t-il lentement. Ne t'en fais pas, tout ira bien...

Elle l'examina un moment et finit par remarquer que quelque chose dans le regard de son bien-aimé était différent. Ses yeux rouges s'étaient assombris et paraissaient avoir perdu de leur éclat, mais aussi de leur vigueur. Depuis combien de temps ses prunelles étaient-elles devenues si ternes et vides ?

— Tu te sens bien ? s'inquiéta-t-elle. Tu es sûr, Maxime ?

— Mais oui, ma chérie, je suis sûr, affirma-t-il, articulant avec peine.

— Tu es pleinement conscient de ce que nous risquons toi et moi, en quittant le château, n'est-ce pas ?

— Nous allons causer de la peine à un ami, c'est certain, souffla-t-il, respirant soudain plus difficilement. C'est triste.

— Non, je ne parle pas de ça. Je parle d'Avoriel, votre roi. Cet homme à la puissance terrifiante, et qui nous recherche. Tu sais ce qui peut nous arriver maintenant que nous sommes loin d'Henri, n'est-ce pas ?

— Nous sommes heureux, et mariés... bafouilla-t-il. Il ne peut rien nous arriver... Fais-moi confiance.

L'état de Maxime s'aggravait encore. Alors, subitement, elle comprit. S'il avait accepté de partir, c'était uniquement parce qu'il n'était plus à même d'en mesurer les conséquences. Le poids de cette décision devint soudain si pesant sur les épaules de Cornélia qu'elle faillit exiger que l'on fasse demi-tour. Puis, voyant son jeune époux se mettre de nouveau à trembler, elle préféra demander à ce que l'on s'arrête à l'auberge la plus proche, réalisant avec désespoir que cette fois, ce serait leur dernier moment ensemble. Une demi-heure plus tard, le fiacre stoppa sa course folle et fit halte devant un établissement perdu au milieu des bois, délabré et malodorant. La jeune mariée descendit la première, s'enfonçant dans une boue épaisse, tachant le bas de sa jolie robe, et aida ensuite son époux à sortir.

— Nous ne sommes pas à Paris ? balbutia-t-il, luttant pour sortir de la torpeur dans laquelle ses souffrances l'avaient plongé.

— Non, mon amour, je préfère que nous nous reposions un peu avant de reprendre la route, mentit-elle.

Elle savait que le voyage s'arrêterait là. À peine était-elle parvenue à s'enfuir de Rougemont qu'aussitôt elle était rattrapée par la malédiction. Cette maladie vicieuse et malsaine qui ne lui offrait d'autre choix que de tuer son propre époux si elle ne voulait pas le voir se transformer, lentement mais sûrement, en une aberration de la nature. Elle soutint Maxime jusqu'à l'entrée de la vieille auberge, luttant pour se frayer un passage à travers la nuée de poules sales et chétives qui traînaient là, et arriva en nage devant un comptoir poussiéreux et maculé, derrière lequel se tenait un homme trapu, rougeaud, à la tenue négligée et à l'hygiène douteuse.

— Ferme les yeux, chuchota-t-elle à son amant, craignant que les pupilles rouges de ce dernier ne leur attirent des ennuis.

— Que vient donc faire une dame comme vous par ici ? questionna l'aubergiste, un sourire en coin, examinant la jeune fille des pieds à la tête d'un regard presque obscène.

— Je veux votre meilleure chambre, exigea Cornélia d'un ton ferme et froid.

— C'est possible, mais lui, qu'est-ce qu'il a ? interrogea l'homme en désignant du doigt le vampire, l'air soudain plus méfiant.

— Il est aveugle, et très fatigué ! s'empressa-t-elle de répondre, perdant subitement patience. Alors, c'est oui ou c'est non ?!

— Suivez-moi, indiqua-t-il en quittant son comptoir, s'engageant dans un escalier étroit, au bois usé et moisi, et aux marches bancales.

Dans la salle, les quelques personnes qui étaient installées là à boire et à manger devant des écuelles noircies et sans âge, ne les quittaient pas des yeux. L'aubergiste les conduisit tout au fond d'un couloir sombre et sans fenêtre, et leur ouvrit une petite chambre au confort rudimentaire, mais qui paraissait néanmoins un peu plus propre que le reste de l'établissement.

— J'espère que vous n'amenez pas de maladies obscures chez moi, madame, marmotta-t-il en mettant, par précaution, la manche de sa chemise devant son nez et sa bouche.

Cornélia déposa Maxime sur le lit, sur lequel il se laissa tomber lourdement, presque sans vie, puis elle fouilla la poche de sa veste. Elle en tira une petite bourse de cuir d'où elle sortit quelques pièces qu'elle lâcha dans la main crasseuse de l'homme. Celui-ci scruta son butin comme un véritable trésor, puis prit congé, tenant toujours son avant-bras devant le bas de son visage. La porte se referma dans un affreux et long grincement, les laissant enfin seuls.

— Mais où sommes-nous donc ?! s'alarma tout à coup le vampire, s'animant brusquement, perdant peu à peu pied avec la réalité. Que se passe-t-il ? Où est Henri ? Nous avons tant besoin de lui ! Où est-il ?!

La jeune fille se précipita à son chevet et lui prit la main, ne sachant quoi faire d'autre. Une fine pellicule de sang, s'écoulant progressivement par les pores de sa peau, telle une sueur maléfique, recouvrait maintenant le visage de Maxime. Ses yeux affolés, de plus en plus vides et de plus en plus sombres, roulaient dans leurs orbites comme s'ils cherchaient une lumière, une lueur, même faible, à laquelle se raccrocher dans d'épaisses ténèbres. Lui, qui avait paru tout à l'heure si faible, était maintenant agité et nerveux. Il pressa si durement le poignet de son épouse, qu'elle crut que ses os allaient se rompre.

— Mon ange, je suis là, bredouilla-t-elle, ne pouvant plus retenir ses larmes. Doucement, s'il te plaît, tu me fais mal.

Soudain, il relâcha la main de son amante et, d'un bond incroyable, sauta au plafond, s'y accrochant telle une araignée, accroupi, dans une horrible posture de bête.

— Mon Dieu, souffla-t-elle, prise de panique.

Le jeune vampire, n'ayant jamais bu une seule goutte de sang humain, n'avait jamais eu le moindre pouvoir, et voilà que, tout à coup, il semblait aussi agile que les autres membres de son espèce. Alors, Cornélia se mit à genoux, tremblante, se tordant le cou pour ne pas perdre de vue celui qui, quelques instants auparavant, n'aurait pas fait de mal à une mouche, mais qui, à présent, semblait aussi terrifiant qu'un loup affamé. Elle ouvrit lentement les mains, dans un geste de supplication :

— Laisse-moi mettre fin à tout ça, je t'en prie... Il le faut, c'est maintenant. Après, il sera trop tard.

Maxime poussa alors un long et affreux hurlement puis s'affala de tout son long au plafond où il restait obstinément collé, et se mit à sangloter bruyamment, le visage caché dans ses bras.

— Il fait si noir... articula-t-il entre ses larmes épaisses et rouges. Et si froid... Les ténèbres sont partout ! Elles m'ont envahi... Ferme les yeux, ne regarde pas Cornélia... C'est l'enfer qui est là, tout autour de nous !

— Non, il n'y a rien, enfin, protesta-t-elle, jetant tout de même un coup d'œil inquiet alentour. Il n'y a que toi et moi dans cette pièce. Allez, descends, s'il te plaît, tu ne peux pas rester là-haut.

— C'est faux, je suis seul... continua-t-il, pleurant de plus belle. J'ai toujours été seul... Abandonné de Dieu, abandonné des hommes, privé de mon âme ainsi que de tout espoir de salut... Que peux-tu pour moi, hein ? Rien ! Personne ne peut rien !

— Je t'ai fait une promesse et, quoi qu'il m'en coûte, je la tiendrai. Je peux arrêter tout ça, tu le sais, c'est toi qui me l'avais demandé...

— Je ne veux plus désormais, gémit-il en se tordant contre les planches défraîchies du plafond. Cette faim est si atroce, elle me broie les entrailles et me scie la cervelle... Le démon lui, promet qu'il n'y aura plus de souffrance si j'accepte de me rendre à ce sort qui est le mien. Je suis un être maléfique, il faut que je l'accepte.

— Il n'y a pas de démon ! s'exclama la jeune fille, déconcertée. Tu n'es que bonté, Maxime, toute ta vie, c'est ce que tu as été ! Tu as lutté si longtemps, ne rends pas les armes maintenant, je t'en supplie.

Alors, subitement, il retomba au sol, presque sans bruit, et se recroquevilla aussitôt dans un coin sombre de la chambre, cachant sa tête entre ses jambes tremblotantes. Puis, un rire monstrueux s'échappa du vampire, un rire qui sonnait horriblement faux et qui ne lui appartenait pas :

— Ma femme veut me tuer ! Ma jeune, belle, fragile et si bienveillante épouse veut m'assassiner !

— Tu sais bien qu'il ne s'agit pas de ça, voyons, marmonna-t-elle, n'osant s'approcher à nouveau de cet homme qu'elle ne reconnaissait plus.

— Non, je ne sais pas... Je ne sais plus rien... soupira-t-il, pleurant encore. Je n'arrive plus à penser... Il n'y a plus désormais que du noir, devant mes yeux, mais dans ma tête aussi. Du noir partout ! Il me faut du sang... Cornélia... Juste un peu... Après, j'y verrai plus clair. Peut-être qu'alors les ténèbres s'estomperont et je pourrai mourir dignement. Du sang, c'est tout ce que je demande. Je t'en prie... Je n'en peux plus...

— C'est hors de question ! s'insurgea-t-elle en se relevant brusquement. Je...

Elle s'interrompit un moment. C'était si douloureux, si déchirant, de le voir dans cet état... Jamais il n'avait paru aussi effrayé, ni si désespéré...

— Je peux te ramener une poule, si tu veux, proposa-t-elle. J'ai vu qu'il y en avait plein en bas. Mais ce sera tout ! Pas d'humains, tu m'entends ?

— Bien sûr... Ce serait un péché, concéda-t-il, cessant subitement de sangloter. Oui, un ignoble péché...

Alors, la jeune mariée, consciente que la lucidité de son époux s'effritait à mesure que les minutes s'écoulaient, s'élança hors de la chambre et se mit à courir dans le couloir, écorchant au passage un morceau de sa robe contre un vieux clou rouillé qui dépassait dangereusement du plancher. Puis elle dévala les escaliers et vint s'arrêter de nouveau devant le comptoir. L'aubergiste, l'air inquiet, demanda d'une voix hésitante :

— Mais enfin, qu'est-ce qui se passe là-haut ? Avez-vous besoin d'un curé ?

— Non, j'ai seulement besoin d'une poule.

— Je vous fais monter un repas, si vous voulez ? offrit-il, ahuri.

— Je veux une poule vivante, chuchota-t-elle en lui tendant le reste de la bourse.

L'homme écarquilla les yeux, puis soupesa le petit sac de cuir, et s'éloigna pour souffler quelques mots à celle qui devait être sa compagne. Cette dernière sortit précipitamment et revint quelques instants plus tard avec, dans les bras, une cage aux barreaux maculés de fientes, contenant une volaille caquetante et frémissante. Cornélia attrapa aussitôt l'objet et, sans dire un mot, remonta l'escalier aussi rapidement qu'elle l'avait descendu. Une fois dans le couloir, elle ne put s'empêcher de ralentir. Quelque chose n'était pas normal. Il manquait, sous la porte de leur chambre, le petit rai de lumière qu'il y avait déjà tout à l'heure et qu'il aurait dû y avoir encore maintenant... Maxime avait peut-être fermé les volets ? Et cette odeur étrange et pénétrante, ce parfum aux arômes sucrés et raffinés qui flottait soudain dans l'air, rappelant vaguement celui d'Henri, sans pour autant être le sien. Que venait faire cette fragrance par ici, dans cette odieuse et puante auberge ? Curieusement, la poule, qui avait paru si affolée quelques secondes auparavant, s'était tue et se tenait à présent étrangement tassée tout au fond de sa petite cage, complètement recroquevillée sur elle-même. La jeune fille inspira profondément, inhalant malgré elle une énorme bouffée de cette senteur à la fois douce et désagréable, puis poussa lentement la porte. Une obscurité pesante et étouffante avait totalement envahi la pièce, si bien qu'elle ne put plus rien distinguer, ni son époux, ni même les quelques meubles qui étaient censés se trouver là. Elle avança à pas lents, tâtonnant, un bras étendu devant elle, cherchant désespérément un repère, quand tout à coup, elle entendit un bruit de claquement sourd. La porte venait de se refermer derrière elle, achevant de la plonger dans le noir.

— Maxime ? osa-t-elle. C'est toi ? Mais où es-tu ?

— C'est un cadeau de bienvenue ? hasarda ironiquement une voix inconnue, une voix suave, au timbre grave mais légèrement sifflante et dérangeante, une voix presque inhumaine tant elle possédait de sonorités différentes.

On aurait dit que plusieurs personnes s'étaient mises à parler en même temps, prononçant en chœur les mêmes mots, exactement au même moment. Certaines étaient plutôt enjôleuses, d'autres avaient les éclats d'un profond désespoir, et d'autres encore reflétaient la malice et la malveillance. Elle sentit alors la cage lui échapper des mains mais n'entendit aucun bruit. Aucun son de la chute de l'objet métallique choquant contre les planches du vieux parquet ne lui parvint, juste une espèce de glapissement de volatile...

— L'attention est touchante mais le choix est grotesque, railla la voix, plus inquiétante que jamais. Je te pardonne, très chère, pour le moment, car tu n'as encore aucune idée de mes goûts en la matière...

— Qui êtes-vous ? lança la jeune fille, sachant pertinemment à qui elle avait à faire.

— Je suis ton pire cauchemar et ton plus doux rêve à la fois, tendre Cornélia. Tout dépend de la façon dont tu vois les choses.

— Non ! cria-t-elle, prise de panique, se jetant en arrière, tentant vainement de s'enfuir. Pas ça... Non !

Elle se mit soudain à courir, à l'aveugle, se dirigeant en tous sens, mais sans jamais parvenir à trouver ni de mur, ni de porte, ne se heurtant finalement qu'au vide, à un vide insensé... Un vide immense, infini, noir et opaque. Il n'y eut alors plus de chambre, plus de meubles, peut-être même plus d'auberge… Impossible, ce ne pouvait être qu'une impression… Ou un mauvais rêve… Oui, ce devait forcément être ça, elle se trouvait perdue dans les méandres d'un horrible songe ! À moins que…

— Maxime ?! appela-t-elle. Réponds ! Je t'en prie…

Tout à coup, une main longue et noueuse, au contact glacial, acéré, presque électrique, la saisit à la gorge de plein fouet.

— Assez, petite sotte ! vociféra l'étranger. Cette agitation n'est que le fruit de la déraison et cela ne m'amuse guère !

C'est alors qu'apparut le visage de son ennemi, sortant progressivement de l'ombre, soudain éclairé par une lueur chancelante et timide, provenant de nulle part. Il était celui qui avait assassiné ses parents, celui qui, sa vie durant, l'avait pourchassée et contrainte à vivre recluse, telle une prisonnière, forcée de tenir compagnie à autre vampire malfaisant… Henri… Elle s'était peut-être trompée… Comme elle aurait aimé qu'il soit là en ce moment… Elle n'aurait jamais dû quitter Rougemont ! Pourquoi l'avait-elle fait d'ailleurs ? Elle regrettait tant à présent… Et Maxime, mais où était-il donc passé ? Était-il encore lui-même ? Était-il seulement encore en vie ? Toutes ces questions disparurent brusquement lorsqu'elle croisa le regard perçant et effroyable de l'homme qui la maintenait immobile. Ses prunelles, d'un bordeaux sombre, intense et brillant, semblaient s'enfoncer jusque dans son âme, la transperçant lentement, réduisant tout en cendres sur leur passage. La brûlure que provoquaient leurs contacts était atroce, presque insoutenable, emplissant douloureusement son cœur et son esprit. Elle ne put alors retenir un long et profond cri de désespoir.

Subitement, il lâcha prise et la chambre réapparut, éclairée par la lumière du jour, celle-ci daignant enfin revenir, filtrant mollement par les carreaux encrassés de l'unique fenêtre. Le roi des vampires était là, en chair et en os, debout devant elle, se tenant au centre de la petite pièce. Soudain, Cornélia tomba à genoux, comme vidée de ses forces par ce simple regard. Elle aurait voulu relever la tête, chercher son amant des yeux, puisqu'il ne répondait pas, mais également toiser le monstre qu'elle avait en face d'elle. Son ennemi... Cependant, elle ne put que courber l'échine, fixant désespérément le plancher.

— Ainsi donc tu t'es unie par les saints sacrements au plus imbécile des miens ? reprit Avoriel d'un ton ironique. Tu es aussi bête que ta pauvre mère ! Réalises-tu seulement quels crimes tu viens de commettre ?

— Je ne... Je ne comprends pas... balbutia-t-elle, toujours incapable de se redresser.

— Ma promise ! Une vilaine et cruelle pécheresse malgré elle ! Comme c'est amusant ! ricana-t-il. Ignores-tu que le prêtre qui a célébré ce mariage maudit sera condamné à l'enfer pour l'éternité à cause de toi ? Ignores-tu que tu as conduit ton bon et gentil mari à une fin effroyable en l'amenant jusqu'ici ? Ignores-tu le sort qui est réservé à tous les possibles témoins présents en ce lieu, tous les pensionnaires de ce bouge infâme ? Sans compter, bien sûr, le meurtre de l'un de mes serviteurs, qui remonte à quelques années déjà... Et, sais-tu seulement à quoi tu t'es exposée en ayant échappé à la surveillance de cet incapable de prince ? Tu peux te séparer de ça, crois-moi, tu insultes ton Dieu en arborant ses insignes.

Soudain, le chapelet qu'elle portait autour du cou éclata, lui arrachant un nouveau cri de frayeur. Chaque perle vint frapper le sol dans une pluie de claquements secs, puis rebondit encore et encore, jusqu'à se transformer peu à peu en une multitude de gouttes d'un liquide épais et rougeâtre. Seule la grosse croix en argent retomba lourdement sur le sol et demeura immobile.

— Tu devrais plutôt porter ceci, dit-il en tendant la main. Je trouve que cela t'irait beaucoup mieux. Monté en collier, ce bijou-là saura te rappeler tes tragiques erreurs.

Péniblement, tremblant de tous ses membres, elle se hasarda à regarder l'objet devant ses yeux. Un torrent de larmes silencieux inonda rapidement son visage quand elle réalisa qu'au creux de la paume blafarde et ensanglantée d'Avoriel, se trouvait un œil. L'œil martyrisé et fraîchement arraché de Maxime. Le gémissement long et plaintif qui s'échappa alors de sa propre bouche la surprit elle-même.

— Allons, il n'en voulait plus, le pauvre ne supportait plus ce qu'il voyait, argua aussitôt le vampire en s'esclaffant. Je l'ai aidé à s'en séparer, voilà tout.

— Maxime ! hurla Cornélia à travers ses lamentations. Maxime ! Où est-il ? Que lui avez-vous fait ?

Elle trouva enfin la force de se redresser et frappa aussi brutalement que possible la main que le sombre monarque lui tendait, envoyant rouler le globe oculaire sur le parquet, ce qui déclencha de nouveaux éclats de rire, à la fois cristallins et abominables. Elle fouilla la pièce du regard et aperçut au fond de la chambre, reposant contre le mur où elle l'avait laissé tout à l'heure, son jeune époux, se tenant toujours la tête entre les jambes. Son corps n'était plus agité d'aucun tremblement et, même s'il se tenait encore adossé, il paraissait complètement inerte. Elle voulut se précipiter vers lui mais une main invisible, sorte d'entraves immatérielles, l'en empêcha, la retenant immobile face au roi des vampires.

— Que de simagrées ! s'impatienta-t-il. C'est exaspérant ! Ton ami erre dans les ténèbres dorénavant et va connaître bien pire encore si tu ne te tiens pas un peu plus sage ! Allons, viens plutôt près de moi que j'examine enfin le beau visage de ma promise.

Elle se sentit alors brusquement happée vers son agresseur. Pétrifiée par la terreur, elle lutta de toutes ses forces pour ne pas aller à lui et rester là où elle était, évitant à tout prix de croiser une nouvelle fois ce regard au contact douloureux et traumatisant. Mais ses pieds, ne lui obéissant apparemment plus, se mirent à glisser doucement sur le vieux plancher, les talons de ses chaussures crissant horriblement, l'emmenant contre sa volonté en direction d'Avoriel.

C'est alors que, sans un bruit, un bras puissant, surgissant de derrière, la saisit aux épaules, l'agrippant fermement, l'attirant d'un mouvement brutal dans le sens opposé. Elle reconnut soudain la main d'Henri. C'était lui qui se tenait là, dans son dos et qui s'efforçait de la maintenir loin du monarque. Comment avait-il fait pour la retrouver ici, dans cette auberge perdue au milieu de nulle part ? Elle n'en avait pas la moindre idée, mais peu importait, il était venu et allait peut-être pouvoir les sauver tous les deux, elle et Maxime, c'était tout ce qui comptait...

— Ne le regarde pas, chuchota-t-il à son oreille, plaquant ses doigts effilés devant les yeux de la jeune fille, lui barrant la vue.

— Prince ! s'exclama le roi des vampires, d'un ton où se mêlaient amusement et irritation. Si indétectable sois-tu, je me doutais bien que je te verrais aujourd'hui...

— Qu'as-tu fait ? souffla encore le châtelain à l'adresse de sa protégée, d'une voix rauque et chevrotante, où, pour la première fois, elle crut déceler de l'angoisse et de la peur.

— Cesse là ce jeu d'impertinent, tu vois bien que te rebeller contre ton seigneur et maître ne te réussis pas ! déclara Avoriel en ouvrant les bras d'un geste théâtral, comme pour désigner la scène qui était en train de se jouer. Laisse-la-moi, elle m'appartient ! Je vous l'avais clairement signifié pourtant, mon message, ces jolies marques tracées à même mon bien, était suffisamment limpide, il me semble ! Lâche-la immédiatement, je te l'ordonne ! Elle m'appartient et tu le sais !

— Jamais ! rugit Henri d'un ton défaillant, où l'on sentait poindre toute la peine qu'il avait à lutter contre la volonté de son adversaire. Tu m'entends ?! Jamais tu ne l'auras !

Il la tenait si fermement contre lui, la pressant si fortement contre son corps froid et tremblant, qu'elle se sentit proche de l'étouffement.

— Comme c'est touchant... rit-il. Serais-tu tombé amoureux de l'hybride ? Toi ? Vraiment ? Tu as osé nourrir des sentiments à l'égard de ma promise ?! Ça, c'est la meilleure ! Et elle, elle vient tout juste d'en épouser un autre ! C'est tout de même bien la première fois, avec toute la puissance, la fortune et la beauté que je t'ai données, qu'une femme se moque de toi, n'est-ce pas ? Oh, pauvre prince… Tout cela est si pathétique ! Sans compter que celui que cette petite imbécile t'a préféré n'est pas n'importe qui, rien de moins que ton fidèle et dévoué ami ! Ton œuvre, le seul et l'unique vampire que tu aies jamais créé ! Un idiot, au passage, perdu par de stupides scrupules… Bravo, je te félicite, vraiment ! Mais enfin, quelle trahison pour toi ! C'est si drôle… Et si triste ! Pauvre, pauvre, pauvre petit prince !

— Ferme-la ! hurla le châtelain, furieux.

Les bras de ce dernier entouraient toujours Cornélia, l'enserrant à tel point que c'en devenait douloureux, comme un étau qui se serait refermé sur elle, mais un étau bénéfique malgré tout, et précaire, prêt à se rompre à chaque instant tant l'emprise de l'autre était puissante. D'un côté, une force étrange et insidieuse se propageait en elle, envahissant progressivement tout son être, l'appelant doucement mais irrésistiblement, cherchant à l'entraîner vers celui qui, elle le savait, lui voulait du mal. Et de l'autre, la main tremblante et véhémente d'Henri la retenait, bataillant avec hargne pour la maintenir éloignée des griffes d'Avoriel. Ses doigts frémissants, que l'effort rendait bleus, s'étaient écartés devant les yeux de la jeune fille, laissant de minces ouvertures à travers lesquelles, bien qu'elle s'efforçât de ne pas regarder l'homme devant elle comme le lui avait expressément ordonné son protecteur ; elle ne pouvait s'empêcher d'observer Maxime, cherchant désespérément à savoir s'il était conscient ou non.

— Il fut un temps où tu ne te serais jamais permis ce genre de paroles, tout prince que tu es ! commenta le roi des vampires, agacé, replongeant lentement la pièce dans l'obscurité grâce à sa seule volonté. Cette insolence absurde m'exaspère, Henri !

Au même instant, d'effroyables et longs hurlements de douleur et de peur se firent entendre à travers les cloisons et le plancher de l'auberge, émanant de plus d'une dizaine de personnes. Probablement les pauvres pensionnaires de cet établissement maudit... Que se passait-il donc ? Les plaintes étaient insoutenables. L'agitation faisait rage dans l'auberge. On tapait dans les murs, sur le sol, des objets s'entrechoquaient. Cela dura seulement l'espace de quelques brèves secondes, mais qui parurent durer une éternité pour Cornélia. Puis, les cris devinrent de moins en moins stridents, pour finir, peu à peu, par se transformer en d'affreux bruits de gargouillis, de hoquets et de râles. Jusqu'à ce que règne enfin un silence de mort.

— L'impertinence te va mal, mon cher, poursuivit le monarque, les lèvres étirées par un sourire obscène. Et cette fois, tu vas payer le prix fort, crois-moi ! Donne-la-moi maintenant où ton ami souffrira mille morts ! Toi mieux que personne sais ce dont je suis capable... Tu ne souhaiterais pas ça, même à ton pire ennemi, n'est-ce pas ? Alors, à ton ami ? Ce pauvre diable ! Aussi innocent qu'un enfant... Cette misérable aberration, que toi-même tu as engendrée ? Et tout ça pour une grue qui ne te donnera jamais satisfaction ? Fais preuve d'un peu de bon sens au moins une fois dans ton existence !

Avoriel se tourna vers Maxime et, d'un simple regard, le força à se relever. Celui-ci, chancelant et ruisselant d'une sueur sanguinolente, obéit malgré lui, désormais soumis, complètement assujetti, à la volonté du roi. Puis il leva la tête, l'air ahuri et hagard, et se mit à chercher de son unique œil, l'autre n'étant plus désormais qu'une orbite atrocement vide, la provenance de cet ordre silencieux que l'on venait de lui adresser. La moitié de son visage était à présent complètement recouverte du sang qui jaillissait à flot continu du trou béant et monstrueux qu'avait laissé le globe oculaire arraché.

— Fais ce qu'il dit, Henri… implora Cornélia dans un hoquet sanglotant. Je t'en prie…

Le sourire éclatant du monarque se fit plus large que jamais :

— Cette femelle ne veut désespérément pas de toi ! Même elle, réclame que tu nous laisses !

— Jamais… souffla le châtelain, la voix voilée par l'effort qu'il semblait fournir pour tenir sa protégée hors de portée.

Il se mit soudain à inspirer bruyamment, resserrant encore l'étau de ses bras autour de sa prise, comme s'il cherchait à réunir ses dernières forces pour accomplir un ultime exploit. Subitement, Avoriel changea de physionomie et son ton devint moins calme :

— Non ! Tu n'as pas intérêt, prince ! Maxime ! Vas-y ! Retire ton autre œil ! Donne-lui ce précieux présent afin de racheter tes fautes ! Montre un peu à ton géniteur ce que toi, tu es prêt à faire pour lui !

Alors, le jeune vampire, sous le joug du roi sombre, porta ses doigts à ses paupières, celles qui étaient encore pleines, les écarta, puis, lentement, enfonça ses ongles autour de son globe oculaire et se mit à le tirer fébrilement hors de sa cavité, hurlant comme un dément.

— Non ! cria Cornélia, en se débattant telle une forcenée, complètement horrifiée. Henri, fais ce qu'il dit ! Je t'en supplie ! Je te l'ordonne ! Lâche-moi !

Mais, au lieu de s'exécuter, le châtelain l'enserra plus encore, la compressant contre son corps gelé que sa respiration saccadée et étrange, rendait maintenant palpitant. Il la pressa tant et si bien qu'elle se sentit défaillir, ses jambes devenant tout à coup aussi molles que du coton et ses yeux se refermant sans qu'elle ne l'ait voulu. Elle entendit, au loin, la voix de son protecteur murmurer tristement :

— Pardonne-moi, mon ami…

Et tout devint brusquement noir et sans consistance, un peu comme si elle s'était mise à flotter dans le néant.

Ce qui la tira de cette étrange léthargie fut la sensation d'avoir changé de décor. Elle sentit une brise légère caresser son visage et perçut d'une oreille lointaine, le bruissement de l'herbe fraîche sous son corps allongé. Plus elle revenait à elle et plus son crâne devenait douloureux. Ces maux de tête se changèrent peu à peu en une terrible migraine, lui sciant les tempes à tel point qu'elle ne put retenir un gémissement. Une effroyable nausée l'envahit alors subitement et elle n'eut que le temps de se tourner sur le côté pour vomir. Lorsqu'elle parvint à rouvrir les yeux et à se redresser, sonnée et affaiblie, assaillie de vertiges, les membres anormalement lourds et douloureux, elle se rendit compte qu'elle se trouvait dans la cour de Rougemont. Elle se tenait assise sur la pelouse verdoyante, et Henri était là, à genoux, à côté d'elle, le visage masqué par des mains crispées et tremblantes. Il paraissait complètement abattu et épuisé, vidé de toute son énergie. Il chancelait dangereusement, paraissant prêt à s'écrouler d'un moment à l'autre. Ses veines étaient étonnamment saillantes et foncées, et marbraient de bleu chaque parcelle de peau que sa chemise laissait visible, lui donnant un aspect quelque peu effrayant.

— Maxime… bredouilla Cornélia, ne comprenant plus rien. Où est Maxime ?

— Il n'est plus, répondit le vampire d'une voix faible.

Alors, la panique la submergea à nouveau, elle se releva, tant bien que mal, vacillant d'un côté et de l'autre, et s'écria :

— Tu ne l'as pas laissé là-bas ? Dis-moi que tu ne l'as pas abandonné !

Elle s'efforça de reprendre son souffle, hors d'haleine, puis reprit, plus affolée que jamais :

— Dis-moi qu'il n'est pas resté seul avec ce monstre ! Henri ?!

— Que pouvais-je faire d'autre ? marmonna-t-il.

— Non ! Ce n'est pas possible ! s'étrangla-t-elle, fondant en sanglots, pressant sa main devant sa bouche pour retenir les hurlements d'horreur qui emplissaient sa gorge. C'est un cauchemar…

— Il allait mourir de toute façon, rappela-t-il en se relevant à son tour, révélant un visage défait et un regard resté rouge à cause de la colère.

Mais un regard anéanti, accablé par la tristesse et l'amertume.

— Au moins ce ne sera pas de ta main qu'il sera mort.

— Pourquoi ? hurla-t-elle, hors d'elle à présent. Pourquoi as-tu fait ça ? Tu n'avais pas le droit !

Elle s'élança frénétiquement vers le châtelain et se mit à le frapper aussi fort qu'elle le put, s'agitant en tous sens, une rage folle et furieuse montant progressivement en elle, l'obligeant à déverser toute sa haine sur l'homme qui se tenait là. Curieusement, ce dernier n'opposa aucune résistance et encaissa la pluie de coups en silence, retombant à genoux, se protégeant à peine d'un bras.

— Monstre ! cracha-t-elle, ne pouvant plus s'arrêter de cogner et de crier, la folie ayant soudain pleinement pris possession de son être. C'était ce que tu voulais, hein ?! Tu voulais qu'il meure ! Tu voulais que ça arrive parce que tu crevais de jalousie de nous voir heureux ensemble ! Je te déteste ! J'aurais préféré mourir sous les tortures d'Avoriel plutôt que de revenir ici vivre avec toi ! Tout est de ta faute ! Et tu t'es bien gardé de me dire que c'est toi qui as fait de Maxime un vampire ?! C'est à cause de toi qu'il a enduré ce calvaire ! Ta faute ! Monstre ! Je te hais ! Tu m'entends ?! Je te hais !

— Mais que se passe-t-il ?! s'étonna subitement une voix féminine au loin. Henri ?!

Tout à coup, Violaine apparut devant Cornélia et s'interposa entre elle et le châtelain, saisissant la jeune fille à bras-le-corps pour tenter de la maîtriser.

— Maudite salope ! siffla-t-elle, scandalisée. Comment oses-tu lever la main sur le prince ?

La force herculéenne de la femme vampire vint alors rapidement à bout de l'agitation de sa proie. Elle la relâcha l'espace d'un instant, ferma les yeux comme pour se concentrer, et d'un geste de la main, envoya sa rivale dans les airs, la projetant à plusieurs mètres au-dessus du sol, puis la laissa retomber lourdement dans l'herbe.

— Arrête ! s'écria Henri, se relevant à nouveau. Je te l'interdis !

— Aurais-tu complètement perdu la raison ?! s'offusqua Violaine en s'adressant à son ancien amant. Tu ne peux laisser une vulgaire hybride te traiter de la sorte ! Elle mérite une punition !

Cornélia, étendue sur le sol, le goût du sang emplissant lentement sa bouche, se releva presque aussitôt, étonnée de ne ressentir aucune douleur face au choc qu'elle venait de subir. La haine, la colère et la soif de vengeance emplissaient désormais son cœur, se propageant peu à peu dans son corps comme une espèce de poison. La confusion envahit alors son esprit, semant un trouble noir et opaque dans ses pensées, telle une goutte d'encre se répandant dans un verre d'eau claire. Sa raison l'avait quittée. Son humanité aussi... Ses veines se durcirent, se rafraîchissant brusquement, ses muscles se crispèrent, et ses dents devinrent plus présentes sur ses lèvres, se faisant subitement plus acérées. Ses pupilles se dilatèrent, puis se teintèrent de pourpre, et enfin, se figèrent sur celle qui, elle le savait, serait sa victime. Soudain, ce fut comme si elle avait quitté son propre corps, comme si elle était devenue, pour quelque temps du moins, spectatrice d'elle-même, assistant de loin aux événements. La colère, la hargne et la noirceur se substituèrent à sa conscience, guidant dorénavant ses pas.

Sans trop savoir comment, elle se jeta d'un bond d'une incroyable rapidité sur la femme en noir et abattit ses crocs sur sa gorge nue, lui arrachant la jugulaire à coups de mâchoires d'une violence inouïe. Du sang. Un véritable bain de sang... Un carnage abominable... Même pas digne du pire des prédateurs... Il y en avait partout... Mais elle ne pouvait plus s'arrêter de mordre encore et encore, enfouissant ses dents le plus profondément possible dans les chairs froides et martyrisées de son adversaire, réduisant son pauvre cou en une bouillie ignoble et atroce. Elle n'entendait pas les cris de terreur et de souffrance de Violaine, elle ne la sentait même pas se débattre entre ses mains, elle ne voyait pas non plus l'expression atterrée d'Henri qui assistait au spectacle, impuissant. Quand sa rage fut à son comble, elle sentit un feu prééminent et dévastateur, d'une intensité absolue, l'envahir tout entière, un feu invisible et sans flammes, celui de la mort, celui qui consume irrémédiablement toute vie, quelle qu'elle soit, anéantissant tout sur son passage. Instinctivement, elle dirigea cette force immense et destructrice contre celle dont la tête avait fini par se séparer du corps, celle qui n'était plus qu'un amas de chairs immondes, et la transforma presque aussitôt en un petit tas de cendres brûlantes et fumantes.

Sans comprendre davantage ce qui se passait, Léandre, affolé et hurlant comme un demeuré, apparut tout à coup dans le champ de vision de Cornélia, qui, dans son élan meurtrier, ne put s'empêcher de diriger le feu vers lui. Le vampire se figea instantanément, comme statufié dans sa dernière posture, et, aussitôt, des espèces de fissures grises se dessinèrent sur sa peau, formant des sillons de plus en plus larges dans sa chair qui ternissait à vue d'œil. Puis, l'ensemble, telle une œuvre éphémère, s'écroula subitement, poussé par un léger courant d'air, et vint former un petit amas de poussière noire et vaporeuse. Lentement, la jeune fille se retourna vers le dernier survivant. Elle croisa alors le regard consterné et affligé d'Henri. Les iris de celui-ci avaient repris leur douce teinte bleutée, pure et apaisante. Il se tenait immobile devant elle et la dévisageait silencieusement, semblant attendre patiemment son tour. Il paraissait si calme face au massacre de ses amis...

— Vas-y, l'enjoignit-il d'une voix éteinte, restant incroyablement stoïque. Tue-moi, puisque tu le peux. Fais-le, si c'est vraiment ce que tu veux. Je n'essaierai même pas de me défendre... De toute façon, que puis-je perdre désormais ?

Il ouvrit les mains comme pour attester ses paroles. Alors, le feu disparut. La rage et la haine aussi. La jeune fille sentit sa conscience revenir doucement, comme après un horrible cauchemar, et ses pensées se bousculèrent dans son esprit endolori. Les ténèbres quittèrent son cœur qui se mit à palpiter de nouveau, frappant si fort dans sa poitrine que c'en était presque insupportable. Puis, en voyant les deux tas de cendres et le sang répandu un peu partout dans l'herbe, sur sa robe, ses bras, ses mains et jusque sur son visage, elle comprit que ce qui venait de se passer n'avait pas été qu'une simple hallucination.

Elle réalisa également que le goût amer, métallique, mais à la fois sucré et même plutôt agréable, dans sa bouche, était celui de Violaine. Comment avait-elle pu commettre de telles atrocités ? Comment ? Elle secoua vivement la tête comme pour nier l'évidence. Puis, terrifiée par l'ampleur de cet incontrôlable pouvoir, elle se mit à courir aussi vite qu'elle le put en direction de la chapelle. Prier l'aiderait... Forcément. Qu'y avait-il d'autre à faire dorénavant ?

Elle arriva en haut de la colline hors d'haleine, s'empressa de refermer les lourdes portes de bois de la petite église et se prosterna devant la croix. Si la première fois elle avait oublié la manière dont elle s'y était prise pour tuer le vampire qui avait agressé ses parents, aujourd'hui elle ne pourrait jamais effacer de sa mémoire les effroyables images des meurtres dont elle venait de se rendre coupable. Et ce goût qui ne s'en allait pas... Pourquoi s'en délectait-elle autant tandis que la seule vue du sang lui avait toujours répugnée ? Alors, elle aussi était une bête ? Exactement comme les autres individus de cette immonde espèce ? Non, cela ne se pouvait... Et Maxime... Maxime... Où était-il en cet instant ? S'était-il déjà éteint ? Avoriel avait-il mis fin à son calvaire, ou bien cela durait-il encore ? De grosses larmes se remirent à couler le long des joues de Cornélia, lentement d'abord, effaçant progressivement les traces des précédentes, puis ensuite si fort que ses sanglots vinrent brutalement secouer son corps étendu sur la pierre froide. Elle avait tellement mal... Une souffrance insoutenable, brûlante et déchirante à la fois, celle de la perte de l'être le plus cher au monde.

Puis, une idée fixe et obsédante, complètement folle et délirante, s'insinua dans son esprit jusqu'à bientôt s'y imposer. Elle allait le retrouver. Où qu'il fût, c'était évident... Il rejoindrait le monde des morts, à un moment ou à un autre, car, c'était là la seule issue que lui réservait le roi sombre après en avoir fini avec lui. Quant à elle, elle avait beau faire partie des immortels, elle avait la capacité de détruire ses semblables, dès lors, il était fort probable qu'elle eut pu s'ôter la vie si elle le désirait... Si Maxime n'avait pas d'âme, alors c'est en enfer qu'elle le retrouverait. Après tout, elle venait d'enfreindre l'un des commandements de Dieu et s'apprêtait à en transgresser un autre... Elle avait toutes les chances d'échouer là-bas elle aussi. Et puis, les accusations d'Avoriel étaient fondées. Elle était mauvaise. Même si elle ne le voulait pas, elle était ainsi, c'était dans sa nature. Point de salut pour un être comme elle, c'était certain. Et tant mieux, d'une certaine manière, peu importait où elle se retrouverait tant qu'elle serait avec lui...

Elle se releva, alla jusqu'à l'autel et passa derrière. Là, elle caressa tendrement l'inscription qu'un jour, durant l'un de leurs rendez-vous secrets, son amant avait gravée à cet endroit, dans cette pierre sacrée. Ce message éternel, témoignage de son attachement inaltérable et sans faille, reposant en ce lieu saint qui, le matin même, les avait vus s'unir. Puis, sachant à présent comment s'y prendre pour invoquer cette force effrayante, celle qui tuait ; elle laissa la colère, la haine et les ténèbres recouvrir son cœur et son esprit, rappelant du plus profond d'elle-même ce désir de massacre, cette rage intense qu'elle s'était découverte quelques instants auparavant. Ses dents s'allongèrent une nouvelle fois, sa vue changea et se précisa d'une manière hallucinante, se chargeant d'une sorte de filtre rouge, l'ensemble de son corps se glaça d'un seul coup et sa conscience s'estompa. Elle ne put que diriger le flot de violence qui l'envahissait contre elle-même, et, étrangement, ne ressentit aucune douleur, ni aucun malaise, quand, au comble de sa transe, elle déchira les veines de ses propres poignets à coups de crocs, se lacérant atrocement. Son sang se répandit sur le sol, traçant d'abord des sillons aléatoires entre les dalles. Puis, peu à peu, une petite mare vermillon se forma autour d'elle, s'élargissant toujours plus. Son esprit déjà confus s'embruma bientôt tout à fait et ce fut à peine si elle entendit les cris d'Henri, à la porte, la sommant d'ouvrir. Elle était même déjà bien loin quand sa propre voix, tremblante et mal assurée, s'échappa de ses lèvres pour lui répondre ces derniers mots :

— Va-t'en... Tu n'es pas le bienvenu ici... Tu ne l'as jamais été.

Chapitre 27
Une visite incongrue

À court d'air, Cornélia se jeta hors de son lit, passant d'un seul coup de l'état de profond sommeil à celui de plein éveil. Pliée en deux, elle cherchait désespérément son souffle, haletant, complètement paniquée. Elle n'arrivait plus à respirer ! Elle allait littéralement étouffer si elle ne faisait rien, et ce, sans savoir ni comment, ni pourquoi... Dans l'obscurité, elle regarda autour d'elle, en quête de quelque chose qui pourrait peut-être l'aider, et se rendit compte, à travers la pénombre, qu'elle se trouvait de nouveau chez elle, dans la maison de son père, à Rougemont. Tout ça n'avait été qu'un rêve... Un rêve issu de sa mémoire. Mais un rêve tout de même, rien que des chimères... Si, dans ce songe, elle mourait, il fallait qu'elle fasse tout ce qui était en son pouvoir pour que dans la réalité cela n'arrive pas également. D'exaspération, elle frappa son matelas de ses deux poings en sentant sa cage thoracique se fermer plus encore, refusant, malgré son acharnement, d'accueillir l'air qui lui faisait tant défaut. Tout à coup, de petites lumières, comme une multitude de mouches luisantes, se mirent à voleter dans son champ de vision. Elle savait ce que cela signifiait, elle allait s'évanouir si elle n'agissait pas très vite... Elle voulut crier mais le manque de souffle l'en empêcha. Puis, aux prix d'efforts terribles, elle parvint enfin à remplir de nouveau ses poumons d'oxygène, sa poitrine se gonflant rageusement. Elle haleta un moment, poussant de petits soupirs rauques et saccadés, sans comprendre, et récupéra peu à peu une respiration normale, partagée entre soulagement et effroi.

Le souvenir onirique de sa mort passée était-il si prégnant, avait-il été si réel, qu'il avait failli lui coûter la vie aujourd'hui ? Elle passa une main sur son front en sueur et constata avec stupeur que, paradoxalement, ce dernier était glacé. Comme tout le reste de son corps, d'ailleurs. Ses mains, ainsi que ses pieds étaient gelés, à tel point qu'elle ne les sentait presque plus, et un froid curieux, anormal, s'était emparé d'elle. Et ça alors, qu'est-ce que ça voulait dire ? Inquiète, elle s'empressa d'allumer son chevet et alla aussitôt vérifier son reflet. Mon Dieu, pourvu que, comme dans son rêve, elle ne se soit pas changée en vampire hideux... Encore une fois, elle soupira de soulagement en constatant devant le miroir de son armoire, qu'aucune dent longue ne lui avait poussé et qu'aucun de ses yeux n'avait pris de teinte insolite.

Progressivement, la chaleur ambiante de cette fin de saison estivale chassa la fraîcheur qui avait envahi l'ensemble de son corps. Tout rentrait dans l'ordre. Abasourdie, elle réalisa peu à peu qu'elle venait d'assister à sa propre mort. Non, elle n'y avait pas assisté, elle l'avait revécue. La réintégration de cet ultime souvenir la bouleversa, la secouant alors profondément. Cela changeait tout... Ce fut comme un électrochoc, la tirant brutalement de la torpeur et de la déprime dans lesquelles elle s'était réfugiée ces derniers temps. Ainsi donc, ce n'était pas Avoriel qui avait mis fin à son existence ? Ce n'était pas lui, mais elle-même. Rien qu'elle-même... Elle avait attenté à ses jours, elle, et personne d'autre...

Soudain, certaines paroles d'Henri prirent un sens nouveau, ses cicatrices sur ses poignets aussi... Finalement, celles-ci n'avaient jamais été là que pour lui rappeler de quoi elle était capable, une sorte d'aide-mémoire, probablement ravivé par la volonté cruelle du roi sombre, mais qu'elle n'avait pas compris. Dans cette ancienne vie, les pouvoirs qu'elle possédait en ce temps-là l'avaient complètement submergée, transformant d'un coup la jeune fille pieuse et innocente qu'elle était en un monstre sanguinaire et sans pitié... Sous le joug de la colère, sa véritable nature l'avait rattrapée et alors tout lui avait échappé. Elle avait complètement perdu le contrôle. Elle avait tué Violaine, qu'elle avait toujours détestée, mais d'une manière abominable, indigne du pire des désaxés, et ce, sans véritable raison... Et ce pauvre Léandre aussi... Comment avait-elle pu faire une chose pareille ? Comment avait-elle pu être capable de commettre de telles atrocités ?

Ainsi donc, durant cette ancienne vie, si elle s'était drapée d'un voile pieux, ce n'était en fait que par hypocrisie. En réalité, elle n'avait jamais pu l'admettre, mais cette espèce de fausse dévotion, de fausse innocence, cachait admirablement la noirceur qui se tenait tapie au fond d'elle. Cette rage, cette haine, ce pouvoir destructeur… Cela avait dégénéré si vite… Avoriel avait raison, elle était coupable de bien des choses, beaucoup de destins brisés, beaucoup de morts pesaient sur sa conscience, à commencer par Maxime… Qui d'autre qu'elle était responsable de ce qui lui était arrivé ? Mais comment avait-elle pu être aussi égoïste et stupide pour entraîner ce pauvre jeune homme dans sa fuite insensée et grotesque ? Comment avait-elle pu traiter Henri de cette façon alors qu'il s'était toujours évertué à faire tout ce qui était en son pouvoir pour la maintenir hors de danger ? Et enfin, comment avait-elle osé le tenir pour responsable de ce fiasco tandis qu'il était venu la sauver au péril de sa propre vie, et ce, malgré le mépris affiché qu'elle lui avait si longtemps témoigné ?

Pas de doute, la Cornélia d'autrefois était, en définitive, bien différente de celle qu'elle était aujourd'hui… À moins que ce ne soit ses erreurs qui l'aient poussée à évoluer ? En tout cas, elle n'était pas la même, elle en était sûre. Toute tendance suicidaire mise à part, bien sûr… La leçon était rude, et funeste. Derrière les prétendues vertus qu'elle avait cru jadis posséder, se cachaient en fait de la vanité, de l'insensibilité, un profond et cruel dédain pour ceux qui n'étaient autres que ses semblables, de la condescendance, le tout surmonté d'un égoïsme terrible… Comme le bal paraissait loin tout à coup. Les images qui l'avaient alors tellement choquée, s'étaient soudain estompées dans son esprit et avaient laissé place à celles de ses propres meurtres, des atrocités qu'elle-même avait commises. À cette époque, elle n'était pas si différente des vampires qu'elle avait rencontrés à cette soirée. C'était plutôt dur à avaler, mais elle aussi avait, autrefois, apprécié le goût du sang dans sa bouche... Elle aussi avait été bourreau... Les autres n'avaient rien à lui envier en matière de cruauté... Tout ça était si troublant, si perturbant... Inconcevable, même ! Comment pouvait-on avoir la conscience tranquille tout en sachant qu'un jour, lointain, certes, mais un jour tout de même, l'on avait été un monstre ? Même si elle savait qu'à présent elle n'était plus cette personne, qu'elle ne possédait plus ni ses pouvoirs, ni cette soi-disant longévité, tout se bousculait dans sa tête... Henri...

Mon Dieu, Henri... Il fallait qu'elle le voie ! Il fallait qu'elle lui parle ! Elle devait absolument s'excuser auprès de lui, lui dire qu'elle regrettait tout ce qui s'était passé jadis, lui dire qu'elle n'avait jamais pensé les mots horribles qu'elle lui avait crachés au visage ce jour-là. Elle lui avait préféré son meilleur ami, avait conduit ce dernier à la souffrance et à la mort, elle avait tué ses compagnons, l'avait injurié, frappé, et avait même failli le supprimer, lui aussi. Et pourtant, aujourd'hui, il était encore là, auprès d'elle, et s'évertuait, encore et toujours, à la protéger. Elle lui devait tant... Et elle avait encore trouvé le moyen de mal se comporter avec lui. Ses remords l'étouffaient tant qu'ils effacèrent d'un trait toute la colère qu'elle avait pu éprouver après qu'il lui ait imposé cet envoûtement idiot.

Elle se précipita alors à son balcon, convaincue qu'il ne devait pas se trouver bien loin, puisque c'était ce qu'il avait dit. Elle fouilla du regard les ténèbres de la nuit à sa recherche, puis, ne le voyant pas, elle se mit à l'appeler. Faiblement d'abord, murmurant son nom, puis plus fort, jusqu'à presque crier, rompant le calme silencieux de la campagne endormie. Mais aucune réponse ne vint. Aucun vampire à la silhouette haute et sombre ne se matérialisa devant elle... S'était-il finalement lassé de devoir rester dans le sillage d'une fille aussi ingrate et inconstante qu'elle ? L'avait-il vraiment abandonnée cette fois ?

L'inquiétude s'insinua doucement en elle. Des raisons de la laisser tomber, elle et la promesse qu'il avait faite autrefois, il y en avait à la pelle ! Laquelle avait bien pu l'emporter ? Cependant, la panique, émotion si familière maintenant, mais à laquelle elle ne parvenait pourtant pas à s'habituer, commença à l'envahir lorsqu'une espèce de bourdonnement lointain, anormal, et qui, elle le savait à présent, n'était que dans sa tête, se fit entendre à son oreille. Il s'agissait d'une sorte de multitude de voix mêlées pour n'en presque former qu'une, mais dont la sonorité était si faible qu'elle n'en distinguait pas les mots. Le chuchotement d'Avoriel... Même ainsi, même ténu, elle le reconnaissait. Comment faire autrement ? Ça, c'était bien la preuve qu'Henri s'était éloigné...

Sans prendre la peine d'enfiler quelques vêtements, ni même une paire de chaussures, elle courut dehors, dans le jardin de derrière, celui qui donnait sur les bois, et appela encore. Une nouvelle fois, elle n'eut pour réponse que le bruissement des feuilles asséchées des arbres alentour, légèrement agitées par le vent du matin qui se levait. Peu à peu, la voix s'amplifiait, d'une rumeur elle était devenue un murmure, puis un chuchotement. Mais ses paroles, fort heureusement, restaient pour le moment inintelligibles.

Elle ne pouvait pas attendre, il fallait qu'elle trouve Henri et tout de suite ! Elle décida donc de se rendre au plus vite au château mais préféra néanmoins s'abstenir de prendre son scooter par crainte d'éveiller son père et de s'attirer encore des ennuis... Elle s'empressa d'enfourcher sa vieille bicyclette et s'élança à toute allure, fendant les ténèbres de la nuit, sur le chemin tortueux et caillouteux qui menait à Rougemont, comme il y avait de ça quelques mois.

Bien que n'ayant sur le dos qu'une légère chemise de nuit de coton, elle arriva en nage devant le grand portail noir. Étonnamment, celui-ci avait été laissé grand ouvert. Henri, qui détestait les visites impromptues, ne manquait habituellement jamais de le fermer. Quelque chose n'était pas normal... À moins qu'il n'ait attendu sa visite ? Oui, ce devait être ça. Pourtant, le bourdonnement dans sa tête, même s'il se maintenait à un volume égal depuis tout à l'heure, était toujours là. Avoriel essayait encore de pénétrer son esprit... Elle remonta le plus rapidement possible l'allée jusqu'à l'entrée du château, pédalant comme une forcenée, et, sans se soucier du fracas, laissa tomber son vélo devant le perron. Là encore, elle trouva les portes ouvertes. À présent c'était certain, il y avait quelque chose d'anormal...

Elle n'hésita pas une seconde et entra dans l'édifice sombre, à l'apparence abandonnée, d'un pas précipité et nerveux, sans même s'être donné la peine de frapper auparavant. Elle parcourut alors rapidement les diverses pièces du rez-de-chaussée, recherchant désespérément le maître des lieux, et s'obligea à garder le silence et à n'allumer aucune lumière, de plus en plus inquiète face au chaos qui régnait là. Il était difficile de tout distinguer à la seule lueur de la lune, mais on aurait dit que le château avait été dévasté, saccagé par une bande de voyous sans scrupule et sans but précis. La plupart des meubles étaient renversés, en grande partie défoncés, et les murs portaient en de nombreux endroits des traces de coups violents et même, parfois, des marques de brûlures. Des portes avaient été arrachées de leurs gonds, et, au sol, gisaient plusieurs tableaux, dont le piteux état témoignait d'une violente dégringolade ; ainsi que des débris de porcelaine, de verres, et de divers autres objets anciens et précieux. Que s'était-il donc passé ici ? L'intérieur du château aurait pu servir de décor à un film sur l'apocalypse... Se pourrait-il que le prince des vampires ait eu à affronter son roi, déjà revenu de sa retraite souterraine forcée ? Non, ce n'était pas possible... Pourvu que ce ne soit pas ça. Grand Dieu, pourvu que ce ne soit pas ça !

Elle déambulait silencieusement à travers l'enfilade des salons du fond, sans trop savoir si elle devait ou non pousser plus avant ses recherches et s'aventurer au premier, lorsque, soudain, dans un immonde bruissement de chairs, son pied s'enfonça dans quelque chose de mou et visqueux. Elle s'arrêta aussitôt, n'osant plus bouger, et retint sa respiration en baissant le regard. Elle s'était enfoncée jusqu'à la cheville dans une sorte de carcasse à moitié calcinée, probablement celle d'un animal. Elle fit son possible pour étouffer le cri de dégoût qui montait dans sa gorge. Mais qu'est-ce que c'était que cette horreur ?! Elle retira sa jambe lentement, toujours sans faire de bruit, et inspecta la chose de plus près. Les pattes, ainsi que la tête de la bête, étaient en cendres, tandis que son tronc, lui, n'était que superficiellement brûlé, néanmoins suffisamment pour que l'intérieur de sa cage thoracique soit à nue. Qu'est-ce que ça pouvait bien être ? Au vu de la taille, on aurait pu penser à un chien... Un chien ? Hadès ! Cornélia plaqua sa main devant sa bouche en sentant la panique l'envahir. Pas de doutes, c'était bien lui. Les quelques poils qui restaient encore à l'animal étaient noirs, comme ceux du molosse, et une petite plaque de métal fondu reposait là où aurait dû se trouver sa médaille, parmi les cendres de ce qui avait été son cou... Quelque chose d'horrible avait dû se passer ici, quelque chose d'effroyable... Mais elle ne pouvait pas fuir, il fallait qu'elle trouve Henri. Et la voix, toujours murmurante, ne la quittait pas, bourdonnant dans sa tête à travers les battements de son cœur qui, sous le joug de l'angoisse, s'étaient mis à marteler son crâne.

Le pied collant, déposant une empreinte ensanglantée à chaque nouveau pas, elle reprit son périple, s'enfonçant plus encore dans le vieil édifice, découvrant des pièces de plus en plus ruinées. Au bout d'un moment, elle aperçut comme une vague lueur provenant de la grande salle à manger, la dernière, celle qui se trouvait à l'extrémité sud du château. Elle s'y dirigea prudemment, ralentissant encore l'allure, s'efforçant plus que jamais de ne pas faire de bruit. Elle ressentit un profond soulagement lorsqu'en entrant, elle distingua à travers la pénombre et le fatras des chaises brisées, la pièce n'ayant pas non plus été épargnée par le saccage, le châtelain, trônant comme le prince qu'il était tout au bout de la longue table de banquet encore debout, au milieu de laquelle avait été posée une seule et unique chandelle.

— Henri ! s'écria-t-elle en se précipitant vers lui, ne pouvant retenir davantage les sanglots qui emplissaient sa voix et brouillaient sa vue. Je suis si heureuse de te retrouver sain et sauf !

Elle aurait voulu courir jusqu'à lui mais la douleur que provoquaient les débris qui jonchaient le sol et qu'elle écrasait à chacun de ses pas, sous ses pieds nus et désormais écorchés, l'en empêcha. Elle fit donc son possible pour avancer, comme il demeurait immobile, et continua :

— Je te demande pardon ! Excuse-moi pour tout ce que j'ai fait, pour tout ce que je t'ai dit... Tous mes souvenirs me sont revenus... Si tu savais comme je me sens mal, comme je regrette maintenant ! Je regrette tout !

Mais elle n'obtint aucune réponse de la part de son interlocuteur, ce dernier ne daignant toujours pas bouger... Ça non plus, tout comme le reste, ce n'était pas normal... D'ailleurs, plus elle approchait et plus elle se rendait compte que la posture dans laquelle son ami se tenait obstinément figé, était curieuse, inhabituelle... Tout son corps était littéralement plaqué contre le siège, comme fixé là par quelque sort mystérieux. Ses deux avant-bras reposaient sur les accoudoirs, dans cette attitude posée et dominante qui lui était coutumière, mais ses mains étaient étrangement crispées sur les rebords sculptés, ses ongles semblant s'être profondément enfoncés dans le bois poli et abîmé. Tout son dos, ainsi que l'arrière de ses épaules, était collé au dossier tandis que sa tête pendait lamentablement sur sa poitrine. Ses longs cheveux étaient sales et emmêlés, et retombaient devant lui, masquant complètement son visage. Quand elle fut plus près, Cornélia put apercevoir quelques taches brunes parsemant ici et là la chemise blanche du châtelain, dont le col, grand ouvert, laissait entrevoir un torse pâle et les nombreuses cicatrices qui le recouvraient.

— Henri ?! Mais qu'est-ce qui s'est passé ? demanda-t-elle, interdite. Qu'est-il arrivé à Hadès ? Et que... que t'arrive-t-il ? Pourquoi ne bouges-tu pas ?

— Va-t'en... souffla-t-il, péniblement. Va-t'en vite...

— Quoi ? Mais pourquoi ?! s'enquit-elle, à la fois heureuse d'entendre sa voix et inquiète qu'elle soit si faible. Je t'en prie, explique-moi au moins ce qu'il se passe !

Refusant d'obéir sans justification, elle s'agenouilla près de lui afin de mieux voir son visage. Elle étouffa un cri d'effroi lorsqu'elle vit, disposée là, sous le siège du vampire, six petites bassines de porcelaine blanche, chacune à moitié remplie d'un liquide épais et vermeil. Ne comprenant pas, elle leva à nouveau la tête et se rendit subitement compte que le corps de son ami était en fait transpercé de part en part, et ce, en divers endroits, par des clous gigantesques. Ces derniers traversaient ses chairs ainsi que le bois du fauteuil, acheminant le sang du captif jusqu'aux récipients grâce à une saillie faite à l'intérieur de leurs pointes métalliques, sorte de rigole spéciale. Seules les têtes rondes et plates étaient percevables à la surface du corps du châtelain. Il y en avait plus d'une vingtaine en tout, encastrées dans son ventre, ses épaules, ses bras, ses avant-bras, ses poignets, ses cuisses, ses genoux, jusqu'à ses chevilles. Des sillons de sang s'étaient formés, dessinant des lignes à la trajectoire hasardeuse, sur les pieds du fauteuil ainsi qu'à l'arrière du dossier. Un bruit ignoble retentissait dans le silence de la nuit, un bruit dont Cornélia venait seulement de prendre conscience... Un affreux tintement de gouttes retombant dans les monstrueuses bassines déjà presque remplies, sorte de clapotis funeste, et un autre, plus étouffé, le son sourd et mat du liquide qui se répandait également sur le tapis humide.

— Mon Dieu ! s'exclama-t-elle effarée. Mais qu'est-ce que c'est que cette horreur ?! Henri, dis-moi ! Qu'est-ce que c'est que ça ?

D'une main tremblante, elle repoussa une mèche des cheveux du châtelain, dévoilant alors une partie de son visage. Sa peau était encore plus livide que d'ordinaire, les cernes sous ses yeux étaient encore plus larges et plus sombres, dévorant une partie de ses pommettes, et ses pupilles rouge vif brillaient dans la pénombre. Ses crocs étaient à découvert, entravant des lèvres desséchées et tordues, et ses traits, atrocement crispés, reflétaient la souffrance et l'accablement.

— Va-t'en ! ordonna-t-il encore, d'un ton plus véhément cette fois, redoublant d'effort pour se faire entendre. Je veux que tu partes ! Sur-le-champ !

Son regard était figé devant lui, fixant implacablement le vide, et, à aucun moment, il ne se tourna vers la jeune fille pourtant agenouillée près de lui. Comme si, à tout cela, s'était ajoutée la honte, l'humiliation, de se voir pris au piège. Le prince des vampires avait subitement perdu toute sa hauteur et sa fierté. Son panache et sa suffisance l'avaient brusquement quitté et il paraissait, en cet instant, aussi misérable que n'importe quel homme à qui l'on aurait infligé pareil supplice. Les vampires pouvaient souffrir, leur prince également...

— Hum... Ça va aller, assura Cornélia en se relevant, tentant vainement de cacher son désarroi. Je vais t'enlever tout ça et ça va aller, fais-moi confiance.

Inquiète, elle fit le tour de la pièce des yeux, en quête de quelque chose qui pourrait servir d'instrument, quelque chose qui pourrait l'aider à débarrasser son ami de ses monstrueuses entraves. Mais elle ne trouva rien. Elle se mit alors à examiner de plus près l'agencement des clous. Puis, tentant le tout pour le tout, elle entreprit, d'un geste fébrile et mal assuré, d'extraire l'un d'eux, situé sur l'avant-bras droit du prisonnier et dont la tête dépassait un peu plus que les autres. Mais elle eut beau tirer de toutes ses forces, s'écorchant les ongles et le bout des doigts au passage, l'objet fiché dans la chair et le bois ne bougea pas d'un millimètre. Rien n'y faisait, elle avait beau essayer de le faire pivoter, essayer de l'incliner, quitte à agrandir peut-être la plaie, la tige métallique ne voulait rien savoir. C'était comme si elle avait été maintenue là par quelques mystérieux maléfices...

— Mais pars, bon sang ! hurla brusquement Henri avec colère, d'une voix aux éclats aigus et déchirés. Pars !

— Pfff, comme si elle pouvait m'échapper... ricana soudain un homme derrière elle.

Cette voix, elle la connaissait. Cependant, ce n'était pas celle à laquelle elle s'était attendue, ce n'était pas celle qui murmurait toujours, sans relâche, à son oreille... Elle se retourna vivement et s'exclama en découvrant l'intrus :

— Daniel ?! Mais… Que faites-vous ici ? Qu'est-ce que ça veut dire ?

— Je suis venu vous chercher, Cornélia, et, par la même occasion, donner une bonne leçon à ce prétentieux de prince, expliqua calmement le vampire aux cheveux blonds, le sourire de la victoire étirant ses lèvres vermeilles. Ce qui n'est pas pour me déplaire, je dois bien le reconnaître.

— Me chercher ? répéta-t-elle, abasourdie.

— Oui, acquiesça-t-il en s'approchant doucement.

Puis, comme si tout avait été parfaitement normal, il se pencha vers les bassines pour les examiner. Lentement, il trempa son doigt dans l'une d'elles et le porta à sa bouche :

— Voici donc le goût du pouvoir ? Plutôt décevant, tout compte fait !

Henri rejeta violemment la tête en arrière, cognant brutalement contre le bois du dossier qui, aussitôt, se fissura, et, haletant, tenta de forcer ses entraves, mais sans succès. Les taches sur sa chemise s'agrandirent et l'odieux clapotis ne fit que s'accélérer.

— Tu as perdu, accepte-le, conseilla Daniel, s'adressant à sa victime avec une moue de dédain. Mais tu as raison, cela ne va pas assez vite, tu ne mets pas assez de cœur à l'ouvrage, mon cher.

Tel un prestidigitateur, le duc sortit de sa manche un autre clou et le fit rouler quelques instants entre ses doigts, d'un geste menaçant. L'objet étrange, en acier poli, luisait dans la pénombre, découvrant à la lueur de la chandelle, unique source de lumière de la pièce, de petits trous à la surface de sa pointe, ouvertures vraisemblablement réalisées pour acheminer le sang vers la rigole verticale.

— Magnifique, n'est-il pas ? continua-t-il, comme fasciné par son propre travail. Et si théâtrale… Cela rappellerait presque, sous certains aspects du moins, le martyre d'un de ces êtres qui ont tant marqué l'histoire. Enfin, je n'avais pas de croix sous la main… Et puis, cela aurait été beaucoup trop laborieux, bien trop d'honneur pour un personnage tel que toi. Non, ce fauteuil te va si bien, toi qui trônes toujours à toutes nos assemblées ! Je t'ai cloué le bec, cette fois, prince !

Il s'esclaffa durant quelques secondes, riant de ses jeux de mots, puis, brusquement, reprit son sérieux. Et, avant même que Cornélia ait pu dire quoi que ce soit, il projeta le clou avec une force phénoménale dans le flanc du châtelain. L'objet se planta si rapidement et si facilement que c'en était ahurissant. Puis, il en lança un autre dans sa poitrine, et encore un autre dans l'une de ses clavicules, l'air de s'amuser autant que s'il avait joué aux fléchettes.

Henri, dont le corps était à présent aussi tendu qu'un arc, encaissa sans un bruit, baissant de nouveau la tête comme pour masquer par le rideau de ses cheveux, sa souffrance et sa rage. Les muscles de son cou saillaient horriblement sous sa peau livide et ses mâchoires étaient si serrées que bientôt ses crocs s'enfoncèrent dans ses lèvres, créant alors d'autres plaies desquelles s'échappèrent de nouveaux filets de sang. La jeune fille, d'abord stupéfaite, se jeta ensuite devant son compagnon en ouvrant les bras, tentant de faire barrage de son propre corps aux éventuels prochains projectiles :

— Arrêtez ! supplia-t-elle. Je ferai tout ce que vous voulez si vous arrêtez ça…

— Tu feras tout ce que je veux de toute façon, rétorqua Daniel.

Tout à coup, celui-ci se retrouva de l'autre côté du siège. Il attrapa le menton du châtelain, l'obligeant à soutenir son regard, puis lui susurra :

— Comme ce doit être humiliant pour toi… Ta petite amie avait tellement confiance en toi ! Toi, si intelligent, si fort et si puissant... Je t'avais pourtant prévenu à Reddening House, mais tu ne m'as pas écouté ! Enfin, tu vois, la roue tourne, chacun son tour, mon vieux ! Tout vient à point à qui sait attendre, et Dieu sait que j'ai attendu ! Ah, tout de même, il y a une justice ! Hier tu me rabaissais devant nos semblables, et aujourd'hui je te réduis à néant face au monde !

— Arrêtez… gémit Cornélia, cherchant à rassembler ses idées pour trouver un moyen de sortir son ami de là où il se trouvait.

Elle avait beau se creuser les méninges, elle ne savait pas comment elle pouvait empêcher un vampire tel que le duc de mener à bien ses projets… Celui-ci ignora la plainte de la jeune fille et poursuivit, défiant toujours son prisonnier du regard :

— Tu t'es tellement affaibli, prince ! Tes pouvoirs se sont amoindris au fil des années et tu ne l'as même pas vu venir… Quelle tristesse… Quelle déchéance ! J'avoue que je suis franchement déçu, j'avais imaginé un combat beaucoup plus rude. Cette victoire est presque indigne de moi tant elle était facile ! Mais enfin, comment as-tu pu en arriver là, hein ? Tu peux m'expliquer ce que tout ça signifie ? Ton sang pue le vieillard ! Dis-moi, c'est ainsi que tu tentes de te racheter une conscience, en achevant ceux qui ont déjà un pied dans la tombe ? Tu sais pourtant que c'est absurde, non ?

Il recula de quelques pas pour admirer son œuvre d'un peu plus loin.

— Mais quelle déchéance ! s'exclama-t-il encore.

La tête d'Henri retomba mollement sur sa poitrine, ses cheveux recouvrant de nouveau son visage. C'était atroce, il ne disait rien, ne faisait pas un bruit, mais semblait souffrir le martyre... Cornélia, ne sachant quoi faire, s'apprêtait à parler quand Daniel reprit la parole, s'adressant toujours à sa victime :

— Vois-tu, en revanche, moi, je n'ai pas chômé durant tout ce temps ! J'ai acquis tellement plus de puissance grâce à mon acharnement. Je me suis enivré à n'en plus pouvoir, chaque jour, d'humains comme de vampires. Oui, je sais, je sais... La règle nous l'interdit. Bah, c'est idiot, car cette méthode est d'une efficacité remarquable, la preuve ! J'ai vidé tant des nôtres... Oh, que des seconds ou des troisièmes rangs, bien sûr, des personnes peu connues, afin que cela n'éveille aucun soupçon de la part de notre communauté ! Avalant en même temps leurs consciences et leurs pouvoirs, les laissant exsangues, complètement desséchés, sans raison, et si affamés que c'en était grotesque... As-tu déjà eu affaire à des vampires *assoiffés*, Henri ? Ces pauvres diables qui refusent de se soumettre à la basse besogne et qui finissent par payer le prix fort. Ils sont si drôles ! Des pantins ahuris ! Dangereux pour l'humanité, ça, je te l'accorde, mais ces abominations sont si amusantes qu'elles en seraient presque touchantes ! Suis-je bête, te parler de ça alors que c'est justement le sort qui t'attend... Comme c'est déplacé de ma part ! Bref, toute plaisanterie mise de côté, j'ai travaillé dur pour arriver là où j'en suis aujourd'hui. J'ai œuvré dans l'ombre durant des siècles dans ce seul et unique but. Si je t'ai laissé me ridiculiser de la sorte en Angleterre, ce n'était que pour te conforter dans ta vanité, dans ta prétendue domination, afin de mieux te fourvoyer sur mes réelles capacités. Tout ce que je voulais, tout ce que j'ai toujours voulu, c'était réussir à prendre ta place, et il semblerait qu'enfin j'y arrive !

Cornélia, au comble de la panique, se pencha doucement vers son ami et murmura le plus discrètement possible à son oreille :

— Mais qu'est-ce que je peux faire ? S'il te plaît... Dis-moi, qu'est-ce que je peux faire ?

— Partir loin... Leur résister, à lui comme à Avoriel, l'enjoignit-il d'une voix chevrotante, à peine audible. Je sais que tu en es capable...

Daniel s'interrompit subitement et adressa un regard étrange à la jeune fille :

— Le roi est hors-jeu pour le moment et, à moi, tu ne me résisteras pas.

Il tendit la main vers elle et, en un quart de seconde, elle se retrouva, sans comprendre comment, dans les bras du duc, de l'autre côté de la table.

— Le plus jouissif, en fin de compte, ce n'est pas de mettre son ennemi à terre, mais de lui voler ses biens... fanfaronna-t-il en effleurant le cou de la jeune fille de ses lèvres glacées. Car, je sais que tu es son trésor... Ce trésor qu'il a si jalousement gardé, caché à la vue de tous, pendant tout ce temps... Tu es l'hybride, n'est-ce pas, Cornélia ?

— Vous vous méprenez ! se défendit-elle, cherchant en elle la force de se débattre sans pouvoir y parvenir. C'est n'importe quoi ! Je ne suis qu'une humaine ! Rien qu'une personne normale, banale même...

— Mais non, voyons ! protesta-t-il en la serrant plus fermement. Et je le sais parce que ton maître ici présent, n'est qu'un imbécile ! Figure-toi que, sans le vouloir, il s'est lui-même trahi. Ayant bien connu notre prince autrefois, lui et ses frasques démesurées, bien avant qu'il ne devienne cette espèce de rabat-joie aigri qu'il est aujourd'hui, je n'imaginais pas un seul instant qu'un tel romantique ait pu se cacher derrière autant d'insensibilité. Vois-tu, il y a de ça quelque temps maintenant, lorsqu'il daignait encore se déplacer à nos soirées, il trimballait toujours avec lui un tableau, une espèce de portrait idiot qu'il tenait caché dans ses appartements, son image masquée par un épais voile noir. Je suis le seul à avoir osé fouiller dans ses affaires et avoir soulevé le voile... Il se croit si intouchable, si respecté, qu'il ne fait pas attention... C'est un tort, la preuve !

Il soupira en secouant la tête, une expression de pitié sur le visage. Puis, il resserra un peu plus encore son étreinte et plongea ses pupilles, d'un vert électrique, dans celles, dilatées par la peur, de Cornélia :

— En tout cas je me félicite de mon audace ! Oui, j'ai fort bien fait car c'est cela qui, deux siècles plus tard, m'a amené à me poser tout de même quelques questions en te voyant apparaître, toi, la femme du tableau, à ses côtés, à Reddening House, te faisant passer pour une simple humaine. Évidemment, j'ai été très surpris. Comment peut-on être au moins deux fois centenaire et, pourtant, ne nullement posséder l'odeur des immortels ? Les autres ne l'ont pas vu mais moi, mes sens étant particulièrement aiguisés depuis que je m'abreuve de mes semblables, j'ai tout de suite remarqué que tu ne pouvais être qu'une simple humaine. Quelque chose te lie à nous, quelque chose que je ne saurais décrire… Alors, avec les rumeurs qui ont autrefois circulé, pendant un temps, sur la prétendue existence d'une hybride, j'ai rapidement fait le rapprochement. Il était évident que si une pareille chose avait existé, c'est au roi, et à personne d'autre, qu'elle aurait été destinée. Et, connaissant le penchant d'Henri pour tout ce qui pourrait nuire à notre géniteur, la chose en question aurait rapidement été interceptée par ses soins. C'est ce qui est arrivé, n'est-ce pas ? En outre, il n'était donc pas anormal de la voir, de te voir, avec lui, te sortant de ton trou pour l'occasion, alors même qu'Avoriel demeure sous terre, réduit pour le moment à l'impuissance. Je connais ton véritable nom parce que tu as été assez sotte pour le confier à cette attardée de Charlotte.

Il marqua une pause, examina un moment celle qu'il tenait à sa merci, paraissant réfléchir, puis continua, un sourire carnassier vissé aux lèvres :

— Entre parenthèses, quelle idée stupide, vraiment… Je n'ai pas eu à la questionner longtemps avant qu'elle ne me l'avoue. Cette petite avait beau manquer furieusement d'esprit, elle fut un véritable délice, je suis sûre d'avoir acquis encore d'autres pouvoirs grâce à elle ! Enfin, toujours est-il que c'est de cette manière que j'ai pu te retrouver, Cornélia Williamson. Toutefois, comme tu peux le constater, j'ai d'abord fait un petit crochet par le château du coin, sachant pertinemment qui j'allais trouver dans une demeure aussi pompeuse mais manquant si furieusement d'entretien ! C'est tellement typique de toi, mon pauvre Henri... Toujours les yeux plus gros que le ventre, hein ? Alors, tu n'as plus de menaces pour moi, maintenant ? Tu fais moins le fier que lors de notre dernière rencontre, n'est-ce pas ?

— Va brûler en enfer, maudit ! explosa tout à coup le châtelain, luttant encore une fois contre ses nombreuses entraves métalliques, ses doigts se tordant horriblement sous la douleur.

— Ce n'est pas prévu au programme, pour l'instant du moins, plaisanta Daniel. En revanche, toi, tu ne vas pas tarder à connaître les ténèbres de la folie noire et de la faim sans répit. Mais chaque chose en son temps, cela ne viendra qu'après l'humiliation ultime, bien sûr...

D'une main, il agrippa les cheveux de Cornélia, la forçant à coller sa bouche contre la sienne, puis de l'autre il repoussa doucement sa chemise de nuit, lui dénudant d'abord une épaule, puis la naissance de sa poitrine. La jeune fille, épouvantée, rugissait intérieurement, se débattait avec ardeur dans sa tête, mais son corps, soumis, ne lui obéissait pas. Il ne se pliait plus désormais qu'aux exigences du duc...

— Prince, ton trésor est à moi à présent, conclut-il en plaquant de nouveau celle qui n'était plus qu'un vulgaire pantin contre lui.

Puis, en un instant, il la renversa sur la table, se pencha sur elle, et se mit à parcourir son décolleté de ses baisers au froid mordant. Progressivement, ses pupilles se chargèrent de rouge et ses crocs s'allongèrent. Il retroussa les lèvres, s'apprêtant à la mordre, et huma sa gorge, cherchant l'endroit le plus approprié. Cornélia, incapable de bouger, lutta de toutes ses forces pour ne serait-ce qu'essayer de crier. Mais seul un petit murmure plaintif sortit de sa bouche engourdie :

— Henri...

Elle vit alors celui-ci redresser lentement la tête et la rejeter en arrière, s'appuyant avec force contre le dossier déjà fissuré, puis il ferma les yeux. Renonçait-il pour de bon ? Avait-il perdu connaissance ? Sa respiration devint soudain plus lente, son souffle se fit plus sonore, ses ongles s'enfoncèrent plus profondément encore dans le bois des accoudoirs, ses muscles crispés se mirent à frémir sous sa peau et le labyrinthe bleuté de ses veines vint peu à peu marbrer l'ensemble de son corps. C'est alors que, dans un rugissement si terrible et si pénétrant qu'il fit tressaillir Daniel, la multitude des clous qui avaient retenu le châtelain au fauteuil, s'extirpa d'un coup, resta un court instant figé dans les airs, à quelques centimètres au-dessus de lui, puis retomba au sol dans une pluie de cliquetis de métalliques. En un éclair, Henri, enfin libéré, se jeta à la gorge du vampire aux cheveux blonds. D'un coup de crocs féroces, d'une rare violence, il écorcha sa carotide, puis l'entraîna avec lui dans les airs, loin de Cornélia, jusqu'au plafond où il le plaqua avec fureur.

— Sauve-toi ! ordonna-t-il à l'adresse de sa protégée, le menton barbouillé du sang de son adversaire. Maintenant !

— Comme si je n'allais pas la retrouver sitôt après en avoir fini avec toi ! se moqua le duc dans un éclat de rire, sa blessure se résorbant immédiatement. Tu n'as pu te libérer que parce que j'ai été légèrement déconcentré par cet adorable minois... Qui ne le serait pas ? Mais cela ne se reproduira pas, crois-moi !

D'un geste impatient, il se débarrassa de l'emprise du prince et l'envoya heurter le mur du fond. Puis, sous les débris de plâtre que le choc avait provoqué, d'un simple mouvement lointain de la main, il le projeta violemment contre le sol. La chute fut si brutale qu'une partie du parquet éclata sous le poids du châtelain, envoyant des lambeaux de bois voler à travers toute la pièce. Sans bouger de sa place, Daniel poussa un long soupir, attendant peut-être que l'autre se relève, puis, comme il n'en faisait rien, il se décida à traverser la salle pour aller le rejoindre. Alors, lentement, il s'approcha du corps meurtri du châtelain, gisant immobile sur le plancher, face contre terre, le tapota du pied, puis s'accroupit devant lui. Il agrippa ensuite avec hargne une poignée de ses cheveux et le força à se redresser :

— Tu vas gentiment reprendre ta place afin que nous puissions en finir et ensuite je m'occuperai d'elle, annonça le duc, une pointe d'agacement feutrant sa voix suave. Mais sache bien une chose, c'est que de toute façon, elle ne m'échappera pas ! Toi fini et Avoriel sous terre, elle me revient de droit ! Tu entends ?! C'est ainsi !

Cornélia, retrouvant peu à peu le contrôle de son corps et de son esprit, profita de ce moment de liberté pour enfin tenter quelque chose. Daniel était penché sur sa victime et ne semblait plus lui prêter attention. S'il fallait agir, c'était maintenant ou jamais ! Elle s'élança le plus rapidement possible vers le siège où son ami s'était vu cloué, puis le renversa frénétiquement. Aussitôt, elle frappa d'un coup de pied magistral les bassines mises à découvert, qui, s'entrechoquant les unes les autres, un peu comme dans un jeu de quilles, déversèrent rapidement leur précieux contenu sur le tapis. Le bas de ses jambes nues maculées du sang du châtelain, elle se mit à crier dans l'espoir que son tortionnaire le lâche enfin :

— Hé Daniel ! Tu ne voulais pas ça aussi ?! Mince ! Que je suis maladroite ! C'est vraiment dommage, ton déjeuner est fichu !

— Petite peste ! rugit-il, furieux à présent. Alors comme ça, tu cherches à me défier ? Mais qu'est-ce que tu crois ? Que tu vas pouvoir le sauver ?! Tu tiens tant que ça à ce misérable imbécile ?

Au lieu de venir s'en prendre à elle, comme elle s'y attendait, le duc préféra continuer à s'occuper d'Henri. Il empoigna le col de sa chemise, puis, avec une force herculéenne, le balança à nouveau contre un mur. Mais, cette fois, il ne s'employa pas à le faire tomber encore et encore. La main tendue devant lui, dans le vide, et par la seule volonté de son esprit, il ne se contenta, pour le moment, que de le faire lentement glisser vers le haut. Puis il s'efforça de le maintenir ainsi, à quelques mètres du sol, les bras ouverts, collé contre la tapisserie, à peine conscient et totalement impuissant face à la force terrible de son adversaire.

— Si je ne peux avoir son sang, je peux tout de même le détruire ! menaça Daniel avec rage, à l'adresse de Cornélia.

— Non ! Non ! Il ne peut pas mourir ! hurla-t-elle en se précipitant vers l'intrus, prête à tenter le tout pour le tout.

S'il le fallait, elle se battrait avec ce vampire, si effrayant fût-il. Pour défendre l'homme qu'elle aimait, elle aurait fait n'importe quoi... Il ne se tourna même pas dans sa direction, restant implacablement face à sa proie, qu'il tenait en l'air, prête à subir son courroux. Et, d'un geste discret, à peine visible, il envoya la jeune fille qui allait se jeter sur lui, cogner à son tour contre la table. Le choc fut si intense qu'elle manqua de perdre connaissance. Sa tête, qui venait de frapper le meuble en bois massif, était soudain devenue atrocement douloureuse et le décor tournoyait furieusement devant ses yeux. D'un bref et lointain mouvement du doigt, le vampire aux cheveux blonds ouvrit complètement la chemise de sa victime, toujours plaquée au mur, découvrant un torse blême, étonnamment musclé mais maculé d'atroces cicatrices.

— J'imagine que tu te rappelles très bien pourquoi Avoriel t'a puni à l'époque, c'était grandement mérité, tu as été un fils indigne ! jugea le duc en admirant d'un regard fanatique les marques laissées par le roi sur le corps d'Henri. Aujourd'hui, même si je n'ai pas son panache pour réaliser de telles œuvres, c'est moi qui vais te châtier pour tout ce que j'ai enduré par ta faute. Toi, le prince, le premier... Celui qui avait droit à tout, que tout le monde adulait, respectait et craignait. Pourquoi, d'ailleurs ? C'est à se demander, tu t'es tellement laissé aller... Tu n'es plus rien dorénavant !

Daniel, toujours au sol, loin de celui qu'il tenait en son pouvoir, referma brutalement sa main levée en direction du châtelain, comme pour mettre sa menace à exécution. Ce dernier, revenu à lui mais semblant définitivement vaincu, se mit subitement à souffler bruyamment, sa cage thoracique se gonflant et se dégonflant de plus en plus rapidement. Puis, sa respiration s'accélérant encore, il se mit bientôt à haleter, les traits déformés par la douleur. Mais que se passait-il donc ? Le duc ne bougeait pas, figé dans cette attitude curieuse, le bras en l'air, et tremblait de tous ses membres, paraissant réunir l'intégralité de ses forces pour mettre en œuvre son projet. Henri, immobile lui aussi, les bras en croix, statufié dans les airs, reposant contre le mur le plus large de la salle à manger, poussa soudain quelques grognements étouffés qui, peu à peu, se transformèrent en gémissements de souffrance. Ses yeux se recouvrirent progressivement d'un voile noir et opaque, emplissant lentement son regard de ténèbres.

Quand, tout à coup, chacune de ses anciennes blessures se mit à saigner abondamment, recrachant par saccade un liquide épais et foncé. Comme si subitement, ses plaies, pourtant cicatrisées et vieilles de plusieurs siècles, s'étaient rouvertes grâce à la seule volonté du duc. Ses muscles étaient si contractés et si saillants, qu'on pouvait les voir palpiter sous sa peau desséchée par la trop grande perte d'hémoglobine. Soudain, un étrange jus sombre et visqueux se mit à jaillir de sa bouche sous l'œil triomphant et enchanté de son tortionnaire. À travers une toux gargouillante, les yeux aussi noirs que de l'encre, Henri murmura à l'attention de Cornélia :

— Je suis navré... Il a raison... Je n'arriverai jamais à tenir ma promesse... Mais toi, tu peux te défendre... Tu n'es pas obligée de te soumettre... Ni à lui, ni à personne d'autre... Tu es plus forte... Rappelle-toi...

— Bah voyons ! railla Daniel, plus que sceptique. Donc ça y est, tu délires ? Tu erres déjà parmi les ténèbres ? Amusant ! Intéressant, même ! Ainsi, tu tiens moins longtemps qu'un vampire de troisième rang ?! Décidément, prince, tu n'es plus ce que tu as été !

Puis, d'un nouveau mouvement de la main, il intensifia encore l'hémorragie, arrachant cette fois un long et affreux hurlement à sa victime. Tout à coup, la tapisserie contre laquelle le prince était maintenu se couvrit de fissures sombres, les murs du château se mirent à trembler, entraînant la chute des derniers tableaux rescapés, restés encore accrochés dans la pièce, et provoquant de silencieuses coulées de poussières blanches, s'échappant de plusieurs endroits du plafond. Un bruit sourd, sorte de vrombissement croissant, se fit alors entendre, ainsi que le fracas de nouveaux objets plus lointains. Cette scène insupportable déclencha chez la jeune fille d'étranges émotions, un déchirement, une douleur épouvantable, un tourment bien particulier qu'elle avait déjà connu, il y avait longtemps de ça... Un déclic, comme une espèce de révélation, s'opéra alors dans son esprit laissé déjà confus par le choc qu'elle avait reçu à la tête. Après tout, peut-être qu'il avait raison, peut-être possédait-elle encore ses terrifiants pouvoirs d'autrefois ? C'était bien ce qu'il avait insinué, non ? De toute façon, il fallait qu'elle agisse. Elle ne pouvait pas rester là, sans rien faire, à regarder le vampire endurer mille morts... Non, il fallait qu'elle tente le coup... Il le fallait ! Et puis, avait-elle vraiment d'autres choix que d'essayer de les faire revenir ?

Elle leva des yeux pleins de larmes vers Henri, le vit, l'espace d'un bref instant, se tordre de douleur sous l'emprise du duc, s'affaiblissant à mesure que les secondes défilaient. Puis elle se tourna vers ce dernier, cette ordure qui infligeait un supplice monstrueux à l'homme qu'elle aimait. La colère... La haine... La fureur... L'envie de tuer... L'irrésistible et infernal désir de massacrer littéralement cet être malfaisant... Elle sentit son cœur se serrer dans sa poitrine, ses battements ralentirent jusqu'à presque s'arrêter, et une vague noire, emplie de ténèbres et d'horreurs, monta en elle. Cette vague, elle le savait, corrompait à jamais une partie de son âme. Mais tant pis... Il le fallait... Henri... Le décor sous ses yeux s'éclaircit, puis se précisa, devenant soudain extraordinairement détaillé, prenant en même temps une teinte écarlate. Sa bouche se transforma, sous la poussée de nouvelles dents, en un rictus de rage, affichant distinctement la soif de cruauté qui désormais l'animait. Un hurlement de démente, aussi effroyable qu'improbable, au volume surnaturel et aux sonorités animales et métalliques, franchit la barrière de ses lèvres au moment où son esprit s'altéra complètement. La pureté, la raison et l'innocence l'avaient à tout jamais quittée...

Surpris, Daniel ne put s'empêcher de se retourner, relâchant son emprise du prince qui retomba aussitôt au sol, s'écroulant mollement sur le parquet, sans vie. Lorsque le regard du vampire aux cheveux blonds se posa sur Cornélia, l'expression de son visage se figea, passant en un éclair de l'assurance à l'effarement. Les pieds nus et sales de la jeune fille quittèrent progressivement le plancher, laissant son corps, flottant dans les airs, libres de tous mouvements. Puis, sa puissance phénoménale, s'affirmant progressivement, déferla tout autour d'elle, troublant d'une onde transparente la réalité. Sa chemise de nuit de coton et ses longs cheveux ébouriffés se mirent à s'agiter brusquement, comme mus par quelques violentes bourrasques. Elle savoura un moment l'effet produit sur celui qui n'était désormais plus qu'une vulgaire proie, et inclina la tête froidement en le toisant une dernière fois. Elle sentit ses lèvres s'étirer en un sourire de satisfaction cruel et sadique, lorsqu'elle constata qu'à mesure qu'elle avançait dans sa direction, Daniel, la main tendue vers elle, tentant probablement quelques envoûtements à l'inefficacité certaine, reculait, la peur s'inscrivant peu à peu sur ses traits.

— Tu n'es qu'une hybride... bredouilla-t-il. Une pauvre hybride... Tu ne peux rien faire contre moi... Soumets-toi, je te l'ordonne !

— C'est la fin pour toi, duc, sache-le, proclama une voix gutturale et profonde, aux éclats étonnants, presque inhumains, se faufilant à travers les lèvres restées closes de la jeune fille.

Aussitôt, elle s'abattit sur lui, toutes dents dehors, et se jeta sur son dos alors qu'il commençait à fuir. Elle se délecta un instant de le sentir entre ses bras de fer, impuissant et tremblant, terrassé par l'effroi. D'un coup de crocs, elle lui lacéra la gorge, déchirant pour de bon les artères qui se trouvaient là. D'une main, elle saisit sa chevelure aux couleurs des blés, et, dans un bruit ignoble de broiement d'os, tira d'un coup redoutable sa tête vers l'arrière afin de maintenir la plaie ouverte. Tandis que de l'autre, elle enfonçait ses ongles, puis, bientôt, plongeait la moitié de ses doigts dans la chair de son épaule, l'obligeant à rester immobile. Elle éclata soudain d'un rire atrocement dissonant, aux intonations aberrantes, en entendant les râles et les gargouillis grotesques que poussait le vampire dans son agonie.

— Ainsi tu t'amuses à vider tes congénères de leur sang, les traitant comme de vulgaires porcs ? lança-t-elle sans ouvrir la bouche, toujours de cette même voix qui n'était pas vraiment la sienne. Le sort qui t'attend aujourd'hui est bien pire que celui qu'aux autres tu as infligé, car, pour toi, ce ne sera pas les ténèbres, ni la folie, ni la faim sans fin… Non, prépare-toi au néant et à l'oubli, Daniel, duc de Moirssandres.

Puis, elle le relâcha, et, aussitôt, imita le geste qu'elle lui avait déjà vu faire auparavant. D'un signe de la main, elle l'envoya au plafond, et le laissa suspendu par les pieds, à l'envers, son cou formant toujours l'angle anormal qu'elle avait provoqué. Rapidement, l'ensemble de son visage, ainsi que ses cheveux, se teintèrent de rouge. Cornélia resta là, impassible, à admirer le spectacle, fascinée par l'ampleur de ses propres pouvoirs et savourant ce plaisir noir et libérateur, celui de savoir que désormais elle pourrait soumettre et faire souffrir quiconque se mettrait en travers de son chemin. Ivre sous le joug de la noirceur qui avait recouvert son cœur et son esprit, une petite partie d'elle-même, lointaine mais tout de même là, sentait sa raison, son humanité et son innocence s'échapper lentement, s'effaçant un peu plus à chaque nouvelle seconde écoulée.

Mais elle s'en moquait bien. Rien n'était plus délectable que ça ! Rien n'était meilleur que cette jouissance-là ! Voir celui que l'on exécrait endurer le calvaire qu'on lui imposait, celui qu'on avait spécialement choisi pour lui... Que valait son âme comparée à cela ? Sous sa volonté, le flot de sang qui s'échappait de la plaie qu'elle avait causée, s'intensifia, encore et encore, le liquide brillant et coloré se répandant de plus en plus largement sur la table de banquet et sur le sol de la salle à manger. Le regard terrifié de Daniel, qui, ayant les cordes vocales écorchées, ne pouvait que rester silencieux, devint progressivement suppliant, puis implorant, et finit par n'être plus que hagard et perdu, ne reflétant alors plus rien d'autre que la souffrance.

Pendant un bref moment, Cornélia se tourna vers Henri, toujours effondré sur le parquet, complètement inerte, et revint vers Daniel. Un pincement infernal lui serra subitement le cœur, lui rappelant justement qu'elle en avait un, et lui intima qu'il était plus que temps de mettre fin à tout ça. Alors, comme par le passé, elle laissa le feu invisible s'emparer d'elle, s'insinuer doucement dans son être, provoquant cette effroyable sensation d'être consumée de l'intérieur. Puis, quand il fut totalement là, elle le dirigea vers sa victime, la réduisant à l'instant même en cendres. Les restes charbonneux demeurèrent figés l'espace d'une seconde à la forme de son corps, puis retombèrent lentement en une fine pluie de poussière, légère et vaporeuse.

Libérée de cette force étrange et de ce feu dévastateur, la jeune fille se retrouva à genoux, essoufflée et épuisée, le corps et l'esprit meurtri par l'emprise infernale de ses propres pouvoirs enfin retrouvés. Elle sentit sa conscience lui revenir lentement, et, peu à peu, réalisa l'horreur de ses gestes. Puis elle se rappela ce qui avait provoqué sa colère, ce qui l'avait nourrie et, peut-être même, ce qui l'avait justifiée... Henri... Aussitôt, elle se précipita vers le corps inanimé de son ami qui gisait, face contre terre, dans une mare d'un sang curieusement sombre. Elle le fit doucement rouler sur le flanc, veillant à ne pas aggraver ses blessures, et se mit à caresser son visage aux traits défaits, dans l'espoir de le voir rouvrir les yeux.

— Henri ? chuchota-t-elle dans un sanglot. Je t'en prie, dis-moi quelque chose...

Un silence funeste lui répondit.

— Henri ! Non ! gémit-elle en le secouant. Tu ne peux pas être mort...

— Ne sois pas bête... articula-t-il avec peine, gardant les paupières closes. Je suis mort depuis longtemps, tu le sais bien...

— Oh... Mon Dieu ! s'exclama-t-elle, riant subitement à travers ses larmes, s'évertuant, tant elle était heureuse et soulagée, à ignorer l'écho de la voix qui, peu à peu, se mettait de nouveau à résonner dans sa tête.

D'un geste tremblant et mal assuré, le châtelain, toujours étendu, prit dans sa main encore écorchée, celle de Cornélia et la pressa faiblement :

— Où est-il ? Où est Daniel ?

— Là, déclara-t-elle en indiquant les cendres fumantes, éparpillées sur la table et répandues au sol, multitude de particules grisâtres cristallisées dans l'étendue rouge et coagulante qui avait recouvert une partie du parquet.

Henri ouvrit alors des yeux étonnés, au regard à la fois pâle et sombre. Ses pupilles étaient revenues à leur état normal mais il restait encore, à la surface de son œil, quelques brumes noires, comme des traces d'encre se répandant dans de l'eau claire. Ses lèvres s'étirèrent légèrement en un sourire douloureux mais victorieux :

— Alors j'avais raison...

— Oui, admit-elle, une ombre passant sur son visage. Je ne sais plus trop comment j'ai fait, ni exactement comment cela s'est passé, mais je crois que je l'ai massacré... Cette ordure méritait bien ça, non ?

— *Vilaine fille ! Tu fais un de ces carnages au sein de mes rangs !* nargua la voix dans sa tête, plus forte que jamais.

Surprise, elle étouffa un petit cri de stupeur. Il ne partirait donc jamais ? Ce n'était pas parce qu'elle venait de tuer un immortel qu'il allait la laisser tranquille... Elle, elle savait bien qu'Avoriel n'était pas complètement hors-jeu. S'il la trouvait, il n'hésiterait pas une seconde à sortir de sa cachette. Pour elle, et pour elle seule, il le ferait... Alors, elle comprit. Le prince était terriblement diminué, et, avec lui, tous ses pouvoirs. C'était pour cette raison que le roi des vampires réussissait à pénétrer si facilement son esprit.

— Henri, il faut absolument que tu te rétablisses ! avisa-t-elle en panique, l'aidant tant bien que mal à se redresser. Je crains que tes capacités ne soient plus qu'affaiblies, cette fois...

— *Allez, dis-moi où tu es maintenant. Tu vois bien que toi et moi sommes faits pour être ensemble. Finalement, la même cruauté nous anime, non ?*

— Je… aide-moi… s'il te plaît… marmonna-t-il en baissant les yeux, l'air désemparé, tenant péniblement assis, adossé au mur. Aide-moi à monter, il me faut du sang… et mon cercueil…

Elle promena un regard inquiet sur le corps meurtri du châtelain et constata avec soulagement que les plaies qui zébraient son torse, bien qu'ayant de nouveau l'air récentes, avaient cessé de saigner, celles provoquées par les clous également.

— D'accord, accepta-t-elle en se relevant, se penchant ensuite vers lui pour l'aider à se mettre sur ses jambes. Mais il faut faire vite…

— *Cornélia… Je te vois de plus en plus clairement, tu sais…* déclara la voix d'un ton doucereux.

Elle s'interrompit quelques secondes, inspira profondément et essaya de se concentrer pour chasser l'intrus de son esprit. Puis elle passa les bras sous les épaules de son ami et rassembla ses forces pour le soulever. Il avait beau être très mince, il pesait tout de même son poids… Elle avait presque réussi à le mettre sur pied quand, soudain, ses muscles se crispèrent violemment, les volutes noires dans ses yeux réapparurent subitement et un grognement à la fois de douleur et d'exaspération traversa le barrage de ses mâchoires serrées.

— Excuse-moi, je ne voulais pas te faire mal… balbutia la jeune fille en le relâchant, désolée et confuse.

— Ce n'est pas de ta faute… soupira Henri.

Il retomba lentement contre le mur, exténué. Jamais elle ne l'avait vu dans un tel état. Il paraissait si épuisé, si proche de sombrer dans l'inconscience... Que se passerait-il alors ? Allait-il se transformer, comme l'avait dit Daniel, et rejoindre le groupe des *assoiffés*, victimes de feu le duc ? Non, il ne fallait pas y penser. Il se remettrait forcément. Malgré ce qu'avait pu raconter ce maudit personnage, Henri restait le prince, l'un des vampires les plus puissants au monde. Cela n'arriverait pas. En attendant, il fallait faire quelque chose...

— Je reviens, je vais te ramener tes bouteilles, je sais où elles sont ! s'écria-t-elle. Reste là !

— Je ne bouge pas, garantit-il dans un souffle, ironique jusque dans la souffrance.

L'aube se levait et le jour commençait à filtrer à travers les rideaux en loques de la salle à manger. Cornélia allait courir jusqu'au grenier quand elle se stoppa net, figée sur place, le regard perdu dans le vide, admirant un spectacle qui ne se jouait que pour elle. Juste devant ses yeux, se tenaient des gens qui n'auraient pas dû être là... Des gens formant une espèce de barrière et qui, visiblement, n'avaient aucune envie de la laisser passer. Il y avait là Maxime, ses orbites désespérément vides, son père, le ventre horriblement déchiré, ses entrailles pendant jusqu'en bas de ses jambes, sa mère, la tête couchée sur l'épaule, retenue à son cou par seulement quelques tendons, ainsi que Lise, dont les membres formaient des angles insensés. Ils étaient tous là, immobiles face à elle, et la dévisageaient en silence. Épouvantée, la jeune fille ferma les yeux et décida de foncer quoiqu'il arrive. Henri avait plus que jamais besoin d'elle, et elle de lui. C'était une nouvelle épreuve mais elle en avait surmonté d'autres ! Elle s'élança vers eux d'un pas résolu, les paupières closes pour ne pas avoir à supporter davantage les visions qu'Avoriel tentait de lui imposer.

Cependant, au lieu de traverser l'écran de fumée de ces illusions de mauvais goût, elle se heurta à un corps ferme. Elle sentit alors le contact chaud, humide et monstrueusement gluant, de viscères sur sa peau, et réalisa avec effroi que c'était contre son père qu'elle venait de se cogner. Horrifiée, elle retomba en arrière, atterrissant brutalement sur son séant, et se mit à hurler. De l'autre côté de la salle, le vampire, toujours étendu contre le mur, parut sortir un instant de la torpeur dans laquelle il était plongé, tiré de là par le cri de détresse de sa protégée :

— Que... que se passe-t-il, Cornélia ?

— Tu ne les vois donc pas ? interrogea-t-elle, consternée.

— Je ne vois pas quoi ?

Ses mots n'étaient plus qu'un vague souffle, tout juste audible, et c'est avec peine qu'il tourna ses yeux embrumés de noir dans la direction qu'elle lui indiquait. Il secoua lentement la tête pour signifier que non, il ne voyait rien d'inhabituel...

« Il n'hésitera pas à quitter son cercueil pour venir te chercher si tu lui dis où tu es, avertit en chœur l'assemblée de revenants, d'une voix d'outre-tombe aux accents sifflants, particulièrement désagréables. Tu vaux bien ça. D'ailleurs, il affirme qu'il peut presque te voir maintenant. »

— Non ! cria-t-elle.

« Cornélia... »

Lorsqu'elle se tourna à nouveau vers eux, elle les vit se mettre à bouger. Ils avançaient droit sur elle, tous de ce même pas lent et abominable, aux saccades anormales et troublantes, mais déterminé, le regard braqué sur elle, l'air atrocement menaçant.

« Cornélia... Il sera bientôt là... Il te voit, ça y est ! Quelle punition, à ton avis, te réservera-t-il pour avoir assassiné le duc ? Si vilaine... Une bien mauvaise fille, en vérité... Le châtiment s'impose... Un châtiment terrible ! »

Toujours assise par terre, elle rampait en arrière, rabattue vers son ami par la barrière formée de ces êtres insensés. Celui-ci faiblissait à vue d'œil, s'écroulant de plus en plus mollement sur le sol. Et, à mesure que ses forces le quittaient, les autres devenaient peu à peu plus réels encore, plus animés, plus féroces aussi...

« Il arrive... Il arrive... Il arrive. Il arrive ! Il arrive !! Il arrive !!! »

Pouvait-elle lutter ? Pouvait-elle rappeler son pouvoir, ce feu étrange, pour supprimer ces monstres qu'elle seule arrivait à voir ? Sans doute pas, puisqu'ils n'étaient apparemment qu'une vue de son esprit... Puis, quand bien même, si Avoriel finissait par se présenter en ce lieu, elle ne serait pas de taille contre lui, elle le savait... Elle se releva précipitamment, fit en courant les quelques pas qui la séparaient du châtelain, et se jeta à genoux sur lui. Elle le saisit alors sans ménagement et le força à se redresser.

— Henri, mords-moi ! exigea-t-elle, bouleversée.

— Quoi ? Non, s'il te plaît, mes bouteilles... pria-t-il, le regard presque éteint.

— Je n'ai pas le temps ! protesta-t-elle, terrifiée. Il faut que tu régénères tes pouvoirs immédiatement, sans cela on risque d'avoir une nouvelle visite désagréable et je doute que cette fois l'issue soit favorable !

— *Cornélia !*

C'était la voix du roi cette fois. Une voix au volume aberrant, douloureux, à l'intensité insupportable…

Elle se pencha vers lui, souleva ses cheveux et lui tendit son cou :

— Vite ! Prends mon sang, je t'en supplie, implora-t-elle. Avoriel dit qu'il peut me voir !

— *Cornélia !!!*

Le scrupule et l'hésitation se peignirent progressivement sur les traits fatigués du châtelain.

— Fais-le pour moi ! persista-t-elle, les tympans prêts à se rompre tant la voix qui l'appelait dans sa tête devenait puissante. Sinon tout ça n'aura servi à rien !

Paniquée, tremblante d'effroi, elle approcha plus encore sa gorge du visage du vampire, jusqu'à lui coller ce qu'elle pensait être une artère sous la bouche.

— Fais-le ! hurla-t-elle, croyant apercevoir au loin, juste derrière les fantômes de ses proches, la silhouette d'un homme qu'elle avait rencontré une fois, jadis, se dessiner peu à peu dans la douce lumière de l'aube, une silhouette que jamais elle ne pourrait oublier…

Alors, en l'espace d'un bref instant, elle sentit la bouche à l'haleine froide et parfumée d'Henri, se poser contre sa peau, puis sa langue caresser l'une de ses veines les plus saillantes et, enfin, ses crocs se planter d'un coup extraordinairement rapide et violent dans sa chair, foudroyant, irradiant la zone mordue d'une douleur glacée, mais délicieuse... Il se mit aussitôt à aspirer le sang de sa protégée, avalant à grosses gorgées sonores le précieux nectar, se remettant à mesure qu'il se repaissait. Ses forces lui revenaient si rapidement que c'en était ahurissant. Très vite, la faim terrible qui l'animait ainsi que les instincts du vampire qu'il était prirent le dessus, et il devint méconnaissable. Lui, d'ordinaire si doux et délicat, agrippa brutalement la tête de la jeune fille d'une main et, de l'autre, la fit basculer en arrière, se redressant soudain au-dessus d'elle, dominant de toute sa hauteur celle qui était désormais sa proie. Ses dents, voraces et insatiables, s'enfoncèrent alors encore plus profondément dans sa chair, provoquant une nouvelle vague de douleur, cherchant avidement d'autres veines, d'autres sources auxquelles puiser. Malgré la violence de la morsure, pas une goutte ne vint à s'écouler en dehors de la blessure, rien ne s'échappait de la bouche carnassière du châtelain. Il n'y aurait aucune perte, aucune tache sur la chemise de nuit de coton de Cornélia... La pression, dans le cou de cette dernière, devint si énorme qu'elle en était maintenant presque insupportable... Mais ce n'était pas grave... Elle tiendrait bon, elle ne bougerait pas... Peu importait la souffrance endurée, Henri allait se remettre et ses pouvoirs avec lui. C'était tout ce qui comptait... Qu'il fasse d'elle ce que bon lui semblait, après tout, c'était elle qui l'avait voulu.

Progressivement, la voix dans sa tête s'éloigna, se faisant de plus en plus discrète, et les images insoutenables qu'elle avait eues devant les yeux quelques secondes auparavant, s'estompèrent jusqu'à bientôt disparaître complètement. Plus de fantômes, plus de silhouette, plus d'appels stridents résonnant dans son crâne... La salle à manger était à nouveau vide, exempte de ses potentiels agresseurs, et seuls les débris en tout genre et les flaques de sang qui jonchaient le sol rappelaient ce qui venait de se passer en ces lieux. Le jour s'affirmait tout à fait à présent, emplissant la pièce d'une lumière jaune, chaleureuse et rassurante. Enfin soulagée, Cornélia s'abandonna totalement dans les bras du vampire, s'étonnant de ressentir, en dépit de cette terrible douleur gelée, une insidieuse, mais intense sensation de plaisir... Puis, elle se laissa tant et si bien aller à cette macabre étreinte, se livrant pleinement au dangereux baiser de l'homme qu'elle aimait, qu'elle ne vit bientôt plus rien. Sa vue se brouilla jusqu'à devenir tout à fait noire et opaque, ses membres se firent de plus en plus lourds, l'ensemble de son corps se détendit, chaque muscle qui le composait se relâchant progressivement, et une douce léthargie l'emporta peu à peu.

Chapitre 28
Le sacrifice du sang

Quand elle revint à elle, la lumière, que laissaient entrer les larges fenêtres, était déjà si forte, qu'elle peina à ouvrir les yeux, éblouie par le contraste entre l'obscurité insondable de ce pesant sommeil et la clarté de ce jour ensoleillé. Peu à peu, entre deux clignements, elle réalisa qu'elle ne se trouvait plus au milieu du désordre et des flaques rouges et humides de la salle à manger, mais dans la chambre d'Henri, étendue sur le lit, reposant dans des draps propres et frais. Puis, lorsqu'elle eut pleinement recouvré ses esprits, elle se redressa et inspecta les lieux du regard, inquiète, s'assurant, avant toute autre chose, que plus aucun spectre ne rôdait près d'elle. Ce n'est qu'ensuite qu'elle vit le châtelain, assis sur son habituel fauteuil, veillant sur elle depuis le fond de la pièce. Sans même prendre le temps de lui dire quelques mots, elle ferma les yeux une fois de plus et écouta le silence, interrogeant le vide, attentive au moindre bruit. Plus de voix... Plus de menaces... Avoriel était de nouveau loin d'elle et de son esprit.

Elle soupira de bonheur et de soulagement. Puis elle fronça les sourcils, surprise de ressentir un léger picotement au creux de son coude, et une autre douleur, plus vive et plus diffuse, dans son cou, à l'endroit exact où le vampire l'avait mordu. Elle passa sa main sur sa gorge et devina, sous ses doigts, qu'un large pansement avait soigneusement été placé là, recouvrant entièrement la plaie et ses alentours. Elle baissa les yeux et s'aperçut qu'une aiguille avait été plantée dans son bras, la reliant par un tube transparent à une machine étrange, sorte de matériel médical hors d'âge, à laquelle était suspendue une poche en plastique pleine d'un liquide pourpre et épais, reconnaissable entre tous...

— Une transfusion ? demanda-t-elle, interdite.

— Oui... marmonna Henri depuis le fond de la chambre. Tu en avais besoin... Après... après que j'ai pris ce que je devais prendre. Mais, ne t'en fais pas, je maîtrise parfaitement cette technique. J'ai, bien entendu, veillé à ce que tout soit fait dans les règles de l'art.

— Je n'en doute pas, répliqua-t-elle en se laissant doucement retomber sur les oreillers qui l'entouraient, tous gonflés de plumes, au confort douillet et moelleux. En tout cas, je te remercie.

— Ah oui, vraiment ? s'enquit-il, sarcastique. Et de quoi exactement, je peux savoir ?

Étonnée de le retrouver si froid et si distant, Cornélia se redressa sur le lit pour lui faire face. Elle resta un moment à l'examiner, surprise de voir combien il était différent de l'homme tourmenté, agonisant, auquel elle avait eu affaire durant la nuit. Il ne s'était pas changé et sa chemise, qu'il avait tout de même refermée, portait encore les traces des souffrances qu'il avait endurées. Cependant, son visage avait repris son allure ordinaire, son regard avait retrouvé sa pâleur et sa douceur habituelles, ses cheveux étaient de nouveau lisses, brillant comme jamais dans la lumière dense du soleil de mi-journée, et il se tenait droit sur son siège, fier et hautain, comme quelqu'un à qui il n'était absolument rien arrivé.

— Nous en étions au moment où tu m'expliquais pour quelle raison tu m'étais reconnaissante, argua-t-il en haussant un sourcil.

— Je... Eh bien oui, tu as fait ce qu'il fallait... bredouilla-t-elle, un peu déstabilisée face à l'animosité manifeste de son interlocuteur.

— Voyons Cornélia, ton dévouement est appréciable, mais avoue tout de même que depuis le début, j'ai tout fait sauf ce qu'il fallait !

Elle commença alors à entrevoir ce qui poussait son ami à être d'aussi méchante humeur tandis qu'ils avaient survécu au pire, ou presque... Il n'était pas fâché contre elle. Non, ce n'était pas ça. Le prince des vampires avait pris une sacrée claque durant la nuit, le piédestal sur lequel il pensait se trouver s'était écroulé, le laissant probablement profondément blessé dans son orgueil... Elle jugea préférable de changer de sujet :

— Tu as l'air d'aller beaucoup mieux, observa-t-elle avec satisfaction.

— Évidemment, concéda-t-il en baissant la tête, détournant le regard.

Il semblait maintenant plus embarrassé qu'irrité.

— Comme l'on pouvait s'y attendre, ton sang possède des vertus exceptionnelles. Il a été d'une efficacité remarquable, plus encore que tout ce que j'aurais pu imaginer. J'ai récupéré l'intégralité de mes pouvoirs et j'ai même retrouvé ma puissance d'antan, avant que je ne commence à... à m'affaiblir. En outre, tout ceci avait un prix, et je suis sincèrement navré que tu aies eu à le payer, je suis parfaitement conscient d'avoir été quelque peu brutal... J'étais si affamé que ça aurait pu te coûter la vie... Tu sais Cornélia, tu es peut-être encore à même de tuer un vampire, cependant tu n'en restes pas moins humaine. Ton corps, lui, demeure fragile, ne l'oublie pas.

— Je ne l'oublie pas. Mais tu vois, je vais bien. C'est moi qui t'ai obligé à me mordre, il n'y avait pas d'autre solution. Tu l'as compris n'est-ce pas ? Sans tes défenses, Avoriel pouvait librement me détecter et il n'aurait pas tardé à débarquer, lui aussi. Tu n'as jamais fait que me sauver la vie, encore une fois...

— Non, nia-t-il sèchement, en secouant la tête. C'est ma vanité et ma négligence qui t'ont mise en danger. Daniel avait raison, c'est triste mais c'est vrai.

— Laisse-le où il est, s'il te plaît ! s'étrangla-t-elle, sentant une vague d'angoisse mêlée de fureur, remonter à la surface en entendant prononcer ce nom. Ce type était un vrai malade ! Un pervers sadique ! Il ne respectait même pas vos règles. Il ne t'a pas affronté de manière loyale ! Il a été fourbe et il t'a dupé, comme il a dupé tous les autres à qui il s'en est pris ! Comment aurais-tu pu savoir ce qu'il tramait ? Personne ne pouvait se douter de ce qu'il préparait !

— Si tu le dis... soupira-t-il en replaçant la dentelle déchirée, et, à certains endroits, maculée de taches brunes, à ses poignets.

— Je le dis, et j'ajoute qu'il n'a pas gagné ! C'est lui qui a perdu, pas toi. Lui, il n'est plus là, et toi si.

— Certes, toutefois, il faut bien reconnaître qu'il s'en est fallu de peu. Sans compter que ce n'est certainement pas grâce à moi... J'ai été lamentablement vaincu par K.-O...

Il croisa les mains devant lui et eut alors un petit rire ironique, regorgeant d'amertume. Probablement se souvenait-il de ce qui s'était passé juste avant qu'il ne se retrouve prisonnier de ces maudits clous. Cornélia aurait bien aimé lui poser la question mais elle se ravisa.

— Je suis désolée de ce qu'il t'a fait endurer, déclara-t-elle en se rappelant cette horrible scène.

— Ce n'était rien, j'ai connu bien pire, rétorqua-t-il du tac au tac.

— Avoriel ?

— Oui.

Ses traits devinrent plus lugubres tout à coup, comme si ce passé-là, cette histoire sur laquelle il n'avait jamais voulu s'étendre, balayait tout le reste.

— Moi je suis désolé que tu aies dû assister à pareille démonstration d'horreur, encore... Décidément...

— Est-ce que je peux les voir ? osa-t-elle timidement, en indiquant du doigt sa chemise, inquiète de savoir si son ami s'était pleinement rétabli ou non.

— Quoi donc ?

— Tes blessures. Après tout, puisque c'est grâce à mon sang que tu as pu te régénérer, je pense avoir obtenu le droit de constater par moi-même ses soi-disant effets bénéfiques, non ?

Il fronça les sourcils, perplexe, hésita quelques secondes, puis se décida enfin à quitter son siège, se levant pour s'approcher de sa protégée, restée sur le grand lit, attachée là par l'aiguille qui la reliait à la poche de transfusion. Il vint s'asseoir à côté d'elle, défit le vêtement sale et perforé avec sa dextérité habituelle, puis le retira. Les plaies qui marbraient son torse long et puissant s'étaient refermées et il n'y avait plus aucune trace des clous géants qui lui avaient transpercé le corps. C'était presque comme si rien ne s'était passé. À ceci près que les cicatrices n'étaient plus aussi propres et nettes qu'avant, la peau, à ces endroits, paraissait encore plus rugueuse. Elle avait pris une teinte bleutée, voire même parfois noircie, et les lésions semblaient s'être légèrement agrandies. Cornélia ne put s'empêcher de toucher de sa main libre, la plus grande et la plus inquiétante d'entre elles, celle qui entaillait une partie de son pectoral gauche et qui descendait en diagonale jusqu'à son abdomen. Elle l'effleura du bout des doigts, doucement, pensive, imaginant ce que pouvaient bien signifier toutes ces marques, et s'apprêtait à poser la question lorsqu'il attrapa subitement son poignet.

— Tu vois, murmura-t-il en reposant la main de sa protégée sur le lit, moi aussi je vais bien, et c'est grâce à toi. Je te dois une fière chandelle, jeune fille.

Il récupéra sa chemise et allait la renfiler lorsqu'il s'arrêta un instant pour examiner la loque qu'elle était devenue. Il eut alors une espèce de moue de dégoût, soupira, puis la jeta par terre.

— Ce vêtement a été porté pendant près de deux siècles mais n'aura pas survécu au duc... remarqua-t-il avec exaspération.

— Je croyais que tu te moquais bien de tes possessions matérielles ? rappela-t-elle, saisissant l'occasion pour changer de sujet.

— Je n'aime pas jeter ce qui m'appartient. Mais peu importe, tu as raison. Les dégâts en bas sont bien plus importants...

— Hadès... souffla-t-elle, se remémorant soudain de la hideuse carcasse calcinée dans laquelle elle avait mis le pied.

— Oui, ça aussi, c'est agaçant. Cette pauvre bête n'avait pas mérité de terminer de cette manière.

Sur ces mots, il jeta un œil à la machine, attrapa le bras de Cornélia et retira la petite aiguille d'un geste si délicat qu'elle ne sentit absolument rien. Puis il pressa un petit morceau de coton au creux de son coude, à l'endroit où perlait déjà une petite goutte vermeille. Machinalement, elle porta sa main à sa gorge. Une douleur froide l'irradiait de plus en plus vivement.

— Comme je te l'ai déjà dit, je ne peux guérir les blessures que moi-même je cause... expliqua-t-il en effleurant d'un bref regard le pansement au cou de la jeune fille.

— Ne t'en fais pas, ça va, mentit-elle.

Elle ne put alors s'empêcher de passer encore ses doigts sur la zone en question, pressant sa chair, espérant qu'ainsi, l'étrange brûlure à la fraîcheur corrosive la ferait moins souffrir.

— Je crains que le foulard ne s'impose, du moins pendant un temps, si tu ne tiens pas à ce que tes proches se posent de questions étranges à ton sujet. Tu as toujours les rubans, n'est-ce pas ? Le style n'est peut-être pas très contemporain, je te l'accorde, mais ce ne sera que l'affaire de quelques jours, tout au plus.

— Euh… Oui. Mais ça ne fait rien, parce que je ne veux pas rentrer chez moi… avoua-t-elle d'une petite voix.

— Ah oui ? Et tu comptes aller où ? questionna-t-il avec indifférence, tout en remballant la machine qui avait servi à la transfusion, comme s'il s'était attendu à ce genre de propos. Non, parce qu'il serait de bon ton de me tenir informé, rapport à notre petit souci de proximité nécessaire.

— Je ne veux aller nulle part. Je veux rester ici, avec toi. Henri, je voudrais revenir vivre au château, ou n'importe où ailleurs, en fait, je m'en fiche, tant que je serais avec toi…

Elle haussa les épaules en voyant qu'il ne la regardait toujours pas et ajouta :

— J'ai changé d'avis…

Il resta un moment silencieux, puis la dévisagea de ses yeux clairs et pénétrants, et finalement lança d'un ton aux accents presque moqueurs :

— Encore ?

— Oui, encore.

— Mes portes te seront toujours grandes ouvertes, tu n'as pas à demander, attesta-t-il en s'éloignant. Fais comme bon te semblera.

Il alla jusqu'à une armoire, placée au fond de la chambre, prit une chemise propre et l'enfila, tournant le dos à son interlocutrice.

— Henri ? appela-t-elle, tendant une main dans le vide.

— Il y a autre chose ?

Comme il s'obstinait à regarder son placard plutôt qu'elle, elle se leva et vint le rejoindre. C'est à ce moment qu'elle se rendit compte qu'elle était toujours en chemise de nuit, et que le bas de ses jambes, à commencer par ses pieds jusqu'à la hauteur de ses genoux, était dégoûtant, maculé de terre et de sang d'appartenances diverses.

— Tu ne devrais pas déjà quitter le lit, c'est encore un peu tôt, réprouva-t-il en l'attrapant par le bras pour l'arrêter.

— Je te le répète, je vais bien. Je voudrais seulement que tu écoutes ce que j'ai à te dire... Ce que j'étais venue te dire cette nuit...

— Je serai tout ouïe si tu retournes t'allonger, négocia-t-il en la reconduisant d'où elle venait.

— Toujours tes conditions... D'accord. N'empêche qu'il faudra bien que j'aille prendre une douche tout à l'heure, je ne vais pas rester dans cet état. Et puis, je salis les draps...

— À ta guise. Va dans la salle de bains, nous reprendrons cette conversation ensuite.

— Non, je veux te parler maintenant, dit-elle en s'allongeant sagement. Voilà. Je peux alors ?

— Je t'écoute.

Il s'assit de nouveau sur le lit, à côté d'elle, mais en s'efforçant tout de même de garder une certaine distance.

— Cette nuit j'ai récupéré la dernière partie de ma mémoire, celle qui me manquait, la fin de ma vie...

Sa voix mourut dans sa gorge. Tant de souvenirs affreux hantaient encore son esprit...

— Il fallait bien qu'un jour cela arrive, annonça Henri d'un air désolé.

— Oui. En fait, j'étais venue te demander pardon... J'ai vraiment fait n'importe quoi à cette époque, et, même si cela s'est passé il y a plusieurs siècles, je m'en veux encore énormément... Je veux que tu le saches. Aujourd'hui, j'ai conscience d'avoir été le cœur du problème, j'ai agi sans réfléchir et j'ai fait beaucoup de mal. Mon Dieu... Quel fiasco, quand on y songe. J'ai été si stupide... Je te demande pardon pour avoir conduit Maxime à sa perte, pour t'avoir obligé à choisir entre lui et moi dans cette horrible auberge et pour t'avoir ensuite reproché de ne pas l'avoir sauvé... Je te demande pardon pour avoir tué ta compagne, Violaine... Et ton ami aussi, le pauvre Léandre... Et puis, je m'excuse également pour toutes les choses atroces que je t'ai dites, je ne le pensais pas, je ne l'ai jamais réellement pensé... Si seulement je pouvais revenir en arrière...

Elle s'interrompit pour ne pas se mettre à pleurer, et leva un regard navré vers le vampire. Celui-ci s'était raidi au souvenir de tous ces épisodes de leurs vies communes passées.

— Violaine n'était plus ma compagne à ce moment-là, rectifia-t-il placidement. Et tes mots sont inutiles. Je ne puis te tenir rigueur de quoi que ce soit, rien de ce qui est arrivé n'était de ta faute, Cornélia. Tu n'es pas responsable de ce... *fiasco*, comme tu dis... Trop de choses étaient en jeu. Quant à tes paroles, je les avais méritées, crois-moi. Tu avais raison, j'étais si amer, si jaloux... J'ai toujours eu la défaite mauvaise, pourtant, la situation de mon ami n'avait rien de vraiment enviable... Enfin, n'en parlons plus, s'il te plaît. Ça ne sert plus à grand-chose désormais.

— Je n'ai pas fini, reprit-elle en se redressant pour saisir sa main.

Un peu surpris par cet élan impromptu, il se laissa faire et garda le silence, attendant qu'elle parle. Les traits de son visage s'étaient enfin radoucis et la colère semblait avoir définitivement quitté ses yeux clairs.

— J'aimerais que nous reprenions notre relation là où elle s'est arrêtée, après le bal, réclama-t-elle d'une petite voix. Après tout ce qui s'est passé, je... J'ai eu tellement peur de te perdre cette nuit... Je voudrais que tu m'accordes une autre chance...

— Une autre chance pour quoi ?

D'un geste doux et discret, il avait enlacé ses doigts aux siens et s'était peu à peu rapproché. Elle en profita alors pour venir encore plus près, si près que son parfum à l'odeur de rosée commençait à lui chatouiller le nez. Elle se redressa pour lui faire face puis vint timidement déposer un baiser, léger et furtif, sur ses lèvres fraîches.

Il ferma les yeux, poussa un long soupir, puis murmura :

— Jamais je ne pourrais te refuser quoi que ce soit... Tu dois bien le savoir maintenant.

Soulagée et heureuse de constater que le lien n'était pas rompu, elle lui adressa un large sourire.

— Évite seulement d'user déraisonnablement de ce pouvoir-là... ajouta-t-il, sa bouche s'étirant fugacement, comme pour lui répondre.

— C'est promis, conclut-elle en venant se nicher dans les bras du vampire.

Elle sentit soudain une vague de chaleur, douce et intense à la fois, l'envahir tout entière quand, lentement, il referma les bras autour d'elle, et embrassa ses cheveux. Ils restèrent longtemps dans cette position, sans parler, savourant ces instants de calme et de paix après la terrible tempête qu'ils venaient d'essuyer. Les mains du châtelain la caressaient tendrement, l'effleurant tout juste au début. Puis, peu à peu, elles se firent plus appuyées, jusqu'à perdre presque totalement leur retenue coutumière. Tout à coup, il s'interrompit et se dégagea brusquement :

— Maintenant que je suis sûr que tu vas bien, il faut absolument que j'aille passer quelques heures dans mon cercueil.

— Ah… oui, évidemment… balbutia Cornélia, troublée par cette étreinte à la volupté nouvelle et délicieuse.

— Pour cette fois, il serait peut-être préférable que tu ne m'accompagnes pas. Comme je te l'ai expliqué, ma puissance s'est accrue grâce à toi, mon aura a facilement doublé, tu n'auras plus aucun ennui dorénavant. Prends ta douche, descends manger quelque chose, il me semble que la cuisine n'a pas trop souffert… Tu devrais pouvoir y trouver de quoi te sustenter, enfin, je l'espère. Et puis, repose-toi, tu en as besoin. Il y a des draps propres juste là.

Il indiqua une commode sur laquelle était posée une pile de tissu de soie précieuse et immaculée.

— D'accord, obtempéra-t-elle, les joues encore empourprées. Je vais faire ça.

Il lui adressa l'un de ses rares et précieux sourires, à l'éclat sans pareil et au charme bouleversant, puis s'éclipsa.

Chapitre 29
Les décombres de la nuit

Elle resta un moment étendue sur le lit, essayant de faire le point sur tout ce qui s'était passé dernièrement, se délectant de ce nouveau bien-être, cette espèce de plénitude qu'elle ressentait pour la toute première fois. Pourquoi n'arrivait-elle que seulement maintenant à prendre du recul, à regarder les choses d'un peu plus loin, à les considérer autrement ? Elle avait tué un homme cette nuit, de manière cruelle et atroce, du moins était-ce ce qu'elle se rappelait. Mais elle l'avait tué, ça, elle en était sûre. Voilà bien une chose que sa morale d'antan aurait réprouvée. Et cependant, elle avait beau essayer, elle ne parvenait pas à se sentir coupable. Pas une once de remords n'arrivait à pénétrer son cœur. Elle n'avait fait que se défendre, elle et l'homme qu'elle aimait, de ce fait, ce crime n'en était pas vraiment un... En réalité, elle avait rendu service au monde en mettant fin aux jours du duc, et peu importait la manière dont cela s'était passé.

Mais tout de même, pourquoi, tout au fond d'elle, ressentait-elle cette espèce de satisfaction, comme une sorte de jouissance intérieure, d'avoir réussi à pulvériser ce monstre ? Était-elle en train de changer ? Prenait-elle goût à cette nouvelle violence dont elle se savait capable, ce pouvoir funeste et terrible dont elle se savait maintenant pourvue ? Probablement... Tant pis... Elle était finalement loin d'être aussi fragile qu'elle l'avait cru. Au contraire, elle possédait une force étrange et unique, une force qui, désormais, la reliait aux immortels. Dorénavant, elle ne craindrait plus personne. Plus personne à l'exception du roi sombre, bien sûr... Malheureusement, ce pouvoir, elle le savait, ne lui conférait pas l'ascendant sur lui, étant donné qu'il possédait le même, en plus de ses autres capacités.

Au bout d'un moment, ne supportant plus la saleté qui recouvrait ses jambes et sa chemise de nuit, elle interrompit ses réflexions pour se rendre à la salle de bains. Elle prit une douche, chaude et relaxante, bien méritée après une nuit pareille. Elle trouva ensuite, sur l'un des porte-serviettes, une des robes que son ami lui avait offertes, propre et impeccable, sans un pli, pendue comme il se devait sur un large cintre de bois. Il pensait toujours à tout, c'était si agréable...

Puis, la faim commençant à se faire sentir, elle descendit à la cuisine, comme le lui avait conseillé Henri, dans l'espoir de trouver là-bas de quoi se confectionner un petit repas. Elle fut alors effarée de trouver le rez-de-chaussée dans un état aussi lamentable. Cette nuit, dans l'obscurité, elle n'avait pas pu mesurer l'ampleur des dégâts... Tout était resté tel quel. Le chaos était si grand que l'on aurait pu croire que les lieux avaient servi de champ de bataille à des centaines d'hommes armés de mitraillettes et d'explosifs... Si jamais les quelques personnes qui s'occupaient de l'entretien du château venaient à débouler maintenant, ils ne comprendraient pas. Ils se poseraient des questions. Et plus encore s'ils voyaient les mares de sang séché laissées dans la salle à manger...

Tant pis pour le déjeuner, tant pis pour le repos. Elle décida de s'occuper de cette pièce en priorité. Elle dégota parmi les décombres de la cuisine, qui n'avait pas non plus été épargnée, une serpillière et un seau, et entreprit d'aller éponger les traces d'hémoglobine répandue un peu partout sur le sol et jusque sur les murs, dans la lutte infernale qui s'était livrée là. Elle avait quasiment terminé quand la brûlure dans son cou s'intensifia plus encore, l'obligeant à s'arrêter un moment. Elle finit par abandonner ses tâches et s'assit sur les débris du parquet, pas très loin de l'endroit où Daniel avait projeté Henri, et essaya de respirer profondément dans l'espoir d'atténuer quelque peu la douleur. Elle aperçut alors, tout près d'elle, les morceaux épars d'un vieux miroir. Elle attrapa le plus large d'entre eux, veillant à ne pas se couper, décolla lentement l'énorme pansement qui recouvrait sa blessure, puis examina le reflet des traces que les crocs du vampire avaient laissées. Elle tressaillit en découvrant l'état de sa gorge. Il y avait là, à la naissance de son cou, deux marques rondes, affreusement sombres et épaisses, à quelques centimètres d'écart l'une de l'autre, autour desquelles sa peau, noircie et meurtrie, laissait apercevoir toute une partie de son réseau veineux, anormalement saillant.

Soudain, elle ressentit comme un choc électrique, comme si une main gelée venait d'effleurer ses plaies douloureuses. Elle frissonna, mais, étant donné qu'elle ne voyait rien d'autre qu'elle-même et le décor fracassé de la salle à manger dans le morceau de miroir, elle ne se retourna pas immédiatement.

— Elles sont abominables... soupira la voix lasse et amère d'Henri derrière elle. La pire morsure qui soit. Enfin, juste après celle d'Avoriel, bien sûr...

Cornélia ne put se retenir de bondir en criant, stupéfaite de le trouver là tout à coup, sans avoir pu ni l'entendre arriver, ni apercevoir son reflet auparavant. C'était ses doigts qu'il venait de passer sur la gorge de sa protégée.

— Pardon... s'excusa-t-il, presque aussi surpris qu'elle.

— Henri ! s'exclama-t-elle en reprenant son souffle, plaquant sa main sur son cœur pour le faire ralentir. Tu m'as fait une de ces peurs !

— Ce n'était pas mon intention, je t'assure. Je ne me rends plus du tout compte de ces choses-là...

Il s'éloigna afin de la laisser reprendre sa respiration, puis continua :

— Tu comprends maintenant pourquoi je ne voulais pas que tu aies à porter ce genre d'horreur. Ton joli cou est complètement défiguré et je ne peux qu'imaginer combien ce doit être douloureux. J'espère seulement que cela ne te durera pas trop longtemps, tu sembles assez mal réagir à ma morsure...

Une fois remise de sa frayeur, elle replaça le pansement, le recollant tant bien que mal pour cacher ses vilaines blessures, et répondit, mal à l'aise devant l'air coupable et triste qu'affichait son ami :

— Ça ne fait pas si mal que ça. Et oui, je comprends maintenant, ce n'est pas aussi anodin que je le pensais. Enfin, avais-je bon goût au moins ?

Il lui lança d'abord un regard déconcerté, fronça les sourcils, puis rétorqua, une lueur étrange s'allumant furtivement au fond de ses yeux pâles :

— Cela va de soi... Une saveur sans commune mesure, aussi unique que l'être auquel elle appartient. J'aurais aimé pouvoir prendre le temps de l'apprécier mais les choses étant ce qu'elles étaient...

Il s'interrompit, puis se reprit, subitement confus :

— Bref, non... Tu me fais dire n'importe quoi... J'aurais aimé que cela n'arrive pas. C'est tout.

— Ce n'est pas si grave. Et question blessure, j'ai connu pire, moi aussi, souviens-toi...

— Certes, reconnut-il avec une moue maussade.

Puis il se tourna, mit les mains dans ses poches, et fit le tour de la salle des yeux, comme s'il prenait enfin conscience du décor qui l'entourait :

— Quelle pagaille, souffla-t-il avec une exaspération lasse.

— Oui, je crois qu'on peut dire ça, convint Cornélia en se relevant, inspectant à son tour la pièce du regard. Vous avez dû vous battre âprement, et pendant un certain moment pour mettre un tel désordre dans tout le rez-de-chaussée.

— Pas autant que je l'aurais voulu, confia-t-il, une ombre sinistre passant sur sa figure avant de disparaître presque aussitôt. Toujours est-il que je constate que tu n'en fais qu'à ta tête, comme à ton habitude ! Ne devais-tu pas manger et te reposer ?

— Peut-être mais, vois-tu, j'ai pensé que ces flaques de sang répandues aux quatre coins de la pièce pourraient s'avérer être assez gênantes si l'un de tes employés venait à pointer le bout de son nez par ici, cet après-midi. Enfin, ça, en plus du reste, bien sûr. Plus sérieusement, tu pourrais avoir des ennuis quand même, si quelqu'un découvrait ce bazar, il se poserait des questions…

— Des questions à mon sujet, on s'en pose déjà, précisa-t-il en haussant les épaules. Et puis, je n'ai jamais d'ennui, voyons, pas avec votre législation.

— D'accord, mais qu'est-ce que tu comptes faire ? Il va bien falloir que des ouvriers viennent se charger des réparations. Et vu l'ampleur des dégâts, ça risque de prendre un moment.

Il jeta à nouveau un coup d'œil aux fissures sur les murs et au parquet, à moitié détruit, puis déclara :

— Je crois que c'est le bon moment pour vendre, qu'en penses-tu ? La mairie obtiendra enfin satisfaction et les gens du coin pourront retrouver leur quiétude d'antan.

— Vendre ?! répéta-t-elle, interdite. Pourquoi ? Je croyais que tu n'aimais pas te défaire de tes biens ?

Il s'approcha doucement, lui adressant un regard prudent :

— Cela risque fort de te déplaire mais il faudrait que nous nous éloignions d'ici, toi et moi, pour quelque temps. Le duc aura très bien pu dire à d'autres que je vivais dans ce château, ce n'est plus un lieu sûr. En outre, j'ai réfléchi et je pense qu'il est de mon devoir de réparer les dommages que mon cadet a causés, du moins d'en réduire les conséquences. Les vampires *assoiffés* qu'il a laissés derrière lui sont des êtres très dangereux… Je songe, entre autres, à cette pauvre Charlotte, qui, d'avance, était déjà bien perturbée, l'exsanguination n'a rien dû arranger, bien au contraire. Londres doit crouler sous les attaques et les meurtres à répétition à l'heure qu'il est.

— Et qu'est-ce que tu veux faire alors ?

— Si tu es d'accord, j'aimerais que, dans un premier temps, nous retournions à Reddening House. Je sais que je te demande beaucoup mais, si jamais il existait d'autres illuminés du genre de Daniel, personne n'osera ni m'attaquer, ni s'en prendre à toi, là-bas.

— Henri, tu te souviens, je peux tuer des vampires. Si quelqu'un nous voulait du mal, à moins, bien évidemment, qu'il s'agisse d'Avoriel, je suis tout à fait à même de m'en occuper. Ce qui s'est passé la nuit dernière n'arrivera plus.

— Nous reviendrons là-dessus en temps voulu Cornélia, coupa-t-il froidement. Sache cependant que l'utilisation de ce pouvoir a des conséquences, des répercussions qui pourraient être dramatiques… Il faut éviter au maximum de t'en servir. J'espère que je suis assez clair ?

Elle allait répliquer mais l'expression de son visage était si sévère, si grave, qu'elle préféra s'abstenir et se contenta d'opiner du chef, silencieusement.

— Bien, continua-t-il sur le même ton. Dès que l'on aura mis la main sur Charlotte, je ferai ce qu'il faut pour l'empêcher de nuire davantage. Ça ne calmera pas son tourment, malheureusement, mais au moins bon nombre d'humains auront la vie sauve. Qui plus est, Ryù semble autant déterminé que moi à faire tomber le roi et son aide me sera précieuse. Nous avons pu esquisser les débuts d'un plan assez prometteur, je dois dire.

Il s'arrêta, dégagea une mèche de cheveux du visage de Cornélia, puis riva son regard au sien :

— Bien sûr, nous n'irons pas si tu ne le veux pas. Je comprendrais tout à fait. En revanche, on ne peut pas rester ici, ce ne serait pas très prudent, j'espère que tu en as conscience... Tu as dit que tu désirais rester près de moi, peu importe l'endroit, est-ce que c'est toujours vrai ?

— Absolument, assura-t-elle en fronçant les sourcils. Ce n'était pas des paroles en l'air. Je... Je veux bien te suivre à Reddening House, s'il le faut. Je sais que tout cela est très important, je ne te poserai plus de problème.

— Tu n'en auras pas l'occasion. Il n'y a pas d'autres soirées prévues là-bas pour le moment. Et, au risque de perdre un peu de prestige, je ne cacherai plus la manière dont je me nourris au quotidien désormais. Ce jeu était idiot. J'emmènerai ma réserve personnelle de bouteille et m'arrangerai ensuite pour en obtenir d'autres. Quant au reste, eh bien, je suis encore tranquille pour un an...

Le reste ? C'était quoi déjà le reste ? Ah, oui, probablement Henri voulait-il parler de la vie qu'il était contraint de prendre chaque année pour maintenir ses pouvoirs... Elle avait encore pas mal de questions à lui poser, encore fallait-il choisir le bon moment, son ami n'étant pas du genre à s'étendre sur ce type de sujet.

— Alors c'est d'accord, lança-t-elle en l'embrassant sur la joue. Nous allons repartir pour l'Angleterre.

Par contre, je voudrais pouvoir parler à mon père avant, de façon normale, j'entends. Je ne veux plus que tu lui retournes le cerveau, il ne le mérite pas. Et je voudrais aussi que tu gardes Rougemont… Je serais très malheureuse si tu revendais ce magnifique château, j'ai vécu tant de choses ici.

— Tes conditions seront les miennes, jeune fille, conclut-il en l'enlaçant, plaquant ses lèvres sombres sur celles, roses et tendres, de sa protégée, scellant d'un baiser l'accord qu'ils venaient de passer.

Remerciements

Je remercie tout d'abord mon mari pour son inestimable soutien et ses conseils avisés. Merci à ma famille et mes amis pour leur enthousiasme et leurs encouragements.

Je remercie toute l'équipe des Éditions du Chat Noir, en particulier Cécile et Laure, sans qui rien n'aurait été possible.

Merci à Florence, mon éditrice, pour la qualité de son travail, ainsi que pour m'avoir donné la chance de poursuivre cette belle aventure.

Et enfin, merci à tous les lecteurs qui ont plébiscité *Les Larmes Rouges* lors du prix Merlin et à tous les internautes qui me suivent sur la toile, ce soutien-ci n'a rien de virtuel, bien au contraire.

Composition
NORD COMPO

Achevé d'imprimer en Italie
par GRAFICA VENETA
le 18 août 2013.

Dépôt légal août 2013.
EAN 9782290070338
OTP L21EDDN000466N001

ÉDITIONS J'AI LU
87, quai Panhard-et-Levassor, 75013 Paris

Diffusion France et étranger : Flammarion